国際歳時記における比較研究

Comparative Studies on Season Words (Kigo) and Poetic Almanacs (Saijiki) in International Haiku

浮遊する四季のことば

東聖子・藤原マリ子［編］

笠間書院

東洋からはるばると
わたしの庭にうつされたこの銀杏の葉は
賢い者のこころをよろこばせる
ふかい意味をもっているようです
（ゲーテ「銀杏の葉」より）

「国際歳時記における比較研究——浮遊する四季のことば」目次

Ⅲ　欧米・他篇——多様な国際HAIKUと歳時記の様相

はしがき——東　聖子 Shoko AZUMA

本書のプロジェクト研究のテーマの構想の原点は、またその原動力となったものは、尾形仂氏の「世界歳時記」と題する小論である。その末尾にこうある。

かねてから私は、歳時記こそ日本人の生んだ独創的な大発明であり、日本人の美意識のインデックスであると信じてきた。そこに登録された季語の一つひとつには、それぞれの時代の生活の中で、代々の詩人たちの感性がとらえた詩的情感が、年輪のように刻みつけられている。

季語が四季の推移という時間軸に沿った日本人の美意識の結晶であるとするなら、空間軸に即したそれとしては、歌枕・俳枕があげられる。その二つに恋・雑の言葉を併せれば、日本人の美意識について知る綜合的なインデックスができあがるだろう。…………………もし、「俳句インターナショナル」が発足したら、さしずめ世界歳時記の編纂が、真っ先にとり組まなければならない仕事となることだろう。

（『俳句の周辺』富士見書房、一九九〇年）

〔研究目的〕

現在、グローバル化にともない、国際HAIKUが世界各国で創作されている。有馬朗人氏（国際俳句交流協会会長）によれば、約五〇か国、約二〇〇万人を超える国際俳人がいるといわれる。かつて、一九世紀末から二〇世紀初頭のジャポニズムの余波として、最初の外国語の句集としてポール＝ルイ・クーシュが『川の流れに沿って』（一九〇五、後に『東洋の賢人と詩人』所収）を世に出し、その後「はいかい」はエズラ・パウンドらフランス詩壇のイマジスト派に大きな影響を与えた。それらの文学史的状況を継承しつつ、二一世紀の今、国際HAIKUは、日本の俳句の影響を受けて各国で成立し、かつ、各民族の詩的風土や言語的特質によって、個々に成立している。そこにおける表現内容の独自性や詩的理論の考究を試みた。東洋と西洋の主に若手・中堅研究者によって、プロジェクトを組み、アカデミックな視座から研究を行った。平成一八年度は準備段階であり、平成一九年度は英国・仏蘭西の実地調査を行い、リアルタイムの国際HAIKUの作家に会い、句会を共有した。平成二〇年度は東アジア国際会議の韓国大会（ソウル高麗大学校）の研究発表会に参加した。本プロジェクトは前述のごとく尾形仂氏「世界歳時記」の論を出発点としている。できるだけ、各自が研究のオリジナリティ（独創性）を追究することを目指した。具体的な研究テーマ群は以下の如くである。

Ⅰ　東アジア文化圏における、中国の古歳時記、韓国歳時記。

Ⅱ　日本の古典歳時記の成立と独自性。

Ⅲ　欧米その他の国際HAIKUにおける、季語概念の有無と、各国歳時記、作品・作家の現状と可能性。（各国の国際HAIKUの歴史。各国における四季の詞の状況。歳時記と国際HAIKUの紹介）

学際的考察である。

Ⅳ　参考文献〈季語・季題〉〈歳時記〉関係

尚、本プロジェクトの研究は国際的なものでありまた多分野の研究者によるため、方法論やテーマ設定が多様な学際的考察である。

〔研究の概要と独自性〕

Ⅰ　東アジア文化圏

中国の古歳時記と漢俳、韓国の歳時記

歳時記の源流は中国の『四民月令』や『荊楚歳時記』などの古歳時記である。これらは年中行事や為政者の農事暦などであった。日本では尾形仂氏が言われる如く〈詩歌の暦〉となった。ところが、韓国では中国的な年中行事書が作られた。今回、中国歳時記の源流と、韓国歳時記、韓国短詩型文学である時調の考察を行ったが、中・日・韓の相違の指摘は、本プロジェクトによる新しい視座である。

中国において漢俳学会が二〇〇五年三月に成立し、本書は副会長の林岫氏の書きおろしの論文を掲載する。

中国の漢俳については、林岫女史は季語の必然性はなく、また中国は国土が広く歳時記は不要であるといわれた。だが、漢俳学会の劉徳有会長は、種類の異なる歳時記があっても良いと考えその準備もあるといわれた。両者には温度差があるようだ。

Ⅱ　日本の古歳時記の研究

中国の古歳時記の影響を受けて、また和歌・連歌などの日本韻文学の土壌の上に、近世の俳諧においては「四季の詞」（季語・季題の名称は近代から）が形成され、江戸時代にはいわゆる歳時記（当時は季寄せという）が約一五〇部成立した。北村季吟『増山井』が最もスタンダードな書であった。また、『俳諧通俗志』が前書をついで、後期の新季語を取り込んだ。この二書を考究し、日本の歳時記とは何かを考えた。

Ⅲ　欧米、その他における国際ＨＡＩＫＵと歳時記

アメリカ国際俳句

第二次世界大戦後、アメリカを経て、国際俳句は世界中に拡散した。Ｃ・Ａ・クラウリー氏が、第二次世界大戦頃から現代のアメリカ国際俳句の概観とそこにおける季語概念・歳時記を、十年ごとに論じられた。クラウリー氏の論文には、ウイリアム・ヒギンソン氏の絶大な協力があった。ヒギンソン著『ハイク・ワールド』『ザ・ハイク・シーズンズ』、特に前者はいわば日本の歳時記を基にした地球歳時記の実験ともいえよう。だが、アメリカの一般の俳句作者は、季語の必要性を認識していない。

ヨーロッパ国際俳句

フランス・イギリス・ドイツには国際俳句の、それぞれ独自な理論と活動がある。歳時記としては、イギリスには英国俳句協会元会長のデーヴィッド・コブ著『英国歳時記』がある。また、ドイツには、女流俳人ザビーネ・ゾンマーカンプ著『ドイツ歳時記』（春・夏）があるという。その他、今回は縁あって、国際俳句萌芽期にあるスペインの現状を、特にカタルニア地方を中心に調査・研究をした。そして、ヨーロッパでも、数少ない歳時記は、

試行錯誤の段階であり、季語自体の必然性はほとんど考えられていない。

その他の国際俳句

二〇〇八年にブラジルは、日系移民一〇〇周年を迎えた。その二年前に、日本語で佐藤牛童子編著『ブラジル歳時記』（二〇〇六年）が刊行された。日系移民を中心に、日本人のDNAをもった方々が、異郷の大自然において汗と苦難の中で、創作した俳句を掲載した歳時記である。以前に黄霊之著『台湾俳句歳時記』（言叢社、二〇〇三年）が日本語で刊行されているが、それらの歳時記との相関も考えたい。ブラジル・台湾は、季語使用派であるようだ。

文学と四季の詞、文学・芸術と季節の詞

本書にはここまでは掲載していないが、本プロジェクトのテーマの到達点はさらに各国、各言語領域の文学・芸術・文化における四季の詞・四季の詩語がいかなる形象化をし、いかなる独自の芸術を創作しているかにまで及ぶ。たとえば、その後二〇〇九年、二〇一〇年に東は〈日本の浮世絵における横題「水仙」について〉あるいは〈近世歌謡『松の葉』における四季の詞の横題〉等の異ジャンルとの比較研究を試み、学際的研究を進展させた。このテーマは、これから、各メンバーが各々の分野で先進的に研究してゆかれるであろう。

参考文献

日本における、〈季語・季題〉〈歳時記〉の主要研究目録作成を、藤原マリ子氏が作成した。

［開発途上の国際ＨＡＩＫＵと歳時記の意味］

国際ＨＡＩＫＵについては、多くの先学の単行本がある。この領域の先駆者、佐藤和夫氏の著書には『菜の花は移植出来るか』（桜楓社、一九七八）、『俳句からＨＡＩＫＵへ』（南雲堂、一九八七）、『海を越えた俳句』（丸善ライブラリー、一九九一）、『佐藤和夫俳論集』（角川書店、二〇〇六）などがある。文学性と論理性があり格調高い書として、渡辺勝著『比較俳句論―日本とドイツ』（角川書店、一九九七）がある。随筆風に本質的な問題を考察した好著に、星野恒彦著『俳句とハイクの世界』（早稲田大学出版部、二〇〇二）がある。夏石番矢著『世界俳句入門』（沖積社、二〇〇三）は、脱季節、脱国境そして世界俳句の洗礼によって日本の近代俳句の革新を志向している。国際俳句交流協会初代会長の内田園生氏の詩的な品位のある啓蒙書に『世界に広がる俳句』（角川学芸出版、二〇〇五）がある。

外国人の著書は多くあるが、各国の書については本書の各論文をご覧いただきたい。俳句を紹介した主な外国人としては、Ｗ・Ｇ・アストン、ラフカディオ・ハーン（小泉八雲）、Ｂ・Ｈ・チェンバレン、カール・フローレンツなどが、あった。そして、世界で最初に外国人として「ハイカイ」集を刊行したのは、フランス人のポール＝ルイ・クーシュ『川の流れに沿って』（一九〇五）であった（『アジアの賢人と詩人』一九一六に再録）。クーシュは日本人の自然観に独自の理解があった。詩人エズラ・パウンドは俳句に魅せられ「イメージは詩人の絵の具」と語った。ハロルド・ヘンダスンは『竹箒』（一九三三）という俳句入門書を刊行し、季語や切れ字についても触れた。そして、Ｒ・Ｈ・ブライス『ＨＡＩＫＵ俳句』（第一巻東洋文化一九四七、二～四巻四季一九五〇・一九五二刊、邦訳は村松友次・三石庸子共訳『俳句』二〇〇四で第一巻のみ）は、禅に傾倒し、禅的立場からの哲学的俳句論ではあるが、「俳句の技法」として、季語を解説した。

これらの著作における、個性の在処はともかくとして、日本の俳句を海外に紹介した意義は大きく、現在の国際HAIKUの流行は、これらの諸書の影響があろう。

この極東の暗示の芸術、あらゆる非本質的なものの省略の芸術、一滴の露のような小さな形のなかにひとつの完全な世界を把握すること、これが私の心をとらえて放さなかった

（インマ・ボードマースホーフ、句集『日時計』前書き／渡辺勝『比較俳句論』より）

この〈一滴の露〉の如き世界最短の詩型への憧れがあり、また国際HAIKUには近現代人の詩情を盛る形式として有力な存在意義があると考えられる。その内容や、韻律については、各言語や各個人にかかわる領域であろう。クーシュの句集からは約百年余が経つ。そして、現代につながるいわゆる国際俳句の先駆けはアメリカであろうが、それとても約五〇年余である。約五〇か国の国際俳句は、まさに開発途上にあるだろう。しかし、いつ永遠の芸術性をもった作品が生まれるかも知れない。

今回のプロジェクトで国際俳句において、季語や季節の詞は、創作上の必然性は現在のところほとんど認識されていないことが分かった。一般の俳人には歳時記の名前すら知られていない。だが、突然変異の如く、博識なウィリアムJ・ヒギンソン氏が『俳句の世界』『俳句の季節』等の著作によって、日本の季語を基にした世界や地球歳時記の試みをされた。また、ドイツにも、ドイツ人による『ドイツ歳時記』の試作があり、そして、本書ではデーヴィッド・コブ著『英国歳時記』が坂口明子氏により紹介されている。歳時記の成立には、歳時記の概念への理解と、かなりな秀作の集合体がなくてはならない。日本の歳時記は、各国で翻訳が出されている。もともと、中国の年中行事としてのあるいは為政者の農事暦としての歳時記が、日本では尾形氏の言われる如く〈詩歌の暦〉になったのである。例えば、ヨーロッパ中世の四季を述べた時祷書などのごとく、他ジャンルの四季の書の研究も必要であろう。

[日本文学における季語（四季の詞）・歳時記]

古代の中国の年中行事書としての歳時記を基盤として、日本では和歌・連歌そして多くの芸道や散文のあらゆる文化の影響を背景に、江戸時代に歳時記（季寄せ）が刊行された。日本独自に展開した歳時記について、前述の如く尾形仂氏は〈日本の美意識の宝庫〉であり、〈詩歌の暦〉といわれた。

ハルオ・シラネ著『芭蕉の風景　文化の記憶』（角川叢書、二〇〇一）は刺激的な書である。世界最短の形式である俳句が詩たりえているのは、「詩的連想の核」として「偉大な季節・地誌のアンソロジー」として勅撰集や歳時記等があり、そこにはコード化された連想の知識があり、それを氏は〈文化的記憶〉と呼ぶ。季語や歌枕・俳枕などは、コード化された「俳諧的創造力」の源泉なのだとされる。

渡辺勝氏は、日本語では、詩の中の「古池」「天の河」などの「物」を著す言葉が、翻訳した西洋語に比べるとはるかに余情（美的コノテーション）を含んでおり、そのことを最も端的に表すものが「歳時記」であろう、といわれる。

本書のプロジェクト研究は、自由なテーマと斬新な発想で各自が、論文を書く場であったが、季語とは何か、歳時記とは何かという総合的な意見の統一はしていない。以下は東の個人的な考え方である。各国が、各言語領域がさまざまな詩形式のジャンルを保有している。その詩的語彙は、それぞれの歴史・文化・精神性の特色により異なっている。それはまさに、各詩分野における〈詩的世界認識の方法〉を顕現しているだろう。そして、日本文学における「季語（四季の詞）」は〈美と時間性に祝祭された詩的語彙〉であり、「歳時記」とは〈美と時間性に祝祭された詩的語彙の集成〉である。それらは、名吟・佳吟という各時代に生まれたエネルギーの摂取により消長の歴史を辿るのである。

〔提　言〕

〈国際歳時記における比較研究〉を最初に試みたことが本書のオリジナルな意義である。本プロジェクトでは、数回の会議をもった。各研究分野により、方法論・知識の相違を多く実感した。また、海外の俳人たちともディスカッションの機会があった。

このプロジェクトは、二〇〇六〜八年度の国際俳句の一端を、アカデミックに、自由に考究することが目的であった。開発途上にある各国の国際HAIKUは、今も刻々と変化を続けているようだ。その流動するなかの一時期の考察である。本プロジェクトは、日本の現代俳句が世界的な視野で創作され、鑑賞され、また、翻訳の壁はあるだろうが、良質な海外の国際俳句が各国で鑑賞されることを期待する。グローバル化の破綻があらわれ出した二一世紀の初頭において、各々の国や民族や言語領域において、社会的なイノベーションが企画され、地球環境を豊かに再生してゆく過程において、多様性を容認する国際HAIKUの進展を予想したい。

それが「俳句的瞬間」であろうと、禅的動機であろうと、写真や朗読とのコラボレーションであろうと、または異なった新しい価値ある詩芸術が到来しようと、〈季節の言葉〉ではない新しい〈核（コア）〉が誕生しようと、いつか、永遠性を持つ不朽の名作が創造されることを期待するものである。

DAVID　COBB氏へ

本プロジェクトへのご理解に基づく、研究調査への御協力にくわえて、序文を書いていただき、厚く御礼を申し上げます。

ＷＩＬＬＩＡＭ　Ｊ・ＨＩＧＧＩＮＳＯＮ氏へ

二〇〇八年一〇月一一日のご逝去に、心より哀悼の意を申し上げる次第です。本書を天上の氏にささげます。

尚、本研究は、日本学術振興会科学研究費補助金基盤研究（Ｃ）〔課題番号：一八五二〇二八五〕二〇〇六～二〇〇八年度の研究成果である。

さらに本書は同科学研究費補助金（研究成果公開促進費・学術図書）〔課題番号：二三五〇五三〕二〇一一年度の助成によるものである。

言語表記・英訳について

本書においては、厳密な言語表記の統一は行わなかった。例えば、「季語」について、「四季の詞」「季節の詞」「季節の言葉」「キゴ」「Ｋｉｇｏ」等々がある。また、各国の方々にお読みいただくために、日本語の他に、英文の要旨を付けたが、英語の表記についても、翻訳者による違いもあり、不統一である。根本的には、執筆者自身の研究方法や考え方の相違により表記も変わると考え、様々な表記となっている。さらに、論文の書式はすべて縦書きに統一した。

「国際歳時記における比較研究」に寄せて――デーヴィッド・コブ

David Cobb（英国俳句協会元会長）

異なる文化（国、言語領域）がそれぞれの詩歌の中で自然に言及する仕方を比較研究しようという、東聖子氏とそのプロジェクトの考えはすばらしい。

もちろん『歳時記』は日本人のユニークな発明です。欧米諸国の作者は、少なくとも過去においては違ったやり方で自然に接してきました。英国の場合、人間と自然との関係と同じように、自然を間近で観察し表現するという伝統があります。ジェームズ・トムソンの『四季』（一七三〇）、ロバート・ブルームフィールドの『百姓の少年』（一八〇〇）、そしてジョン・クレアの『羊飼いのカレンダー』（一八二七）、これらはすべてその時代に広く読まれました。もちろんワーズワースは『抒情歌謡集』（一七九八）の中で、書物に知識を求めるより「自然をあなたの師とせよ」（フランスの作家ルソーへの共鳴）と熱心に勧めました。

英国では現在、描写的「自然詩人」は現代の抒情詩人や「思想詩人」の後に続く二番手に位置づけられて考えられることが多いのですが、散文においては、ギルバート・ホワイトの『セルボーン博物誌』によって確立された伝統は今でも失われず、リチャード・メイベイなどの作家の現代作品によく受け継がれているようにみえます。

さて、欧米において人気が高まっている俳句が（重要なことに俳文もまた）、「自然の中の人間」の文学を再び活気づけるように望まれています。それゆえ東氏の研究は我々にとって非常に興味深く、彼女のプロジェクトが全面的に成功することを期待しています。

我々が促進しようと努めている自然との協調精神を次の俳句で祝します。

the gardener's fingers　　庭の手入れをした人の指は
perfumed as he labours　　よい香りがする
planting thyme　　タイムを植えたので

David Cobb　　デーヴィッド・コブ

（坂口明子訳）

I

東アジア篇――歳時記の源流と漢俳・韓国歳時記

コラム〈歳時記の淵源〉

中国の歳時記と四季別類題詩集

植木久行 Hisayuki UEKI

歳時記の起源と展開

歳時記という言葉の誕生は、意外にも遅い。歳時記の古典として歴代重視されてきた南朝梁《りょう》の宗懍《そうりん》撰・隋の杜公《とこう》瞻《せん》注『荊楚《けいそ》歳時記』の書名が、現在最古の用例らしい。六世紀の半ばすぎ、江陵《こうりょう》（湖北省荊州市）出身の宗懍は、郷土―荊楚（長江中流域）地方の四季折々の習わしを記した『荊楚記』一巻を著した。隋の大業年間（六〇五～六一七）ごろ、杜公瞻が各地の多様な行事と風物の記事を全面的に増補して、中国全土にわたる歳時風俗資料にしたとき、書名を『荊楚歳時記』（二巻）に改めたのだという。

その際、彼は宗懍の自序の一節、「某率《われおおむ》ね小記を為《つく》り、以て荊楚の歳時を録す。元日より除夕《じょせき》に至る、凡《すべ》て二十余事」と見える「荊楚の歳時を録す」の語にちなんで改題したようである。これが古歳時記の研究者、守屋美都雄著『中国古歳時記の研究―資料復元を中心として―』（帝国書院、一九六三年）の説である。歳時は歳（一年）と時（四時《しいじ》、四季）から成る語。従って歳時記とは一年春夏秋冬（歳時）の記録を意味する。一年四季（歳時）の変遷に伴う気候・風物・行事・習俗・伝承などを列記した書物が歳時記なのである。

歳時記の語が、二百五十年以上にわたる南北の分裂が統一された隋朝に起こったとしても、その起源は古くまで遡る。先秦（戦国）時代から重要な農業政策を支える生活の指針として年間の各月に適した政令、いわゆる月令《がつりょう》（時令）を布告することになった。この完備した形態が秦の呂不韋《りょふい》編『呂氏《りょし》春秋』十二紀（各首篇）に見られ、『礼記《らいき》』月令篇はそれを承けたものである。一年十二か月の月ごとの気候と行事の書であり、為政者がいわば農事暦とも言うべき時令を下して、農民の生活を指導してゆこうとする政令集・季節の暦としての性格を持つ。特に『礼記』月令篇は、儒教の権威を背景に、長く正統的な時令（季節）の規範として尊重された。月令篇が季節を詩文の中に詠みこむ際の基準となり、月令が歳時記の類語となったのも、このためである。そして歳時習俗の記述に富む歳時型農書（後漢の崔寔《さいしょく》撰『四民月令《しみんがつりょう》』や唐末・五代の韓鄂《かんがく》撰『四時纂要《しじさんよう》』など）が出現したのも、当然のことであった。

今日ほぼ現存する歳時記の類としては、

①南朝梁の宗懍撰・隋の杜公瞻注『荊楚歳時記』
②隋の杜台卿《とだいけい》撰『玉燭《ぎょくしょく》宝典』
③唐末・五代の韓鄂撰『歳時紀麗』（歳時のみに限定した類書形式の、一種の歳時記）
④南宋初の孟元老《もうげんろう》撰『東京《とうけい》夢華録』（北宋の都汴京《べんけい》［河南省開封市］の都市繁盛記、後半が年中行事である）
⑤南宋末の陳元靚《ちんげんせい》撰『歳時広記』
⑥元初の費著《ひちょ》撰『歳時紀麗譜』（南宋末の成都［四川省］の年中行事記録）
⑦元の呉自牧《ごじぼく》撰『夢粱録《むりょうろく》』（南宋の都臨安［浙江省杭州市］の都市繁盛記。初めの三分の一が年中行事である）
⑧清初の潘栄陛《はんえいへい》『帝京《ていけい》歳時紀勝』（清の都北京のもの）

⑨清の顧禄《ころく》撰『清嘉録《せいかろく》』（江蘇省蘇州市のもの）
⑩清末の敦崇《とんすう》撰『燕京《えんけい》歳時記』（清の都北京のもの）

などがある。このうち、①④⑦⑨⑩は平凡社・東洋文庫のなかに、②は明徳出版社・中国古典新書続編のなかに、その訳注書を収めている。

なかでも多彩な引用書を誇る、歳時資料の集大成書は、六世紀後半（五八一年以前）に成る②の『玉燭宝典』と、十三世紀の半ばに成る⑤の『歳時広記』である。後者の『歳時広記』は、季節に関わる事項を広く収集して編纂した歳時記であり、季節を彩る花信風・杏花雨《きょうかう》・桃花水・黄梅雨・桜笋厨《おうじゅんちゅう》・練蛍嚢《れんけいのう》・一葉落・蟋蟀吟《しっしゅつぎん》・秋菊酒・一色雲・煖寒会《だんかんかい》などの記事を多数挙げ、さらに一年間の節句に関連する習俗・行事・風物などを記載する。ただし両書とも、詩文を集めた詞華集としての性格はない。

中国の四季別類題詩集

季節の詩のみを集めた、ほとんど唯一の大部の総集は、十二世紀の半ばに成る、北宋の宋綬《そうじゅ》編・南宋初の蒲積中《ほせきちゅう》続編『古今歳時雑詠』四十六巻である。北宋以前の二千七百余首を、元日・立春から冬至・除夜など、二十八目に分けて編集し、四季の詩を付す。いわば四季別類題詩集ではあるが、歳時に重点があり、季節の風物への視線に乏しい。

今日現存する最古の主題別詩集は、十七世紀初頭に刊行された、明の張之象《ちょうししょう》編『唐詩類苑《るいえん》』二百巻である。二万八千首を越える唐詩を、類書の体例にならって詩の主題（三十九部）別に編集する。二千首以上を収める歳時部を見ると、節句では二百六首の九月九日（重陽節）が最も多く、寒食・中秋と続く。同編『古詩類苑』百三十巻は、隋以前の古詩一万首弱を四十四部に分類編集する。

十八世紀初めに成る、清の康熙帝《こうきてい》勅撰『佩文斎《はいぶんさい》詠物詩選』四百八十六巻は、漢魏から明代に到る詠物詩一万四千余首を分類収録する、現存最大の詠物詩集である。

中国では、日本の俳句歳時記のように、恋・雑を除くすべての歌題を、季を統一原理とする秩序の体系のなかに組み入れたものは、結局、誕生しなかったのである。

(『俳句研究』二〇〇八年秋の号九月刊より転載。一部、補足)

当代中国における短詩の現状

林　岫　Lin Xiu
（中国漢俳学会副会長）

現代中国における短詩の実情とその社会背景を考える。短詩界はここ十年ぐらい安定期にあり、旧体（伝統的な格律詩）と新体（現代白話詩）が主流である。日本の俳句・和歌の影響により「漢俳と漢歌」が盛んに創作され、ここ数年間は「単句詩」が若者の心などを捉えている。現代中国の詩心を盛るこれらは活況を呈している。

はじめに

当代中国における短詩の発展は、ここ十年の間、比較的安定した時期になっている。唐の時代の李商隠の詩句を借りて言うならば、即ち「無由見顔色、還自託微波」（顔色を見るに由《よし》無く、還《ま》た自ら微波《びは》に託す（「離思」））という様相である。当代中国における詩歌創作の主流は、やはり詩歌評論家が「旧体」（伝統的な格律詩）・「新体」（現代白話詩）と呼ぶ二種類の詩である。新登場の「漢俳」と「漢歌」（短歌）は、両方ともますます多くの創作者を擁しているものの、創作の水準においては、さほど大きな変化はなかった。この二つを比較すると、漢俳の創作に加わった詩人が、漢歌より遥かに多いだけでなく、作者の職業も広く社会の各分野に及び、次第に高い水準に達して来た。ただ一つ喜ばしいことは、六年ほど前から、エリート層や学生の間に現れた「単句詩（一句詩ともいう）」は、哲理に富んだ単純明快な表現が、多くの読者を獲得し、並々ならぬ青春の活力に溢れていることである。

一　現代中国における四種類の新短詩の縁起

長い歴史を持つ中国の詩歌は、最初の詩集『詩経』（およそ紀元前十一世紀から紀元前六世紀までの五六百年の間に成立、計三〇五首を収録）から数えれば、今まですでに三千年余りの歴史を有している。その間、社会や政治の変動と経済の改革に伴った消長・盛衰もあれば、詩歌そのものの発展と外来文化（例えば仏教文化、西欧文化など）の影響による変遷・起伏もある。今日に至って、数え切れない諸賢の努力により、中国の詩歌の花壇には色とりどりの花が咲き乱れ、美しく、栄えた様相を呈している。

中国で最も古い詩歌はそのほとんどが民謡風の短詩である。内容の多くは普段の生活と生産労働に関わっており、単純な構成と簡潔な表現を持ちながら、まるで向かい合って話しかけてくるような形で、心を語り明かしてくれるものであるため、一種の濃厚にして素朴な庶民的、郷土的な味わいがある。その後、社会文化の歴史及び文学そのものの発展に従って、魏晋の時代（三世紀初頭から五世紀初頭まで）になると、詩歌の創作もまたほかの文学ジャンルと同じく、徐々に「民謡的」なものから「文人文学的」なものに転向して、文人によって作られた詩歌が大量に現れ始めた。それらの詩歌の登場によって、古い詩歌に見られる濃厚にして素朴な庶民的、郷土的な味わいがある程度薄くなったものの、詩歌に取り上げる題材の範囲が拡大（例えば、政治の思想、時弊の批判、人生の述懐など）しただけでなく、創作の手法もますます高度に発達し、技巧を重んじるようになるため、詩歌の創作に文人文学の風雅な趣きをもたらしたのである。七世紀初頭から十三世紀末までの唐と宋の時代は、中国古典詩歌の発展におけるクライマックス（即ち中国詩歌史上の「黄金時代」と呼ばれるその七百年間）であり、あらゆる形式の詩歌は十分な発展を遂げた。その後、六百年余りの間、詩歌の創作は修辞と技巧の面では中国文学の宝庫に豊かな財産を残したものの、内容の

四種類の短詩	字数と句形の決まり	創作方法	歴史
伝統体の短詩	よく見られる六種類 1　三言四句体（12字） 2　五言三句体（15字） 3　四言四句琴歌体（16字） 4　五言四句体（20字） 5　六言四句体（24字） 6　七言四句体（28字）	二種類 格律体 古風体	古代
新語体の短詩	自由体の形式 字数・句形は自由	口語体	近代
漢俳	五七五の形式（17字）	二種類 伝統体の作法 新語体の作法	1980年より
漢歌	五七五七七の形式（31字）	二種類 伝統体の作法 新語体の作法	1980年より 2000年より
単句詩	自由体の形式（17字以内）	二種類 伝統体の作法 新語体の作法	2000年より

面では殆ど唐と宋の因襲にとらわれていたので、再び「驚風雨、泣鬼神」（風雨を驚かし、鬼神を泣かしむる（杜甫の詩文））ほど大きなスケールを見出すのは困難である。

二十世紀の初頭になって、旧文学への反発、そして新文学の提唱を主張する新文学革命の気運に乗り、中国の詩壇では、古典詩歌と一風変わった新詩の登場によって、まさに「風乍起、吹皺一池春水」（風乍《たちま》ち起こり、一池の春水を吹いて皺《しわ》よす）（五代・馮延巳《ふうえんし》「謁金門」）と言われるように、詩歌の新しい時代が到来した。それらの新詩は進んで新しい思想を取り入れ、英・独・仏・露などの諸外国から詩歌の様式を借りて、歴代の中国文人・詩人に守られてきた詩歌創作の「伝統体」（例えば、「格律体」、「古風体」等）を捨てて、句の形も字数も自由な「新語体」を創出した。それ以来、中国の詩歌は川の分流のように、「伝統体」と「新語体」の二大流派に分けられるようになった。

二十世紀も八十年代に入ると、中日両国の文化交流の中で、日本の俳句と短歌の影響を受け、中国の詩壇ではまた新たに漢俳と漢歌（即ち中国語の短歌）が芽生えてきた。「古代の漢詩は輸出したもので、現代の漢俳は輸入してから中国の詩人によって再創造されたものである」（林林先生）。体裁から見れば、漢俳と漢歌は中国最短の短詩ではなく、しかもある程度まだ日本の俳句と短歌の色を帯びているが、二十年余りの発展を経て、その二つは既に中国現代詩歌の新しいメンバーになった。また、その創作から見ると、漢俳と漢歌も伝統体と新語体の二種類に分類することができるので、この点はもちろん中国詩歌自身の歴史の継承に一致しているのである。

九十年代になってから、中日両国の文化交流が日増しに盛んになってくるに従って、中国の詩歌は著しい短縮化の傾向が見え始めた。世界が小さくなった現在では、それも慌しい経済社会に生きる詩歌文学の発展における一つの普遍的な現象であろう。ここ二十年来、科学技術が急速に進歩し、おびただしい出版物が出回り、新しいメディアが次々に登場してきた。人々の生活から風雅というものが徐々にフェードアウトし、審美における俗化の傾向がますます強くなっている。今の中国では、普通の読者の目から見れば、伝統体、あるいは新語体の詩はもう「古臭い」ので、簡潔で、そして自分の気持ちを表すのにとても便利な短詩（「単句詩」も含め）がよく受けているのも当然のことであろう。

二　伝統体の詩

伝統体の詩はすなわち日本で言う伝統の漢詩である。六十年代の後半から始まった「文化大革命」の時代、伝統体の詩は「封建的文化の代表」と見なされ、中国の詩壇から追い払われたのであるが、その中にあっても創作活動を続け、動乱の時期を記した感動させる作品を残してくれた詩人は少なくなかった。八十年代に入ると、改革開放の波に乗って、中国の至る所で活気が溢れ始めた。詩人たちは時代の変貌と壮大な山河を謳歌し、物に託して心を詠じるようになり、伝統体の詩は新たなブームを迎え、各地では雨後の筍のごとく沢山の詩社が作られ、一九八七年五月には、ついに北京で中華詩詞学会が成立した。学会は中国の伝統詩歌を発揚し、時代の先頭を切って、詩人の胸中を世に伝えたのだった。現在では、全国ですでに五百余りの詩社があって、参加者は十万人近くいる。一九九二年より、毎年詩詞コンテストが開催されるようになっていて、その度に十数億にものぼる国内外の中国人、さらに漢詩に興味を持つ外国詩人の関心をひいている。初回のコンテストには一六ヵ国から一〇万余りの漢詩が集まり、一等賞を受賞した作品は故彭徳懐元帥を偲ぶ短詩である。中国における伝統体の詩の新生とその復興は、文学理論家をして「文化の回帰現象」と呼ばせるほど、確かに喜び勇むものがあった。

挽彭徳懐元帥

鉄馬金戈百戦余、
蒼涼晩節月同孤。
塚上已深三宿草、
人間始重万言書。

彭徳懐元帥を挽《いた》む　（四川　楊啓宇）

鉄馬金戈《きんか》　百戦余り、
蒼涼たる晩節　月同じく孤なり。
塚上《ちょうじょう》　已に深し　三宿草、
人間《じんかん》始めて重んず　万言の書。

（註）金戈＝武器。塚上＝墳墓の上。三宿草＝宿草は墓地に生える年を経た草。三は三年の経過を表すか。人間＝人の世。

有感旅台友人破鏡重円

八千里外山和水、
四十年間雨与風。
一笑紅顔明鏡裏、

台（台湾）に旅せし友人の破鏡重円に感有り　（安徽　裴中心）

八千里外　山と水、
四十年間　雨と風。
一笑す　紅顔　明鏡の裏《うち》、

白頭媼対白頭翁。　白頭の媼《おうな》は対す　白頭の翁《おきな》。

（註）破鏡重円＝割れた鏡が再び一つに合わさる。離散した夫婦が再会・復縁する。

修書偶成　修書（手紙を書く）偶成　（広東　許習文）

木落秋風勁、　木落ちて　秋風勁く、
波濤海上寒。　波濤　海上寒し。
恐驚慈母涙、　慈母の涙を恐驚して、
不敢報衣単。　敢えて衣《ころも》の単《ひと》えなるを報ぜず。

しかし、ここ十年来の詩詞コンテストの受賞作はほとんどが七律と長篇の古風で、伝統体の短詩は徐々に長篇の作品に代わられ、短詩の傑作も次第に少なくなっている。長詩と短詩は独自の特徴を持ち、創作の面においてもそれぞれの難しさがあると言えるが、ただ字句の推敲の角度から見れば、一般的には、長篇よりも短編の詩の方がもっと難しい。短詩というのは、咫尺ほどの所から万里を見るようなものゆえ、古代の詩論でも「五字（五言）の長城」とたとえている。思うに詩人が詩を作る時、長篇を書くか、短篇を書くかということは、詩の題材と内容によって決めるべきであって、書こうとするものの如何を問わずに、最初から形式ばかりに拘るのは到底正当な姿勢とは思えない。清の時代の顧炎武は『日知録』の中で詩の長短についてこう論じている。「如風行水上、自然成文。若不出于自然、而有意于繁簡、則失之矣。」（風　水上を行きて、自然に文《あや》を成すが如し。若《も》し自然に出でずして、繁簡に意有らば、則ち之《これ》を失えり。）今、伝統体の詩を作る詩人たちは、頻りに若手の詩人に短詩の練習を呼びかけていて、短詩の未来はきっと明るいと確信している。

三　新語体の詩

新語体の詩は、「文化大革命」の十年間に一度姿を消した時期があった。八十年代に入って、はじめて優秀な若手詩人が頭角を現してきた。彼らは理性的な思考と新奇な句形、それに大胆な表現を以て、偽りのない心の伝わる感動的な作品を沢山書いた。それらの詩の殆どは簡潔で余韻のある短い作品である。浅薄にして真心の乏しい昔の説教のような長詩の作風を捨てて、心の平和を求め、相互理解と人間愛の渇望を表現することによって、大勢の読者の支持を得た。新語体の詩の作者は伝統的古典詩詞から栄養を摂取し、外国詩歌の形式と技巧を取り入れながら、新語体を以て心を伝え、過去への反省と未来への憧憬を提示することで、偽りのない本当の気持ちで読者を感動させるのである。それは新語体の詩の完成に近づく大きな進歩でもあり、また新語体という短詩が完成に向かうことの象徴でもあった。ところが、九十年代の後半になると、経済発展の波に揺られながら、作者の「欠席現象」が生じ、新語体の詩の創作は急に下火となった。その後、新世紀の到来とともに、新語体の詩は再び花を咲かせ始めている。

恋

我是風箏、
飄在空中。
線在你手里、
随你的心浮動。

恋

私は凧だ、
空中に漂って。
糸は君の手の中に在り、
君の心のままに浮動する。

（北京　王渭）

新笋

紫燕飛来、
利剪一把、
剪去満天寒気。
紫燕飛来、
呢喃一声、
喚来遍地春意。

閃電

刹那的一瞬、
閃出了一生喜怒哀楽的楽章。
刹那的一亮、
耗尽了一生頑強拼搏的輝煌。

無題

白頭欣賞荷葉的青翠、
泛起思旧的漣漪；
黒髪陶酔枯池的清寂、
安知人生的嘆息？

新笋（北京　徐態）

紫燕が飛んで来て、
鋭利なハサミ一つ
満天の寒気を剪り去った。
紫燕が飛んで来て、
一声ちっちっと鳴いて、
一面の春の気配をよんできた。

稲妻（四川　林嶠）

刹那の一瞬、
一生の喜怒哀楽の楽章がぱっと現れた。
刹那のあかり、
一生の懸命な奮闘の輝きを使い果たした。

無題（浙江　暁嵐）

白頭の人は蓮の葉の青々とした緑をたのしみ、
懐旧の漣《さざなみ》がわき起った。
黒髪の人は枯れ池の静寂に陶酔し、
どうして人生の嘆息に気づくだろうか？

四　漢俳・漢歌

漢俳はここ二十五年来中国の詩壇に芽生えた新緑である。漢俳が出現するまで、中国の詩人は日本の俳句を知っていたし、日本留学の経験をもつ詩人が日本語で作った俳句を見かけたこともあるが、漢俳というものを作ろうと思う人は一人もいなかった。中日国交正常化後、我々を囲むあの太平洋が両国間の往来のカベでなくなり、詩人たちの交流も盛んになってはじめて漢俳の登場が必然的なものになった。そのきっかけは一九八〇年五月三〇日のことで、その日に中日友好協会は初めて大野林火先生を団長とする「日本俳人協会訪中団」の来訪を迎えた。当時、日本の友人は松尾芭蕉、与謝蕪村、正岡子規などの俳人の詩集を贈ってきた。趙樸初先生は興味津々で、日本俳句の一七音（五七五）の形を借り、伝統的な漢詩の作り方によって、即席で三首の詩を賦した。これが中国詩歌史上における最初の漢俳であり、中で一番有名な一句は次の通りである。「緑陰今雨来、山花枝接海花開、和風起漢俳」（緑陰に　今雨来り、山花の枝は海花に接して開き、和風　漢俳を起こす）。それを嚆矢として、漢俳は北京から中国各地に広まってきた。

漢歌も中日両国間の友好的な文化交流から生まれたものである。一九八〇年、西園寺公一先生のお招きに応じて、巴金、冰心、林林等中国の作家は日本訪問をした。元日中文化交流協会会長の故中島健蔵先生のお墓参りに行った林林先生は、日本の短歌の形式（五七五七七）を用いて、中国伝統詩歌の創作手法で弔いの漢歌を一首作り、それを中島先生の霊前に供えた。その漢歌は後に林先生の『剪雲集』に発表された。漢歌の創作が中国の詩人に広く受け入れられたのは一九八八年前後のことである。情報量も多く、そして句の形も変化に富んでいる漢歌は、特に伝統派の詩人に愛されているようである。

漢俳と漢歌（略して俳歌と言う）の創作活動は、八十年代の初頭においては、ただ中日文化交流の仕事に従事している文化人だけによって行われていたが、それが中国の詩人に受け入れられてから、瞬く間に溢れ出るような青春の活気を見せてくれた。この点は、唐の時代の張志和のことをすぐ想起できる。張志和の「漁歌子」が日本に伝わった時、それに傾倒した嵯峨天皇（七八六―八四三）は朝臣を率いて、熱心に模倣したという。思うに、千年以上経ってもなお日本で開花している漢詩の生命力と現代における漢俳・漢歌の成立と発展は、すべて歴史的な必然性を持つ。その必然性は中日両国の国民に共有される〈一衣帯水〉のご縁に由来しているものだと思う。今日では、日本の俳人・歌人の代表団が毎年の春と秋に来訪するようになっていて、俳歌を中心とする短詩文学の交流は、友誼の架け橋として中日両国詩人の相互理解を深めている。

　漢俳と漢歌の発展は、一九九五年二月に北京で中日歌俳研究中心《センター》が成立したことを機に、第一回目のブームを迎えた。伝統体と新語体の短詩を作っている大勢の詩人たちが俳歌の創作にも筆を染め、まさに「双管斉下《そうかんせいか》」（二本の絵筆を同時に使って描く。同時進行する意）の有様であった。そのような詩人たちの参入によって、俳歌に取り上げられた題材の範囲が拡大したばかりでなく、伝統体と新語体の短詩に使われた技巧も俳歌の創作に移植され、俳歌の手法をもっと豊富なものに発展させた。一方、別の角度から考えれば、俳歌の創作もまた長年伝統体と新語体の短詩を作っている詩人たちに新鮮な刺激を与えたと言うことができる。それについて、筆者が一九八四年四月に日本の浜名湖で花見をしている時、最初に作った漢俳を例として説明してみよう。これを見れば、漢俳が伝統体漢詩の創作に与える構造上の革新的なインパクトはどれほどのものかが分かる。当時、筆者はまず一首の漢詩（五絶）を作ったが、「初試櫻花雨」（初めて試《あ》う　櫻花の雨）に俗世を忘れた超然とした感じを強調したかったから、詩句の順序を引っくり返し、元の四句の短詩を三句までに圧縮してみた。それまでずっと、簡潔でありながら、現代人の感情を表すのに相応しい詩体を探し続けていたが、その時、「これだ。それは漢俳だ」と気づいた。

漢詩（五絶）

初試櫻花雨、　初めて試《あ》う　櫻花の雨（花吹雪）、　（起）
疑忘烟火語。　烟火の語（俗社会）を忘るるが疑《ごと》し。　（承）
風来一快襟、　風来《きた》りて　一たび襟（胸襟）を快くし、　（転）
翠浪揺春嶼。　翠浪　春嶼《しゅんしょ》（春の小島）を揺する。　（合）

漢俳

翠浪揺春嶼。　翠浪　春嶼を揺する。　（起）
浅立疑忘烟火語、　浅《しばら》く立ちて烟火の語を忘るるが疑《ごと》し、　（承）
初試櫻花雨。　初めて試《あ》う　櫻花の雨。　（合）

中国の伝統漢詩に詳しい方は皆知っていると思うが、漢詩は構造上「起承転合」（日本では起承転結というが、中国では通常、起承転合という）を重んじていて、それを「詩の命脈」と考える。漢俳の成立は中国の短詩の仲間に新たな一員が加わったのであるが、それよりも、漢俳の出現は中国現代短詩の構造に変化をもたらしたことはもっと重要な意義を持つ。あるいは「起承結」の形で、あるいは「起転結」の形になっていて、隙間のある、躍動的な変化は、短詩の構造をして書道でいう「以白計黒」（白を以て黒に計《かぞ》う）の効果をうまく演出させた。

二〇〇五年三月、中国人民対外友好協会と中日友好協会の支援のもとに、中国漢俳学会（林林先生が名誉会長、陳昊蘇先生が顧問、劉徳有先生が会長、袁鷹、屠岸、林岫、李佩雲が副会長）が北京で成立し、それで漢俳は第二回目のブームを迎えた。漢俳学会の発足は中国詩歌史上の一大事でもある。それは、中国の漢俳詩人が既に一定の人数に達したことを意味し、また学会の成立によって、中国の漢俳詩人とともに幅広い愛好者たちがはじめて自分の「家族」を持つことができるようになったからである。劉徳有先生の言葉をお借りすると、「これを『学会』と言うのは、漢俳の創作と研究を通じて中国における漢俳の創作活動を促進し、日本俳壇との文化的、学術的交流を図ることを旨とするから」である。中国漢俳学会成立後、中国の詩壇では漢俳・漢歌の創作がたちまちブームになっていた。

和風、漢俳を起こす。さらにまた漢歌が始まった。この二つは、いずれも単純な移植ではない。ともに日本の俳句と短詩の影響を受けて誕生した中国の新短詩である。形式から見れば、日本の俳句の一七音（五七五）と短詩の三一音（五七五七七）をそのまま継承したが、漢俳と漢歌は、押韻を必要としているし、音律の面でも漢詩の伝統を守り、平仄の組み合わせによる抑揚頓挫の美意識を持っている。

光大古詩縁　　古詩の縁を光大にす（盛んにする）　（林林）

往事越千年、　往事は千年を越え、
人文往還天下先、　人文の往還　天下先《さき》にす、
光大古詩縁。　古詩の縁を光大にす。
李白晁衡佳話在、　李白晁衡《ちょうこう》の佳話在りて、
和風漢月慶同天。　和風漢月　天を同じゅうするを慶ぶ。

（註）李白晁衡…＝晁衡は阿倍仲麻呂。彼の乗る帰国の船が遭難した知らせを聞いた李白は、（その後の生還を知らないままに）その死を悼む「晁卿衡を哭す」詩を作った。
和風漢月…＝日本の長屋王《ながやおう》が中国の僧に送った袈裟《けさ》には、「山川は域を異にすれども、風月は天を同じゅうす。諸《これ》を仏子に寄せて、共に来縁を結ばん」という四句が縫いつけられていた（淡海三船『唐大和上東征伝』）。

謁王昭君墓

千古惜紅顔、
青青湖草也知難、
年年倚墓欄。
男児能遂凌雲志、
何待琵琶馬上弾。

王昭君の墓に謁す　（林岫）

千古　紅顔（美女）を惜しみ、
青青たる湖草　また難きを知り、
年年　墓欄に倚る。
男児能く凌雲の志を遂ぐれば、
何ぞ待たんや　琵琶　馬上に弾くを。

（註）王昭君＝前漢の元帝の後宮にいた美女で、匈奴の王に嫁いで塞外の地で没した。その墓は青《みどり》の草におおわれて、「青塚《せいちょう》」と呼ばれた。

青森県陸奥湾

随風正揺晃。
幾尾漁舟軽蕩漾、
遠山堪俯仰、
天色蒼茫日已西、
波間漁火真明亮。

青森県陸奥湾　（劉徳有）

風に随いて　正に揺晃《ようこう》す（ゆれる）。
幾尾の漁舟か　軽やかに蕩漾《とうよう》し（漂い）、
遠山　俯仰するに堪え、
天色蒼茫として　日は已に西し、
波間の漁火　真に明亮。

夕陽紅

相聚夕陽紅、
揮毫献藝顕神通、
歓楽在其中。

夕陽紅《くれない》なり　（江蘇　戴同論）

相い聚《つど》えば　夕陽紅なり、
揮毫し藝を献じて　神通を顕《あらわ》す、
歓楽　其の中に在り。

休言年老難従藝、
苦練能成穿石功。

言うをやめよ　年老いて藝に従い難しと、
苦練すれば　能く石を穿つの功を成さん。

字数から見ると、漢歌は漢俳より一四字（音）多い。伝統漢詩の創作では、この一四字はちょうど整然たる二つの七言句である。この点は上の三句の五七五（そろっていない句形）と良い対照となり、まさに変化に富んだ形式である。それに、語彙の量も漢俳より多いため、一部の詩人に特に好まれているようだが、句形の変化によって、独特の効果をもたらすことができると言われている。

内容の面では、二一世紀に入ってから、漢俳と漢歌は、八十年代よりもっと新生面の切り開かれた完成度の高いものになってきた。

ここ十年来、漢俳・漢歌創作の趨勢として、まずあげられるのは題材の多様化である。それまでは、作者が殆ど中日間の文化交流の仕事に携わっている知識人であったため、作品の内容は主に四季を詠じ、友情を歌うものであった。その後、俳歌の創作に加わる詩人が多くなるにつれて、自然の景色や、人生の悟りや、理性的な思考などを描くものもだんだんと多くなった。現在、青少年（特に中学生、高校生、大学生）の中には、漢俳の作者が年々増える一方である。一九九〇年、日本航空の主催で俳句創作の募集が行われたが、中国では北京と上海だけで、合計一万点近くの漢俳作品が応募された。一九九〇年から二〇〇三年にかけて、筆者は北京、重慶、甘粛、山東などで、計二四回の「短詩創作の講座」を行ってきたが、その過程の中で一つ気づいたことがある。それは、ますます多くの青少年が漢俳と漢歌の創作に興味を示しているということである。調査の結果によると、単純な自然描写を好む人が少なく、哲理の含まれたもの、人生や恋愛の苦楽を語るもの、時弊を風諭するものなどが最も人気のある短詩だそうである。このような傾向は、ある意味で、俳歌の題材の将来を暗示してくれるように思われる。

琴手

自従那一夜、
弾響了你的琴弦、
我才算琴手。

琴の弾き手　（香港　暁帆）

あの夜、
君の心の琴線を響かせてから、
僕ははじめて琴の弾き手となった。

重逢

青渋的果子、
一夜之間変紅了、
只是為了你。

再会　（北京　陳明遠）

青く渋い果実が、
一夜のうちに赤くなったのは、
ひとえにあなたのせい。

菜根

嬌慣害児孫。
須知百煉成功苦、
家珍是菜根。

菜根　（河北　余新）

嬌慣（甘やかし）は児孫を害す。
須らく百煉して成功の苦しみを知るべし、
家珍（家の御馳走）は菜の根なり。

歪轎

有権財運開、

歪んだ轎《かご》　（貴州　張華鑫）

権有らば　財運開き、

塗鴉都是右軍才。
歪轎有人擡。

塗鴉もすべて右軍の才なり。
歪んだ轎《かご》も　人有りて擡《もた》ぐ。

（註）塗鴉…＝悪筆も書聖・王右軍（羲之）なみの才だと見なされる。

月牙湖

風吹五色花、
環抱山中一月牙、
浅水映蘆花。

（青海　趙紹康）

月牙湖

風は五色の花を吹き、
山中の一《いつ》の月牙（湖）を環《めぐ》り抱《いだ》き、
浅水　蘆花を映す。

魚吟

岸上的釣者、
你釣起的不是我、
是水的寂寞。

（浙江　王俊丹）

魚の吟《うた》

岸べの釣人よ、
君が釣ったのはこの私ではなく、
水の寂寞だ。

一九九七年五月、『漢俳首選集』（林岫主編）が青島出版社から出版されて以来、中国全土で次々と、自分の漢俳詩集を編集・出版する漢俳詩人が出て、数十名にものぼった。現在では、各詩歌雑誌に漢俳・漢歌などの短詩を発表することができるほか、中国で唯一の漢俳雑誌もある。それは林林、劉徳有、袁鷹、林岫、屠岸、李佩雲を顧問とする『漢俳詩人』（湖南省季刊、主編段楽三）で、二〇〇二年創刊以来、二〇〇七年四月一五日まで、すでに二二期出版されている。大勢の漢俳の作者が先を争って雑誌に投稿している今の光景は、亡くなられた趙樸初先生をはじめとする漢俳の貢献者たちにとって、大きな慰めになるであろう。毎期三五〇首の漢俳が載るという平均値から計算すれば、すでに六〇〇〇首以上の漢俳作品と百余りの評論が『漢俳詩人』によって発表されたことになり、漢俳の普及には大きな貢献をしたのである。

漢俳と漢歌の創作は最初の時期において、主に中日文化交流の友情を歌うのに集中している単調な内容であった。しかし、漢俳と漢歌の普及にしたがって、その内容も次第に拡大し、人生の経験、社会の変動、自然の風物等々、取り上げることのできないものはないと言っていいほどである。このような変化は、二十年の歴史を歩んできた漢俳と漢歌が真の完成に至ることを意味すると考えてよかろう。

筆者はかつて五年間で『漢俳詩人』に発表された漢俳作品とその作者について、初歩的な調査を行ったことがある。

内容を「詠物寄情」、「湖山勝概」、「感時慨世」、「嚶鳴友声」、「人生百態」、「歴史剪影」と六分類すると、それぞれの割合は約二〇・五%、一九・〇%、一八・四%、一六・三%、一四・三%、一一・五%であった。パーセンテージから見れば、「詠物寄情」と「湖山勝概」の二つが依然として最も主要な題材であることが分かる。この点は、日本の加藤耕子氏（『耕』の主宰）が筆者主宰の「二〇〇四年北京中日短詩シンポジウム」の席上「そこに自然があるから、我々は俳句を作る」と語ったのに自ずから合致していると思う。また、漢俳を以て国際社会や政治への関心を示す、極端な例としては強い批判を詠んだ作者もかなり多いということは注目に値する。

読報感賦　　新聞を読んで感ずるところを詠む　　（吉林　公木）

歴史的良心、　　歴史の良心は、

容不得半点迷信。
権威等于零。

いささかの迷信をも許さない。
権威はゼロに等しい。

賦中東戦争
西海失金湯、
導弾今成「治世方」、
百姓苦遭殃。

中東戦争を賦す　（北京　林岫）
西海　金湯（堅固な街の守り）を失い、
導弾（ミサイル）今「治世の方」となり、
百姓《ひゃくせい》（人民）、苦《はなは》だ殃《わざわ》いに遭う。

銭是勾魂幡
銭是勾魂幡、
毀了前程丟了官、
只因心太貪。

銭は毒薬　（山西　高培興）
銭は毒薬だ、
前途を毀し官を失う、
ひとえに貪欲のためだ。

漢歌の場合は、まだ正式の刊行物を持っていないのが現状である。今日まで、『漢俳詩人』及びその他の詩歌雑誌に発表された漢歌は全部で四千首近くと見積もっている。

一九九七年の夏、筆者はそれまで十年間に中国の詩歌刊行物に漢俳の作品を発表したことのある作者について調査をしたが、その調査によって、伝統体、或いは新語体の短詩をよく作る人（略して詩人という）と、たまに、或いははじめて漢俳を作る人（略して一般作者という）は、それぞれ全体の六〇・七％と三九・三％を占めることが分かった。それから十年後の二〇〇七年四月に同じ調査を再度行ってみると、詩人と一般作者の割合はそれぞれ四三・三%と五六・七%に変わっていた。この数字からも分かるように、ここ十年（即ち一九九七年から二〇〇七年まで）の間に、漢俳は作者の構成が大きく変化し、高齢の漢俳詩人は、逝去したり詩壇を去ったり、或いは体力の衰えによって少壮詩人ほど創作意欲が燃やせなくなる。これに対して、多くの若者が漢俳に興味を持つようになり、積極的に自分の思いを漢俳で伝えようとするので、彼らこそ、現在の短詩創作の中核をなす力となっている。

漢俳と漢歌はともに時代の詩である。中国語における綺麗で豊かな語彙を使いながら、変化に富んだ意匠と巧みな技法を組み合わせることによって、俳歌（漢俳と漢歌）は人をひきつける大きな魅力を発揮している。二〇〇〇年と二〇〇四年、筆者は二回にわたって北京で中日両国の短詩詩人のために勉強・交流の機会を与えるための「中日短詩シンポジウム」を催した。その後、漢詩を作っている日本側の詩人も漢俳の創作を始めたし、日本語のできる中国側の短詩詩人も俳句の詩作を出している。このような一方通行を克服した交流こそ今両国の詩歌文化の交流にとって一番便利かつ有効な方法だと思う。

中国の詩壇における漢俳の普及は、また日本詩人の関心もひいている。日本の詩歌評論家である、今田述氏と東聖子氏は二人とも漢俳の発生と発展について紹介した文章を書かれている。二〇〇六年一一月二九日に、日本の国際俳句交流協会の招待で、劉徳有先生が第八回俳句大会に出席され、「中国における漢俳」と題する講演をされた。作家であり詩人であり、日本語翻訳家でもある劉先生は、ユーモアを交えながら漢俳の発展の現状を分かりやすく説明した上で、日本の俳句との比較研究にも言及された。中日両国の詩人と読者にとって、俳句と漢俳の翻訳、余韻の問題、さらに季語の使い方における相違の認識を深めること、そして両国間の文化交流が自国の文学に及ぼした影響を理解する上でも、重要な示唆を与えることができた。

五　単句詩

単句詩は、一句詩、短信詩とも言う。それはここ六年来、中国のエリート層、例えば詩歌団体の文化人や大学内の詩歌文学愛好の教員、若い学生の中で徐々に流行してきた新型短詩の一つである。この詩は字数が普通二〇字以内で、余韻と詩趣のある言葉によって、一瞬の所見・所思、或いは日常生活の一場面を表現し、ある種の情緒を露呈することができ、仏教の短偈（一句禅）と類似しているのだが、仮にこれを「単句詩」と名づけることにする。このような新型短詩はまず分かりやすい。押韻などなく変化に富む。創作も、朗読も、暗誦も容易で、携帯電話のメールで送るのが、流行すると、瞬く間に若い詩人や学生のあいだで人気を博している。

詩歌は最も簡潔な美しい言葉で人間の気持ちを表す文学作品である。慌ただしい現代社会の日常生活の中で、自分の気持ちや一瞬の感動を手短かに、優雅に表現するには、詩歌の魅力を借りなければならない。したがって、一行で済むという新型短詩が時運に乗って誕生したのである。

二〇〇一年の秋、「懶洋洋的眼看着閙哄哄的街、無奈」（ものうげな眼でにぎやかな街を見ても、どうにもならない）、「世界同炎熱、北極已融氷」（世界はどこも猛暑で、北極ではすでに氷がとけた）など、読み人知らずの短詩が携帯電話のメールを通して広まってきた時、誰もそれが新型短詩の誕生だということに気づかなかった。それらの短詩はもはやそれ以上短縮できない意味深長なもので、その一番大きな魅力は大変短い時間に書けるということにある。それは、もともと詩人ではない人が魅了されたのであったが、やがて詩人でもある文化人たちも魅了された。日常の思想断片を瞬時の虹の色彩として「単句詩」に書き留めるようになって行った。翌年の春に、私は教え子から携帯電話のメールで「答弁時老師厳粛的注目礼、是鼓励和希望」（答弁のとき、先生の厳粛な注視の礼は、激励と希望である）さらに「失去平日温馨的依傍、我們在答弁中長大」（平素の温かいよりどころを失い、私たちは答弁の中で成長する）の二句をもらった。その時、私は詩趣溢れた衝動に駆られて、「靠自己打拼、上帝不接電話」（自分の力に頼って必死になりなさい。神様は電話に出ないから）と返信した。思えば、当時はこのような短詩についてまだはっきりした認識がなかったが、それは恰も名の知れない小さな花のように、知らず知らずの間に私の身の回りまで咲いて来ていたのであった。

久違的爆竹声湮没了除夕的鐘声。（北京　劉徳有）
　久々の爆竹に消されて聴けず除夜の鐘

落紅墜下的瞬間、屹立為美的永恒。（北京　屠岸）
　花が落ちる瞬間　際立つ美しき永遠

心明如沐陽、五色令人盲。（北京　林岫）
　心は明るく陽を浴びるごと　色彩に眼がつぶれ

没有開不敗的花、只有走不完的路。（北京　蔣有泉）
　咲いて散らない花はなく　いつまでも歩ききれない道があるだけだ

看不見太陽、鼠目只有寸光。（北京　李佩雲）
　太陽は見えずに、鼠の目にはただ寸光
（註）視野が狭い、見識がない意味を持つ成語「鼠目寸光」を利用する。

隔着車水馬龍和塵土、学校更遠了。（天津　厳晴）
　街の雑踏と埃を隔てて　学校は更に遠くなった

灼熱的陽光譲仰望的花児憔悴。（上海　王偉儒）
　灼熱の太陽　花は天を仰いで憔悴す

我是香港楼林間時飛時栖的孤鳥。

香港のビルの林のなかで　時に飛び時に休める　私は孤鳥

（広州　顧宇強）

「単句詩」の出現は主に次のような二つの要因による。

第一にそれは早く気持ちを伝えようとする現代人のニーズに応えている。道端にいても、閲覧室にいても、喫茶店にいても、駅や空港の待合室にいても、とにかくどこにいても、携帯電話のメールとして残すことができるし、更にそれを送信して、その場で多くの友達と交流することもできる。一九九六年、ある評論家は「カラオケは現代人の歌う表現欲を満足させることができるので、世界を風靡したのだ」と言った。そうだとすれば、最も簡潔な詩歌の言葉で作った「単句詩」も現代中国人の文学的表現力を満足させていると言ってよいだろう。北京大学、南開大学、そして北京師範大学に在籍している何人かの大学生に「なぜ『単句詩』が好きか」と尋ねてみたところ、答えはほとんど同じであった。つまり、「みんな忙しいし、たっぷり時間をかけてあれこれと文句を思案する暇がない、それにメールで送信すれば、同時に多くの友達に知らせることが出来るから…」ということだった。

天津の高校二年生の厳晴さんは、前掲の「単句詩」を書いたのは一時の気まぐれだったと言っている。彼の話では、ちょうどその時彼女が道端でバスを待っていたのだそうだ。見上げると空が埃っぽく、朝のラッシュアワーで混雑した車と大勢の人出。それを見たら、学校がもっと遠くなったという錯覚を覚えた厳さんは、思わず携帯に「隔着車水馬龍和塵土、学校更遠了（街の雑踏と埃を隔てて　学校は更に遠くなった）」と入力した。まさかそれが自分の作った最初の新短詩だとは思ってもみなかったという。厳晴さんの話は現代人のある種の焦燥と、どうしようもない気持ちをよく表していると思う。「電話があると、今より百倍忙しくなる。携帯があると今より千倍忙しくなる」とかつて日本人は嘆いた。それがまさに今の中国人の現状である。地球は狭すぎて、人は多すぎる。静かな書斎で蘭の花の香りを愉しみながら、書道や絵画を鑑賞し、沸かした泉の水でおいしいお茶を入れるといった、のんびりしたひとときは、現代人にとってもはや高嶺の花であろう。考えれば、忙しい日常生活の中で、短い言葉で自分の気持ちをさりげなく記録するのは大変便利なことである。それこそやって楽しいのではないか。言うまでもなく、携帯電話の時代の到来は「単句詩」の登場を促し、「単句詩」はまた忙しい現代人が自分の気持ちを伝えるためのファストフードになったと言えるだろう。

それから、エリート層の知識人（詩人、作家、翻訳家、教授、将軍等）が「単句詩」を作ることによって、忘れがちな些細な日常の思いや出来事を記録することができるようになった。それは「単句詩」の優雅化をある程度推進したと同時に、また「単句詩」の普及にも繋がっているのである。「単句詩」の作者の中には、日本の俳句や短歌等の短詩型文学が好き、或いはそれらと接触したことのあるエリート層の知識人が少なくないことに気がついた。日本の俳句や短歌の作品の影響を受けて、中国では漢俳と漢歌が芽生えたわけだが、漢俳と漢歌の創作の必要から、日本の俳句や短歌を勉強し始めた人もいる。中国語に訳された俳句や短歌の多くは、中国語として分かりやすく仕上げられるために、時には接続詞が入れられたり、時には原作に無かった内容まで付け加えられているにもかかわらず、中国の読者はその訳文から高度な含蓄を重んじているという、日本の俳句や短歌の重要な特色を読み取ることができたのである。

漢俳・漢歌と違って、多彩な内容をもつ「単句詩」の簡潔さはどうやら生来の性格らしい。字数を制限するために、省ける言葉はできるだけ省いて短くする。多くの余韻を読者の想像に任せることにより、鑑賞の過程において読者とのコミュニケーションを実現する、その点で日本の俳句や短歌の鑑賞に類似している。宋の時代の姜夔は『白石詩説』の中で、「語貴含蓄。…若句中無余字、篇中無長語、非善之善者也；句中有余味、篇中有余意、善之善者也」（語は含蓄を貴ぶ。…句中に余字無く、篇中に長語無きが若《ごと》きは、善の善なる者に非ざるなり。句中に余味有り、篇中に余意有れば、善の善なる者なり。）と述べている。つまり、詩の中には余った字がなくても、それだけで最高の詩とは言えない。一番肝心なのは、詩の中に是非とも余韻が必要だというのである。読み終わって、橄欖《かんらん》を噛むように、いつまでも味わえるものこそ、最高の詩なのである。ここ二十年来、日本の俳句と短歌の訪中団により行われた盛んな交流活動が、中国詩壇における新体短詩の発展に役立ったのである。

現在では、「単句詩」の創作は、伝統体と新語体の二種類に大きく分かれている。その作品を例示する。

未聆流水音、焉得解弾琴？　　（北京　林岫）
　未だ流水の音を聆《き》かざれば、いずくんぞ解《よ》く弾琴せん？

也無哀。離緒難排、飲幾杯。　　（北京　如意）
　また哀《かな》しみもなし。離緒《りしょ》（別離の思い）は排し難く、幾杯をか飲まん。

青史年年改難決、是非功罪憑誰説？　　（湖北　黄奕欣）
　青史（史書）は年々改むるも決し難く、是非功罪は誰に憑《よ》って説かん？

有幸同舟南海渡、豈争船尾与船頭！　　（北京　蒋有泉）
　幸有りて同じ舟にて南海に渡り、あに争わん船尾と船頭とを。

郁金香像高脚杯溢出了瓊漿的芳醇。　　（北京　劉徳有）
　チューリップはワイングラスごと　溢れ出る美酒の芳醇。

苦役用血築就的長城、是秦皇永恒的徽章。　　（江西　趙知行）
　クーリーが血で築き上げた長城は　始皇帝の永遠なる徽章だ。

鼠敢横行猫胆小、原来後院鼠拜猫。
　鼠は威張り猫は臆病　じつは鼠が陰で猫に賄賂を贈ったのだ。
（山西　方徳斌）

容易忘記的愛画出一道彩虹的詭譎。
　忘れやすい愛は　虹のまやかしを一つ描き出す。
（内モンゴル　桂歓）

以上の例の中で、伝統体と新語体の「単句詩」がそれぞれ四つある。伝統体の「単句詩」の場合は、五言にしても七言にしても、単句の字声の平仄は格律の決まりを守らなければならない。「独木橋韻」（即ち全ての句が押韻する形式）を用いる人もいて、例えば、筆者は十二侵韻の「音、琴」を使い、黄奕欣は入声九屑の「決、説」を使っている。それに対し、新語体の「単句詩」の場合は字数も比較的自由だし、押韻もそれほど厳しくはない。

中国の詩詞は、古来の伝統として、「無韻非詩」（韻無きは詩に非ず）と言われるほど押韻のことを重んじている。しかし、「単句詩」の創作によって、「無韻詩」が現れてきた。これはまさに中国の詩壇における「破戒」であったため、学界に認められるかどうかまだ分からない。換言すれば、右に挙げた後ろの四つは「詩」と目されることは可能かどうか、学界はまだ結論を出していない。日本の詩歌は押韻の決まりもなければ、「無韻非詩」という物差しもない。その点は中国とだいぶ相違する。もし、韻を使わない「単句詩」でも「詩」と言えるなら、それは間違いなく一大変革になるだろう。

六　詩題

近年来、短詩の領域では、詩題のことが議論の中心になっている。題のなくなったものや、他の詩とセットになって同じ題を共有しているものや、下書きで暫く題の欠けているものや、わざと「無題」とつけたものなどを除いて、中国の古典詩歌は殆ど詩題を持っている。詩歌評論家の説によれば、詩歌の歴史における詩題の誕生は詩歌創作の自覚化を意味する印だとみなされるという。中国の上古の詩歌は詩題がなかった。自由に言い伝えられた口頭の創作であったため、題のことを特に考えなくてもよかったし、わざわざそれをつける必要もなかった。自分が詩人である認識を持つ人が現れてからはじめて、命題の自覚性が生じてきた。現代の中国の短詩は詩題のことについて、比較的自由である。詩句だけで言いたいことがもう充分伝われば、題を省いたとしても別に何の問題もないのだが、言おうとすることを纏めたり、強調したり、補ったりするために、短詩の詩人も詩題のことを真剣に考えて、それをつけるのが普通である。

温度計

不因貧富権銭変、
唯同環境共炎涼。

温度計　（湖南　陳啓瑞）

貧富権銭（権力と財力）によりて変らず、
ただ環境を同じくすれば炎涼を共にす。

無題

無此人間歓楽地、
客来何必問桃源？

無題　（吉林　潘燁）

この人間《じんかん》（世間）の歓楽の地が無ければ、
客来《きた》りてなんぞ必ずしも桃源を問わん？

唖妻・対坐

相対意無窮、

唖者《あしゃ》の妻・対坐　（　某　）

相対せば　意《こころ》は窮まりなきも、

霊犀一点通。

霊犀《れいさい》　一点通ず。

啞妻・出門

望天復指心、
雨傘逓身前。

啞者《あしゃ》の妻・出門　（　某　）

天を望み　また心《むね》を指せば
雨傘　身の前に逓《てわた》さる。

啞妻・帰来

欲述相思意、
尋来紅豆詩。

啞者《あしゃ》の妻・帰来　（福建　譚論）

相思《そうし》の意を述べんと欲して、
紅豆《こいまめ》の詩を尋ね来る。

（註）紅豆詩＝紅豆《こうとう》は「相思子《そうしし》」（相思《こい》の子《み》）とも呼ばれる。唐の王維「相思」詩にいう。

心燭

善心如慧燭、
遠離燭照。

心燭　（山東　袁理）

善心　慧燭《えしょく》（智慧のともしび）のごとく、
遠く離るれども　燭照らす。

七　季語

季語の決まりに関しては、漢俳と漢歌の場合は、それらが流行し始めた時点から、日本の俳句に比して遥かに大まかである。中国大陸では、地方によって季節の移り変わりが相当異なる。例えば、「花開楊柳岸」（花開く　楊柳の岸）という詩句は春の描写に見えるが、実は海南島の冬景色である。同じ花でも、例えば梅の花の場合、「冬の梅」

と「春の梅」の違いがある。日本の『俳句歳時記』が中国で通用しないばかりでなく、中国固有の季語でも時間と場所によって全く異なるのである。それに、短詩はもともと短いもので、すべての詩に季語あるいは季語に代わるもの（例えば「春」の代わりに「桃杏」、「秋」の代わりに「橘黄」）を入れなければならないとすれば、短詩の内容にも何らかの影響が及ぶだろう。この点について、鷹羽狩行先生は『胡桃の部屋』という随筆の中で論じたことがある。現在では、漢俳と漢歌は多様な題材が取り上げられるようになり、社会や人生、それから理性的な思考を内容とする短詩は、これからも季語について特に拘らないのは当然であろう。これも中国短詩の特色の一つである。

烟裊碧天穹、　　煙は碧き天穹《そら》に裊《ゆら》ぎ、
馬頭琴韻味無窮。　　馬頭琴《ばとうきん》（モンゴル族伝統楽器）の韻味《おもむき》は窮まりなし。
大漠夢香濃。　　大漠《たいばく》の（広大な砂漠で見る）夢は香り濃し。

（北京　楊平）

置身霄漢中、　　身を霄空《おおぞら》の中に置きて、
天外昂頭背不躬。　　天外に頭を昂げ　背は躬《ま》げず。
絶頂我為峰。　　絶頂に　我峰と為る。

（江蘇　王元慶）

一句「再見了」、　　「さよなら」一つで

（河南　文婷）

留住凝固的空気、
落下愛之星。
凝固した空気を留めて、
愛の星を落下させる。

（上海　徐園園）
塵俗一時休。
坐対千枝桂樹頭、
香擁半山楼。
塵俗　一時休む。
坐して対す　千枝口桂樹（木犀）の頭、
香りは半山の楼（山の中腹にある高楼）を擁《おお》う。

（河南　張建才）
鵞黄柳梢動、
青茸原上又初濛、
花欲吐春紅。
鵞黄《がこう》（淡い黄色）　柳の梢に動き、
青茸《せいじょう》（若草）は原上に　また初めて濛《けむ》り、
花は　春の紅を吐かんと欲す。

（北京　董振華）
春風撲満懐、
桃花探出緑窓来、
笑意費人猜。
春風　撲《う》ちて懐に満ち、
桃花　緑窓より探り出《い》でて来り、
笑意（ほほえむ花の表情）は　人の猜《はか》る（推測）を費やす。

前の三例はいずれも「季語」がない。後の三例はそれぞれ秋と春の季語が使われている。

八　その他の短詩

前掲した四種類の短詩のほかに、現代の中国にはいくつかのまだ流行していない短詩体がある。例を挙げて言えば、南の地方では、詩人が地元の戯曲、評弾の影響を受けて作った、一人か二人で歌える短い作品があって、西北の地方では、その土地の民謡を基にして作られた短小の歌詞があるが、いずれも地域と方言の制限があるため、今日に至ってもまだまだ普及していないのが現状である。

日本の葛飾吟社の主宰である中山栄造先生は、漢字文化圏での詩歌文化の交流を促進するために、曄歌《ようか》、坤歌《こんか》、偲歌《さいか》、瀛歌《えいか》を作られ、それは漢詩を学ぶ日本人にとって大変便利であると同時に、また中国で短詩の創作をしている詩人たちに新たな詩形を開拓してくださった。現在では、これらの「中山四体新短詩」はまさに広まろうとしているところで、大まかな統計では、漢俳詩人のうち、約半数近くの人が作ったことがあるという。

「曄歌・軍営の旅唱」（新疆　熊宇）

号声残。
此時相憶、
盤中餐。

号声残《ざん》す（ラッパの音が消えてゆく）。
此の時　相憶う、
盤中の餐《さん》（食器の中の御飯）を。

「曄歌・相思」（マカオ　施明恵）

柳絲絲。

柳絲絲《しし》たり。

別後方知、
見已遅。

夕陽明、
馬頭青野、
似掌平。

雁行斜。
傷情難写、
鬢辺花。

梅花笛裏、
欲語還休。
鴎帆雲影、
一天秋。

別れて後はじめて知る、
見ること已に遅きを。
「坤歌・草原の遠眺」（北京　林岫）

夕陽明るく、
馬頭に青野、
掌《たなごころ》の平らかなるに似たり。
「坤歌・暮吟」（山東　韓志林）

雁行斜めなり。
傷情写《のぞ》き難く、
鬢辺の花。
「偲歌・秋意」（山東　周燕）

梅花の笛裏《てきり》（梅花落の笛の音が鳴りひびくなか）、
語らんと欲してまた休《や》む。
鴎の帆　雲の影、
一天の秋。

「偲歌・賦別」（広東　黄志豪）

天涯闊別、
雁杳魚沈。
姑従幻夢、
慰痴心。

天涯の闊《とお》き別れ、
雁は杳《はる》かに魚は沈む（音信の断絶をいう）。
しばらくは幻夢に従って、
痴心を慰めん。

「瀛歌・春行」（広西　孫羽）

笑語盈、
雨後佳晴、
携手行。
万頃波平、
万樹花明。

笑語盈ち、
雨後佳く晴れ、
手を携えて行く。
万頃　波は平らに、
万樹　花は明らかなり。

「瀛歌・楼に倚《よ》る莫《な》かれ」（天津　馬原）

又経秋、
風高月黒、
莫倚楼。
権銭媚世、
仗剣難遊。

また秋を経て、
風高く月黒し、
楼に倚るなかれ。
権と銭　世に媚び、
剣を仗《も》って遊び難し。

それらの新型短詩は伝統体の「単句詩」と似たところがあるので、伝統体に慣れた詩人たちにとって、その創作も便利だし、字数と句の形に決まりがあるため、より簡潔な作品に仕上げることができる。

おわりに

詩人にとって、議論は創作の旅である。議論がなかったら、文学の命は窒息によって活気を失うことになる。世の中はよき詩作を必要としている。風雅の心を残しておこうとするのは、中日両国の文化人に共有される美しい願いであろう。

世界はますます小さくなっている。新しい世紀に入って、両国または多国の色彩を帯びた、国境を越えた文学作品はもっと多くなるだろう。短詩はこの種の文学の先駆に違いない。国境を越えた文学の出現によって、各国の文学の特徴が曖昧になるのではないかという心配から、インターナショナル文学のことを「模糊文学」と呼んだ人もいる。確かに、そこにはある種の曖昧さもあれば、各国の文学の特徴が融合される現象もある。しかし、その融合の結果として、自国の文学の側では、新たな詩の花が咲いてきた。それはまさに「隣接加熱反応」によって高エネルギー素粒子が生じたようなものであり、一種の進歩でもある。このような融合と曖昧化によって自国の文学の特徴が失われてしまうのではないかという心配は誠に無用な杞憂であり、外国文学の長所を学び、それを取り入れることによって却って自国の文学をより豊かなものにさせる可能性がある。パウンド（Ezra Pound）は二〇世紀の初頭において、中国の唐詩の格律を習得し、いくつかの唐詩の句形を借りて、英文の詩を一新したこともあるし、日本の有名な作家紫式部は『源氏物語』の中で中国の「長恨歌」などの唐詩のイメージを借用したこともある。現代の中国詩人は俳句と短歌を学んでから漢俳と漢歌を作り出したことによって、中国の現代の詩歌がより多彩な様相を呈するに到った。それらはいずれも説得力のある例であろう。思うに、日本で漢詩の普及と創作に力を注いだ詩人たちと中国で漢俳・漢歌の普及と創作に尽力した詩人たちの名は、必ずや歴史の中に永遠に残るだろう。彼らは国際詩壇における「火の伝達者」――プロメテウス（Prometheus）である。ここではさらに、中国の漢詩と日本の俳句・短歌を広く世界各地に伝える「火の伝達者」も思い出さずにはいられない。彼らは世界文化の交流と進歩、それから各国の人々の相互理解と友情を深めるために大きく貢献してきたのである。

二〇〇七年七月一五日北京にて

尚、本文の翻訳については、陳可冉氏（総合研究大学院大学日本文学研究専攻博士後期課程：俳文学専攻）にお願いし、漢俳作品の翻訳や本文の訳については今田述氏（葛飾吟社）、単句詩の翻訳については石倉秀樹氏（葛飾吟社）にお願いした。林岫氏への原稿依頼については、中山栄造先生（当時葛飾吟社主宰）また橋本平様に仲介の労をとっていただいた。記して深謝申し上げる。

本書の刊行にあたり、植木久行氏に最終段階で的確な邦訳とわかりやすい註を補っていただいた。厚く御礼を申し上げる。

漢俳の動き

——二〇〇五年三月北京にて「漢俳学会」成立・見聞録——

東　聖子
Shoko AZUMA

アジアにおける国際俳句隆盛の典型が中国の〈漢俳〉である。起源は一九八〇年五月の趙樸初氏「和風起漢俳」の詩句だ。四分の一世紀を経て、二〇〇五年三月に北京で漢俳学会成立大会があり、その熱気を紹介する。二十一世紀の短詩型文学の可能性を探ってみたい。また、漢字文化圏の共通性と差異もあるだろう。

招提寺鑑真和尚《わじやう》来朝の時、船中七十余度の難をしのぎたまひ、御目のうち塩風吹入て、終に御目盲《しひ》させ給ふ尊像を拝して

若葉して御めの雫《しづく》ぬぐはばや　（笈の小文）

芭蕉は貞享五（一六八八）年四十五歳の折、奈良の唐招提寺において、初夏の若葉の緑のなかで、上代の志雄大な高僧鑑真像に尊貴の情を示した。唐の鑑真は日本の留学僧に乞われて五十五歳で来日を志し五度失敗し、六度目に

多くの艱難辛苦のために盲目となり、六十七歳で奈良に到り、唐招提寺に入り、我が国律宗の開祖となった高徳の僧である。『唐大和上東征伝』等に詳しい。

一九六三年は入寂後一二〇〇年であった。一九八〇年四月に鑑真像は、揚州大明寺に里帰りをした。法要の後、揚州と北京で展覧会があり、大盛況であったという。趙樸初中国仏教協会会長に伴われた森本孝順長老の写真▼1が残る。鑑真は仏教、医薬学、建築、彫刻等を日本に伝え、まさに八世紀の高邁な中日交流の国際人であった。

そして二〇〇五年三月二三日に、北京で日本の俳句の影響を受けて、中国に「漢俳学会」が成立した。中国漢詩人を深く憧憬した芭蕉が知ったら、仰天するであろう。偶然、成立大会の末席に同行した者として、近年の「漢俳」事情を述べさせていただく。

一　一九八〇年、漢俳の起源と定義

漢俳の起源は、林岫《りんしゅう》女史▼2・今田述《のぶる》氏▼3によれば次のごとくである。即ち、一九八〇年五月三〇日、中日友好協会が大野林火氏を団長とする日本俳人協会訪中団を招いた折、趙樸初氏（詩人・書道家・中国仏教協会会長）が、即興で短詩三首を詠み、その一つが次である。

緑陰今雨来。　　緑陰今雨来たり
山花枝接海花開、　　山花の枝接して海花開く
和風起漢俳。　　和風漢俳を起こす
（以下、傍線は筆者。なお、趙氏の色紙に句読点はない。）

この末尾の「漢俳」から名称は由来する。また、この三首が中国詩壇における最初の漢俳であるという。直後に、林林氏（詩人・中日友好協会副会長）も即興で歓迎の漢俳を二首披露した。大野林火氏は、翌一九八一年に来日した、李芒氏と林林氏をそれぞれ東京や京都で迎えて、随筆[4]を残している。

また、「漢俳」の定義は、〈日本の俳人と中国の詩人との交流により生まれた中国現代新体詩で、五・七・五の十七字の定型に、脚韻をつけた、三行詩である。文語と口語があり、季語は必ずしも必要ではない。〉というのが、一般的な説明であろう。

ここで、漢俳が誕生した一九八〇年に注目してみたい。毛沢東時代を経て、一九七二年にニクソン大統領が訪中し、田中首相訪中後、日中国交正常化。周恩来氏死去。毛沢東氏死去後、一九七八年に日中平和友好条約締結。その二年後の一九八〇年は日中間にとって画期的な年であった。二千年の日中交流史において、初めて中国首相が来日した。即ち、華国鋒首相が五月二七日から六月一日まで訪日し、大平首相と会談、天皇陛下主催の晩餐会に出席した。この頃のアジア情勢は、韓国で民主化運動である光州事件が起こっていた。中国メディアは連日華首相の訪日を生中継した。当時は、日本はある意味で近代化の学習対象であった。実は、漢俳が誕生した一九八〇年五月三〇日とは、まさに、華国鋒首相が来日中の出来事であった。

中国は四つの近代化（農業・工業・国防・科学技術）を標榜していた。この漢俳の起こりは中国詩詞の世界においても、現代詩を盛るべき新しい形式を獲得した瞬間だったのである。

また、同年の四月には、前述のように、鑑真坐像の里帰りがあり、二十一世紀にむけての日中文化交流の土台が準備されていた。趙樸初氏の漢俳嚆矢の作品三首中、二首に「緑陰」の語があるが、趙氏は四月に鑑真像を迎え、五月に俳人を迎え、老詩人の内面で、若葉・緑陰という鑑真—芭蕉—現代俳人—現代中国詩という〈緑の詩歌革命の連鎖〉が静謐に有ったと言っては考えすぎであろうか。ともかくも、一九八〇年の中日交流の揺籃期に成った蕾であった。

二　中国での漢俳の様相

二〇〇二年の一一月に成城大学において、林岫氏[5]が「華やかに発展する中国現代新短詩」の副題で、鄭民欽氏[6]の通訳により講演をされた。内容は、①中国現代新短詩の勃興、②同発展、③未来発展の傾向、の三点が語られ、この林岫氏の講演内容が、中国における漢俳の様相を端的に示している。

その講演を参考にしつつ、少し離れた立場から、動向と作品を概観する。趙樸初氏、林林氏、李芒氏、紀鵬氏等が漢俳の第一世代であり、その世代に深く傾倒し、漢俳を実際に中国全土に広めたのが、林岫氏、鄭民欽氏、段楽三氏等の第二世代だと思われる。一九九六年二月に北京で中日歌俳研究センターが設立。そして、一九九〇年から二〇〇一年の間に、林岫氏は北京、その他各地で、九回の短詩創作講座を行ったという。現在では、山西省を初めとして漢俳研究会や創作団体が各地にでき、辺鄙な地方にも漢俳作者がいるという。林岫氏の活動は、まさに中国新時代の新体詩における啓蒙期の様相を呈している。さらに、彼等はその向こうに国際俳句を見はるかしていた。国際俳句のメンバーとしての漢俳の船出だった。

この頃の漢俳入口は、数千とも万を超えるとも言われる。年齢層は子供から老人まで幅が広い。作品集については、最初の漢俳のアンソロジーが林岫主編・鄭民欽日訳『漢俳首選集』（一九九七年刊、青島出版社）であり、三十三人、約三百首を掲載する。その他、鄭民欽氏によれば、単行本は林林氏『剪雲集』、『林岫漢俳詩選』、紀鵬氏『拾貝集』『紀鵬漢俳』、暁帆氏『南窓集』、段楽三氏『時里風』『段楽三漢俳詩選』等があるという。

発展し推移してゆく中で、林岫氏は、中国の詩人は日本の俳句から「簡潔と即興」を学んだが、二十数年の中で、次第に「季語無視と素材多様化という二つの方向」へ発展して行くだろうという。「中国大陸だけでも東西南北の季節の変化の差が大変大きい」から、季語の規定は困難であるという。また、漢詩の伝統である「押韻」と「平仄による抑揚と音楽美」が求められるという。

では、漢俳の第一世代の作品をみてみよう。

趙樸初

鑑真和上像の奈良に返るを送る

去住夏雲閑。　去るも住《とど》むるも夏雲閑なり
招提燈共大明龕、　招提の燈と共に大明の石燈籠
双照泪痕乾。　双び照らされて涙痕乾かん

林林

平山郁夫画賛（四）

銀翼飛西域、　銀の翼西域へ飛ぶ
楼蘭天際賞秋色、　楼蘭の天際秋色を賞《め》ずれば
残垣思古国。　残垣に古国を思う

李芒

白鶴碧宵游、　白鶴碧宵に遊ぶ

長江多瑙望悠悠、　長江多瑙《ドナウがわ》を望めば悠悠たり
月桂共千秋。　月桂と共に千秋せん

これらの漢俳は、伝統詩の力量と、日中文学や日中文化についての教養があり、各々の人間性の重厚さに支えられていて佳作が多い。

次に、第二世代の作品を見てみよう。

林岫

京都清水寺にて勺を把《と》りて泉を飲む

風柳不勝斜、　柳風に勝らず斜めなり
竹引山泉清可嘉。　竹に引く山泉の活きこと嘉すべし
花影入窓紗。　花影窓紗《まどのあみど》に入る

鄭民欽

客里人衰歇。　客の裏《うち》人衰歇《おとろ》ふ
黄昏独対梨花雪、　黄昏独り対す梨花の雪
不負平生約。　負《そむ》かざらん平生の約

中国や日本や他の地において、刻々と変貌する現代社会のなかで自己の内

漢俳学会成立大会

面と対峙し、自然とともに新鮮で現実的な詩情を切り取り、これらの世代は新短詩勃興への気概に富んでいる。

三　日本における漢俳との交流

ここでは、金子兜太氏周辺の日本の俳人達、藤木倶子氏主宰の俳誌『たかんな』、そして中山榮造氏主宰の漢俳創作の漢詩結社『葛飾吟社』のみを取り上げる。他にもあろうが、「漢俳学会」成立に係った日本側の三者についてのみ述べることとする。

まず、現代俳句協会は『対訳現代俳句・漢俳作品選集』第一集（一九九三年）、第二集（一九九七年）の、日本人俳句（漢訳付き）と中国人漢俳のアンソロジーを二度刊行している。第二集で、金子兜太氏が述べた「漢俳は中国詩の一ジャンルであり、独特な新体詩である」の言葉は的を射ている。星野恒彦氏は『俳句とハイクの世界』[7]の「あとがき」でこう語る。

> 伝統ある日本の俳句としてのアイデンティティをあくまで保ち続けないと、……世界の自由律短詩の大きな流れに呑みこまれ、消えてしまうおそれがある。

各国の短詩型文学のアイデンティティを相互に理解しつつ共存してゆくべきであろう。金子兜太・林林監修『対訳現代俳句・漢俳作品選集』（第一集）から日本人の俳句とその漢訳の、いくつかを紹介する。

井本農一（第一回訪中団の参加者である）

漢俳の動き――2005年3月北京にて…（東聖子）

博労《ばくろう》の一代ばなし時雨汽車
同坐車廂裏　聴君歴叙販馬記　冬雨送寒意

河野多希女
葡萄大房みるみる両手湖《うみ》となる
葡萄一大串　満々捧在雙手上　掌心湖水漾

また、藤木倶子氏主宰の『たかんな』は、一九九三年に創刊された、青森県八戸市の結社で、師系は石田波郷門の小林康治の直弟子であり、結社名は「たかんなの光りて竹となりにけり」の師康治の句に拠っている。創設以来、夫君正幸氏ともども、中国を熱愛し、結社としては数回の訪中で中国詩人との交流の会合を持ち、特に林林氏・李芒氏・劉徳有氏等との交友を深めている。『たかんな』五周年の祝辞で、劉徳有氏は藤木主宰の活動を「承・実・深・広」と、結社の暖かい国際性を評価している。漢俳詩人との交流を正確に記録しており資料性が高い。単行本『俳句漢俳交流集』(一九九五年刊、中国社会出版社)はかなり早い時期の、中国で出版した写真入りの俳句・漢俳作品集である。その後、『たかんな五周年記念日中友好　俳句・漢俳集』(一九九八年刊)が、漢俳詩人の写真と解説を付して出ている。俳壇で稀有の日中交流により、詩嚢を豊かにしている俳誌である。藤木主宰は、漢俳学会設立大会の壇上にあった日中の紅一点であった。後者に掲載の李芒氏漢訳の作品を挙げてみる。

藤木倶子
紫禁城真直ぐ抜けし扇子かな

廣袤紫禁城　宮門高聳入蒼穹　方開扇揺風

平井千代子

翅たたむごと羅をたたみけり

畳起綾羅　似将羽翼軽収縮

これらは、日本人が漢俳を創作しなくとも、現代中国の息吹や、中国の伝統文化や伝統漢詩の深奥に触れて、自己の俳句創作に生かしている好例である。

さて、日本で中国漢俳作家と交流しつつ、実際に漢俳を創作している漢詩結社が、中山榮造（号、逍雀）氏主宰の葛飾吟社[8]である。千葉県松戸と東京で活動し、漢俳のみならず、「詩詞の制作を通じて中国をはじめとする漢字文化圏との文化交流」を行っている。一九九七年に北京にて「新短詩検討会」を開催。二〇〇〇年にはシンガポールと北京で交流会を開催。二〇〇二年に成城大学にて俳文化誌『游星』と共同で前述の林岫氏講演会を開催した。また二〇〇四年には北京で「中日短詩検討会」を開催した。創作と自由な理論があるこれまた稀な漢詩結社であろう。単行本『迎接新世紀中日短詩集』（二〇〇一年刊）は、中国詩壇の代表的五十三人と日本の詩・短歌・俳句・漢俳・漢詩等、三十三人の作品を収録する。そして『梨雲一邑』（二〇〇四年刊）は会員作品集である。また、雑誌『梨雲』は二〇一一年六月で百号となった。中山氏は近年、独自の新短詩を提唱している。

「曄歌《ようか》」三・四・三　　俳句に対応（要季語）

「坤歌《こんか》」三・四・三　　川柳に対応

漢俳の動き——2005年3月北京にて…（東聖子）

「瀛《えい》歌《か》」三・四・三・四・四　短歌に対応
「偲《さい》歌《か》」四・四・四・三　都々逸に対応

このうち「曄歌」は、日＋華のネーミングが中国で人気が高く、吟社に曄歌作品を送る中国人も多い。前述の書物と機関誌から、吟社外部の作品も含めて挙げてみる。

金子兜太（外部）
　夏の王駿馬三千頭と牝馬
　夏之王、駿馬三千、帯母馬。

倉橋羊村（外部）
　仮の世のほかに世のなし冬菫
　現世外、別無他世、冬菫花。

中山逍雀
　初鶯試吟喉。　　　初鶯吟喉を試す
　枝上三紅促軽暖。　　枝上三紅軽暖を促し
　　一白足清幽。　　　一白清幽に足る

今田莵庵

牡丹彩白磁。　　　牡丹白磁に彩る
林翁漢俳点情蘊、　林翁の漢俳情蘊を点じ
相扶逞芳姿。　　　相い扶けて芳姿を逞くす

以上、これらの俳句協会、俳句結社、漢詩吟社は、さまざまな形で現代中国の新短詩型文学「漢俳」の成立に、交流を通して係っていることに間違いない。芭蕉が深川退隠期に漢詩文調により、新境地を開拓したごとく、日本の短詩型文学にとっても収穫はあるだろう。

四　二〇〇五年——漢俳学会成立

二〇〇五年は、四月に中国で反日デモがあり、七月にロンドンでテロが相次いだ。それらの騒動の間の閑雅で穏やかな春三月末に成立大会が北京であった。日本のメディアでは、毎日新聞記者のみが同行し、四月一九日夕刊に〈「漢俳学会」中国に誕生〉と載った。学会は、林林名誉会長、劉徳有会長に漢俳詩人、詩人、作家、日本文学研究者等約四十五名で構成される。劉徳有会長は、対外文化交流協会副会長で、二〇〇二年に『旅情吟箋・漢俳百首』を著した。副会長は袁鷹、林岫、屠岸、紀鵬の各氏である。日本側の大会参加者は、金子兜太団長・現代俳句協会代表団（二五名）、『たかんな』代表団（一〇名）、葛飾吟社代表団（七名）、北京日本人会（五名）等であった。劉徳有会長は、趙樸初先生の遺徳を偲びつつも、新しい〝漢俳の家〟を持つ喜びを穏やかに語られた。

金子兜太氏は、一九八〇年の故大野林火団長の第一回訪中団から、四半世紀を経た漢俳学会の設立に祝意を表した。

漢俳の動き——2005年3月北京にて…（東聖子）

また、有馬朗人氏は、日本文学と中国文化の古い交流の上に、俳人と漢俳詩人の共存と世界平和を述べられた。

劉徳有会長

　夜航欧州

飛雲慰旅情、　　飛雲は旅情を慰め
満点星斗万家燈、　　満点の星斗《せいと》と万家の燈
西行又一城　　西行また一城あり

劉氏はイタリアの条で、フィレンツェを「翡冷翠」と表記しており、漢字表現の難しさを窺わせている。

井手敬二日本大使館公使

　再有一千年。尝花同在玉淵潭、梅花桜花艶。

井手公使は、祝辞のなかで漢俳を披露し、これからの一千年も梅花と桜花の艶やかさで共に栄えて行こうと語った。

会場は北京飯店の近くの、対外友好協会講堂であった。広々として美しい静かな庭園を、紀鵬先生や詩人の方々と歩きつつ、高い樹木の上の天を仰いで大陸の詩風を思った。

結語

尾形仂氏が「俳句の国際ルール（一）・（二）」[9]という論文において、季語と座の文学の将来の在り方を予言しておられる。また、山口仲美著『中国の蝉は何と鳴く？』（二〇〇四年刊、日経BP社）は、北京日本学研究センターの百四十日間の異文化体験を快活に書いておられる。「一衣帯水」のごとく同じような漢字文化圏であっても、外国人、外国文化、外国の文字という、異文化認識が必要であろう。刻々と変化する現代社会で、中国人の心を盛る漢俳が如何に成っていこうと、隣国の私共は必要な時のみ手を貸し、距離を置いて暖かく見守っていることが重要であろう。究極的には、すぐれた芸術家や、芸術作品が出現するかどうかの歴史の偶然に委ねることになろう。

かつて、国連の軍縮大使であった時に、猪口邦子氏[10]は朝日新聞で、「メンバーの多様性を認め、それぞれを生かすこと」を語った。まことに国際俳句の各組織についても、至言であろう。最後に、一九九〇年日本航空主催の子供俳句コンテストでの、十歳の少女の漢俳作品を載せておこう。瑞々しく展開する中国新体詩の未来のために。

王妍

美麗的菊花　　　　美しい菊の花
伸出小臉看世界　　小さい顔を出して世界を看る
秋空好看嗎？　　　秋は綺麗ですか？

注

(1) 王勇著『図説・中国文化百華③鑑真和上新伝』(二〇〇二年刊、経葉社)
(2) 林岫編『漢俳首選集』(一九九七年刊、青島出版社)
(3) 今田述氏「漢俳誕生の周辺」(『游星』No.二三 二〇〇〇年五月号)
(4) 『大野林火全集 第七巻』(一九九四年刊、梅里書房)
(5) 林岫氏講演(『游星』No.二九 二〇〇三年六月号に収録)
(6) 鄭民欽氏は日本文学研究者。『日本民族詩歌史』(二〇〇四年刊、北京燕山出版社)等。本稿について、メールで最新の情報をいただいた。
(7) 星野恒彦著『俳句とハイクの世界』(二〇〇二年刊、早稲田大学出版部)
(8) 葛飾吟社の詳細については、ホーム・ページを参照されたい。尚、現在は中山栄造氏は退かれて、代表は芋川次郎氏である。
(9) 尾形仂氏「俳句の国際ルール(一)(二)」(『游星』No.八、九 一九九一年五、六月号)
(10) 朝日新聞、二〇〇五年六月一九日(日曜版)

漢俳学会名誉会長の林林氏が二〇一一年八月四日に北京で逝去された。享年一〇一歳。『日中文化交流』(同年九月一日)によると、日中詩歌交流の発展に貢献し、中日友好協会副会長でもあった。御冥福を心よりお祈り申し上げる。

なお、漢俳学会成立大会への参加については、尾形仂先生のご紹介であり、今田述氏と葛飾吟社のご厚意によるものである。また、『たかんな』主宰の藤木倶子氏より多くの資料を賜った。あわせて、心より感謝申し上げる。

韓国の時調に現れた季節の美と「興」

兪　玉　姫　You Ok Hee

日本に和歌や俳句があるように韓国には時調《シジョ》がある。韓流が世界に広まっているこの頃、韓国人の〝興〟を時調からも発見できるかもしれない。移り変わりを嘆くよりは四季折々の美しさを興じ、楽しむ…。ときには儒者の美徳、熱情的な恋心などが四季の風物に託され、韓国人の世界観が窺い知れる。

一　はじめに

韓国と日本は両国とも四季の変化がはっきりしており、それが詩歌の情緒的基盤になっている。日本の場合、四季の変化は撰集の「部立」や「季語」という形式にまで影響を及ぼしている。韓国はそのような形式こそないが、季節情緒は韓国固有の定型詩である「時調」（シジョ）に著しく現れている。

両国の詩歌に春、夏、秋、冬が一度に取り上げられている次の二つの作品を見てみよう。

〈和歌〉

本来の面目

はるは花なつほととぎす秋はつき冬ゆきさえて冷しかりけり　道元『傘松道詠』

〈時調〉

酒債ᄂᆞᆫ 尋常 行處有ᄒᆞ니
人生七十古来稀라
春花柳 夏清風과 秋月明 冬雪景
南隣北村 다 청하야 무진무진 노ᄉᆡ그려
人生이 아ᄎᆞᆷ 이슬이라 아니 놀고 어이 ᄒᆞ리.

（訳）

酒債は尋常行く処に有り
人生七十古来稀なりといふ
春は花柳、夏は清風、秋は月明、冬雪景に
南隣北村みな招き遊ばむ
人生は朝露の如きもの、何ぞ遊ばざらむ　作者未詳『青丘永言』（三七三六）▼1

それぞれ四季の美を称えているが、韓国の場合は四季の景物を連ね、短い人生を「遊ばずにいられようか」と言っているのが注目される。夏の景物を代表するものも「ほととぎす」ではなく、「清風」となっている。一例ではあるが、両国の季節感の相違を示唆するようでもある。

時調は高麗時代（九一八〜一三九二）末期に成立した詩形で、朝鮮時代（一三九二〜一九一〇）にもっとも流行った定型詩である。形式は主に平時調という三・四・三・四／三・四・三・四／三・五・四・三の韻律を持った四十三文字のものと、散文化の傾向に従って中章が長くなった辭説時調という形式がある。主に韓国の固有語で詠まれ、リズミカルな調べを大事にしたものである。初期は貴族階級つまり両班（ヤンバン）の作品が多かったが、朝鮮中期以降から庶民にも波及するようになった。

時代的な流れを見ると、高麗末期は儒者の美徳を称えたものが多く、朝鮮前期は自然のなかの長閑な生活を詠んだ歌が多い。朝鮮後期になるにつれ庶民たちの日常、恋愛を詠んだ歌も多くなる。

ここでは、高麗時代末期から朝鮮時代全般の古時調を中心に季節感を探ってみることにする。『韓国時調大事典』に収録されている四七三六首の時調を対象とする。（以下、引用番号はこの事典による）。

二　時調の季節の言葉

（一）儒教的美徳と季節

時調には儒教的な色彩が濃厚に現われていると言えよう。仏教を重んじ、寺院が力を持っていた高麗時代との断絶のために朝鮮時代は仏教を抑え儒教を奨励する「抑仏崇儒」の政策を取り、時調にも影響する。僧侶の醜態を戯画化して詠んだ時調が多数見られるのもその影響だと思われる。

『韓国時調大事典』を見ると管見の範囲では儒教の美徳である「三綱」、「五倫」、「五常」などを称えた教訓的な時調がおよそ二五〇首以上も見られる。「仁義礼智の船を集め、五倫の帆を上げ、三綱の舵を取り…」というのがその例である。「勧学歌」と題された次の歌は教訓的な時調の典型である。

見月色 看花色이 色色이 雖好나 不如一家 和顔色이요
彈琴聲 落棋聲이 聲聲이 雖好나 不如子孫 讀書聲이라
家傳에 忠孝道德이요 園中에 松竹梅菊이러라.

（訳）
月の色　花の色　おのおの　好しといへども　和やかな顔色に如かず
琴を弾く音　将棋を打つ音　おのおの　好しといへども子孫の文読む声に如かず
家に伝はるは忠孝道徳　園中には松竹梅菊なり　　作者未詳『時調』（二二七）

どのような自然の色や音よりも子孫の文読む声がもっとも良く、学ぶべきは忠孝道徳だというのである。

梅、蘭、菊、竹といういわゆる「四君子」の場合と「獨也青青」と称えられる松などは、儒者の美徳に例えられる素材であった。菊は「傲霜孤節」つまり霜の季節にも花を咲かせると称えられ「傲霜花」とされており、梅は雪のなかにも香りを漂わせるといって「雅趣孤節」「氷姿玉質」と、竹は「歳寒孤節」と称えられた。

菊花야 너는 어이 三月東風 다 보ᄂᆡ고
落木寒天에 네 홀로 피엿ᄂᆞ다
아마도 傲霜孤節은 너뿐인가 ᄒᆞ노라.

（訳）

菊よ　汝は何ゆゑ三月東風を過ぎ
枯木寒天に一人咲きをる
おほかた傲霜孤節は汝に限る
李鼎輔『樂学拾零』（四四五）

（二）女性の恋の歌と季節

時調の作者層を見ると、高麗末期と朝鮮中期は両班（貴族）階級の士大夫が多く、朝鮮中期になるにつれ、庶民と女性作家が加わるようになった。

『韓国時調大事典』に載っている男女作家の構成をみると、女性作家の作品数は四〇首あまりで、全体の〇・七％にも満たない。九九・三％が男性の作品である。これは「男尊女卑」という言葉が示すように男性中心の社会のなかで女性が活動しにくかった環境にもよるだろうが、従順を要求された女性の作品が世に出にくかったという要因もあろう。それだけに「男児のなすべきことは〜」と男子の本分を強調する文句が多く見かけられる。

女性の歌は一部の芸者階級の歌が見られ、切実な思いを四季の景物に託して相手に送るという内容が多い。

가을 하늘 비 긴 빛을 드는 칼로 말나 ᄂᆡ여
金色 五色 실로 수 노하 옷슬 지어
님 계신 九重宮闕에 드리오려 ᄒᆞ노라.
（訳）
秋の雨上がりの日差しを切取り
金針と五色の糸で刺繍をして

思ひ人ゐたまふ九重の宮殿に下げむ　　作者未詳『古今歌曲』（五六）

묏버들 갈ᄒᆡ 것거 보내노라 님의 손ᄃᆡ
자시난 창 밧긔 심거두고 보쇼셔
밤비예 새 닙곳 나거든 날인가도 너기쇼셔.

（訳）

山の柳の枝折り取り　送るよ君の手元に
閨の窓辺に　植ゑ置き見たまへ
夜雨に新芽吹かば　我と思ひたまへ　　洪娘『呉氏蔵伝写本』（一五〇一）

（三）人間のメタファーとしての四季の題

四季の花を詠んだ次の作品を見てみよう。

牡丹은 花中王이요 向日花는 忠臣이로다
蓮花ᄂᆞᆫ 君子ㅣ요 杏花 小人이라 菊花 隱逸士요 梅花 寒士로다
박곳ᄎᆞᆫ 老人이요 石竹花는 少年이라
葵花 巫堂이요 海棠花ᄂᆞᆫ 娼妓로다
이 듕에 梨花 詩客이요 紅桃 碧桃 三色桃ᄂᆞᆫ 風流郎인가 ᄒᆞ노라.

（訳）

牡丹は花中の王　向日葵は忠臣なり
蓮は君子　杏子の花は小人なり
菊は隠士　梅は寒士なり
夕顔は老人　石竹は少年なり
葵は巫女　海棠は娼妓なり
なかんづく梨花は詩客、紅桃、碧桃、三色桃は風流郎かと思ふ

金壽長『海東歌謡』（一四八九）

四季の花がそれぞれ人間の部類に喩えられているのである。蓮と菊が儒者の象徴として尊ばれ、杏の花は小人、桃の種類は「風流郎」（色好み）とされているのが対照的である。夕顔が老人、海棠が娼妓とされているのも面白い。鄭炳昱は「朝鮮王朝の時調文学においてもまた自然をそのまま文学作品に反映させたのではなく、人間のなかに入った自然、すなわち人間の思索と観照を経て主観化された自然の世界を詠んだことがわかる。したがって、時調文学は自然文学ではなく人生詩と見るべきである」[2]と言っている。

水墨画の四つの素材である梅、蘭、菊、竹、つまり「四君子」は君子に喩えられた画材で、時調にも頻出する。詩書画に通じた朝鮮初期の姜希顔の『養花小録』[3]に書かれているように、四君子などを儒者の高雅な心性と一体化させているのは、韓国の「ソンビ文化」[4]の典型を示していると言えよう。

（四）江湖の四季

儒者の美徳としての教示的な景物が主流をなしたが、自然にとけこもうとした老荘的な作品もかなりある。「青山おのづから　緑水おのづから　我おのづから老けゆかむ…」（四〇一六）、「無言の青山　無色の流水なり　分別心な

く老けていく…」（一四二三）というふうに自然との一体化が唱えられる。日本は山里に隠遁する場合が多いが、韓国は江湖に逃れるというのがパターン化している。いわゆる「江湖歌道」である。『韓国時調大事典』によると二三〇首に近い。

連時調の形でシリーズで詠まれた場合も多く、孟思誠の『江湖四時歌』と尹善道の『漁父四時詞』、權重慶の『梧台漁父歌』などがそれである。李退渓の『陶山十二曲』などには心性を醇化する修養の姿勢が表白されている。

次の時調では江湖に没入して無心になる境地が詠まれている。

江湖에 님재 되니 이 몸이 閑暇롭다
蘋洲에 狎鷗ᄒᆞ고 柳岸에 聞鶯ᄒᆞᆯ 제
석양에 고기 낙ᄂᆞᆫ 빈ᄂᆞᆫ 오명 가명 ᄒᆞ다.

金友奎『青丘永言』（一六八）

（訳）
江湖の主となれば　この身長閑なり
空船に鷗とたはぶれ柳岸に鶯を聞くとき
夕日の釣り船は行きつ戻りつ

江湖에 비 갠 後니 水天이 ᄒᆞᆫ 빛인 제
小艇에 술을 싣고 낙대 메고 내려 가니
蘆花에 ᄂᆞ니는 白鷗는 나를 보고 반긴다

（訳）

江湖に雨あがれば　水天一色なり
小艇に酒を載せ　釣竿かつぎ行けば
蘆花に遊ぶ白鷗は　我を迎へ喜ぶ
姜腹中『青邱歌謡』（一七三）

江湖の四季の景物は柳、蘆の花、蘆荻花叢、蓼の花、月などがよく一緒に詠まれる。そして「白鷗」は四季を通じてほとんどの作品に常套的に出てくる。時調に見える動植物のなかで白鷗がもっとも頻出する素材である理由もそこにある。白鷗は江湖に遊ぶ作者の心の投影として詠まれている。

（五）田園の歌

韓国人は農耕民族で、特に朝鮮時代は儒教的な世界観から「晝耕夜讀」「農者天下之大本」の生活感覚を持っていた。農事を勧める「農歌」「勧農歌」と題した時調や、太平の世の豊饒を称える「撃壌歌」、田園の四季の風景を詠んだ連詩形態の「田園四時歌」などが頻繁に詠まれている。

殘花 다 딘 後의 綠陰이 기퍼 간다
白日 孤村에 낫ᄃᆞᆰ의 소ᄅᆡ로다
아ᄒᆡ야 계면됴 불러라 긴 조롬 ᄭᆡ오쟈.
（訳）
残花散りし後　緑陰深まる
白日孤村に昼鳥の声す

童よ　界面調[5]歌へよ　深き眠り醒まさん　　辛啓榮『仙石遺稿』（三五二〇）

흰 이슬 서리되니 ᄀᆞ을히 느저 잇다
긴 들 黃雲이 ᄒᆞᆫ 빗치 피거고야
아히야 비즌 술 걸러라 秋興 계워 ᄒᆞ노라.

（訳）
白つゆ霜と変はれば　秋も深まれり
広野の黄雲は　一色に咲きほこる
童よ　熟れた酒を汲め　秋興押さへ難し　　辛啓榮『仙石遺稿』（四七三二）

三五二〇番の歌は田園の長閑な風景を、四七三二番の歌は「黄雲」、つまり収穫を待っている田園風景を喜ぶ心を示している。よく結び合わせられる言葉に「杏花村にて酔ひ[6]」、「酒が熟成す」、「童よ　酒を酌め」、「童よ　歌へ」などの言葉があり、田園の興趣を示している。

三　四季の「興」

（一）四季と十二月

日本の場合、〈草花〉の名前や〈虫〉の名前などが個別に細かくとりあげられ、愛でられる場合が多いが、韓国の時調の場合は四季の景物が一度に並び称され愛でられる場合が多い。四季の景物が包括的な名前で詠まれるのはおおらかだと言えば言えるかもしれない。

화만산 춘절이요 녹음방초 하절이라
黄菊 枏風 추절이요 六花 紛紛 동절이라
아마도 사시 佳景은 이 뿐인가.

（訳）
花山に満ちれば春　緑蔭芳草は夏なり
黄菊紅葉は秋　六花紛々なれば冬なり
大方は四時の佳景　これに尽きるや

作者未詳『時調』（四六四八）

六花は雪のことである。「四時佳景」と「四時佳興」、「四時長春」などはよく使われる熟語で、四季の景物を愛で楽しむ態度をよく表している。一年の景物が一度に並べられる。

正二三月은 杜莘杏 桃李花 됴코
四五六月은 綠陰芳草 놀기가 됴코
七八九月은 黄菊丹楓이 더 됴쾌라
十一二月은 閤裡春光에 雪中梅ㅣ가 ᄒᆞ노라.

（訳）
正二三月は躑躅　杏の花　桃李よく

四五六月は緑陰芳草遊びよく
七九月は黄菊紅葉なほよし
十一二月は閨のうちの雪中梅に如くはなし

金壽長『樂学拾零』(三六二九)

一年　三百六十日은 春夏秋冬四時節이라
꽃 피고 버들입 피면 花鳥月夕春節이요
四月東風大麦黄은 緑陰芳草 夏節이라
秋風은 소슬한데 洞方의 버러지울고 黄菊丹楓 秋節이요
白雪이 紛紛ᄒᆞ여 千山에 飛鳥絶하고
萬徑에 人蹤滅하니 蒼松緑竹 冬節이라
人間七十古來稀라 四時佳景과 無情歳月이 덧 업어 가니
그를 슬어·

(訳)

一年三百六十日は春夏秋冬四時節なり
花咲き柳芽吹けば花鳥月夕の春なり
四月東風に靡く大麦は緑陰芳草の夏なり
秋風は薄ら寒く洞方の虫鳴き黄菊紅葉は秋なり
白雪紛々として千山に飛ぶ鳥も絶え
万径に人跡絶えれば蒼松緑竹の冬なり

人間七十古来稀　四時佳景と無情歳月の空しきを悲しむ　　作者未詳『雑誌』(三四一七)

春は桃、李、杏で、夏は緑陰芳草、秋は黄菊紅葉で、冬は白雪、蒼松で代表されるのが韓国の四季の特徴である。以上、一年の風物が詠まれている作品を見ると、細かい求心的な視野でなく、四季、十二ヶ月、三六〇日単位で円転する風景の美しさが広く眺望され、開放的に愛でられていることが分かる。

(二)「翫月長酔」

時調の四季の景物のなかでもっとも頻出するのは「花」ではなく、「月」である。『韓国時調大事典』に収める四七三六首のなかで三〇〇首前後見られる。月と言えば、白居易の「雪月花の時最も君を思ふ」と、李白の「月下独酌」や、「静夜思」の「挙頭望山月　低頭思故郷」などが思い出され、日本でも「月見れば千々にものこそ悲しけれわが身一つの月にはあらねど」(古今集)などのように思いに耽らせるものとしてよく詠まれる。時調の場合、もちろん「物思い」の月もあるが、圧倒的に多いのは遊楽の対象としての月であり、「翫月長酔」という言葉がそれを代弁する。

九月 九日 黄菊 丹楓 三月 三日 李白 桃花
江湖에 술 잇고 洞庭에 秋月인 직
白玉盃 千日酒 가지고 완월장취ᄒᆞ리라.

(訳)
九月九日は黄菊紅葉、三月三日は李白桃花

江湖に酒あり　洞庭に秋の月あり
白玉盃と千日酒で翫月長酔せむ

作者未詳『樂学拾零』（四三〇）

「翫月長酔」は「月を友に長く酔い興じる」[▼7]という意味で、『韓国時調大事典』に二〇例以上も見られ、常套的な表現として出てくる。「童よ　酒を注げ　玩月長酔せむ」（三二四七）というふうなことが決まり文句として詠まれている。「翫月長酔」も四季を通して出る言葉であり、四季の「興」の代名詞のように使われた。韓国の詩歌や歌謡においてこの「興」を抜きにすることはできない。景物を積極的に楽しもうとする肯定的な姿勢から出る情緒であり、自然を積極的に人間の側に招き入れて愛で楽しもうとする姿勢から生まれる感情である。

月と酒は常に結び合わされ、「興」をそそる。「酒興」と題して出ているなど、月と酒は韓国人の「興」を象徴するものだと言えよう。

窓 궁글 뉘 뚜러 술독의 ᄃᆞᆯ 드ᄂᆞ니
이 술 먹으면 ᄃᆞᆯ빗도 먹으려니
眞實로 ᄃᆞᆯ빗곳 먹으면 안이조차 ᄇᆞᆰ으리라

（訳）

窓に穴開けしは誰ぞ　酒樽に月出る
この酒飲まば　月光も飲むほどに
月光を飲まば　中も明るからむ

作者未詳『古今歌曲』（三八二八）

곳 픠쟈 술이 닉고 ᄃᆞᆯ 붉자 벗이 왓ᄂᆡ
이 ᄀᆞᆺ치 됴흔 ᄊᆡ를 어이 그져 보ᄂᆡᆯ 소냐
ᄒᆞ물며 四美具ᄒᆞ니 長夜醉를 ᄒᆞ리라.

（訳）
花咲けば酒の味も程よく　月出れば友訪れたり
かくもよき時節を　何故に無駄に過ごさむや
況や四美具したり　長き世を酔ひて過ごさむ

作者未詳『樂学拾零』（二九六）

ここで「四美具」とは花、酒、友、月を指す。酒と月が詠み合わせられるのは中国の李白のイメージが強く影響しているからだと思われる。中国の詩人のなかで李白が固有名で四九回ほど（李白一八回、李太白一〇回、太白二一回）と、もっとも頻出し、非常に仰がれていたことが分かる。

太白이 언ᄌᆡ 사람 唐時節 翰林学士
風月之先生이요 翫月之豪士로다
平生　但願長醉ᄒᆞ고 不願醒을 ᄒᆞ리라.

（訳）
太白はいつの人か　唐の翰林学士なり
風月之先生にて　翫月之豪士なり
一生但長酔を願ひ　醒めるを願はず

作者未詳『樂学拾零』（四三二四）

太白이 愛月터니 남은 달이 半달이요
劉伶이 嗜酒터니 남은 술이 반잔이라
두어라 남은 달 남은 술노 翫月長醉.

(訳)

太白が愛月し　残りし月が半月にて
劉伶が嗜酒し　残りし酒は半杯なり
われ、残りし月と残りし酒で翫月長醉せむ

作者未詳『雑誌』(四三二三)

太白つまり李白が「翫月之豪士」と崇められており、その李白が弄んだ月の残りを持って遊ぼうと興じているである。

四　「少年行楽」「歎老歌」

楽しむべき盛りのときや、過ぎてしまった絶頂のときを表す言葉として「少年行楽」という言葉がよく使われる。

男兒 少年 行樂 헐 일이 허다ᄒᆞ다
臨泉草堂上에 萬巻詩書 싸아두고 絶代佳人 엽혜두고
줄업는 거믄고 언져 놋코 보라믜 길들여 두고 臨水登山허여
창스기 말타기 ᄉᆡᆼ각ᄒᆞ고 밧을 갈어 對月看花ᄒᆞ니

술먹기 벗 ᄉᆞ국기와 水邊에 고기 낙기
아마도 樂ᄒᆞ여 四時春에 節가는 쥬를.

（訳）
男児の少年行楽　なすべきことあまたあり
臨泉草堂の上に万巻詩書を積み置き　絶代佳人ともにし
無絃の琴立て置き　若鷹馴らしおき　臨水登山して　槍使い　馬乗りしては　畑を耕し
對月看花しては　酒を飲み友と遊び　水辺にて魚を釣る
かく楽しまば　四時春にして時節をも忘る

作者未詳『時調』（七二二）

学問を指す「万巻詩書」、音楽の「琴」、狩猟を表す「若鷹」、武術を表す「槍使い」、それから「畑」を耕し…というふうに並べ、月に向かい、花を眺め魚を釣り、四時、つまり一年中を春のように楽しもうと言う。

次の時調も同じような趣向の作品である。

쇼년힝락이 다 진커ᄂᆞᆯ 와유강산 ᄒᆞ오리라
인호샹이ᄌᆞ작으로 명뎡케 취ᄒᆞᆫ 후에 한단침 도도 베고
장쥬 호뎝이 잠간 되여 방츈 화류 ᄎᆞᄌᆞ 가니
리화 도화 영산홍 왜철쥭 진달화 가온ᄃᆡ 풍류랑이 되여 춤추며 노니다가
세류영 넘어 가니 황됴 편편 환우셩이라
도시 힝락이 인싱 귀불귀 아닐진ᄃᆡᆫ 숢인지 샹신지 몰나

다시 깅쇼년 ᄒᆞ오리라.

（訳）

少年行楽が尽きようとす　　臥遊江山せむ

酒肴をそなへ自酌し　酔ひがまはれば邯鄲の枕を高くし

荘周の胡蝶となり　芳春花柳　訪ぬれば

梨の花、桃の花映山紅躑躅山躑躅（チンダレ）のなかに風流郎となり舞踊り

細柳営越ゆれば　鶯は雌雄を呼び合ひ

すべて行楽は人生帰不帰といふ　夢かうつつかまた更少年せむ

作者未詳『樂府』（二四一三）

「少年行楽」が早くも尽きようとするので、酒を飲み、「芳春花柳」を訪ねて遊ぼうという。そういう人を「風流郎」と呼んでいる。本稿の冒頭で挙げた次の歌もそういう脈絡の中で理解できる。

酒債는 尋常 行處有ᄒᆞ니

人生七十古來稀라

春花柳 夏清風과 秋月明 冬雪景

南隣北村 다 청하야 무진무진 노ᄉᆡ그려

人生이 아ᄎᆞᆷ 이슬이라 아니 놀고 어이 ᄒᆞ리

（訳）

「酒債は尋常行く処に有り、人生七十古来稀なり」といふ

春は花柳　夏は清風　秋は月明　冬雪景に南隣北村みな招き遊ぼう
人生は朝露の如きものを遊ばずにいられようか
作者未詳『青丘詠言』（三七三六）

中国の杜甫の「曲江詩」の文句を引用し、人生は露のようだから遊ばずにはいられないという。そこで春夏秋冬の景物をみな招き入れて遊ぼうとしている。

一時的な美しさを象徴するものとして日本では桜の花が惜しまれるように、時調では享楽の対象としての李の花、桃の花、杏の花がよく詠まれる。そして「李花桃の花、杏の花　春光を誇るな」（三三四二）とその一時的な美が咎められる。儒者の美意識からは「碧桃紅桃は花中の風流郎なり　白蓮紅蓮は花中の君子なり」（一七六三）のように君子に対照される、遊び人「風流郎」である。

〈今〉を愛で興じる姿勢が強いだけに老いを歎じる「歎老歌」「白髪歌」という系列の歌が非常に多く、約一四〇首ほど見られる。日本の詩歌では「移り変わり」や「飛花落葉」という変化の相そのものがよく愛でられるが、時調では若さや絶頂の美しさを享受する傾向がよく見受けられ、その分、〈歎老〉の歌が多い。「翫月長酔」「少年行楽」で〈時節を忘れよう〉、〈時節を縛っておこう〉と努めるうちに「白髪」は一層早く訪れる。「私のなき白髪にて信のある四時なり」（二〇〇九）と白髪は公平に訪れるという。

양류 천만ᄉᆞ인들 가ᄂᆞᆫ 츈풍 ᄆᆡ여 두며
만리장셩 ᄊᆞ아 둔들 오ᄂᆞᆫ ᄇᆡᆨ발 막을쇼냐
아마도 덧 업고 무정키는 너 ᄲᅮᆫ인가.

（訳）

楊柳千万糸にても　過ぎ行く春風を縛れず
万里の長城を築きても　来る白髪を防ぐこと能はず
おそらくは果敢なく無常なるは　君一人に限る

作者未詳『古今雑歌編』（二七〇一）

ᄒᆞᆫ 손에 가시를 들고 또 ᄒᆞᆫ 손에 막ᄃᆡ 들고
늙는 길 가시로 막고 오는 白髮 막ᄃᆡ로 치랴터니
白髮이 제 몬져 알고 즈럼길로 오더라.

（訳）
片手に茨を持ち　またの手に鞭を持ち
老いの路を茨で防ぎ　来る白髪を鞭で防がんに
白髪早くも気づき　近道でやってきたり

禹倬『樂学拾零』（四五〇五）

곳 지ᄌᆞ 봄이 졈을고 술이 盡ᄎᆞ 興이 난다
逆旅 光陰은 白髮을 ᄇᆡ야ᄂᆞᆫᄃᆡ
어ᄃᆡ셔 亡伶에 것ᄃᆞ른 노지 말나 ᄒᆞᄂᆞᆫ이.

（訳）
花落つれば春暮れて　酒尽くると興出づる
逆旅光陰は白髪を催す
なにゆゑもうろくせし人は　遊ぶべからずといふや

金壽長『海東歌謡』（二九〇）

五　結び

時調は日本の俳句のような「季語」という形式はないが、当然季節の素材が多様に詠まれたことをみてきた。時調は儒教が生活全般を支配していた朝鮮時代に詠まれたことから、当然儒教精神の投影された作品が多かった。

時調の傾向はごく一部の妓生（芸者）階層の「恋」の歌を除けば、儒者を中心とした男性作家の作品が多かったため、「五倫歌」のような教訓的な作品、政治から逃れ自然に没入する「江湖歌」、農事を勧めたり、田園に自足する「田園四時歌」などの種類が多い。

四季の景物も人間の象徴としての詠み方が多く、「菊」「梅」「蘭」「蓮」などが儒者の美徳の譬えとして詠まれたり、「松」「竹」などの年中変わらないものの連綿性が忠義の象徴として詠まれたりする。儒者の目には四季の「移り変わり」より移り変わる時節にも動じない「傲霜孤節」「氷姿玉質」などの美に関心があったのである。これとは対照的に春の花でもっとも頻出する「桃の花」と「李の花」は「風流郎」という〈遊び人〉の象徴になるなど、その遊楽性と一時性が強調された。

日本で言う秋の七草のような〈野花〉や、様々な〈虫〉の名、夥しい種類の〈雨〉の名などは韓国の時調には非常に少ない。むしろ季節の素材が総称で詠まれる場合が多い。「萬化方暢」「花爛春盛」「百花爛漫」「百花芳草」「百花争発」「満庭花落」「緑陰芳草」「黄菊丹楓」「蒼松緑竹」のごとくである。動物も「野花啼鳥」「百囀鶯歌」「耽花蜂蝶」「四壁虫声」などのような言葉で総称される。細かく取り上げられ、細い線や音に集中する傾向の強い日本の季節情緒よりも韓国の場合おおらかで開放的に興じられているとも言えるだろうか。

時調の季節の「興」の象徴は「月」で、「翫月長酔」という表現がたくさん見かけられる。日本の「月見ればちぢにものこそ悲しけれわが身ひとつの秋にはあらねど」（古今集）に詠まれる「憂ひ」の月とは異なる「興」である。時調で「月」と「酒」は常に付け合わされ、「翫月長酔」は季節の遊興の代名詞であった。反面、老いを嘆く「歎老歌」「白髪歌」の系列の歌が非常に多いのは、時節を忘れて絶頂の美しさを興じていた反作用だとも言えようか。

日本の詩歌の場合、四季の移り変わりや飛花落葉する変化の相に利那の美しさを発見する仏教的感性が支配的であると言える。反面、儒教を信奉した朝鮮時代の時調には変わらぬ自然物への希求が強く、生い立ちの過程や移ろいの美しさはあまり詠まれておらず、円熟や絶頂の美を掴んで興じようとする傾向が強かったと言えよう。

ところで、今回は日本と異なる点に重きを置いて分析をしたが、人生の哀感を四時の自然物に託して詠んだ作品もかなりある。漢詩の影響や東洋的情緒に基づく韓日詩歌の共通点においては次回の研究を待つことにする。

注

（1）朴乙洙編『韓国時調大事典　上・下』（亜細亜文化社、一九九二）。作品及び番号は同書による。また、日本語訳はすべて筆者による。
（2）鄭炳昱著『増補版　韓国古典詩歌論』（新旧文化社、一九九六）。
（3）『養花小録』。朝鮮時代、世祖の代に文人姜希顔（一四一七～一四六四）が書いた園芸に関する書。
（4）「ソンビ」は、学問のある高潔な儒者を指す言葉。
（5）韓国固有の音階の歌。
（6）「杏花村」は、晩唐の詩人である杜牧の「清明詩」に、「借問酒家何處有、牧童遙指杏花村」（酒屋がどこにあるかと聞いたら、牧童が杏花村を指した）と見え、そのイメージがある。
（7）国立国語研究院編『標準国語大辞典』（斗山東亜、一九九九）。

朝鮮歳時記の紹介

李 炫 瑛
Lee Hyun young

韓国では名節になると、古来の風俗に従って新しい服に着替え、酒饌を拵えて祖先の神々に感謝するさまざまな行事が行なわれる。このような歳時風俗、または年中行事は古来から韓国の生活文化を形成してきた。これら歳時風俗を記録した書籍を「歳時記」という。韓国の歳時風俗の歴史と朝鮮時代の歳時記について検討した。

一 はじめに

韓国ではお正月、上元、端午、秋夕のような名節になると、古来の慣習に従って新しい服に着替え、酒饌を拵えて祖先の神々に感謝するさまざまな行事が行われる。このような行事は歳時風俗、または年中行事と言って古くから韓国の生活文化を形成してきた。また、これら歳時風俗を記録した書籍を一般に「歳時記」と言う。

しかし、日本国語大辞典によれば、「『歳時記』とは①一年中の季節に応じた祭事、儀式、行事、自然現象など百般についての解説を記した書。②俳諧で、季語を四季順に整理、分類して解説した書物。季寄（きよせ）。」とあって日本には二種類の「歳時記」が存在する。韓国には①の意味の歳時風俗を記した書籍は存在するが、②のような俳諸季語を集めた歳時記は存在しない。したがって韓国人は「歳時記」といえば、歳時風俗や年中行事を記録した歳時記録を思い浮かぶ。

現代人は過去の農耕社会とは違って節季と労働によるリズムある生活を営むことができない。一年間、毎日のような日課を一週間単位に繰り返し、たまに楽しむ休暇がその繰り返しを止めてくれる程度である。現代社会でも歳時風俗がないということではないが、過去の歳時風俗が季節の変化と生活と密接な関係を持って共同体の結びつきを強化していたのに対し、現代人はそういったきっかけなしに生活することによって個別化していくのである。

本稿では韓国の歳時風俗の歴史を簡単に整理し、朝鮮時代（一三九二―一九一〇）の歳時記をいくつか紹介することにする。

二　歳時風俗の歴史

韓国では、大体農耕文化が始まった新石器時代から歳時風俗が発生したとされる。記録としては三国時代初期の『三国志』[1]「魏書」「東夷傳」に扶餘迎鼓、高句麗の東盟、濊の儛天、馬韓では五月と十月に雑鬼を追い出すため祭事したという記録があり、これらはすべて農耕と関係深い歳時風俗である。これらは主に一年の始まる一月、本格的に農作の始まる五月、作物を収穫する十月に行われ、祭天儀式と飲酒歌舞で構成されることから歳時風俗の一面がうかがえる。

三国時代[2]には、中国の記録だけでなく、『三国史記』[3]『三国遺事』[4]などの文献からも当時の歳時風俗が伝わる。まず、高句麗と百済の記録では上古時代以来の農耕儀礼に当たる祭天儀式が細分化されて多様に展開していく様子がうかがえ、新羅にはより詳細な記録が伝わる。すなわち、『三国遺事』には当時の秋夕、端午、流頭、上元などに関する由来と風俗を記録し、当時これらの歳時風俗が一般に行われていたことと推量される。高麗時代▼5には古来の歳時風俗が広がる一方、仏教の影響が強くなる。中でも、一月十五日上元の燃燈会と十二月の八関会はその起源はもっと遡るが、この時期に盛んになって高麗時代末まで続いた国をあげた大行事であった。燃燈会と八関会は、仏教的宗教行事で寺院、または宮廷で行われたが、実際は飲酒と歌舞を伴なう民俗行事と民俗遊びの性格が強く、祈福、慰霊、富農という民間信仰的意識が強い。『高麗史』▼6には、八関会とともに元日、上元、寒食、三月三日、端午、九月九日、冬至、秋夕を九つの民俗名節とし、当時の歳時風俗の真相を伝えている。

朝鮮時代▼7には古来の歳時風俗が変わらず続いた。しかし、抑仏政策によって仏教的な性格は色褪せ、儒教的側面が強調された。すなわち、高麗時代の仏教的行事であった燃燈会と八関会などの性格が変質し、儒教的国家行事に変わっていった。庶民の民間信仰は伝統的な歳時と変わらないものであったが、宮廷と上流階級、そして官邊の歳時風俗は国家理念である儒教的な枠を乗り越えることができなかった。朝鮮時代、仏教的な歳時風俗は釈迦誕生日である四月初八日に行われた観燈遊びと塔回り、盂蘭盆斎日である七月十五日の奉公、洗鋤宴、供食（プッグッ）などがあり、前者は仏教的性格を持ち続けていたのに対し、後者は百中日と一体化して農作と結びついた一般の歳時風俗に変わっていった。さらに道教的性格をもつ歳時風俗として七月七日の七星祭がある。しかし、朝鮮時代の歳時風俗の中心は元日をはじめ、寒食、端午、秋夕が数えられ、その他に上元、百中、冬至、大晦日などが伝わっている。

三　朝鮮歳時記の紹介

一方、これら歳時風俗は朝鮮時代の実学者によって詳細に記録される。体系的な書物としては朝鮮後期の実学者である李晬光の『芝峰類説』（一六一四）である。総二〇巻の中で、一巻「時令部」歳時・節序の項には二四節候による歳時風俗に関する簡潔な考証がある。その後、鄭東愈は『晝永編』（一八〇六）で月別歳時風俗に関する具体的解説を加える。そして朝鮮後期の実学者による本格的な著述としては柳得恭の『京都雜志』（一七七六）、金邁淳の『冽陽歳時記』（一八一九）、洪錫謨の『東国歳時記』（一八四九）などが著述される。彼らは歳時風俗を集中的に扱った文献を刊行することによって実学としての民俗学を発展させた。では、これらの歳時記について簡単に紹介することにする。

(1)『芝峰類説』

朝鮮後期の実学者である芝峰李晬光によって編纂した最初の百科事典的文献である『芝峰類説』は、三度にわたる中国使臣としての経験から得た見聞に基づいて著したものである。木版本二〇巻一〇冊で一六一四年刊行した。李晬光は中国の北京を往来しながら、そこに滞在する各国の使臣と交流し、すでに中国に輸入された外国文化にも注目し、世界的視野を持っていた。

その構造と内容は次のようである。

序文、自序、凡例、巻一（天文部、時令部、災異部）、巻二（地理部、諸国部）、巻三（君道部、兵政部）、巻四（官職部）、巻五（儒道部、経書部一）、巻六（経書部二）、巻七（経書部三、文字部）、巻八（文章部一）、巻九（文章部二）、巻一〇（文章部三）、巻一一（文章部四）、巻一二（文章部五）、巻一三（文章部六）、巻一四（文章部七）、巻一五（人物部、性行部、身形部）、巻一六（語言部）、巻一七（人事部、雑事部）、巻一八（技芸部、外道部）、巻一九（宮室部、服用部、食物部）、巻二〇（草木部、昆虫部）

このように類別が広くて内容が膨大で、朝鮮国最初の大百科事典的文献と言われる。天文、地理から草木、昆虫にいたるまで事物全般を網羅している。また、『芝峰類説』の考証的で実用的な学問に対する態度は、当時の空理空論の学問に新しい風を巻起こした。これをきっかけに実事求是の思想に大きな刺激を与えたのは言うまでもない。

『芝峰類説』には、新しい世界、新しい知識を紹介した内容が多い。特に巻二の「諸国部」外国篇にはヨーロッパの地図を紹介し、朝鮮のことはもちろん、中国、日本、安南、琉球、暹羅、爪哇、満剌加などの南洋帝国と遠く仏狼機国（フランス）、永結利国（イギリス）のようなヨーロッパの諸事さえも紹介する。仏狼機国には火器と西洋布（シルク）について、永結利国には気象と風俗、そして軍艦と大砲について紹介している。さらに東南アジアの諸国の地理と産物、そして風俗も紹介している。当時、世界を中国とその周辺の国とだけ考えていた人々にこのような広い世界の存在と先進文物に対する体験は大きな衝撃を与えたと考えられる。

巻二「時令部」には歳時・節序・昼夜の項目を設け、歳時・節序の項で歳時風俗について紹介する。次は正月十五日の歳時風俗である。

今俗正月十五日、喫雑果飯、謂之薬飯、中朝人甚珍之、按新羅時、正月十五日、有烏・書之異、故毎於是日、以糯飯祭烏、盖因此成俗也。按高麗史、国俗自王宮国都、以及郷邑、正月望燃燈二夜、至恭愍王朝亦然、而崔怡於四月八日、燃燈為楽云、両説不同、今俗四月八日燃燈、人謂出於佛家、以釈迦生日故也。

（今のわが国の風俗に正月上元、果物を混ぜた飯を食し、それを薬飯と言い、中国人はこの風俗を珍しく思う。新羅時代、正月上元に烏が文章を書いた紙を口に含んで来る奇妙なことがあって、毎年この日には糯飯を炊いて烏を祭ったと言い、よってこのような風俗が生まれたと言う。『高麗史』には、国の風俗が王宮と国都から田舎に至るまで正月十五日には二日の夜の間、燈を灯した。恭愍王の時にもそのようであった。しかし、崔怡は「四月八日に燈を灯して楽しんだ」として両説が異なる。今のわが国の風俗は四月八日に燈を灯しているが、これは佛家の風俗でこの日は釈迦の誕生日なのである。）〈以下、日本語訳は筆者による。〉

このように上元の由来を始め、諸文献の上元を検討しながら、当時の風俗も紹介している。それだけでなく、仲春については次のような記録も見える。

月令、仲春鳴鶗鴂、韻府群玉曰鶗鴂一名子規、春分鳴則衆芳生、秋分鳴則衆芳歇、楚辞曰恐鶗鴂之先鳴、百草為之不芳、是也、又詩曰七月鳴鵙、鵙、博労也。亦名鴂、陰気動而止、陽気復而止、陰賊之鳥、未知鵙與鶗鴂、是一物否也。

（月令には、仲春に鶗鴂が鳴くとある。〈韻府群玉〉に曰く、鶗鴂を子規ともいう。この鳥、春分に鳴けば様々な花が咲き、秋分に鳴けば様々な花が落ちると言う。〈楚辞〉に曰く、鶗鴂が先に鳴いて様々な草がそのため花らしくないことを恐れると言ったのがこれである。また、〈詩経〉に曰く、七月に鵙が鳴くとある。鵙は博労であり、また鴂とも言う。陰気が動ぜば鳴き、陽気が回復すれば鳴かず、陰賊な鳥である。鵙と鶗鴂はよく知らない。これ一物ならず。）

時節の鳥類に対する説明であるが、諸文献の諸説を取り上げ、「鶗鴂」について詳しく考証している。鶗鴂という名称は日本の諸歳時記には見えないが、異名ホトトギス、または子規のことで、歳時記には上記の「仲春」とは違って「夏の部」に出てくる鳥類である。こういった時期的ズレはどこから生ずるのか明らかにすることはこれからの課題である。

(2)『晝永編』

朝鮮後期の学者である鄭東愈の著述した漫筆集『晝永編』は、筆者本で一八〇六年に編纂した書物である。その内容は風俗、暦象、外交、田賊、制度、習尚、故事などの多方面に渡っている。特に項目別に分類してはいないが、朝鮮の文字、地理、歴史に関する著者独特の見解がうかがえる。

その冒頭には、次のように文章がある。

私は長い夏の苦しさを忘れる方法がなくて、将棋・囲碁の代わりに筆で何かを書いてみることにした。いざ筆に墨を漬けて紙に向かってみると、朝廷のことはあえて書きたくなく、人物評をしたくもない。だからといって俗で野暮な語りを書くのも気が進まない。強いて平日憶えていることのなかで、これらとは関係ないことを考えても元々物知りではなくて続けられない。はじめて文章を書くことで苦しさを慰めることはつたない方法であることがわかる。それ故、ひと夏、記録したものがすべてこのように役に立たない面白くもない語りだけである。また筆に任せてあれこれ混じって記録したので順番もない。実に読む価値もないと考え、埃だらけの箱に投げておく。後に屏風の表装に使うか壁に貼っても惜しくない。

鄭東愈は本書を「ただ長い夏の苦しさを凌ぐために書いた」と謙遜に記している。しかし、全体的に随筆雑記体に書いてはあるものの、内容は天文、暦算から文学、風習、物産にいたるまで多彩で見識ある批判的眼目がうかがえる。

ここで四月八日の歳時風俗に関して紹介してみよう。

東俗以四月八日為仏生辰通国燃燈為楽或言仏之生日在周昭王二十四年四月則周四月昴今二月不宜用今四月嘗謂此言有理而但無可據後灍遼金両史皆以二月四日為仏生辰京府諸州皆百戯為楽始知古俗本用二月也故高麗太祖遺制以二月望燃燈亦似用此義也。

（わが国の風俗に四月八日には釈迦誕生日として国を挙げて燃燈を楽しむ。ある人曰く、「釈迦の誕生日が周国の昭王二十四年四月と言う。周国の四月は今の二月なので今の四月を釈迦の誕生日にするのは正しくない」とする。以前からこの話に訳あると考えていたが、ただ証拠がなくて後で遼・金の歴史を調べてみると、二月八日を仏生辰として京府をはじめ諸村で遊戯を楽しんだとされる。よって昔の風俗は本来二月であったことが分かる。そういう訳で高麗時代、太祖の遺制に二月十五日に燃燈したというのもまたこのような意味だったと考えられる。）

このように、四月八日釈迦誕生日の由来を諸文献から考証し、当時の朝鮮風俗の流れについて説明している。また、本文には『芝峰類説』を閲覧した痕跡とその誤りを修正したところもあって『芝峰類説』の風俗と比較するのも必要とされる。

(3)『京都雑志』

前記の『芝峰類説』と『晝永編』は、百科事典的多方面の記録を集めた文献であるのに対し、柳得恭の『京都雑志』(一七七六)は本格的な歳時風俗誌と言える。これは朝鮮時代の京都(ソウル)を中心とした歳時風俗を集めた文献で、主に士大夫の風俗を対象としている。本書は筆写本二巻二冊で、巻一には「風俗」を、巻二には「歳時」を集めている。

その構造は、次のようである。

巻一　風俗

巾服、酒食、茶烟、果瓜、第宅、馬驢、器什、文房、花卉、鵓鴿、遊賞、声伎、賭戯、布鋪、詩文、書画、婚儀、遊町、呵導

巻二　歳時

元日、亥日・子日・巳日、人日、立春、上元、二月初一日、寒食、重三、四月八日、端午、六月十五日、伏、中元、中秋、重九、午日、冬至、臘平、除夕

風俗だけでなく、歳時に関しても十九項目に分けて解説を加えて歳時風俗の全般を解説している。ここで、重三と六月十五日の歳時を紹介しよう。

重三

采杜鵑花　揉糯米粉　作団餻　煎以芝麻油　號花煎

（取った杜鵑花を糯米の粉と一緒に揉んで丸い餅を作る。これを胡麻油に煎じたものを花煎という。）

六月十五日

俗称流頭節　作粉団　澆以蜜水　食之　號水団　按高麗史　熙宗即位　六月丙寅　有侍御史二人　與宦者崔東秀會于広真寺　作流頭飲　国俗以是月十五日俗　髪東流水祓除不祥　因會飲　號流頭飲

（俗に流頭節と言う。粉団を作り、水割りした蜂蜜に入れて食す。これを水団と言う。按ずるに、『高麗史』に「熙宗の即位した六月　丙寅年（一二〇五）に侍御史二人が宦官崔東秀と広真寺に集まり、流頭宴を催した」と伝わる。わが国の風俗に、今月十五日に東に流れる水に髪を流して不祥を追い払い、集まって飲み交わすことを流頭飲という。）

三月三日に食する料理として山躑躅を利用した花煎を紹介し、六月十五日には流頭の由来と料理を紹介している。本書には、歳時風俗とともに飲食の紹介が多いことに注目される。

(4)『洌陽歳時記』

朝鮮後期、『京都雑志』より四〇余年後に金邁淳の著述した『洌陽歳時記』（一八一九）は洌陽、すなわち漢陽（現在のソウル）の年中行事を集めた一冊の活字本である。その構造は、次のようになる。

正月　立春、元日、人日、上亥日、上元
二月　朔日、六日
三月　寒食、三日、穀雨
四月　八日
五月　端午、十日
六月　十五日、伏日

七月　中元
八月　中秋
九月
十月　二十日
十一月　冬至
十二月　臘日、除夕

跋文

このように前記の『京都雑志』に比べて歳時に大した変化は見えない。毎月の行事を各月別に記している区別意識がうかがえ、各項目も二月の六日、三月の穀雨、五月の十日などが増えている程度である。『京都雑志』には十月に午日を設けているが、上記には二十日を設けている。

金邁淳は跋文で、「江村で長い夏を過ごしているが何もすることがない」と言って、昔中国の呂侍講が歴陽にいる時、歳時風俗を記録したことを思い出し、朝鮮の歳時風俗を書いてみたと述べている。『書永編』の冒頭と似て長い夏が筆を取るきっかけを提供していることは面白い。ここで、立春と九月の歳時を紹介しよう。

立春

農家以立春日　採宿麦根　占歳美悪　三岐以上為豊　両岐為中塾　単根不岐　則為歉
（農家では立春の日、麦の根を採ってその年の凶豊を占う。採った麦の根が三本以上だと豊作で、二本だと平年並み、一本だと凶作と言われる。）

九月

楓菊時　士女遊賞　略似花柳　而士大夫好古者　多以重陽日　登高賦詩

（紅葉と菊盛りの時、男女見物すること　花と柳を見るがごとし。古風を好む士大夫は　大体九日重陽日に高い所に登って詩を賦す。）

このように立春の風俗は農耕と深い関係を持ち、豊作を祈願する百姓の心が籠っている。九月は紅葉と菊の季節で自然を鑑賞するだけでなく、貴族は詩文をも賦して楽しんでいたことが分かる。また、三月三日の歳時については見てみると、次のようである。

国俗重忌祭　不重時祭　未免夷陋　至本朝中葉　儒賢輩出　士大夫多好礼者　始以時祭為重　而大抵貧倹約鮮能行四時祭　止行於春秋二時　而春用重三　秋用重九者　為多

（わが国の風俗に忌祭祀は重んじ、時祭は疎かにする傾向があるが、これは夷のよくない習慣である。しかし、朝鮮中期、儒賢を輩出し、士大夫にも礼を重んずる者が多くなって時祭を重んずるようになった。でも貧乏で各季節ごとに時祭をする者は少なく、大体春の重三と秋の重九だけにする者が多い。）

各季節ごとに行われる時祭を紹介しながら、礼を重んずる伝統を強調している。しかし、同じくソウルの風俗を紹介する『京都雑志』三月重三の内容とは全く違っている。著者の観点によって風俗の内容も変わってくるのであろう。

⑸　『東国歳時記』

『東国歳時記』は、朝鮮時代、正祖・純祖の時に活躍した学者洪錫謨が年中行事や風俗を整理し、説明を加えた書物である。巻頭には一八四九年九月十三日と記された李子有による序文があって刊行は一八四九年とされる。李子有は序文で次のように記している。

（洪錫謨、曰く）「これは東國歳時記である。A．中国では宗懍以来、このような類書を書いた人が少なからずいるが、我が国にはいまだ見當たらない。だから是非善悪をかえりみず他にならって、B．地方の風俗がそれぞれ異なるところを記してみた。」近くは京都（ソウルのこと）から、遠くは僻村にいたるまで、その時節に解当するものは、尋常一様の行事であっても、たとえいかに卑俗な行事であっても、漏れなくこれを記録している。線を引いたAとBから分かるように、本書は中国に多くある歳事風俗と年中行事を著した書籍に触発されたもので、各地方ごとに異なる風俗を網羅して記録しようとする著述意図が見える。

中国の場合、「歳時記」の元祖というべき『四民月令』がすでに二世紀に書かれた。以後、三世紀には周處が『風土記』を著述し、本格的な「歳時記」と評される『荊楚歳時記』は六世紀半ば宗懍によって著述された。『荊楚歳時記』は湖北省と湖南省にわたる荊楚地方の風物と歳時を記録したもので、以後登場する中国歳時記の典型となった。このような成熟した中国文化は中国志向の当代士大夫によい刺激となり、朝鮮国の歳時風俗への関心をも高めていった。

上記の序文から分かるように、中国の『荊楚歳時記』が本書の著作動機の一つであることは言うまでもない。未だ「歳時記」という著作がないことに対しての主体的な自覚と関心を表していることと判断される。

さて、前記の歳時記類からも分かるように、『東国歳時記』以前に編纂された風俗誌は主にソウル地方の歳時風俗だけを記録し、当時のソウルの風俗を理解するに貴重な資料であるが、朝鮮という一国の歳時風俗を把握するには物足りない。これに対して『東國歳時記』は二十三項目に分類して月日ごとに記録し、また日次の確定できない風俗の場合は月内という項目を各月の末尾に区別して掲載し、そして閏月の行事は巻末に付記している。特に上記の序文にも記している「地方の風俗がそれぞれ異なるところを記してみた」というのは、中国と朝鮮文化の違いを認識した発言である。さらに『京都雑志』と『洌陽歳時記』のような主にソウル地方を中心に記している歳時記に対する反省的な意味を持つ発言でもある。この点、本書の性格と編纂意図を理解するに重要なポイントになる。

『東国歳時記』の構造は次のようである。

①全体的構造
　序文
　正月・二月・三月・四月・五月・六月・七月・八月・九月・十月・十一月・十二月　閏月（巻末にあり）

②詳細構造
　・正月
　　a．日にちによる記述
　　b．月内（開市、春到記科、慎日など）

　上記のように全体的構造は李子有の序文と各月別の行事、それから巻末に閏月を配置する。また、各月は日にち順に行事を記し、各月の末尾には月内と言って日にちのはっきりしない風俗と何日かに渡っていて定められない風俗を集めている。

　内容は、正月の風俗がもっとも多く収録され、種々の歳時風俗の内容を選択せず、できるだけ多くの歳時風俗を記録して資料として残そうとした意図が窺える。

　このように、本書は陰暦正月から十二月まで閏月を含めた歳事風俗を記録した。具体的には、正月は、元日・立春・人日・上亥日・上子日・卯日・巳日・上元・月内の七項目になっている。二月は朔日・月内の二項目で、三月は三日・清明・寒食・月内の四項目である。四月は八日・月内の二項目、五月は端午・月内の二項目である。六月は流頭・三伏・月内の三項目で、七月は七夕・中元・月内の三項目である。八月は秋夕・月内の二項目で、九月は九日の一項目である。十月は午日、月内の二項目で、十一月は冬至・月内の二項目である。十二月は臘・除夕・月内の三項目で、閏月は一項目である。全部で二十三項目で、月内を含めると全三十四項目に構成されている。

　具体的に正月の行事を示してみると、次のようである。

元日

新歳問安　議政大臣は百官をひきいて宮中に参内し、国王に新歳の問安をなし、箋文と表裏を献上し、正殿の庭で朝賀の礼をおこなう。八道の観察使、兵使および水使、各州の牧使たちも、国王に箋文と方物を進上し、各州、府、郡、県の戸長吏もまた、みんなそろって班列に参加する。冬至の日にもまた、箋文を進上する儀式をおこなう。

新歳茶礼　ソウルの風俗として、この日家廟に拝謁して祭祀をおこなうが、これを茶礼という。

歳粧・歳拝　男女の年少者たちは、そろって新しい晴着をよそおうのであるが、これを歳粧（ソルビム）という。それから親戚の長老たちに年賀まわりをすることを歳拝（セベ）という。

歳饌・歳酒　元日に時食（季節料理）をもって訪問客をもてなすが、これを歳饌といい、その酒を歳酒という。かんがうるに、崔寔の『月令』には、「元日は身心を清めて祖先をまつり、椒柏酒を飲む」と書いており、また宗懍の『荊楚歳時記』では、「元日に屠蘇酒と膠牙湯をすすめる」とのべている。これがすなわち歳酒と歳饌のはじまりであろう。

花盤　済州道では、およそ山、藪、川、池、丘、陵、墳衍、木石のあるところに神をまつる祠堂を設ける風俗がある。そして元日から上元にいたるまで、巫覡が神像を画いたのぼりをかかげ、儺戯をおこなう。錚や鼓の先導で祠堂を出て村里に入れば、人たちはあらそって財銭を喜捨し、神にお礼参りをする。これを花盤という。

上記のように、正月に行われる宮中関連の風俗を始め庶民の風俗までが記録され、地域的にはソウルから遠く済州道の風俗までが紹介される。これによって十九世紀半ばの朝鮮国固有の歳事風俗、すなわち、上は宮中を含めた士大夫の生活、下は庶民の生活までを垣間見ることができる。本書は当時の朝鮮社会の風俗を理解するに重要な資料と言えよう。さらに、独立した一国の「歳時記」らしい体裁を整えつつあったことと判断される。

四　おわりに

以上、韓国の歳時風俗の歴史と歳時風俗を記録した歳時記について簡単に紹介した。

日本と違って「俳諧歳時記」は存在しないが、年中行事書である諸文献には人間の生活と密接な関係を持つ歳時風俗だけでなく、自然と自然を楽しむ人々の様子が詳細に記録されている。その内容は人事・宗教に関することだけでなく、時候、地理、動物、植物などの多方面に至る。

初期歳時記は百科事典的書物の一巻に時令部を設けていたが、朝鮮後期になると独立した書物として「歳時記」が著述される。それは歳時記に関する新しい眼目が生まれたことを意味するのである。しかし、『京都雑志』や『冽陽歳時記』などはソウルの風俗を集めたものであるが、『東国歳時記』になると朝鮮全体を対象にしている。著述意図からして初期歳時記はただ長夏の苦しさを凌ぐためにと書かれているが、『東国歳時記』になるとはっきりした意図を表している。それだけにその構造と内容にも変化を見せるのである。

歳時と風俗は各国の基層文化の様子を知らせる資料である。その民族の固有の生活様式を伝えてくれる文化現象が民俗としたら、年々繰り返し続いている歳事風俗は固有文化をもっともよく表している。そのような観点から『東国歳時記』は、朝鮮時代の「日常生活において各季に合わせて慣習的に繰り返す民俗」を詳細に記録した「歳時記」であり、「年中行事書」である。

注

（1）中国の魏・蜀・呉三国の正史。晉の学者陳壽（二三三―二九七）が編纂したもので、『史記』『漢書』『後漢書』とともに中国の前四史と称する。魏書は三〇巻、蜀書は一五巻、呉書は二〇巻、総六五巻となる。

（2）紀元前一世紀、高句麗、新羅、百済の三国が韓半島と満州一帯で建国し、七世紀新羅によって統一されるまでの時代を指す。

（3）高麗時代（九一八―一三九二）、忠烈王（一二八一―一二八三）の時、普覚国師一然（一二〇六―一二八九）が著述した新羅・高句麗・百済三国の歴史書。

（4）高麗時代、金富軾らが編纂した紀伝体の三国歴史書。

（5）新羅時代末に王建が分裂した韓半島を統一して建国した王朝（九一八―一三九二）。

（6）朝鮮時代（一三九二―一九一〇）初期、金宗瑞（一三九〇―一四五三）、鄭麟趾（一三九六―一四七八）らが世宗の命によって著述した高麗時代の歴史書。

（7）高麗に続いて武将である李成桂が新進士大夫と協力して建国した王朝。一三九二年に即位した太祖李成桂から一九一〇年の最後の純宗にいたるまで五一九年間続いた。

《参考文献》

南晩星訳『芝峰類説』上・下（世界思想教養全集続一〇、乙酉文化社、一九七五年）
南晩星訳『晝永編』上・下（乙酉文庫七七、乙酉文化社、一九七一年）
『朝鮮歳時記』（国立民俗博物館歳時記翻訳総書五、国立民俗博物館、二〇〇七年）

韓国における国際俳句の萌芽

——郭大基氏の韓国俳句研究院の活動——

東　聖子
Shoko AZUMA

新羅王朝千年の古都である慶州に、郭大基（カク・テギ）氏の韓国俳句研究院がある。新羅は紀元前五七年から九三五年までのおよそ千年もの長い間王朝が続き、朝鮮半島を統一したが、その都はずっと慶州であった。慶州は現在、ユネスコの世界遺産がいくつかあって、歴史の香り高い都市である。

韓国俳句研究院の設立五周年を記念して、二〇一一年二月二七日に『共同俳句集　蔦』（同研究院編、ジェイトモ刊）が出版された。この句集は日本語俳句集（ハングル訳付）であって、国際俳句集ではない。私共のプロジェクトの科研費共同研究は二〇〇六～二〇〇八年の期間であった。だが、その段階では、韓国には国際俳句はないと認識していた。今回、我々は韓国における日本語俳句とハングル俳句の両方を創作する結社の存在を知り、ここにアジアの隣国の最新事情を報告したい。

二〇一一年秋に兪玉姫氏とともに古都慶州を訪ねて、郭大基代表と研究委員である日本人の本郷民男氏にお目にかかった。その時に、韓国俳句研究院の創設・目的・規約・活動・作品などの概要についてお話をうかがい、また、多くの資料をいただいた。連休で大変な人出で混雑したなかを、慶州の儒家の家や東里木月文學館などを車で案内していただき、慶州の風土に根付いた韓国俳句研究院の始まってまもないみずみずしい活動について実地踏査をした。

二〇〇六年二月二七日に韓国俳句研究院が郭大基教授によって、自宅マンションを所在地として開始された。同研究院は、KOREA HAIKU INSTITUTE略称（KHI）と称す。＜自然／共存／幸福＞を目的とし、活動として□韓日・日韓文化研究／大衆化□韓日・日韓文化芸術（人）交流□韓日・日韓文化アカデミー開設□出版（韓日文化叢書／資料集）□市民（青少年）講座／その他などがある。毎月「月曜講座」を開いて句会や俳句セミナーを行っている。研究にも力を入れている。

院長の郭大基氏は、元釜山市の東釜山大学日本語学科の教授であった。俳句との出会いは大学時代に古本屋で『芭蕉・蕪村・一茶』という本を買ったことによるという。郭氏はその後も釜山外国語大学大学院やキョンサン大学大学院その他多くの大学で日本文化や俳句の講義をされ、またフォーラムやシンポジウムや講演会などでも活躍中である。郭氏の韓国俳句研究院の活動は、韓国メディアはもちろんのこと、The New York Timesネット版記事二〇〇八年三月二七日でも、「K-haiku」として紹介されている。郭氏はもともと、日本の俳句結社である倉田紘文氏主宰の『蕗』に投句していた。現在の『蕗』には、ブラジルからの投句欄や郭氏たちの韓国からの投句欄などがあって、国際的な俳誌である。郭氏の代表句は「秋の灯にひらがなばかり母の文」等で、『蕗』の師系は素十である。郭大基氏の句に「番犬とうつらうつらと春の雨」等がある。倉田紘文氏の「俳句は平明で言葉はやさしく、万物への愛をもって自然に随順する」という言葉は、まさに郭氏の詩精神と同質なものである。

季語の使用については、本研究院はたとえば「月曜講座」などで四季の季語とその例句とか日本の俳人の句などを幅広く勉強しており、国際俳句を作るときにも基本的に季語を入れて、有季定型である。しかしハングル独自の季語も考えている。ハングルでのK-haikuの作品をあげてみる。

석탑 모퉁이/이끼 꽃 내려놓는/고도의 빗물　石塔に苔の花むす古都の雨　郭大基

어둑한 귀가/낙엽 밟길 거친 뒤/꿈으로 한밤　帰り道落ち葉踏む音夢の中　金皎珠

これらの活動が認められて、二〇一〇年十二月に第二回高円宮賞を、郭氏の（慶州）の俳句普及活動が受賞した。東洋経済日報同年一二月一七日に掲載された。高円宮妃は両国文化の紹介と理解、草の根交流の大切さを話された。また、二〇一一年一二月二六日に、韓国俳句研究院会員の朴延苑（パク・ジョンウォン）著『韓国語句集　なんじゃもんじゃの花』（ジェイトモ刊）が出版された。おそらく最初のK-haikuの個人句集である。HPがあるので活動の概要はわかる。この郭氏の韓国国際俳句の活動が堅実に継続され、将来的に大きく開花されることを期待している。（郭大基・本郷民男・兪玉姫・深沢了子・曹喜各氏のご協力に感謝申し上げる。）

Ⅱ

日本篇——江戸時代の季寄せ

コラム〈江戸時代の歳時記概観〉

江戸時代の「季寄せ」四季の詞の増大化

東 聖子 Shoko AZUMA

俳諧は、天地の万物のなかから、四季の語彙を詩的に峻別し、季寄せ・歳時記という変貌可能な詩材を史的に集成してきた。世界詩においても稀有の現象であろう。

近世（江戸時代）には季語・季題の語はまだなく、「四季の詞《ことば》・季・季の題」などと言った。江戸時代には、一般に、四季の詞の〈語彙・解説〉による書を「季寄せ」といった。江戸後期に〈例句集〉として「類題発句集」が続出した。この二書が合体して近代（明治以降）の〈語彙・解説・例句〉による書、つまり「歳時記」となった。

「歳時記」の淵源は、中国古歳時記の『四民月令《がつりよう》』や『荊楚歳時記』などの年中行事暦にあった。しかし、日本ではそれを受容しつつも、独自の発展をして、「詩歌の暦」となった。四季の詞は、和歌・連歌・俳諧の短詩型文学の流れにおいて、醸成された。和歌には、『古今和歌六帖』の季題別歳時部や勅撰集の部立てや歌論集の季の題等がある。連歌になると、発句（第一句め）に当季が必要で、かつ一巻の変化のために四季は式目化（去嫌《さりきらい》などのルール化）され、連歌論書に四季の「詞寄せ」が記載された。

＊

尾形仂氏によれば、江戸時代の歳時記類（季寄せ）は約百五十部で、中世末の連歌論書『至宝抄』約三百から、近世末の馬琴・青藍『俳諧歳時記栞草』（例句なし）約三四二〇余まで四季の詞は飛躍的に拡大しているという。

これから近世の「季寄せ」を、時期と特色を配慮しつつ①初期貞門書②季吟系の書③中期新系統の書④ビジュアルな絵入り書⑤年中行事の書⑥後期の浩瀚な考証書⑦実用的な段組形式等、と一応試みに分類し、「季寄せ」の主要な書を見てゆく。

①初期貞門書―『はなひ草』『誹諧初学抄』『毛吹草』　近世貞門以前に、連歌論書の紹巴《じょうは》『至宝抄』、応其《おうご》『無言抄』等があり、これらは後続の俳論書に影響を与えたが、簡潔で淡々とした四季の詞に、萌芽としての新鮮さがある。立圃《りゅうほ》『はなひ草』（寛永十三年成立）は、最初の俳諧式目書で、俳諧季寄せ刊行の嚆矢として流行し、十二か月の語彙の簡潔な列挙がある。徳元『誹諧初学抄』（寛永十八年刊）は、式目の後に「四季の詞幷恋の詞」があり、丁寧な解説である。重頼《しげより》『毛吹草』（正保二年刊）は、斬新な言語感覚の撰集・辞書で広く流布した。俳諧四季之詞（横題）と連歌四季之詞（縦題）を類別し、非季語（雑）も掲出する。岩波文庫本を一読されたい。

②季吟系の書―『山の井』『増山井』　季吟弱冠二十四歳の処女作『山の井』（正保四年成立）は、〈語彙・解説・例句〉の形式をもつ、まさに現代の歳時記の形式そのものである。巻一～四は四季の詞、巻五は句日記である。季吟は現代の歳時記の形式の先駆者である。季吟四十歳で『増山井』（寛文三年奥書）が成立した。「俳」（横題）の記述があり、「非季語」（雑）も掲載する。〈語彙・解説〉のみだが、改版がなされ、『増山井』はその後の季寄せの基準となり尊重された。四年後の寛文七年に、子息湖春『続山井』（例句集）と合綴されて同時に刊行された。季吟は意欲的に横本の同じ書型で、季吟系三冊を刊行した。『山の井』『増山井』は必見である。

③中期新系統の書　近世中期に、員九《いんく》『俳諧通俗志』（享保二年成立）は現実生活的な語を多くし「新機軸をひらいて、

『増山井』とは別の一つの大きな系統の起こりとなった」と尾形氏は指摘され、藤原マリ子氏が実証した。

④ビジュアルな絵入り書　素外《そがい》『誹諧名知折《なのしおり》』（安永九年刊）は、門人の花藍（浮世絵師の北尾重政）の見事な動植物の絵が画面におおらかに描かれている。

⑤年中行事の書　俳諧の用ではないが、年中行事を述べたものに貝原好古編・益軒刪補『日本歳時記』（貞享五年刊）や、月岑《げつしん》『東都歳時記』（天保九年刊）がある。

⑥後期の浩瀚な考証書　近世後期は考証随筆が多く行われた。季寄せにもその傾向が加わり、多種の和漢の書籍を博捜した浩瀚なものが出た。麁文『華実年浪草《かじつとしなみぐさ》』（天明三年刊）は、半紙本十五冊で蝶夢の跋がある。考証性・本草学・地誌等を背景として、馬琴『俳諧歳時記栞草』、青藍『俳諧歳時記栞草』、洞斎『改正月令博物筌』（文化五年）などが出た。百科全書的な編纂意識による、知識の宝庫である。

⑦実用的な段組形式　連句から発句独立の時代になって、俳席において実用的なものとして段組の形式がある。二柳《じりゆう》『俳諧四季部類』（安永九年刊）は小本一冊に表示し、千艸園『季寄新題集』（嘉永元年刊）は一枚摺《ずり》の両面に表示する。以上、紙面の都合で写本その他、多くを省いた。

現在、さまざまな「季寄せ」によって、近世の四季の詞を心ゆたかに眺めることができる。尾形仂・小林祥次郎編『近世前期歳時記十三種本文集成並びに総合索引』（一九八一年、勉誠社）、同編『近世後期歳時記本文集成並びに総合索引』（一九八四年）は必見である。また芭蕉の四季の詞や、類題発句集については、拙著『蕉風俳諧における〈季語・季題〉の研究』（二〇〇三年、明治書院）を参照されたい。近世の「季寄せ」は、近代の「歳時記」へと駆け抜けた。

（『俳句研究』二〇〇八年秋号九月刊より転載）

『増山井』における詩的世界認識の方法
——和漢と古今の接点——

東　聖子　Shoko AZUMA

季吟の『増山井』は、なぜ江戸時代の季寄せのスタンダードになり得たのか。貞門先行書の影響を受け、啓蒙的にプロデュースした卓抜な書である。作品を掲載せず、詩的素材のみを月ごとに列挙し、新素材を多く出した。この書は、和漢と古今の接点のうえに、普遍性を獲得した。日本の歳時記は独自な詩的世界認識の方法であった。

一　歳時記とは

日本の近世では俳諧の成立とあいまって、歳時記（季寄せ）がさまざまな形で刊行され、現在に至っている。歳時記の定義と成立について、尾形仂氏は次のように語る。▼1

わが国の詩歌に用いられる〝季節に関する語彙〟を四季別に分類整理し解説を加えたものに〝歳時記〟の名を付したのは、管見のかぎりでは、馬琴の『俳諧歳時記』（享和三）をもって嚆矢とする。現代では、これに作例を添えたものをもって歳時記とし、単に季節語彙を類聚しただけのものを季寄せ……歴史的には季寄せのほかさらに、詩歌の用語を集めて語義・用法・規制等を説いた中に季に関する注記を施したいわゆる詞寄せをも、広く歳時記の中に含めて扱うべきであろう。

馬琴の命名にかかる〝歳時記〟の名称は、『四民月令』『荊楚歳時記』『玉燭宝典』『秦中歳時記』など、中国において歳時に伴う生活行事や習俗について記述した典籍の書名ならびに分類名に由来する……中国の歳時記は、為政者がいわば農事暦ともいうべき時令を下して農民の生活を規制してゆこうとする、いわゆる授時意識に淵源し、生活の規範もしくは参考といった実用的意図のもとに記録されたもので、わが国のいわゆる歳時記のごとく詩歌の暦として編述されたものではなかった（守屋美都雄氏『中国古歳時記の研究』参照）。

ここでは、日本の歳時記が〈詩歌の暦〉であり、和歌・連歌の「詞寄せ」から、近世俳諧の「季寄せ」そして馬琴の『俳諧歳時記』の命名、という詩歌語彙を季節ごとに述べた独自性をいう。そして、守屋美都雄氏の研究によりつつ、淵源は中国の歳時記であり、それは〈生活行事や習俗の記述〉や〈為政者の農事暦〉ともいうべきものであったと解説する。

さらに、尾形仂氏は「歳時記概説[2]」において、江戸時代に刊行された俳書数は「推定約三万」であり、そのうち江戸時代の歳時記（詞寄せ・季寄せを含めて）は「約百五十部」であると言う。そして、歳時記の二系統として近世初期の季吟の『増山井』の系列と、近世後期の員九の『俳諧通俗志』（享保元年）があるとする。これから、季吟の『増山井』が、なぜ近世を通して歳時記のスタンダードになり得たのか、その〈詩歌の暦〉としての特質について考えてみたい。

二　貞門時代の俳論書

中世末の連歌の固定期に、紹巴『至宝抄』（天正十四年）には約三〇〇語の四季の詞[3]が掲載されていた。それが、近世末の馬琴・青藍『俳諧歳時記栞草』(嘉永四年)では約三四二〇語の四季の詞となり、約十倍以上へと拡大化した。連歌から俳諧にいたって、詩的な季節語彙ははなはだしい増加の一途を辿った。近世前期の『はなひ草』『毛吹草』『増山井』以下が、端をひらいたともいえよう。

さて、貞門時代は、近世俳諧の草創期にふさわしく、さまざまな内容の啓蒙書が書かれた。乾裕幸氏は、「貞門俳論の性格」[▼4]において、「貞門の俳論書は都合八十四部」あり、その「多くは、俳諧の本質・式目作法・付合技法等の論、及び語彙・季寄などを雑然と含みこんでいるが、……その展開分布の模様を五年刻みに概観してみようと思う」ということで、貞門の俳論書を寛永期から延宝期まで五年ごとに表示している。内容については、「本質・式目作法・付合技法・語彙季寄・論難」の五つに分けている。そのなかで、語彙季寄せにあたる貞門俳論書は、「一五」書あるとしている。しかしながら、乾氏も言うように、啓蒙期の俳論書は、いくつかの内容を雑然と包含していることが多い。立圃『はなひ草』は式目作法論と語彙季寄せ等の双方を含み、維舟『毛吹草』は式目作法・付合技法・語彙季寄せ等を含んでおり、季吟『増山井』は語彙季寄せのみの内容である。論難書をふくめて俳人たちが、俳諧について論じることにエネルギーを使った時節であった。それは、新しいジャンルが創造されるときの、柔軟な試行錯誤の轍の跡であったのかもしれない。語彙・季寄せについては、各書で掲載語彙が異なるが、大きな時代のうねりとしては、時間的・空間的に普遍性のある俗語が、次第に俳言として定位されていった。

三　北村季吟と『増山井』の先行研究

北村季吟の先行研究としては、野村貴次著『北村季吟の人と仕事』(新典社研究叢書、一九九七年)がある。野村氏は季吟の俳諧活動を四期にわけて、こう語る。

> 八十二歳という長い生涯において、古典註釈・和歌・俳諧と多角的な活動をしていた季吟……彼の俳諧生活は相当長期間にわたっているが、大略四期に分けることができよう。〈第一期―修行期・十六歳貞室入門～三十歳第二の師貞徳没頃の十五年間〉〈第二期―宗匠独立・貞門維持継承期の約七年間〉〈第三期―古典註釈との併行期・三十八歳～六十歳頃の二十三年間、後期は宗匠の仕事は子息の湖春・正立に任す〉〈第四期―引退期・俳諧から退く〉

また、季吟の作風については、中島随流『貞徳永代記』に「誹言つよからず。つよからぬは哥人の誹諧なればなり。一句かろがろとして色すくなし」とある。榎坂浩尚著『北村季吟論考』（新典社、一九九六年）にも多くの示唆に富む論文がある。さらに、島内景二著『北村季吟―この世の後の世思ふことなき―』（ミネルヴァ書房、二〇〇四年）は視点が変わっており興味深い。

> （『源氏物語』の受容について三人の恩人を、藤原定家、室町時代の複数の注釈者たちと、北村季吟だとする）そして、季吟の『源氏物語湖月抄』について…『源氏物語』のオーソドックス（正統的）な読み方を誰にでもわかるかたちで「視覚化」し、出版してくれた天才的エディターであり、かつ天才的ライターであった。……『いなご』は、絵と句が一体化したもので「絵俳書」という新しいジャンルを創造したものである。

『北村季吟古註釈集成』の厖大な版本の様式を眺めていても、本文・頭注・ビジュアルな挿絵などに、季吟は単なる古典学者ではなく、本作りに長けた優秀なプロデュース能力を兼備していた人と思われる。季吟の季寄せ類からも同様のことが窺える。

さて、『増山井』の先行研究については、卓抜な二論文がある。加藤定彦氏「『増山井』をめぐる問題―出典を中心に―」[5]は、『増山井』の詳細な出典を博捜し、正確な出典一覧を表示しつつ、こう語る。

> 『増山井』の編纂ぶりには、彼が次第に俳諧の分野から古典注釈＝歌学の分野にのめり込んでいったのと同じよ

うな傾向、現実世界にころがっている卑俗な素材＝季語に目を向けるよりも、生活から遊離したところに築かれる典籍の世界に魅され、学識を披瀝する快さに酔いしれようとする傾向を指摘できる。

また、同氏の出典一覧は、「公事根源・拾芥抄・○事文類聚・誹諧初学抄・○書言故事・○月令（礼記）・歌林鋸屑集・せわ焼草・山の井・年中行事歌合・○荊楚歳時記・はなひ草・御傘・枕草子・源氏物語・東京夢華録・世諺問答・徒然草・○釈氏要覧・延喜式・狭衣物語・○拾遺記・蠡海集・○開元天宝遺事・堀河百首・○本草綱目」（○は、漢籍を示す）が一位から二十六位として、掲載されている。季吟は確かに、学識は詰め込んではいるが、後述する如くにできるだけ平易な解説につとめ、新しい季語の掲載も積極的に意図していると考えられる。

深沢眞二氏は「獺の祭見て来よ―七十二候と俳諧」▼6において、『拾芥抄』『暦林問答集』『七十二候』と『増山井』『貞享暦』『日本歳時記』の七十二候の記載の比較検討をし、季寄せのうちで、最初に七十二候を取材したのは俳諧語彙集『増山井』であるという。ただし、詳細に検討すると、『増山井』は、七十二候のうち二十候しか掲載していない。また「魚氷にのぼる」というごとく、漢語ではなく、和文で表記しており、その啓蒙性が窺える。

北村季吟は、後に幕府の歌学方になった貞門から出た大学者であるが、時代の空気は充分に捉えていた。季吟の代表作としては『俳諧百一集』の次の発句がある。

一僕とぼく〳〵ありく花見かな

随流のいうごとくに「つよからず」かもしれないが、春風駘蕩とした近世初期の泰平の風が心地よく吹き渡り、生の歩みのおおどかさが時代の時間感覚を示した名吟である。

四　『はなひ草』『誹諧初学抄』『毛吹草』——貞門の先行書

季吟の季寄せに先行する、貞門の季寄せを含んだ俳書として、主なものに『はなひ草』『誹諧初学抄』『毛吹草』がある。

『はなひ草』は、野々口親重（立圃）著の、俳諧式目書として最初の書である。寛永十三年（一六三六）奥書。小本、一冊。初版は無刊記八行本。後刷りは七行本で、振り仮名がある。いろは順に意味・去嫌等を述べた後に、「四季の詞」として、月ごとの四季の語彙のみを、簡潔に列挙しており、解説はない。

『誹諧初学抄』は、齋藤徳元著の俳論書である。寛永十八年（一六四一）自跋があり、同年刊かとされる。横本、一冊である。俳諧式目論を述べた後に、「四季の詞并恋の詞」として、月ごとに四季の語彙を掲載し、かつ丁寧な解説を加えている。恋の詞が注目される。日本の語彙が中心である。

『毛吹草』は、松江重頼著の俳諧撰集・辞書であり、全七巻からなるという体系的なものであり、斬新な言語感覚がみられて、異色の俳書である。正保二年（一六四五）刊かとされる。横本、七巻五冊。巻一は「作句上の注意」、巻二が「誹諧・連歌の四季の詞・恋の詞・世話付俚諺」、巻三は「付合用語集」、巻四は「諸国の産物」、巻五、六は「発句集」、巻七は「付句集」である。ここでは、「誹諧四季之詞」と「連歌四季之詞」にわかれており、「非季語」も掲載する。振り仮名はあるが、語彙のみで、解説はない。

以上の三書とも貞門初期の概説的な俳諧入門書のなかにある、季寄せである。そして三書の季寄せは、それぞれ『はなひ草』はごく簡潔な記述で、語彙の羅列のみ、『誹諧初学抄』は解説が丁寧で、日本の語彙が中心であり、『毛吹草』は体系的で、斬新な言語感覚があり、いわゆる縦題（和歌・連歌からの伝統的な季題）と横題（俳諧からの新しい季題）を峻別し、あわせて非季詞も掲載している。それぞれに特徴が異なっている。
ちなみに、近世後期の曲亭馬琴著『俳諧歳時記』（享和三年刊）と比べてみると馬琴は四季、月ごとに多くの関連語を掲載し、出典名を四角で囲んで、詳細な振り仮名付きの解説をつけ、ペダンティックで考証随筆風な、巨大な季寄せに厖大化させている。

五　季吟系『山の井』『増山井』『続山井』

では、季吟系の季寄せを見てゆく。『山の井』は、季吟が弱冠二十四歳の時に成立し、翌年二十五歳の時に刊行された、若々しい文学性豊かな雅文体の処女著作である。前述の野村氏の俳諧活動四期における第一期の修行期にあたり、十六、七歳で最初の師である貞室に入門し、二十二歳の頃松永貞徳に入門して数年後のことだ。正保五年（一六四八）正月に、大本で配り本として刊行。京都小嶋市郎右衛門刊。その後、慶安元年（同一六四八）八月に、横本五冊で刊行され流布した。『滑稽太平記』には、「誹諧稽古の為」とある。これは、独立した季寄せの最初の本である。季寄せが一巻から四巻で、五巻は句日記である。春は三二題で、見出し語の〈関連語・解説・例句〉をのびやかにまとめている。この〈関連語・解説・例句〉という形式は、まさに現代の歳時記の形式に他ならない。季吟は、四季の詞に、ことのほか関心があったようだ。季吟は現在の歳時記の形式の先駆者であった。

それから約十五年後、『増山井』は、季吟が四十歳の時に成立した。野村氏のいわれた第三期の古典注釈との併行期の初めにあたる。寛文三年（一六六三）奥書がある。横本、七巻二冊。前書の『山の井』と同じ書型である。本書は、四年後の寛文七年（一六六七）に、子息の湖春編『続山井』と共に刊行されたと思われる。本書には、後に半紙本一冊が独立して刊行された。加藤氏の前掲論文▼7によれば、これは素姓の良くない本で、偽書とされる紹蓮の享保十五年（一七三〇）刊『水かゞみ』により、日本橋の戸倉屋喜兵衛が原本に似せて復したという。この半紙本一冊は安永三年（一七七四）春、重版され、幕末まで大いに行われたという。江戸の後期には、寛政十二年（一八〇〇）に『増続やまの井』小本二冊があり、文化十三年（一八一六）には、高井蘭山による校訂本、小本二冊も刊行されている。また、文化三年（一八〇六）序のある雁空著『増山の井補註』が、江戸西村源六から半紙本一冊で刊行されている。これは、『増山井』の約百九十の季語について、問答形式で解説したものという。小林祥次郎氏は、「改版本・校訂本・注釈本が近世後期に及ぶまで作られていることは、季吟の原著がはるか後まで標準的な季寄せとして尊重されていた」ことを示すと解説された。▼8 寛文三年の横本『増山井』の春は一月・二月・三月と分かれており、一月だけで一六一題もある。先行の『山の井』との相違は、例句が全くないことであり、解説は長短にある場合と、語彙表示のみの場合があることだ。文体は、前書とは異なり、落ち着いた注釈的な解説である。

またその四年後に、季吟四十四歳、子息湖春二十歳の寛文七年（一六六七）、湖春宗匠独立記念ともいえる大部の俳諧撰集『続山井』が、冬に京都谷岡七左衛門から刊行された。横本、五巻五冊。一巻は付句、二巻から五巻は四季別発句集である。約五〇〇〇句、作者は約一〇〇〇人という堂々たる撰集である。初版は、『増山井』と『続山井』を合わせて、横本七巻本で刊行された。現存の国立国会図書館本は七巻を合綴してある。巻二から巻五の発句集の部分は、春夏秋冬の四季が、十二月に分かれており、まず各月の発句題を列挙したうえで、題ごとに発句作品を掲載している。春の一月の発句題は、一〇六題で、『増山井』よりも少ない。全くの作品集である。季吟は、自身の『増山井』は、「四季の詞」〈見出し語・関連語・解説〉と「非季語」〈見出し語・わずかな解説〉の解説書に終始した。そして、例句集として、湖春編『続山井』を設定した。

作家にとって処女作は、作者の原石のような輝きを発しているものである。季吟は、〈山の井〉の名称を三度用いて、季吟系の季寄せをプロデュースした。

ある人の披見にいれしに。たゞに名のなきは。いと物のさうぐ敷心ちなんするを。をのれが浅き心にまかせたれば。山の井とつけよといへり。

と『山の井』の末尾に名称の由来を書いている。この十七世紀中期の三書は、季吟系の歳時記のコードを人々に重ねて認識させるのに効果的であった。名称の効果の他に、本の形式においても、三書とも横本の同じ形式で、刊行当時に普及し、流布した。視覚的に読者をとらえたであろう。内容的には、『山の井』は青年客気に満ちた随筆風な雅文体の均等な解説である。『増山井』は中年になって師貞徳などの下で古典注釈を学び、研鑽を重ねた上での注釈的な長短自在な解説であり、子息湖春の『続山井』は、自在な作品集である。

六　『増山井』四季の詞・正月——和漢の記載出典・俳言・他季寄せとの相関・他注釈書との相関

『増山井』の特色を、読者にいかなる本文を提供し、プロデュースしたかという視点から検討する。対象は、【春・正月のみ】とする。先行論文で加藤定彦氏は全本を対象とし、本文に掲載のない典拠までを精査されたが、ここでは読者への季吟の見せ方を中心とするため、本文に明示された出典のみを考究してゆく。

【『増山井』の四季の詞・春・正月―一六一項目について（正月～霞の洞）】

■『増山井』

・和書の引用・明記（二一書）全項目の約二四％

公事根源（一八）・世諺問答（六）・蔵玉和歌集・年中行事歌合・枕草子（各五）・袖中抄・源氏物語・徒然草（各三）・江家次第・拾芥抄・簠簋《ホキ》内伝・土佐日記・万葉集・延喜式（各二）・河海抄・花鳥余情・徒然草野槌・

無名抄・狭衣物語・大鏡・蠡海集（各一）

・漢籍の引用・明記（七書）全項目の一四％

事文類聚（九）・書言故事（五）・礼記（月令）（四）・荊楚歳時記（三）・拾遺記（二）・左伝・周礼（各一）

のべ二五書

・俳言掲載の項（俳）七八項目――約四八％（一項に、八、五、四語の俳言掲載の項目もある）

■先行の貞門の三俳書との相関

・『はなひ草』と共通の項目――二九％（語句に若干の相違もある）

・『誹諧初学抄』と共通の項目――三七％（語句に若干の相違もある）

・『毛吹草』と共通の項目――五四％（俳言の指摘に相違がある）

例「長閑」（毛―連歌四季之詞・増―俳言）

■季吟系三書における相関

・『山の井』の春との共通項目（題目・文中）――約二七％（「元日」の文中の語彙が多い）

・『続山井』の春との共通項目（題目・関連語）――約二八％（月が相違する場合もある）

のべ六七書

以上の調査からわかったことを述べる。

◆『増山井』の【正月】においては表面的には、和書引用が、漢籍引用の三倍と、日本の書名の引用が多い。のべ数（重複引用も数える）でも約三倍弱である。これは、初心者への啓蒙書として、煩瑣な典拠指示を故意に省略したと考えられる。和漢の書籍の引用により知的な権威を示しつつも、一般に普及する季寄せを目指したと考えられる。また、師「貞徳」説も明示している。

◆『増山井』の、本文中に「俳」とあるのは、〈俳言〉の意味である。正月では「俳言」も四回併用されている。正月の項において、関連語も含めると一六一項目の半数近くの約四八％に、「俳」すなわち俳言を掲載している。正月は年中行事や古式の多い詩語の集成であろうが、ここで季吟は解説をあまり加えないが「俳言」を意欲的に明記している。季吟は新文学の俳諧における、〈俳言〉の重要性を認識していた。これについては加藤氏とは異なる立場である。確かに本書のみを眺めると、現実より典籍といえるかも知れないが、現在、『北村季吟古注釈集成』等に収録されている、多くの季吟の博覧強記で厳格な引用文のある注釈書と比較すると、本書の和漢の書籍の引用は簡便であり、古今東西の諸書を自在に飛翔して、詩歌歳時の語彙を自在に楽しみつつ記述しているかの如き筆致である。『山の井』の青年時代と文体は異なるが、〈四季の詞〉という詩歌の季節語彙への飽くなき興味は『増山井』にも中年期の学識の中に大いにみられる。「俳言」で賦する連歌という認識を季吟は持続していたと考えられる。

◆先行の貞門の三俳書との相関については、『山の井』から、十五年後の俳諧と古典注釈を併行して学んでいた直後の時期に成立した『増山井』は、先行の貞門初期の俳書・季寄せをよく学んでおり、かつ、独自性をもって執筆している。『はなひ草』の簡便、『誹諧初学抄』の解説の丁寧さ、『毛吹草』の「俳諧四季之詞」で「俳言」を示すという斬新な言語感覚を、「俳」と記載する形式にするというように、各書から工夫を摂取して、和漢の文献を引用して権威付けを行った。かなり意識的に普及する書物として、読みやすくプロデュースした。季吟は実に、有能なベストセラー・メーカーであった。

◆季吟系三書における相関については、『山の井』春とは、形式〈『山の井』は項目・関連語・雅文解説・例句に対して、『増山井』は項目・注釈的解説・俳言の指摘あるいは項目のみ、『山の井』は春一括にたいし『増山井』は一・二・三月〉や、また文体などがかなり異なっている。しかし、『増山井』においても「俳言で賦する連歌」であるという認識や、滑稽精神は変わっていない。子息湖春編『続山井』は、『増山井』と合本で刊行され、季寄せと撰集、語彙集と作品集の関係にあるが、正月の項では1／4しか共通ではなく、一・二・三月の季の題の配列も相違し、両書はかなりな独自性をもち、それぞれ自在に編集している。

季吟の二十五歳から四十歳頃までの著作をここで一覧しておく。慶安元年（一六四八）正月に『山の井』刊行。六月に長男湖春誕生。翌二十六歳、長岡に住み『師走の月夜』（『独琴』）なる。承応二年（一六五三）三十歳、『大和物語抄』刊行。十一月、師貞徳没。明暦元年（一六五五）三十二歳、『仮名烈女伝』の跋を書く。『誹諧埋木』なる。三十三歳『いなご』刊。万治元年（一六五八）三十五歳、『藤川百首拾穂抄』なる。三十七歳、『新続犬筑波集』なる。そして、寛文元年（一六六一）三十八歳、自筆日記が残るが、十二月『土佐日記抄』刊行準備整う。『女郎花物語』刊。寛文三年（一六六三）四十歳、四月『伊勢物語拾穂抄』の跋文を南可和尚が書く。『歌仙拾穂抄』なる。そして、この年の十一月の冬至に『増山井』が成立したのである。その四年後、寛文七年（一六六七）の十月に湖春『続山井』が刊行された。その十二月に『徒然草文段抄』刊。というごとくに、俳諧師と古典学者としての活動を活発に行っている。

『北村季吟古注釈集成』には、古今集・八代集・続後撰和歌集・新勅撰和歌集・和漢朗詠集・百人一首・伊勢物語・土佐日記・源氏物語・枕草子・大和物語・徒然草などの抄物を、影印で収録する。今回、季吟四十歳『増山井』成立以前になった、古典注釈書を「一月」の記述と照合してみた。興味深い結果が出た。即ち、二年前の三十八歳刊行の『土佐日記抄』と『増山井』の「一月」の前半に、重複箇所が非常に多いことが判明した。

1.正月（むつみ月のこと）

2.元日（三始・三元）

3.四方拝（天地四方を拝し）

4.歯固（人は歯を以て命とす）

5.御薬を供す（幼き童女）

19.かざりなは―原文に『土佐日記』とあり

28.をしあゆ―原文に『土佐日記』とあり（あゆは年魚）

85.白馬節会（青きは春のこころ）

86.七日正月（人万病なし）

108.小豆いはふ（けふ天狗をまつる）

正月の項の約十余の項のなかに、季吟『土佐日記抄』と同一の文章が挿入されている。三十八歳で刊行準備が整っていた『土佐日記抄』との重複は、おそらく古典を講義する時に、『源氏物語』や『枕草子』などの場合も、四季の詞については、手控えを作っていたであろう。特に、正月の部分は『土佐日記抄』からの引用が多かったことは、刊行時期が近く、『土佐日記』に正月の記事があったためであろう。

季吟は、その俳論書『誹諧用意風躰』▼9においてこう語る。

滑稽は誹諧なりとは史記の姚察《ヨウサツ》が註の詞也。……わきて宗祇の。誹諧は非㆓正―道㆒進㆓正道㆒非㆑道教㆑道となん。これ今の世に誹諧の連哥をする人の思ふべき所なるべし。……されば源氏枕双紙（ママ）などのたぐひの哥書を見ずして。古人の風流しらぬ誹諧は。いかでかかの四座のぬけぶしにはあらざらん。……たゞかゝる治世にもてはやさるゝ誹諧は連歌にまされる益ありとしらるべし。まことに連哥ははじめより哥書のはしをもしらでは。初心の人いひ出がたし。はいかいは当分の俗語なればまづいひ出やすき故に。……風雅のやさしき心をわきまへ。かつは上古の風俗をもしり。まして今の世の四季折々のことわざをもてはやし。あらたまのとしのはじめより万民三物などとして。君をいはひ。身をもことふき。父子兄弟によろしく。朋友を和する事。はいかいにしくへからずや……。即ち、季吟は泰平の世の新しいジャンルとしての俳諧の社会的役割〈今の世の万民の詩〉ということを、よく認識していた。その根本が史記の滑稽説にあり、俳諧は俗語によると認識しつつも、素養として古典文学に親しむことを勧め、多くの古典注釈書を出した。季吟の季寄せ『増山井』は、俳諧師と古典学者の狭間で書かれた稀有な季寄せのスタンダードであった。

七　中国の類書・歳時記との相関

中国文学には、古来〈類書〉というジャンルがある。『中国学芸大事典』によれば、類書とは「多くの書物の中の事項や語句を分類編集して調べやすいようにした書物。百科事典的な性質をもっている」とある。また、「類書の配列には、天文・時令・輿地などの類に分けて配列するもの」と「事物・名詞を韻によって配列するもの」がある。前者に『藝文類聚』『太平御覧』があり、後者に『佩文韻府』『永楽大典』がある。そこで、前者の『藝文類聚』をみてみる。これは、百巻からなる類書で、唐の欧陽詢らの奉勅撰である。天・歳時・地・州・郡・山・水・符命・帝王以下、四十八部に分かれている。事実を記述した後に、それに関する詩文を収録する。早く、我が国にも伝わったという。国立国会図書館本の百巻を閲覧した。「目録」には、「巻一天部上―天・日・月・星・雲・風」「巻二天部下―雪・雨・霽・雷・電・霧・虹」「巻三歳時上―春・夏・秋・冬」「巻四歳時中―元日・人日・正月十五日…」以下とあり、まことに興味深い。類書とは、天地の万物を中国人が如何に分類し、認識してきたかを物語っている。そのなかで、四季は「巻三歳時上―春・夏・秋・冬」にあたる。中国の類書は、中国の人々の世界観の骨格を示しているようだ。

また、中国には、いわゆる年中行事を記述した歳時記がある。季吟は『荊楚歳時記』を引用する。梁の宗懍撰の一冊であり、楚国の一年間の年中行事と当時一般に行われた風習も記録する。注は随の杜公贍の作とされる。江戸時代には和刻本があった。▼10

正月一日、是三元之日也。春秋謂之端月。鶏鳴而起。先於庭前爆竹、以辟山臊悪鬼。

東洋文庫の守屋美都雄氏の訳注で「元日より徐夕に至る」（序）歳時を眺めると、日本の年中行事のなかに中国の風俗の影響が著しいことがわかる。『増山井』も中国の『荊楚歳時記』を初めとする歳時記類を引用している。中国の年中行事などの歳時記の形式をかりた萌芽は、和歌や連歌の十二月の詞寄せにあり、〈四季の詞を十二月に類聚〉する媒体として、「季寄せ」を刊行し、そこに中国の歳時記における四季を記述する形式と権威を学んだ。中国と同様の歳時記を目指したのは、貝原好古編・益軒補、貞享三年（一六八八）刊の『日本歳時記』七巻七冊であるが、これは日本の年中行事・習俗儀式を記述し、俳諧の用ではない。中国文学の、類書の「歳時」の体系、歳時記の「十二月を記述する方法」を、近世日本文学は「季寄せ」という媒体をにおいて学び、多くの俳諧の歳時記を刊行していった。

八　おわりに

北村季吟の『増山井』はなぜ近世歳時記の二系統の一つとして、幕末まで支持されたのか。その一因には、彼の優れた古典注釈者・幕府の歌学方としての圧倒的な知的背景がある。だが、「季寄せ」創作時には和漢の書籍の簡潔な引用を心がけており、『日本歳時記』や『俳諧歳時記』ような完璧な考証家的解説とは一線を画している。季吟は、庶民を啓蒙する方法を熟知し、長短自在の解説、新文学俳諧のエッセンスである俳言（横題）の可能性を明示しつつ、京・大坂の年中行事や俳諧創作に関係のない中国の古い年中行事までを列挙した。読者は異文化への憧憬を感じつつ、四季意識の普遍性を獲得してゆく。そして、新しい四季の詞（横題）の拡大化を意識する。季吟の本書は実に、中国の過去と、日本の過去・当時の接点における詩的語彙を認識する仕掛けだったのである。

『増山井』の巻末には、「非季詞」がある。季吟は四季に入らない「雑」の詞を、「神祇・釈教・天象・名所・生類・植物・人倫・食服・人事・雑事」の十に分類している。先行の『毛吹草』にも「非季語」はあったが、語彙の列挙のみで、分類はしていない。

『増山井』四季の詞の末尾に、季吟はこう語る。

右四節の詞、…異邦他郷のことわざ、千草万花の時、猶又諸木鳥獣風雨霜雪の異など、いかてことく〳〵く知つくし書きつくすへき。…七十二候の物のありさまにも、此国の時にたがへる物はもらせし事もすくなからず。…たしかに季とて定めがたさに、残す事どもおほかりき。…席にのぞみてなど此外の事の出来んには、座中の定めによりて沙汰し侍へきにこそ。

ここには季吟の席にのぞんで、想定外のことがあれば、座中の定めに拠れという、鷹揚で寛容な式目運用の基本的な態度がある。近世後期に発句が独立してくる時期にも本書の柔軟性はおおいに適応したであろう。

本書の各月は、おおかた人事・天象・植物・動物などの分類順である。これは、中国類書（『藝文類聚』）などの天地・万物の分類方法を、日本の詩歌の語彙の分類方法に応用したものである。無論、日本の辞書類・和歌や連歌の詞寄せ・連歌俳諧の去嫌の分類などにも影響があろう。

あめつちのはなしとだゆる時雨哉　　湖春（『あら野』）

初冬に時雨がさあーっと降り初めて、それまでの天地に吹いていた風がやんだという自然描写の句である。俳諧は〈あめつちのはなし〉をさまざまに表現したものともいえよう。中国の類書の分類意識に感化され、『荊楚歳時記』

などの年中行事書の時間意識に刺激されて、近世の俳諧季寄せ（歳時記）は、百五十部も盛行した。そこには、「天地」の間にある万物をいかなる詩的世界観をもって分類し、認識するかという秘儀があった。

坂本賢三著『「わける」こと「わかる」こと』（講談社学術文庫、二〇〇六年）において、次のようにある。

「わかる」とはその分類体系がわかるということであり、「わかり合う」とは、相互に相手の分類の仕方がわかり合うことである。……分類をつくる際には、必ず、「その他」や「雑」の項目をおいておくことが有益である。

「非季詞＝雑」をおいた季吟は、分類の要点を知っていた。また、中国・あるいは韓国、そして日本等のアジア文化圏において歳時記が異なりはしても、それぞれに展開したということは同じアジア温帯地域の四季の分類体系は理解されやすかったのであろう。

ハルオ・シラネ氏は『芭蕉の風景　文化の記憶』（角川叢書、二〇〇一年）において、近世・近代以降の日本の歳時記（季寄せ）や、また「歌枕・俳枕」などは、〈文化的記憶〉を〈保存〉するという画期的な論を出された。「文化的記憶」論については、ドイツの文化学においてアライダ・アスマンとヤン・アスマン夫妻などが一九八〇年代から「文化的記憶」というコンセプトについて理論化している。

今回、東アジアの歳時記の淵源である中国歳時記と類書の存在から考察し、季吟の『増山井』がスタンダードとなった理由は、和漢と古今の接点として季寄せを書き、そこに独自の価値があったという結論に至った。さらに、歳時記の淵源から類推するならば、俳諧において「歳時記」とは、〈詩的世界認識の方法〉にほかならない。

注

（1）尾形仂・小林祥次郎共編『近世前期・歳時記・十三種本文集成並びに・総合索引』（勉誠社、一九八一年）の「序」。
（2）『図説俳句大歳時記・新年』（角川書店、一九六四年）
（3）季語・季題とは、近代以降の名称であり、近世は「四季の詞・季・季の詞」等といった。
（4）『古典俳文学大系2・貞門俳諧集二』（集英社、一九七一年）
（5）加藤定彦『『増山井』をめぐる問題—出典を中心に—』（『國語と國文学』一九八一年一一月号）後に『俳諧の近世史』（若草書房、一九九八年）に収録。
（6）深沢眞二「獺の祭見て来よ—七十二候と俳諧」（『文学　特集=文学と学問の間、近世文学』（二〇〇七年、五・六月号岩波書店）
（7）注（5）に同じ。
（8）注（1）の『増山井』の解説。
（9）『誹諧用意風躰』（尾形仂校『季吟俳論集』・古典文庫、一九六〇年）に所収。
（10）『和刻本漢籍随筆集　第十一集』（汲古書院、一九七四年）に元文二年版本を所収。

尚、本論文は平成一九年六月六日に、京都女子大学で行われた東アジア比較文化国際会議日本支部大会での研究発表に基づくものである。季吟の注釈書について御教示いただいた新間一美氏をはじめ、多くの先生方の助言に深謝申し上げる。

季吟『山の井』

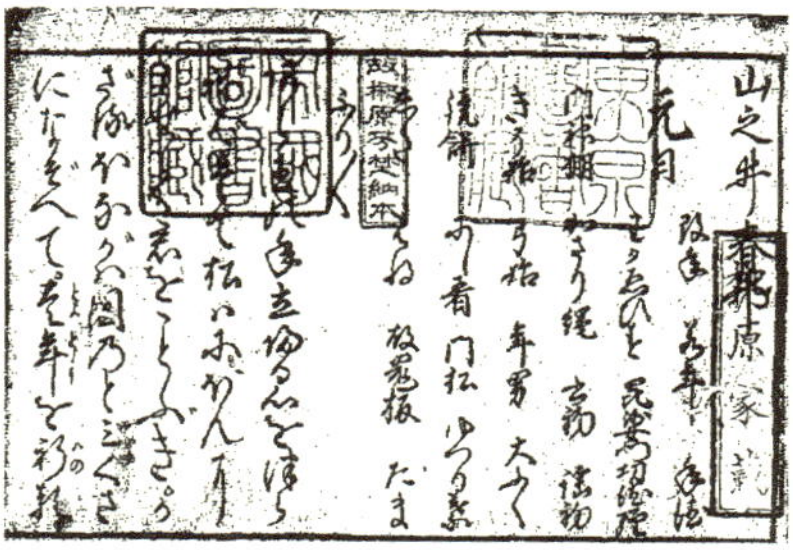

季吟『増山井』

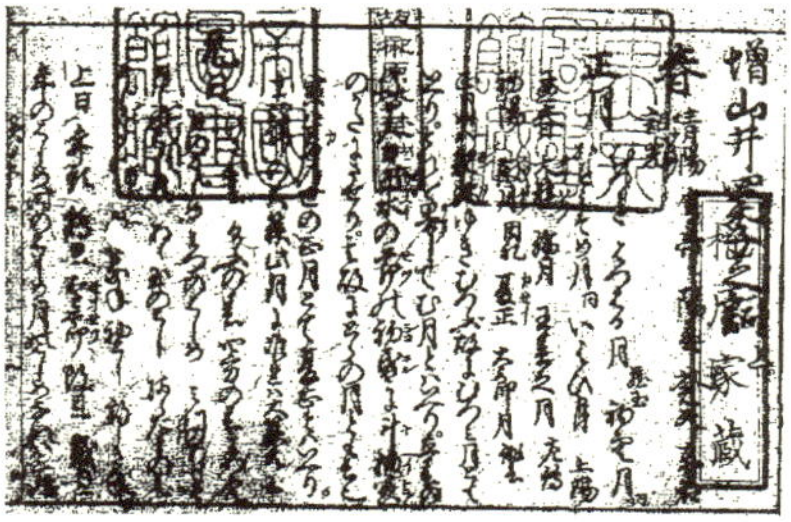

湖春『続山井』

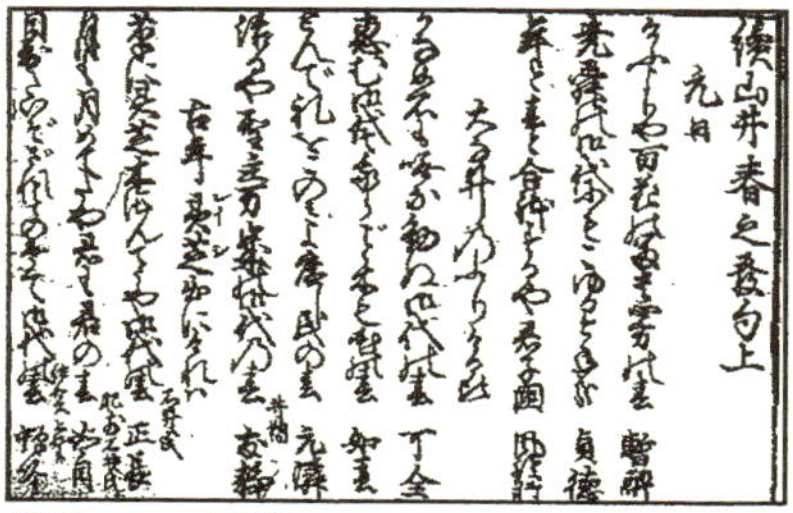

『近世前期歳時記十三種本文集成並びに総合索引』（1981勉誠社）

安永三年刊の『増山井』後刷り本（改編本）

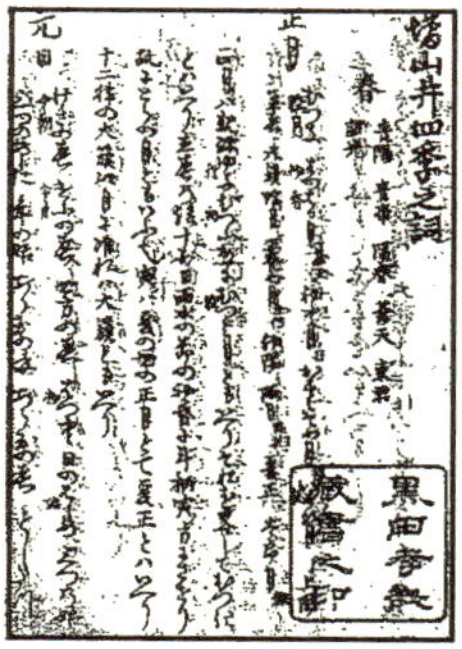

架蔵本

安永三年甲午春正月再板
日本橋新右衛門町
戸倉屋喜兵衛

刊記

近世歳時記における『通俗志』の位置
―季語の実態調査より―

藤原マリ子
Mariko FUJIWARA

江戸時代に成立した一五〇もの歳時記類の中で、後世に与えた影響力という点で注目すべき一書に『通俗志』がある。同書は『増山井』ほどの知名度は持たないが、何度も版を重ね、広く流布したことが知られている。そこで、江戸時代の前期十三種、後期十三種の主な歳時記類との季語の比較調査を実施した。結果から見えてきた『通俗志』の位置や季語の特徴、後世への影響力は…。

一　はじめに

江戸期に成立した一五〇部ともいわれる歳時記類の中で、後世に多大な影響を及ぼした書といえば、まず北村季吟の『増山井』（寛文三年・一六六三）が挙げられる。その『増山井』と並び、後世の歳時記に与えた影響力という点で注目される一書に、椎本才麿門下の俳人・児島胤矩《いんく》（員九・生没年未詳）による『通俗志』（俳諧通俗志とも。享保二年・一七一七）がある。

『通俗志』は言語・姪詞・時令・古意・句法の五部から成る俳諧作法書で、そのうちの「時令」の部が季語を四季・各月別に排列した季寄せとなっている。『通俗志』については、多くの版本が現存し、享保二年版・安永九年版等と版を重ねて広く流布したことが知られている。『通俗志』の改刷本とほぼ同じ内容の『誹諧其傘』（元文三年・一七三八）や、『通俗志』の「時令」部を抜粋した『誹諧靨《えくぼ》』（安永六年・一七七七）等も存在し、『通俗志』に関する注釈書も『通俗志註解』『誹諧通俗志注』『俳諧通俗志筆記』など数種類が伝存する。[1]『通俗志』に寄せた当時の人々の関心の高さが窺える。当時、無名であった胤矩の著作がこれほどまでに通行した背景には、竹下義人氏が指摘されるように、[2]同書に序を寄せた師・才麿の名声の力が大きかったことと推測される。

歳時記としての『通俗志』の重要性については、つとに尾形仂氏が「歳時記概説」（『図説俳句大歳時記・新年』角川書店・一九七三年）等で触れておられ、『増山井』と並ぶ別の一つの大きな系統の祖と見るべきものとして『通俗志』を紹介されている。

しかし、『増山井』に関する充実した研究の蓄積に比べ、『通俗志』に関する研究は未だ決して多くはない。そこで、本稿では『通俗志』の基礎研究として、「時令」部所載の季語の実態調査を実施し、近世前期・後期の主要歳時記類の季語との比較を通して、近世歳時記の系譜における『通俗志』の位置や特徴、後期歳時記に与えた影響の検証を試みる。

二　近世前期歳時記類との比較

『通俗志』に付せられた「凡例」には、「字数《じかず》・去嫌《さりきらい》は『はなひ草』を本《もと》とし、これに『御傘』その他の書をも参照し、さらに宗匠衆の料簡をも徴して編集した」旨が記されている。従来、『通俗志』に影響を与えた書として『はなひ草』『御傘』の名が挙げられるのはこの凡例の記述に拠るところが大きい。

しかし、「字数・去嫌」以外の、季寄せに関する「時令」部においても、『はなひ草』『御傘』の影響を顕著に認め

【表1】　近世前期歳時記類と『通俗志』・『増山井』の季語との合致状況

歳時記名	刊行年	編著者	季語総数	通俗志との合致状況		増山井との合致状況	
				合致数	合致率％	合致数	合致率％
①至宝抄	天正13（1585）	里村紹巴	363	235	64.7	289	79.6
②無言抄	慶長8（1603）	応其	482	224	46.5	317	65.8
③はなひ草	寛永13（1636）	親重（立圃）	514	365	71.0	384	74.7
④誹諧初学抄	寛永18（1641）	齋藤徳元	774	309	39.9	440	56.8
⑤毛吹草	正保2（1645）	松江重頼	1803	950	52.7	1345	74.6
⑥山之井	正保5（1648）	北村季吟	1143	292	25.5	543	47.5
⑦御傘	慶安4（1651）	松永貞徳	874	308	35.2	493	56.4
⑧増山井	寛文3（1663）	北村季吟	2732	1232	45.1	／	／
⑨俳無言	延宝2（1674）	梅翁	483	225	46.6	305	63.1
⑩番匠童	元禄2（1689）	三上和及	1498	897	59.8	1358	90.7
⑪をだまき	元禄4（1691）	溝口竹亭	3000	1387	46.2	2563	85.4
⑫誹諧新式	元禄11（1698）	青木鷺水	3298	1325	40.2	2262	68.6
⑬通俗志	享保2（1717）	児島胤矩	2192	／	／	1232	56.2

ることができるであろうか。近世歳時記の系譜における『通俗志』の位置を明らかにする上からも、両書を含む先行の主要歳時記類と『通俗志』の季語との合致状況の調査を実施した。その際、各歳時記類と『通俗志』の季語との合致状況の他に、後世の歳時記類に大きな影響を与えた『増山井』と各歳時記類の季語との合致状況も、参考までに併せて掲出し、『通俗志』の特徴の把握に努めた。

調査に用いたのは近世前期の主要歳時記十三種を収める『近世前期歳時記十三種本文集成並びに総合索引』（尾形仂・小林祥次郎編・勉誠社・一九八一年）所収の「索引篇」である。

凡例は次の通りである。

一、調査対象は以下の季語とした▼[3]。

1・「索引篇」に含まれている「非季詞（雑）」についてはこれを除き、季語のみを今回の調査対象とした。

2・漢字の読みの異同（例：苣《ちさ》・苣《ちしゃ》）や、漢字・仮名表記の異同（例：鹿が谷祭り・師子谷祭り）、助詞「の」「を」等の有無（例：金比羅の祭り・金比羅祭り）等の相違により別語として立項されている語は、これを同一の語として処理した。

一「季語総数」は各歳時記における、調査対象とした季語の総数である。

一「通俗志との合致状況」の欄における「合致数」は、各歳時記の季語と『通俗志』の季語との合致数を示す。また、「合致率」は、「合致数」／「各歳時記の季語総数」により算出。各歳時記における『通俗志』の季語との合致数の割合を示す。

一「増山井との合致状況」の欄における「合致数」「合致率」も同様の方法により算出した。

【表1】の①『至宝抄』・②『無言抄』は、俳論書に大きな影響を及ぼした連歌論書である。③の『はなひ草』は俳諧の季寄せの嚆矢であり、④の『誹諧初学抄』は江戸における俳書出版の最初のものとして知られる。⑤の『毛吹草』では「俳諧四季之詞」・「連歌四季之詞」を分けて掲出し、「恋の詞」・「世話（諺）」も付する。⑥の『山之井』は単独の季寄せとしては最初のものであり、季語のほか、内容の解説や作句の心得、例句を載せ、今日の歳時記の形を備える。⑦の『御傘』・⑨の『俳無言』はいろは順の詞寄せで、両書には季寄せの部は立てられていないが、⑦は貞門の総帥・松永貞徳の著、⑨は芭蕉が推奨した書であるところから影響力の大きさを考慮されて十三種に加えられている。⑧の『増山井』は⑥の『山之井』とは形式その他が大きく異なるが、⑥の増補版というべきもので、長く季寄せのスタンダードとして尊重された。⑥⑧はともに古典学者・歌学者・俳人として著名な北村季吟の編になる。⑩『番匠童』・⑪『をだまき』・⑫『誹諧新式』はいずれも元禄年間に刊行された俳諧作法書で、季寄せの部には多数の季語を採録している。【表1】からは以下のことが指摘される。

⑴『通俗志』の「凡例」に言及のある『はなひ草』・『御傘』と『通俗志』との関係については、両書の季語と『通俗志』所載の季語（総数・二一九二語）との合致数はどちらも三〇〇語台に過ぎず、『通俗志』との関係は、一見すると薄いように見える。

しかし、『はなひ草』・『御傘』のそれぞれの季語総数に占める『通俗志』との合致数の割合（合致率）を算出すると、『はなひ草』所載の季語の七一％が『通俗志』に踏襲されており、十二種の歳時記の中では『通俗志』と最も高い合致率を示すことが分かる。『通俗志』が『はなひ草』をもとにしたとの「凡例」の言は「時令」の部においても『はなひ草』の尊重という形で確かに認められる。

これに対して、『御傘』と『通俗志』との合致率は三五％と低く、季語調査から見る限り、『通俗志』における『御傘』の影響は少ないといわざるを得ない。

⑵右に述べたように、『通俗志』は『はなひ草』所載の季語の七一％を掲出するが、『はなひ草』は季語総数自体が少なく（五一四語）、合致する季語の数も三六五語と少数である。『通俗志』所載の季語総数は二一九二語あり、合致する季語の数では、成立年代が近く季語総数も多い『増山井』・『をだまき』・『誹諧新式』の方が『はなひ草』よりもはるかに多い。一二〇〇～一四〇〇語近くが合致している。合致数から見れば、『通俗志』には三書の影響が色濃いと見えるのであるが、各歳時記の季語総数における『通俗志』との合致率を求めると、いずれも四〇％台と低く、三書の季語の『通俗志』への採録はそれぞれ半分以下に止まることが指摘される。したがって合致する季語の数は多いものの、『通俗志』が『増山井』・『をだまき』・『誹諧新式』の強い影響を受けていると言うことはできない。

⑶一方、『増山井』について見ると、『増山井』は先行する『至宝抄』・『はなひ草』・『毛吹草』所載の季語の七五～

八〇%を継承している。ことに里村紹巴の代表的な連歌論書である『至宝抄』との合致率は高く（八〇%）、『増山井』が連歌論書の季語―連歌四季之詞―を多く継承していることを裏付けている。

また『増山井』以降に刊行された元禄年間の歳時記類への影響を見ると、『番匠童』・『をだまき』では『増山井』との合致率が、前者が九一%、後者が八五%と極めて高い数字を示す。両書が『増山井』の顕著な影響下にあることを示している。

右の結果から、『通俗志』が『増山井』に比して『はなひ草』を除けば、特定の先行歳時記類の影響が少ないことが指摘される。これは『増山井』が連歌論書を含む先行歳時記類の季語を多く継承していたのとは対照的である。また、年代的に近い元禄年間の歳時記類が『増山井』の大きな影響下にあり、『番匠童』（季語総数・一四九八語）などは『増山井』（同・二七三二語）の縮小版ともいえるほどの類似を示すのに対し、『通俗志』には『増山井』の影響はさほど認められない。むしろ、『増山井』とは異なる新しい傾向を持つ書といった方が適切であることを、季語調査の結果は示している。

三　『通俗志』に特徴的な季語

それでは、先行の十二種の歳時記類には無く、『通俗志』に初出し、『通俗志』を特徴づけている季語にはどのようなものがあるだろうか。

【表1】で調査の対象とした季語のうち、先行の十二種の歳時記類には記載がなく『通俗志』のみに掲出されている五六五語から、他書に「愛宕火」（通俗志）・「愛宕の鳥居火」（誹諧新式）のように略語の関係が見られる語や「月見ぬ月」（通俗志）・「月見ず月」（増山井ほか）のように表現の類似した同義語がある語を除いた四〇三語を、『通俗志』に特徴的な季語と判断して、今回の調査を試みた。

伝統的な分類法に従い、四〇三語を時候・天文・地理・人事・宗教・動物・植物の七項目に分けて掲出した。語彙数の多い「人事」「宗教」に関しては、『図説俳句大歳時記』（既出）の分類を参考にして、細目を設定した。【表2】からは以下のことが指摘される。

⑴先行十二種の歳時記類には記載がなく『通俗志』に初めて登場し、『通俗志』に特徴的と見られる季語には、圧倒的に「人事」に関する語が多い。なかでも「民間行事」に下位分類される語が多く見られる。「雛祭・桃の節供・帳祝ひ・硯洗ひ・机洗ひ・蓮の葉売」などといった江戸時代に盛んになった、庶民の生活に親しい身近な行事が新たに季語として加えられている。民間行事の定着には暦の普及が前提となり、江戸の十七世紀半ば以降に民間に暦の普及が本格化したことを田中宣一氏は指摘されているが、[4]そうした時代の流れを敏感に反映したものといえる。また、「舞ひ初め・船遊び・歌舞伎足揃へ」などの、庶民の間で流行するようになった「遊楽」を表す季語も新たに登場している。その反面で、武家行事に関する語は見当たらず、宮廷行事に関する語もほとんど増補されていない。わずかに曲水の宴にちなんだ語等がいくつか採録されている程度である。

⑵また、町人の経済力の向上を背景に、豊かになった食生活を反映する「福鍋・洗ひ鱸・揉み瓜・新蕎麦・杉焼き・蕪大根のふろ吹き」等の料理名や、「農耕」に関する「種ふせる・麻刈る・麦刈・綿蒔く」等の農作業も、季節感を伴う詩材として加えられている。

食物に関する語は貞門・談林の頃から詠まれて増加しており、芭蕉も瓜や茄子等を詠んだ句を残していることが

【表２】『通俗志』に特徴的な季語の内訳（403語）　数字は季語数を示す。

分類		例
時候　71		君が春・千代の春・花の春・宿の春・夏暮れて・夏過ぎて・夏ぞ隔つる・夏に後るる・夏の限り・夏の別れ・夏果る・夏深き・夏より後・夏を送る・秋ぞ隔つる・秋に後るる・秋の限り・年の際・年の名残
天文　12		黒はえ・白はえ・梅雨・花曇り・日盛り・望夕・花曇り・忘れ霜
地理　6		清水がもと・田の色・冬野・山粧ふ・山笑ふ
人事 170	宮廷行事 5	羽觴を飛ばす・巴字盞・流盃・後日の菊・星の薫
	民間行事85	幸ひ籠・幸ひ木・藁盒子・帳祝ひ・帳書き・水浴せ・水祝ひ・立雛・雛飾・雛事・雛祭・桃の節供・後の雛・秋去姫・糸織り姫・百子姫・梶の葉姫・池の坊立花・硯洗ひ・机洗ひ・蓮の葉売・盆市・年の市
	衣　7	編笠・羅・下げ帯・菖蒲浴衣・練り貫き・単羽織
	食　30	福鍋・洗ひ鱸・砂糖水・新茄和へ・背越膾・水の粉・揉み瓜・裂膾・新蕎麦・切干し・ぬる麦・杉焼き・鯛味噌・鍋焼き・蕪大根のふろ吹き・茎漬け
	住　5	助炭・手焙り・懐炉・炉・井戸替へ
	農耕　23	種ふせる・種井・麻刈る・白麻刈る・新麦・菅刈・蓬刈る・綿蒔く・渋取・新渋・麦刈・田畑の虫送り・竹植うる日・菱取る
	遊楽・他15	弾き初め・吹き初め・舞ひ初め・芝能・ゆさはり・川原涼み・船遊び・舟乗り初め・ばい回し・歌舞伎足揃へ
宗教　62	神道　27	粥占・住吉御弓・住吉卯祭・初卯・初天神・三保参・居籠り・花摘み・上難波御祓・上難波祭り・伊勢御遷宮・和歌祭・誓文払ひ・神の旅・穂掛け・芦の神輿
	仏教　30	初不動・行基祭・経供養・水取り・餅花煎・閻魔参・夏断ち・勝曼参・経木流・御難の餅・野口念仏・迎火・盆前・妙法火・報恩講・臘八・念仏会
	忌日　5	善導忌・人丸祭・聖一忌・大灯忌・行基祭
動物　28		浅蜊・青鷺・枝の蛙・江鮒・蜘の巣・小鴨・鯖・鰆・海鼠・残る蠅・くつくつぼふし・鮫皮・洲走り
植物　54		青番椒・すべりひゆ・合歓の花・葉桜・藺の花・おしろいの花・新松子・新番椒・茸・桐油の実・中抜大根・破芭蕉・茘支・室咲き梅椿・水梨・三つ葉・枯尾花

知られる。『通俗志』にはこうした、料理文化の浸透に伴う庶民にも馴染みの深い食材や料理名等が積極的に取り入れられている。

(3)「農耕」の項に見える「竹植うる日」は、「ふらずとも竹植る日は蓑と笠」で知られる芭蕉創出になる季語として有名（去来抄）であるが、これも『通俗志』にいち早く採録されている。

因みに、芭蕉創出の季語とされる語には、この他に「寒の雨」「秋海棠」「枯尾花」があるが、[5]『通俗志』には「枯尾花」の語も、十三種歳時記の中では唯一、採録されている。ただし、芭蕉と『通俗志』との関係について調査した結果では、芭蕉が用いた横題[6]（俳諧で新しく詠まれるようになった季語）と『通俗志』の季語との合致率は五五％ほどで、『俳諧新式』や『をだまき』『増山井』との合致率（約六〇％）を越えるものではなく、両者の間に特別に密接な関連性は認められなかった。

(4)「宗教」関係の語彙では、庶民の信仰を集めた、粥占・住吉御弓・初天神・上難波御祓などといった「神道」に関する行事や、初不動・閻魔参り・野口念仏・水取りといった「仏教」に関する行事を表す語が多く見られる。いずれも関西圏を中心とした、庶民の生活に深く根付いた、それぞれ季節感を伴って想起される宗教行事である。

(5)また、「時候」や「植物」に関する季語も多く採用されている。「時候」に関する語には、例に挙げたごとく、「夏暮れて・夏ぞ隔つる・夏に後るる・秋ぞ隔つる・秋に後るる…」のように微妙に表現の異なる類語をいくつも列挙しているケースが目立つ。四季の中では、豊富な季語の存在する春秋に比べ比較的数の少ない夏に関する語が多くなっており、夏の季感が豊かに捉えられている。

(6)「植物」に関する語では「青番椒・新番椒・茸」のように「食」の項で取り上げた料理への関心の高さと連動した食材に関する語の採録が多い。「合歓の花・破れ芭蕉・室咲き梅椿」のように、単なる植物の名ではなく具体的な態様を付け加えた語を季語として登録する傾向も指摘される。類語の列挙や従来の季語に具体的な形容を加えた語を季語として採用していることが、『をだまき』や『誹諧新式』の約三〇〇〇語には及ばないものの、『通俗志』が約二二〇〇語もの多数の季語を擁する一因となっている。

(7)全般的に、庶民の文芸である俳諧にふさわしく、庶民の生活に密着し、かつ季節感と直結した語を季語として採録していることが指摘される。日常生活の中に詩材を見出す傾向が『通俗志』においては先行歳時記類に比べ、より顕著に認められる。その点で、作句の際の便宜を優先して配慮した実用的色彩の濃い季寄せということができよう。難解で非実用的季語を採取する衒学的傾向は稀薄である。庶民に関心の高い語をいち早く季語に取り入れる、時代の流れを機敏に捉えるジャーナリスティックなセンスも指摘することができる。

四　後世への影響力――『通俗志』の位置――

最後に、『通俗志』と後世の歳時記類との影響関係を見ておきたい。先行歳時記類と『通俗志』との比較に用いた『近世前期歳時記十三種本文集成並びに総合索引』の後編である『近世後期歳時記本文集成並びに総合索引』（尾形仂・小林祥次郎編・勉誠社・一九八四年）に拠って、同書所収の「索引篇」を基に調査を行った。

同書所収の後期の歳時記類は「諸傾向を代表するもの、最も広く行われたもの、収響語彙や解説に特色あるもの」（同書・序）との方針により選出された以下の十三種である。（　）内は編・著者、及び、作品の刊行年を示す。

①俳諧古今抄（各務支考・一七三〇年）
②改式大成清鉋（立羽不角・一七四五年以前）
③誹諧手挑灯（芦丸舎貞山・一七四五年）
④篗纑輪《わくかせわ》（田中千梅・一七五三年）
⑤誹諧糸切歯（千葉石橋・一七六二年）
⑥俳諧四季部類（二柳庵・一七八〇年）
⑦誹諧名知折（一陽井素外・一七八一年）
⑧誹諧歯かため（一陽井素外・一七八三年）
⑨華実年浪草（三余斎鹿文・一七八三年）
⑩俳諧小筌（田八悟・一七九四年）
⑪俳諧歳時記（滝沢馬琴・一八〇三年）
⑫季引席用集（馬場存義・一八一八年）
⑬季寄新題集（千草園・一八四八年）

【表1】で調査の対象とした季語のうち、先行十二種の歳時記類には見えず、『通俗志』に初出の季語五六五語について、後期十三種の歳時記類のいずれかに踏襲されているかどうかの調査を試みた。結果は次の通りである。

〈通俗志〉

①	『通俗志』の季語総数	二一九二語
②	『通俗志』に初出の季語数	五六五語
③	②のうち、後期の十三種歳時記に踏襲されている数	五二四語　踏襲率・九二・七％（③／②）

『増山井』についても、後期の歳時記類に与えた影響を同様の方法により調査した。『増山井』が、元禄時代の歳時記に大きな影響を与えたことは「二」の⑶で既述した通りである。一方、『増山井』に先行する七種の前期歳時記類には見えず、『増山井』に初出の季語について、それが後期十三種の歳時記類のいずれかに踏襲されているかどうかを見た結果は次の通りであった。

〈増山井〉

① 『増山井』の季語総数　二七三二語

② 『増山井』に初出の季語数　九九七語

③ ②のうち、後期の十三種歳時記に踏襲されている数　八九〇語　踏襲率・八九・三％

『通俗志』で新たに加えられた季語数は五六五語、その九三％が、後期の傾向の異なる種々の歳時記類のいずれかに踏襲されている。この数字は、『増山井』の季語のうち、『増山井』に先行する前期の七種の歳時記には見えず、『増山井』に初出の季語が後期十三種歳時記のいずれかに踏襲されている比率八九％を凌駕する。『通俗志』の後期・歳時記類に与えた影響力の大きさがうかがえよう。

五　おわりに

以上、近世歳時記類における『通俗志』の位置と特徴、後世への影響を検証した。先行歳時記類と『通俗志』以降に刊行された主要な歳時記類の季語と『通俗志』の季語との合致状況の調査からは、庶民生活に密着した季語を多く掲載し、作句の際の実用的便宜を重視した『通俗志』の新しい編集方針と、それが後期の歳時記類に与えた大きな影響が指摘された。近世歳時記の系譜において、『通俗志』が『増山井』とは別の大きな系統を形成していることが明らかである。

後期の歳時記類に与えた影響という点で、『通俗志』が『増山井』と比肩する存在であったことが、実態調査から鮮明に浮かび上がってきた。『通俗志』の果たした役割の重さを指摘された尾形氏のご見解を数字の面から裏付ける結果となった。

『通俗志』に関する研究にはまだまだ未解明の分野が残されているが、それは今後の課題としたい。今回は研究の基礎段階として、季語の実態調査の結果を報告した次第である。

注

(1) 『近世後期歳時記本文集成並びに総合索引』(既出)所載の「解説」、及び竹下義人氏「誹諧『通俗志』の注釈書に関する覚え書き」(『江戸文学研究』新典社・一九九三年一月)等による。

(2) 竹下義人氏・同右論文。

(3) 『近世前期歳時記十三種本文集成並びに総合索引』の「索引篇」に立項されている季語には「非季詞(雑)」が含まれている。立項されている全季語(非季詞を含む)についての調査は拙稿「近世歳時記における『通俗志』の位置」(『世界歳時記における国際比較』(研究成果報告書・二〇〇九年三月)において報告した。今回の調査ではより季語の実態に即するために非季詞を除いて調査を実施した。

(4) 田中宣一氏『年中行事の研究』(桜楓社・平成四年七月)四三九頁。

(5) 東聖子氏『蕉風俳諧における〈季語・季題〉の研究』(明治書院・平成一五年二月)八七頁、及び、金田房子氏「枯尾花」(『俳文学の小径』平成一五年五月)による。

(6) 東聖子氏『蕉風俳諧における〈季語・季題〉の研究』(注5参照)七五頁。同論文所載の芭蕉の季語一覧表(横題を明記)を利用させていただき、芭蕉の横題と『通俗志』季語との合致調査を行った。

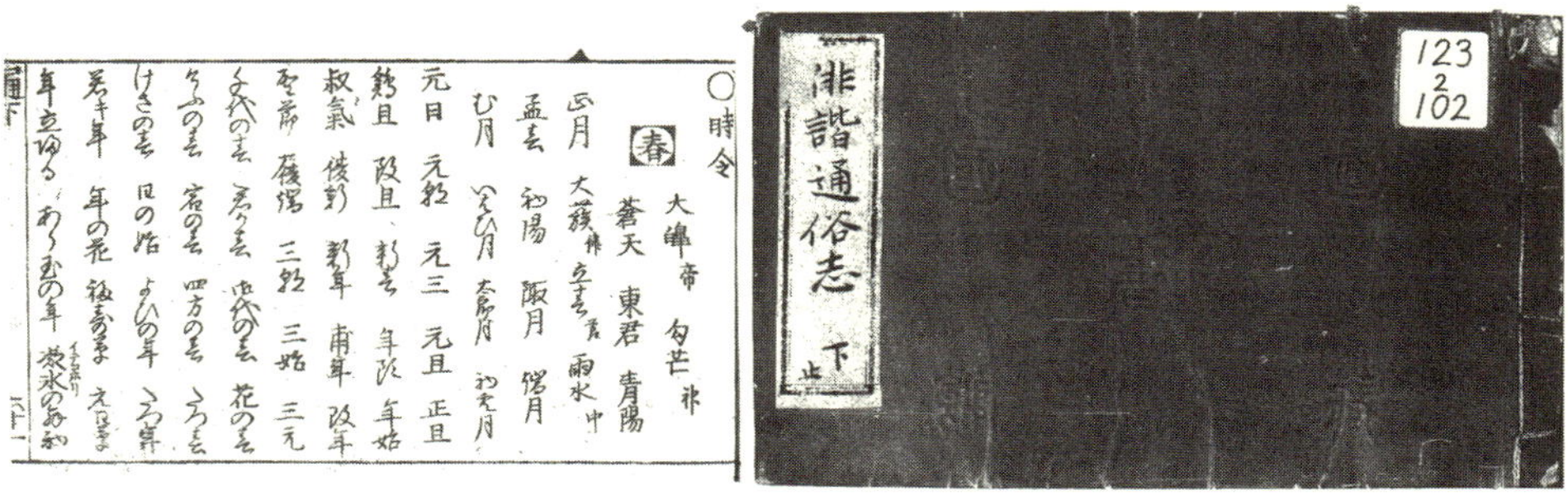

『俳諧通俗志』時令部（国立国会図書館蔵）

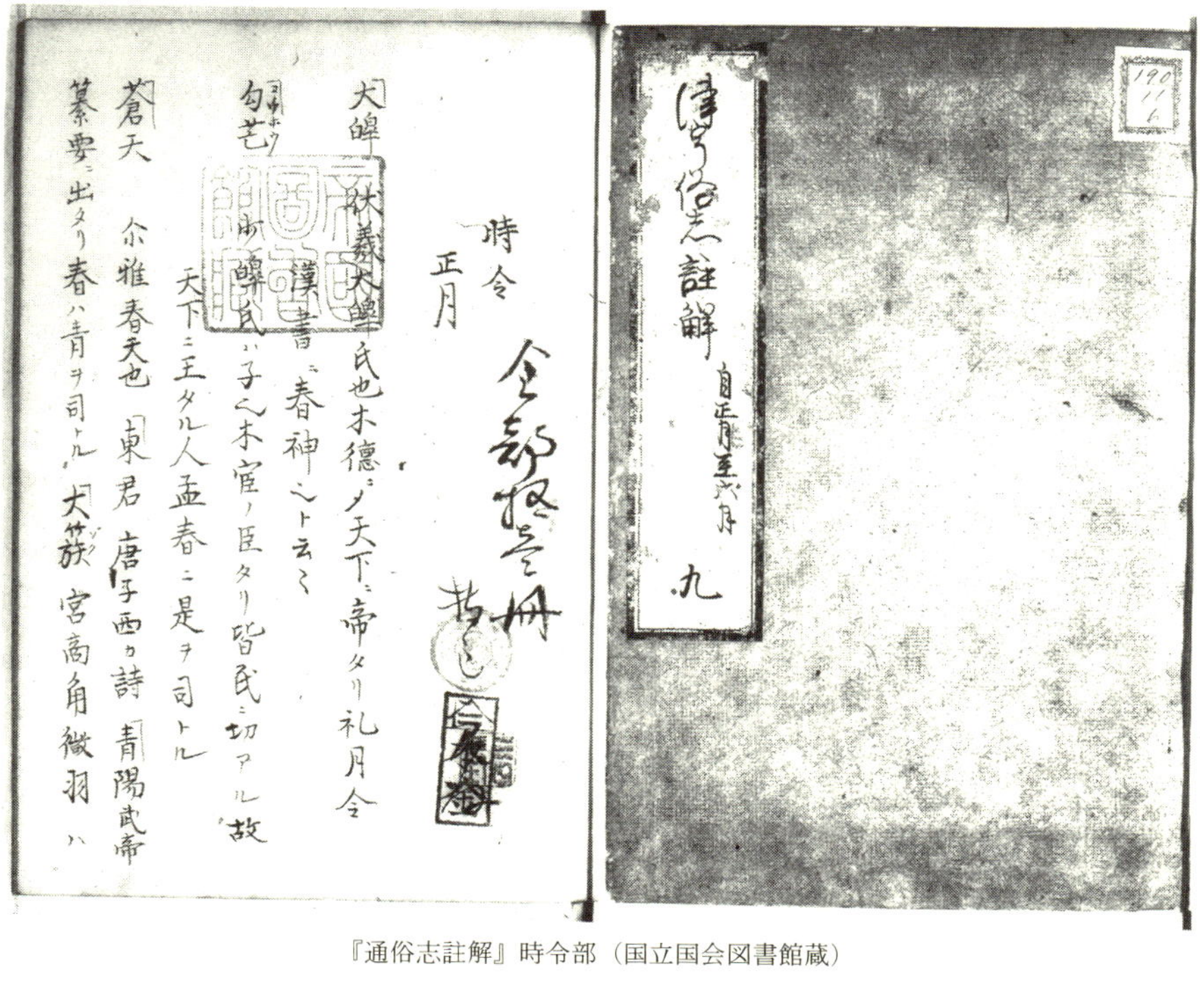

『通俗志註解』時令部（国立国会図書館蔵）

III

欧米・他篇

―多様な国際HAIKUと歳時記の様相

アメリカの俳句における季語

シェーロ・クラウリー Cheryl Crowley
翻訳：マカート純子 Junko Mackert

日本のように統一的な四季がないアメリカでは、俳句における季語はどのように扱われているだろうか。アメリカの俳人の間では、季語や自然に関連する言葉を俳句に挿入するか否かをめぐり、激しい議論がなされてきた。一九五〇年以降を四期に分けて、季語や歳時記についての概念の歴史をたどる。

はじめに

少なくとも一九五〇年代以降、アメリカの俳句界において季語と歳時記の扱いが複雑なものとなっている。この期間の最初の数十年間、日本語を話さないアメリカ人の俳句には、日本人の感覚での季語というものが、ほとんど存在していなかった。アメリカの俳人の多くは、日本の俳句における季語の機能をおぼろげに理解していたに過ぎないようだ。そして、少数の例外を除いては、日本の歳時記に相当する特別な辞書を作ってそれに従ったりはしなかった。アメリカの俳句はアメリカの他の詩と同様、英語の詩の習慣を真似て規則を作っている。そのため英語の詩は、歳時記が望まれる状況を生み出さなかった。もしも英語で書いている詩人が何か常に参考書か辞書のようなものをみつけたとしたら、それは、辞書、シソーラス（類語辞典）、あるいはまた現代以前であれば、韻語辞典だっただろう。日本人の感覚での季節感、季節に関して定着している言葉、そして、それらを入れなければならないような詩の形式というものも、英語の詩の伝統には存在しなかった。[1]

アメリカにおける詩の歴史を通して大方はそうであったが、アメリカの俳句には季語という概念がほとんど存在しなかった。ということは、もちろん俳句は存在しなかったということでもある。しかしながら、日本の俳句を英訳した最初の撰集において、季節と季節を示す単語には静かな存在感があり、アメリカ人はそれを読んで真似をし始めた。さらに、季節を示す言葉と季節の言葉に関連する表現（例えば、自然に言及すること）の取り扱いは、論議の的となり、そのため、一九六〇年代と一九七〇年代には、彼ら独自の様式の作成、定義付けに関して、アメリカの俳人が問題を抱えていたことがわかる。したがって、そのテーマ自体が存在しなかったと言い切ることはできない。しかしながら、歳時記を作成出版しようとした最初の試みは、一九八〇年代に見られた。そして、過去二〇年にわたり日本から吸収した他の詩（短歌、連歌、川柳）の形式とは対照的に、俳句はアメリカにおける他の種類の詩との関係において独自の様式を継続し、季語のような季節に関する考慮を残すか残さないかは、多くの論議の的になっている。

この論文は、アメリカの俳句における季語と歳時記の役割をたどろうとするものである。そのために、歴史上四つの時代とも言うべき期間に流通した出版物の中で、最も大きな影響力を持ったものを詳しく見てみたいと思う。この四つの時代は、一九五〇年代の形成期、一九七〇年代の成長強化期、一九八〇年代および一九九〇年代初頭の充実期、そして俳句の規則を新しい革新的な方向へと俳人の意識が高まっている現在である。

次のセクションでは、五〇年代および六〇年代のアメリカの俳人が詩の中の「季節の言葉」をどう考えたかをよく理解するために、日本の俳句における季語と歳時記の役割の捉え方に特別に焦点を絞り、俳句に関わる重要な活動について簡単に述べたいと思う。このうちのいくつかは具体的に季語に焦点を当てており、アメリカの俳句における季語の機能の捉え方を理解するのに直接役立つその活動について、論じたいと思う。しかし、それらは明確には季語とは関係ないもので、いろいろな洞察がなされる。そして、それらを調べるにあたって、二つの重要な問題に特別の注意を払った。第一に、詩作の背後にある構造原理（たとえば、詩を作るに当たって、作者が季節の言葉、あるいは別の基準を考慮に入れていたかどうか）と。第二に、季語に関する筆者の説明および詩人の目から見て重要だと考える点である。

一　季語とアメリカの俳句の始まり――一九五〇年代

アメリカの俳句の歴史自体は、第一次世界大戦後の一般的に言われる文学における発展期、さらにモダニズムまで遡ることができる。戦前から既にアメリカ人は、バジルホールチェンバレン（Basil Hall Chamberlain）、ラフカデオハーン（Lafcadio Hearn）、および岡倉天心などのいろいろな作者による著書によってもたらされた日本の文化に対して、全体的な興味を抱いていた。そしてまた、国際展示会、輸出陶器、家具、および浮世絵など他の要因も、日本の文化あるいは少なくともジャポニズムに対する飢えを癒すたしにはなっていた。アメリカの土壌では、実際には何の戦いも起こらなかったし、たぶん第一次世界大戦のトラウマも合衆国のほとんどの人々にはヨーロッパほど大きくはなかったかもしれない。だが、世の中は二〇世紀に移り、そこには新しい時代が始まったというはっきりした意識があった。そしてそれに伴い、他の詩の伝統における変化を含め、詩人は新しい形式を試し始めた。そして、一九二〇年代と三〇年代にはいくつかの俳句撰集が出版された。

しかし、俳句がアメリカ人の創意を捉えるようになったのは、第二次世界大戦後になってからだった。これは、禅仏教に対するアメリカ人の関心が盛り上がったことに関連していた。禅仏教は、ジャズ、アブストラクト印象派、ビート族、そしてヒッピーなどの、文学と美術および舞台芸術における反文化活動と並行して、とりわけニューヨークと西海岸で栄えた。それはまた、当時日本が戦後の占領下にあり、日本文化と接する機会が前例のないほどあったことにも関係していた。これは、戦前戦中アメリカ人は俳句を書かなかったということではなく、実際には多くの俳句が、戦時中強制収容所に入れられた日系アメリカ人によって作られた。ただしそのほとんどは日本語のものであった。俳句に挑戦してみたアメリカの詩人の中で注目すべき人物としてリチャードライト（Richard Wright）が挙げられる。▼2

だが、いくつかの影響力のある俳句撰集の出版を始め、米国における俳句の本当の始まりは、一九五〇年代に入ってからであった。そして、それは直接、詩の再創生に対する関心を引き起こし、多くの人々は、それまでの時代とは異なり区別されるべきものとして捉えた時代だった。ロバートH．ホール（Robert H. Hall）は、ケネス安田（Kenneth Yasuda）の『The Japanese Haiku日本の俳句』（一九五七年）のうちのひとつに対して、序文で次のように書いている。

教皇とドライデンの世代に、シェークスピアは才能を無駄にしている奇妙な異人種とみなされた。私たちの世代は、一般にヴィクトリア王朝の物を趣味に合わないものだとみなしている。私たちは、一九世紀の明るい楽観主義と自称写実主義に売り渡されたような気がしている。そして、その恨みが募って、しばしば詩は破綻したと訴えている…西洋でも私たちの世代になって、以前にはなかったことであるが、たぶん、詩だけではなく一般的な人間性に対する広い意味での認識について、日本に代表される東洋の心に触れる深い根本的な理解に到達する機会を得ている。今日のアメリカ人気質の中に、日本人気質と文化に対する強い共通意識を見出すことができる。

これらの初期の論文を考慮に入れることは重要である。なぜなら、それはこれまでアメリカの詩人に対し俳句の形式を理解するための基礎知識を提供したものだからだ。夥しい数の俳句の案内書、入門書、および手引き書が、参考書として書かれているが、俳句というジャンルに対するアメリカ人の理解において、これらの論文は多大な建設的な影響を与え続けているからである。その著書は次の通りである。宮森麻太朗著『英訳古今俳句集』（一九三二年、一九四〇年）、R．H．ブライス著（R. H. Blyth）『Haiku俳句』（一九五〇年）、ケネス安田著『The Japanese Haiku日本の俳句』（一九五七年）、ハロルドヘンダーソン著（Harold Henderson）『An Introduction to Haiku俳句への入門』（一九五八年）[3]。

俳句の成長初期における最初の撰集は、宮本麻太郎の『英訳古今俳句集』、同じ題名の一九三二年版の簡約版であった。一九四〇年版の序文には、初版は全世界（英語を始めドイツ語、イタリア語、フランス語、およびスペイン語の新聞）に読者を持つ評論記者間で絶大な好評を博したと記されている。著者が日本人で、日本で出版され、しかし、アメリカの読者によって熱心に読まれたという認識からすると、それは「アメリカの」とは言えなかった。組織配置の方法は季節によってでなくむしろ年代順であり、さらに性別で分けられている（蕉門の章では「女流詩人」は別に説明されている）。これは美しい本で、日本画による色付の挿絵があり、宮森の学識は造詣の深いものである。しかし、俳句のための表題を作ったためか、あるいは英語の読者が考えるステレオタイプの詩だということを確認させようとしたためか、彼の翻訳は後日評論家の批判を浴びることとなった。表題の多くは季語や季節とは何の関係もない（例えば、時勢は一般的な表題となっている）が、興味深いことに、いくつかの事例では、宮森の表題は季語を反映している。欠点はあるものの、『英訳古今俳句集』は、当時の詩の広まりにおいて俳句の一般的な理想像について非常に明確に示したという意味では、重要なものである。

アメリカの俳句の発展においてさらに重要な出来事は、一九五〇年にブライスによる四冊の俳句撰集が出版されたことである。ブライスは英国人であるが、アメリカ人は彼の業績が全て英国のものだという意識はなく、むしろアメリカの詩として、強く受けとめている。この出版物の中のもうひとつの随筆は英国の俳句について扱っているので、本論文は、主にアメリカにおけるブライスの業績と、アメリカでの季語と歳時記の概念化に対する影響に限定したいと思う。

俳句は禅に通じる詩のジャンルだとするブライスの説明は、米国に大きな反響をよんだ。それは、二つの影響を与えた。ひとつには、禅とか他の東アジアの精神を示すものに興味がある多くのアメリカ人（詩人およびその他）が、俳句に引き付けられた。さらには、詩の一種として俳句に魅せられた多くの人たちが、俳句は精神性に強くつながっているものだとの確信を得た。従って、ブライスのおかげで、アメリカ人は、俳句というものは、とにかく「自然の詩」であり、自然を比喩や指摘として精神的な認識を描く一種の詩だ、という認識を得ることができたと言える。

ブライス式の俳句—つまり禅詩からきたものであるが—の反響として、当時アメリカの反文化運動の高まりに力強い影響を与えた。ジャックケルアック（Jack Kerouac）、ゲーリースナイダー（Gary Snyder）、アランギンズバーグ（Alan Ginsberg）、そしてローレンスファーリンゲティ（Lawrence Ferlinghetti）のように多くの会員が、禅に魅せられた。この禅のイメージは、鈴木大拙、アランワット（Alan Watts）、そして後の鈴木俊隆のような作家による著書を読むことによって作り上げられたものであり、彼らは、それを自発性、因習的な生活の拒否、個人主義、そして幻想神秘主義と関連付けて考えるようになった。皮肉なことに、ブライスの『俳句』は、俳句というジャンルに対して、比較的保守的な日本人の認識に最も近いものとして尊敬されてすらいる。それは、古い「師匠」の作品のみを含んでいて、季語に対する前現代的な概念に忠実に従って詩をならべ（すなわち三冊の英訳俳句は春夏秋冬の各章に分けられている）、そして、彼はとても自由気ままとも言える捉え方を好む詩人から最も賞賛を受けたのだった。

ブライスは、季語を「詩の代数あるいは簡略記号、それは、詩的ではない読者には解らない行間の意味を解き明かしてくれるもの」と表現し（ブライス著『Haiku俳句』三八二頁）、日本の俳句における季節の役割についての話に一章を費やしているが、英語で俳句を書く詩人に対して、作品の中に季節の認識をどのように取り入れるかについては、何の指示も与えていない。彼の目的は、この本の結論からわかるように、もっと雄大であった。ここに彼は、俳句だけではなくたぶん全ての詩は「それだけで人生に意味を与え、人間に神の正義を示す」ことができるという重要な考えを述べている。[4] つまり、ブライスは俳句を、禅仏教の教えに添い、精神的な洞察を記したひとつの文学形態として捉えた。彼が真面目に詩の配置構成（歳時記の分類に基づいたもの、つまり、空と自然力、人間、植物等）をしたことからもわかるように、彼は、俳句は神の御心を表わした図だという考えを真剣に述べた。彼が撰集を編纂構成した方法から判断すると、ブライスにとって季節を表す言葉はこの図を示す座標だ、と言っても過言ではないかもしれない。だが、この点に関する彼の力説にもかかわらず、ほとんどの彼の崇拝者は、俳句には季節を表す言葉が必要だという意見を拒否する傾向にあった。

同様にアメリカの俳人に影響を与えたのは、ハロルドヘンダーソンが一九五八年に出した撰集『An Introduction to Haiku俳句への入門』である。ヘンダーソンは最初の世代の俳人間で、強い理解者を得た。それは、とりわけ、ブライスの崇拝者を惹きつけたものよりもっと形式的なものを求めていた人たちの間でのことであった。『An Introduction to Haiku俳句への入門』は、彼が戦前出版した俳句集『A Bamboo Broom竹箒』の再編纂で、それは戦後広まった日本文化への熱狂的な関心のおかげもあり、第二版は絶大な反響をよんだ。ヘンダーソンは、軍隊で訓練を受け占領軍司令部の一員として日本で経験を積んだ、日本専門家世代の一人であった。そして彼同様多くの人が、世界中に日本文化をよく理解させるための、強力なパルチザンとなった。彼はまた日本語の荘厳な学者でもあった（彼は、英語を話す人のため日本語の文法の本を出版さえしている）。そして、『俳句への入門』は彼の素晴らしい教育と言葉に対する繊細さを裏付けたものである。

ヘンダーソンの考え方は、宮森と同様に、訳詩を中世の基準に従って「詩的」にしようとしているという理由で批判された。日本語の原文にはそのようなものは全くないのだが、彼は詩に題を付け、さらにまた韻を紹介している。その上、彼は、俳句に対しては形式的な考え方を強力に支持した。そして、それは、ブライスの崇拝者の自由気ままな考え方とは多くの点で相反していた。彼らの考え方は、禅の精神性と結び付けたブライス独自の見解と一致していた。

季語の問題について次のように記述されている。ヘンダーソンは、俳句の定義についての取り決めに関して、日本の俳句は必要ないと考えている。

効果を出すために、俳句を書く人は、いわゆる連想や推量を大いに活用し、それをいくつかの異なる方法で行う。古い俳句の作者は、誰にとっても共通で一般的な経験は異なる季節の天候の変化であり、そのためほとんど全ての詩に、季として知られているものや季節を組み入れたという結論に達した。つまり、ほとんど全ての俳句には、一年の時季を示す言葉か表現がある。そして、そのおかげで、読者の心に描こうとする画の背景を形作ることができるのである（ヘンダーソン著『俳句への入門』五頁）。

そう述べる中で、ヘンダーソンは、季語は形式の中核となるものだからこそ、俳句は人間諸事よりも、もっと自然に関わるべきものだという考えには、慎重に意見を述べている。この違いは、後日、俳句についてのアメリカの論議において重要になる。そして、ご存知の通り、ヘンダーソン自身はアメリカの俳句界に対して非常に大きな影響力を持つ存在となり、アメリカの俳句研究家社会の中核を成す俳人の多くに対してインスピレーションを与えた。その結果、彼の季語に関する考え方は、米国の季語の一般的理解において、強い影響力を持った。

一九五〇年代に現れた四番目の重要な俳句撰集は、ケネス安田の『The Japanese Haiku日本の俳句』である。この本は元々東京大学の博士論文として書かれた。一九二七年安田は『A Pepper-Pod鞘胡椒』と言う撰集を出版した。その中には評論文とともに英語と和訳の俳句が収められている。『日本の俳句』は、日本の俳句に対する批判的な分析を中心に構成された非常に意欲的な本で、それには形式が持つ潜在力について英語で述べた章もあった。そのテーマに関する章は重い論調で始まったものの、安田は、西洋で俳句が正しく評価されないのは、情報の不足あるいは無視に起因するものだろうという、比較的楽観的な見方をしていたようだ。第二次世界大戦に引き続く何年かは、安田もまた当時の多数の人と同様、変革と可能性の時代に生きていて、俳句はより良い世界の形成に役に立つと信じていたようである。そこには、「葛藤や衝突ではなく、日本のように、人間性に適合した世界を目指した見識と意思決定がある」（一八一頁）と信じていたようだ。表面上、この記述と私たちの季語の調査研究との関連は薄いようである。だが、彼の全体的な意見の背景にあるのは、西洋人が自然を何か克服し征服すべきものとして扱う限り、西洋の文化は日本の文化とは違うということである。事実、俳句が平和を作る手段として評価されるのは、とりもなおさずその卓越した季節の認識の仕方、つまり自然界と調和して生きることによってだったのだ。彼は次のように主張した。

俳句は自然を扱っているが、西洋の一般的な感覚における「自然を詠んだ詩」ではないということを説明したいと思う。日本における、「自然の詩」はどんなテーマでも詠むことができる。宗教、愛、社会風刺、哲学的思索、倫理学の詩…これらすべてがある種の自然の詩として書かれている。日本では、自然は、ただ単にテーマという分類の中のひとつではないのだ。少なくとも俳句における自然は人間の行動諸事のためのテーマである。それは、人間が自然の一部に過ぎないのと同様に、人間の行動諸事も自然の一部だからである。指摘の通り、日本の俳句という詩は、「超人的な異星人の世界」に存在しているわけではなく、ここ数年最近になって、西洋ではそんな世界に住む必要もないということを理解し始めた（安田、一八〇頁）。

俳句には、たった一七音節で表現出来得るものの量をはるかに超えた力があるという認識においては、安田はブライスと同じ考えだった。ブライスは俳句を神秘的な洞察の伝達者として見たのに対して、安田は俳句が日本同様、西洋の平和と調和の一層高い実現に寄与してくれるだろうと示唆した。両者の強調する部分は違っていたが、ブライスと安田両者とも、俳句の言葉が持つ潜在能力と、人間とそれを取り巻く世界の関係を構成する方法とを関連付けて考えた。つまり、その潜在能力は季語に深く関わっているということである。

二　俳句の定義づけ――一九六〇年から一九八〇年

一九六〇年代を通して、アメリカの俳人の数は伸び、自身の撰集を出版し組織や刊行物を作る数は増加している。ひとつの重要な出来事は、機関誌『American Haikuアメリカの俳句』（一九六三年―一九六九年）の開始で、それは詩と評論を発表した。もうひとつの機関誌『Haiku俳句』（一九六七年―一九七六年）はトロントで数年後に出版を始めたが、設立から長期間経たないうちに、編集責任はアメリカのニュージャージーに移された。そのため、それもまた同様に、アメリカの俳句における歴史の一部として考えられた。もうひとつの重要な刊行物は『Haiku West俳句西部』（一九六七年―一九七五年）で、そして四番目で、特に長命だったのは『Modern Haiku現代の俳句』（一九六九年より現在に至る）であった。これらの出版物は、何を以って俳句とするのか様々な考えを示した。そして、季節を表す言葉の位置付けは、論議の重要な点として残った。

さらに、一九六七年ハロルドヘンダーソンはもうひとつ別の本を出版し、それは、『Haiku in English英語での俳句』とよばれるもので、俳句というジャンルに対するアメリカの詩人の認識形成に役立った。彼の初期の本『An Introduction to Haiku俳句への入門』は日本の詩人の作品に焦点を絞ったもので、選ばれたものは、主として、芭蕉、蕪村、一茶、そして、子規からのものだった。それとは対照的に、『Haiku in English英語での俳句』は、俳句の作り方を独学で学ぶことに興味のある詩人達を対象としたもので、それは、日本や日本の文学の歴史については何も学ぶ必要はなかった。その本はとても短くて、いくつかの説得力のある例を示して、簡潔にいくつかの日本の古い俳句の規則について載せている。

『Haiku in English英語での俳句』に見られる季語の位置付けは規範的ではなく、いささか屈折した感情をはらんでいた。一方で、ヘンダーソンは「私たちは日本の季語をそのまま取り込むことはできない。なぜなら、私たちの季節、花、動物、習慣等は彼らのもの（つまり日本のもの）とはずいぶん違うからだ。」（三八頁）と書いている。彼は、日本の俳人が日常的に複雑な〈本意と本情〉を学ぶのと同じくらいの時間とエネルギーを、アメリカ人は自分たちの俳句のために使いたいとは思わないだろう、という見方をしている。ヘンダーソンは問題を解決せずに、俳句において季節を表す言葉で何をするのかという質問は重要であるが、それはあまりにも長い間放置されてきていると述べることによって、単にその件についての章を締め括っている。俳句はまだ幼少期にあり、アメリカ人は過去の日本の俳句についてよく勉強すべきで、そうすることによって、現在書いている詩を改良できるからだと、彼は指摘している。

季節に関しては具体的にはあまり話していないが、別の箇所では、彼はもっと明確に「自然」の役割に関しては話している。たとえば、彼が唱える俳句に関する四つの規則の二番目としては、季語に関連する分野に触れていると言える。ただし、彼は「季節」ではなく「自然」について述べ、「自然の描写を何らかの形で盛り込んだもの」（一四頁）という言い方をしている。彼はこれを「自然の描写は常に直接的だというわけではない。古い俳句はほとんど全部に、季語とよばれるものが入っていて、それは、習慣によって特定の季節だけに結び付けられている。」（一六頁）と詳述している。そしてまたこの本の後の方では、彼は古い日本の俳句における季語の使用と、アメリカの俳句の成長におけるものとの対比について述べている。彼は、三つのグループがあることを指摘している。それは、季語を入れなければならないということに対して反対の人と支持する人と、それについてはまるで何も知らない人である。彼は、自分自身についてはこれらのグループのどれなのか明言していないが、詩人に対しては、ごく控えめではあるが、むしろ「過去に考えられてきた以上にもっとこの問題について考えなさい」（三九頁）と提言している。

実際には、ヘンダーソンは、忠実にそれを行う俳人グループの活動の中心にあった。これらの活動は、Haiku Society of America ハイクソサイティオブアメリカ（アメリカハイク協会）によるもので、それは一九六八年に設立された。ニューヨークジャパンソサイティの支援と、ヘンダーソン、アルフレッドマークス（Alfred Marks）、ウィリアムJ．ヒギンソン（William J. Higginson）、ニコラスヴァージリオ（Nicholas Virgilio）、そしてリロイ・ミルドレッドカンターマン（LeroyとMildred Kanterman）はじめその他の尽力で、この組織は、機関誌の出版だけではなく俳句というジャンルの定義づけと体系化についても規約を確立した。

一九九四年出版の『A Haiku Path俳句の道』は The Haiku Society of America ハイクソサイティオブアメリカが、俳句を定義するためになされたHSA（The Haiku Society of America）の努力に対してその活動をまとめたものである。これらの活動は、多くのアメリカの俳人は「俳句」というものをRandom House Dictionaryランダムハウス辞典のような参考書に出ている定義で認識している、という不満感情によって引き起こされたものだった。その後、その組織のメンバーであるヘンダーソン、アニタヴァージル（Anita Virgil）、そしてウィリアムJ．ヒギンソンの三人は、「俳句」「発句」そして「川柳」という言葉の英語での定義を検討し結論を出そうと、手紙と言葉の交換に大方二年を費やした。「Haiku in English 英語での俳句」の中でヘンダーソンが強調していたことから予想できるように、彼が仲間と到達したいろいろな定義のほとんどは、別段季節あるいは季語の問題に関連したものではなく、その代わりに「自然」に焦点を絞ったものだった。俳句とは、「感情が何らかの形で自然と繋がっている」あるいは「人間の本質としての自然に関連している」一種の韻文だと言われている。自然との強い結びつきにより、俳句は川柳から区別された。川柳は「主に人間性に関わる」韻文として定義されていたからだ。

しかし、人間性と対比するものとして自然の役割は、最も難しい分野のひとつであった。ヘンダーソンはその点について研究者の八木亀太郎（一九〇八—一九八六年）に意見を聞くと、全般にわたり極めて詳細な書簡による返答が寄せられた。八木はある作業を進めていることについて次のように告げた。

日本の歳時記に似たアメリカの季語辞典の編纂を提案することです。歳時記は日本で多種類の版があります。俳句に入門して最初にすることは、季語の正しい使い方を学ぶことですが、それは通常五、六年かかります。（七四頁）

ヴァージルはこの手紙に納得できず次のように返事を書いた。

どんな芸術家も（あなたが私の意見を認めるようになったように）新しいものを試しています。もしそれが夏だけとか秋だけとか春だけとかに限定して発生すべきものだとしたら、芭蕉の蛙の詩は価値が下がるのですか。茸の詩は価値が下がるのですか。確かに季節のおかげで効果が上がっている詩もあります。—夏の暑さは春の暑さや秋の暖かさとは異なります—しかし、明示的あるいは黙示的な季節の言葉を表にまとめるよう求めるのは、確かに少し子供じみています。（七六頁）

ここにあるヴァージルの記述は、季節の言葉というテーマにおいてだけではなく歳時記というテーマにおいても、私たちが一般的なアメリカ人の見解をより理解する上で、とても大きな意味を持つものだ。彼女は、日本の古典的な俳句について疑問を表しただけではなく—季節の表現は俳句の最も根本的な前提条件のひとつなのだが—歳時記をばかげたもの、不必要なものとして表現している。

この件に関するウィリアムヒギンソンの見解は、ずいぶん異なっていた。彼は、季節を強調することは、俳句の歴史的発展において重要なことだという立場をとった。連歌における最初の一節として、発句は季節を示さなければならなかった。過去における偉大な俳句について、もしそれが違う季節に所属するものとして区分されたらそれは光を失ってしまうのかというヴァージルの疑念に対して、ヒギンソンは、「達人」は季節の言葉を詩のテーマにしたが、未熟な詩人は単に決まりだからという理由で季節の言葉を入れたに過ぎないと答えた。つまり、彼は、季語のおかげで俳句の力は増すのだから、そう簡単に季語を退けるべきではないと主張したのだった。

そのグループで合意に至った最終的な定義は、主文と補足的な脚注からなる複雑なものだった。俳句とは、「鋭く感じ取った瞬間の本質を記した、韻を踏まない日本の詩であり、その中で自然は人間の本質と繋がっている」というものだ。追記には次のような説明がある。

現代の俳句と同様に全ての日本の古い俳句には季語（季節の言葉、一年の四季のうちひとつを示す語句や季節）が入っているが、米国の気候は非常に多様なのでひとつの「季節の言葉」の認識を全てのアメリカの俳句に当てはめるのは不可能だ。そのため、アメリカの対応は、大部分の日本の俳句ほどには季節の言葉に拘らないということである。（八二頁）

その定義の主文には、HSAにより定められたアメリカにおける季語の位置付けがはっきり表されている。それはまるでないわけではないが、十分とは言えず、現在ですら、全体としての「自然」という概念の下に入れられている。つまり、アメリカの詩人は、大部分の日本の俳句がやっているように、俳句を季節に対する感情と結びつける必要はなく、季節の言葉は義務ではなくひとつの選択肢であり、そして、それは、米国のように一国内に多様な気候がある場合は、季節の言葉を構造化することは「不可能」だからでもある。

米国本土のHSAが、アメリカの季節の言葉を総合的に分類して基準を作るのは「不可能」だ、という決断をしていたのと同じ頃、Yukuharu Haiku Society〈俳句結社ゆく春〉に加入していたハワイの俳人たちは、主に日系人だったが、ハワイにおける季語の小さな歳時記を編纂していた。『Hawaii Poem Calendar ハワイ歳時記』という名前で元山玉萩が編纂し、この種のものでは初めてのものだった。それには英語と日本語で約三〇〇語、そして、多数の季語の具体例として日本語の俳句も同様に収められている。広範囲には配布されなかったものの、初期の地域的な歳時記の例として興味深いものである。〈ゆく春〉のグループは、カリフォルニア州のサンノゼに中心を据え、ハワイと本土の西海岸で活発に活動を続けた。一九七五年には、英語で書いている詩人ために、徳富潔と徳富喜代子がこのグループの支部として、有季定型俳句会とよばれるものを設立した。そしてそれは、その名の通り、俳句における季語の使用を強く擁護した。有季定型俳句会は数年後、〈ゆく春〉から独立し、設立者である徳富両人は地方と全国の両方で非常に活発に活動し普及に努めた。彼らの季語への対応は、季語が完全に俳句の中核となっており、アメリカの状況下では実に個性的なものだった。そして、両者は、会員に季語の意味と使い方を教え、また、アメリカの環境にあてはまる新しい季語の掘り出しも勧めた。

一九七〇年代に変革をもたらした出来事は、コーバンデンヘーベル（Cor van den Heuvel）による『Haiku Anthology 俳句撰集』（一九七四年）の出版だ。これまでに私が述べた他の撰集とは違い、『Haiku Anthology 俳句撰集』は、北米の詩人により最初から英語で書かれた俳句だけで構成されていた。掲載者の大半は米国からだったが、とても影響力のあるエリックアマン（Eric Amann）など二人はカナダ人だった。この撰集の影響を低く評価することはできない。現に、俳句というジャンルを確立し、さらにその確立を具体化した。しかしながら、その関心の中心は詩であって、俳句理論ではなく、詩学についての意見はほぼ完璧に付録部分のみに限定され、付録には上記のＨＳＡによる俳句の定義がそっくりそのまま載せられていた。バンデンヘーベルは、紹介の欄で、「川柳は多くの場合滑稽で、主に人間性に関わったものですが、俳句は一般に人間の本質が自然と繋がったものと言われる。しかしその区別をするのは困難だ」（xxxii）と意見を述べている。「季節の言葉」や季節性に対する認識は明らかに欠落している。バンデンヘーベルの構成配置方法は、季節ごとに順番に並べるというような理論的な方法ではなく、詩人の名前によるアルファベット順で、各人の欄には詩が芸術的あるいは感情的効果をもとに並べられている。

初版には約三〇人の詩人が含まれていた。その詩のうちおよそ三分の一は、季節や自然あるいは季節的な時季には全く触れていないが、他の三分の二は自然現象を表現している。しかし、「夏の暑さ」とか「春の雨」とかいう表現のしかたではあるが、特定の季節を意識していると言えるのは、撰集全体の詩のうち四分の一以下である。つまり、たとえ自然現象に触れているとしても、アメリカの読者は必ずしも何らかの季節と関連付けて考えはしない、ということなのだ。要するに、バンデンヘーベルの俳句は、アメリカの俳句は「大部分の日本の俳句ほどには、季節の言葉に拘らない」というHSAの主張を忠実に反映している。そして、実際のところ、季節的な言及なしでも、彼が掲載した俳句は非常に感情を喚起するものだった。バンデンヘーベルの撰集は数回改訂再版されたが、新しい版が出る度に、北米における俳句への情熱がかつてなかったほど強く表されていた。最新のものは一九九九年出版で八九人の詩人による八五〇の詩が収録されている。

三　アメリカの俳句と世界──一九八〇年代と九〇年代

一九八〇年代はアメリカの俳人間の自信が増した時期だった。機関誌、撰集両方の出版数と質が継続して向上し、俳句を書いたり俳句について学んだりすることに興味のある人々を支援するために、たくさんの新しい組織、そしてセミナーと学会が開催された。アメリカの俳人は日本の俳人とは違い、先生が中心で、長期にわたり忠誠を誓った弟子たちに囲まれている組織機構のような、家元に弟子入りしたりはしない。むしろ米国の俳句団体は研究会のようなもので、そこには、いろいろなレベルの経験と興味を持った人たちが、お互いの作品を読み、その場で詩を作り、そしてお互いに賞賛したり批評したりするために集まる。もっとも、人々は全部の基準や慣行を認めたわけではなく、派閥ができたが、ほとんどの詩人はその俳句社会で、意見交換をし、共通の目的に価値を見出すことができた。

一九八〇年に有季定型俳句会は、『Season Words in English Haiku英語の俳句における季節の言葉』を出版した。徳富潔と徳富喜代子の監修の下で、研究者の佐久間甚一が表を作り、現存する英語の俳句の出版物における季語を分析し、それらを季節の区分に対する日本人の認識基準に従って、アルファベット順の表にまとめた。これによって、その俳句会は俳句における季語の使用と研究に対して強い責任を負うことになり、俳句に季語を使うことの正しさとそれによって得られる力についてアメリカの俳句詩人を啓蒙し続ける役割を果たした。それは、英語の俳句の主な出版物における季語の使用に関する統計の参考資料以上のものではなく、詩人が季語を使うためのガイドという意味合いは少なかった。

この十年間の決定的な出来事は、ウィリアムヒギンソンの『The Haiku Handbook: How to Write, Share, and Teach Haiku俳句ハンドブック：俳句の書き方、鑑賞の仕方、教え方』の出現だった。ヒギンソンはＨＳＡのヘンダーソンの仲間で、一九五〇年代と六〇年代におけるジャンルの確立に際してはダイナミックでカリスマ的な存在だった。アメリカの大半の俳句愛好者とは異なり、彼は、日本語で読み書きができ、何度も日本へ行ったことがあり、日本文学における立派な教育と日本で活躍している俳人との繋がりを得ていた。おそらくそのために、彼の俳句一般ととりわけ季節性に対する考え方は、古い修行を積んだ日本の俳人に非常に近かったのかもしれない。ヒギンソンは他のどんなアメリカの重要な詩人よりも、世界の俳句において季語の認識と評価を高めたと言っても過言ではないだろう。

『The Haiku Handbook俳句ハンドブック』は一九八五年に出版された。その対象は、俳句なるものをもっとよく知りたいという一般の読者、自分で書きたいと思っている詩人、そして、教室でそれを教えようとしている先生などが全てだった。ヒギンソンは博識であったにもかかわらず、『The Haiku Handbook俳句ハンドブック』は高圧的な学術書ではなく、むしろとても身近な親しみやすい入門書である。その本にはこのジャンルの発展の歴史、俳句を書くためのヒント、そして教育課程に俳句を入れる提案等が載っている一方、季節の言葉については、これまで他のどんな主な俳句案内書もしていないほど、強く強調している。「自然と俳句」の章は「俳句と季節」と太字で書いた見出しで、「自然」あるいは「自然の言葉」と季語に対するアメリカの典型的な葛藤を引き合いに出し、「あなたは、俳句は自然の詩だとか、あるいは俳句は『季節の言葉』を必ずどこかに入れなければならないとか、聞いたことがあるかもしれません」という記述から始まっている。ヒギンソンは、多くの詩は季節を示唆しているだけだと指摘し、詩の季節を特定しようとする時、しばしば読者は、「教えられた考え」に依存してしまうことを認めているものの、俳句の影響力強化においては、季節に触れることの価値を極めて強く主張している。

往々にして、私たちは、季節的な繋がりを考えずに俳句を読む。しかし、詩の中に記された経験に季節的な設定がある場合は、詩の細目と同様に季節の存在を知りそれに応じて考えれば、詩人が私たちに伝えたいものをずっと上手に把握できる。季節名、あるいは季節的にとてもはっきりしている出来事や物事を俳句に入れることによって、読者はわずかの言葉で相当の情報を得ることができる。（八九頁）

彼は、現在、日本の俳人のほとんどは季節に触れているが、中には触れていない人もいるということを認識した上で、この章の後の方で、日本の古典的俳句と現代俳句における季節と季節の言葉の位置付けについて説明している。そして、彼は、日本人以外の俳人は季語や季題についての知識に欠けているということを認め、これを西洋の言葉による俳句にどのように訳すかについて静かに思いをめぐらしている。彼は、アメリカの俳人が季節の言葉に関して、過去に問題とした点に触れ、世界はあまりにも異なっているので日本の季語表がそのまま自分たちの詩の役に立つといえる場所を探すことはできないという彼らの結論について言及している。彼は、その議論を次のように締めくくっている。

西洋の俳句の執筆者が季節を重要だと思うなら、それは割合簡単に反映される。しかし、俳句が俳句であるためには季節を必ず示さなければならないと感じている俳人は、西洋にはほとんどいない。他方の現代の日本人は、特定の季節の認識には関連のないもので、詩に詠み込みたいと思う出来事はたくさんあることをわかっている。彼らは、自分自身のために覚えていたいし他の人にも伝えたいという、―思いがけない個人的な状況―ある一瞬を捉えようと懸命だ。（九六頁）

ヒギンソンは、日本人以外の俳人が季語の重要性をほとんど無視しているというだけで、純粋な俳句を書くことができないとは言えないと認めている。その上で彼は、特に日本の俳句をもっとよく理解したいという読者のためには、季語をより充分に理解することを主張し続けている。最後に彼は、付録として六〇〇語句の「季語表と索引」を追加している。彼は、時候、天文、地理、行事等の区分のある、日本の歳時記の典型的な配列に従っている。事実、それは基本的には、歳時記の中で最も頻度の高いいくつかの項目を英訳したものである。―見出し語は英語（英語は訳語として記されている）ではなく日本語をローマ字で書いたものだ。そして、暦は下記のように日本の歳時記と同様の構造に従っている。

HARU　SPRING（February, March, April）
JIKŌ　SEASON, CLIMATE
saekaeru　clear and cold
atataka　warm

uraraka　bright
nodoka (sa)　tranquil (lity)
（二六七頁）

ヒギンソンの本の成功は、アメリカの俳句社会における広範な普及と分散化にあった。HSAは活発に活動を続け、一九七八年に発行を始めた機関誌の『Frogpond蛙池』は、俳句に関するいろいろな随筆や俳句的な詩の出版を続けた。『Modern Haiku現代俳句』は、一九六九年に始まったが、今なお順調に成長している。総じて、俳句の読み書きの環境は、一九八〇年代はすこぶる好調で、アメリカはより大きな世界である日本と世界の俳句社会に所属し、その自覚は大きくなり続けた。

四　国境なき世界のアメリカの俳句——一九九〇年代から現在まで

実際のところ、アメリカの俳句における最近の成長段階は、米国の国境をはるかに越えて世界の俳句社会の頂点に立っている詩人に非常に関連がある。当然、インターネットの普及は詩人同士のコミュニケーションの促進に貢献した。もちろん、そんなコミュニケーションはいつの世でも書簡ですることは可能だったし、数十年に及ぶアメリカの俳句の歴史でも、多くの詩人はこの方法で共同研究をした。しかしながら、俳句は、サイバースペースでは力強く存在を主張しており、詩人はもっとたくさんの読者に俳句を鑑賞してもらい、コミュニケーションを持つために、ホームページの多様な使い方をみつけた。

しかしながら、テクノロジーのおかげで、ある意味では地理的な境界の制限が減少しはしたものの、季語にはどんな意味があるのだろうか。結局、季語は一定の場所の気候と地理に強くつながっているのだ。そしてこれらの変化が大きな影響力を持っていると期待した人もいたかもしれないが、アメリカのような国の詩人たちは、一定の形式を確立する必要性や願望について屈折した曖昧な感情を、長期にわたって持ってきた。興味深いことに、日本人の季節の概念に対してアメリカ人が抱く未熟な関心さえも撲滅してしまう代わりに、二〇世紀の最後の十年と二一世紀の最初の十年には、季節の認識はアメリカの俳句にとって依然重要だという確かな兆候が見られた。そして、それは重要性を増し続けている。その十年の初期には、例えば、有季定型俳句会が『Monterey Peninsula and Bay Regional Saijiki モントレイ湾岸地域歳時記』（パトリシアマクミラー Patricia Machmiller および徳富喜代子編、一九九三年）を出版し、季語の論議は他のグループでも続けられた。

この動向の中で最も重要な人物は、おそらくウィリアムヒギンソンである。俳句を書くことと教えることに関連した他の活動の中では、ヒギンソンは彼の『Haiku Handbook俳句ハンドブック』の成功に伴う研究作業に深く携わっていたが、一九九六年に彼は『The Haiku Seasons俳句の季節』と『Haiku World俳句の世界』の二冊を出版した。『The Haiku Seasons俳句の季節』は、事実上、俳句における季節的な認識に関する理論と歴史的俳句（つまり、英語や他の言葉で書いている詩人によるものと同様に、日本の古典的な詩人と現在の詩人による俳句）におけるその応用例の調査である。『Haiku World俳句の世界』は、英語、妥当な場合は日本語、そして同様に他の多くの言語での見出し語が載っている、正真正銘の歳時記である。その本はまた、世界の広範囲な俳句社会からの詩人による俳句の例をも掲載している。それは厳密にはアメリカ人のテキストではない。それには非常に多くのアメリカ人以外の作品が掲載されているからだ。しかし、それは米国に広い読者層を持っている。その二冊は別々に出版されたが、『The Haiku Seasons俳句の季節』と『Haiku World俳句の世界』はある意味ではセットになっている。前者は、歳時記と季節的な言葉に関する理論についての評論で、後者は、現代の国際化した文学的文化における理論の実践作業である。これらの出版に続く十年間、ヒギンソンは、セミナー、学会、そしてホームページを始め、これらの本の成功に伴う多くの関連作業に従事した。彼は、特に日本内外の詩人間の関係を築くために活躍した。

ヒギンソンによる業績のひとつの特徴は、アメリカにおける季語の研究との強い関係である。彼は連歌の実践の強い提唱者であったが、それはごく最近まで、米国ではほとんど話題にも上らないものだった。俳句における季語とその機能に対する強い認識は、順番に連歌を作るための基本となるものだ、ということはほとんど知られていない。そして、詩人は連歌の複雑な規則を学ぶ努力をし、彼らはまた季語についての知識を必然的に理解する。最後になったが、ヒギンソンの『Haiku World俳句の世界』は非常に役に立つ。さらに、彼は、基本的な季語の表を掲載した自分のホームページの管理もしており、ヴァージニア大学が行っている、日本文学の偉大な業績を電子化する大きなプロジェクトの一部として、古典的な日本の歳時記のオンライン版を作る作業の手伝いもした。

二〇〇〇年におけるA．C．ミシアス（A.C. Missias）は、機関誌の編集者および出版者でもあり、『Seasons in Haiku俳句における季節』という随筆集の特別号（二〇〇〇年春『Acornどんぐり』四号との同時出版）を出したが、これは、アメリカの俳句社会が、当件に関する曖昧な態度を解決するために続けている努力を象徴している。ミシアスが柔軟な接し方を続けることによって、広範囲の俳句研究家が集まり、季語の位置付けに関する多様な主張をもたらした。随筆は、詩人のチャールズトランブル（Charles Trumbull）、ジェーンライクホールド（Jane Reichhold）、ドゥーグルリンズィー（Dhugal Lindsay）、ミカエルディランウェルシュ（Michael Dylan Welch）、そして、ジムケーシアン（Jim Kacian）によって、この本のために書かれた。ここに表現されている見解はしばしば情熱的だが、著者は妥協放棄の精神で締めくくっている。例えば、トランブルは、次のように述べている。

私たちは、季語、重要な言葉、雰囲気、そして他のどんな手段でも使えるものは使い、我々の詩に対するより深い共感を求め続けるだろう。たぶん最終的に、私たちは、西洋の俳句と日本の俳句は単に違う文化の相対位置で動いているだけだということを知るようになるだろう。

同様に、ライクホールドは指摘している。「例に漏れず、季語も本質的には良くも悪くもない。適当にも不敵当にも使える。そして、使われたものの中にある精神がそれを決めるという考え方がある」つまり、『Seasons in Haiku俳句における季節』を読んで、ある人は、詩における季語の役割に関する疑問をめぐりアメリカの俳句社会は分裂しているという印象をもつが、しかしそれは、多くの詩人が深く創造的に考えているテーマなのだ。

インターネットによって、アメリカの俳句は成長し、広範囲の読者にも届くというもうひとつ別の状況をもたらした。多くの詩人と俳句の組織がウェブログ（ブログ）とホームページの管理をしているだけではなく、季語についての情報の普及を専門とするホームページもまた非常にたくさんある。これを書いている時点で、それらの中で注目に値するのは、ヴァージニア大学図書館の『Japanese Haiku Topical Dictionary日本の俳句季題辞典』日本のテキストイニシアティブ、ウィリアムヒギンソンの『Renku Home連句ホーム』（山本健吉の『500 Essential Japanese Season Words基本季語五〇〇選』のオンライン翻訳を含む）、有季定型俳句会の『kigo list季語表』、そして世界季語データベースにつながっているいろいろなアメリカのウェブページ等である。

俳句というテーマで過去一〇年間に出版され、アメリカ人の季語の理解における動向に対する認識を得ることができる本は、デビッドクームラー（David Coomler）の『Hokku - Writing Traditional Haiku in English発句─英語で伝統的な俳句を書く』（二〇〇一年）、ブルースロス（Bruce Ross）の『How to Haiku俳句方法』（二〇〇二年）、ジェーンライクホールドの『Writing and Enjoying Haiku: A Hands-On Guide俳句を書いて楽しむ：手引書』（二〇〇二年）、そしてリーグーガ（Lee Gurga）の『Haiku: A Poet's Guide俳句：詩のガイド』（二〇〇三年）である。これらは、技術と形式、季語の問題に関する多数の主張を掲載しているが、その数自体が、アメリカで俳句を書く興味が増え続けていることと、季語がその興味の中心にあることの注目すべき事実証明なのである。

注

（1）アメリカは多くの国から来た人間によって構成されているが、アメリカの詩が受けた重要な影響は英国文学からのものである。

（2）リチャードライトの死後、彼の書類の中から俳句に似た極端に短い詩が発見された。児玉実英著 "Japanese Influence on Richard Wright in His Last Years: English Haiku as a New Genre,"『晩年におけるリチャードライトに対する日本の影響―新しいジャンルとしての英語の俳句』タムカンリビュー（Tamkang Review）第一五巻第一、二、三、四、六三〜七五頁参照。

（3）この一〇年間におけるもうひとつ別の重要な俳句撰集の翻訳版は日本学術振興会編纂『Haiku and Haikai俳句と俳諧』（一九五八年）である。その編集者は日本に基盤を置いているので、話の対象からは外す。編集長は市川三喜である。その本のあとがきには、季語は俳句が他の詩歌と区別される特徴のふたつのうちのひとつだとして述べており、それが「詩のムードを決定し定義づける」と指摘しているが、それは何の価値もない（一七三頁）。

（4）「人間に神の正義を示す」という表現はミルトンの『Paradise Lost失楽園』に出ている。彼が、詩を作る目的を説明するに当たって、話し手はミューズ（詩歌の女神ウラニア）に話しかける。"I thence / invoke thy aid to my adventurous song / ...that to the highth of this great argument / I may assert Eternal Providence / and justify the ways of God to men." つまり、「壮大な規模の話でこの意欲的な詩を作る手伝いをしてください。私は神の恵みの偉大さを皆に説きます。そして、私は神の正義を示します」この言葉を引用するに当たって、ブライスは、いつであっても俳句は偉大な英語の詩のひとつであり、神の恵みを説くことと同じだと主張している。

尚、著者はペギーライル氏（Peggy Lyles）、ウィリアムヒギンソン氏（William Higginson）、およびパトリシアマクミラー氏（Patricia Machmiller）に対してこの論文に関するご厚情を感謝している。

参考文献一覧

Blyth, H. R. *Haiku*. Tokyo: Hokuseido, 1949-1952.

Coomler, David. *Hokku: Writing Traditional Haiku Poems in English: The Gift to Be Simple*. Springfield, IL: Octavo Press, 2001.

Gurga, Lee. *Haiku: A Poet's Guide*. Lincoln, IL: Modern Haiku Press, 2003.

Haiku Society of America. *A Haiku Path: The Haiku Society of America, 1968-1988*. New York: Haiku Society of America, 1994.

Henderson, Harold. *An Introduction to Haiku: An Anthology of Poems and Poets from Basho to Shiki*. Garden City, NY: Doubleday, 1958.

———. *Haiku in English*. Rutland, VT: Tuttle 1967.

Higginson, William J. *Haiku World: An International Poetry Almanac*. New York: Kodansha International, 1996.

———. *The Haiku Handbook: How to Write, Share, and Teach Haiku*. New York: Kodansha International, 1985.

———. *The Haiku Seasons: Poetry of the Natural World*. New York: Kodansha International, 1996.

Machmiller, Patricia and Kiyoko Tokutomi. *Monterey Peninsula and Bay Regional Saijiki*. n.p.: Yuki Teikei Society, 1993.

Missias, A. C. *In Due Season: A Discussion of the Role of Kigo in English-Language Haiku*. Philadelphia: Redfox Press, 2000.

Miyamori, Asataro. *Masterpieces of Japanese Poetry, Ancient and Modern*. Westport, CT: Greenwood Press, 1936.

Motoyama, Gyokushu. *Hawaii Poem Calendar: Hawai Saijiki*. Honolulu: Hakubundo, 1970.

Reichhold, Jane. *Writing and Enjoying Haiku: A Hands-on Guide*. New York: Kodansha, 2002.

Ross, Bruce. *How to Haiku: A Writer's Guide to Haiku and Related Forms*. Boston: Tuttle, 2002.

Sakuma, Junichi. *Season Words in English Haiku*. San Jose, CA: Yuki Teikei Haiku Society, 1980.

van den Heuvel, Cor. *The Haiku Anthology: Haiku and Senryu in English*. New York: Simon and Schuster, 1974, 1986, 1999.

Yasuda, Kenneth. *A Pepper-Pod: Classic Japanese Poems Together with Original Haiku*. New York: A. A. Knopf, 1947.

———. *The Japanese Haiku, Its Essential Nature, History, and Possibilities in English; with Selected Examples*. Rutland, VT: Tuttle, 1957.

アメリカの歳時記精読
――ヒギンソンの『Haiku World俳句の世界』他

シェーロ・クラウリー Cheryl Crowley
翻訳：マカート純子 Junko Mackert

アメリカ俳句界の功労者であるウイリアム・ヒギンソン。彼は英語圏各国の俳句における日本の季節の詞への認識に、多大な影響を及ぼした。一九九六年に出たヒギンソンの代表的著作ともいえる『Haiku World俳句の世界』『The Haiku Seasons俳句の季節』を紹介する。

はじめに

この論文はウィリアム ヒギンソンの『Haiku World俳句の世界』（一九九六年、講談社インターナショナル出版）における、アメリカの歳時記の事例を紹介するものである。前回の論文では、英語による詩は、日本人の感覚での季節の認識には、ほとんど重きが置かれていない、ということを指摘した。俳句は、英語の詩の形式のひとつとして、非常に大きな成功をおさめたものの、その点については未だに変わっていない。しかも、俳句は、アメリカで詩において自由や独創性を強調志向する時代に、はやり出したこともあって、俳句の案内書や指導書は、何をもって「本物」あるいは「正統」の俳句とみなすかに関して、規範的で、断定的な立場を避けるものであった。そして何よりも、アメリカの俳句形式の詩において、体験や瞬時の洞察を記する手法としての、俳句の潜在的な力には関心を示したが、それに比べ、確立された文学上の伝統に従うことにはあまり関心を示さなかった。これは、初期の俳句団体が、ビート詩人や反体制文化運動、そして東アジアの宗教に対するアメリカ人の認識（つまり、とらわれのないのびのびした境地に心を遊ばせるという、逍遥遊の姿勢に基づいた、物事を認識するための洞察や生活態度を促す宗教）に感化されていたことによるところが大きい。歳時記は、自然によって世の中の物事を見たり書いたりする、伝統的な手法を明確に規定したものであるが、このような事情により、アメリカの俳人の間では、歳時記に対する尊敬も信頼も生じなかったのである。

とは言うものの、既に紹介したように、アメリカの歳時記なるものが、確かにいくつか存在している。前回の論文で述べた通り、それは、『Hawaii Saijiki ハワイ歳時記』や『Bay Area Saijiki サンフランシスコ西海岸歳時記』などのように、その地域の自然状況に関連した季節の言葉や語彙を表にした、地域的なものになる傾向にある。アメリカにおける俳句の歴史を通じて存在したのはこれらの小さな歳時記だけであり、そしてそれは、日本語を母国語とする日本人や、二世の割合が比較的高い地域に現れる傾向にあった。

しかしながら、このような小さな地域的な歳時記とは対照的に、後日出版されることとなる英語の歳時記を作る計画は、大いなる熱意のもとに世界的な規模にまで拡大された。実際には、それは英語の境界を越え、「国際」歳時記ともいうべきものになったのである。その筆者は、気候や自然現象の多様性を考慮に入れておらず、それは、詩人が日本の国外で俳句を書くときには、季節的な感覚を完全に捨てざるを得ないことに対する正当な理由となりうるものであった。そのかわり、この国際歳時記は完全に逆方向へ行ってしまった。言語、季節、そして世界の文化の違いを受け入れ、それを賞賛したのである。つまり、世界中の俳人の要望に対応するのを目的としているのであった。そしてそれゆえに、題名もそれにちなんで『Haiku World俳句の世界』と名付けられたのである。『Haiku

World俳句の世界』の著者はウィリアム ヒギンソンだが、氏は、俳句における日本文学上の手法としきたりにおいて、アメリカ人の認識を増した、ということに対する功績が、他の何にも増して評価されているようだ。この論文では、日本人読者の参考のために、ヒギンソンの『Haiku World俳句の世界』について述べようと思う。

ここでは、単純に本文の内容の紹介に重点を置くつもりだが、それとともに、この本がこのような形態になった、いくつかの理由についても説明しようと思う。最終的には、米国とその他の英語圏国において、俳句における日本の季節に対する認識がよく理解されるよう貢献した、ヒギンソンの功績における『Haiku World俳句の世界』について論じたいと思う。

一 『Haiku World俳句の世界』の内容

『Haiku World俳句の世界』は自身を「国際詩人年鑑」と表現している。そこには、一〇〇〇の詩が掲載されており、それは、元々五〇ヶ国以上の国から寄せられた、六〇〇以上の詩が二五の言語で書かれたものである。六八〇以上の季節関連語及び無関連語が編纂されている。この本は、元々日本語で書かれた俳句と、他の言語で書かれた俳句とを、同等に扱っている。つまり、俳句を日本の詩の様式としてではなく、ひとつの国際的なものとして理解しているのである。「二〇世紀後期における芸術状況の全体概要を集約した」という言葉に置きかえることもできる。『Haiku World俳句の世界』には、「俳句」と称される詩全体に共通の特徴が明確に表れており、それは、言葉や文化を超えた、ひとつの明確なジャンルとしての地位を堅実なものとしている。

『Haiku World俳句の世界』は、「俳句」（つまり、五―七―五の韻律詩あるいは自然界から引用した短い集約詩、換言するならば、広範な意味での俳句と称する詩）だけではなく、独自に定義した川柳や連結した詩（「連句」あるいは「連歌」と称されるもの）をも収録している。それは、前回の論文で述べた、「Haiku Society of Americaアメリカ俳句協会」による俳句の定義に合致している。

季節に関連した章に加えて、季節に無関連のものもたくさん収録されている。それは、日本の俳句の伝統的な定義には、絶対に存在しなかっただろうと思われる分野にも、目を向けていたと言えよう。最後には、俳人の索引が記載されているが、それについて、著者は、日本の歳時記には一般に欠落しているものだと指摘している。

典型的なアメリカの読者のために、『Haiku World俳句の世界』は、「語句」の分類構成に従っているという点で衝撃を与えている。通常、英語の詩の収録は、アルファベット順の作者名とか、年代順とか、あるいは詩の様式等、他の基準に従って振り分け構成をするものである。東アジアの詩の撰集における構成に慣れた日本人の読者は、驚かれるかもしれないが、事柄によって振り分け構成をした英語の詩の撰集というのは、比較的珍しく、（バレンタインデーのための愛の詩集、暖かいクリスマス関連の詩の集成、ペットについてのかわいい詩の本等）芸術性に欠けるものとして捉えられる危険性をはらんでいる。読者がこの種の偏見を持つ懸念を認識し、『Haiku World俳句の世界』には、直接この件について、事柄による振り分け構成は、強制的あるいは威圧的かも知れず、個々の詩や詩人の声や様式の特性が無視されるかもしれないと述べられている。ヒギンソンはその序文の中で、世の中についてのその考え方は俳句の根元であるからして、この種の方法は必然的なものであるばかりではなく、実際には理想的なものであると力説している。

実際のところ、一度は非常に必要とされたような本であるにもかかわらず不人気だった理由は、アメリカの詩人が事柄による振り分け構成の仕方に沿って考えることに対して抵抗していたからかもしれない。概して、アメリカの詩人とその読者は、俳句のひらめきというものは、一般に、完全に自然で、偶発的なもの、つまり、詩人が偶然遭遇したものに対する反応だと信じ切っている。また、多くのアメリカ人にとって、俳句に関して最も魅力的なもののひとつは、彼らが書いているものは全く新しいものだという興奮感である。俳句は、重荷になるような長い歴史などはまるでないジャンルだと信じることによって、俳句を書く者に対して、究極的な自由と独創性という、否応のない魅力を与える。それにもかかわらず、ヒギンソンは、俳句における季語の重要な歴史を無視することは、俳句の本当の表現上の基礎を深く理解する際の障害であると論じている。

二 『Haiku World俳句の世界』の考察

典型的な現代の歳時記の構成に関していくらかの知識がある日本人には見慣れたものであろうが、ヒギンソンは、この本を季節区分に従って各章に分けた。これらの区分を事柄の種類によってさらに細分化した。

区分（章）　春、夏、秋、冬、新年、年間

季節の細分（課）天文、地理、人事、行事、動物・植物

項目に加えて、三つの章には、ヒギンソンが主張した概念と言葉を明確にするための短い解説があるが、読者が理解するのは難しいと思われる。

「年間を通じている蝶」「朧、霞、霧」「国際俳諧における言葉」

事柄は、次の理論的根拠に従って区分された。日本式の区分方法が使える場合は使った。いくつかの表現は日本の季語と基本的には同じだった。対象物や現象が日本に存在しない場合は、それに似たものがある場合は関連付けたが、日本国内と国外で、季節の始めと終わりでは必然的な違いがあることを指摘しておく。この分類法から外れたものはまとめて、「年間」の区分に入れられた。

詩は一九九四年の一月になされた呼びかけへの返事によって集められた。従って、ほとんどの俳句は、生存して

いる詩人により、過去、二、三〇年に作られたものである。それらはある特定の言葉や項目の例証としての必要性からではなく、質で選ばれた。それ以外（約二五％）は他の出版物や特定の題材に合わせて作られた詩からのものであった。ヒギンソンの出版済みの本や、あるいは、コル・バンデンハベルの有名な撰集『The Haiku Anthology俳句撰集』と重複する詩は全くなかった。

翻訳は、詩人かあるいは詩人の知人によってなされたが、詩が、フランス語、スペイン語、あるいは日本語の場合は、ヒギンソン自身が翻訳をした。彼は、訳詩の中に季節性を確実に表わそうとし、そうすることの理由を次のように説明した。

季節と季節性を盛り込んだ、伝統的な日本の詩の中に暗示されたものを、理解することなしに、日本の一般読者の心情体験を正確に写し出した翻訳をすることは、ほとんど不可能である。（一四ページ）

『Haiku World俳句の世界』に収録されている一般的な項目は下記のようなものである。

SNAIL, *katatsumuri, Japanese, slak* --Afrikaans, *caracol* --Spanish, *puz* プズ--Serbian (all). Refers to land snails normally seen in summer gardens and fields, comprising the order Stylommatophora. The order also includes the SLUG (*namekuji*), a separate all-summer topic. Snails are legendary for carrying their cumbersome shells with them and for moving slowly.

the snail who doesn't move
--next time you look for him
he's somewhere else

Fred Schofield, England [k/s]

Skielik alleen
die gaste het vertrek--
Slak teen die ruit
Helene Kesting, South Afrika [k]

Suddenly alone
the guests having departed--
Snail at the window

El caracol lleva
su casa.
La nuestra se quedo
Berta G. Montalvo, FL [s]

The snail carries
its house.
Ours stayed behind.

Na vlati trave
Odsjaji puzevog traga
Sunce zalazi
Svetlana Mladenovic, Yugoslavia [k]

On a grass blade
Reflected in a snail's trail
The setting sun

SNAIL（スネイル）、かたつむり—日本、slak（スラック）—アフリカーンス語、caracol（カラコール）—スペイン語、puz（プズ）—セルビア語（全部）　一般に夏、庭や原野で見られるランドスネイルを指し、柄眼（マイマィ）目の分類に所属する。この分類はまた、夏全期間の事柄区分のＳＬＵＧを含む。かたつむりは伝説的に、扱い難い殻を運び、ゆっくり移動するものとなっている。

動かぬ蝸牛
次に見たら
どこか他にいる
　フレッド・ショーフィルド（イギリス）

突然一人
客が帰る
窓に蝸牛
　ヘンリー・ケスティング（南アフリカ）

蝸牛が運ぶ
自分の家
我が家は後ろに残された
　ベルタ・モンタルボ（フロリダ）

草叢の

でんでんむしの足跡光る
沈む夕日に
スベトラーナ・ムラデニヴィチ（ユーゴスラビア）

（三〇―三一頁）

これらの項目と論文に加えて、ヒギンソンはこの本をどう使うかについて、読者への提案も掲載している。そのアドバイスを要約すると、彼は次のように述べている。

- 自身の体験と他人の体験を比較するために、旅行をする時は『Haiku World俳句の世界』を携帯しなさい。
- 職場の手近なテーブルの上に置き、頻繁に開いて見なさい。
- 世の中をよく理解するための参考書として使いなさい。何世紀にも亘って集積された知識と所見を即座にして得ることができる。

「歳時記の使い方」という章には、日本の読者は驚くであろうから、たぶん多少の説明が必要であろう。アメリカ人は俳句の団体に所属する傾向はなく、一般に詩は「ひらめき」や非常に強い、あるいは衝動的な心情体験に反応して、自動的に作られるものだと信じている。指導者により直接課題設定された「詩人研究会」に参加したり、あるいは、詩に焦点を絞った創作を専攻し大学の学位を取得したりもできるが、もっと典型的な団体活動として、詩のサークル、つまり会員が集まり、平等にお互いの作品を読んで意見を述べ合う。「刺激題材」というのは、不調な時期（「詩作スランプ」）に頼るべきもので、理想では、詩は自然に湧き出てくるものであって、特定の心情体験を表現したり、あるいは伝えたりしたいという願望の結果としてできるものだと期待しているが、「刺激題材」やあるいは詩を書くための他の啓発方法を頼らなければならない場合、多くの詩人は恥ずかしさと不安に悩まされる。これを念頭において、ヒギンソンは、この本の重要性とその構造に関して、慎重に意見を述べている。孤立した個別の詩人の単なる創作よりも、むしろ事柄によって詩を考える方が、集団活動として詩に対する認識を大いに高めることができると述べている。つまり、詩は一個人の心の表現ではなく、全人類社会の集成された心情体験から湧き出たものだということである。

結論として、彼が述べているのは、歳時記の知識は、詩人としてあるいは読者としてどちらの場合であっても、人々が、俳句をより鑑賞するために役立つということである。

三　『The Haiku Seasons俳句の季節』の意図

『The Haiku Seasons俳句の季節』は、『Haiku World俳句の世界』の姉妹編であり、同一九九六年同出版社によって出版された。『Haiku World俳句の世界』における、季節の言葉とその使用例としての詩の編纂量は、歳時記よりも多いが、『The Haiku Seasons俳句の季節』は、むしろ、元々は日本に発し世界の俳句に広まった、俳句における季節性の基本的概念を詳しく説明した案内書である。当然のことながら、題名からも分かる通り、そこには俳句の本質は季節の認識にあると述べられており、それについてヒギンソンは、「約四〇〇年に亘る歴史のある日本の発句と俳句において、唯一最も重要なもの」であると表現している。

この本の大半には、日本の歴史における季節の認識の歴史が記載されており、それは非常に便利なものである。この本の最後の三分の一には、国際俳句においても同様、全く不可欠なこととして、歳時記の有用性について論じるとともに、歳時記自体の概念が紹介されている。そこには、いろいろな季節の違いの認識と、時の流れの法則と

＜William J. Higginson 氏の著作・歳時記に関するもの＞

『Haiku World 俳句の世界』

『The Haiku Seasons 俳句の季節』

＜R.H. Blyth の 『ＨＡＩＫＵ 俳句』＞

の繋がりを明確にすることによって、暦と俳句の深い関連性について述べられている。『The Haiku Seasons俳句の季節』には、季語無しで詩を書くことは、特に川柳については可能であり、日本の詩人と編集者もまた、撰集の構成方針として、季語無しで俳句を作るという発想の遊びをしたことがあると認めている。しかしながら、ヒギンソンいわく、彼を最も強く啓発するのは、日本の俳句と国際俳句の間の境界の崩壊であり、そしてそれは、とりわけ国際歳時記のような物を考えるときの力となるというものである。

この本の最後の章はある意味では、『Haiku World俳句の世界』の予行練習とも言える。この中で、彼は、次の本の基礎となる理論と形式を紹介し、そして、英語の歳時記なるものの利用の仕方について要約を述べている。これは、前述の『Haiku World俳句の世界』に記載されている短い要約文よりは、もっと広範にわたっている。この本は、文献目録をもって終結されている。ヒギンソンは、慎重で学者肌の詩人であり、今後の研究のために参考文献の詳細な表を添付しているのは、それは、いかにも彼らしいやり方である。この文献目録には、ヒギンソンが『Haiku World俳句の世界』を書くにあたって参照した、元資料も含まれている。ヒギンソンは日本語及び英語の様々な資料を参照した。彼が具体的に参照した日本の歳時記は次の通りである。

稲畑汀子『ホトトギス新歳時記』（一九八六年刊、三省堂）
『新版俳句歳時記』（一九七二年刊、角川書店）
金子兜太『現代俳句歳時記』（一九八九年刊、筑摩書房）
加藤郁乎『江戸俳諧歳時記』（一九八三年刊、平凡社）
加藤耕子『日・英俳句歳時記　四季＝Four Seasons Haiku Anthology Classified by Season Words in English and Japanese』（一九九一年刊、耕ポエトリーアソシエイション）

黒田杏子『花鳥俳句歳時記』（一九八七―八八年刊、平凡社）
水原秋桜子『現代俳句歳時記』（一九七八年刊、大泉書店）
水原秋桜子、加藤楸邨、山本健吉『日本大歳時記・カラー図説』（一九八一―八二年刊、東京堂）
元山玉萩『ハワイ歳時記』（一九七〇年刊、博文堂）
成田成寿『英語歳時記・An English and American Literary Calendar』（一九七八年刊、研究社出版）
奥田白虎『川柳歳時記』（一九八三年刊、創元社）
富安風生『俳句歳時記』（一九五九年刊、平凡社）
山本健吉『俳句鑑賞歳時記』（一九九三年刊、角川書店）
山本健吉『句歌歳時記』（一九八六年刊、新潮社）
山本健吉『最新俳句歳時記』（一九七一年刊、文芸春秋）

『Haiku World俳句の世界』と『The Haiku Seasons俳句の季節』の両書とも日本語以外の俳句における季語の使用要領の欠落を認識している。これらの二冊の書物におけるヒギンソンの目的は、歳時記の組織構成によって詩作をするという、新たな次元での取り組みに興味を持つ詩人を啓蒙、奨励、支援するための方法を提供することにあった。

皮肉なことに、ヒギンソンは、俳句の形式と潜在力を理解する上での問題提起をしたのは、とりもなおさず俳句が世界的に業績をおさめたことによるものだということを理解していた。彼は、誇りをもって、俳句は季節性と俳句発祥の地である日本を超越し、「無境界文化」の一部と変容してしまったことを認めた。彼は未だに、季語を正当に評価することによって、詩人と読者はその錯綜した味わいを理解できるようになると信じており、それがゆえに、季語と季節の認識について書き、啓蒙することを、生涯の仕事の基盤としたのであった。

ウィリアム・ヒギンソン氏（一九三八―二〇〇八）に捧ぐ

フランス国際ハイクの進展と季節の詞

金子美都子
Mitsuko KANEKO

「俳句の国際化」はどのように展開し、「国際ハイク」といえる俳句の誕生に至ったのか。世界の中で最も早く外国語で俳句を詠んだクーシュー、ヴォカンスなどのフランス俳人は、俳句の詩学とどのように向き合ったのだろう。また、季節の詞と詩との関係を、フランス近代詩の中に探り、日本人の季節感、季語観との相違を見る。

玉蕉庵芝山編『四海句雙紙　初篇』（一八一六、文化一三年）に収められた日本の津々浦々の俳人の句のなかに、朝鮮・琉球の使節や、長崎の中国人等、外国人によって作られた俳句の存在が注目されるが、この集には、それら東洋人の句に混じって、オランダの出島商館長、ヘンデレキ・ドゥフHenndrik Doeffの俳句が採録されている。ドゥフの句はローマ字で紙面いっぱいに横書きされ[1]、わきに「イナツマノカヒナヲカランクサマクラ」と、片仮名が付されている。その左下に、「これは京祇園二軒茶屋の女の豆腐きるを見て、その手元のはやきを感じて志たる句なり」という詞書めいたものが付されている。

ドゥフのいわば単なる即興句から約八〇年後に、俳句は徐々に国際化され、外国の人々の関心をひき始めた。

こうした俳句の国際化はどのように展開し、「国際ハイク」といえる俳句の誕生に至ったか、主として、フランスを例に考察する。なおここでは、内田園生氏が著書で述べられているように、外国人が外国語で俳句を詠むようになったことを「俳句の国際化[2]」とし、「国際ハイク」とは、使用言語を選ばない外国語で書かれた俳句形式に準ずる詩形式と捉える。

一　フランスにおける俳句紹介・翻訳とハイカイHaïkaïの誕生

一　日本古典詩歌初期翻訳の系譜

日本古典詩歌の英仏語による外国への紹介としては、以下のリストにあるように、まず明治四年にロニーの①『詩歌撰葉』（一八七一）があげられる。さらにジュディット・ゴーチエの②『蜻蛉集』（一八八五）等、その後ほぼ一九世紀末までに英仏語で出版された日本古典詩歌の翻訳では和歌が主流となり、俳句に関する紹介は生まれなかった。俳句の紹介・翻訳は、③アストンの『日本文学史』（一八九九）中に掲載されたのが、ほぼ始めといえる[3]。不思議なことにチェンバレンは、日本に関する多くの著作を発表していたが、俳句についてはほとんど語らず[4]、一九〇二年に出版した④「芭蕉と日本の詩的エピグラム」で、初めて俳句を取り扱っている。貞門から千代女までの例句二〇六を挙げ、それぞれに解説を付しているこの論考は、西欧語による初の本格的俳句論として、以後西欧の俳句研究に大きな影響を与えた。

一方、フランスにおける俳句紹介は、デイヴレー、メートルを経て、本格的先鞭は、一九〇六年に『レ・レットル』（四・六・七・八月）誌上に連載された⑦ポール＝ルイ・クーシュー「ハイカイ—日本の抒情的エピグラム」によってである。ディヴレーもメートルも英語からの再翻訳であり、また例句が少ないのに対し、クーシューの俳句翻訳は直接フランス語で翻訳された上、一五八句という例句の多さでもほぼチェンバレンに匹敵する点で、フランス語による初の本格的俳句翻訳といえる。なお、俳句の紹介が和歌のそれに遅れた経緯などの詳細についてはすでに発表の拙稿▼5を参照していただきたい。

①ロニー『詩歌撰葉』一八七一年。Léon de Rosny, *Anthologie japonaise*, Paris, Maisonneuve, 1871.〔万葉集、百人一首の和歌。〕

②ジュディット・ゴーティエ『蜻蛉集』一八八五年。Judith Gautier, *Poèmes de la libellule*, Paris, Gillot Graveur, 1885.〔古今、新古今集の和歌。〕

③アストン『日本文学史』一八八九年。W.G. Aston, *A History of Japanese Literature*, London, William Heinemann, 1899.〔宗鑑から芭蕉を含む俳句。〕

④チェンバレン「芭蕉と日本の詩的エピグラム」一九〇二年。B.-H. Chamberlain, Basho and the Japanese poetical epigram, in *Transaction of the Asiatic Society of Japan*, t. XXX. 1902.

⑤ヘンリー＝D・デイヴレー訳『アストン日本文学史』一九〇二年。Aston, *Littérature japonaise*, Traduction de Henry-D.Davrey, Paris, Librairie Almand Colin, 1902.

⑥メートル「④チェンバレン記事書評」一九〇三年。Claude-E. Maître, Basill-Hall Chamberlain-- Bashô and the Japanese poetical epigram, in *Bulletin de l'Ecole française d'Extrême-Orient*, Tome III, no4. octobre-décembre 1903.

⑦クーシュー「日本の詩的エピグラム」『レ・レットル』誌　一九〇六年　四・六・七・八月連載。Paul-Louis Couchoud, Les Haïkaï（Epigrammes poétiques du Japon）, in *Les Lettres*, 1906.

二　ポール＝ルイ・クーシューとフランス・ハイカイの創始

アルベール・カーンの世界一周基金を受けたポール＝ルイ・クーシュー Paul-Louis Couchoud（一八七九—一九五九）は、中東やアメリカ、カナダを訪れた後、今からほぼ一〇〇年前にあたる一九〇三（明治三六）年九月、日露戦争勃発直前、弱冠二四歳で来日した。目的は日本社会の見聞と研究であった。およそ九ヶ月滞在し、一九〇四（明治三七）年五月離日、上海、インドを回って帰仏した。クーシューは帰仏後の一九〇六年、前述「ハイカイ—日本の詩的エピグラム」と題する長文の俳句の翻訳・紹介論を詩人・作家フェルナン・グレッグの主宰する月刊総合文芸誌『レ・レットル』誌に一九〇六年四月から八月かけて四回にわたり発表した。さらに同誌一九〇七年九月に「日本の文明」を発表した。それら二つの記事に日露戦争開戦当時の日記などの章を加えて、『アジアの賢人と詩人』*Sages et Poètes d'Asie,*[6] と題し、一九一六年フランスのカルマン・レヴィ Calmann Lévy社から出版した。同書は多くの版を重ね、一九二四年版にはアナトール・フランスの序文が付されている。[7]

これまでクーシューについては、日本では断片的な事実が知られるのみであった。筆者は一九九二年、クーシューの甥、ジャン＝ポール・クーシュー氏と知己を得、多くの情報を得た。それに関しては、注5の邦訳書にまとめた。またクーシュー俳句論はなぜ『レ・レットル』誌上に掲載されたか、象徴主義の危機にあった当時のフランス詩壇に登場した若い詩人フェルナン・グレッグらと俳句との交差、アナトール・フランスとの交友関係などについては、既発表の拙稿[8]や前述拙訳書のなかで考察した。

ここでは、「俳句の国際化」という観点からみて、クーシューが果たした役割のうち、とくに次の二点を指摘する。

㈠　俳句を三行詩に翻訳したこと、

Longue, longue,
La ligne solitaire d'une rivière
Dans la lande couverte de neige.　（クーシュー訳）

長い、長い、
川の孤独な流れ
雪に覆われた荒れ野のなか。[9]

上記の翻訳の原句は「ながながと川一筋や雪の原　凡兆」である。

クーシューは俳句の名称として、発句、俳句ではなく「ハイカイ」Haïkaïを選んだ。また俳句の形式である五・七・五については、クーシューは、「ただ音節の数だけが形を決めている三行詩tercé[10]」と表現するが、翻訳では音節の数は必ずしも採用せず、三行に訳している。「俳句」という本来一行の詩はフランス文化圏の翻訳では、五・七・五の区切りが各詩句versに置き換えられた。チェンバレンの翻訳は二行であり、三行の翻訳にはメートルの先例がある。ここですでに俳句翻訳者としての各人の苦悩が読み取れる。

(二)　フランス・ハイカイle haïkaï françaisを創始したこと

クーシューが創始したフランス・ハイカイは、クーシュー自身が著書の中で定義しているように、「韻律上の規則は何も設けずに、日本語の原句ではなく、フランス語の翻訳を模倣して[11]」作る詩、すなわち三行の無韻詩である。彼がフランス・ハイカイを創始した頃の状況については、拙稿[12]を参照いただきたい。

「鋭く切り取られた生の一瞬を、その純粋な状態で、鼓動するままにとらえるためには、おそらく俳句haïkaïにまさる詩の形式はないだろう。[13]」という記述のなかに、クーシューのフランス・ハイカイ創始の意図が読み取れる。

世界で初の国際ハイクは、一九〇五年、クーシュー、彫刻家アルベール・ポンサンAlbert Poncin、画家アンドレ・フォールAndré Fort三名の川旅の印象を詠んだ七二篇のハイカイ集『水の流れのままに』*Au fil de l'eau*（私家版[14]）で作られた。川旅という一瞬一瞬過ぎ行く風景は、先に述べた「一瞬」に立脚するフランス・ハイカイの作成にふさわしい場となった。

三　ジュリアン・ヴォカンス─優れた「ハイジン」

クーシューの友人であるヴォカンスJulien Vocanceが、三行詩百篇の連なった『戦争百景』Cent Visions de guerreを『ラ・グランド・ルヴュー』*La Grande Revue*誌上に発表したのは第一次世界大戦中の一九一六年五月である。当時フランスの新聞雑誌で多くの反響を呼んだこれらの短詩のいくつかは、同年即刻クーシュー前掲書『アジアの賢人と詩人』（一九一六）に収められ、その名は同時代の優れた「塹壕のハイジン」Haïjin soldat[15]として紹介された。

塹壕の狭間の累々たる屍、
三月黒ずんで
禿頭となり。［五］
Les cadavres entre les tranchées,/ Depuis trois mois noircissant,/ Ont attrapé la plade.

白木の十字架つぎつぎと
地面に湧く─
今日明日　ここかしこ。［二四］
Des croix de bois blanc/ Surgissent du sol,/ Chaque jour, ça et là.

大地と
彼らの身体は血みどろの
婚礼を祝している。［六〇］
Avec la terre/ leur corps célèbrent des noces/ Sanglantes.

（「戦争百景」『ラ・グランド・ルヴュー』誌一九一六年五月）▼16

鋭いタッチの奥深い三行詩を書き続けた詩人である。これが当時フランスで大きな反響を呼び、ハイカイ・ブームとなった。彼はNRF誌などの雑誌に次々に短詩を発表、それらをまとめ『ハイカイ集』*Le livre des Hai-kai*▼17（一九三七）として出版した。日本でも一九二一年、与謝野寛、晶子らに『明星』で、堀口大学に訳詩集『月下の一群』（一九二五）で紹介された。渡仏してヴォカンス宅に招かれた高浜虚子もその様子を『ホトトギス』（一九三六年八月）で伝えた。だが生涯ハイカイという新詩形に対峙したこの詩人に関する情報はこれまで断片のみだった。

ところがフランスで一九九五年以降、ヴォカンスをテーマにした著作が三冊出版された。P・ブランシュ編『星の瞬く音』Julien Vocance: *Clapotis d'Etoiles, cent haikus choisis et présentés par Patric Blanche*, Voix d'Encre, 1996.、J.ブリュイヤス編『ジュリアン・ヴォカンス　リヨンの俳人』*Julien Vocance, un haïjin lyonnais*, présenté par Jacques Bruyas, Jacques André Editeur, 一九九八、そしてC・ヴィアール著『ジュリアン・ヴォカンスまたはメランコリーの鳥』Chantal Viart, *Julien Vocance ou l'Oiseau de la mélancolie*, mise en page et impression, Accent tonic, 一九九五である。ヴォカンスが再発見されているといえる。すぐそばの現実の一コマに「フラッシュ」をたき、生の琴線、奥深さを簡素に表現する俳句の構造を探求したハイカイ詩人・ヴォカンス誕生の経緯および三行詩との葛藤については、既発表の拙論に譲る。▼18 ヴォカンスはパリ土木省役人を引退後アノネにて隠棲、一九五四年七七歳で他界した。

手の窪みに抱（いだ）かれた
鶉（うずら）のごと温もって―
ハイカイ誕生。
Chaud comme une caille/ Qu'on tient dans le creux de la main/ Naissance du haï-kaï.
（「詩法」[19]）

二　ハイカイからハイクHaikuへ

一　二つの大戦間―ジョルジュ・ボノーとハイク

パリ大学文学博士、京都帝国大学文学博士、帝国大学教授、京都日仏会館館長を勤めたジョルジュ・ボノーGeorges Bonneauは、フランス語で<Haiku>という語を広めた最初の人物の一人であろう。

ボノーは、日本の詩歌を大きく長歌Naga-uta、都都逸Dodoitsu、短歌Tanka、俳句Haiku（Haikai）、新体詩Shintaisiの五つに分けている[20]。一七音節のリズムをHaiku（Haikai）と言い、五―七―五の音節で、Tankaの最初三行で作られると定義し、「春雨やものがたりゆく蓑と傘」の例句を挙げている。同書中には、Haikaiの語も随所に記され、俳諧についての解説も施されているが、その二語の相違については直接には触れてはいない。しかし、第三部「俳句」第一章「古典俳句Le Haiku ancien：芭蕉とその派」[21]に対して、第三章「現代俳句Le Haiku contemporain」を対応させ、正岡子規の句を一〇句挙げている。なお、第二章には、「一茶」の俳句を多数取り上げている。この書が出版された一九三五（昭和一〇）年にあって、芭蕉の時代の俳諧のみでなく、子規の俳句革新運動を経たより現代に息づいた「俳句」という語を積極的に採用しようとしたボノーの意図が読み取れる。

なおボノーは、周知の通り、フランスの象徴詩人アルベール・サマンAlbert Samainの研究家であるが、一九三三(昭和八)年から一九三五(昭和一〇)年にかけて、日本の詩歌の原典仏訳であるYOSHINOシリーズ一二巻をパリのポール・ゲトナー社から精力的に出版し、日本詩歌の表意法と象徴性をフランスに紹介することに大きく貢献した人物といえる。

二　コンラッド・メイリと『カイエ・ド・シュド』誌「季節の詩歌」

プロヴァンス大学教授アンドレ・デルテイユAndré Delteil編『俳句とフランスにおける短詩型文学』の中で、フランスの俳人パトリック・ブランシュPatrick Blanche氏は先に述べたボノーの著作が現れた一九三五年当たりは、フランスにおける俳句が「最初の頂点」premier apogéeに達した年だとする。しかしこの俳句の隆盛は短期しか続かず、一種の停滞状態に陥ったという。とはいえ、完全に忘れ去られたわけではなく、例えばモロッコのジャン・マリアベーレJean Mariabereといった俳句作者などが現れた。[22]

第二次大戦期には、先にみたヴァカンスのような新しい俳句作者は現れなかった。

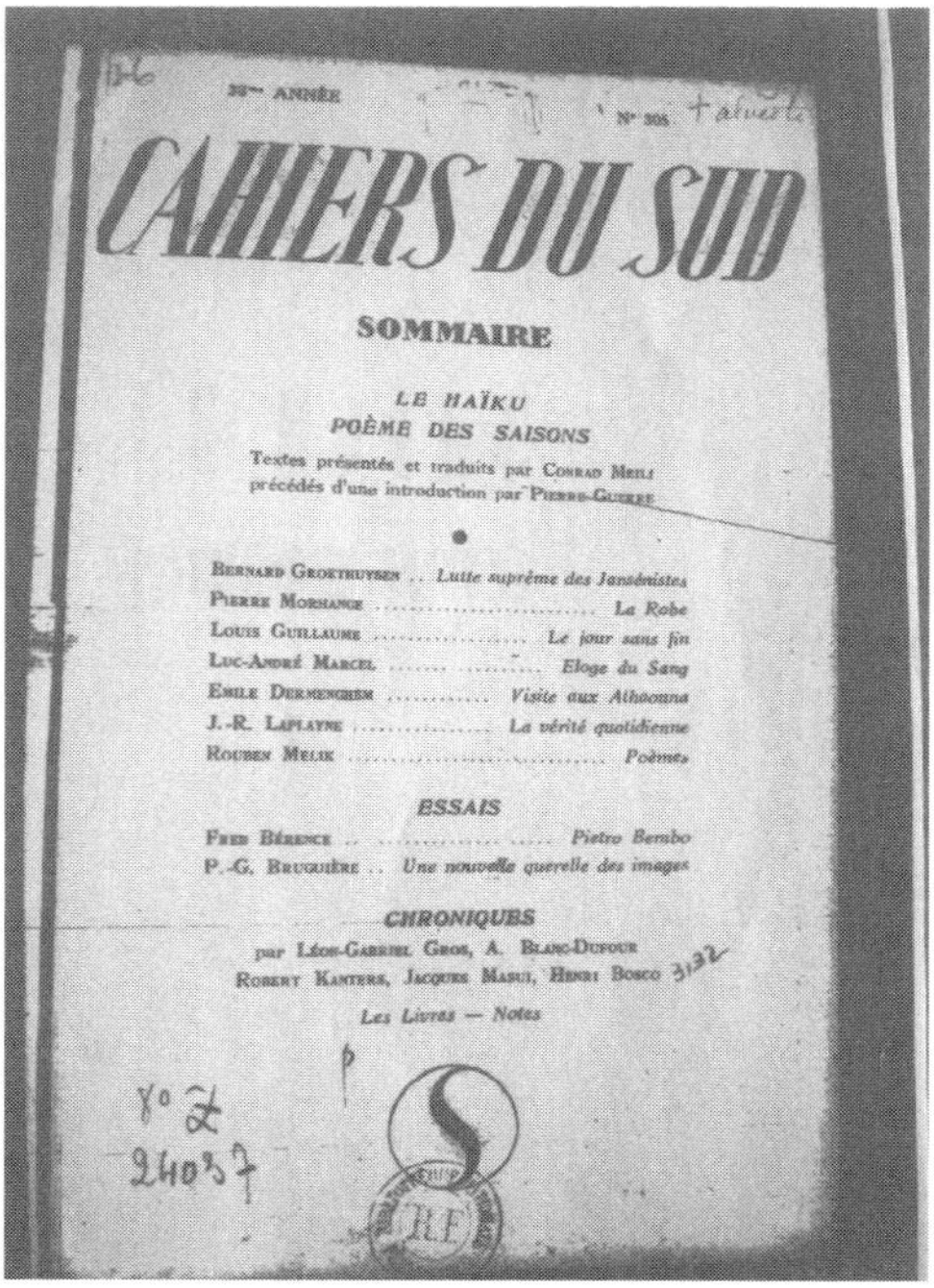
30me ANNÉE　N° 305

CAHIERS DU SUD

SOMMAIRE

LE HAÏKU
POÈME DES SAISONS
Textes présentés et traduits par CONRAD MEILI
précédés d'une introduction par PIERRE-GUERRE

BERNARD GROETHUYSEN .. Lutte suprême des Jansénistes
PIERRE MORHANGE .... La Robe
LOUIS GUILLAUME .... Le jour sans fin
LUC-ANDRÉ MARCEL .... Eloge du Sang
EMILE DERMENGHEM .... Visite aux Aïhaouna
J.-R. LAPLAYNE .... La vérité quotidienne
ROUBEN MELIK .... Poèmes

ESSAIS
FRED BÉRENCE .... Pietro Bembo
P.-G. BRUGUIÈRE .. Une nouvelle querelle des images

CHRONIQUES
par LÉON-GABRIEL GROS, A. BLANC-DUFOUR
ROBERT KANTERS, JACQUES MASUI, HENRI BOSCO
Les Livres — Notes

図版１『カイエ・ド・シュド（南方手帖）』誌　No.305
1951表紙　メイリ「俳句・季節の詩歌」掲載

しかしここで注目したいのは、ブランシュ氏が著書にその記事の存在を示唆された[23]一九五一年、『カイエ・ド・シュド（南方手帖）』*Cahiers du Sud*誌に掲載された特集「俳句・季節の詩歌」Le Haiku, Poème des Saisons,[24]である。同氏は記事内容については触れていない。そこで今回筆者はこのメイリの記事を初めてフランス国立図書館にて閲覧することができた。（図版1参照）

この特集は『カイエ・ド・シュド』誌を編集する詩人の一人、ピエール・ゲールPierre Guerreの序文で始まり、コンラッド・メイリConrad Meiliによる詳細な解説に続けて、同じくメイリによる宗祇から虚子にいたる六〇句あまりの俳句の仏訳とメイリ自身の四篇のHaikuからなっている。メイリは、日本人とフランス人の間に生まれた混血の小説家キク・ヤマタKikou Yamataの夫であり画家であることはよく知られている。一流の日本の俳句作者に並べて彼自身のハイクといえる三行詩tercetsを書いているところから、メイリがフランス語で書く俳句、すなわち「国際ハイク」に意欲的であったことも推察される。

また、一九一三年創刊のこの『カイエ・ド・シュド』誌は、マルセイユで発刊される地方誌でありながら、パリはもちろんのこと、アルジェリアなどの海外にも多くの読者をもち、文壇への影響力も大きかった。こうした背景も含め、メイリの俳句論が俳句の国際化に影響を与えたと思われる二点を挙げる。

㈠　季語の存在を明瞭に述べたこと。

特集のタイトルが示すようにメイリのこの俳句論には、「季節」[25]という概念が直接強調されている。ピエール・ゲールは序文で、変化に富む自然、春夏秋冬の色合いを描写し、いかに日本が繊細で礼節のある国であるかを語る。神秘的でなぞめいた国、矛盾を抱えた国民性、「自然さ」le naturelと「気取り」l'apprêté[26]がない混じり、薄明のなかの茶会、祭祀、能、梅見、そして、暁とともに、さわやかな緑とバラの香、鯉幟が空に舞う。[27]

メイリも「俳句と自然観」Le Haïku et le sentiment de la natureという小タイトルをつけ、自然を前にしたとき、日本人は西洋人とその態度が異なる、「日本人は自然に対してほとんど宗教的といってもよい感受性に富んだ献身の気持ちを保つ。」[28]とし、汎神論的な自然に対するこうした感情が、神道、仏教、鎌倉時代の武士時代といった各時代に受け継がれたことを述べてから、短歌（和歌）、連歌、俳諧の連歌、俳諧、発句、筑波集、俳句、子規の改革、虚子の「ホトトギス」といった一連の日本短詩型の歴史をかなり詳細にたどり、「季語」についてこう解説する。

> 俳句Haïkuは人類の詩の中でもっとも短い詩である。
>
> 俳句は五・七・五の三行からなり、凝縮された型un style ramasséのなかに、ひとつの詩的象徴を含んでいる。覚書やひらめきが、四・五の詩想を駆使し、その詩想のうちのひとつは、必ず季節を暗示するものでなくてはならない。高浜虚子はこの詩を「四季折々の生活に触れる思いの表現」と定義する。[29]（傍線筆者）

また、「俳句の技法」Technique du Haïkuと題して具体的な点を挙げている部分では、このように指南する。

> 季節la saisonは必ず、季そのものの名称またはその特長ses caractéristiquesによって、示される。
>
> 要するに、次のようになる。
>
> 「春」または春を表現するもの—梅の花、蝶、ナイチンゲール（さよなきどり）［鶯=筆者付加］、燕、蛙、桜（の木）、椿、桃の花、紫陽花・・・
>
> 「花」は、とくに説明がなければ、「桜の花」をさす。
>
> 「夏」ならば次のような季節である。「衣がえ」「雨の季節」（梅雨）、涼気の中の夜の会合［夕涼み、宵涼み、

夜涼み＝筆者付加」、郭公、蛍、蝉、蜻蛉（トンボ）、昼顔、蓮、百合、芥子・・・
「秋」は天の川、満月、鴨、鳥、集く虫、菊、楓・・・
「冬」には次のようなものが選ばれる。枯葉、寒さ、葉の落ちた木々、氷、雪、新年[30]

等価の語がフランス語に存在しない場合、例えば「夕涼み」、「鶯」といった語は別の語で説明されるか、それに近い語が当てられている。フランスにおける俳句の最初の導入者クーシューも、日本人の自然愛好や俳句における「季」を示唆する「自然の循環・連鎖」、「永遠回帰の法則」について述べた部分は随所にある。しかし、メイリのように、俳句には必ず季節を表す語を入れなければならないと明瞭に「季」の存在の必要性を主張した論はそれまでフランスにはほとんどない。これには、二年前の一九四九（昭和二四）年から一九五二（昭和二七）年にかけて出版されたR・H・ブライスの季題に従って作品を分類した大部な俳句紹介『俳句（ＨＡＩＫＵ）』四巻の影響も大きいだろうが、受容する側の事情を考慮しつつも、フランスにおいても本来の俳句の独自性をより忠実に伝えようとするメイリの姿勢が読み取れる。メイリ作ハイクを挙げる。

昇る太陽、
あちこちから、魚
湧き出づる春の海。
Au lever du soleil,
De tous côtés, les poissons[31]
Fusent de la mer printanière.

またメイリは、戦争期以来、伝統的な俳句の派に対して懐疑と苦悩に基づいた人間主義un humanismeを主張した新しい俳句の一派が生まれた、と述べていることも付け加えておく。

(二)〈Haiku〉の名称に統一したこと。

俳句の概観の説明に続けてメイリは「俳句の技法」でまずこう言う。

ハイカイHaïkaïは「俳句」Haiku、「発句」Hokkuといわれる詩のジャンルの誤った名称である。[32]（傍線筆者）

一見何気ない言葉ではあるが、ここに窺えるのは、単に歴史のなかに押し込められた俳句へというより、現代詩としての俳句への関心である。ただし、〈ï〉には、記号トレマが付されている。今日フランスではトレマのないHaikuの名称も現われている。この論考は作句の具体的な指南書ともなっており、切れ字、季語、助詞の使い方、個人的感情は背後に隠す、愛を詠わない、[33]漢語はめったに使わない、といったことが記されている。俳句の翻訳不可能性についても語っている。

また、この点をも踏まえ、さらに注目すべきは、俳句が単に季節の描写ではないことをメイリが強調している点である。個人的友情や愛を直接取り込まないかわりに、高い哲学性、象徴性を生む季節のテーマにこめる詩人の「解釈」une exégèseが必要だとしている。

三　フランス俳句協会創設――二一世紀の国際ハイク

外国語で書かれた俳句、すなわち国際ハイクと呼べるものは、I章に述べたように、フランスの哲学者・精神医学者クーシューがその生みの親といえるであろう。フランスではその後、NRFやシュール・レアリスム等の当時の詩壇とのさまざまな試みがなされたが、ハイクという独立したジャンルとしての試みというより、フランス現代詩の進展のなかに取り入れられたものと位置づけられた感が強い。一方先のメイリ論考は、時期的に見てR・H・ブライス『俳句』に触発されたであろうし、またフィリップ・ジャコテもそうであったように、一九五〇年以降のフランスにおいての「俳句」への関心は、ブライスの英語による文献の影響が大きい。

フランスにおける俳句の再流行は、ブランシュ氏も言われるように、ヴォカンスやクローデルの影響というより、六・七〇年代頃のジャック・ケルアックJack Kerouac、ゲアリ・スナイダーGary Snyder、アラン・ワットAllan Wattsなどのアメリカ作家によるものであろう。[34]

確かに、フランスにおいて、モーリス・コワイヨーMaurice Coyaudによる『蟻の影はなく　俳句集』[35]、ロジェ・ミュニエRoger Munier『俳句』[36]、村岡・F・エルエトル『ハイカイ一〇五篇』[37]等はいずれも、一九七八年になってからの出版である。ミュニエの書にはイヴ・ボヌフォワYves Bonnefoyの長文の俳句論が付されている。これより後、翻訳および、フランス語の俳句の出版が目立ち始めた。それらをすべて挙げるのは控えるが、中でも、René Sieffertの『芭蕉紀行』『芭蕉俳論』などの一連の俳句関連著作、良寛を紹介したジョアン＝ティチュ・カルメルJoan Titus Carmel、また俳人アラン・ケルヴェルンAlain Kervernの名はこの当時から俳句に関し、または自作句集を著述した人物として特記される必要があるだろう。

さて、近年の動向としては、まずフランス俳句協会設立が挙げられる。

一　フランス・ハイク協会Association Française de Haïkuと機関誌『ゴング』GONG

一九八九年一二月二日、プロヴァンス大学エックス・アン・プロヴァンスにおいて、「俳句とフランスの短詩型文学」というテーマの下、シンポジウムが開催された。主催者はプロヴァンス大学日本研究科教授のアンドレ・デルテイユ氏であった。フランスにおける俳句の受容、交差、理論、実践、歴史、展望などが語られ、一九九一年には、前掲書『俳句とフランスにおける短詩型文学』にまとめられた。このシンポジウムでは、ハイクのフランス語表記には記号トレマが脱落し〈Haiku〉で統一されている。国際性からみてより普遍的な表記を採用した意図が伺われる。

筆者はパリ東洋言語文化研究院フランソワ・マセFrançois Macé教授を通じ、デルテイユ氏の知己を得て情報交換していたが、二〇〇九年九月エックス・アン・プロヴァンスにおいて、デルテイユ氏と再び面会し、フランスにおける俳句の現況を伺った。氏から得た報告および、それに基づき、インターネット上での*GONG*サイト、またハイク関連近刊書より得た情報をまとめてみる。

「フランス俳句協会」Association Française de Haïku（AFH）はドミニック・シポDominique Chipot、ダニエル・ピーDaniel Py、アンリ・シュヴィニャールHenri Chevignardらによって二〇〇三年設立された。

設立の趣旨は、「俳句」情報の流通を支援し、文化活動組織として、フランス語によるハイク振興を推進させ発展させることにある。二〇〇三年一〇月、機関誌『ゴング』*GONG*が創刊された。フランス語圏会員からのハイク、川柳その他随筆を掲載したおよそ六〇頁の冊子で、年四回発行されている。現在まで、三〇号以上が出されている。また、会員による句集の出版も盛んに行われているようである。

GONG創刊時の主幹ドミニック・シポ氏は、二〇〇二年より、『案山子の言葉』*Paroles d'épouvantail*などの作品を発表し、ハイクと写真を組み合わせた作品の試みも行っている。[38]

その後の主幹はジャン・アントニーニJean Antonini氏であり、同機関誌の発行地はリヨン[39]におかれた。アントニーニ氏はリヨン在住で、物理の教師でもあり、八〇年代より、多くのハイクに関する書物を著している。[40]

初刈り入れ／年の錆／消えて行く草の中　　ジャン・アントニーニ
premier faudage/ la rouille de l'année/ disparaît dans l'herbe
古びた十字架／二またの道角に／どちらの道がよいのやら　　ジャン・アントニーニ
vieux calvaire/ au carrefour de deux routes/ laquelle choisir ?[41]

フランス俳句協会では、二〇〇四年九月、ナンシーで第一回フランス語圏ハイク大会Festival francophone de haikuが開催され、二〇一〇年一〇月三日間にわたり第四回大会がリヨンで催された。第五回は二〇一二年一〇月に南仏マルティーグで予定され、活発な活動が続いている。なおフランス俳句協会では、トレマを付したHaïkuの名称を採用している。フランス語で書くフランス語圏のハイク振興の意図が読み取れる。

二　フランス詩における季節を表す詞

最後に、「季語」と「俳句の国際化」について、少しばかり考えてみたい。

佐藤和夫氏は「日本人の俳句観と外国人の俳句観の相違で一番問題になるのは『季語』であり、日本人は「歳時記は俳句理解の基本である」と考えている、と述べられている。[42]

そもそも、フランスの詩において、「季節を表す詞」はあるといえるだろうか。その答えは即座には難しい。そこで、一例として、ボードレール『悪の華』Charles Baudelaire, *Les Fleurs du Mal*（1857, 1861, 1868）に収められた詩篇には、季節を表す言葉はどのように表出されているかを見てみる。『悪の華』については、詩篇全篇にわたりすでに定評のある注釈を目配りよく網羅検討した上での周到な註釈を施した京都大学人文科学研究科・多田道太郎編『悪の花（註釈）』[43]の存在は、こうした問題を見渡すにまことに好都合である。同書の註釈を全面的に参照・引用させていただき、季節と関連ある語がどのように表されているか詩篇ごとに試みに抽出する。ただし、その語・表現の多くは、暗喩、隠喩、直喩としての使命を負っており、それらの語をあげていることをお断りしておく。なお、各詩篇の注釈者名は注に記させていただき、煩雑さを省くため引用・抜粋にいちいち「　」を付さなかったこともお断りする。詩篇中の詩句の訳を〈　〉で、また、何行目の詩句であるかをvで記すが、詩句原文は同書を参照していただきたい。同じ詩篇に複数の季節が表出される場合もあるが、配列はできる限り詩句の順序に従った。

［一］　III　高翔　ELEVATION

雲雀　alouettes（v.17）[春]〈幸いなるかな、その思いは、雲雀のように〉

「雲雀」は、バシュラールがいうように、「大気」と「上昇」を暗喩する最も中心的なイマージュであり、「軽やかな想像力のうちにのみ自らの生を見出す純粋な精神的イマージュ」[44]。

［二］　LXXX　虚無の味わい　LE GOUT DU NEANT

春の香り　odeur du printemps（v.10）[春]〈すばらしい「春」はその香りを失った〉

讃むべき春、めでたき春。かぐわしき春。[45]

［三］ XIX 巨大な女 LA GEANTE

有害な（強烈な）陽射 soleils malsains（v.11-12）夏 〈また時には夏に、有害な陽射が、／疲れた彼女を野に横たえさせるとき〉

夏の強烈な太陽は生物を疲れさせ、健康に悪いmalsainsが、それは繁殖と快楽の季節でもある。▼46

［四］ X 敵 L'ENNEMI

赤い実 fruits vermeils（v.4）秋 〈おれの庭には、赤い実がわずかに散らばるのみ。〉

思想の秋 autonomne des idées（v.5）秋 〈今はすでに、思想の秋。〉

果実（作品）の収穫、成熟の秋であり、詩人の「思想」はすでに熟し、取り入れの時期である。にもかかわらず、自分の「庭」にあるのは、わずかばかりの「赤い実」にすぎない。収穫を望んで、すでに荒れ果た「おれの庭」（思想の土壌）の荒地に、詩人はクワを入れ、新しい花が咲くのを夢見る。▼47

［五］ XL イツモ同ジク SEMPER EADEM

収穫vendage（v.3）秋 〈私たちの心がひとたび収穫《とりいれ》をすませてしまえば、／生きることはひとつの苦しみ。〉

ここでは恋のとりいれ。恋のとりいれが終ったという了解と、人生のたそがれにさしかかったという感慨が重なり合う。「敵」（X）の秋のテーマとは異なり、ここではすでに収穫は終っている。▼48

［六］ XXII 他郷の香り PARFUM EXOTIQUE

秋の暖かい夕べ soir chaud d'automne（v.1）秋 〈秋の暖かい夕べに／両の目を閉じて．〉

緑のタマリンド　verts tamariniers,（v.12）秋〈緑のタマリンドの匂が〉

夏が短いということがボードレールにとって、いわば強迫観念だったことは、「秋の歌」（LVI）の最初の詩節でも明らかである、夏の名残のようなあたたかい秋の日。愛もすでに凋落のなかにある。タマリンドは、熱帯産の常緑喬木、マメ科。街路樹、庭樹として用いられる。さや状の豆果を結び、その実はタマリンドの果汁、清涼飲料、菓子、薬、香料等に用いられる。▼49

［七］　LXIV　猫　LES CHATS

成熟の季節　mûre saison（v.2）秋〈ひとしくすきになるのだ成熟の季節になれば／家の誇りである力強くてやさしい猫を〉

「成熟の季節」は、「中年、分別ざかりの年齢」âge mûrの詩的な言いかえであるが、同時に恋と学問にひたすら打ち込んできた連中にとっての「収穫の時期」すなわち「秋」をも喚起するだろう。▼50

［八］　LV　おしゃべり　CAUSERIE

美しい秋の空　beau ciel d'automne（v.1）秋〈あなたは美しい秋の空、ばら色に明るく澄んでいる！〉

秋はうつろいやすく、いくつもの顔を持つ。初秋の美しい空、霧や霞の出る前の季節のものであろう。「秋の歌」など、ボードレール詩篇では、「よく晴れた秋の日」と太陽とがしばしば等置される。秋の空は明るくばら色clair et roseで、太陽の光と結びついている。曇りも霞もなく、陽光で自然に柔いでいる空。▼51

［九］　L　曇り空　CIEL BROUILLE

曇り空　ciel brouillé　秋　タイトル

雪　neige　霜　霧氷　frimas（v.14-15）冬〈きみの雪、きみの霜をも／冷酷無残な冬から引き出せるだろうか〉

冷酷無残な冬　l'implacable hiver　冬

太陽が燃えるために、霧の幕はつきやぶられ、遠く見晴るかす地平線が見える。詩の視野は、一挙にひろがる。

共和暦の呼び名ではbrumaire[52]（一〇月～一一月）、frimaire（一一月～一二月）というように、brume靄はfrimas（霧氷）に至り、冷酷な冬の季節に突入する。冬は、女の老い、女の残酷さを思わせる。老いが少しずつ、女を凍らせてゆく。冬（老い）にいたる予感が、「曇り空」でもあるだろう。[53]

［一〇］LVI　CHANT D'AUTOMNE（秋の歌）

まばゆい光り　vive clarté（v.2）夏〈あまりに短すぎた私たちの真夏の、まばゆい光り〉

clairという形容詞は明るさおよび伝統的に「はっきりした澄んだ音」でもあり、乾いた空気のなかに、光りが生き生きと跳ねて高い響きを発している。

薪の束　le bois（v.4）秋〈中庭の敷石に落ちて、／いやな手応えで、甲高い響きを立てる薪の束が〉

八月でも寒い日のあるパリの気候のことだから、秋は薪をよく準備して、春までの長い月日にそなえてなくてはならない季節である。アパルトマンの建物が四方から囲っている、木も草花も植わっていない殺風景な中庭に、薪を運んでくる馬車が入り荷をおろす。薪の買い手は、裏階段から中庭まで降りてきて、めいめいの住まいまで薪を運び上げる。

薪の荷降ろしが始まり、薪の束は、にぶい、不吉な死の影を秘めた衝撃を敷石に加える。中庭をとりかこむ四方のアパルトマンの壁に、窓に、音が反響し、甲高い響きを立てる。

憤怒colère, 憎しみhaine、悪寒frissons 怯えhorreur、見過ぎ世過ぎの辛い仕事 labeur dur et forcé（v.5-6）[冬]
〈冬がそっくり全部、いまにも私の生活に戻ってくる―憤怒も、憎しみも、悪寒も・・・〉
この五要素は、冬の内面的価値として提示された「冬」の言いかえとなっている。一種の隠喩である。悪寒は感冒の前触れ。▼54

［一一］C 無題

老木 vieux arbres（v.5）[秋]
枝下し庭師 émondeur（v.5）[秋]
陰鬱な風 vent mélancolique（v.6）[秋]〈庭師さながら 老木の枯葉をおろす「十月」が／陰鬱な風を その墓石のまわりに吹きつけるとき〉
炉辺の薪の口笛 La bûche siffle et chante（v.15）〈炉辺で薪が口笛を吹いて歌うところ〉
青く冷たい夜 nuit bleue et froide（v.17）冬〈一二月の青く冷たい夜〉
「十月」を擬人化して「庭師」にたとえている。枝下ろし職人。「青い夜」は夜の冷たく澄み切った空気。▼55

［一二］XVII 美 LA BEAUTE

雪の心臓 coeur de neige（v.6）冬
白鳥 cygne（v.6）[冬]〈雪の心臓を白鳥の白さla blancheur des cygnes に結び合わせる〉
「雪の心臓」と「白鳥の白さ」の結合は大理石の彫像、白い肌の冷たい美女を想像させる。なお、阿部良雄氏は「雪の心」と訳されている。冷たさと白のイマージュ。「白」は、ギリシアの石像を呼び起こすと同時に、文字の

書かれていない紙、無言を想起させる。▼56

［一三］ VI 燈台 LES PHARES

謝肉祭 carnaval（v.21）冬 〈この謝肉祭では貴顕紳士の群が／蝶のようにきらびやかにさまよい歩き〉

謝肉祭に雅やかな貴族の男女たちが集う。蝶のように華やかであるが、まだ灯火のまわりに集って炎に身を焼かれる夜の蝶（蛾）の悲しさをただよわせている。謝肉祭は、ローマ時代の春迎えの農耕儀礼の継承と言われる。▼57

［一四］ VIII 身を売るミューズ LA MUSE VENALE

北風 Borées（v.2）冬 〈「一月」が［北風］を放つときには〉

雪の夜々 neigeuses soirées（v.3）冬 〈雪の夜々の黒々とした倦怠の続くあいだ〉

薪の燃えさし tison（v.4）冬 〈お前の紫色になった両足を暖める薪の燃えさし〉

Boréeはギリシア神話の北風の神ボレアス。貧しい詩人にとってつらい冬だが、冬は詩人の想像力が花咲く季節でもある。▼58

［一五］ LXXIV ひびわれた鐘 LA CLOCHE FELEE

ぱちぱちと爆ぜては燻る火 feu qui palpite et qui fume,（v.2）冬

霧 brume（v.4）冬 〈冬の夜毎に、／ぱちぱちと爆ぜては燻る火の傍で／霧のなかに鳴っているカリヨンの音とともに〉、

冬の夜毎の暖炉の火。feuは火＝暖炉で象徴される懐かしい家庭のイマージュ。暗い室内の暖炉の炎。静かさ

と夜霧。アンティミスト的な雪 neigeと家庭の室内の情景に近い。▼59

［一六］ LXXV　憂鬱　SPLEEN

苛立った雨月　Pluviôse, irrité（v.1）冬〈雨月が、都市の全体に腹を立てて、〉

霧深い場末町　faubourgs brumeux（v.4）冬〈霧深い場末町には死の運命を降らせる。〉

「雨月」はフランス革命の際の共和暦（一七九三―一八〇六）の五番目の月。現在の一月下旬から二月中旬まで。真冬。老いと死の季節である冬。雨のイマージュは激動の時代、死者の骨を納めて埋葬する「壺」urneとともに死のイマージュをも呼び起こす。非衛生で日当たりの悪い冬のパリの「場末町」には死者が相次ぐ。▼60

［一七］ LXXXVI　風景　PAYSAGE

単調な雪　neiges monotones（v.14）冬〈そして単調な雪が降り続く冬が来たら〉、

閉ざされた鎧戸　volets fermés（v.15）冬〈私は至るところ扉には幕を窓には鎧戸を閉ざし〉

窓の外に単調な雪が降り続く冬の季節に夢想の世界は築かれるということ。だが冬は同時に暴動émeuteの吹き荒れる季節でもある。▼61

［一八］ CI　霧と雨　BRUMES ET PLUIES

霧　brumes　タイトル　冬

霧氷　frimas（v.10）冬〈霧氷が前からずっと降りつもる心にとって〉

雨　pluie　冬　タイトル

晩秋、秋の終り　fins d'automne,（v.1）[秋]〈おお秋の終り、冬、ぬかるみの早春、〉
ぬかるみの早春　printemps trempés de boue,（v.1）[春]
冷たい疾風　autan froid（v.5）[冬]〈冷たい疾風がたわむれているこの大平原では〉
夜長　longues nuits（v.6）[冬]
風見（鶏）girouette（v.6）〈長い夜のあいだ風見鶏がしわがれ声で鳴き〉
鴉の翼　ailes de corbeau（v.8）〈その鴉の翼を広げることだろう〉
蒼白い季節　blafardes saisons（v.11）[冬]〈おお蒼白い季節、われらの風土の女王たちよ、〉
春の訪れ、再生　renouveau（v.7）[春]〈わたしの魂は、なまぬるい春よりもずっと〉

ここでの「霧」brumeは海上のガスまたは高所に立ち込める霧。地上の人間を包み込む「低い霧」brouillardもある。「霧」「雨」「冬」「寒さ」などは「憂鬱」の各編および「雨月が……」（LVI）でも冬のいとわしさを強調していると同時に、苦しみを眠らせるendormeuse冬の夜長の楽しみもある。

「疾風」autanは本来は南仏で吹く南または南西の強い風。詩語として「烈風」の意。

「蒼白い季節」は輝きのない生命感に乏しい色合い。季節の擬人化。「鴉」「黒」「死」の連想を含む。「経帷子」linceul（v.4）も「墓」tombeauも冬の季節感である死の形象化である。

「春の訪れ、再生」renouveauは春を讃える伝統的季節感を表す詩語。▼62

以上はボードレールの隠喩としての季節感であるに過ぎない。ごらんの通り、ほとんどが、秋・冬であり、春は稀にしか現れない。しかし、中世以来、春の花「サンザシ」（野萩）aubépineや「鈴蘭」muguetは愛の花としてフランス詩によく詠われているようだし、ロマン主義時代には百合や野の花が、世紀末・ベル・エポックにはリラ、マロニエなどが挙げられる。また、ルネ・モーブラン『ハイカイ百選』（一九三四）には、動物と人間、自然、四季、アルジェの砂漠、ブルターニュの海、戦争、親友の死といったさまざまなテーマを通しての感性の拡がりが感じられる。[63] こうした点については機会を改めて、論じたい。

フランスでは、ケルヴェルヌ氏によって、『歳時記』が〈日本詩暦大全〉*Grand Almanach poétique japonais*として『雪の朝』（新年）、『獺の目覚め』（春）、『七夕』（夏）、『西空に月薄し』（秋）、『北の風』[64]（冬）の五冊に翻訳されている。この翻訳は水原秋桜子、加藤楸邨、山本健吉編監修『日本大歳時記』（講談社、一九八二）を基礎にし、時候、天文、地理、動物、植物に分類されている。（図版2・3参照）

二一世紀の今後、国際ハイクはどのように発展していくのか。「季語」に関しては、従来の定まった日本の「季語」観念にとらわれず、夏石番矢氏も言われるよう、自然環境、文化の垣根を越えての「セン

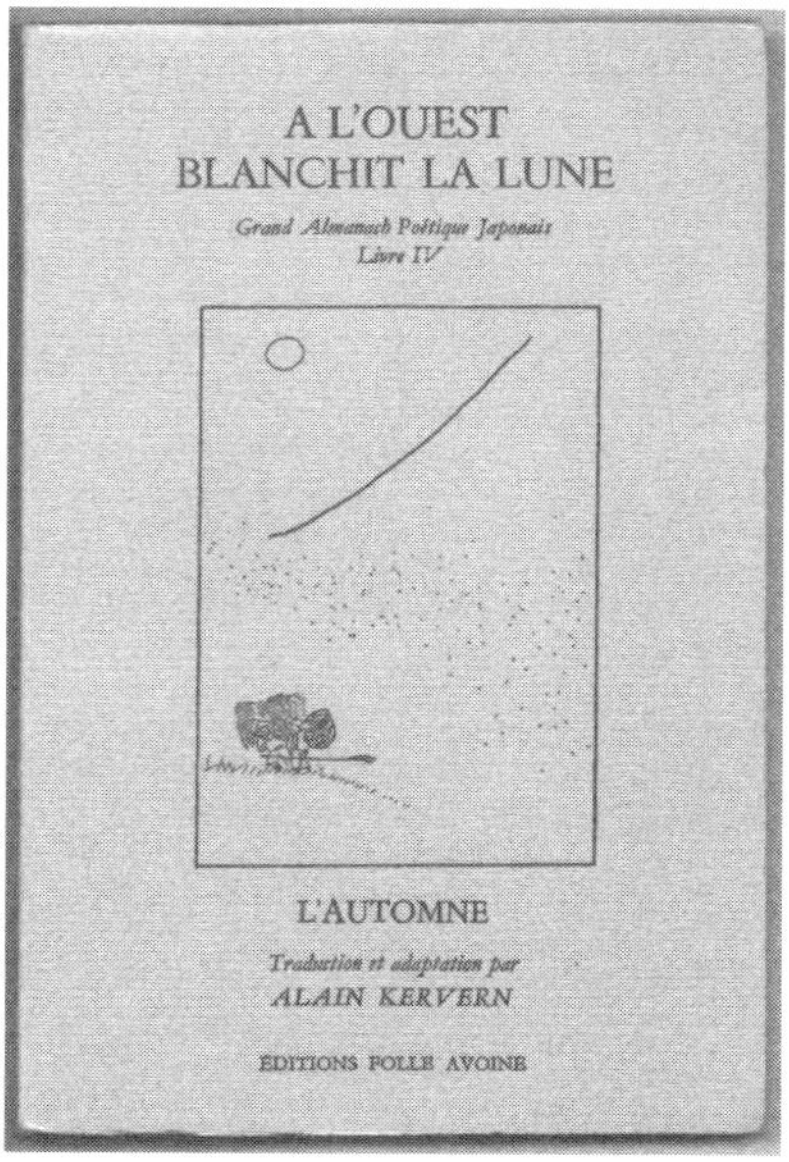

図版２　ケルヴェルン編訳『歳時記 西空に月薄し（秋）』1992　表紙

図版３　ケルヴェルン編訳『同』中表紙

シビリティーの開拓[65]」を期待したい。人間洞察、イロニー、警句、人生の隠れた側面[66]、わび・さびと対極をなす反戦、反体制などなど、現代の国際ハイクのテーマは広がっている。またここでは触れなかったが、俳句のサンタックスと前衛詩の関わりなどもあり、その可能性はさまざまである。しかし今回拙論でボードレールを例にフランス詩における季節を表す詞を抽出し、季節・自然と人とのあり方におけるフランスと日本の大きな隔たりを目の当たりにするとき、パトリック・ブランシュが引用するミッシェル・ジュルダンの言葉、つまり、「文学的に見て、自分たちは俳句作者だと主張する」現代の作家たちは、「樹木を切り出すとき樹木は穏やかであったが、斧は青ゲラの叫びにも似た音を立てていたことに気づいただろうか。[67]」という問をどう乗り超えたと説明したらよいのか。今回はクローデル、モーブランなどについても触れられなかった。

また、日本語表記として「国際ハイク」というより「国際俳句」でよいのではないかとする木村聡雄氏の見解[68]も、今後の国際ハイクをどのように位置づけていくかを問う問題であろう。

注

(1) Inadzma no Kayna wo/ Karan Kœsa Makœra

(2) 内田園生『世界に広がる俳句』、角川学芸出版、五七頁。

(3) 佐藤和夫『海を越えた俳句』、丸善株式会社、平成三年、三七頁には、アストンはそれ以前に、『日本語文法』(明治一〇年)の中で、俳句に多少言及していると記されている。

(4) チェンバレンは、『日本口語案内』*A Handbook of Colloquial Japanese*, 2ed ed., London; Trübner & Co., Tokyo, The Hakubunsya, 1889, p.454に、芭蕉、千代女等の四句を採録解説している。詳しくは後注(5)邦訳書、一四六頁。

(5) Paul-Louis Couchoud, *Sages et Poètes d'Asie*, Paris, Calmann-Lévy, 1916.

［邦訳］ポール＝ルイ・クーシュー著、金子美都子・柴田依子共訳『明治日本の詩と戦争―アジアの賢人と詩人』、みすず書房、一九九九年、「訳者解説」（金子美都子）二八一―三〇一頁。

（6）注（5）参照。

（7）その後ソルボンヌで精神医学を修め、医学博士となった。また一九一二年三月から再来日し、数ヶ月滞在している。

（8）拙稿「『レ・レットル』とフェルナン・グレッグ―フランスにおける日本詩歌受容とサンボリスムの危機―（上）」、東大比較文学会編『比較文学研究』第七八号、二〇〇一年八月。「同」（下）『同誌』第七九号、二〇〇二年二月。

（9）クーシュー前掲書、p.83. 邦訳書、七五頁。

（10）邦訳書、三七頁。

（11）同書、一三八頁。

（12）注（8）前掲拙稿。

（13）邦訳書、一三八頁。

（14）オリジナルは私家版であるが、近年*Au fil de l'eau, edition établie par Eric Dussert*, Mille et une nuits, 2004.として出版された。

（15）クーシュー前掲書、p.133.

（16）Julien Vocance, Cent Visions de guerre, *La Grande revue*, no 5 mai 1916, p.425, p.427, p.431. *Le Livre des Haï-kaï*, p.17, p.20, p.25.なお、各詩篇末尾の数字は「戦争百景」中の順序を表わすため筆者が便宜上付した。

（17）Julien Vocance, *Le Livre* des Haï-kaï, Société Française d'Editions Littéraires et Techniques, Paris, 1937.

（18）拙稿「ジュリアン・ヴォカンス絶え間なく続く命の讃歌――フランスにおける日本詩歌受容とリヨンのエスプリ」（上）『比較文学研究』第八三号、二〇〇四年二月、「同」（下）『同誌』第八五号、二〇〇五年四月。

（19）Art Poétique, *La Connaissance*, juin 1921, p.489.

（20）*Anthologie de la poésie japonaise*, Paris, Liblairie Orientaliste Paul Geuthner, 1935, p.XXX-XXXV.

（21）*Ibid.*, p.142.

（22）Patrick Blanche, Simple coup d'oeil sur le Haiku en France, in『俳句とフランスにおける短詩型文学』*Le Haiku et la forme brève en poésie française*, Ensemble réuni par André Delteil; Publication de l'Université de Provence, 1991, Nouvelle édition, 2001. p.29.

(23) *Ibid.*,p.29.
(24) Le Haïku, Poème des Saisons, *Cahiers du Sud*, No.305, Tome XXXIII, 1er semestre 1951.
(25) *Ibid., Cahiers du Sud*, p. 3.
(26) *Ibid.*, p.4.
(27) *Ibid.*, p.4-5.
(28) Conrad Meili Le Haïku et le sentiment de la nature, *Ibid.*, p.6.
(29) *Ibid.*, p.8.
(30) *Ibid.*, pp. 10-11.
(31) *Ibid.*, p.40.
(32) *Ibid.*, p.8.
(33) *Ibid.*, .pp. 10-11.
(34) Patrick Blanche, *op. cit.*, p.30
(35) *Fourmi sans ombre ; Le livre du haïku*, Paris, Phébus, 1978.
(36) *Haïku*, Fayard, 1978.
(37) *Matsuo Bashô, Cent cinq haïkaï*, traduit par Koumiko Muraoka et Fouad El-Etr, Paris, La Délirante,1979.
(38) haiku sans frontière http://pages.infinit.net/haiku/france.htm 2009/02/08
なお同名の書籍*HAIKU sans frontière une anthologie mondiale, sous la direction d'André Duhaime*, Canada, Les Editions David, 1998.は、当サイトをまとめて出版したものであるが、シポ氏の項は記されていない。
(39) 10 Rue Saint-Polycarpe, F-69001 Lyon. なお、雑誌の発行地は次々に移動する。
(40) Op.cit., *HAIKU sans frontière*, p.258.
(41) *Ibid*, pp. 258-259.
(42) 佐藤和夫『海を越えた俳句』、丸善株式会社、平成三年、二三五頁。
(43) 京都大学人文科学研究科・多田道太郎編『悪の花（註釈）』上・中・下、平凡社、一九八八年。
(44) 同書、五〇頁。宇佐美斉氏注釈
(45) 同書、八一五頁。松本勤氏注釈

（46）同書、二二一―二二二頁。西川長夫氏注釈
（47）同書、一三〇頁。竹内成明氏注釈
（48）同書、四〇四頁。松本勤氏注釈
（49）同書、二五一―二五二頁。杉本秀太郎氏注釈
（50）同書、七〇〇頁。宇佐美斉氏注釈
（51）同書、五八〇―五八一頁。多田道太郎氏注釈
（52）多田氏註釈には次のように書かれている。冬が冷酷であるというのは常識だが、ボードレールは次のような意見を述べている。これは一八五九年八月二六日付の宛名のない手紙中の文章である。「人が人生の経験をつみ、高いところから物事を見るようになると、世間が一致して美と呼んでいるものも、その重要性を失い、官能性やそのほかのごたごたをも失ってしまうのです。もう目の覚めた、明晰な意識からすると、あらゆる季節にはそれぞれの値打ちがあります。そして冬は、かならずしも最悪のものではなく、やはりどこかすばらしいところがあるのです。」同書、（五〇〇―五〇一頁）
（53）同書、五〇〇頁。多田道太郎氏注釈
（54）同書、五九三―五九四頁。杉本秀太郎氏注釈
（55）同書、一〇五三―一〇五五頁。宇佐美斉氏注釈
（56）同書、二〇二頁。松本勤氏注釈
阿部良雄『ボードレール全集』I、筑摩書房、一九八三年、一七頁。
（57）同書、八九―九〇頁。西川長夫氏注釈
（58）同書、一一五頁。西川長夫氏注釈
（59）同書、七六一頁。西川長夫氏注釈
（60）同書、七七二頁。湯浅康正氏注釈
（61）同書、八八二―八八三頁。西川長夫氏注釈
（62）同書、一〇五八―一〇六九頁。湯浅康正氏注釈
（63）山田哲夫『花の詩史』、大修館書店、一九九二年、四―二六頁、二三七頁、三〇五頁、三二八頁。
堀口大学『季節と詩心』第一書房、一九三五年、（講談社二〇〇七年、一四九頁）。
（64）*Matin de neige*, Le nouvel an, Livre I, traduction et adaptation par Alain Kervern, Editions Folle Avoine, 1988.

Le Réveil de la loutre, Le Printemps, Livre II,1990. *La Tisserande et le bouvier*, L'Eté, Livre III, 1992. *A l'ouest blanchit la lune*, Livre IV, 1992. *Le Vent du nord*, L'Hiver, Livre V, 1994.

（65）「地球に翔く俳句」 Banya Natsuishi, Le Haiku à vocation planétaire, *Le Monde*, 23 août, 1999.

（66） A. Kervern, La face cachée de la vie, in op.cit., ***HAIKU** sans frontière*, pp. 9-14.

（67） P. Blanche, op.cit., p.31. Michel Jourdan *Le bois brut de la maison du thé et de la barque*, Denoël, 1984.
なお前衛詩との関わりに関して、金子美都子『ル・パンプル（葡萄の枝）』誌とルネ・モーブラン―戦禍の街ランス一九二〇年代の日本詩歌受容と『ル・グラン・ジュウ』の胎動（上）」、東大比較文学会編『比較文学研究』第八九号、二〇〇七年五月、「同（下）」、同誌第九二号、二〇〇八年一一月を参照いただきたい。

（68）「国際俳句の領域」、『現代俳句』、平成一八年五月号、三四頁。

ドイツ歳時記と四季の詞

竹田賢治
Kenji TAKEDA

季節の一つも探り出したらんは後世によき賜(『去来抄』)

俳句は世界中で作られており、ドイツ語圏の国々でも一九八八年に俳句協会が設立され盛んに実作が行われている。五七五の拍、季題ないしは季語、切れ字という俳句の基本的条件も充分に認識されている。四季別に分類した句集もたくさん出版されているが、俳句『歳時記』は未だ刊行されていない。本論はドイツ語俳句を手がかりとして、季題や季語を選んでみたもので、日本では始めての試みであろうと思われる。

はじめに

本稿は筆者の過去の学術論文[1]を再構築し、主としてドイツ語俳句を手がかりとして、ドイツ語圏の国々の季節の詞をさぐってみようとしたものである。「ドイツ歳時記」作成に始めて着手したのは、ドイツの俳句作家で俳句研究家でもあるザビーネ・ゾムマーカンプ(Sabine Sommerkamp)女史であるが、女史のこの研究は未完のままである。[2] 日本側では、筑波大学名誉教授の加藤慶二氏と大正大学のウェルナー・シャウマン(Werner Schaumann)教授によって、高濱虚子の『新歳時記　虚子編　ハイク・花鳥諷詠』(三省堂)がドイツ語に訳された—Singen von Blüte und Vogel,(永田書房、二〇〇四年)。その間、一九八八年にはカール・ハインツ・クルツ(Karl Heinz Kurz, 1920-1993)氏の協力のもとで、ドイツ俳句協会(Deutshe Haiku Gesellschaft)が設立され、マルグレート・ブアーシャーパー(Margret Beuerschaper)女史が初代会長に就任した（二〇〇三年まで）。「季刊誌」（Vierteljahresschrift der Deutschen Haiku - Gesellschaft）も発行され、二〇一一年六月現在、通巻で九三号、二〇〇五年の第七一号からは、芭蕉の「夏草や」の句にちなんで「夏草」（Sommergras）と改名された。現会長はゲオルゲス・ハルトマン（Georges Hartmann）氏で、会員数は二〇四人である。会員以外にも俳句の実作者は一〇〇〇名ほど居ると言われる。[3] 既にハンブルク・ハイク出版社（Hamburger Haiku Verlag）から五冊の俳句年鑑（句を四季別に区分）と二冊の俳論集が、ヴォルケンパート（Wolkenpfad）という出版社から四冊の俳句年鑑が出ており、そこには最近の俳句が載せられている。また、ドイツ俳句協会(http@www.haiku.de)にアクセスすると、最新の俳句はもとより、季語、さらには、現代ドイツ俳句界の事情を知ることができる。したがって、現在では、ドイツ語俳句の季語も確定されつつある、と言ってもいい。ただ、日本の歳時記や季寄せのようなまとまったものは未だ見ていない。但し、日本では既に『ヨーロッパ俳句選集』（内容はドイツ語俳句。坂西八郎、H・フッシー 他編、デーリィマン社、一九七九）が出版されていて、本書の第二部に掲載された一九七句が四季別に分類されているので、これは最初の「ドイツ歳時記」と言えるかも知れない。

ドイツ語俳句の要件として、三行十七シラブルの短詩の中に、深い意味が込められていなければならないということがあるが、俳句はまた自然をテーマとした詩（Naturlyrik）でなければならないという認識から、俳句に季節を読み込むこともその条件のひとつとされている。[4]「リンゴの花」に託するドイツ人の春の到来への思いは、われわれの「桜の花」へのそれに通じるものがあるだろう。「クリスマス・ツリー」に寄せるドイツ人の心情は我が国の「門松」以上に深いかも知れない。これらの季節感に富んだことばを集めてみることは、ドイツ文学・文化理解へのひとつの手がかりになると思われる。

一　季語の発見

ドイツ語圏の人々が季語の存在に気がついたのはいつ頃のことであったか。俳句を含めた日本詩歌のはじめてのドイツ語訳の単行本は、カール・フローレンツの『東洋からの詩人の挨拶』（Karl Florenz, 1865-1939, Dichtergrüße aus dem Osten. 1894, 明治二七）であるが、ここには詩歌の独訳が載せられているばかりで、短歌や俳句についての解説はなく、したがって、季語への言及はない。気にかかるのは同じくフローレンツの『日本文学史』（Geschichte der japanischen Litteratur. 1906. 明治三九）であるが、これはあまりにも大作のため、季語の記述があるかどうかは未だ調べていない。

これに次ぐまとまったものとしては、ヴィルヘルム・グンデルトの『日本の文学』（Wilhelm Gundert, 1880-1971, Die japanische Literatur. 1929, 昭和四）がある。本書には、季語（Jahreszeitenwort）という訳語は使われていないが、季語を的確に説明した箇所がある――

「梅の花、鶯、梅雨、蛍、こおろぎ、秋の月、あるいは吉野や富士といった地名はただ一回きりのものを表しているのではなく、一般的に定着した体験の複合観念であって、これらに比べ得るわれわれのことばとしては、せいぜい「クリスマス」くらいなものであろう。[5]」

これは、おそらくドイツ人による季語への言及のごく早い時期のものとして注目される文章ではないかと思われる。

昭和一一（一九三六）年に渡欧した高浜虚子（一八七四―一九五九）は、ヨーロッパの自然に接しても作句する気持になれない理由を次のように述懐している――

「これらは天然其物、季節其物の感じが日本とは違ってゐるのか、又は其の天然、季節に対する人々の感じが違ってゐるのか、とにかくそこに俳句といふやうな花鳥風月を詠ふ詩を生み出すべき原因が欠けてゐるやうに思はれました。今日まで西洋に花鳥諷詠詩といふものが興らなかったといふ事も、矢張りさうであるべき運命であったのかと思はれました。尠なくとも今の所、「季寄せ」「歳時記」といふものが制定されず人々をして人間生活の外に花鳥風月の世界のある事を知るに至らしめない原因があることを思はしめました。▼6」

この体験をもとにして、俳句を季題を詠む詩としてヨーロッパに紹介するために、虚子は帰国後（昭和一三、一九三八年）、俳誌『誹諧』を創刊し、みずからの句の英独仏の三カ国語による解説と翻訳を載せる。独訳に関与したのは、ドイツ文学者手塚杜美王（富雄）と日本学者ヘルベルト・ツァハートである。ツァハートは『誹諧』第一号に「明治より現代への俳句」という論文を寄せたが、この中ではっきりと「季語」ということばが使われている。少し長くなるが、俳句の特色をよく把えた文章なので引用する――

「俳句は三節より成る十七音の短詩である。内容より云へば、「自然を詠ずる叙情詩」（Naturlyrik）と名付くべきであらう。春、三月、花、暑さ、落葉、雪、自然の循環の中に継起する無数の現象を詩作の対象とし、それによって惹き起された感動を詩人は詠ふのである。単に直接の自然現象を詠ふ許りでなく、人間生活をもその題材とするが、それは自然の循環に規定され抱攝された、自然現象の一環としての人間生活を歌ふので、小説、戯曲等とはその領域を異にする。此処に何よりも強調しなければならないのは、日本に於ける自然の季節現象の変化が独逸等に於けるより遙かに顕著である云ふ事である。即ち日本人は季節のリズムに触るることが我々よりは遙かに密接で、それに対する感受力も我々よりは遙かに鋭敏なのである。かく自然は季節それぞれの姿に於て断えずその新しい姿を日本人に示してゐる。この事を認識する時、吾人は始めて、何故俳句に於て所謂季語（Jahreszeitenwörter）が欠くべからざるものとされてゐるかを理解することが出来る。季語とは何か。「桜花」は単にその物の名称であるばかりではなく、俳句に於ては同時にその桜の咲く季節を感じさせ、その季節の空気、温度、湿度、明暗等までも、触知せしめる機関となるのである。此言葉の存在によって俳句はその描写に於て、その鑑賞に於て、より具体的なる自然へと肉迫する。各々の俳句はそれぞれ独立のテーマを有ちながら、此の季語を通じて吾人の殆ど予想出来ない様な広い想像の世界に結ばれるのである。此の連想の世界を枠とし背景として優れた俳句は自然の生きた描写をなし生きた感動を伝へ得て居るのである。実に此の点に此の十七音の短詩がその無限の効果を惹き起し得る秘密が存するのである。[7]」

ドイツ語圏ではじめて（一九六二年）本格的な句集を出版したのは、オーストリアの女流作家ボードマースホーフであった（Imma Bodmershof, 1895-1982, Haiku. Albert Langen / Georg Müller）が、彼女に俳句創作のきっかけをつくったのは二つの日本詩歌の訳詩集、ロートタウシャー（Anna von Rottauscher, 1892-1970）の『黄菊』（一九三九年）、ハウスマン（Manfred Hausmann, 1898-1986）の『愛、死、満月の夜』（Liebe, Tod und Vollmondnächte, Japanische Dedichte, 一九五一年）である。『黄菊』には次のような記述がある―

「俳句の規則によれば、どの句にも季節が述べられるか、暗示されねばならない、とされている。それ故に、桜ということばは単に花咲く木を意味するのではなく、春の自然の華やかさの一部をなしているのである。雁は秋になったことのみを表現するのではなく、同時にそれは秋の寂しさを、老いのはじまりへの自覚をも暗示しているかも知れないのである。[8]」（ロートタウシャー）

ここには、たしかに季節への言及はあっても、「季語」ということばは使われていない。

ハウスマンの著書以後に一般的な読者を獲得した日本詩歌の訳詩集としては、ウーレンブローク（Jan Ulenbrook）の『俳句、日本の三行詩』（一九六〇年）、クーデンホーフ（Gerolf Coudenhove, 1896-1978）の『日本の四季』（一九六三年）、ヤーン（Erwin Jahn, 1890-1964）の『散りゆく花』（一九六八年）、そして、クルーシェ（Dietrich Krusche）の『俳句、叙情詩の諸条件』（一九七〇年）が挙げられるが、これらの書物における季語への言及を次に見てみよう―

①「個々の発句にはたとえば「春風」や「秋の嵐」といったことばが含まれていていなければならない、という規則がある。これらのことばはひとつの季節を暗示し、発句の基本的な気分を規定する。この規則はわずかな例外を除いて今日でもなお守られている。季節を暗示するこのようなことばは、「季語」(Jahreszeitenwörter) と呼ばれている。[9]」（ウーレンブローク）

②「どの俳句も五つの季節（新年、春、夏、秋、冬）に関係していなければならず、季節は自然の事象、行事、時候、植物、動物などにおいて明確に表現されるか、少なくとも、暗示されねばならない。それによって、当該の季節感情が読者と聴き手の中で呼びさまされるのである。[10]」（クーデンホーフ）

③「季節は日本詩歌のはじめから、その本質を形成してきたものである。一七～一八世紀の古典俳句では、わずかな例外を除いて、いわゆる「季語」(Jahreszeitenwort) は不可欠のものであった。[11]」（ヤーン）

④「どこまでも自然とかかわる生活を表現する俳句に首尾一貫していることは、何よりもそれが季節を表現しているということである。季節の体験は、人間の自然にたいする具体的関係に他ならない。日本の俳句は自然と分かち難く結びついているが故に、それはまた季節と結合しているのである。[12]」（クルーシェ）

以上の引用からも明らかなように、季語ということばが使われていない解説もあるが、少なくとも、俳句では季節が重要な要素であるということは、ドイツでもごく早い時期から現在にいたるまで充分に認識されてきた。しかし、その間、虚子の努力があったにもかかわらず、この認識は季語の醸成というところまでには至らなかったようである。ドイツで連歌や俳句の普及に貢献された荒木忠男氏（元フランクフルト総領事、元ケルン日本文化会館館長、一九三二―二〇〇〇）は次のような報告をしている―

「ドイツ語の俳句作家との対話を通じて分かったことだが、彼らのあいだで季語の重要性は確立されていない。その真因は、日本と中欧の気候風土の違いというよりは、第一に彼らがあまりにも自己主張的で観念的叙情詩に傾き、俳諧の座とか連衆の習わしを識らないため、体験の共有(互選)により季語が育つということがない。第二に厳格な詩法を踏まえたドイツ語の伝統に対する反逆、あるいは、伝統からの自己解放として俳句に没頭しているため、歌枕や俳枕に支えられた季語の醸成が不可解である、との点にあるようだ。

例えばゲーテは、若き日に瞥見した蛍のことを『詩と真実』に記し、その蛍はゲーテがライプチッヒへ留学の途次立ち寄ったゲルンハウゼンの町にいまでも現れるが、芭蕉が西行への思慕の念に駆られて、「田一枚植ゑて立ち去るえ柳かな」と詠んだことを知るわれわれ日本人としては、なぜドイツ語の俳句で「蛍」という言葉がかりにゲーテを踏まえて季語として昇華しないのか、不思議でならない。ゲーテに対する尊敬の念は、ドイツ人より日本人のほうが大きいのかもしれない。それでは在欧の日本人が欧州文人の跡を訪ねて、伝統的な季語に、ヨーロッパ近代詩の業績を踏まえて、新しい生命を吹きこむことができないものだろうか?[13]」

この文章がはじめて発表されたのは一九八九年(『馬酔木』、九月号)のことであった。これ以前から荒木氏はたびたびドイツの俳句愛好家と交流を重ねておられたから、これと同じ趣旨のことを氏は折りに触れてかの国の俳句作者に進言されていたのであろう。また、さらにこれより先、ホトトギス主宰の稲畑汀子氏はミュンヒェンの俳句作者ギュンター・クリンゲ氏(一九一〇―二〇一〇年)の協力のもと、俳句が季題詩であることをかの地で何度も講演した。[14]

Schneeflocken fallen—
Und sie berühren[15] sich nicht.
Nur daraus lernen.
Günther Klinge

雪片が落ちてゆく
互いに触れ合うこともなく。
ただそこから学ぶのみ。
ギュンター・クリンゲ
(稲畑汀子　俳訳)

雪片の触るゝことなく落ちにけり

このような動きの中で、一九八九年に荒木氏の編集で出版された冊子『ドイツ俳句理論エッセイ集』にドイツ俳句協会会長マルグレート・ブァシャーパー女史は「ドイツ語俳句における季語」という論文を寄せた。[16] さらに、翌一九九〇年には『共同の詩、ドイツ連句アンソロジー』[17] なる報告書が同じく荒木氏の編で出版され、これら二つの報告書は一九九二年には『短詩における独日の出会い』(Deutsch-Japanische Begegnung in Kurzgedichten.)[18] というタイトルで一本にまとめられた。これより先、一九九一、一九九二年には、「ハイクと連句のシムポジウム」がケルンの日本文化会館で催され、その報告書も印刷されている。[19]

したがって先に引用した荒木氏の見解は、現在ではドイツ語俳句界にはかなり浸透し、季語への関心がたかまっていることが考えられる。わが国におけるドイツ語俳句研究の先駆者の一人である坂西八郎氏は、上記のブァシャーパー女史の論文について「これはドイツ語で書かれたはじめての季語論である」と述べている。[20]

さて、ブァシャーパー女史はこの論文の中で、日本の俳句と季節、季語の密接な関係や、歳時記の存在についても触れ、さらに、ドイツにおける俳句のあり方は、一九世紀以来、ドイツ叙情詩の中に存続してきた「自然詩」(Naturlyrik) を継承するものとしている。すなわち、自然観察を瞑想、内省への誘因とし、詩人は自然現象とことばを詩によって総合しようとする存在であるという、自然詩のもつ二つの重要な課題を俳句も担っているという見解である。そして、ドイツ語の季語について彼女は次のように述べている――

「確かに、ドイツ語の季語には日本のような統一された、伝統的な象徴内容はない。季節をあらわす言葉にたいする感情も実感もドイツでは個人的であり、個人の経験、想像力、感覚に左右される。しかし、イメージ豊かな感情のこもった象徴はドイツの季語の中にも隠されている。[21]」

ブァシャーパー女史はドイツ語の季語を日本の歳時記に倣って、①天文・時候、②地理、③行事・習俗・生活④動物、⑤植物に分け、随所に解説を施し、ドイツ語俳句の例句も引用している。本稿は女史のこの論文と彼女が編集した未刊行の『現代ドイツ語俳句選集』[22]、他に三種類の雑誌連載記事、坂本明美『ドイツ歳時記』、宮下啓三『ドイツ文化歳時記』、早川東三『ドイツの暮らし』[23]を基礎にしてドイツ語の季語をこころみに選んでみたものである。早川氏の記事は、『ベリー公の時祷書』が基本的資料となっている。時祷書にはさまざまなものがあるが、そこに描かれている一月から十二月の月ごとのヨーロッパの人々の生活様式には共通したものがあり[24]、これも歳時記のひとつになるのではないかと思われる。

（以下の本文で引用する作品の作者名の後の（B1）、（B2）…は上記のブアーシャーパーの『現代ドイツ語俳句選集』に掲載された作品番号を意味する。俳訳はおおむね筆者による。）

二　春の季語

①天文（Gestirne）・時候（Wetterelemente）

Frühlingsanfang（「春のはじまり」）：三月二一日の春分の頃。

Strahlender Frühling ;
Mars stimmt das Wiegenlied an —
Pflanz den Apfelbaum.

春の陽の閃光
軍神マルスが子守唄を歌いはじめる
りんごの木を植える

閃光や
死にゆく街に
林檎植う

（Wilma Klevinghaus）（B18）（ヴィルマ・クレヴィングハウス）

ブアーシャーパーの解説によれば、この句は一九八六年のチェルノブイリの原発事故を踏まえた作品だと言う。

②地理（Geographie）

Lösendes Eis（「雪解」）

Eis löst sich vom Bach —
klar aus der Tiefe leuchten
braungold die Steine.
(Imma von Bodmershof, Sonnenuhr, 1970.S.12.)

小川の氷がゆるむ—
河底からくっきりと光り出す
褐色に輝く石たち
（イムマ・ボードマースホーフ）

③行事（Feste）・習俗（Bräuche）・生活（Leben）

Ostereier（「復活祭の卵」）：「復活祭の兎」が生み落とすとされる。さまざまに色づけした卵を木の枝に吊したり、両親がそれを庭の植え込みに隠して、子供達がそれを探してよみがえった春の陽光を楽しむ。

Schau mitten im Ei
klein und gelb eine Sonne —
wie kam sie hinein ?▼25
(Imma von Bodmershof)

ごらん卵の真ん中を
小さく黄色に太陽が—
どのように卵の中に入ったのだろう?
（イムマ・ボードマースホーフ）

春なれや
卵の中に
日のひかり

④動物（Tiere）・鳥（Vögel）・虫（Insekten）

Nachtigall（「ナイチンゲール」）

Aufgehender Mond —
der Gesang der Nachtigall
beseelt die Stille.
(Richard W.Heinrich)（B30）

昇る月
啼く鶯の
しずけさよ
（リヒャルト・W・ハインリヒ（一九一一～二〇〇五年））

⑤植物（Blumen, Pflanzen）

Mondwinde（「夕顔」）

Am Brunnenrand blüht　泉のほとりに咲いた
kühl die Mondwinde und sacht　涼しげな夕顔の花　そっと
wächst das Samenkorn.　ふくらむ花の種
(Johanna Jonas-Lichtenwallner)▼26　（J．J．リヒテンヴァルナー）

Blühender Birnbaum（「梨の花」）

Blühender Birnbaum —　わが棺に
und immer die Möglichkeit,　なるやもしれず
Sargbretter aus ihm zu schneiden.　梨咲けり　（窪田薫 訳）
(Michael Groissmeier, Haiku. Neske.1982,S14.)　（M．グロイスマイアー）

Kirschen（「サクランボ」）

"Kirschen miteinander essen"「さくらんぼを一緒に食べる」は「竹馬の友」に相当するドイツの句である。

三　夏の季語

①天文（Gestirne）・時候（Wetterelemente）

Roter Mond（「赤い月」）：外国では、日本のように「月」と言えば秋という伝統はない。従って、月には修飾語が必要である。

Blendender Vollmond（「燃える満月」）：夏の満月。

Blendender Vollmond
nur sein Licht auf den Wellen
schmerzt nicht das Auge.

(Imma von Bodmershof : Sonnenuhr. Neugebauer Press, 1970, S.29)

燃える満月
波に映った光だけが
まぶしくない

（イムマ・ボードマースホーフ）

②地理（Geographie）

Wasserfall（「滝」）

Die Sterne stürzen
den Wasserfall hinunter —
unversehrt tauchen sie auf.

(Michael Groissmeier, Haiku. Neske.1982,S79.)

瀧落ちて
また浮きあがり
映る星

（窪田　薫　訳）
（M. グロイスマイアー）

③行事（Feste）・習俗（Bräuche）・生活（Leben）

Michaelistag（「聖ミヒャエルの日」）：九月二九日。この日で夏は終わる。

Michaelistag
es regnet heute füttert
der Penner Schwäne ▼27

(Mario Fitterer)

聖ミヒャエルの日
雨降りの今日は
宿なし者でも白鳥に餌をやる

（マリオ・フィッテラー）

④動物（Tiere）・鳥（Vögel）・虫（Insekten）

Grille（「コオロギ」）

Die Kerze verlöscht —

蝋燭の火が消えた

wie laut ruft jetzt die Grille　コオロギの声が今はなんと大きく聞こえてくることか
im dunklen Garten　暗い庭に
（Inma von Bodmersfof : Im fremden Garten.1980,S.38）　（イムマ・ボードマースホーフ）

Leuchtkäfer（「蛍」）

Glühwürmchen zeichnen　あをき縞
helle Muster in die Nacht,　引いて蛍や
und du gehst schlafen ?　寝ぬる君
（Elfriede Herb）（B 57）　（エルフリーデ・ヘルプ）

Motte（「蛾」）

Auf dem weißen Blatt　白い紙の上に　白き紙
— verschmiert — der Mottes Leben　跡を残した　蛾の命　蛾の残したる
ein Silberstreifen　銀の縞　銀の縞
（Margret Buerschaper）▼28　（マルグレート・ブアーシャーパー）

Fliege（「蝿」）

Ich war nicht allein —　一匹の蝿と
eine Fliege war bei mir.　日曜
Ein Sommersonntag.　すごしけり　（加藤慶二　訳）
（Günther Klinge、『石庭に佇つ』1990.P.95）　（ギュンター・クリンゲ）

⑤植物（Blumen, Pflanzen）

Rittersporn（「飛燕草」）

Der Rittersporn baut
wieder lichtblaue Wände
Bis nachher, Nachbar !
（Isolde Lachmann）（B 52）

飛燕草の花が
またブルーの壁をつくってしまった
またね　お隣りさん
（イゾルデ・ラッハマン）

Heidekraut（「ヒース」、「エリカ」）

Heide grünt und blüht
Bienen summen, schwärmen aus
stimmen Imker froh.
（Hildegard Schensar）（B 66）

ヒース咲く
早や養蜂の
声高く
（ヒルデガルト・シェンザー）

Seerose（「睡蓮」）

Aus dunkler Tiefe
zur Sonne aufgebrochen :
eine Seerose.
（Sabine Sommerkamp）▼29

暗い沼底から
陽に向かって花開く
睡蓮のひともと

暗きより
陽に向かうもの
睡蓮花
（ザビーネ・ゾマーカンプ）

四　秋の季語

①天文（Gestirne）・時候（Wetterelemente）

Oktober（「一〇月」）：Weinmonat（ワインの月）、Gilbhart（Gilbhartholz「黄葉樹」にちなむ）、Dachsmonat（穴熊の月）とも呼ぶ。

Weiße Sterne sind
in dunklen Wein gefallen
Wer trinkt ihn wohl aus？
（Alois Vogel）▼30

白い星たちが
黒いワインの中に落ちた
いったい誰が飲み干すのだろう
（アーロイス・フォーゲル）

Altweibersommer（「小春日和」）：原意は「老女の夏」。この名は、晩夏から初秋の天気のよい日に、小さな蜘蛛が糸を出しながら空中を漂って移動する様が、老女の銀髪のように見えることに由来すると言われる。

Altweibersommer！
Spinnenwinzlinge reisen
an Silberfäden
（Margret Buerschaper）▼31

小春日和だ！
小さな蜘蛛が旅をしている
銀の糸に乗って
（マルグレート・ブアーシャーパー）

蜘蛛飛ぶや
小春日和の
銀の糸

Herbsttage（「秋の日」）

Herbsttage rollten
wie Perlen einer Kette,
deren Band zerriß.
（Günther Klinge:Den Regein lieben.『雨いとし』、角川書店、1978. p.89）

ゆく秋や
切れし真珠の
首飾り
（H. ツァハート　訳）
（ギュンター・クリンゲ）

②地理（Geographie）

Hoher Wellengang（「高い波のうねり」）、Mooreinsamkeit（「泥炭地湿原の人影のなさ」）、Rebhang（「葡萄の斜面」）、

Abgeerntetes Feld（「収穫のすんだ畑」）など。

③行事（Feste）・習俗（Bräuche）・生活（Leben）

Kartoffelfeuer（「じゃがいもの葉を焼く煙」）

Kartoffelfeuer,
gelblich kräuselt sich der Rauch —
zieht den Vögeln nach.
（Ingeborg Raus）（B 84▼32）

馬鈴薯の枯れ葉を焼く火
黄色く煙は渦巻き昇り
鳥を追うてたなびく
（インゲボルク・ラウス）

馬鈴薯の
葉を焼く煙
鳥を追う

④動物（Tiere）・鳥（Vögel）・虫（Insekten）

Spinnetz（「蜘蛛の巣」）

Vor Fenstergittern
weben die Spinenn Netze.
Die Flucht muß scheitern.

窓格子に
蜘蛛の巣が漂っている。
もう逃げられない。
（インゴ・ツェザロ）

（Ingo Cesaro : Der Goldfisch im Glas redet und redet. Bachmeier, 1981, S.39）

Vogelzug（「鳥帰る」）：秋になるとGans（雁）、Schwan（白鳥）、Storch（コウノトリ）などが南に渡ってゆく。最も重要な秋の季語のひとつ。憂愁、遠い国への憧れ、過ぎ去った夏への思い、人生のうつろいなどを象徴する。

Vogelschwärme ziehn
nach Süden-wir suchen noch
unsere Richtung.

鳥の群れが帰る
南へ。わたし達はまだ探している
これからの行先を。

(Michael Großmeier : Zerblas ich den Löwenzahn. Schneekluth, 1985, S.53)

⑤植物 (Blumen, Pflanzen)

Welkblatt（「枯れ葉」）、Buntlaub（「もみじ」）：ともに最も一般的な季語である。緑の森の中に点在する黄や赤の落葉樹の眺めは美しく、地面を覆った落葉を踏んで森の中を散歩するのは楽しい。しかし、「落葉」や「枯葉」に詩情を託すドイツ人は少ないようで、落ちるはしから清掃車が吸い取って片づけていく。落葉を歌ったよく知られた詩としてはリルケの『秋』がある。

Wohin des Weges,
fahle Blätter im Winde ?
Dir voraus, dir nach !
(Friedrich Heller) ▼33

風に行方定めぬ　　前うしろ
枯れ葉　　行方定めぬ
お前の先になり後になり　　落葉かな　（坂西八朗　俳訳）
（フリードリヒ・ヘラー）

Zwei gelbe Blätter
in der Brandung des Meeres.
Irgendwo ist Herbst …
(Matthias Brück) (B 81) ▼34

打ち寄せる磯波に　　寄せらるる
二枚の黄葉　　黄葉が告げをり
何処かに秋が　　秋来ぬと
（マティアス・ブリュック）

Aster（「アスター」）、Chrysantheme（「菊」）：ともに別れと終末を象徴する。

Im Schattendunkel
der leere Stuhl, ein Hauch von
Chrysanthemenduft.

空っぽの椅子の
暗い影の中にほのかに匂う
菊の香り

(Gaby G. Blattl)[35]　（ガービ・Ｇ・ブラトゥル）

Herbstblumen（「秋の花」）

An diesem Hügel　　風の丘
die Gräber fremder Krieger —　　眠る戦士よ
Herbstblumen im Wind.　　草の花

(Richrd W.Heinrich)[36]　（リヒャルト・Ｗ・ハインリヒ）

五　冬の季語

①天文（Gestirne）・時候（Wetterelemente）

Winteranfang（「冬のはじまり」）：一二月二二日の冬至の頃。しかし、「冬のはじまり」とは、あくまで名辞の上だけで、実質的な「冬のはじまり」は「万聖節」と「万霊節」（→③の行事の項）である。

Schnee（「雪」）

Verschneit ist die Spur.　　人の世の
War's Abschied, war's Rückkehr　　生死分かたぬ
wer kann es sagen ?　　雪の跡

(H.Hammitzsch,Über den Hügel hinaus. Herder.1983)　（ハミッチュ）

Frost（「霜」）

Morgenlicht im Frost　　凍てついた

Selbst der Stacheldraht wurde　有刺鉄線
zur Perlenkette.　露きらら
（Hilmar Bierl）（B 109）　（ヒルマー・ビエル）

Eiszapfen（「氷柱」）

Stille der Eiszapfen　静かな氷柱
innehalten　やすんでいる
das Wasserrad läuft　水車がまわる
▼37
（Mario Fitterer）　（マリオ・フィッテラー）

Neujahr（「新年」）：“Prosit Neujahr !”「新年に乾杯！」）と言って、Sekt（シャンパン）の栓を抜き、悪霊を追い払うために花火を打ち上げる。新年はクリスマスに比べて影が薄く、民間信仰の次元で見るとクリスマスと新年を一つのものとして見る、つまりクリスマスの延長上に新年があると考えた方がわかりやすい。

②地理（Geographie）

Farblose See（「灰色の海」）など

③行事（Feste）・習俗（Bräuche）・生活（Leben）

Allerheiligen（「万聖節」）：一一月一日。カトリックの地域の祝日。キリスト教の信仰のために生命を捧げた聖者たちの記念日。

Strömender Regen

und Sehnsucht nach Grablichtern.

Allerheiligen.

どしゃ降りに

墓の蝋燭の灯りがなつかしい。

万聖節。

(Conrad Miesen)▼38　（コンラート・ミーゼン）

Allerseelen（「万霊節」）：一一月二日。すべての死者を追悼する日。墓参りをする。「万聖節」と「万霊節」が、実質的には「冬のはじまり」となる。

Martinstag（「聖マルティンの日」）：一一月一一日。冬の最中、聖マルティンが物乞いにマントを恵んだことから、マントがかれのシンボルとなる。この日には鵞鳥料理を食べる。小学生が松明や提灯をさげて町中をねり歩き、ごほうびをもらう。

Nikolaustag（「ニコラウスの日」）：一二月六日。聖ニコラウスは、良い子にはプレゼント、悪い子には罰を与える。恐ろしい様子をしたループレヒト（Ruprecht）をお伴に連れていることもある。呼び名はいろいろで、Weihnachtsmann（北ドイツ）、Nickel（東ドイツ南部）、Niglo（南ドイツ、オーストリア）、Klaus（ライン川周辺）などがある。

Advent（「待降節」）：一一月二六日の後の最初の日曜日にはじまる四週間。ラテン語の「到着」が語源。救い主イエス・キリストの誕生を迎えるための準備期間で、町中では星を模した豆電球が街路を飾り、広場にはクリスマス用の飾り物を売る屋台（Weihnachtsmarkt）が並び、商店では賑やかに歳末の商いに精を出す。アトヴェントの最初の日曜日には、教会の塔から鐘の音がひときわ明るく、楽しげに響きわたる。屋内ではAdventskranz（「アトヴェンツ・クランツ」）が飾られ、人々はクリスマス用の手づくりの品物や、クリスマス・カードを書くことに忙しくなる。主婦はクリスマス用のパンや菓子（Weihnachtsplätzchen）を焼く。子供達にとっては、アトヴェンツ・カレンダー（Adventskalender）の窓を毎日開くのが楽しみとなる。

Bratäpfel（「焼きりんご」）

Eisblumen blühen —　　氷の花　　凍てついた
die Schneeluft ist kalt und klar —　　雪の空は冷たく澄んでいる　　氷の花と

Bratäpfel duften.　　　焼きりんごの香りがする　　焼き林檎

(Helma Giannone)(B123)　　(ヘルマ・ギャノネ)

Vorweihnachtsrummel(「クリスマス前の賑わい」)

Wie ausgestoßen　　追放されたように　　鐘の音や
der Bettler am Straßenrand —　　物乞いが道端に　　聖夜の市に
Vorweihnachtsrummel　　クリスマス前の賑わい　　物乞う子

(Richard W.Heinrich：Sonnenwende.1984, S.256)

Weihnachten(「クリスマス」)

Weihnachtsbaum(「クリスマス・ツリー」)：一二月二四日に飾りつける。ヨーロッパで現在のようなクリスマス・ツリーが一般化したのは比較的新しく、一九世紀になってからである。ものみなが枯れる冬のさなかに、常緑樹のモミの木の生命力にあやかろうとする人間の願いが込められている。クリスマスに人々は真夜中の教会のミサにでかける。

Krippe(「クリッペ」)：ベツレヘムの馬小屋でのキリスト誕生の様子を再現した模型で、クリスマスに飾る。

Neujahr(「新年」)：「民俗学者たちの報告によると、さまざまな地方に残っている新年の行事はすべてクリスマスの習俗と一致しているらしい。したがって、夜の闇がもっとも威力をふるう冬至の日のすぐ近くに光明をもたらす神の子イエスを誕生させるということと、大晦日の晩に花火を打ち上げるということとは無関係ではなさそうである。花火の色と光よりも大事な要素は大きな音である。冬を支配する「魔」を驚かせて退散させるためのものである、と察せられる。闇と寒さにおびえる古い時代のヨーロッパ人たち、とくにアルプス山脈の北側に暮らす人たち(ドイツ語圏の国々)は多くのの種類の「魔物」が戸外をうろつくさまを想像した。日本では湿気の多い梅雨、むしあつい夏が「幽霊とおばけ」の季節とされてきたが、ヨーロッパでは真冬がそうであると信じられてきた。古い伝説が多くが物語るところによると、一二月二五日から一月六日の一二日間（「十二夜」）が幽霊とか妖怪変化の出現がピークに達する時節とされてきた。▼39」

Die Flasche aufgemacht.
Tropfen dringeln sich —
werden Schaum in Glas.
（Eveline Rutgers）（B3）

シャンパンに
泡立つ
一〇大ニュースかな
（エヴェリーネ・ルートガース）

Karneval, Fastnacht, Fasching, Fasnacht（「謝肉祭」、「カーニバル」）：二月下旬から三月はじめの火曜日。キリスト教が伝わる以前からあったと思われる「冬追いの民間行事」の性質を濃厚にとどめていて、憎むべき冬将軍を追い払って春を迎え、来たるべき収穫の豊かさを祈る。寒冷のために行動を束縛されていた人たちの積もり積もったエネルギーが無礼講の形で一気に発散される。ケルン、マインツ、ミュンヒェンが有名。カーニバルの一連の行事は、Rosenmontag（「狂乱の月曜日」）、Fastnacht（「懺悔の火曜日」）、Aschermittwoch（「灰の水曜日」）と続き、Fastenzeit（「四旬節」）を迎える。

④動物（Tiere）・鳥（Vögel）・虫（Insekten）

Reiher（「アオサギ」）

Die weißen Reiher
über den Altschnee segelnd,
warten aufs Mondlicht.▼40
（Carl Heinz Kurz）

白いサギが
根雪の中を歩いて
月の光を待っている。
（カール・ハインツ・クルツ）

Krähe（「カラス」）：烏の啼き声は、死、悲しみ、寒さ、孤独を表す。

Im Rabenschlafwald
winters, langes Palavern.
Gipfelgespräch.

(Elisabeth Gallenlemper)（B133）

烏の寝ぐらの森に
冬中啼く声
サミットのよう

（エリーザベト・ガレンレンパー）

⑤植物（Blumen, Pflanzen）

Christrose（「クリスマスローズ」）、Weihnachtsstern（「ポインセチア」）、Zaubernuß（「マンサク」）、der kahle Baum（「枯れ木」）、der nackte Zweig（「裸の枝」）など。

Zum Werk vollendet
sind Ast und Blatt und Blüte
in Ikebana.

(Isolde Schäfer) ▼41

これで出来上がり
枝も葉も花も
生け花になって

（イゾルデ・シェーファー）

Das vereistes Schilf（「凍った葦」）

Im vereisten Schilf
der verlassene Nachten,
als der Mond als Gast.

(Richard W. Heinrich) ▼42

凍てついた葦の間に
置き捨てられた小舟
月だけが今宵の客

（リヒャルト・W・ハインリヒ）

おわりに

ドイツはかつて地方分権の領邦国家であった。否、そもそも国家というものすら近代に至るまで存在しなかった。それ故に、連邦国家となった現在でも各地方がみずからの存在を主張し、生活様式や文化の面でも地方的特色が色濃く残っている。また、カトリックとプロテスタントの地域では、キリスト教に関係する年中行事もおのずから異なる。したがって、京都や東京の風土を中心としてつくられた、日本のような約束事としての季語の選定は難しいだろう。しかし、俳句発祥の地にいるわれわれとしては、ようやく始まったばかりのドイツにおける季語への関心と季語辞典編纂のうごきを見守っていきたいと思う。何よりも望まれることは、多くの人々が気軽に俳句をつくってくれることである。

また、ドイツの俳句仲間でも句会、吟行が盛んにおこなわれている。なかでも、期待したいのは、連句も行われていることである。先に引用した荒木氏のことばを使わせていただければ、連句という「体験の共有による季語の醸成」も可能かも知れない。ヴァシャーパー女史の季語選定はそれにむかってのひとつのこころみであると思われる。ここに選び出した季節のことばもまたひとつのこころみに過ぎない。

注

（1）竹田賢治：「異文化間の綜合―ドイツにおける日本の俳句―ディートリッヒ・クルーシェ教授の講義より」（神戸学院大学教養部紀要、第二六号、一九八九年）

「現代ドイツ語俳句の状況」（神戸学院大学　人文学部紀要　第四号、一九九二年）
「ドイツ・オーストリア俳句紀行」（神戸学院大学　人文学部紀要　第六号、一九九三年）
「ドイツ語俳句の歴史と現状―葉道／リヒター「写俳展」寄せて」（神戸学院大学　人文学部紀要　第七号、一九九三年）
「ドイツ歳時記試論―ドイツ語俳句を手がかりとして」（神戸学院大学　人文学部紀要　第九号、一九九四年）
「ドイツ歳時記試論Ⅱ―季節の詩（春、夏より）―」（神戸学院大学　人文学部紀要　第一一号、一九九五年）
「ドイツ歳時記試論Ⅲ―季節の詩（秋、冬より）―」（神戸学院大学　人文学部紀要　第一二号、一九九六年）

（2）以下の書と論文を参照した。

・藤田菖園　編著：『ボードマースホーフとその周辺』（虎杖発行所、一九八〇年、一〇五～一一〇頁）
・渡辺勝：「ドイツ語の俳句」（埼玉大学紀要、外国語学文学篇第一八号、一九八四年、九～二一頁）

本論文には、ゾムマーカムプ女史の「ドイツ歳時記」の春と夏の部分のみが紹介されているが、その全体像については述べられていない。筆者はそれを見ていないし、この研究が完成され、出版されたことも聞いていない。上記の論文に拠れば、内容は以下のとおりである―①時候　②天文・気象　③地理　④行事　⑤生活　⑥動物　⑦植物。

春の季語として三六、夏の季語は三三、計九九の季語が選ばれている。行事（キリスト教、農事暦）と生活にかかわる季語に日独の顕著な違いがある。

・坂西八郎：「ドイツ語俳句―最近状況の小報告」（俳句文学館紀要、第六号、一九九〇年、一一八頁）

（3）加藤慶二：「季題詩はドイツに通用するか」（国際俳句交流協会　編集、HI、第六一号、二〇〇五年、永田書房）による。

（4）Margret Buerschaper : Formen deutscher Haiku - Dichtung an ausgewählten Beispielen. in : Tadao Araki (hrsg.) : Symposium zur Haiku - und Renku - Dichtung.23. Mai 1992. Japanisches Kulturinstitut Köln. S.9-16.

（5）Wilhelm Gundert : Die Japanische Literatur. Wildpark - Potsdam Akademische Verlagsgesellschaft Athenation M.B.H. 1929. S.121.

（6）高浜虚子：『俳句への道』（岩波新書、一九八四年、九頁）

（7）手塚杜美王　訳、七八―七九頁　なお、この論文は一九三七年の東亞研究独逸人協会での講演原稿で、ドイツ語の原文は次の雑誌に掲載された―

Herbert Zachert : Die Haikudichtung von der Meijizeit bis zur Gegenwart. in : Mitteilungen der Deutschen

Gesellschaft für Natur - und Völkerkunde Ostaiens. Bd.XXX, Teil C. Tokyo, 1937, S.1-23.

（8）Anna von Rottauscher : Ihr gelben Chrysanthemen. Walther Scheuerman, 1958 (8.Auflage), S.88-89.

（9）Jan Ulenbrook : Haiku. Japanische Dreizeiler. Wilhelm Heyne, 1981, S.165.

（10）Gerolf Coudenhove : Japanische Jahreszeiten. Manesse, 1963, S.389.

（11）Erwin Jahn : Fallende Blüten. Arche, 1968, S.7-8.

（12）Dietrich, Krusche : Haiku. Bedingungen einer lyrischen Gattung. Erdmann, 1970, S.138.

（13）荒木忠男：『フランクフルトのほそ道』（サイマル出版会、一九九一年、三五―三六頁）

（14）稲畑汀子：「ドイツ吟行」（朝日新聞、一九八五年一一月八日）

稲畑汀子：「ドイツで季語を語る」（朝日新聞、一九八七年四月一六日）

Teiko Inahata : Erste Haiku - Schritte - eine Fibel Übersetzt von M. Suzuki, H. Hammitzsch, Günther Klinge HAIKU - Verlag, 1986.（本書は『自然と語りあうやさしい俳句』、新樹社、一九七八年の独訳版である）

（15）ギュンター・クリンゲ：『句集　石庭に佇つ』（永田書房、一九九〇年、一五頁）

この作品は三行目に問題がある。日本の俳句なら二行目で終わりたいところである。直訳と汀子訳には齟齬があることは認めつつ引用した。

（16）Margret Buerschaper : Das Jahreszeitenwort im Deutschen Haiku. in : Tadao Araki (hrsg.) : Deutsche Gssays zur Haiku-Poltik. (Japanische Generalkonsul in Frankfurt an Main. S.6-14)

本論文の内容の概略は以下のとおりである。この論文に収められた多くの句を本文に引用した。

①序文。ドイツ語俳句における季語選定の可能性を指摘。四句。②天文・時候。二句。

③地理。二句。④行事。五句。⑤鳥・動物。七句。⑥植物。三句。

⑦二つ以上の季語をもった句。三句。⑧季語が象徴するもの。一句。

また、季語の数は以下のとおりである―春：三四、夏：五〇、秋：四〇、冬：六〇

（17）Tadao Araki (hrsg.) : Gemeinsames Dichten. Eine deutsche Renku - Anthologie. "Deutsch- Japanischen Begegnungen im Lande Hessen" 1990. (Japanischer Generalkonsul in Frankfurt an Main)

（18）Tadao Araki (hrsg.) : Deutsch - Japanische Begegnung in Kurzgedichten. Iudicium, 1992.

（19）Tadao Araki (hrsg.) : Symposium zur Haiku - und Renku - Dichtung. 22. Juni 1991. Japanisches Kulturinstitut Köln.

Tadao Araki (hrsg.)：Symposium zur Haiku - und Renku - Dichtung. 23. Mai 1992. Japanisches Kulturinstitut Köln.

（20）坂西八朗：注2の論文、一一八頁

（21）Margret Buerschaper :a.a.O. Das Jahreszeitenwort im Deutschen Haiku. S.6-7

（22）Margret Buerschaper (hrsg.)：Die ausgewählten deutschen Haiku.（『現代ドイツ語俳句選集』）本原稿の内容は以下のとおりである―

Vorwort（序文）一四ページ、Jahreswechsel（季節の変化の解説）七ページ

Haiku, Senryu（俳句一四五句と川柳七五句）

この原稿は、かつて坂西八郎氏から了承を得て、ブアシャーパー女史から筆者に翻訳を託されたものである。タイトルは筆者が仮りにつけた。

（23）坂本明美：「ドイツ歳時記」（『基礎ドイツ語』、三修社、一九八二年度版）

宮下啓三：「ドイツ文化歳時記」（NHKテレビ・ドイツ語講座テキスト、一九八七年度版）

早川東三：「ドイツの暮らし」（『基礎ドイツ語』、三修社、一九八七年度版）

（24）以下の書を参考にした。

Edmond Pognon (Text)：Das Stundenbuch des Herzogs von Berry. parkland, 1983.

木島俊介：『ヨーロッパ中世の四季』（増刊　中央公論、一九八三年）

『ピーテル・ブリューゲルの月暦絵』（フランドル、一六世紀）

『シモン・ベニングの時禱書』（ベルギー、一六世紀）

サン・ドニ修道院の南入口に描かれた農事暦（フランス、一二世紀）これに関しては、木村尚三郎：「西欧文明の原像」（講談社、一九七四年、二〇八―二二五頁）を参考にした。

（25）Imma von Bodmershof：Haiku. Mit Zeichnugen von Ruth Stoffregen. dtv. 2002. S.14.

この作品の解釈については、渡辺勝氏の文章を以下に引用する―

「これは一見修辞的な面白みをねらった無季の機知句とも取れるが、太陽（もしくは卵）がkigoであるとされる。輝きを増していく太陽と生命の誕生は、彼らの伝統的な春のイメージなのである。卵は再生を象徴し冬の後の太陽の復活であり、ゲルマン人は春祭に卵を供えた。復活祭の卵である。太陽がどのようにして卵に入ったかの問いは、太陽がどのように世界に現れたかという天地創造の神話を誘う春の想念を暗示しているという。象徴的意義を追うあまり象徴物のリア

リティーが希薄になるきらいがなくはないが彼らのアイデンティーを盛り込んだ kigo 発見の模索を見守りたい。」（朝日新聞、一九九二年一一月二一日）

(26) 拙論：「ドイツ・オーストリア俳句紀行」（神戸学院大学、人文学部紀要第六号、一九九三年、一二〇頁）

(27) Carl Heinz Kurz (hrsg) : Weit noch ist mein Weg … Jahreszeiten - Haiku Anthologie. Im Graphikum, 1986. S.8
この句集には四〇人の作者からそれぞれ春、夏、秋、冬、新年の総計二〇〇句が収められている。本書からも多くの句を引用させて戴いた。

(28) Margret Buerschaper : Schnee des Sommers. Im Graphikum. Göttingen. 1993. S.22

(29) Kurz.: a.a.O. S.36　この句は後に次の句集に収められた―
Sabine Sommerkamp : Im Herzen des Gartens. Tanka und Haiku. Im Graphikum. 1993. S.22

(30) 拙論：「ドイツ・オーストリア俳句紀行」（神戸学院大学、人文学部紀要第六号、一九九三年、一二〇頁）

(31) Margret Buerschaper :a.a.O. Schnee des Sommers. S.28

(32) 第五回国民文化祭愛媛県実行委員会　編。国際ＨＡＩＫＵ大会作品集（一九九〇年）。三頁。この作品は本大会で特選となった。

(33) 第五回国民文化祭愛媛県実行委員会　編。国際ＨＡＩＫＵ大会作品集。一頁。この作品は、本大会で大賞を受賞した。

(34) 同書、五頁。この作品は、本大会で秀作を受賞した。

(35) 拙論：「ドイツ・オーストリア俳句紀行」（神戸学院大学、人文学部紀要第六号、一九九三年、一二一頁）

(36) 拙論：「現代ドイツ語俳句の状況」（神戸学院大学、人文学部紀要第四号、一九九二年、二二四頁）

(37) 拙論：「ドイツ語俳句の歴史と現状」（神戸学院大学、人文学部紀要第七号、一九九三年、一六〇頁）

(38) Kurz : a.a.O. S.8.

(39) 宮下啓三：注23の資料「ドイツ文化歳時記」（その一〇）

(40) Margret Buerschaper : a.a.O. Jahreszeitenwort im deutschen Haiku. S.10

(41) 拙論：「ドイツ・オーストリア俳句紀行」（神戸学院大学、人文学部紀要第六号、一九九三年、一二一頁）

(42) 第五回国民文化祭愛媛県実行委員会　編。国際ＨＡＩＫＵ大会作品集。六頁。この作品は、本大会で秀作を受賞した。

（付記）

最後に、本論文を書かせていただけたのは、渡辺勝氏（元埼玉大学教授）のお影である。筆者が一九八四年四月から翌三月にかけて、ミュンヒェン大学の日本学科に籍を置いていた頃、助手の方が「こんな論文が届いているよ」と言って渡してくれたのが、渡辺教授の『ドイツ語の俳句』（埼玉大学紀要、第一八巻、一九八四年）であった。その渡辺氏から、今回の論文執筆へのお勧めがあった。

英文要旨作成にあたっては、神戸学院教授、久保田重芳氏のご指導を賜った。付して感謝の意を表したい。

ドイツ俳句協会・季刊誌・創刊号・一九八八年、六月

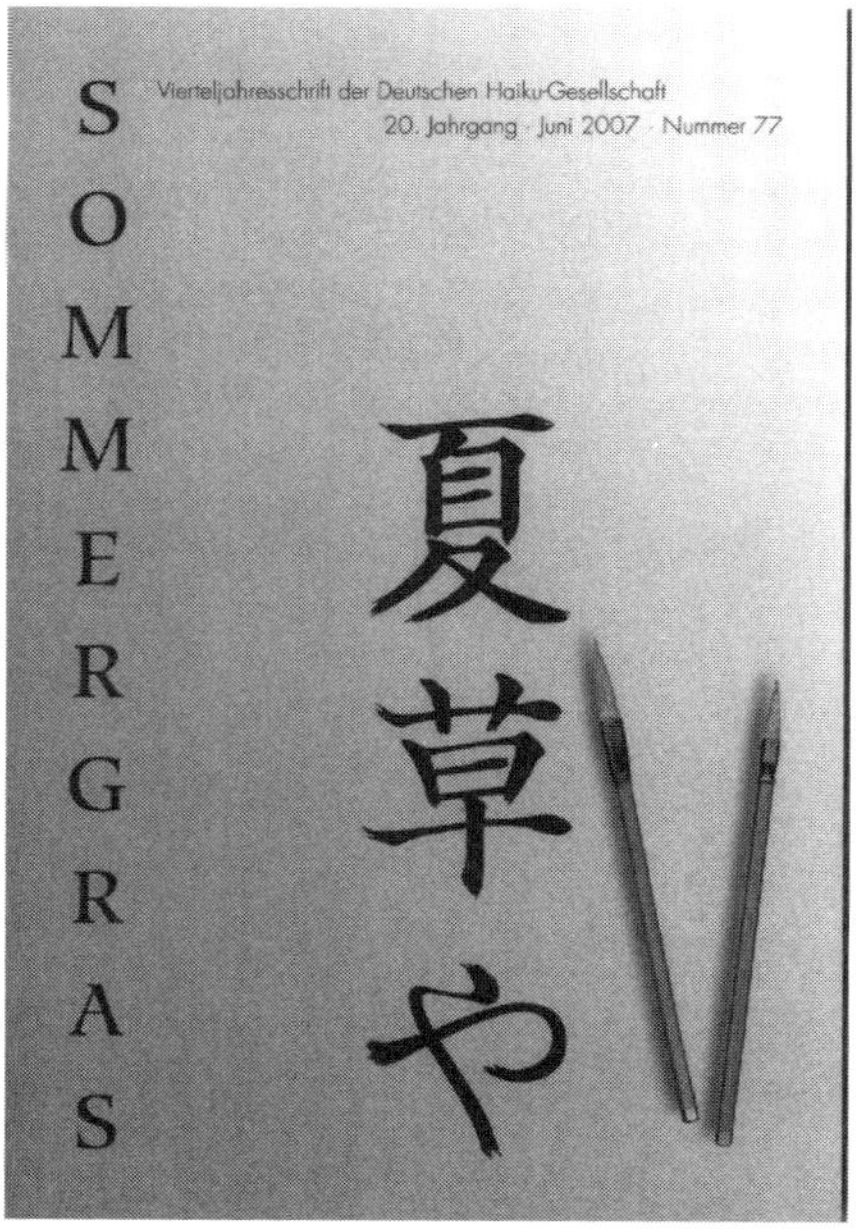

ドイツ俳句協会・季刊誌・第八九号・二〇一〇年六月

『ひとつの詩形式の変遷と可能性』

――一人の日本文学研究者のドイツ俳句との出会い――

エーリカ・ヴュベナ　編、『ハイク・ミット・ケップヒェン』
――第一回　ドイツ・インターネット・ハイク・コンテスト二〇〇三年――より

Ekkehard May : Wandlungen und Möglichkeiten einer Form
Erfahrungen eines Japanologem mit dem deutschen Haiku
in : Erika Wübbena (hrsg.) : Haiku mit Köpfchen. Anthologie zum 1. Deutschen Internet Haiku-Wettbewerb. Hamburger Haiku Verlag. 二〇〇三

本論は、ドイツにおける俳文学研究者の第一人者のひとりであるエッケハルト・マイ教授（フランクフルト大学）が、第一回　ドイツ・インターネット・ハイク・コンテスト（二〇〇三年）に応募し、入選した作品集に寄せたエッセーを翻訳し、注を加えたものである。日本の古典俳句への深い学識を踏まえた外国人ならではの俳論となっている。特に音韻的な面からの俳句の解釈が注目される。

エッケハルト・マイ　Ekkehard May
竹田賢治：訳注　Kenji TAKEDA

はじめに

本稿はドイツ語俳句界での出来得る限り新しい情報を得ようとしたものである。前稿「ドイツ歳時記と四季の詞」は、ほぼ一九九〇年までのドイツ語圏の国々の俳句事情を取り扱った。一九八八年にドイツ俳句協会（Deutsche

Haiku- Gesellschaft）が設立されて以来、二〇年の年月が経ち、俳句作者も研究家も新しくなった。まさに代替わりの様相を呈している。これについては、本論末尾の年表を参照されたい。本稿では、現在のドイツに於ける俳文学研究界での第一人者のひとりといえるエッケハルト・マイ（Ekkehard May）教授（フランクフルト大学）が、第一回インターネット・ハイク・コンテストに応募し、入選した作品集、Haiku mit Köpfchen（「利口な小さな頭のハイク」二〇〇三年）に寄せたエッセイ『ひとつの詩形式の変遷と可能性』を翻訳し、注を加えたものである。ドイツ語圏の国々でも、既に芭蕉、蕪村、一茶の研究と翻訳ならびに紹介は一応終わっている。マイ教授の研究分野はさらに一歩踏み込んで、蕉門、中興俳句にまで至っている。このような日本の古典俳句への深い学識を踏まえた上で、西欧ならではの視点から、入選した八一句の作品の中から一六の詩句を選び、これに詳細な論評を行っている。

マイ教授の俳文学に関する研究業績を紹介するために、以下にその著書を記しておこう。

＊SHÔMON I（『蕉門Ⅰ』）

Das Tor der Klause zur Bananenstaude. Haiku von Bashôs Meisterschülern Kikaku, Kyorai. Ransetsu.
Dieterrich'sche Veragsbuchhandlung. Mainz. 二〇〇〇年（二三三頁）

六〇句の翻訳と解説。句は春・夏・秋・冬に分類されている。

①宝井其角（二二句）、②向井去来（一九句）、③服部嵐雪（一九句）

＊SHÔMON II（『蕉門Ⅱ』）

Haiku von Bashôs Meisterschülern. Jôsô, Izen, Bonchô, Kyoriku, Sampû, Shiko, Yaba.
Dieterrich'sche Veragsbuchhandlung. Mainz. 二〇〇二年（三八四頁）

九四句の翻訳と解説。

①内藤丈草（一四句）、②広瀬惟然（一一句）、③野沢凡兆（一六句）、④森川許六（一六句）、⑤杉山杉風（一一句）、

⑥各務支考（一一句）、⑦志太野坡（一五句）

*CHÛKÔ. DIE NEUE BLÜTE（SHÔMON III）（『中興』）
Dieterrich'sche Verägsbuchhandlung. Mainz. 二〇〇六年（四七九頁）
一四二句の翻訳と解説。
師系図（Dichter - Genealogie）あり
①中川乙由（一一句）、②早野巴人（七句）、③桜井吏登（八句）、④千代尼（一〇句）、⑤横井也有（八句）、⑥炭太祇（一四句）、⑦大島蓼太（一三句）、⑧黒柳召波（一三句）、⑨三浦樗良（一一句）、⑩加藤暁臺（一二句）、⑪高井几董（一五句）、⑫加舎白雄（一〇句）、⑬高桑闌更（一〇句）

翻訳と注

Um mein Brunnenseil
rankte eine Winde sich
gib mir Wasser, Freund !
私の家の井戸の綱に
朝顔が蔓を巻きつけました
水を下さい、お友達

朝顔に釣瓶取られてもらひ水　千代

女流俳人、千代（加賀の千代、一七〇三―一七七五）のこの有名な句は、ここに引用したゲロルフ・クーデンホーフェの翻訳（Gerolf Coudenhove, Vollmond und Zikadenklänge. Gütersloh. 一九五五、三十頁。『満月と虫の声』）によって、ドイツ語圏の国々で他に例を見ないほどによく知られている。この句は日本の俳句の中で最も人の心をひく作品とされ、感性ゆたかな自然への愛と、叙情性ときわめて明確な焦点をもった詩として、他の追随をゆるさない模範的な一句と思われている。

In mein Briafkastl
hat a klane Meisn a Nest
Schreib ma liaba net.

私の家の郵便受けに
小さなカケスが巣をつくりました
だから手紙を書かないほうがいいですよ

今回のコンテストで第一位を獲得したゲルハルト・ハバルタ（Gerhard Habarta）のこの詩は、千代の句をもじったもの（Travestie、トラヴェスティ）のように見えるが、「手本となった句」のもつ少しばかりの感傷性は、方言が使われていることによってユーモアと独自な生彩をもった作品となっている。この詩句は、投稿された段階では「ウィーン風ハイク」という表題が添えられていたが（表題の付記はコンテストの規定に従って抹消されていた）、全ての審査員の一致した意見によって第一位を獲得した。

第一回「ドイツ語による」インターネット・ハイク・コンテストの審査員になるように依頼された時、私は少しためらった。ドイツ語や西欧諸国一般のハイクに関しての知識が私にはあまりにも少なかったからである。勿論、それまでにこの断片のような詩句を読み、また、過去の翻訳を知っていたし、これらの翻訳や翻案によって自立したドイツ語ハイクへの道が開かれていることも承知してはいた。

送って来られた詩句を江戸期（一六〇〇—一八六八）の古典俳句の基準に従って読み、価値判断を下すであろうことの了解を得た後に、私は審査を承諾した。私にとってそれは——その後、毎日のように新しい詩句がネットの画面に現れた——ひとつの未知の世界への発見の旅であった。私は数百の詩句を興味と、時には腹立ちと、しかしまた、感動をもって読んだ。

本書の四季の各章のはじめにその作品が一句ずつ引用された（**注**、引用された四句は以下のとおりである——蝶々やをなごの道の跡や先、川ばかり闇は流れて蛍かな、朝顔に釣瓶とられてもらひ水、破る子のなくて障子の寒さかな）閨秀詩人、加賀の千代は私たちにも、また、西欧諸国全般にもよく知られ、愛読されている。その理由は簡単である――彼女の詩句はわかりやすく、魅力的で美しいイメージを持ち、常に一つの焦点を持ち、（これは重要なことではないが）たいした注解なしに容易に翻訳ができるからである。冒頭に引用した作品は、クーデンホーフェがとても柔軟にかつ詩的に訳したものであるが、直訳すれば少しばかり陳腐なものに感じられる。

Von der Morgenwinde　（ *asagao ni*
ward ich des Zieheimers beraubt　*tsurube torarete*
erbetteltes Wasser　*morai - mizu* ）

この作品の生きているものへの美的共感は、ハイカイ（haikai）において愛好され、しばしば取り上げられたテーマである。ドナルド・キーン（Donald Keene. World Within Walls, London 一九七六, S.340）

（**注**、『日本文学の歴史』、第八巻、中央公論社、一九九五年、三一八頁）は千代のこの句と、同じくよく知られた上島鬼貫（一六六一―一七三八）の次の句との関連を指摘している――

Es gibt keinen Platz　（ *gyôzui no*
mein Waschwasser wegzuschütten　*sutedokoro nashi*
Stimmen der Insekten　*mushi no koe* ）

行水の捨て所なし虫のこゑ　鬼貫

この作品の中でも、作者、すなわち、詩的自我は、邪魔をしない為に、傷つけない為に、何かをすることを放棄している。いくつかの他の詩、たとえば、後の時代の小林一茶（一七六三―一八二七）の作品の中にもこれと同じようなテーマが見られる。

千代のこの句は、同時代の人々の間できわめて人気があり、いわゆる「人口に膾炙」した作品であった。これに反して、今日の日本の批評家たちはこの作品をそれ程高くは評価していない。彼らにとって、彼女の詩はあまりにも「意図的に考え抜かれている」（「わざとらしい」waza-to-rashii）、あるいは、「技巧的」（gikôteki）なものと見られている。この閨秀詩人が、事象をあるがままに体験した時ですら、その直接的な描写（「写生」shasei）は技巧的なものと見られるのであろう。独自な、思慮深く審美的な感覚をそれほどあからさまに見せないことが、俳句においてはより洗練されたものと思われるだけになお更である。

千代の作品には「余韻」（yoin）、「余情」（yojô）、言語のかなたにある内省や連想へと人の心を誘うことができる要素、すなわち、Nachhall（余韻）、Nachklang（余情）があまりにも少ないとされている。彼女の俳句では、すべてが「考え抜かれている」、すなわち、「最後まで考えられている」。次の詩句（再びクーデンホーフェの翻訳、上載書、三四頁）は、すぐさま「あっそうかという体験」（Aha-Erlebnis）（注、ドイツ語俳句の作者の間でよく使われる言葉。俳句の意味が理解できた瞬間を意味する。）へと人を導く完結した表現となっている――

Einem, der ihn brach,　（*taoraruru*
schenkt er dennoch seinen Duft　*hito ni kaoru ya*
Pflaumenblütenzweig !　*ume no hana*）

手折らるる人に香るや梅の花　千代

このような詩句は日本文学の研究の世界では、「教訓的」（kyôkunteki）、「倫理的」な作品として手きびしく批判されている。冬の句の導入部に引用した穴だらけの障子を嘆いた句――

（注、本書一一七ページより引用――

Das Kind, das die Shôji　（*yaburu ko no*
zerriss, ist nicht mehr – jetzt erst　*nakute shôji no*

spür ich die Kälte !　samusa kana)
破る子のなくて障子の寒さかな　千代）

は、ほとんど思想詩（Gedankenlyrik）とみなされている。何よりも詩的であろうとするあまり、俳句の二つの部分が余りにも理知的（richiteki）、直截的だからである。

　加賀の千代の作品に親近性を持った西欧の詩句を、私はコンテストに応募した数百の俳句の中にも読みとることができた。はっきりとした眼目や、一般的な、あるいは個性的な要点をもった形式、的確でありながらも詩的な形式は、我々西欧側から見ると、箴言のような短い詩的表現のように感じられる。そのような形式はひとつの俳句が何を言わんとしているのか、また何を言うべきなのかということについての西欧人が抱く予備知識に対応する。「陳述」（Aussage）とは、我々にとっては「語られる」（gesagt）ことを意味するが、古典的俳句では、素材が省察へと導くように、表現はたいていい暗示されるだけなのである。

　日独の俳句の根本的な相違を千代の句を手がかりとして以上のようにスケッチしてみたが、なお以下のような印象がおのずから生まれてくるのである――ここで、このアンソロジーには掲載されなかった詩句について述べてみよう。それは、多くの作品の言語水準が部分的にきわめて高く、精選された語彙がしばしばあまりにも気取ったものであり、時には隠喩（Metapher）が選び抜かれているように見える、ということである。「これには少しも形式がない！」という驚きが時を経るにしたがって大きくなっていった。これに反して、（日本の）古典俳句はことばの選び方と文構造からみて極度に簡素、それどころか、質素であるために、これまでの翻訳はしばしば「美化」されて来たし、現在もその事情は変わってはいない。そのために西欧の読者にも詩的な感興を呼ぶことができるのである。

　俳句の基準の中で最も重要なことは、シラブル数とともに、季節とのかかわり（die Jahreszeitenwörter, kigo 季語）ないしは季題（Jahreszeitenthemen, kidai）、そして、一種の休止、日本の俳句のいわゆる「切れ字」（kireji, Trennungswort）に相当するものがあるということである。先に言及した「余韻」（yoin）は、たいていの場合、詩となる素材の巧みな配置と組み合わせによって生まれるもので、日本でもこれは高く評価されているが、型にはまった方法ではうまくはいかない。アンドレアス・ヴィットブロート（Andreas Wittbrodt）は、最近のとてもすぐれた論文『飛燕草の青い光、ドイツ語俳文学創世期の姿』（Das blaue Glühen Rittersporn. Die Gründungsphase der deutschsprachigen Haiku-Literatur. 一九五三―一九六二）（注、本論文は他の六本の論文とともに、同じタイトルを持った書としててハンブルク・ハイク出版社 Hamburger Haiku Verlagから出版された。）を「ドイツ俳句協会季刊誌」（Vierteljahrsschrift der Deutschen Haiku-Gesellschaft. Nr.61, Juni 2003）に発表したが、この論文の中で、彼は上に述べたことを西欧の俳句の中にも認めることができると言っている。

上記の三つの重要な形式とともに、たいてい忘れられているのだが、ここで言及しておかねばならないもう一つのより広い本質的な要素が存在する。すなわち、音韻的要素である。「余韻」、「余情」がそこに認められ、また、呼びおこされるにはどのような手だてもないのと同様に、ひとつの意味深長な（心地よい）響きを生みだすための手段というものはないのである。

今日の日本の批評家が、俳句における言葉の響きの構造をほとんど問題にしないことは興味深いことである。ここで気がつくことは、かつては詩歌の響きに人々がいかに磨きをかけたか、また、響きのよい詩歌というものは幾多のプロセスを経てやっと生まれるものだということである。詩句が極端に短い場合には、個々の語に特別な音の力が付与されているということは議論の余地はないところであろう。俳句という極小の言葉の構築物（Mikro-Sprachgebild）の中に込められた音響的要素は、大きな印象を読者に与え、際立った効果を発揮する。

俳句におけることばの響きに関しては、これまであまり問題とされていないので、今回のコンテストの中から本書に掲載された作品を概観し、これを批評するにあたって、まずはこの点から始めてみたい。第二位を獲得したヨハネス・アーネ（Johannes Ahne）の作品は、すぐれた日本の俳句のような音響的効果をもつ句となっている。ここでは精選された語の響きによって豊かなイメージが紡ぎ出されている。

Das Rascheln - scheln - scheln　ザワワ　ザワワ
im reifen Getreidefeld,　穀物畑に
der Wind machts - ts - ts.　風シュルル

（**注**、原句の響きを試みにカタカナで付記してみる――
ダス　ラッシェルン　シェルン　シェルン
イム　ライフェン　ゲトライデフェルト
デア　ヴィント　マッハツ　ツ　ツ）

私には独創的に思われるこの作品は、その自然でシンプルな文構造と素朴な情景描写にも助けられて、印象深く、イメージ豊かな句となっている。明確な頭韻とゆたかなリズム感をもって、ドロテーア・キットリッツ（Drothea Kittlitz）は夏の休暇の雰囲気を伝えている

Sommer, Sonne satt　夏、太陽に飽きて
verbummelt und vertrunken　グータラ飲んだよ
zweitausendunddrei　二〇〇三

（**注**、この句もリズムと音を味わう為に、原句をカタカナで表記してみる。
ゾマー　**ゾ**ネ　**ザ**ット
フェア**ブ**ンメルト　ウント　フェアトゥ**ルン**ケン
ツ**ヴァイタオ**ゼントウントドゥ**ライ**

ゴチックの部分が強音になるので、リズムは以下のような四拍子のリズムになる。

『ひとつの詩形式の変遷と可能性』（エッケハルト・マイ　竹田賢治：訳注）

これと同じようにクラウス・ディーター・ヴィルト（Klaus-Dieter Wirth）は、日本の古典俳句にしばしば見られる頭韻を踏んだ詩句を作っている。そこには蝶の飛翔する姿が鮮明に描かれている——

Fuchsiebenblüten,
Ein Falter verzettelt sich
in Flatterschleifen.

ツリユキ草。
一匹の蝶が熱中している
ひらひらと舞うことに。

（**注**、下線部のフの音が韻を踏んでいる。）

この作品で注目されることは、言葉の響きを効果的にするために語源的な（Falter＝蝶、flattern＝飛翔する）要素が現代風に表現されていることである。一読しただけではあまり目立たないマルクス・ズルツベルガー（Markus Sulzberger）の作品——

Schritte verhallen
leises Zischen – die Tür schließt
Jasminduft im Lift

足音が次第に消えていく
かすかなシュルルという音——ドアがしまる
エレベーターにジャスミンの残り香が

ここでは、歯音（Zisch-Laute）とエス音（s-Laute）、さらに六度使われたイの音（i-Laute）が句全体を支配しているために、響きの上でどこか閉ざされた感じが出ている。さらに、「閉じられていく」（schließenden）ドアが二度使われた“-ft”を伴って一句が終わっているために、舌をなめらかに動かさなくてはならないのだ。ロスヴィータ・エアラー（Roswitha Erler）の詩句もこれに劣ってはいない——

Sonnenlicht flimmert

日の光がキラキラとしている

übern Wiesenhang zittert　　牧場の斜面にチロチロと
ein Grillenkonzert　　虫たちのコンサート

どの行にもひとつの「イ」（"i"）音とそれに続く二つの子音があって、沈んでいく太陽に照らされて、あたかも音をたてて震えているように見える地平線が、一句全体に独特な雰囲気を醸し出している。

俳句に必須の季節による分類は、西欧の俳句でも触れないわけにはいかない。勿論、地理的に俯瞰できて、核となった地域の気候に比較的統一された日本の自然空間は他の国には移しようがない。そこで、西欧の国々にはそれぞれ固有の四季のテーマが設定されなければならないであろう。それは、さまざまな自然現象のみならず、一年をとおして行われる習俗に現れた特殊な現象をも記録するものである。

多くの事象がそのようなテーマの基準を代弁するが、それは標準的にまた指示的にではなく、むしろ集められ、確認する為に整理されるべきものであろう。短詩という形式は慣習を必要とする。このようなことに言及する必要がないのは、次のような場合である。すなわち、三行という枠構造が明確であり、それが一般的に受けいれられていること、そして、季題（Jahreszeitenthema）や季語（kigo）の持つ総体的な連想の枠組があらかじめ定められているということである。「夏」という言葉そのものが、これに付随する多くの事柄を備えている。ところで、私は助言したいのだが、俳句が日記のようなスタイルで連作的に書かれるだけではなく、少なくとも、常に暦を念頭において書かれるべきである、ということである。

西欧の俳句は、紋切型の日本の古典俳句を受容してきた為に、一貫して自然詩（Naturlyrik）として理解されてきた。これは、受容の歴史から観ると致し方ない誤った見方であるが、そこから生まれた伝統というものは、もはや変えようがない。俳句は本来、季節を詠む詩（Jahreszeitendichtung）である。命あるもの、命のないものを問わず、俳句では自然が重要な役割を演じてはいるが、それだけにはとどまらない。

日本の古典俳句の中には自然をテーマとしないが、その背景に年中の習俗や行事、一般的な人事を詠んだ作品が無数にある。このような句は、それと同じような日常生活や語彙そのものが西欧にはない為に、うまく翻訳することができないことは、今も昔も変わらない。そのような俳句には長くてやっかいな注解が必要である（例えば、新年の行事、お盆（Allerseelen：注、「万霊節」は一一月二日）、衣替えなどを詠んだ句など。）このようなテーマをもった句を、宮森麻太郎はその浩瀚な『俳句アンソロジー　古代から現代』（Anthology of Haiku Ancient and Modern, 1932）で意図的に取り上げなかった為に、後世の翻訳でもそのような句は紹介されなかった。

　ほぼ千句にものぼる、発音表記、翻訳、短い注釈をもったこの大作は、その後の全てのアンソロジーの母胎となった。それは、ロートタウシャー（Anna von Rottauscher）、ハウスマン（Hausmann）、クーデンホーフェ（Coudenhove）、ウーレンブローク（Ulenbrook）などの翻訳、重訳、翻案の水汲み場となり、「採石場」となった。

　ところで、今回のハイク・コンテストの作品を読んで見て、ドイツ語俳句にも純粋な季節の詩が認められたことは喜ばしいことである。第三位を獲得したクリスティーネ・グラードル（Christine Gradl）の作品では前面に現われているのは「渡り鳥」であるが、もう一つの情景によって、きわめて季節感に富んだ句となっている――

Blechkarawanen　　ブリキのキャラバンが
weisen den Weg nach Süden　　南への道を示している
für die Zugvögel　　渡り鳥たちのために

これは明らかに、ほとんど本能のように南に向かう人間たちの列を描いている。「詩的ウイット」がイメージを反転させている。つまり、渡り鳥たちは長い、日に照らされた車の列に従うだけでいいのだ。「ブリキのキャラバン」のような現代風の夏の「季語」（kigo）は、次の詩句の中にも見出すことができる――

biotonnenduft　　堆肥の香り

und kreissägenidylle
gib schnecken das korn

電動のこぎりの騒音
さて今度はカタツムリたちに餌（薬）をやり給え

フォルカー・ハウンシルト（Volker Haunschild）のこの句は、「現代的な」夏の情景を造形的に大胆に活写してみせている。体に感じられる暖かさ、戸外の自然、夏の庭の小屋の情景がありありと描写されている。（「カタツムリ」Schnecken は日本でも夏の季語 kigo なのだ!）。そこではさまざまなものが匂い、聞こえ、感じられるのである。

Gewitterregen
Warmer Geruch vom Asphalt
Sommer in der Stadt

雷雨
アスファルトから立ち昇る蒸気
街の夏

ジモーネ・タウベラー（Simone Taubeler）のこの作品は、雰囲気をよく抱えた詩である。この句はどの行にも季語（kigo）に似た言葉がある。先に引用した二つの句と同様に、この作品でも一句の中に複数の季節を示す言葉が同時に使われている（いわゆる「季重なり」kigasanari）。これは古典俳句でははっきりと「禁じられて」いたわけではなく、一般的に許されていた。また、タウベラーの詩句の持つ感覚に訴えるような文法的なつながりを持たない文構造（Parataxe 文の並列）が、日本の俳句の考え方に密接につながっているような印象を受けた。

ガブリエレ・シュミット（Gabrielle Schmid）の独創的な句には季語らしい言葉はどこにも見出せないが、明らかに夏の句に入れられるべき作品である——

vor meinem fenster
der tanz der männerbeine
auf dem baugerüst

私の部屋の窓の前に
男たちの足が踊っている
足場の上で

季語の設定をただひとつの、また、決まりきった季節の言葉に限定することが間違いになり得るということをこの作品は示している。つまり、一句全体のもつテーマ、描かれた事象、詩的な「装備」こそが意味を持っているのである。この句を支配しているのは夏の気配である。そこには暖かさや建築現場の匂いすら感じ取ることができる。素足の、力強い、毛むくじゃらの脚が、窓という枠の中に活写されている。

特に印象的だった季節の詩はモーリス・ズィッペル（Maurice Sippel）の春の句である――

Endlich Frühjahrsputz.
Der Teppich tanzt so beschwingt
im Takt des Klopfens.

やっと春の大掃除
カーペットがあんなにも忙しく踊ること
パンパンと叩くタクトに合わせて

これは季節の句としては最も優れた一句であった。埃からの解放、通る風、また、命ある世界への喜びの感情。言うまでもなく、「春の大掃除」（Frühjahrsputz）は将来、「人間の活動」（jinji）の項目に入れられるべき言葉である。植生や風土が日本と西欧とでは違うから、多くの自然現象は異なった方法で整理されるべきである。したがって、枯葉や落葉（ochiba）は日本では冬のテーマであるが、わが国ではやはり秋の項目に組み込まれる。ハラルト・マイス（Harald Meiß）の句――

Ein Einkaufszentrum.
auf dem Dach des Parkplatzes
verwelkte Blätter.

ショッピングモール
駐車場の屋根に
たまった枯れ葉

この句は現代文明の不毛な「無生物」の世界をとてもうまく描いているが、秋と冬のふたつの季節に入れてもいいかも知れない。

四季をとおして観られる自然現象は、日本の古典俳句では、原則としてただひとつの季節の中に「記入」されてきた。「月」（tsuki）という言葉は、他に装飾語がなければ、常に第一番目の秋の満月（陰暦に従えば八月中旬）を意味する。これはそのひとつの良い例であり、あれこれ言うことを省略する為に、そのように了解されているのである。「新緑」（frischgrün）という装飾語を伴って、明らかに春（あるいはせいぜい初夏まで）の中に入れられる満月の月の出を、シュテファン・ミューザー（Stefan Müser）の句が描き出している――

leuchtende frucht am
frischgrünen baum, nie schien uns
der vollmond näher

光っている果実が
新緑の木に、こんなに近くに見えたことはなかった
満月

この句は、いわゆる「詩的交換」が注目される作品となっている。この技巧は日本詩歌の歴史の中で古来よく使われてきたもので、「花」、「霧」、「霞」、「雪」といったことばの領域では、かなり型にはまったものになっている。「果実」と見立てられた月、それもまだ「新緑」の木に成っている月は、まだ現われていないのである。この句の魅力は「見える」（schien）という言葉がもつ二重の意味（「光る」）を巧みに駆使して、高い表現力を示しているところにある。

語彙や語句の多義性を使うということは、言語の綴りが単純であることにも助けられて、日本詩歌では長い歴史をもっている。ことに好まれたのは「掛けことば」（Scharnierwort, kakekotoba）で、これが文の前や後ろに置かれると、違った意味を持つようになり、簡単に「文の枠をはずし」、省略した表現ができるのである。俳諧（haikai）における言葉遊びの要素は、芭蕉や彼の後世では衰退はしたが、俳句においてもなくなってはいない。

季節が認められない句（いわゆる「無季の句」muki no ku）は、日本の近代俳句から始まったわけではない。江戸時代にも無季の句は詠まれた。それらの句は、詞華集では「雑」（zatsu）の中に入れられるか、あるいは、「宗教」（shimbutsu）や「恋」（koi）といった項目の中に見ることができる。後者に属するものとして、キキ・ズアレズ（Kiki Suarez）の作品が挙げられる――

Ich sehe dich an,
aber finde dich nicht mehr
in meinen Augen

私はあなたをじっと見てるのに
私の目の中にはもうあなたは
いないの

このような詩は無季の俳句にその存在価値を与えるものなのであろう。その存在価値は、無数の連想を呼びおこす思想と多様な省察に余地を与えるイメージを、短いが故に禁欲的なまでに厳格な形式の内に凝縮することにある。最後に、俳句における休止と余韻の問題について、私の目の前にあるこのアンソロジーから、ごくわずかな作品を取り挙げて、若干の考察を加えてみたい。ふたつの異なるイメージや思想を対置させることは、常に連想に働きかける。自然な思考の過程を互いに乱し合い、両立しないイメージはあたかも波のような言語干渉を生じさせる。優れた句はそのような時に生まれる。ジルビア・ヘリング（Sylvia Heling）の一句はまさにそのような作品である――

Frühlingsregen fällt
formt Ringe auf dem Wasser
Musik für Fische

春の雨が降って
水面に輪をつくる
魚たちのための音楽

音楽をつくっているのは雫だけであろうか。水面にひろがっていく輪もまた音楽を奏でている。ごく単純だが終わりのない音楽を。視覚と聴覚をひとつのものにする共感覚がこの作品にはある。この句における休止（切れ）は（二行目の最後の）「水」（Wasser）という語のすぐ後にある。作者はそれを示すような何らかの記号をつけているわけではないが。

日本の古典俳句では、言葉の並立、いわゆる「取り合わせ」（toriawase）が重要な役割を演じている。蕉門の一人、森川許六（Morikawa Kyoriku, 1656-1715）は彼の師の考えを発展させ、体系化した。「取り合わせ」においては、対立、対照、互いに相反する素材が問題とされ、さまざまな結合や詩句の意味が呼び覚まされる。「取り合わせ」の典型的な例はコンラート・ミーゼン（Conrad Miesen）の詩であろう—

Konzert im Kreuzgang　　教会の回廊でのコンサート
Der Falkenruf stürzt mitten　　鷹の啼き声が降ってくる
in die Sonate　　ソナタのまっただ中に

啼いている鳥の動きと啼き声そのものとをドラマティックに一体化することは日本の俳句でもよく使われる。ここで明らかになってくることは、イメージ豊かな詩的言語は、世界に通じる普遍性があるということである。

そのようなことはあり得ないのではないかと以前は思っていただけに、コンテストに応募してこうして活字となった作品を読み進むに連れて、それらの詩は私にとってますます興味深いものになって行った。多くの作品を私は夢中になって声に出して読んだ。そうするうちに、これらの詩句を分析し、整理すること、詩の背後に隠されたものを見つけ出すことに多くの喜びを持つようになった。かつて蕉門俳句を研究した時に味わったのと同じように。それは文献学的研究の際にわき起こってきた至上の喜びの感情である。

私にとって興味深かったことは、応募した詩句の構造、形式、内実を日本の俳諧の詩学から、乃至はこれと似た、あるいは変貌を遂げた詩学から発見し、批評することであった。後者は、長い受容の歴史の中で、より自然なもの、俳句作者の中でより無意識的なものとなっているか、あるいは、詩的表現という普遍的なものを現しているかのいずれかである。

さまざまな規則があるにもかかわらず、われわれの俳句が多くの潜在力と限りない可能性を秘めている、ということをコンテストに応募した作品が私に教えてくれた。これら作品が持っている詩的な多様性と華やかさは充分に納得できるものであり、また、さらに発展することを約束してくれている。音響的につくられた作品の中のイメージが、部分的ではあるが日本の古典俳句と似ている、ということを知って、私は驚きの目を見張った。

『ひとつの詩形式の変遷と可能性』（エッケハルト・マイ　竹田賢治：訳注）

ドイツの俳人（Hajin）、あるいは、ドイツの「俳句風景」において、「さらなる受容」（Nach-Rezeption）が見出せるならば、それは何と実りのあることだろう。日本の古典俳句の受容は、私見によれば、二〇世紀の六〇年代、七〇年代で終わっている。ドイツ語圏の国々に欠けているものは、既に英語圏では存在する浩瀚なアンソロジーである。その例として、ブライス（R.H.Blyth）の六巻から成る研究書（Haiku,Bd.1-4, Tokyo 1949-1952 並びに A History of Haiku, 2 Bde. Tokyo 1963-1964）が挙げられる。本書は日本の俳句の**「信頼できる」**姿を紹介している。ドイツ語圏での古典俳句というものののイメージが、比較的正確ではあるが少しばかり民俗学的に誤りがあるクーデンホーフェの重訳と、慎重に訳されてはいるが原作とはかなり異なったものになったウーレンブロークの「翻案」によってのみ代表することはできないし、又、許されないことである。

私は芭蕉以後の作品を研究した時、美しい詩的創造物の充溢に何度も出会った。そのような創造物はわれわれに紹介される価値を持ったものであり、ドイツ語俳句に強い衝撃を与えることがあるかも知れない。——よく知られた作品の「さらなる受容」と、まだ知られていない作品の「新しい受容」。以上のように筆者が記したことが、このような大きな課題に将来、幾ばくかの寄与ができれば、と思っている。

おわりに

ドイツ俳句協会の季刊誌は二〇一一年五月現在、通巻で九三号にも達している。以下の年表にあるとおり、新しい句集や俳論が次々と出版されているが、日本でのこれらの研究が今後の我々の課題となろう。

西欧における俳句関係略年表（ドイツ語圏を中心に）

・一八八四（明一七）Goutier,J.（仏）：Poèmes de la Libellule. (Paris)『蜻蛉集』（万葉・古今の短歌、西園寺公望、一八六九～一八八〇在パリ、翻訳）

・一八八八（明二一）サミュエル・ビング「芸術の日本」創刊。森鴎外、ドイツから帰国。

・一八八九（明二二）パリ万博、エッフェル塔。K・フローレンツ来日（東大、一九一四年まで）。

・一八九四（明二七）Florenz,K.（独）：Dichtegrüße aus dem Osten.（Leipzig / 東京）『東洋からの詩人の挨拶』（守武、其角、北枝のみ）

・一八九九（明三二）Hearn,L.（英）：In Ghostly Japan. (Boston)『霊の日本』（俳句論 "Bits of Poetry"）
Aston,W.G.（英）：A History of Japanese Literature. (London)『日本文学史』（英訳俳句一八句）

・一九〇二（明三五）B.H.Chamberlain（英）：Basho and the Japanese Poetical Epigram.『芭蕉と日本の叙情的エピグラム』。正岡子規、没。

・一九〇四（明三七）Reiser,A.（独）：Alte japanische Frühlingsgedichte.『古代日本の春の詩』（アストン『日本文学史』の中の万葉集からの重訳）
Hauser,O.（独）：Die japanische Dichtung. (Berlin)『日本の詩』（芭蕉の三句のみ）。P・L・クーシュー、来日。

・一九〇五（明三八）Couchoud,P-L.（仏）：Au fil de l'eau. (Paris)『流れのままに』（ハイカイ試作、限定三〇部）。日露戦争終結。上田敏、『海潮音』。

・一九〇六（明三九）Florenz,K.（独）：Geschichte der japanischen Litteratur. (Leipzig)『日本文学史』。W・グンデルト来日。

・一九〇九（明四二）Kurth,J.（独）：Japanische Lyrik aus vierzehn Jahrhunderten. (München / Leipzig)（短歌、俳諧）

・一九一〇（明四三）Revon,M.（仏）：Anthologie de la littérature japonaise des origines au XXe siècle. (Paris)（仏訳俳句七二句）

・一九一三（大二）エズラ・パウンドのイマジズム宣言

・一九一六（大五）Couchoud,P-L.（仏）：Sages et poètes d'Asie. (Paris)『アジアの賢人と詩人』（一九二〇、英語版）

・一九二〇（大九）Paulhan,J.他（仏）：N.R.F (Nouvelle Revue Française, Sept.-Nr.) (Paris)「新フランス評論」（一二人、八〇句のハイカイ特集号）

・一九二五（大一四）堀口大学：『月下の一群』（フランス・ハイカイの訳詩アリ）

・一九二九（昭四） Gundert,W.（独）：Die Japanische Literatur. (Wildpark - Potsdam)『日本文学史』。エイゼンシュテイン、モンタージュ理論。

・一九三二（昭七） Miyamori,A.（宮森麻太郎）（日）：An Anthology of Haiku Ancient and Modern.『古典現代俳句選集』

・一九三五（昭一〇） Ueberschaar,H.（独）：Basho und sein Tagebuch "Oku No Hosomichi". (Tokyo) (MOAG 29 / A)『奥の細道』
(MOAG : Mitteilungen und Nachrichten der Deutschen Gesellschaft für Natur und Völkerkunde Ostasiens.)

・一九三六（昭一一） 虚子渡欧、フランス・ハイカイ派と交流。

・一九三七（昭一二） Zachert,H.（独）：Die Haikudichtung von der Meijizeit bis zur Gegenwart. (Tokyo). (MOAG - 30 / C)

・一九三八（昭一三） 鈴木大拙：『禅と日本文化』（英語版）

・一九三九（昭一四） Rottauscher,A.（墺）：Ihr gelben Chrysanthemen. (Wien)『黄菊』

・一九四二（昭一五） Lüth,P.（独）：Frühling, Schwerter, Frauen. (Berlin)『春、剣、婦人』（短歌、俳句）

・一九四三（昭一六） Kurth,J.（独）：Japanische Lyrik. (München)『日本の叙情詩』（短歌）

・一九四九（昭二四） Blyth,R.H.（英）：Haiku.（〜一九五二）(4 volumes) (Tokyo)『俳句』

・一九五一（昭二六） Hausmann,M.(独)：Liebe, Tod und Vollmondnächte. (Frankfurt am Main)『愛、死、満月の夜』（短歌、俳句）

・一九五二（昭二七） Gundert,W.（独）：Lyrik des Ostens. (München)『東洋の叙情詩』（詞華集）

・一九五五（昭三〇） Debon,G.（独）：Im Schnee die Fähre. (München)『雪の中の渡し舟』（短歌、俳句）
Coudenhove,G.（独）：Vollmond und Zikadenklänge. (Gütersloh)『満月と虫の聲』（俳句）
Keen,D.（米）：Japanese Literature. (Lutland / Vermond / Tokyo)『日本の文学』

・一九五六（昭三一） ギンズバーグ（米）：『吠える』。スナイダー（米）、京都大徳寺に参禅。

・一九五七（昭三二） Yasuda,K.（米）：The Japanese Haiku. (Lutland / Vermond / Tokyo)『日本の俳句』

・一九五八（昭三三） Henderson,H.G.（米）：An Introduction to Haiku. (New York)『俳句入門』
高浜虚子（日）（手塚富雄 訳）：Neuzeitliche Haiku - Gedichte. (Tokyo)『虚子俳句集』。ケルアック（米）、『ダルマ行者たち』。

・一九六〇（昭三五） Ulenbrook,J.（独）：Haiku. Japanische Dreizeiler. (Wiesbaden)『俳句・日本の三行詩』

・一九六一（昭三六） Hausmann,M. / 高安国世（独・日）：Ruf der Regenpfeifer. (München)『千鳥の呼び聲』（短歌、俳句）

・一九六二（昭三七） Bodmershof,I.（墺）：Haiku. (München)『俳句』

・一九六三（昭三八） Coudenhove,G.（墺）：Japanische Jahreszeiten. (Zürich)『日本の四季』（詞華集）。「アメリカン・ハイク」発刊。

・一九六七（昭四二）Henderson,H.G.（米）：Haiku in English. (Lutland / Vermond / Tokyo)

・一九六八（昭四三）Jahn,E.（独）：Fallende Blüten. (Zürich)『散りゆく花』（俳句）

・一九七〇（昭四五）Krusche,D.（独）：Haiku. Bedingungen einer lyrischen Gattung. (Tübingen)『俳句　抒情詩の諸条件』

・一九七三（昭四八）Klinge,G.（独）（柳田知常　訳）：Wiesen im Herbstwind. (Nagoya)『秋風の牧場』（クリンゲ氏処女句集）

・一九七六（昭五一）Keen,D.（米）：World within Walls. (Lutland / Vermond / Tokyo)『日本文学史』（近世）

Ueda,M.（上田　真）（日）：Modern japanese Haiku. (Tokyo)『現代日本俳句選集』

・一九七九（昭五四）坂西八郎 / Fussy,H.　他（日・墺）：Anthologie der deutschen Haiku. (Sapporo)『ヨーロッパ俳句選集』

・一九八〇（昭五五）Hausmann,M.（独）：Liebe, Tod und Vollmondnächte. (Zürich)（一九五一年版の新版）

・一九八一（昭五六）坂西八郎 / Hammitzsch　他（日・独）：ISSA. (Nagano)『一茶』

Heinrich,R.（独）：Blätter im Wind. (Heilbronn)『風の中の葉』（ハインリヒ氏処女句集）

一九八二（昭五七）Groissmeier,M. / 坂西八郎　他（日・独）：Haiku. (Pfullingen)『俳句』（日本画と書とドイツ語俳句）

Hans Kasdorff（独）：Jahreszeiten in Deutschland. Haiku.（『俳句　ドイツの四季』今泉準一　訳）(Göttingen)

Ishikawa – Franke.S.：Am Wegrand.（『道の辺』）（個人句集、文童社、京都）

・一九八三（昭五八）Dombrady,G.S.（独）：Mein Frühling. (Zürich)『一茶、おらが春』

・一九八四（昭五九）Sommerkamp,S.：Der Einfluss des Haiku auf Imagisumus und jüngere Moderne. (Hamburg)（博士論文）

・一九八五（昭六〇）Dombrady,G.S.（独）：Auf schmalen Pfaden durchs Hinterland. (Mainz)『奥の細道』

Dombrady,G.S.（独）：Die letzten Tage meines Vaters. (Mainz)『一茶、父の終焉日記』

Higginson,W.（米）：The Haiku Hand Book. (New York)

・一九八六（昭六一）Inahata.T（稲畑汀子）（日）：Erste Haiku - Schritte — eine Fibel.（鈴木正治、Hammitzsch,H.　独訳）

Kurz,C.H.（独）：Das große Buch der Renga - Dichtung. (Göttingen)『独逸連歌大鑑』

・一九八七（昭六二）Buerschaper.M.（独）：Das deutsche Kurzgedicht in der Tradition japanischer Gedichtformen, Haiku, Senryu, Tanka, Renga. (Göttingen)

*一九八八（昭六三）ドイツ俳句協会設立

・一九九〇（平二）Kurz,C.H.（独）：Das große Buch der Haiku - Dichtung. (Göttingen)『独逸俳句大鑑』

Hausmann,M. / 高安国世（日・独）：Ruf der Regenpfeifer. (Zürich / München)『千鳥の呼び聲』

（一九六一年の同書と高安国世の独訳短歌 "Herbstmond" を合本）

・一九九二（平四）　Debon,G.（独）：Am Gestade ferner Tage. Japanische Lyrik der neueren Zeit. (München / Zürich)（一九五五年の改訂版）

May,E. / Schönbein.M（独）：Blütenmond. Japanische Lesebuch 1650 - 1900. (München / Zürich)（芭蕉、去来、嵐雪、鬼貫、其角、蕪村、一茶、子規）

Sommerkamp.S.：Die Sonnensuche. (Christophorus. Freiburg)（俳句に関するメルヘン）

＊日独俳句大会（於、バート・ホンブルク）。東西ドイツ再統一。

Dombrady,G.S.（独）：Dichterlandschaften. Eine Anthologie. (Mainz)（蕪村作品集）

Araki,T.（荒木忠男）：Deutsch - Japanische Begegnung in Kurzgedichten. (München) (iudicium)（俳論、連句論、連句）

・一九九三（平四）　＊日本独文学会でシンポジウム、テーマは「ドイツ文学におけるHaiku」。

Kurz,C.H.（独）：Das KleineBuch der Haiku - Dichtung. (Göttingen)『独逸俳句小鑑』

Kurz,C.H.（独）：Das Dritte Buch der Haiku - Dichtung. (Göttingen)『独逸俳句参鑑』

Buershaper.M.：Schnee des Sommers. (Göttingen)（個人俳句集、季語別）

・一九九四（平六）　Hammitzsch.H.（H・ハミッチュ）：『ドイツ語俳句集』（尾関英正　訳編、そうぶん社）

Krusche,D.（独）：Haiku. Japanische Gedichte. (München) (dtv klassik)（一九七〇年と同書）

Dombrady,G.S.（独）：Sarumino. Das Affenmäntelchen. (Mainz)『猿蓑』

・一九九五（平七）　Ulenbrook,J.（独）：Haiku. Japanische Dreizeiler. (Stuttgart) (Reclam)（一九六〇年と同書）

Buerschaper.M.(独)：Haiku 1995. (Göttingen)（俳句アンソロジー）

May,E / Waltermann,C.（独）：Bambusregen.（『竹の雨』）（Frankfurt am Main / Leipzig）

・一九九六（平八）　Ulenbrook,J.（独）：Tanka. Japanische Fünfzeiler. (Stuttgart) (Reclam)（万葉、古今、新古今からの独訳）

Dombrady,G.S.（独）：Mein Frühling. (München) (manesse im dtv)『一茶、おらが春』（一九八三年と同書）

加藤慶二（日）：『ドイツ俳句小史』（永田書房）

・一九九七（平九）　渡辺　勝（日）：『比較俳句論』（角川書店）

・一九九八（平一〇）　Ulenbrook,J.（独）：Haiku. Japanische Dreizeiler. Neue Folge. (Stuttgart) (Reclam)

・一九九九（平一一）　Wittbrodt.A.（独）：Deutschsprachige Lyrik in traditionellen japanischen Gattungen. (Aachen)（独訳、日本詩歌文献目録、一八四九～一九九八）

・二〇〇〇（平一二）May.E.（独）：Shômon I.（蕉門Ⅰ）Das Tor der Klause zur Bananenstaude. (Mainz) Haiku von Bashôs Meisterschülern Kikaku, Kyorai, Ransetsu.（其角、去来、嵐雪）

Inahata,T.（稲畑汀子）（日）：Welch eine Stille. Die Haiku - Lehre des Takahama Kyoshi. (von Zerssen,T. 独訳) (Hamburg)

・二〇〇一（平一三）DuPont.L.H.（独）：Haiku schreiben.（個人句集、俳論）

・二〇〇二（平一四）May.E.（独）：Shômon II.（蕉門Ⅱ）(Jôsô, Izen, Bonchô, Kyoriku, Sanpû, Shikô, Yaba. (Mainz)（丈草、惟然、凡兆、許六、杉風、野坡）

Bodmershof.I.（墺）：Haiku. (München) (dtv)『俳句』（一九六二年の再版）

・二〇〇三（平一五）Wübbena.E.（編）（独）：Haiku mit Köpfchen 2003. Anthologie zum 1. Deutschen Internet Haiku - Wettbewerb. (Hamburg)（第一回インターネット・ハイク・コンテスト。八一句。季語の指摘あり）

Haiku heute（編）（独）：Gepiercte Zungen. Haiku - Jahrbuch 2003. (Tübingen)（俳句年鑑。37人の作家による一五三句）

・二〇〇四（平一六）Wübbena.E.（編）（独）：Haiku mit Köpfchen 2004. Anthologie zum 2. Deutschen Internet Haiku - Wettbewerb. (Hamburg)（第二回インターネット・ハイク・コンテスト）

Blyth.R.H.（日）：Haiku.『俳句』の和訳（松村友次・三石庸子　共訳）（永田書房）

Kyoshi.T（日）：Singen von Blüten.（高浜虚子、『新歳時記』の独訳）（加藤慶二、Schauman.W. 共訳）（永田書房）

Wittbrodt.A.（独）：Das blaue Glühen des Rittersporn …（七編の俳論）(Hamburger Haiku Verlag)

・二〇〇五（平一七）Wübbena.E.（編）（独）：Haiku mit Köpfchen 2005. Anthologie zum 3. Deutschen Internet Haiku - Wettbewerb. (Hamburg)（第三回インターネット・ハイク・コンテスト）

Haiku heute（編）（独）：Der Lärm des Herzens. Haiku - Jahrbuch 2004. (Tübingen)（俳句年鑑。三五人の作家による一四二句）

Wittbrodt.A.（独）：Tiefe des Augenblicks. Essays zur Poetik des deutschsprachigen Haiku. (Hambug)（二〇人のドイツ語俳句作者による俳論）

・二〇〇六（平一八）May.E.（独）：Chûkô.（中興）Die neue Blüte. (Shômon III) (Mainz)（乙由、巴人、吏登、千代尼、成有、太祇、蓼太、召波、樗良、暁台、几董、白雄、蘭更）

Haiku heute.（編）（独）：Worte für die Wolken. Haiku-Jahrbuch 2005. (Tübingen)（俳句年鑑。三六人の作家による一〇〇句）

・二〇〇七（平一九）Haiku heute（編）（独）：Feine Kerben. Haiku - Jahrbuch 2006. (Tübingen)（俳句年鑑。五五人の作家による一六三句）

・二〇一〇（平二二）Wübbena.E. / Wolfschütz, S.（編）（独）：Katzen - Haiku. Anthologie zum Haiku - Wettbewerb 2010 (Hamburg)
Wirth, K. - D.（独）：Zugvögel.（一五〇句、個人句集）(Hamburg)

・二〇一一（平二三）Wübbena.E.（編）（独）：Bis zum letzten Tag. Haiku - Jahrbuch. (Hamburg)（俳句年鑑

（付記）

このエッセイの翻訳に関しては、著者エッケハルト・マイ教授から翻訳の許可を得たことをここに付記しておく。また、英文の要旨作成は神戸学院大学教授、久保田重芳氏にお願いした。付して感謝の意を記しておきたい。

「英国俳句協会」・「英国歳時記」
デーヴィッド・コブ氏に聞く

坂口明子
Akiko SAKAGUTI

英国俳句協会に実際に参加する機会を得、当時の会長デーヴィッド・コブ氏や、氏の紹介で何人かの会員に書面でインタビューする機会を持った。また、当時氏が編纂していた「英国歳時記」が二〇〇四年に英国笹川賞を受賞したので、ここではその項目リストの一部ではあるが紹介したい。コブ氏の最近のメッセージも届いた。

はじめに

二〇〇〇年末から二〇〇三年末まで約三年間英国に滞在する機会があり、その間英国俳句協会（BHS）に入会し活動に参加することができた。二〇〇二年に当時の会長デーヴィッド・コブ氏にインタビューを試みた。デーヴィッド・コブ氏へのインタビューから、その頃の俳句協会やその活動を、また氏が執筆した「英国歳時記」についても紹介したいと思う。月日は百代の過客、年を経ていろいろと変化していることと思うが、その頃のこととして記しておく。歳時記同様その国のことはその国の人々に語ってもらうのが産地直送のよさである。なおデーヴィッド・コブ氏へのインタビューは、俳文芸誌『游星』（二〇〇二年No.二七）に掲載されたものを下敷きにしている。

＊　＊　＊

一　「デーヴィッド・コブ氏にインタビュー」

デーヴィッド・コブ氏は、英国俳句協会（ＢＨＳ）会則による最長任期をすでに満了されていた初代会長ジェームス・カーカップ氏に代わって、一九九七年から選ばれてＢＨＳ会長を引き受けておられるが、二〇〇二年の年度末で任期満了に伴い、会長を引退された。コブ氏は他の国々、特に、日本、アメリカ、カナダ、フランス、ドイツ、オランダ、ルーマニア、クロアチア、ニュージーランド、スェーデンなどの俳句組織とかかわりを持ちながら、英国内の俳句協会を育ててこられた国際的な貢献者である。自身の句集・俳文集多数と、ＢＨＳ選集『アイロンブック』（一九九八）、大英博物館『ＨＡＩＫＵ』（二〇〇二）などを監修された。『ＨＡＩＫＵ』で協力した坂口明子がこのインタビューを企画提案した。（ＤＣ＝David Cobb／ＳＡ＝Sakaguchi Akiko）

ＳＡ：まず始めに、どうして俳句に興味をもたれるようになったか、また俳句を初めて作られたときのことなどお話しいただけますか？

ＤＣ：七夕の彦星と織姫がインスピレーションを授けてくれたのでしょう。一九七七年の七夕の夜（一九七七年七月七日なんて、めったにないおめでたい夜ですよ！）私はＪＡＬの飛行機に乗って、初めて訪れる日本に向かっていました。それからの二カ月間、私が共に過ごすことになる日本人の感覚に少しでも近づくのに、俳句を作ってみるのはよい方法だと思いつき、眼下に見えたアラスカの川について何か走り書きをしました。その後、日本滞在中方々の学校や場所に案内してくれた教師と、私が作った俳句について検討する機会がありました。彼女は私の作ったものほとんどが俳句でないとみなしたのでしょう、というのも、ジョーン・ジルーの『俳句の形式』という小さな本を買ってくれたからです。それから少しずつ本当の俳句について学び始めました。

SA：一九七七年には、英国にまだ俳句協会はありませんでしたが、どのように設立されたかお話しいただけますか？

DC：日本から戻って、何人かの友人に私の俳句への興味を話し、普通の詩の雑誌の編集者達に俳句を送ってみましたが、活字にしてもらえませんでした。こうした失敗から、単独で行動してもだめだと悟りました。全く愚行でした。まずロンドンの「詩歌図書館」に行くべきだった、そこで、たとえばアメリカ俳句協会（HAS）や俳句カナダ（HC）を見つけることができたのです。実際には一九八九年でしたか、日本人の友人永山李朗氏のおかげでやっとその図書館に行きました。私はただちにHASとHCに手紙を出し、英国に会員がいるかどうかたずねました。両者ともすぐに、一人だけ英国人の会員がいると返事をくれましたが、その人はほとんど北アメリカにいるとのことでした。ディー・エベッツです。しかし偶然その時、彼は英国にいました。私のところから車でほんの二〇分ほどの所に住んでいる母上のところに来ていたのです。彼と連絡をとり、ある昼時にパブで会い、半時間ほど俳句とは何かについて私の考えを尋問されました（彼は、英国には彼と同じくらい俳句を理解している者がいるとは思っていなかったからね）。そして、私はテストにパスした。私たちは広告を出し、俳句のグループに入りたいと連絡してきた人たちを集めました。またたく間に七〇名ほど集まったが、人数が増えるとポケットマネーでは間に合わなくなり、集まった人達に、しかるべき会を結成して会費を払ってもらってもよいか、あるいは会などつくらず各々自主的にやりたいのか選択してもらった。大部分の人が会をつくる方に投票し、それでBHSが誕生したのです。

SA：ジェームス・カーカップ氏は、BHS創立時にはいらっしゃらなかったのですか？　確か初代会長と伺っていますが。
DC：ええ、ディーと私で、会ができる見込みがつくとすぐに、初代会長に招きました。一風変わった成り行きなのだが、カーカップ氏が一九八九年に書いた日本の雑誌のある記事をディーが見つけ、そこにはなんと「英国に俳句協会ができることは決してないだろう、なぜなら英国人は俳句に対する感性も理解力もないからだ」と書かれていたんだね。そういう人物を会長に迎えれば、彼も我々もお互いに奮い立つだろうと考えたからだ。たとえば、キリスト教徒を迫害しにダマスカスへ行く途中、啓示にあって回心したサウロのようになって欲しかったとでも言えばいいかな。
SA：そして一九九〇年にBHSができ、今年で一二年目になるのですね。今までにはさぞ色々なことがあったでしょうね。おもだったことをいくつかひろってお話しいただけますか？
DC：私たちがすばらしく活動してきたと言っても、自慢ではありませんよ。今では会員三〇〇名を優に超えます—日本の読者にとっては、決して多い数ではないことはよく分かっていますが、人口は英国の四倍ほど、俳句協会は二倍も長く続いているアメリカでもその会員数は八〇〇名ですよ。私たちの季刊誌『ブライス・スピリット』は、今では一二巻目に入り、その他には年四回ニュースレターを発送しています。年に一回泊まり込みの総会を開催し、海外からの講演者をしばしば招きます。年に一—二回、国立公園を八〇—一〇〇kmハイキングする三—四日がかりの吟行のようなことをやります。また、年に数回、公開コンテスト〈ジェームス・ハケット国際俳句賞、俳句文学館賞、湯浅信之国際俳文賞、俳諧への独創的貢献に対する笹川賞など〉の運営の責任を負っています。
なんといっても、今までの出来事の中の圧巻は特別な時機にやってきました。たとえば一九九四年、この年は芭蕉三〇〇年記念と英国人俳文学者R・Hブライス没後三〇周年が重なり、ロンドン大学でシンポジウムを開催して祝いました（『芭蕉再見』S・Hギル／C・Aガーストル共編、一九九九、グローバル・オリエンタル出版、で読めます）。また、

R・Hブライスの著作から重要な箇所を抜粋した『俳句の真髄』(デーヴィッド・コブ編、金星堂出版、一九九九)を出版しました。一九九五年には、ジョン・キーツ二〇〇年記念祭の一環として、ハムステッドのキーツの家の庭で、俳句祭りの夕べを開きました。まさに「真夏の夜」でした。二〇〇〇年に、『タイムズ』紙と共催で国民俳句コンペ(投句数五〇〇〇以上)を、そして独自に学校俳句コンペを行いました。俳句が我が国の中学・高校のカリキュラムの指定題目だと知ったら驚くでしょう。そのために、我々は『ハイクキッド』という教材の形で教師用手引を出版し、今ではそれが一〇〇〇校近くに配布されています。その貢献が公に認められ、一九九六年にジャパンフェスティバル年間賞の二位を受賞しました(一位は大英博物館にもっていかれましたがね)。やれやれ、自慢じゃないと言っときながら、自慢しすぎたね。

SA:なんてすごいんでしょう!

機関誌の『ブライス・スピリット』に言及されましたが、もう少し詳しくお話しいただけますか?

DC:幸運なことに、それは代々すぐれた編集者に引き継がれてきました。各自数年ずつ編集に没頭してくれ、各々新風を吹き込んでくれました。初代コリン・ブランデルとリチャード・ゴーリング、二代ジャッキー・ハーディ、三代キャロライン・グーレイ、そしてコリン・ブランデルが再び、今回は一人でやってくれています。年を経るごとにページ数が増え、今では各号につき六四ページにもなっています。内容は日本の俳人を驚かすこと間違いなし。何しろ俳句の他に、俳句に関する論文、俳句の本についての評論、まあここまではいいとして、連歌、川柳、短歌、俳文まですべて揃っているからね。会員の中には、そのすべてに筆を染めている者もいますよ。

SA:そこでお尋ねしたいのですが、あなたご自身の俳句観はまさにいかがなものでしょうか?

DC:すでに皆さんがご存知のように、欧米の俳句作家は往々にして、いわゆる「ハイクモーメント」というのに取りつかれています。俳句というのは、詩人の意識に自然発生的に浮かび、文字通り、その瞬間を再現すべきだと考えているのだね。それでは俳句を作る技術なんて入り込む余地はほとんどない。ある俳句―最もよい俳句のいくつか―は自然にでき、変えられることはないかも知れない、それはそれで完璧だからね、という点には賛成だが、その「自然発生」をとらえられるようになるまでに長い習得期間が必要だと私は信じている。また作る過程において、俳句が出来事のずっと後で作られてもかまわない（詩人のワーズワースが、寝椅子に横たわりながら内省的なムードにひたって回想したようにね）という非常に寛大な立場をとっている。そういう俳句は、経験の蓄積の産物、または、経験に基づき想像されたものともいえる。もし、俳句が本当のように聞こえたら、文字通り本当のことでなくてもよいというのが私の見解です。欧米にいる私たちは、ＲＨブライスが俳句について説明したことに非常に影響されてきたのだが、どうも、彼は俳句の禅的な要素を強調するあまり、我々をまちがった方向へ導いたようだ。だが、ハルオ・シラネの『*Traces of Dreams — Landscape, Cultural Memory, and the Poetry of Bashō*』（一九九八、Stanford University Press）出現以来、私は禅的見方を大幅に修正した。

ＳＡ：その本についてふれてくださって、とても嬉しいです。白根先生がそれをお書きになっているときに、いくつか気づいたことを申し上げる機会があったものですから。白根先生はその本の中で、日本語以外の言葉で書かれた俳句は、その言語の特性に順ずるべきだと指摘されていますし、日本と同じルールや習慣に則っていなくとも、真の俳句とみなされ得る（日本の場合は、日本のルールに従えばいいのですが）ともいっておられます。コブさんは英語の俳句（「エイゴハイク」といっておられるそうですが）と日本語の俳句は違うべきだと思われますか？　もしそう思われるなら、その違いはどんなものでしょうか？

ＤＣ：話を簡単にするために、さしあたり俳句の最も本質的な三つの特性を、簡潔さ（多くの人は一七音を思いうかべる）、季節の言葉（「季語」）を含んでいること、そして「切る言葉」（「切れ字」）を使うこととしましょう。英国にも季節をイメージさせる言葉があります（たとえば二月の「スノードロップ」、一一月の「花火」など）が、まだ歳時記はありません（実際のところ自分で準備はしていますが、まだ原稿の段階で、それが人の役に立つかどうか確信は持てません）。英国歳時記ができたとしても、その季語の多くは日本の歳時記の季節と異なることになるだろうし、日本のものには全くないものもあるだろう。たとえば「花火」などは日本では晩夏だと思うし、「パンケーキ」なんて語は日本のにはないが、英国人には二月末から三月にかけてのシュロウブタイド（懺悔火曜日）を連想させるものです。幸運にも、一九九九年ベルリン俳句祭で、うれしくも名誉なことに、壇上のパネリストの一人として金子兜太氏と一緒になった。それは私にとって、季語の理解だけでなく、季語を拡張したものとしての「キーワード」という彼の概念を理解するのによい機会だった。

SA：では、将来、英語俳句でもっと季語が使われると思われるのですね？

DC：というより、日本の俳句の季語の効果にもっと敏感になってきていると思うのだが、我々の文学の土壌には、我々の俳句に季語を系統的に使うことに逆らうものがあるんだね。俳句が「同じ表現の繰り返しだ」という非難をよく受ける。学校の「書き方」では初歩の段階から、同じことを言うのにいかに異なる表現を見つけるかという訓練を受けてきたので、歳時記のようにコード化されたものに反発する変化への願望が常にある。

SA：「切れ字」についてはどうですか？

DC：英語には、「切れ字」に相当するものが全くないので、この重要な俳句の特徴（私は皆に、俳句は三行詩というより、二つに分かれる詩だと考えるように常々言っている）をとり入れるのに、句読点や破線（- or —）に頼らなければならない。

音節の数や長さについては、英語で俳句を作っている人はだいたい次のように考えている。英語の音節は長さにかなり幅がある（'high-rise' も 'tutu' も同じ二音節だ）。同じ音節でも長い語の一七音節だと俳句としては荷が重すぎる。それで俳句は一息で言える長さがよいという人もいる。日本語の俳句と同じ意味を表すのに英語ではより少ない音節ですむことが多いので、短くなる傾向がある。アメリカ人は一二―一四音節が理想的だとしているが、英国人は重要でない言葉も「呑みこむ」傾向があるので一四―一五音節が適している。私自身は、俳句が最終的に定まるまで、音節は数えない。一七音節になることもあるが、あまり気にしません。ただ、その俳句の音をよく聞いて「ちょうどいい長さ」かどうか決めます。

SA：先ほど英国では俳句と同じように、川柳、短歌、俳文を書く人がいるとおっしゃいましたが、あなたも書かれるのですか？　もし書かれないのなら、四つの形式全てを書くのは何かよくないとお考えなのでしょうか？

DC：BHSの会員の多くがそうであるように、日本のように俳句と川柳をきっちり分ける理由が私たちにはよくわからない。俳句と川柳をいっしょにまぜて句集を出版しても満足です。私たちは俳句と川柳の両面を持った作品も作りますよ。我々の文化や文学の歴史は、人間として自己の成長に焦点を合わせてきたので、こういうふうに逸脱するのもごく自然なことで避けられないことなのかもしれない。俳文も興味をそそられる。BHSの会員で同意する人は少数だがね。これも挑戦ですよ、俳文の中で効果的にはたらく句を作るほうが、俳句だけをつくることよりも難しいと思う。連歌についての私の考えはだいたい子規と同じだ。文学としてよりも、友達と楽しむものとして価値があるね。同時に、連歌をやることで「匂い」のようなことを学べ、これは俳文を書くのに役立つ。短歌については私はやりません。俳句とは対極の理論に基づいているように思うのでね。短歌に反対するわけじゃないが、短歌を作ると、なんだか誠意がないように自分で感じてしまう。

SA：最後の質問です。あなた方英国の俳人が、現在あるいは将来にわたって直面している問題が、必ずいくつかあると思うのですが、二、三お聞かせください。

DC：わかりました、できるだけ簡単にね。まず第一に、俳句よりも伝統的な詩（「一般に認められている」、いわゆる「確立された詩歌」ともいえるが）を書いている詩人たちに、受容されるかどうかという問題です。このことに関して、英国の俳人すべてが気にしているわけではないのだが、私は気になる。自分の国で、外国の文学形式を真似しているアウトサイダーと思われたくない。俳句に、総合的な英文学史の一部にかならずなって欲しい。そうすることで、俳句は「出版に向かないという不評」を克服しなければならない。いまだに、俳句についてよく知らない人々に、俳句なんてたわいもないもので、新しみも、驚きもないので、結局この悩み多き時代にふさわしくないと拒否されることがままあるからね。

第二に、希薄化あるいは「質の低下」（現代の芸術のほとんどがそうだが）の問題だ。俳句はインターネットを含めて、突然ひどく人気が出た。世界中のいたるところで安易に俳句は量産されている。そんなに多くの人々が、何かを詩的に表現したがっている時に、悲しんではいられないのだが、最もよい俳句に表面に上がってきて欲しいし、俳句をばかばかしいジョークを作るための単なる手段だと考える人たちには厳格でありたい。俳句は「ライト」、日本の「軽み」という感覚であるべきで、リメリック（五行戯詩）のような西洋の感覚でいう「ライト、あるいはコミックな詩」、つまり真実（まこと）ではなく巧妙な才気に頼って効果を持つ「ライト」ではないのだ。

最後に、「世界俳句」というのを作ろうという潮流については、懐疑的です。俳句を世界的に共有する方法がたくさんあるのは喜ぶべきこと（たとえばオランダのウィム・ロファーズが出している俳句誌「ウッドペッカー」を通じて）だが、出版される好機を求めて、ある種均質化された俳句を作るようになるのではないかと心配なのだ。あらゆる国の人々に同じように理解される「万国共通」の俳句も実際にあるが、そうした「万国共通」の俳句のほうが、英国人だけが真に理解できる俳句より、よいとか、望ましいとかいう考えには反対したい。俳句の豊かさは、他と異なる魅力（特異性）とともに、その多様性にあるからね。

SA：わぁー、すごいなー！　このインタビューだけでは、半分もうかがえなかったような気がしますが、お話しくださって本当にありがとうございました。俳句と川柳と短歌の違いについて、また「世界俳句」と「個別の俳句」

についてなど、他の方々も交えてもっと話し合いたいですね、でも次の機会を待つことにしましょう。

二〇〇二年一月二五日（ロバート・バーンズデーに）

二　英国俳句協会の主要メンバー

このインタビュー記事が『游星』に載ってから、他のメンバーのことも紹介したいと思いコブ氏におもだった二十一名を推薦してもらい、手紙で「①いつどのように俳句とめぐりあいましたか、②俳句の最も重要な特性は何だと思いますか、③あなたにとって俳句とは、また俳句以外に興味のあることについて代表作三句を付けて半ページぐらいにまとめて書いていただけないでしょうか」と依頼した。三名からはノーサンキュー、一名からは制限が短すぎる旨の返事が来たが、十七名の人たちが書いて下さった。以下名字のアルファベット順にご紹介します。

アニー・バッチーニ（Annie Bachini　一九五〇年生まれ。教師）

俳句を始めたのは十二年ほど前で、その時は私の人生にとって俳句がこんなに重要なものになり、こんなに長く興味を引くものになるとは思いもしませんでした。

俳句の前に短編小説と長い詩を何篇か書いていました。長い詩といっても英詩の標準からするととても短いものです。なぜこんなに俳句にひかれるのかとよく不思議に思うのですが、私のまわりにあるメディアとか、カウンセリングをやっていることとかが影響しているかもしれません。私が興味を持っているメディアというのは主にドキュメンタリーで、カウンセリングでは自分の感情や考えを抑制し他の人に耳を傾けることが要求されます。

BHSではいくつかの要職をこなしています。年次総会ではいつもワークショップ（実作研修会）を担当します、二年ほど会の「ニュースレター」を編集しました。目下会誌『ブライス・スピリット』の二〇〇三年三月号のゲスト編集長をやっているところです。

自分で思っている以上に、俳句はずっと私の人生の一部であり続けるでしょう。育んできた国内外の俳句のコミュニティーや交友関係に加わり楽しんでいます。これからも俳句の様々な表現方式を探求し続けるつもりです。

sound of laughter　　after the spring clean
from behind the wall—　　wishing I'd played the music box
the geraniums in bloom　　one last time

笑い声　　春の大掃除
壁の後ろから—　　もう一度かけたかった
花盛りのゼラニウム　　あのオルゴール

キース・コールマン（Keith Coleman　一九五〇年生まれ。作家／芸術家）

俳句の道に奉仕し研究することは俳人が生涯をかけるべき最重要事です。一九六九年に読んだアラン・ワッツ著『禅の道』に引用されていたR・H・ブライスの俳句の翻訳をとおして、初めて俳句に魅了されました。それ以来ずっと日本と中国の精神的・芸術的文化の研究に没頭しています。一九八五年に初めて自分で俳句や短歌を作ってみるまで、十六年間俳句の伝統全体とすぐれた例句を勉強しました。その後、墨絵、書道（シッダ文字を含む）、川柳、連歌、漢詩と続きます。

俳句を学ぶ者にとって、俳句の本質的特長は、無我（エゴイズムを去る）、俳句精神（技巧家の持つ偏見とは対照的な）、そして俳句固有の言葉（俳句独自の世界観の中で発展した言葉で、還元主義者の概念や不当に押し付けられた欧米文学の偏見によらない言葉）です。

俳句関連のジャンルに関わる前は、シュールな詩、アサンブラージュ（廃品利用の芸術作品）、コラージュ、独自の方法によるオートマティック絵画などを制作していました。十年間フリージャズの即興アンサンブルグループ「エンプティー・ルーム」で演奏し、電子音楽を実際に二つ作曲テープに吹き込みました。他には、あらゆるスタイルと文化の音楽（特にブルース）、美術、ユーモア、旅行、そして精神的探究（特に老子、禅仏教、スーフィー教）に興味があります。

in the darkness
pushing open a door

闇の中で
扉を押し開ける

still air :
trodden stalks
spring upright

静かな空気　：
踏みつけられた茎が
真っ直ぐにはね返る

ジェフリー・ダニエル（Geoffrey Daniel　一九五五年生まれ、教師）

俳句が重要なものだとは思っていないけど、うまくいったときは満足感があるね。俳句、川柳、短歌は私にとってマイナーな詩形だが有益な仕事だ、それらは作家と読者にはっきりと主題に注目させ、述べる以上のことを暗示できる、といっても読者はそのためにすごく想像力をしぼらなければならないけどね。俳句を書くのはいい訓練になる：無駄を省くことと厳しさを教えてくれる、だが言語の音楽性を追求する余地は十分ではない。俳句の精神的、哲学的可能性も知っているが、大袈裟だと思う：私は神秘主義者ではないが、言葉でそれを果たしている人もいる。30年前に、学校で俳句について学んでから私の最初の俳句を出版した。俳句よりむしろいいソネットを書く、いやフルートを吹くほうがうまいかな。

a bitter rain –
two silences
beneath
the one umbrella

ひどい雨　―
沈黙二つ
一つの傘の
下に

dusk –
the sound of snow falling
the sound of the old pines
holding it

たそがれ　―
雪の降る音と
老松の木々の音が
それを包む

シサリー・ヒル（Cicely Hill）

初めて俳句を知ったのはR・H・ブライスの有名な四巻本の中で、私が東京に住んでいた時（一九五四―一九五九）のことです。それからすぐ俳句を書き始めましたが英国俳句協会を知るまで、全く孤独な作業でした。最初にメンバーと会ったのは、ジム・ノートンの家から出発した吟行の時で、そこでマーチン・ルーカス、スティーヴン・ギルと会いました。この三人にはとてもお世話になりました。

私の「詩の価値観」について言えば、エリオットの「詩の背景にある個人の経験と詩を書く情熱はまったく別物で隔たっている」という見方が面白いと思いますが、俳句に関して重要なのは、この二つのことが同時に存在しているように見えることです。

余分なものは何も俳句に入れるべきではないし、一語ですむところを二語使ったり、生き生きしていない語や注意深く選ばれ作者の経験で染められていない語は使うべきではありません。作者は描写するより提示しほのめかさなければならないし、散文で書いたほうがいいものは詩にすべきではありません。一句の響きは非常に大事です、芭蕉は俳句を声に出して読むことを勧めました。知識より感覚が俳句には大事で、抽象より具象の世界です。想像力が作品をおしひろげ満たします。あらゆることが題材になります。

autumn night:　　　a blueish light
white mist, nothing else　　　falls across the beanfield–
out there　　　far-off thunder

秋の夜・・　　　青みがかった光
白い霧よりほか、外に　　　豆畑を横切り落ちる―
何もない　　　彼方の雷

ケン・ジョーンズ（Ken Jones　一九三〇年生まれ）

① 十年前ある本屋で英国俳句協会句集『俳句百句』をたまたま見つけ、一目惚れしました。私の方も機が熟して

いたのだと思います。

② 誠実、簡潔、明確、そして月並みや小利口さや冗長をさける。語らずに示すこと。だから、説明、抽象化、理屈を避け、読者が反応したくなるような余白を残すこと。重苦しくならないようにし、ほのめかしや控えめな表現を好んで使う。よい俳句の多くは、思いがけない対照的なイメージを提示する。よい句は深く微妙な感情を引き出し、表現しにくい意味の重層を伝えることができる。

③ 長い間まじめに禅と取り組んでいる私にとって、俳句はまず精神的な道です。書くために生きるというより、生きるために書いています。これは俳句だけでなく、欧米文学の特殊な分野として私が開拓に力を入れている俳文に最もよく当てはまります。俳文復興に興味のある日本人と知り合いになりたいものです。

④ 社会的に活動中の仏教と、山岳ウォーキング。

Returning home
quietly
self returns to self

家に帰り
静かに
自分自身に戻る

In bulldog clips
a lifetime
of bank statements

がっちりクリップに
一生分の
銀行報告書

リチャード・リー（Richard Leigh　一九四四年生まれ、会社員）

禅を通じて俳句を知り、禅はジョン・ケージとR・H・ブライスを通して知りました。私にとって、俳句で最も大切なことは、はっと気づかされるような鮮明さです。たいていは他の形式の詩を書いていますが、俳句は常に意識にあります、簡潔さを心がけているのでね（バジル・バンティングの助言は「思い切って言葉を削れ」）。他に興味があるのは文学の翻訳、特に詩歌の。詩を正確に訳すのは不可能に近いが、だからこそ訳そうと試み続けなければならない。最良の芸術は、政治家たちに汚染されていない真実を伝えることができる。

音楽を聴いたり演奏したりすることが私の興味の中心です。お互いに聞きあうことが演奏の基本となっている即興演奏グループの一員です。音楽においても、私にとってジョン・ケージが大切で、彼の音楽を聴くと耳が浄化され、音楽について彼が言っていることを読むと元気づけられます。

Tattered wallpaper
and the smell of rained-on dust
in the bombed houses.

ぼろぼろの壁紙
雨に降られた埃の匂い
爆撃された家々の中

In this dawn landscape
drawn with a twig and a cloud,
a single figure.

夜明けの風景に
枝と雲で描かれた、
一つの形

マーティン・ルーカス（Martin Lucas　一九六二年生まれ、文学博士）

〈俳句誌『プレゼンス』（一九九八年創刊）編集長。『英国俳句アイロンブック』デーヴィッド・コブ共著。『ニュー・ハイク』ジョン・バーロー共著。二〇〇一年博士論文『英国における俳句：理論・実践・背景』でカーディフ大学文学創作科博士号取得。一九九五年ランカスター大学修士号取得（宗教学）。一九八四年カンタベリーのケント大学学士号取得（英文学）。〉

一九八六年に文学創作科のクラスで初めて俳句を作りました。それまで勉強してきた欧米の詩歌や東洋の思想（老荘哲学と禅）と俳句はとても自然になじむように思えました。五年間は孤独な趣味でしたが、英国俳句協会に入会し、一九九二年にロンドンのキューガーデンでの会合に初めて参加しました。それ以来俳句は僕の人生を占領してしまったようです。俳句にはたくさんの魅力的な要素がありますが、最も重要だと思うのは人々を連携させる力です。この力は文学的にも（よい詩はあったこともない他人同士を結びつけるし）、社会的にも（共同で作品を作るときなど）、両方に働きます。もう一つの大事な趣味はハイキングで、他の俳人たちと一緒に長距離のウォーキングを実によく楽しんでいます。俳句の結びつける力こそが「俳句精神（ハイクスピリット）」だと思っているし、それが人生の中心になっています。俳句の実作がストレスになり過ぎないことも大事だと思う。俳句はほんとに小さなとるにたらないことなのに、あまりに真剣にやりすぎる人もいますからね。

evening rain
almost soundless – on the river,
on the reeds

夕べの雨
ほとんど無音—川面に
芦に

deepening winter
darkness in the eyes
of a chained dog

深まる冬
鎖に繋がれた犬の
瞳の暗さ

スタンリー・ペルター（Stanley Pelter　一九三六年生まれ、元単科大学学長）

生涯の友である読書と美術の相互の影響を受けて俳句を知った。自分自身の俳句を書いたり多くの教養を信仰のように受け入れることに疑問を持つ前に、まず始めに『俳句でない俳句』という本を出し、「宗匠たち」について勉強した。

今では俳句は人生に欠くことのできないものになっていて、毎日句作に励み、俳句の本質とか特質について考えている。その重要な結論のいくつかを、最近の著書『パンセ（瞑想録）』に盛り込んだ。この本は正統的ではないが、俳句の批判的分析です。あまりに多くの特質が、長い間あたりまえのこととして通用し、中心の道具として濫用されてきた。その結果、だんだん本物でなくなり、類型化、盗用、小利口、平凡、繰り返しがはびこっている。俳句はマンネリ化している！「軽み」という特質は革命的で芭蕉にとってはプラスの変化だったが、原子力時代においては、私は疑念と懸念を持っている。それで『パンセ』を書いたのだ。「俳句精神」とか「我々が生きている時代のエッセンス」とかは融解される必要がある。この観点から最近四〇〇〇の俳句・川柳を選抜いた。

他に興味があるのは、絵を描くこと、スクラッチボードイラスト、ガーデニング、ステンドグラス制作（コベントリー大聖堂の窓の製作に携わった）。

ancient wall
alive with the shadows
of the dead

古代の壁
死者の影と
共に生きる

butterflies land
colours flap shut
and dust the air

蝶たちがとまる
カラフルな羽ばたきは閉じ
宙に粉撒く

デーヴィッド・プラット（David J. Platt　一九四九年生まれ、微生物学者）

ロンドンで微生物学者として研鑽を積み、二十五年間スコットランドに住み、今は湖水地方に住んでいます。二〇〇一年に早期退職するまで、学者として専門的には細菌や伝染病に焦点をあわせて研究しましたが、今は科学と芸術を自由に混ぜ合せ、より折衷的なことを追求しています。東洋の陶芸と美術にまず興味を持ち、一九八〇年代には文学と哲学に進みました。俳句にはある小説の中で出会い、「おう、これはすごいぞ」と思いましたが、本格的に知り（一九八八年）、作り始める（一九九四年）のに十二年かかりました。これにはＢＨＳが重要な役割を果たしてくれました。俳句には多くの特質がありますが、一句の中ではそのいくつかがあればよく、その組み合わせで、読者に共鳴と洞察力を感じさせるイメージの余白ができればいいのです。俳句は私の人生に浸透し、人生は俳句に浸透しています。陶芸、書道、盆栽、太極拳などと共に、俳句は私の精神的豊かさの一部になっています。国際的な選集や雑誌にいくつもの俳句が載り幸運です、共有することで豊かな気分になります。二〇〇二年に俳句研究の新機軸（『俳句のコンピューター分類』）で英国笹川賞を受賞しました。

skimming
yellowness from the rape field
a solitary rook

すくいとる
菜の花畑の黄を
ただ一羽のミヤマガラス

folding the sky
into stars and streetlights
autumn clouds

空を織り込む
星と街灯の中に
秋の雲

ヘレン・ロビンソン（Helen Robinson　一九三五年ウェールズ生まれ）

リーズ大学英文学修士号、ジョン・ムーア・リヴァプール大学で美術の学士号取得。六年ほどベルギーで過ごした以外は、人生の大部分リヴァプールに住んでいます。俳句や俳句関係のことがらに没頭し始めたのは、一九九六年ごろ、仏教とめぐりあったのと同じころからです。私にとって俳句という形式は、瞑想の実践の一部で、瞬間を転写する方法、身近なものがよりはっきりと見えます。私の俳句、俳文、短歌は『プレゼンス』や『ブライス・スピリット』に載りますし、今は無くなりましたが『ハイク・スピリット』にも載りました。過去数年間に二冊集を出しました。『雲の内外』(俳句と短歌）と『冷たい月を見る』(短歌十八首）です。ジョン・バロー／マーチン・ルーカス編『ニュー・ハイク』選集に二句入集し、ジェームス・ハケット賞で二回高く評価されました。「ハイク・プレゼンス」の移動展のために映像を制作しましたし、『プレゼンス』の表紙や、線描や写真のイラストを制作しています。『プレゼンス』に参加し、ＢＨＳの活動メンバーです。

scattering your ashes –
keeping back a pinch
for the house plants

あなたの灰を撒く—
一つまみ持ち帰り
家の植木に

taking the long way
under the trees
to see the bluebells

木々の下
長い道のりを行く
ブルーベルを見るために

デーヴィッド・ロリンズ（David Rollins　一九五六年生まれ、地域医療介護士）

欧米で俳句をやっている人の多くと同様、ジャック・ケルアックの本を通して俳句を知りました、以前から詩を書いていて、自分の作品がどんどん凝縮していき、書いているものが詩といえるかどうかというところまでいっていました。俳句が突然すべてを明らかにしてくれ、ほんとに小さい詩の中に言いたいと思うことをすべて言わせてくれました。俳句に興味を持っているのは私だけだと思い込み、一人で書いていました。他の人をさがしてみましたが、たいてい無駄でそれ以上わかりませんでした。何年もたってやっと俳句のワークショップに参加でき、そこで英国最良の俳句作家たちに会い、俳句の本当の意味を説明されました。ケルアックのフリースタイル（自由律）の説明は私を間違った方向に導き、はじめからすべてやり直すために二〇年間の作品を捨てました。まだ学んでいる最中ですが、知れば知るほどよい俳句を書くのが難しくなり、それでも負けずに頑張っているのは、俳句を作ることでまわりの世界をもっと知ることができ、もっと注意深くなるからです。

between tides　　潮の合間　　the morning snow　　朝の雪
getting to know it again　　再び気づく　　changes everything…　　すべてを変え…
the winter beach　　冬の浜辺　　changes nothing…　　何も変えない…

フレッド・スコフィールド（Fred Schofield　一九五〇年生まれ、ギター教師）

一九九二年、僕が書いていた欧米スタイルの詩は終焉したと思っていたとき、たまたまデーヴィッド・コブ氏による俳句ワークショップにめぐりあい、詩に新しい喜びを発見しました。BHSに参加し、それ以来そこでいい友人が大勢できました。僕は徐々に北アメリカの俳句詩人たちによって広められた「ハイクモーメント」について学びました。この概念は今でも僕にとって重要ですが、最近は日本の俳句の伝統的なことをもっと勉強したり、俳句が日本の文化にどのように関わっているのかということと同時に、その微妙さや多様さを観賞するようになりました。俳句を声に出しそれに作曲したり、こうした活動に興味を持ち続けています。一九九七年に、美術評議会はアーティストのヘレン・ロビンソンとリーズ・メトロポリタン大学デザイン科を通じて「ハイク・プレゼンス展」の資金を提供してくれたので、この展覧会のために、いろいろな原典から俳句を選びました。二〇〇〇年に俳句仲間のマーチン・ルーカスといくつかの公開連歌を指導して賞をもらいました。一九九六年から二〇〇〇年にかけて

ＢＨＳのイヴェント係を担当しました。目下『プレゼンス』誌の俳文担当の編集をしています。

setting sun
the blackberry
eased from the bramble

入り日
黒木苺の実が
木からゆっくり離れた

winter fireside
the cat's breath
on my bare toes

冬の炉辺
猫の息が
私の剥き出しの爪先に

ブライアン・タスカー（Brian Tasker　一九四九年生まれ、元宝石商、地域精神衛生士）

初めて俳句を知ったのは、際立ったイメージと強烈な場の感覚のゆえに私が好きだった中国古典詩の翻訳を通してだった。一九八九年に英語で書かれた俳句を見つけ、その即時性をもって多くのことを喚起することを発見した。俳句を読んでいるうちに自分でも書くようになった。俳句はある考えを発展させてできるというより自然に浮かんでくるものだと思う。作者が自分は詩人だなどと思ってない時にできる無防備な作品が面白い。同じような動機で短歌も書いている。ここ数年即興演劇を勉強していて、ごく最近は「再生（プレーバック）」演劇をやっている。俳句と演劇に興味深い相似点を発見し、俳句とは、観客があたかも自分自身のものであるかのような感情を喚起する力のある寸劇のようなものだと思っている。だから、俳句は感情を共有することで人々を結びつける力のある社交的な詩としての連歌のルーツを保つべきだと思う。

undressing for love
the click of our spectacles
folded together

愛するために脱ぐ
一緒にたたむ
眼鏡の音

the house cold
after my absence
the cat sleeps closer

留守の後の
冷えきった家
猫がすり寄って眠る

マリス・タズネア（Maurice Tasnier 一九三一年イングランド生まれ、元新聞副編集長、ソーシャルワーカー）

十代半ばから詩を書いてはいたが、まじめに興味を持ち、俳句に大いに注目するようになったのは一九九六年に退職してからだった。始めのうちはむしろ不可解だったが、そのうちこのとてつもなく短く、しばしばなんでもないように見える小さな詩に夢中になってしまった。結局、俳句波長と呼ばれるものに波長を合わせることができ、その独特な魅力を鑑賞し始めていることに気づき自分でも意外だった。最上の俳句にはある力、凝縮された強さがあるようで、それが深いところで共鳴し、心の琴線に触れることができる、個人的にも普遍的にもね。同時に、俳句は相当広範囲にわたる多様性―伝統的なものから実験的なものまで、精神的なことから世俗的なことまで、真面目なことから軽薄なことまで―を容れるのに十分大きな器だと確信している。俳句を書いたり読んだりするのは日常生活の一部で、他にも核兵器反対、安楽死問題、人道主義、音楽（ジャズ、ブルース、クラシック）、フィクション、本物のエール（アルコール度の高いビールの一種）、アルツハイマー協会でのボランティアの仕事などにも時間を注いでいる。

cold moon –
a wind gathers the garden
into itself

冷やかな月 ―
風が庭を引きこむ
自分の中に

standing up
for a closer look
at the stars

立ち上がる
もっと近くに
星々を見るため

デーヴィッド・ウォーカー（David Walker 一九三九年生まれ、彫刻家）ＢＨＳ事務局長

俳句を書き始めたのは、一九六〇年代にケルアックの『孤独な天使』とワッツの『禅の道』を読んだころにさかのぼる。その後ボーナスとスウェイトの訳を通して日本の詩歌を学んだ。レックス・ロスの訳で与謝野晶子も知った。ゴールドスタイン、ヒギンソン、佐藤、シラネ、ストライク、上田、湯浅らの著書を長年愛読してきた。

「柔らの道」—二五年以上柔道を練習し教えている。一九六七年にバース美術院卒業、そこで版画制作者ナカヤマ・タダシ氏と一緒に仕事をした。最近美術講師を引退。多くの選集や機関誌に作品が載ったし、二〇〇二年には湯浅信之国際英語俳文コンテストで受賞した。

「人生は芸術の材料」。書くことも直接石を彫ることも—素材に迫るという点で私にとっては同じ二つの道—超然と開けっぴろげに、「内を外、外を内」につなげる作品をつくっている。

arranging
first pale sunshine
in Mother's hair

梳き込む
淡い曙光を
母の髪に

warm gentle rain
caressing
your unborn child

暖かで穏やかな雨
優しく撫でている
あなたのまだ生れぬ子を

アリソン・ウィリアムズ（Alison Williams 一九五七年生れ、大学図書館員）

一九九八年に俳句を発見しました。インターネットで、俳句について話し、討論している研究グループを見つけたのです。そのグループの人がBHSについて教えてくれ入会し、それ以来総会や会合や行事に数々出席しています。また、インターネットで「ワールド・ハイク・クラブ」にも積極的に加わっています。私にとって俳句の主な魅力は、人々のコミュニケーションの手段として、また日常生活の小さいけれど重要な瑣事を共有する手段としてのものです。国際度を増している俳句が、世界各地の人々の暮らしをより深く知る助けとなり、また、文化ごとの特異性と共に人間としての普遍性を理解する助けになり得ると期待しています。

darkness gathers
in the tree tops
crow by crow

闇が集まる
木々の梢に
烏が一羽ずつ

afternoon sun
the place we started from
lost in the haze

午後の太陽
私たちが出発してきたところは
靄に消えた

ピーター・ウィリアムズ（Peter Williams　一九四六年生れ、元公務員）

ハートフォードシャーのワットフォードで生れ、今もそこに住んでいます。一九九九年九月に『英国俳句・アイロンブック』を読んでから、俳句が音数だけを数えるだけのものではないとわかり、真面目に書き始めました。俳句に惚れたのです。一九九九年十二月号のＢＨＳの機関誌『ブライス・スピリット』に最初の俳句が載りました。俳句で肝心なことは、表現の簡潔さと単純さ、それにものの見方の新鮮さです。よい俳句は日常に驚きを付け加えることができる。どちらかというと私は根が滑稽なもので、川柳と考えられるものを書きがちだが、最良の作品は他の真面目な俳人の作品に劣らないと思う。俳句の他に興味があるのは音楽と美術で、千曲以上の歌を書き、絵や彫刻、そして何百枚もの写真作品を制作してきました。他の詩形にも深い観賞力があるが、俳句が僕の自然な表現形式です。今までに俳句と川柳の本を二冊出しました、『窓から投げる』(Bouncing off the Window, フォーワード出版、二〇〇一年）と『夕べの風』(Evening Breeze, ハブ出版、二〇〇二年）です。

evening breeze　　　walk to the bus stop　　バス停へ歩く
the spider cuts a petal　　passing a street lamp　　街灯を通り過ぎ
from its web　　　overtaken by my shadow　　自分の影に抜かれる

夕べの風
蜘蛛が花びらを切り落とす
その巣から

三　デーヴィッド・コブ編「英国歳時記」の紹介

英国俳句協会元会長デーヴィッド・コブ氏が「英国歳時記」を個人的に準備している最中だと言って、そのノートを見せて下さったのは、二〇〇一年晩秋のノーフォークだった。それが仕上がり、二〇〇三年度英国笹川財団俳諧賞を受賞され、その賞金で二〇〇四年秋に来日された。その折、関口芭蕉庵の椅子席を借りて、コブ氏の「英国歳時記」についての小規模な講演会を企画し、俳句に関心があり英語がわかる人たちが一二名集まった。その講演の中で、英国における歳時記の問題点が六つ挙げられた。①自然とのかかわり方の違い、西洋では人間中心的。②日本の歳時記には何百年という歴史的重みがあり、時間の長さの差はかなわない。③英国に歳時記があったとしても、俳句を書く時には使わず後から見るだけだろう。④感覚の違い。⑤ものを書くとき人と同じであってはならないという思いがあり、これが歳時記の邪魔となる。⑥我々（英国人）の季節とは何か。

英国での季節について、三年間暮らした私自身の実感として、もちろん四季はあるのだが、どちらかというと夏と冬に大別されるような気がした。また一日の中に四季があると言われていて、友人たちは夏でも雪が降ることもあると言っていた。私も夏に、パラパラと美しい霰が降るのに瞬時ではあるが遭遇し感嘆したことがある。

「英国歳時記」の〈序論〉の中で挙げられているように、自然の季節にそって編成された詩的作品、ジェイムズ・トムソン（一七〇〇―四八）の「四季」（一七三〇）、ロバート・ブルームフィールド（一七六六―一八二三）の「百姓の少年」（一八〇〇）、ジョン・クレア（一七九三―一八六四）の「羊飼いのカレンダー」（一八二七）などはあるが、英国の俳人自身の手になる歳時記はこのコブ氏のものが最初だと思う。日本人の手になる英国の歳時記はいくつかある。英国で暮らしたことのある日本人が四季折々のことを随筆調でつづったものが多いが、英米文学に現れた季節の表現をも網羅した「英語歳時記」（研究社出版、普及版一六六二ページ、一九七八年）は、錚々たるメンバーにより、日本の研究者たちの総力を結集してつくられた感があり圧巻である。日本の歳時記と同じように、春夏秋冬の部と雑の部に分けられ、雑の部以外は各々、時候、天文、地理、生活、行事、動物、植物の項目ごとに並べられている。ただここで問題なのは、日本人と英国人の季節感の差である。

コブ氏の講演会の時も、前もって氏の英語の俳句の中から二十ほど選んでもらったものに直訳をつけアットランダムに並べたものをコピーして参加者に配り、季節ごとに分けてもらったのだが、ご本人の季節感とはずれているものが多々あった。

ためしに「英語歳時記」(研究社版)でナイティンゲールを引くと春の動物の項に入っている。解説を読むと「この鳥は季節から言えば春と夏とに跨っている」として両方の例が挙げられているが、春の部なのだ。コブ氏の「英国歳時記」では夏に入っている。秋にトチの実(conker)を紐につけてぶつけ合い勝ち負けを競うゲーム(conkers)があり、私が滞在したノーサンプトンの近くの村でそのゲームの全国大会が毎年開かれ賑わっていた。その実もゲームもコブ氏は取り上げているが、「英語歳時記」には載っていない。きっと文学作品には出てこないのかもしれない。

「英語歳時記」の詳しさには脱帽するが、それでも、コブ氏が序論の中で「英国の俳句に限れば最もよい作品は、英国で、英国について、英国に住んでいる人によって書かれたものだ」と言っているが、歳時記についても「その国で、その国について、その国に住んで生活している人によって書かれたもの」が、産地直送のよさがあるのではないだろうか。

また「読者は、いくつかの表現について歴史的展望を広げる文学的引用を見出したことだろう。…しかし、最も重要な決定者は、文学からの引用ではなく、同時代の発言であることを強調したい」とも言っていて、この歳時記が同時代の俳句作品の紹介の場となっていると思う。例句に自身の句が多いこともことわっておられるが、編纂した二〇〇二年の段階ではしかたがないことと思われる。「…載せてある例がもっとよい例と置き換えられることでその溝は埋められるだろうと私は予告する。ここではこの季語集の暫定的な状態を強調しておく」とあるように、「英国歳時記」は発展途上にあると言える。

〈序論〉と〈結論〉の両方で、コブ氏は「この歳時記は、英国の読者ではなく、英国の俳句をより深く理解し鑑賞したいと思っている英国人でない読者に役立つかもしれない」と主張しているが、私はこれに加えて、「英国のことをまだよく知らない若い英国の読者にとって、自国の文化を知る上で役に立つ」と思う。

デーヴィッド・コブ編「英国歳時記」概要

目次

季節

季節は日本の冬と新年に当たる時期が、英国では新年より重要なクリスマスを中心に「冬—クリスマス以後」「冬—クリスマス以前」に分けられており、この二つの間に「春」「夏」「秋」が入り、最後に「全季・無季」（日本の「雑」にあたる）がかなりの量で付け加えられている。

分類

日本の歳時記にならって、「時候」「天文」「地理」「人事」「行事」「動物」「植物」となっているが、これに加えて独自に「音楽・芸術・娯楽など」と「鉱石」が入っている。

＊＊＊

次に各季節の「時候」の項目を挙げ、続いて英国歳時記特有の「音楽・芸術・娯楽」と、「鉱石」はまだ数が少ないが挙げられているものだけ記す。ページが許す限り、日本とは異なる点の多い「人事」、「行事」も項目を挙げる。

＊＊ 時候 ＊＊

〈冬―クリスマス以後〉

一月、二月、三月、短日が続く、冬の夕、冬の夜、寒さ、結露・湿気、霙、雪・流雪・凍結雪面・猛吹雪、氷・氷柱、雪解け、強風・三月の風、霜・地表の霜・白霜・凍るような空気・霧氷・フロントガラスの霜

〈春〉

四月、五月、日の光とにわか雨、春分、日足伸ぶ、南西の風・西風、春の潮（大潮）

〈夏〉

六月、七月、八月、九月の初め、ヨハネ祭・真夏のたそがれ、夏至・最も長い昼・最も短い夜、暑さ・猛暑の期間・熱波、もや・かげろう・海から内陸に向かってかかる霧やもや、干ばつ、夏の土砂降り・夏の嵐・雨の多い夏、夏の霧雨、暖かい風・干し草の風

「英国俳句協会」・「英国歳時記」デーヴィッド・コブ氏に聞く（坂口明子）

〈秋〉
九月末、十月、十一月、十二月初め、夏の終わり、日が短くなる、銃猟の季節、秋分、露、初霜、霰・雹、靄と霧、インディアンサマー、最初の寒い夜、激しい西風

〈冬―クリスマス以前〉
十二月、アドヴェント・降臨節、冬至・最も短い昼・最も長い夜、クリスマスの一週間前、クリスマスの季節、冬の朝、深まる冬、わびしい風景

〈全季・無季〉
月曜日（朝）、金曜日（夕）、週末・長い週末休暇、ティータイム・食事時間、就寝時間、誕生日・誕生日パーティー・誕生日の祝宴、結婚式（の日）、次の日の朝、月経・月のもの、閉経期・更年期、葬式、日の出・夜明け、日没・たそがれ

＊＊　音楽・芸術・娯楽など　＊＊

〈冬―クリスマス以後〉
クルミ割り人形組曲、パントマイム（滑稽なおとぎ芝居）、パントマイムの道化の女（男が扮する）、牛小屋での聖歌、パーティーゲーム・ボードゲーム・トランプなど

〈春〉

凧揚げ大会

〈夏〉

プロムナードコンサート、カーニバル・ノッティングヒルカーニバル、祭日、パンチとジュディー（人形劇）、公園の楽団、グラストンベリーフェスティバル

〈秋〉

該当項目無し

〈冬―クリスマス以前〉

キャロルコンサート・授業とキャロル、学校のクリスマスコンサート・キリスト降誕劇、戸口にキャロルの歌い手たち、クリスマスイヴの鐘

〈全季・無季〉

音楽家・音楽・作曲家、芸術家・画家・彫刻家、作家・詩人・文学上の人物

＊＊　鉱物　＊＊

ほかの季節にはまだ項目がなく、〈全季・無季〉にのみある

〈全季・無季〉

石油、石炭・炭、化石・恐竜、鉱石・金属、錆・腐食・緑青、石・宝石用原石・宝石、ガス

＊＊　人事　＊＊

〈冬―クリスマス以後〉

保温・冬の衣類（コート・スカーフ・手袋・ミトン・ブーツ）、暗い中での通勤・通学、そり滑り・スケート・トボガン遊び（そりで坂を滑り降りる）、雪合戦、雪だるま・雪天使、風とインフルエンザ・伝染病、咳・気管支炎

〈春〉

鳩脅し、芝刈り機の点検、芝生の初刈り、苔取り、クリケットシーズンの始まり、煙突掃除、若い植物を徐々に冷たい空気にさらすこと、池掃除

〈夏〉

干し草作り、枯草熱・花粉症、浜辺で漂流物・貝など収集、芝刈り、芝生・庭・植物への水遣り、豆の莢取り、デッキチェア、アイスクリームバン、日光浴・日焼け・素肌、ピクニック、バーベキュー、ボウリング・ローンボウリング用芝生、クリケット、テニス、運動競技・陸上競技、ゴルフ・ピッチとパット・グリーン・ティー・十八番ホール、水泳・海水浴客・ダイビング、夏休み、キャンピング・キャラバニング、学校の試験とレポート、卒業・最初の就職、最終試験

〈秋〉

クリケットシーズンの終わり、ジャム作り・果物の瓶詰・ピクルス作り、スローのピクルス漬け・スロージン作り、学校での初日、芝生の手当て、コンカー（栃の実）集め、秋の種まき・秋まき小麦のすじまき、落ち葉の掃除と掬い上げ、クリスマスの買い物、薪割り・石炭と丸太、ゴカイ掘り、銃猟・獲物の叩き出し

〈冬—クリスマス以前〉

クリスマスカード、炉開き、カーテンを引く、暗い中で起きる、サンタクロースへの手紙・プレゼントのリストを書く、クリスマス精神、繋がれたボート

〈全季・無季〉

耕すこと、手紙・イーメール・ファックス・絵ハガキ、読書、携帯電話、会話（または会話の欠如）・口論、訪問者、友人・隣人・見知らぬ人、パーティー、恋・求愛・キス・抱擁、不在の友・別居・離婚・孤独、眠り・昼寝・うたたね・シエスタ・夢、性、妊娠・つわりの吐き気・流産、誕生・産むこと、休日・長い休暇、病気、人体、老年・アルツハイマー病・痴呆・記憶喪失、ホームレス、死、墓掘り、墓参り、配達（牛乳・郵便・新聞）、身体運動（サイクリング・ダンス・ジョギング・ヨガなど）、テレビ、インターネットのサイトを見て回ること、日曜大工、料理、パブ・酒場、旅行・旅、衣類、洗濯・乾燥・アイロンかけ、写真、影・シルエット、戦争・テロリストの攻撃・爆弾

＊＊　行事　＊＊

〈冬—クリスマス以後〉

ボクシングデー、十二夜（一月六日）、クリスマスの最後の日、一年の最後の日・年の終わり、大晦日の夜・新年の最初の客、新年の招待者リスト、聖ヴァレンタインの日（二月十四日）、閏日（二月二十九日）、パンケーキデー・懺悔火曜日、赤い鼻の日、灰の水曜日、ボートレース、グランドナショナル、税金の還付

〈春〉

エイプリルフール、聖ジョージの日、棕櫚の聖日、イースター・イースター卵・イースターウサギ、メーデー、FAカップ決勝戦、母の日、春の市、時計を進める、春の大掃除、モリスダンス祭

〈夏〉

父の日、ダービー競馬・競馬日、テストマッチ（クリケットの国際試合）、学年度末、軍旗分列行進式、州の品評会、収穫感謝祭・収穫完了の祭り

〈秋〉

聖ミカエル祭、ハローウィン・「トリックかトリート（いたずらかご馳走か）」、ガイフォークスナイト・焚火の夜（十一月五日）、英霊記念日・休戦記念日・二分間の黙祷、ケシの花の造花で募金協力要請・「誇りを持ってケシをつけよ」、時計を戻す、聖エドマンドの祝日

〈冬─クリスマス以前〉

待降節暦、赤鼻の日・困っている子供たちへの募金協力、クリスマスの照明を見ること、クリスマスの飾りつけ、

クリスマスイヴ、クリスマス祭日、靴下を掛ける、贈り物の交換・贈り物の開封、クリスマスディナー、女王のクリスマスメッセージ

〈全季・無季〉

該当項目無し

＊＊　天文　＊＊

〈冬―クリスマス以後〉

霜の前兆の月、冬の星、オリオン座・狩人、雪雲

〈春〉

該当項目無し

〈夏〉

青空・雲のない空、ハンマー形の雲、流星雨・ペルセウス座流星群雨

〈秋〉

中秋の名月・狩人の月、月のまわりの暈

〈冬―クリスマス以前〉

北極光

〈全季・無季〉

日食、月食、星、流れ星、月・満月・昼の月、雨、虹、霧・霞・もや、空、雷と稲妻・激しい雷雨

＊＊ 地理 ＊＊

〈冬―クリスマス以後〉

滑りやすい小道・凍った道・ぬかるんだ道、砂を撒いた道路、出水・水浸しの原野と耕地と牧草地・溢れる水路、濡れたモグラ塚、ミミズの糞土、トウィックナム（イングランド南東部の町）、モートレイクからパットニィへ・バーンズブリッジ

〈春〉

ウェンブリー（ロンドンのブレント地区にある英国国立サッカー競技場）

〈夏〉

花園、パティオ（中庭）、美しい芝生、海辺・浜辺・砂浜・砂の城、公園・遊園地、クロップマーク（畑にできる模様）、ピア（桟橋）、ローズ（クリケット競技場）、ウィンブルドン、オールドバラフェスティバル、アスコット・エプサム、近衛騎兵練兵場、シルバーストーン、グラストンベリーの小高い山

〈秋〉
刈り株畑・麦藁の梱、耕された畑、秋まき小麦が初めて青々となること、戦没者記念碑

〈冬―クリスマス以前〉
家庭の暖炉、家畜小屋（キリスト生誕の図）、マンゴールド（飼料用砂糖大根）の積山

〈全季・無季〉
川・流れ・小川・細流・池・小さな池・湖・滝・大雨・激流・洪水、湿地・沼地・沼沢地・塩水性湿地、海・大洋・波・潮の干満・引き潮と満ち潮、丘・谷・窪地・山・原野・ヒース荒野、公園・庭・市民菜園、森林（地帯）・大森林、学校、博物館・美術館、名所・景色、都市の通り・舗装道路・広場、教会・礼拝堂、墓地・教会付属墓地・共同墓地、駅・バス停・終着駅、空港、動物園、競技場、仕事場・事務所・工場・鉱山、病院・外科・診療所・医院・歯科医院、ホテル・寄宿・B&B、老人ホーム、レストラン・カフェ・ハンバーガーバー・フィッシュアンドチップ店、スーパーマーケット、市（の開かれる広場）、ストーンサークル・ドルメン・古墳、戦場、空家

＊　＊　＊

歳時記では項目数の多い〈動物〉〈植物〉を省き、ページの許す限り〈時候〉〈音楽・芸術・娯楽〉〈鉱物〉〈人事〉〈行事〉〈天文〉〈地理〉の項目を挙げたが、最後に序論と結論の中でコブ氏が季分け項わけについて触れている部分を引用して結びとしたい。

「英国俳句協会」・「英国歳時記」デーヴィッド・コブ氏に聞く（坂口明子）

＊＊＊

実際の季節を取り扱っても、何らかの理想化（固定概念化）はこのような歳時記では避けられない。なぜなら英国の季節は明確にするのが難しいからだ。もちろん気候の面からも明確にできない。……日本の方式に執着するヒギンソンと同じような分け方（春―二月初めから五月の初め：夏―五月の初めから八月の初め：秋―八月八日ぐらいから十一月初め：冬―十一月初めから二月初め）には、私はとてもついていけない。この分け方では英国の実情に全くそぐわない。

私はヒギンソンと金子兜太によって理想化された主題の再分割（〈時候〉〈天文〉〈地理〉〈人事〉〈行事〉〈動物〉〈植物〉に分ける日本の伝統的な分類を二人は少なからず受け入れている）に全般的に従うが、考慮してほしい思いつきとして〈鉱物〉という主題を一つ追加することを提案する。これは欧米ではよく知られている「動物・植物・鉱物のどれ？」、別名を「二十の質問」という宇宙にあるすべてのものについて出してよいというルールによる謎かけの室内ゲームに由来する。……

すでに述べた〈全季〉の言葉（あるいは〈一年中ある言葉〉）の部門同様、最近の歳時記の編集者は〈無季の言葉〉の部門、時として他の権威が言及した〈キーワード〉（感情に訴える力はあるが自然や季節との明らかな関係はない言葉）を使用する。もし我々が欧米のものの見方で育ってきているなら、人間を世界の中心とみる傾向があるので、〈キーワード〉を歳時記に加えるという誘惑は強いだろう。リー・ガーガの「もし季語の代わりにキーワードを用いるなら・・・　それらのキーワードは　……少なくとも人間以外の自然の何らかの大事な要素を保つことが重要だ。全く人間中心の俳句に満足すべきだという提案は、俳句の境界を広げるというより、俳句をつまらないものにする危険にさらす」という警告を心に留めておきたい。……

ひょっとしたら、一年の季節によらず、人間を自然の生き物とみる視点から人間の七つの時節（誕生から老年まで人生の七段階）によるような歳時記だって入る余地がある。

四　コブ元会長からの最近のメッセージ

デーヴィッド・コブ

「ヨーロッパにおける自然への感情」

ハイクのインスピレーションとは、他の詩形のように思想とか知的試みではなく、基本的な感覚である。英国ロマン派詩人、ＴＳコールリッジは、ハイクという言葉が英国に渡る二〇〇年前に生きていたが、知っていればハイクが詩であると認めただろう。なぜなら、「真の詩とは、自然と人間感情の表現である」と言っていた。

ハイク詩人は、自分の人間的感情／感覚の意識を磨き、単に個人的なだけでなく普遍的な意味を持つ方法でそれを表現するものである。人間として、私たちはある種の感覚を他の感覚より好むものである。だれしも冷たい風に打たれるより、暖かいそよ風にやさしくなぜられたいではないか。このように我々の感覚は感情をまきこむことになる。多くの、多分全ての、ハイク詩人は受容の哲学を採用する。快と不快の感覚を識別するというより、（むしろストイックに、）経験するすべての感覚を人生の一部として受け入れようと試みる。すなわち、彼らがある時点で、見、聞き、嗅ぎ、味わい、触れることになった事柄に対する瞬時的反応として受け入れ、それらについて判断とか意見を述べるのを避けるのである。

他方、もし自分の感情を取り除くなら、人間というものを否定することになるだろう。感情のない人間など我々の理想ではない。我々が好むのは共感や同情を示す人たちだ。このことが我々を、俳句の中で、共感を持つことのできる状況に含まれるイメージに注目させる。他の言い方をするなら、我々が他の人々や自然の様々な現象と生命をいかに共有しているかを示す方法に導く。しかし、生きているものに対するのと同じように生命のないものに共感を得る為に、人は精霊崇拝主義者である必要はない。錆ついた車の軋む音は、豚の金切り声のように容易に、感覚に訴え、感動の原因となるかもしれない。

西洋文化圏で育ったハイク詩人は、時として自分自身「自然（ネイチャア）の一部」であると感じることに満足感を見出すかもしれない。（英語では、「ナチュリスト」とは衣服をすべて脱ぎ捨て、裸になれば多分「美しい野蛮人」に近づけると感じている人々だ。）しかし、私はハイジンの大多数が自然の外側に立ち、自然を観察し、考察し、そして多分羨ましくさえ思っているのではないかと思う。感情を超えた状態でじっと見つめること—これは精神療法として、次第に多くの西洋の人々にアピールしているのではないだろうか。

西洋には「季節の言葉（季語）」の重要性を忘れてしまう詩人もいる。その理由は人々の大多数は街に住み、「大自然」とのつながりは非常に限られているからだというのである。怠惰な考え方とまでは言わないが、非常に狭い視野である。空、太陽、月、雨、風はどこにでもあり、長い日、短い日というのも然りである。そして都市の住民は、無生物によって生み出された多くの感動に遭遇する。都市にすむハイク詩人は感動に事欠かない。

また、西洋のハイク詩人が日本の俳人たちを超えて楽しんでいると言えるのが川柳で、川柳を俳句より劣っていると思っていないからだ。川柳は我々にとって全く人間的な状況に思え、何ら自然のイメージとかかわることなくハイク的態度で表現されているように思える。

日本の俳人は西洋のハイク詩人を、確立された「歳時記」がないことで憐れむに違いない。我々は歳時記を編集できるだろうか？　この試みは実際になされた。例えばウィリアム・ヒギンソンの立派な著書『ハイクワールド』（一九九六）である。この注目すべき仕事は、逃れられない問題を抱えている。まず初めに、我々は皆同じ季節的体験があるわけではない。もし日本人の体験する桜の開花期が九州と北海道で全く同じでないなら、オーストラリアの夏のクリスマスと北ヨーロッパの冬のクリスマスの違いはいかばかり大きいであろうか。

我々はある種の事柄は全人類にほぼ同じように体験されるということに同意するに違いないが、誰かがその事象の典型となるような真に傑出したハイクを書いてくれるだろうかといまだに待ち続けているのである。日本の歳時記は千年の文学的経験の結晶だ。名高い詩歌がまずあって、歳時記のどの季節にどんなイメージがあらわれるか決まる。その逆ではない。近道はないのだ。我々西洋人は、我々の「典型的歳時記」が生まれ、一般に受け入れられるまで数百年待つ心構えができているだろうか？　たとえこれらの実際的困難がなかったとしても、英国歳時記を我々がつくろうとするなら危険な道に踏み込んでいくことになるだろうと私は感じる。日本の歳時記のようなものを作ったとしても、疑いもなく、定型化された言語表現を促すこととなるだろう。

一五〇〇年前のビクトリア朝英国では、固定された意味を持つ象徴言語が実際にあった──「花言葉」である。それを学んで、恋人にメッセージを送ることができた。彼女が親切か不親切か、あなたがどう思っているかとか、あなたが彼女に会いたくて苛立っているとか、会いたくてたまらないとか、適切な花を選ぶだけ、その花を花束にして「花言葉」として送ることで伝えられた。花言葉のような、規定された意味をもつイメージはハイクにとって呪文となるだろう。なぜなら（もう一度コールリッジを引用すると）「…詩歌の二つの重要な点は、自然の真理に忠実であることにより読者の共感を呼び覚ます力と、想像力のすべて変貌させる色合いにより新しい興味を付与する力である。」

（『文学評伝』）

私自身の『英国歳時記』（二〇〇四年）、ここではインデックスだけに減らされこの本はその骨組しかないが、その編集に取り掛かった時、私は何を考えていただろうか？　それは実験的な研究として意図されたものである。自然のイメージがきちんと集成された暦を待たないが、英国のハイク詩人はそれでも、読者の多くがハイクが置かれた時期について幅広いイメージが持てるようなやり方で自然のイメージを使うことができることを証明したかったのだ。

英国のハイク詩論家、マーチン・ルーカスは、次のように言う、「…ハイクの季節的な側面は、日本の俳句のコンテクストから切り離すならば実行可能な特徴として残る。」「実行可能な」、しかし全く同じ方法ではない。ルーカスは続けて言う。「多分最も英国的な作家はハイクを季節的考慮から離れて全作品を書き、その後から、必要ならば、それらの句の季節分類をするだろう。」

二〇一一年八月

調査報告　英国・ロンドン句会

——二〇〇七年夏——

東　聖子
Shoko AZUMA

英国俳句協会は一九九〇年に設立された。この調査報告は、コブ元会長へのインタビューと、ロンドン句会の現場のルポルタージュである。二〇〇七年の晩夏に訪れた英国俳句の句会は、自由なディスカッションの〈座〉であり、〈瞬間の美〉としての俳句を創造していた。そこでの四季の詞は如何なるものだったのだろう。

序

日本の近世に誕生した俳諧、そして近代に正岡子規が革新をした俳句、それが近年〈国際俳句〉として世界の多くの国々で、それぞれの母国語で独自の短詩型韻文学として創作されている。二〇〇七年の八月末から九月初めにかけて、英国・仏蘭西の二カ国において研究調査の旅を実施したので、とりわけ印象深かった英国のロンドン句会について記録しておきたい。

ジャン＝リュック・ナンシーは、『無為の共同体—哲学を問い直す分有の思考』（西谷修・安原伸一朗訳、二〇〇一年六月、以文社）においてこう語る。

共同の実存に執拗な価値を賦与している情動的要素は死である。

尾形仂氏が構想された日本的な〈座の文学〉が、現代の西欧社会において、共同体に関わる詩としての国際俳句を創作する場が、如何なる形をとるかは興味深い。英国俳句協会のロンドン句会をとおしてそれらについて考えてみたい。

一　日本人の海外詠

一九九五年四月に『世界大歳時記』が、『ふるさと大歳時記・別巻』として角川書店から出版された。解説「国際化時代の俳句」において、尾形仂氏は、『笠の風』『随斎筆紀《ずいさいひっき》』『美佐古鮓《みさごずし》』『四海句双紙《しかいくぞうし》』などに琉球・中国・オランダ人などの句が見えることにより、「俳句の国際化は早く江戸時代後期に始まった」と言われた。また、近代のイマジスト派の詩人たちの運動やリルケの詩作に大きな影響を与えたと解説し、〈子規と漱石〉〈虚子と楸邨〉の海外詠を紹介している。この書は、日本人が海外において詠んだ近代俳句を、ビジュアルな写真や各国の解説とともに掲載した、新しい試みの歳時記であった。

永き日や驢馬を追ひ行く鞭の影　（中国・金州にて）　正岡子規

ローマの花ミモーザの花其花を手に　（イタリア・ローマにて）　河東碧梧桐

手向《たむ》くべき線香もなくて暮の秋　（イギリス・ロンドン・子規追悼）　夏目漱石

倫敦の春草を踏む我が草履　高浜虚子
（イギリス・ロンドンにて）

絵ガラスがはがれ黄金の蝶たちぬ　有馬朗人
（ベルギー・ブリュージュにて）

摩天楼より新緑がパセリほど　鷹羽狩行
（アメリカ・ニューヨークにて）

林檎落つアダムの空の深さより　加藤耕子
（ドイツにて）

メドゥーサの首に絡みて秋の蛇　文挾夫佐恵
（イスタンブールにて）

バオバブの寒林に黄泉を垣間見し　内田園生
（アフリカ・ガンビアにて）

以上は、日本人による海外詠の佳作ともいうべき数句であろう。海外詠の難しさは、その土地の歴史・風土・慣習・思想等を客観的に把握したうえで、芸術性豊かな個性のある詩作に跳躍させる醍醐味が必要なところではなかろうか。

だが、本書で、我々がテーマとするものは、外国人による外国語による国際俳句である。

二　国際俳句入門

内田園生氏は、四十年余りの外交官生活を終えて、国際俳句交流協会の初代会長に就任し、二〇〇五年九月に『世界に広がる俳句』（角川学芸出版）という著書を刊行された。この年は、クーシュが一九〇五年に『水の流れに沿って』という世界初の外国人による外国語のハイカイ集を出版してから、まさに百年目であった。本書の第一部「外国人の俳句観の変遷」では、アストン、ラフカディオ・ハーン、チェンバレン、クーシュ、エズラ・パウンド、ヘンダスン、ブライスを紹介する。第二部「外国人による外国語のハイク」では、アメリカ・カナダ、アフリカ、アラビア、メキシコ、ブラジル、イタリア、ドイツ、東欧、オランダ、フランス、ロシア、ギリシャ、台湾、中国、フィリピン、オーストラリア・ニュージーランド等の国々を紹介する。第三部「世界の詩人たちのハイク」では、リルケ（オーストリア）、パス（メキシコ）、パブロ・ネルーダ（チリ）、ボルヘス（アルゼンチン）、ブライス（イギリス）、ハケット（アメリカ）、ウンベルト・セネガル（コロンビア）、カーカップ（イギリス）、クリンゲ（ドイツ）、ブランシュ（フランス）、ヴァジオ（イタリア）等を紹介する。国際俳句誕生から一世紀の足跡をわかりやすく概説した簡潔で行き届いた、良き入門書である。

また、夏石番矢著『世界俳句入門』（二〇〇三年一一月、沖積舎）は、「世界俳句（World Haiku）」という言葉を用いている。内容は、Ⅰ世界俳句へ、Ⅱ世界俳句紀行、Ⅲ現代俳句から、の三部構成による前衛的かつシャープな論である。夏石氏自身の海外詠の佳作をあげる。

天へほほえみかける岩より大陸始まる　　番矢

「欧米における俳句朗読—その体験記」の条では、異文化体験のなかで、俳句朗読が詩としての俳句の音楽性に光を照射していると語っている。我々の仏蘭西国際俳句調査においても、彼等が朗読会のことを熱く語っており、同じようにその音楽性を実感した。坂口明子氏によれば英国でも朗読をするという。また、これは夏石氏の以前からの持論であるが、季語よりもキーワードが有効であろうと、本書においても力説している。

そして、二〇〇一年二月フランスのブレストでの、俳句コンクールの「題」は「巨石」だったが、子供俳句部門第一位のエリーズ・タンギーさんの作品を紹介している。

一万年後
巨石はなお待つ
太陽と月

Dix mille ans plus tard
Les mégalithes attendent encore
Le soleil et la lune　（仏）

この日本の中学生ぐらいの作者の俳句は、佳作といえよう。夏石氏は、日本文学の伝統的な輪郭を再確認しつつ、次のような提言をしている。

事物を四季に配して楽しんできた『万葉集』以来の日本の文化伝統は、二一世紀になっても決して消え去りはしないだろう。けれども、実態とは別に四季の枠内に想像力が閉じ込められていると考えられがちな俳句は、新しいキーワードを季の外に求めて、二〇世紀末から二一世紀にかけて揺れ動きながら、世界の多様性を内包しうる短詩型へと成長してゆくだろう。（以下、傍（点）線は筆者による）

この書で夏石氏が語る傍点線―の部分の説は、やや疑問が残る。すなわち、四季の部立が成立したのは、勅撰集『古今集』からであり、『万葉集』には四季の部立はまだなくて、いまだ万物を短詩型文学として構成する方途が混沌と

調査報告　英国・ロンドン句会――2007年夏――（東聖子）

しており、そこがまた魅力的でもあった。また、季語は本当に想像力を閉じこめるだけのものであろうか。

そして、同氏は現代俳句のさまざまな閉塞状況を、逆に世界俳句が打破すると予想している。さらに、四季以外のさまざまな時間認識の展開の可能性を示唆している。[1]夏石氏は鑑賞力が自在であるとともに国際俳句への最先鋭の論客である。

また、雑誌の特集号としては、『俳句―世界のＨＡＩＫＵ』（國文學、創刊五十周年記念号、二〇〇五年九月、學燈社）がある。ペルー、セルビア、台湾、ドイツ、イギリス、フランス、中国等の国際俳句が自在に論じられている。拙論「漢俳の動き―二〇〇五年三月北京にて、「漢俳学会」成立・見聞録」もある。二〇〇五年は、国際俳句にとって、誕生から一世紀のひとつのエポックメーキングともいうべき年であった。

三　英国俳句協会とデーヴィッド・コブ元会長

イギリスの俳句については、星野恒彦著『俳句とハイクの世界』（二〇〇二年八月、早稲田大学出版部）に、随筆的で飄逸な文体で、かつ本質を鋭く突いた諸論がある。また坂口明子氏は実際に英国滞在中に英国俳句協会の会員として活動し、当時の体験やその後の交流を雑誌に掲載しておられる。「英国俳句協会会長デーヴィッド・コブ氏にインタビュー」（『游星　No.二七』二〇〇二年六月号）と、「特別寄稿　英国俳句協会体験記」（『俳句研究』二〇〇六年三月号）「続・英国俳句協会体験記　英国俳句協会の俳人たち」（『俳句研究』同年六月号）等である。これらの両氏の論著は、イギリス国際俳句の必読文献である。

英国俳句協会（ＢＨＳ）は、一九九〇年に設立された。アメリカ[2]から遅れること二十余年である。初代会長はジェームス・カーカップ氏であり、二代目がデーヴィッド・コブ氏、三代目はマーティン・ルーカス氏、そして現会長は女性のアニー・バッチーニ氏[3]である。現在、会員数は約三〇〇人[4]、アメリカは約八〇〇人という。機関誌『ブライス・スピリット』（一九九二年一月創刊）を刊行し、ニューズレターも出し、年に一回ほど泊まり込みの総会を開催して海外からの講演者などを招いている。坂口氏のインタビューにおいて、〈俳句の三つの最も本質的な特性〉について、コブ氏はこう語った。

簡潔さ（一七音）、季節の言葉（「季語」）、切る言葉（「切字」）

これは日本の俳句をいったようで、イギリスでは「歳時記のようにコード化されたものに反発する変化への願望が常にある」とも述べる。そして、現在のイギリスの俳句が「総合的な英文学史の一部にかならずなって欲しい」と願望する。さらに、坂口氏のインタビューの末尾で、コブ氏はこう結んでいる。

俳句（国際俳句）の豊かさは、他と異なる魅力（特異性）とともに、その多様性にある

（以下、〰〰線は筆者）

二〇〇七年八月三〇日、三一日、九月一日に、ロンドン郊外のブレインツリー（Braintree）にあるデーヴィッド・コブ氏の自宅を坂口夫妻とともに訪問した。坂口英尊氏・明子夫妻は、折からフランスのディジョンに滞在中で、コブ氏とは旧知の間柄である。坂口明子氏は英文学専攻で、本プロジェクトのメンバーでもある。

ロンドンのホテルを午前八時三十分に出て、リバプール駅で約一時間昼食時間を過ごし、列車に乗り換えて、ブレインツリー駅に着いたのは、午後一時五十分頃であった。コブ氏は駅まで車で迎えに来てくださった。長身の飄々とした八十一歳の詩人コブ氏は、時にジーンズで、時にスーツ姿で、穏やかな風格のある器の大きな紳士であった。自宅では、愛犬ジプシーが出迎えてくれ、庭にはさまざまな晩夏の花が咲き、特に時計草が印象深く、小さな池には蛙が棲息しており、それらを茶目っ気たっぷりに見せてくださった。ガーデニングというよりは、自然

にまかせたままの、俳人らしい庭であった。ブレインツリーの田園風景は美しく、コブ氏は（実は超スピード狂であり、いつ広大な畑に車が突っ込んでも不思議はないぐらいであったが）、古いイギリス国教会や、古い塔や、美しい鴨のいる町並みを訪れたり、小さなカフェでアフタヌーンティーを体験させて下さった。コブ氏は、飾らない田園生活をさりげなく我々に披露してくださった。

八月三一日は、コブ氏宅で、国際俳句のなかのイギリスの俳句の特色や、季語や歳時記についてのご意見を長時間にわたってうかがい、時に議論になった。

尚、前もって坂口氏の前述論文により、氏の歳時記観については学んでいた。即ち、氏は「歳時記の問題点」として、①自然との関わり方の違い、西洋では人間中心的。②日本の歳時記には何百年という歴史的重みがあり、時間の長さの差はかなわない。③歳時記があっても、俳句を書くときに使わず、あとから見るだけだろう。④感覚のちがい。⑤ものを書くとき人と同じであってはならないという思いがあり、これにより歳時記が邪魔になる。⑥我々（英国人）の季節とは何か・・・等の考え方を了解していた。

以下、今回のデーヴィッド・コブ氏のインタビューを箇条書き的にまとめてみる。

Ⅰウイリアム・ヒギンソン著『ハイク・ワールド』（別称『俳句・国際歳時記』、一九九六年、講談社インターナショナル）について、どう思われますか？

コブ氏・・これはやや問題のある本です。日本の季語の上になぜ他国の季語を掲載するのか、疑問です。

Ⅱ季語についてどう考えますか？

コブ氏・・プラスとマイナスがあるでしょう。プラスは、作品を作った後で、必要性があるかもしれません。マイナスは、季節の言葉が固定して、ステレオタイプになり、オリジナリティがなくなってしまうことです。

（東）四季の詞には、どの時代にも縦題化と横題化があろう。また、伝統的な季節の詞は、重層的な意味を踏まえながら、コードを大きく外し、そこにオリジナリティの可能性は充分にあるだろう。

Ⅲイギリスの俳句にとって、歳時記は必要ですか？

コブ氏・・old-fashionedですね。古風で保守的な感じがします。でも、作品集を作るときや、日本に外国の国際俳句を紹介するときには、有効かもしれません。

Ⅳ現在、イギリスに百年も残る俳句の名作はできていますか？

コブ氏・・あると思います。

Ⅴ他の国際俳句とイギリス俳句の違いは何ですか

コブ氏・・理論が優先していることでしょう。それとEnglish language自体の持つ独自性があるでしょう。

Ⅵイギリスには、詩語集成がありますか？また、イメージ事典がありますか？

コブ氏・・イメージ事典の存在は、知りませんでした。

（東）日本の少し大きな図書館には、英文学の『イメージ・シンボル事典』や『イメージ事典』が、数種類ある。日本文学では、この種のものはなかったが、近年、大岡信監修『日本うたことば表現辞典』（遊子館）等が出版されている。四季の語彙集ではないが日本詩歌の語彙辞典である。

Ⅶイギリスの他のジャンルにおいて、四季の詞があったら教えてください？

コブ氏・・文化史的にはあるでしょう。たとえば、キリスト教の年中行事とか、ワーズ・ワースの自然描写などがあるでしょう。

Ⅷコブ氏の著作を教えてください。

・・一九九一年の『A Leap in the Light』から、二〇〇五年『EURO-HAIKU』まで、約十五冊を紹介してくださった。そのうちの主なものを求めた。

調査報告　英国・ロンドン句会――2007年夏――（東聖子）

Ⅸイギリスの俳人は、また、コブ氏自身も、俳句の他に短歌・川柳・俳文・連句を創作して、作品集にも入れています。それらのジャンルの定義はありますか？

コブ氏・・（明解な答えはなかった）

Ⅹアメリカでは小学校の教材になっていますが、イギリスでは如何ですか？

コブ氏・・最近、小学校の教育にも関わっています。『HAIKU KIT』という教材をつくり、先生方の研修講座もしています。

（東）資料には、Contentsとして、Explanatory Leaflet/Teaching Procedures/Further Resources/Visual Aids and Worksheets for Photocopyingとなっていて、楽しそうな教材であった。次世代の教育も着実に考えており、ＪＡＬのこども俳句大賞などに応募する基盤もこのあたりにあるのかもしれない。

◆デーヴィッド・コブ氏の俳句作品は多いが、二〇〇七年に頂いたカードに自作のアンソロジーがあり、そこから二句を紹介する。

letters in spring-
how all the dots and commas
fly about!

春の手紙
句読点たちも
飛びまわっていることよ

another tide

the stranded whale's jawbone
deeper in the sand

　また潮満ち
　岸にうち上げられた鯨のあご骨
　砂により深く

ブレインツリーからの帰途に、大英博物館に寄った。そこでは、David Cobb編／坂口明子協力の『The British Museum HAIKU』という本がベスト・セラーになっていた。美しい本で、近世と近代の日本の俳人の句が、春夏秋冬新年の順に並べられ、英訳・日本語に近世の浮世絵を配した見事なデザインの文学・美術書となっていた。俳句に魅せられてBHSを創設し、育ててこられたコブ氏にはこんな一面もあった。

四　ロンドン句会

九月二日、快晴のロンドンの空の下、テームズ河畔の、ロイヤル・フェスティバル・ホールでのBHSの句会に出かけた。午後一時頃開始の予定であり、すべては坂口明子氏が会長のアニー氏と計画してくださり、実現したことであった。

句会の前に、同ホールにある詩歌図書館（Poetry Library）を訪れた。『Modern Haiku』（二〇〇四年）の本や『HQ Poetry Magazine』の俳句雑誌などを、早速コピーした。そこで、メンバーのドーリンと出逢った。

そして、いよいよロンドン句会である。当日のメンバーは、次の十人の方々である。

①アニー・バッチーニ（会長）

②アンドリュー・シミールド（ロンドン句会句集編集長）
③ドーリン・キング（日本の古典文学に造詣が深い）
④フランク・ウイリアムズ（個性的な作家）
⑤トニー・マーコフ（葛飾区の高校で一年間英語教師をした）
⑥ダイアナ・ウェッブ（個性的な婦人）
⑦スティーブ・メイソン（ご夫妻で参加）同、夫人
⑧マシュー・ポール（男性の作家）
⑨マイク・チャスティ（若い青年）

メイソン夫妻は二人なので、イギリス人十人、日本側は坂口氏と東の二人である。

【アンケートの集計】（以上の九人の回答結果については、坂口明子氏に日本語の翻訳をしていただいた）

1 あなたは、季語（季節の詞）をいつも使いますか？
いいえ　二名　時々　七名

2 あなたは、俳句で、何がいちばん重要だと思いますか？
①自分の体験に誠実であること、そしてそれを表現すること。
②侘び、さび、軽み、幽玄などがあること。
③層―意味の深さ。
④瞬間を具体化すること。
⑤フィーリング、精神、雰囲気。
⑥見ること、この瞬間の独自さをそして瞬間を超越すること。

⑦日常のできごとのエッセンスを表現すること。

⑧俳諧精神、たとえば「存在するもの」の表現として瞬間をとらえること。

⑨要素の複雑さ、たとえば深さ、簡潔さ、容易さ、行動力等。

3

あなたは俳句を作るとき、最初に何を考えますか？

①現実に基づいて書くので、何かに影響を受けて書く。

②瞬間の完全さ。

③楽しいこと。

④全く新しい光の中で、書こうとしているものを見ること。

⑤俳句の知識と風景、あるいはその両方。

⑥私にとって今の瞬間。

⑦私の関心をひいた瞬間についてまず考える。

⑧納得できる取り合わせ。簡潔で自分の言葉で「瞬間」を表現すること。

⑨何も考えない。

4

あなたは、なぜBHS（英国俳句協会）に入りましたか？

他の俳人に会うため	四名
俳句について学ぶため	一名
俳句を書き共有するため	一名
詩歌の出版のため	一名
日本の詩歌を学ぶため	一名

英国の俳句促進　一名

[5] あなたは、何年ぐらいの俳句歴がありますか？

①一七年　②四年　③六年と全人生　④一二年

⑤三九年　⑥一五年　⑦七年

⑧二五年やったりやらなかったり　⑨五年

[6] 日本の俳人（江戸時代と近代）を知っていますか？

①芭蕉・蕪村・一茶／虚子・碧梧桐・夏石番矢・加藤（楸邨）　②芭蕉・蕪村・千代　③？

④芭蕉・蕪村　⑤？　⑥？　⑦芭蕉、他

⑧芭蕉・其角・蕪村／鷹羽狩行・夏石番矢

⑨芭蕉・蕪村・一茶

[7] あなたは、R・H・ブライスについてどう思いますか？

先駆者・開拓者・重要な貢献者・俳句を西洋に紹介　五名

貴重だがちょっと尊大　一名　強くて神秘的な人　一名

ユニークな方法で英国と日本に関係した人　一名

性差別主義者　一名

以上のアンケートは、ロンドン支部の少数のメンバーの意見だが、ある傾向は窺えよう。まず、[1]季語使用については、後の討議の折の「no need」が本音であろう。[2]俳句の最重要事[3]創作時の最初に考えること等については、「俳句的瞬間」に関する答えが多かった。しかし、もちろんここにも自由な意見もあり、自在に創作する態度がみられ無からの出発もあった。

「俳句的瞬間《ハイク・モメント》」について解説するならば、これはすでに星野恒彦氏に「「俳句的瞬間」をめぐって」（『俳句とハイクの世界』）という考察がある。星野氏の論をまとめてみる。即ち、これは芭蕉の『三冊子』所収の「物の見えたる光」を言いとめることを淵源とし、ブライス『俳句』▼5の序・第一章にもあり、道元の『正法眼蔵』の永遠のなかの「今ここに」に端を発していよう。その他、チェンバレン、クーシュ、ヘンダソン、アニタ・ヴァージル等に継承された。そして、アメリカ俳句協会の機関誌『フロッグ・ポンド』の巻頭にはこうある。

俳句は・・・鋭く知覚された瞬間の真髄《エッセンス》を記録する。

また、英国俳句協会のパンフレット「英語俳句の特質」にも次のようにある。

私たちは知覚・感覚を動員して「俳句的瞬間」に気づこうとする。・・・・・・・・・・・・

現在時制がふつう用いられる。この「現時制」は、こうした詩（俳句）の公式的態度である。

イギリスの俳句協会のメンバー達は、これらの公式的態度を認識しつつも、それを超越して各自の個性に応じて、自在な創作の現場にいたようである。

4入会の動機については、俳人間の交流や俳句を学ぶためなどがあった。ロンドン支部の彼等は、もともと詩人であったり、日本文学を研究していたり、あるいはデザイナーであったり、あるいはカルチャー的な興味もみられた。5俳句歴については、さまざまであるが、ディスカッションの場においては、全く平等に意見交換をしている。6日本の古今の俳人についてはノーコメントの人もいて興味深かった。7ブライスについての感想は、やはり微妙な答えであった。

ハルオ・シラネ著『トレイシズ・オブ・ドリームズ』（一九九八年、スタンフォード大学出版会。日本語版『芭蕉の風景文化の記憶』）によって、ブライスが禅に傾きすぎていることを、メンバーはよく理解している。しかしながら、ブライスにおける日本の俳句を紹介したその開拓者精神を大切にしてもいる。英国俳句協会の機関誌が『ブライス・

スピリット』という題名であることからも推測できる。

子規にひかれている会長アニー女史、デザイナーでパソコンの達人アンドリュー、ヒギンソンの著作もそれなりに良くわかると言ったポール、川柳と俳句を作るフランク、モメントが大事と言ったスティーブ、ひそかに夏石番矢好きで一年間日本にいたトニー、自然を大事にするダイアナ、マイ・ルールがあると言ったマイク、若々しいマシュー、「源氏物語」その他の古典に造詣の深いドーリン、それぞれが個性的なかつ気持ちの良いメンバーであった。

【ロンドン句会の方法】

九月二日の句会は、午後一時頃から始まり、四時半過ぎに終了した。ロイヤル・フェスティバル・ホールの一階で、テーブルを囲んで行った。オープン・スペースで、周囲には一般の人々も多くいた。

坂口氏によると通常の句会は、晴れていれば、公園などで集合し、ぶらぶらと散策をしながら句作をし（まえもって作品を作ってもよい）、芝生に座ったり、ショップで飲み物のみを買い、そこで句会をする。約三時間ぐらいの全行程だという。作品は、自由な形と方法で作者が発表し、全員でいろいろと討議しあう。日本の句会の方法、即ち、無記名の清記―選句―披講《ひこう》―合評に慣れていた者にとっては、新鮮であった。この日のみのことではなく、坂口氏が在英中の句会はすべて、作者を明示した上でのディスカッションであったとご教示いただいた。

星野恒彦氏「英国の吟行・句会」では、一九九八年九月一二日に、星野氏を迎えて二十人ぐらいが集まったという。そこでは、正午にクイーンズウェイ駅に集合、ケンジントン公園からハイド・パークを散策、近くのカフェで軽食をとり、三句を紙に書く。―気に入った句の裏にチェックをし（句数は自由）―人気のある五、六句をボール紙に大書し朗読―数人が意見を言い―作者が名乗る、とある。「日本の句会と本質は違わないが、もっと手軽で実際的なやり方」とある。

しかし、今回、二〇〇七年九月二日のロンドン句会の場合は、アニー会長以下九、十名との方法は、もっと自由でラフなものであった。その方法は、

（散策は省略）―会館に集合―《今回は日本から〈季語・季題〉の研究者がきて、プレゼンテーションとアンケートをおこなった》―メンバーはそれぞれ自由な形式で作品を持参（例えば、編集長のアンドリューはデザインが好きでコンピュータで絵と俳句を作成、手書きの人、全然紙はなく朗読のみの人、小さいスケッチブックに絵と句の人、パソコンで打った人）まさに十人十色の方法で披露する―ひとりずつ順番に作品を発表し、その作者にむけて皆でディスカッションをする。

この自由な披露と討論がエキサイティングでまさに詩論の応酬で面白かった。

今回の研究調査旅行で、実際のロンドン句会を体験できたことは大きな収穫であった。句会は、詩人にとって独自のパフォーマンスの場であろう。またストレートな議論は有益であった。

【句会のあとに】

句会後にも意見交換は続き、「各国の俳句は、それぞれ独自で、自由であってかまわない」と語り合い、深く共感した。そして、彼等は、「短歌・俳文・川柳・連歌あるいは連句」も作っていると語った。他の国、たとえばドイツなども同様である。ここでもこれらの定義やジャンルの分類がどうなっているのかとても気になった。

そのほか、句会のあとで名残惜しく話したことどもに以下がある。〇会費は、非常に廉価である。〇アニー会長から、英国俳句協会の『作品集』をいただいた。開いてみると俳句作品は無記名で、本の末尾に頁ごとに著者名が明らかにされている。（以下は主にアニー氏の話）〇英国俳句協会は、全国に支部があり句会や活動をしている。〇個々人は小さな自分の句集を自由に出版している。メンバーから数冊いただいた。あまり制作費のかからない手のひらサイズの小本であった。〇アニーが、現在ではインターネットでもかなり句会をやっているが、やはり生《なま》の句会の面白さにはかなわない、と語ったのが印象的であった。

夕暮れのテムズ河畔を歩きながら、メンバー各自が句集をもつほどのアイデンティティと、自由な雰囲気に圧倒されていた。

結

二〇〇七年八月末から九月初めにかけての晩夏の英国俳句協会・研究調査の旅は、デーヴィッド・コブ元会長の若々しい詩精神とウイットに富んだ老紳士の在り方と、彼が育ててきたロンドン句会の斬新でディスカッションを楽しむサロン的雰囲気に、魅了された。

アメリカ俳句より二十余年も後発のイギリス俳句は、独自のスタンスで発展しており、ブライス、カーカップなどの理論家とともにある、少数精鋭の詩人群であるようだ。コブ氏は、〈百年後に残る名吟はあります〉と答えた。その気概で英国俳句協会を育成してこられたのだろう。また、かつて坂口氏のインタビューにおいてもコブ氏は〈英文学史の一部にかならずなって欲しい〉と正統な目的意識を語っていた。

ロンドン句会の活発なディスカッションと、自己の作品をパフォーマンスとして独自の表現で提出し、作品を皆で自由に批判・評価しあう自在な場・・・、そこには権威主義のかけらもない。芸術の前に平等で、金銭的要素のない、形骸化から離れた健全な詩精神があった。

あとは、夏石番矢氏の言うごとく、デーヴィッド・コブ氏の語るごとく、芸術性の高い名吟の出現と紹介を待つばかりである。

註

（1）川本皓嗣編『歌と詩の系譜』（叢書比較文学比較文化五、一九九四年七月、中央公論社）に所収されている、夏石番矢氏「二十世紀日本俳句史の視座」において、同氏は末尾の二十一世紀の条で、二十世紀が解決しえなかった難問をＨＡＩＫＵと俳句が解決するという意味で、「二十一世紀の俳句の新生を確信」していると結んでいる。
（2）佐藤和夫氏は一九七八年に『菜の花は移植できるか』（桜楓社）を出版し、国際俳句の分野の草分けである。その後の著作は多いが、佐藤和夫著『海を越える俳句』（一九九一年）等がある。また、『世界大歳時記』（一九九五年）においても「アメリカ人の季節感覚」を冷静に論じている。
（3）アニー・バッチーニ氏は、二〇〇七年夏当時の英国俳句協会の会長であった。現在は次期会長は未定とのことである。
（4）英国俳句協会の会員数は、コブ元会長によると現在は約二五〇名だという。
（5）村松友次・三石庸子共訳『Ｒ・Ｈ・ブライス・俳句』（二〇〇四年四月、永田書房）。歴史的なブライスの著作の第一巻の邦訳である。

尚、本論文は、国際プロジェクト研究における、調査報告と考察である。また、プロジェクトのメンバーである坂口明子氏との共同調査の成果であり、翻訳その他の労に感謝申し上げる。

ロンドン句会の様子（2007年９月２日）

ロンドン句会のメンバーの俳句作品（句会提出用）

under the porch
a boy in football gear
watches the rain

fleeting twilight…
in the grey sky a rainbow
fades slowly away

a new picture…
storm sunlight and a rainbow
light up the town

a giant rainbow…
in the street a couple
quarrelling

a clock—and a bronze
of the Buddha side by side
on the TV

during my bath
for a moment a moth
lands on my arm

in the stream
by a boulder… a spectre
made of pixels

Frank Williams – 02.09.07

LHG
LHG

through the window,
a bird made of sunlight
keeps pace with our train

＜英国俳句協会とデーヴィッド・コブ氏の著作＞

機関誌『ブライス・スピリット』

デーヴィッド・コブ著『ＰＡＬＭ』

デーヴィッド・コブ編『ＥＵＲＯ－ＨＡＩＫＵ』

英国俳句協会編『ハイク・キット』

カタルーニャの俳人J．N．サンテウラリア

平間充子 Michiko HIRAMA

穏やかな気候と山海の幸に恵まれた地中海沿岸部の地方都市ジローナ。二〇〇四年十月、アルバイト日本語教師の筆者のもとに現れた新受講生の一人は、日本へ三か月の滞在経験があるばかりか、何とカタルーニャ語で執筆活動を行う文学者にして俳人である、という。一体、なぜ？そして、どのように？

はじめに

J．N．サンテウラリアは、スペインのカタルーニャ州に住む文学者である。本名のジュゼップ・ナバロ・イ・サンテウラリアJosep Navarro i Santaeulàliaのファーストネームと第一姓の頭文字に、第二姓をそのまま記してペンネームとしている。一九五五年、バルセロナから北東に進んだ山間の地方都市バニョーラスBanyolesに生まれ、同市の日本の高等学校にあたる教育機関で文学の専任教員を務める傍ら、数々の作品を執筆・出版してきた。オリジナルのタンカ・ハイク集である『ラ・リュン・ディンス・ライグア』“La llum dins l'aigua”（「水の中の光」の意）、日本の著名な俳句を訳した『マレア・バイシャ―アイクス・ダ・プリマベーラ・イ・デスティウ』“Marea baixa:

"Haikús de primavera i d'estiu"（「汐干―春と夏の俳句」の意）の二冊は中でも高い評価を受けている。

本稿では、『ラ・リュン・ディンス・ライグア』に掲載された氏のハイク作品の翻訳を中心に、ヨーロッパの一地域におけるハイク創作の一例として氏の活動を紹介することを目的とする。さらに、地域の持つ社会的・文学的背景とハイク創作との関連にも焦点を当て、二〇〇八年四月に行われた氏へのインタビューに基づき、サンテウラリア氏が活動の拠点とするカタルーニャ地方への日本文化の浸透、および氏自身の文学者としてのアイデンティティーがハイクの創作に与える影響についても述べたい。このことは、また自明のこととして意識されることの少ない「国」や「地域」といったカテゴリーのあり方を問い直し、季節感やハイクの普及をとらえる枠組みが一様ではないことを考える契機ともなりうるであろう。

一　サンテウラリア氏とハイク、俳句

1　『ラ・リュン・ディンス・ライグア』

全八三頁から成るオリジナル作品集『ラ・リュン・ディンス・ライグア』"La llum dins l'aigua"（「水の中の光」の意）は、一九九六年にバルセロナの出版社から刊行された。バルセロナのjocs florals（「花の祭典」の意）は中世に起源を持つ、ヨーロッパ最古にして有数の文芸競技会のひとつであるが、同年その賞を受賞。更に四七頁、六三頁の二作品がカタルーニャ語の優れた詩を集大成した"l'Antologia General de la

オリジナルハイク・タンカ集『ラ・リュン・ディンス・ライグア』表紙

Poesia Catalana"（「カタルーニャ詩大選集」の意）第二巻へ選ばれるなど、とりわけ文学界から高い評価を得ている。

本書は五・七・五、または五・七・五・七・七のシラブル構成を持つ計六〇の定型詩から成り、一頁に一編の作品が載せられている。全ての作品は五・七・五のシラブルごとに改行が加えられ、またタイトルや短いコメントを伴うものもある。試みにいくつかのページを訳してみよう。

最初の作品は一三頁から始まる。

El pas d'estiu a tardor se'm fa visible, primer de tot, en el subtil i inquietant creixement de les ombres.

L'ombra d'un roure
s'allarga sobre l'herba.
Tarda d'octubre.

p.13

Condueixo amb parsimònia per carreteres estretes i desertes, atent al paisatge tardoral: ondulacions suaus, boscos i conreus, feixes esglaonades, un mas a redós d'un alzinar, el petit poblet-només dues teulades i un

カタルーニャの森林に立つサンテウラリア氏。苔むした岩が見えるように、それほど乾燥した気候ではない。（2007年 2月筆者撮影）

夏から秋への移り変わりが目に見えて現れている、とりわけ、少しずつじわじわと長くなってゆく影に。

一本の樫の木の影が
草の上に伸びる。
十月の午後。

狭く乾いた道を注意深く運転していると、秋の風景に気づく。なだらかな畝、森と耕作地、広がる段々畑、樫の林に護られて建つ古い農家、小さな村―あるのは二つの瓦屋根と鐘楼のみ。

campanar.

M'aturo vora un camp. Tot l'or de la tarda sembla acumular-se, rutilant, en la terra capgirada i humida.

En la llaurada,
el tractor desenterra
la llum d'octubre.

P.16

畑のそばで車を止める。午後の黄金が全て掘り起こされ、湿った土の中で光り輝きながら積み重なっていくようだ。

畝に、
トラクターが埋める
十月の光。

Grans plàtans del passeig: he vist canviar el seu color dia a dia, expressió cromàtica de l'enyor.

Abans de caure,
les fulles tenen ja
color de terra.

P.20

並木道の大きな木—日ごとにその色を変えていくのを見た、名残の色どりを表して。

落ちる前、
葉は既に帯びている
土の色。

Obro la cambra a la llum del matí. Ha glaçat, i la blancor de la terra sembla prolongar-se amb un tel vaporós que es va espesseint en la llunyania, groguenc cap a llevant.

Les ramificacions nues del roure són una esquerda en aquesta superfície esmerilada.

朝の光に、部屋の窓を開ける。辺りは凍てつき、東方へ向かって黄色がかる薄い霧の膜を纏いながら、大地の白さは遠くへゆくにつれその濃さを増してゆくようだ。

樫が形作る裸の分岐は、この磨かれた表面に走る亀裂。

Arbre d'hivern:
un cop de pedra al fràgil
vidre de l'alba.

P.34

A punta de fosc, camino per un carrer radiant de lluminària nadalenca. Fa molt fred. M'aturo davant uns magatzems de moda.

De dins l'aparador
em miren, sense enveja,
tres maniquins.

P.37

La gebrada, a mig matí, encara emblanquina la part ombrívola del camp. Ja s'ha fos allà on toca el sol.

Matí d'hivern.
Mig camp negre de llum,
i mig, blanc d'ombra!

P.38

Un gat, immòbil
sota el motor d'un cotxe.

冬の木—
ひとかけらの雹がもろい
夜明けのガラスに。

黄昏時、クリスマスのイルミネーションがきらめく道を歩く。とても寒い。流行の服を売る店の前で立ち止る。

ショーウィンドーの中から
私を見る、羨むこともなく、
三体のマネキン人形。

霜は、昼近くなっても、日差しの少ない畑の一部になお白く残る。日光が当たるところでは、もう混ざり合っている。

冬の朝。
畑の半分は日光の黒色、
そして半分は、影の白色！

一匹の猫、動かずに
車のエンジンの下。

Neva en silenci. P.42

雪が静かに降る。

Negra nit. Per què m'he despertat? Escolto el silenci, profund, només torbat pel tic-tac d'un despertador, com una aixeta mal tancada.

El temps, liquant-se,
cau gota a gota al pou
de l'aigua negra. P.47

漆黒の夜。なぜ目が覚めたのだろう?深い静寂に耳を傾ける、よく閉まらない蛇口にも似た、目覚まし時計の刻む音にただ悩まされながら。

時間は、滴りながら、
一滴一滴黒い水の井戸に落ちる。

Mentre t'explico un conte, veig en la penombra els teus ulls, molt oberts.

Mirant-te, com em reca el futur!

Res comparable
a aquest plaer tan fràgil:
mirar els teus ulls. P.55

御伽噺をしながら、薄闇の中で大きく開かれた君の目を見る。

君を見ていると、未来がやってくることがこんなにも残念に思われる!

比べられるものなどない
こんなに華奢な幸せ―
君の目を見つめること。

《El *haikai*-va escriure Matsuo Bashô-és simplement allò que passa en aquest lloc i en aquest instant.》 L'extrema

「俳諧とは―松尾芭蕉曰く―この場所、この瞬間を去ってゆくものに過ぎない。」俳句の持つ究極の簡素さは

simplicitat del ***haikú*** és la seva màxima virtut. Només hi ha espai per a la pura captació de l'instant, la nua sensació, el detall ínfim i revelador.

En un clos tan petit, a més, tampoc no es pot dir res d'una manera gaire explícita. La concisió porta el haikú a l'expressió al•lusiva, simbòlica i suggestiva. I així s'acosta més i més a l'ideal suprem de l'art: reduir l'univers a una paraula, una línia, un so.

Vora el camí,
cada un s'omple de l'altre,
el vent i el pi! P.60

Sóc al llit, a les fosques, escoltant…

Sobre el teclat
de la teulada, els dits
lleus de la pluja! P.62

Extenuat de pedalar, m'aturo vora el vell cementiri. Del petit clos s'eleven quatre xipres com quatre veles

その最たる魅力である。瞬間を受けいれるのみの余地、素の感覚、繊細さは最小限にして全てを露にする。

このような小さな閉塞地では、また決して説明口調にはなり得ない。簡潔であるが故に、示唆、象徴、暗示に富んだ表現となっている。そして俳句はより一層至高の芸術に近づく――一語、一行、一音に宇宙を凝縮して。

道の周り、
それぞれが互いを満たしている、
風と松！

ベッドで、薄闇の中、聴いている…

屋根瓦の鍵盤の上、雨の軽い指！

ペダルをこぎ疲れ、古い墓地の側で止まる。小さな区画から伸びる四本の杉は、まるで黒く尖った四本の蝋燭

punxegudes, negres. Fa un matí assolellat. Al lluny es veuen jardins i cases dels afores, camps, una mica d'estany lluent de sol i al fons, el Canigó, mig desnevat. La respiració de la ciutat és, des d'aquí, un ronc afònic que matisa el silenci.

Bleixant, m'acosto a la porta de reixes rovellades. El cementiri sembla abandonat: herba i molsa per terra, nínxols amb làpides velles, retrats esgrogueïts, pitxeres amb quatre flors de plàstic…

Sento, com no l'havia sentit mai, la força de la sang que irriga els meus teixits. ¿No és més desconcertant la vida que la mort?

Sobre el santcrist
d'un nínxol, s'assolella
la sargantana!

p.63

Sóc un illot
banyat per les onades
del teu respir.

p.66

のようだ。陽光溢れる朝。遠くの郊外には、庭、家、野や畑、日の光りに輝く湖がちらりと、そして奥には半ば雪が解けたカニゴの山が見える。市街地が吐く息は、ここからは静寂に微妙なニュアンスを添える声のないいびきのように感じられる。

息を切らして、錆びた格子の扉に近づく。墓地は荒れ果てているようだ。地表の草や苔、古びた碑を備える棺用の壁穴、黄ばんだ肖像写真、数本のプラスティックの造花が入った花入れ…

かつてない程強く、自らの臓器に巡る血の力を感じる。生は死よりも悩み深くはないものなのだろうか？

壁龕の磔刑像の上で、日を浴びている蜥蜴！

私はちっぽけな島
あなたの憩いの波に泳がされた。

Tarda d'abril.
Sobre el verd dels sembrats,
les mans del vent!

P.70

Nit de maig. Per sentir-lo millor, he deixat la finestra ajustada. El rossinyol, emboscat, refila a ràfegues. Canvia la melodia, accelera, s'alenteix, improvisa. Tan aviat plora com riu, juganer i voluble. Quina filigrana, el cant d'aquest Mozart de bardissa! De vegades s'hi fa amb tant d'entusiasme que sembla que s'ennuegui. I llavors acaba amb un estirabot. Calla un segon i comença de nou. De tant en tant flauteja, exànime, monòton, com si s'hagués ratllat o anés perdent l'alè. Però tot d'una es torna a engrescar, i el seu cant rinxolat, diàfan, quasi líquid, sona de nou sota el cel estrellat.

Al cor de l'ombra,
tu, com la lluna,
rememorant la llum.

P.72

四月の午後。
緑の芽吹く畑の上に、
風の手！

五月の夜。気分がよいので、窓を開けておいた。ナイチンゲールが隠れていて、突然さえずり始める。メロディーを変え、速度を増し、またゆっくりと、そしてアドリブを加える。たちまち堰を切ったように泣き出す、気まぐれな暴れ川のように。何という手の込んだ職人芸、この茨のモーツァルトの歌は！時たま、熱中するあまりのどを詰まらせているようにも聴こえる。やがて、気の抜けた一声で終わった。一瞬の沈黙、そしてもう一度歌い始める。あまりにも貧弱で、単調で、まるで壊れたレコードのような、息をきらしてしまったかのような。でもすぐに生気を取り戻し、その歌は波打ち、透明感にあふれ、流れるように再び星空に響き渡る。

闇の核心で、
君は、月のように、
光を思い出している。

El poeta és un home que calla.
Molt lentament,
paraules que germinen
en l'humus del silenci.
P.73

詩人とは黙する人間のことである。
とてもゆっくりと、
芽を出す言葉たち
静寂の腐葉土で。

Cargol
Havent plogut,
escrius a la paret
camins de llum.
p.76

蝸牛
雨が降った後で、
お前は壁に書く
光の道を。

Nocturn vora l'estany
Salta una carpa.
I el cercle de la lluna
tremola a l'aigua.
P.77

湖畔の夜
鯉が一匹跳ねる。
そして、月の輪が
水面で揺れる。

Xàfec d'estiu.
Amb el perfum, la menta
agraint l'aigua!
P.81

夏のにわか雨。
香水で、水に感謝しているミント！

カタルーニャの俳人J．N．サンテウラリア（平間充子）

Des del cim, he vist la casa dels meus avis, petita com un cap d'agulla, a la falda d'un petit volcà.

Hem dinat a l'era del santuari. Després, hem entrat a la capella i hem tocat la campana, que ha ressonat en la quieta solitud de les muntanyes.

Abans d'anar-nos-en, m'he recolzat un moment a la barana de l'eixida.

L'ombra d'un núvol
camina sobre els boscos.
Llum de setembre.

P.82

頂上から、祖父母の家を見ると、ぽつりと、まるで尖塔の先が小さな火山の裾野にあるようだった。

私達は礼拝堂の小庭で昼食をとった。その後、聖堂に入って鐘を鳴らすと、その音は山々の静謐の中にこだました。

立ち去る前、しばしテラスの手すりに体をもたせ掛けた。

一掴みの雲の影が
森の上を歩く。
九月の光。

作品は八二頁目で終わっている。秋の始まりを巻頭に置き、深まる秋、冬、春、夏、そして夏の終わりが最終ページを飾る構成をとっており、明確ではないが秋一六〜一七作品、冬二二〜二三作品、春二四〜二六作品、夏七〜九作品と区分できるだろう。季節感の現れているものを選んで訳してみたが、日常生活（四七頁、六二頁）、文学観（六〇頁、七三頁）夫人への愛情（六六頁）、息子への愛情（五五頁）なども重要なモチーフとなっている。

2　その他の日本関連著作

翌一九九七年、芭蕉、蕪村、子規などの計六三句をカタルーニャ語に訳した『マレア・バイシャ―アイクス・ダ・プリマベーラ・イ・デスティウ』（"Marea baixa: Haikús de primavera i d'estiu"、「汐干―春と夏の俳句」の意）が出版された。

共著者ジョルディ・パジェスJordi Pagès氏は、当時既に引退し夫人とともにカタルーニャに在住していたが、早稲田大学でスペイン語・スペイン文学関連の教鞭をとった経験もある。全一三九頁の本書は、偶数ページ、つまり開いて左側に旧仮名遣いの日本語で提示された一句を、奇数ページ、つまりその右側のページ左上に日本語のローマ字表記で、中心上方にカタルーニャ語に訳したものを載せる。原句は縦書き三行で表記され、カタルーニャ語訳でもシラブルを五・七・五に揃えそれぞれ改行を加えるなど、俳句本来の趣を生かす工夫が見て取れるだろう。本書はサン・ジョルディの日の贈り物として歓迎され、発行後数ヶ月で絶版となるなど大きな成功を収めた。その鍵は日本語表記をページ一杯の大きさで載せた点にある、とはサンテウラリア氏の弁である。共著者パジェス氏の日本人夫人サイトウハルミ氏によって、半紙に毛筆で書かれたものをそのまま写したため、日本語を読めない人々にミステリアスで知的な印象を与えたのではないか、と。

　氏の日本関連の著作として他に二点が挙げられる。紀行文『パゴダス・イ・グラタセルズ――ウン・ビアッチャ・アル・ジャポ』"Pagodes i gratacels: Un viatge al Japó"（「仏塔と摩天楼

芭蕉、子規など日本の俳句のカタルーニャ語訳本『マレア・バイシャ――アイクス・ダ・プリマベーラ・イ・デスティウ』表紙

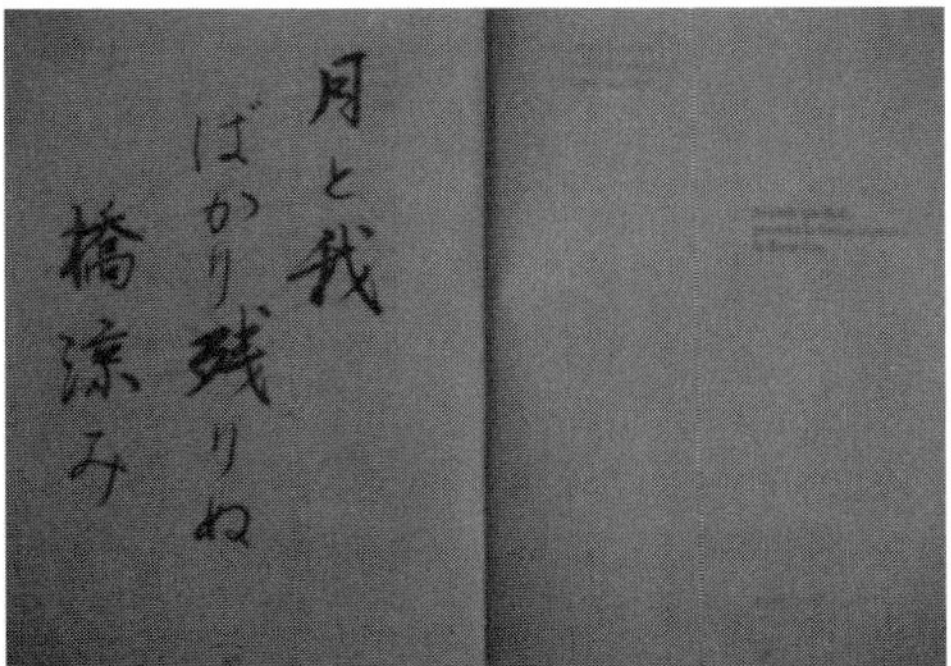

『マレア・バイシャ』より。右側頁の左上に原句のローマ字表記、中央右端にカタルーニャ語訳、最下部右端に作者名を記載。

―日本への旅」の意）は、『マレア・バイシャ』の成功により国際交流基金から奨学金を得、三ヶ月の日本滞在を行った経験を記したものである。二点目は、二〇〇八年三月に刊行された『ユメ』“Yume”（日本語の「夢」をローマ字表記したもの）。主人公は氏と同じような体験、つまり俳句に魅かれ、大いに興味を持つようになった日本へ旅をする。そこでは日本での氏の実体験が繰り広げられており、氏は人々が高い関心を示すこと、そして日本人の生活に関する優れた描写としてカタルーニャに広く受け入れられることを期待している。

3　季節感

まずサンテウラリア氏のハイクを理解するうえで欠かせないカタルーニャの自然環境について簡単に記そう。北海道程度の高緯度に位置しながら、地中海性気候の恩恵に浴して気候は比較的温暖、実感としては夏の暑さ、冬の厳しさともに関東地方とそう変わりはない。その間には若干短いものの春と秋もあり、スペインの中央部や南部とは違って雨や雪もほどほどに降る、という点では日本に近い季節感が得られると言えなくもないだろう。郊外に畑が広がり山間部は森林に覆われるなど比較的緑が豊かで、私達日本人がスペインという言葉で想像する典型的なイメージ、例えば乾燥した大地、照りつける太陽などとはかなりの隔たりがある。食生活は肉と乳製品、小麦のパンといったヨーロッパに一般的なものを中心としつつ、米、魚介類、野菜、果物も多く食卓に上る。日本ほど顕著ではないものの、一部の海産物と農産物には旬の感覚があり、独特の料理を伴う伝統行事とともにある種の季節感を醸し出していると言えるだろう。

年中行事に関しては、人々の信仰心の強さはさておき、今だなおカトリックが生活に密着している。降誕祭（クリスマス）は新年にまたがり二週間、復活祭（イースター）はその前からほぼ一週間とかなり大規模に行事を祝い、学校はお休み、その他の国や州の祝日もほとんどがキリスト教に由来している。また、ヨーロッパ全土の例に漏れず、夏の休暇として八月の一ヶ月丸ごと業務を停止する会社が大半を占め、そうでない場合も社員どうしが交代して長い休みをとるようにする。ちなみに学校は九月第三週目に新年度を開始し、六月下旬に終了するが、このヨーロッパで一番長い子供の夏休みを短縮するかどうかが近年の議論の的。職場と学校から解放された人々は家族連れで海や山に繰り出し、数週間滞在してバカンスを楽しむ。

次に、サンテウラリア氏の持つ季節感について述べたい。以下は、氏が個人的に挙げる季節の風物詩である。なお、当地では春分の日～夏至を春、夏至～秋分の日を夏、秋分の日～冬至を秋、冬至～春分の日を冬、と区分する方法が一般的である。

春……新緑、緑の小麦の芽吹く畑、風、燕、四月の雨、ヒキガエル、蛙、アマポーラ、薔薇、夜鳴くナイチンゲール、復活祭（イースター）とそれにまつわる諸行事、復活祭最終日の月曜日に食べる羊肉、四月二三日サン・ジョルディの日、その薔薇と本、六月上旬聖体祭、五月のカタツムリを食べる集まり

夏……たわわに実る小麦、刈り取られた小麦の束、蜥蜴、激しいにわか雨、雷、稲妻、雹、蝉の声、とんぼ、蝙蝠、各集落の守護聖人の大祭とそれにまつわる諸行事、野外のバーベキュー、六月二四日サン・ジュアンの日とそれにまつわる諸行事、サン・ジュアンの日のお菓子コカ、七月二日サン・クリストフォルの日の車の祝別

秋……長い影、枯葉、霧、一一月一日諸聖人の日と墓参、諸聖人の日のお菓子パナリェッツ、栗拾い、栗を食べる集まり、ボニアート芋を食べる集まり、ブティファラソーセージを食べる集まり、きのこを食べる集まり

冬……ピレネー山脈から吹き降ろす強い北風、星、雪山、朝の霜、雪、アーモンドの花、一二月二五日降誕祭（クリスマス）とそれにまつわる諸行事、一月五日東方三博士のパレード、一月六日三博士の日、一月一七

日サン・アントニの日の動物の祝別、謝肉祭（カーニバル）とそれにまつわる諸行事、鰯の埋葬、カルソッツ葱を食べる集まり

氏が生まれ育ったバニョーラスからは、晴れれば北にピレネー山脈が臨める。冬のピレネーおろしはカタルーニャ北部の冬の風物詩として有名。アーモンドはソメイヨシノに似た花で、梅のような枝ぶりの木々にいっせいに咲き誇る。農産物として実を収穫するためのアーモンド畑はスペインやカタルーニャの南部に多いものの、バニョーラス近郊でも見受けられる。開花は二月中旬を過ぎ、氏は春を告げる風物詩とも感じている。

氏は自らのハイクについて、若干プライベートで、日本の読者には「間違っている」と感じられるかもしれない、とも述べている。日本の俳句には季語が不可欠だが、氏のハイクは、四季を扱っているものが多いにせよ、しばしば季語を置いていないからだ。信じられないことだが、氏は俳句に季語がある、ということを筆者から初めて聞いたという。つまり、そのことを知らずに俳句を読み、訳し、創作していたことになる。

一方、カタルーニャの例を挙げるまでもなく、日本でよく知られているスペインの典型的な自然環境を持つのは実は国内の一部の地域であるように、国全域で季節感を共有できる事象は限られるように思われる。加えて、以下述べるように当地には集うことを好まない詩人の創作姿勢、そして詩作に用いられる言語が地域により異なるという決定的な問題が存在する。したがって、少なくともスペインという国を単位とする、俳句の規範としての歳時記が編まれるには、大きな困難が予想されるのではないだろうか。

4　サンテウラリア氏のハイク経歴

以下は氏とのインタビューの訳である。

氏はすでに大学生時代、カルラス・リバCarles Riba、マリウス・トレスMàrius Torresやサルバドー・エスプリウ

Salvador Espriuといったカタルーニャ人たちのタンカ、ワカを読んでいた。ある日、パリで一冊のフランス語「日本古典詩選集」を買ったが、その頃は結局読まずじまい。三五・六歳ごろ別の機会でハイクと出会い、非常な関心を持った。これが日本とその文化に興味を抱くようになったきっかけである。

それはかつて味わったことのない強い印象であり、その後の数年間はハイクに大きな影響を受けていたと言えるだろう。ハイク―そこに内包される精神性、ものの見方も含め―に強く惹かれたことが原因で、日本の俳句を探し求め、またより理解できたらと思い日本語の勉強も開始する。ハイクは独学で、一〇〇句ほどを読み終わった頃には、直感的に学んでいた。一瞬を受け止め、繊細で、微妙で、「もののあわれ」に富み、簡潔で、自然で、といったようなことだ。やがて、英訳本の助けを借りながら日本の俳句をカタルーニャ語に訳し始める。元々詩人として詩作を行っていたため、氏の創作活動にも影響し、身の回りの風景やさまざまなことを題材にハイクを作るようになった。氏の内部から自ずとハイクが出てきたのであり、断じて意図的に、計画して行ったものではあり得ない。四・五年の間ハイクを作り続け、氏にとって素晴らしい経験となった。

しかしそれは突然終わりを告げる。氏は以前と変わらない愛着をハイクに持っているものの、今現在は創作していない。一体何が起こったのかわからないが、作れないのだ。おそらく、かつては俳人のように、とてもシンプルで調和のとれた日々を送っていたが、今は結構面倒が多く混乱しがちな生活をしているからではないだろうか。いつの日か、再びインスピレーションが湧き上がることを願っている。

一方、既に絶版となっている『マレア・バイシャ』の拡張第二版を計画している。しかし次は「春と夏のハイク」ではなく、「四季のハイク」として。翻訳はもう完成したので、出版社が見つかるといいのだが。

俳句との出会いは、氏の文学生活ばかりか、プライベートな面にまで決定的な影響をもたらした。ひとつのキーワードであり、読者として、詩人として至福の、そして充実した多くの瞬間を味わうことができた。そのことに氏は心から満足している。

二　サンテウラリア氏とカタルーニャ

氏の著作はハイク、タンカ以外にも詩やフィクション、紀行文など様々なジャンルに及ぶが、全ての作品がカタルーニャ語で書かれるといった共通点を持つ。このことが如実に示すように、サンテウラリア氏は個人的・文学的アイデンティティーをスペインではなくカタルーニャに求め、それを明確に自覚しているのである。以下、氏の文学活動の背景として重要なカタルーニャという地域とそのアイデンティティーについて述べたい。

領域としては、行政区分としてのカタルーニャ自治州とほぼ一致し、首都は日本でも観光地として有名なバルセロナで、名実ともにマドリッドに次ぐスペイン第二の巨大都市である。三万二〇〇〇平方キロの面積は国全体の六・三パーセントに過ぎないが、スペイン全人口のほぼ一六パーセントに当たる約七五〇万人を擁する。また、地中海に面し、フランスとも国境を接するなどの地理的な条件によりそれらの地域との文化的な共通点も多い。中世以来さかんな商業のお蔭でバルセロナはスペインで最も早く産業革命を成し遂げ、一九世紀末から二〇世紀初頭にかけて市民文化が花開いた。現在でも不動の経済の先進地域としての地位、アントニ・ガウディの建築物、ピカソ、ミロ、ダリなど画壇の鬼才を育んだサロン文化はこの時期に築かれている。

カタルーニャ州は、現在スペインを構成する一七の自治州のうちでもとりわけ独自の文化と精神性を保持していることで知られている。それを端的に示すのが、州の第一公用語であるカタルーニャ語であろう。西ヨーロッパの諸言語同様、ロマンス語から派生し、隣接するアンドラ公国では唯一の公用語として採用されている他、スペインでは現在カタルーニャ州、バレンシア州とスペイン領地中海諸島で、またフランスの一部などでも使われる言語である。現在その使用人口は一〇〇〇万人ともいわれ、この数字はギリシア語、チェコ語に匹敵する。カタルーニャ語が地域言語以上の重要性を担っていることは、国家の公用語であるスペイン語―これも「国家」に固有の言語ではなく、一地域言語だという立場をとる人々からはカスティージャ語と呼ばれている―を差し置いて、当州の第一公用語に規定されていることに集約できるだろう。例えば州政府や州内の各地方公共団体の公用文書は必ず、その他にも学校の授業をはじめとして、街中の案内板や表示、レストランのメニューに至るまで、カタルーニャ語のみの場合もかなり多い。他の地域からの移住者やその子孫を除き、家庭でもカタルーニャ語が使われるため、カタルーニャ人の両親を持つ子供は、学校で習うまでは十分にスペイン語が理解できない方が普通である。ちなみにスペインでは他にガリシア語、バスク語といった地域の日常言語をそれぞれ第一公用語として採用している自治州があるので、スペイン語ができないスペイン国籍の子供はかなりの数に上ることになるだろう。もちろん、国としての公用語はスペイン語であり、テレビや新聞などのマスメディアもスペイン語のものが普及していることから、少なくとも高校生以上になればそれを自由に使いこなせるようになる。しかしながら、自らをスペイン人ではなく、カタルーニャ人と称する者が圧倒的に多い。つまり、カタルーニャはスペインの一地方であると同時に、名実ともに独立した国家と呼んでも遜色のないほどの強固な独自性を持つ地域なのである。

地域アイデンティティーが言語と直結しているためか、文学への関心は概して高い。各言語からの翻訳、当地出身の著者によるオリジナルなど、幼児や子供を対象としたものから一般向けまで、書店には多くのカタルーニャ語書籍が並ぶ。また、文化やビジネスとしても深く日常に根ざしていることは、カタルーニャが発祥である「本の日」のイベントがよく表しているだろう。当地では「サン・ジョルディの日」と呼ばれ、四月二三日、州の守護聖人であるサン・ジョルディ、つまり聖人ジョージの日に、男性が女性に薔薇を捧げ、女性はそのお返しに本を贈りあうのである。春の声を聞くと女性たちは本を物色しはじめ、州の休日に定められた当日には、街角のあちこちに本の

カタルーニャの俳人J. N. サンテウラリア（平間充子）

市や普段の倍に値が跳ね上がった薔薇を売るスタンドが開かれ、人々は本や花を抱えてそぞろ歩く。同日が偶然スペインの文豪セルバンテスの命日にも当たっていたため、スペイン中央政府とも連携して今やカタルーニャから世界に向けさかんに発信されつつある文化イベントの一つである。三月には新刊の出版が相次ぎ、書店やメディアは競って「サン・ジョルディの日」の特集を組むなど、当地の出版業界の活況ぶりはさながら二月前半の日本のチョコレート業界を思わせる。

サンテウラリア氏はこのような環境の中、カタルーニャ人の両親のもとで育ち、同じ境遇の夫人を持ついわば生粋のカタルーニャ人である。スペイン語もネイティブのレベル、また当地の知識層の例に漏れず、英語も堪能で、フランス語と日本語で読解と少々の日常会話をこなすものの、日常生活はもちろん、前述のように作品の執筆にも全てカタルーニャ語を使用する。なお、筆者との会話やEメールのやりとりもカタルーニャ語で行われている。

三　カタルーニャにおける俳句

以下も氏へのインタビューを訳したものである。

日本の俳句はカタルーニャ詩壇でも良く知られている。その発端として、一九四〇年代から五〇年代にかけてカタルーニャ語でタンカが作られたことも影響しているだろう。当地を代表する詩人でもあるフランセスク・プラッFrancesc Pratの『ララリ』“Larari”、前述のカルラス・リバ、マリウス・トレス、サルバドー・エスプリウなどの詩人がそうである。俳句は九〇年代に本格的に紹介され、今なお発展途上にある。ドロールス・ミケルDolors Miquelの『アイクス・デル・カミオネー』“Haikús del camioner”（「トラック運転手のハイク」の意）、ミケル・マルティ・イ・ポルMiquel Martí i Polの『アイクス・エン・テンプス・ダ・ゲラ』“Haikús en temps de guerra”（「戦時中のハイク」の意)、芭蕉の訳も多く行ったジョルディ・コカJordi Cocaにサンテウラリア氏自身などが俳句を物している(ちなみに、ドロールス・ミケル以外は全て男性)。

スペイン同様、カタルーニャでも歌壇や俳壇を形成したり、協会や連盟のような組織を作ったりすることはない。仲間意識も希薄なので、そのような考えすら思い浮かばないのではないだろうか。彼らは歌人、俳人としての意識は皆無で、あくまでも自らの創作活動にバリエーションを持たせるための試みの一つとして、短歌や俳句のテクニックを導入しているに過ぎない。スペインとカタルーニャの詩人のほとんどがそうであるように、それぞれが独立し、連絡を取り合うこともなく自由に創作活動にいそしむ。実際、氏にはハイクやタンカを創作する知り合いが一人もいない。句に季節を表す言葉を入れない場合も多く、シラブルが五・七・五になること以外は日本の俳句との共通点はないであろう。一方で、ここ二〇年ほど多くの日本の俳句がスペイン語やカタルーニャ語へ翻訳されている。その上、地方の都市でもハイクにちなんだイベントが開かれるようになった。ジローナGirona市はバニョーラス市から南へ二〇キロほど、人口一〇万人の中核都市であるが、そのジローナ市役所の文化関連セクションは二〇〇八年に「五月のステップ―日本の詩」を主催し、氏自身が出演して朗読を行うほか、カタルーニャ人が日本の俳句にヒントを得て創作した現代舞踊が、やはりカタルーニャ人のダンサーによって披露された。

ハイクが歓迎されるのは、ヨーロッパに伝統的なタイプの詩、つまり饒舌で、大げさで、感傷的で、しばしば使い古された言い回しにいささか食傷気味であるからではないだろうか。ごく微細で利那的であるにせよ、俳句は簡素で、純朴で、詩情をより直接的に読者まで届けることができる。

カタルーニャの俳人J.N.サンテウラリア(平間充子)

四　カタルーニャと日本文化

まず、サンテウラリア氏へのインタビューから。カタルーニャにおける日本文化の普及は、とりわけこの二〇年間目覚しいものがある。スペイン全国でもそうだが、特にここでは顕著で、生け花のセンターがある他、マンガ、禅、日本料理などの分野が注目を集めている。中心となるメディアは何と言ってもインターネットであり、他には雑誌がよく日本風のデザインや家具を取り上げていたりする。また、バルセロナで開かれるマンガ・フェアには大勢の人々、何千もの若者が盛大にコスプレをして足を運ぶ。子供や若者は一週間の中でもたくさんの時間を日本のアニメに費やしており、スペイン語に訳された日本のマンガ本も多く出版されている。宮崎駿の「もののけ姫」は大成功を収め、日本の巨匠と呼ばれる映画監督も当然映画ファンの崇拝を受けている。ここ数年、ヨーロッパでは日本の文化と芸術への関心が非常に高いが、カタルーニャ、バルセロナはそれが最も盛んな拠点の一つであるように思う。カタルーニャ詩壇では、かつてハイクを育んださまざまな詩人が活躍したし、カタルーニャ語版の「枕草子」と「源氏物語」も出版されている。村上春樹はカタルーニャで最も読まれている外国人作家の一人。相変わらず日本文化への関心は高い。

二〇〇二年から〇六年までバルセロナに三ヶ月、ジローナ市に三年半住んだ経験から以下筆者の補足を加えよう。カタルーニャでの日本文化の普及は、若年層とインテリ層が好むマニアックな分野で広がっている、と言えるかもしれない。カタルーニャ語の子供向けチャンネルを見ると、一一年八月段階で「ドラえもん」の他一本、週に計二本の日本製アニメがカタルーニャ語の吹き替えで放送されているが、氏へのインタビューを行った〇八年前半期には実にその数は週に十数本にも上っていた。すっかり秋の恒例行事と化したバルセロナのサロン・デル・マンガ・

Salón del Manga（マンガサロン）は一一年で第一七回目を迎え、一〇〇キロ離れたジローナ市でも、時期が近づくにつれ誰と、どの日に、何を着て行くか、などを熱心に話しこむ若者の姿が見受けられた。アルバイトで日本語教師をしていた筆者の生徒は総計三〇名ほどであったが、約三分の二は二五歳以下、そのほぼ全員がマンガやアニメへの関心を学習のきっかけとし、合気道・古武術・剣道といった日本の武術への関心がそれに次ぐ動機である。一方、エコロジーや健康ブームもインテリ層を中心に盛んで、その流れの中で欧米とは違った生活スタイルや自然観、仏教、そして油を使わず魚介類を調理する寿司に注目する人々が増えているような印象を受ける。有形・無形のものも含め、日本のとある具体的な文化に魅かれる、というよりは、珍しいから、とにかく違っているから、と他人と差別化されるためのアイテムとしてとりあえず興味を持つ、といったスタイルとしての嗜好性が感じられた。

しかしながら、日本を含めたアジア全般に関する正確な情報は驚くほど乏しい。マスメディアで取り上げられるのはほとんどが欧米、若干の北アフリカ・中東の情報ばかりで、興味本位の枠を出たアジア情勢は数えるほどであろう。混同の甚だしいもの、誤解を助長するようなものすら時たま見かけるが、それが日本の神秘性を高め、ますます知りたくなる衝動を掻き立てているとすれば皮肉なことである。日本料理の看板を掲げるレストランが目立つようになったのは他の欧米諸国同様であるものの、ほんの一握りの有名店を除けば、その道の修業を受けたことも、来日経験もないアジア系の人々が首をかしげたくなるような料理を提供する所が大多数を占める。

学問の世界でも同様で、日本語や日本研究を専攻できる大学はカタルーニャの主要な七大学のうち二・三ほどしかなく、その実績も他の人文系の分野やヨーロッパの他地域に比べると心もとない。組織的に最も整備された日本語コースのあるバルセロナ自治大学Universitat Autònoma de Barcelonaを例にとると、翻訳・通訳学部Facultat de Traducció i d'Interpretació内の一専攻として、教養課程が終わった三年目から履修を許される。スペインの現行の制度では学部の最短修学年限が五年であるが、卒業時点で日本語能力検定試験の最低レベルに合格できない学生も珍しくない。日本の大学へ留学する学生も相当数いるものの、留学開始時点はおろか、終了時点でも読解・聴解・記述・口頭表現の四分野揃って研究遂行が可能な日本語レベルに達する学生はむしろまれである。スペイン全土でも、教官・学生を問わず日本語の資料や論文を扱える研究者は数えるほどではないだろうか。翻って、研究に耐えうる語学力を持った専門家がいないのは日本側も同様である。日本ではスペイン語がアカデミック言語として認知されておらず、スペイン語が堪能な日本人研究者はスペイン語やスペイン語圏社会の専門家に限られてしまう。日本人の大学教官も近年増えてきたが、日本研究出身ではない場合が圧倒的に多い。

むすび

このように、カタルーニャにおける日本文化の受容はいささか表層的なきらいがあり、ハイクの普及もまだまだ発展途上にあると言わざるを得ない。一番の問題は日本語をはじめとする日本文化を正しく、組織的に普及させる機関と、それに従事すべき人材が決定的に不足していることである。日本に関する良質の情報が人々の知的好奇心を満たす量に達しないため、珍奇で神秘的なイメージのみが先行し、そのイメージに適合するものが偏重して受け入れられる結果、一層実際とはかけ離れた日本像が広がってゆく、という悪循環すら招きかねない。

しかしながら当地は伝統的に高い文化水準を持ち、それを支える政治的・経済的環境も整っている。「ピレネーを越えればアフリカ」との言葉が示すとおり、スペインはヨーロッパから孤立しがちであるが、カタルーニャは例外的に地中海諸都市やフランスから大きな文化的恩恵を受けてきた。パリで俳句に出会い、現地人にとっては大学の専門課程で学んでもなお習得困難な日本語はもちろん、ハイクもタンカも独学でものにし、別の職業を営みつつ文学者としても高い評価を得たサンテウラリア氏は、その典型と位置づけることもできるだろう。特筆すべきはその自然環境の豊かさで、年中行事や食にまつわるものも含めての季節感が決して貧弱ではないことは、季語を備えたハイクが浸透する大きな可能性を孕んでいるのではないだろうか。加えて、当地におけるアジア勢力の台頭が、アジア全体、ひいては日本への正しい理解に繋がることへも期待が持てる。国内有数の経済先進地域であることから、中国、インドを中心とするアジア勢力の重要性は近年著しく増大し、アジアへの関心が本格的な文化理解を促す可能性は高い。

中でも期待されるのは、二〇一〇年四月にマドリッドに設置された国際交流基金日本文化センターの活躍である。日本側からの情報発信は、大使館や総領事館の広報文化班、数年前にバルセロナに創設されたカサ・アジアCasa Asia（「アジアの家」の意）を通じて行われる程度であり、豊富であるとは言いがたかった。同センターはイベリア半島唯一の日本文化発信の専門施設として、一一年二月にはスペイン全国規模の日本語教師会を初めて組織するといった活動を既に開始している。また、アニメ、マンガやそれに付随するポップカルチャー、Jポップ、伝統武術などの支持母体が若年層であることは、語学習得が比較的容易で異文化の受容に柔軟な年代にアピールし、彼らが社会を担う将来に向けて、一層の効果が期待できるのではないだろうか。

正統に近い文化の体系的・戦略的な普及活動の展開を日本側の課題として指摘しつつ、独自の文化的アイデンティティーを持つ当地でハイクと日本文化が今後一層浸透し、互いに良い影響を与え合うまでに進化を遂げることを期待したい。

カタルーニャの俳人J．N．サンテウラリア（平間充子）

スペイン語とカタルーニャ語のハイク

——普及活動と「キゴ」の概念

田澤佳子
Yoshiko TAZAWA

スペインでもハイクの愛好者は少なくない。特にカタルーニャ地方では比較的盛んで、カタルーニャ語でも作品が作られている。また、講習会が開かれ、賞が設けられてもいる。本稿では具体的にバルセロナとウロットの活動を紹介した。その過程でスペインのハイクにおける「キゴ」の特殊な位置づけも明らかにすることができた。

筆者は二〇〇八年の夏、バルセロナのコイ・バイカルカ地区住民組合（Associació de Veïns i Veïnes Coll-Vallcarca）と、カタルーニャ北部ウロット市の文化協会（Institut de Cultura de la Ciutat d'Olot）というスペイン・カタルーニャ地方の二つの文化団体を訪れた。目的はスペイン語とカタルーニャ語のハイク普及活動の実情を調査し、特に季語という概念がどのように捉えられているかを知るためである。

この二つの団体を選んだのは、共にハイクのコンクールを主催しているからである。しかも両者が異なった性格を持っていることから、両者の活動を調査すればスペイン語とカタルーニャ語のハイクの普及活動を多少なりとも多面的に捉えることができるのではないかと考えたのである。

両団体の中心人物とのインタビューでは、彼らの活動の概要に加え、特に季語というものを彼らがどのように捉えているかを重点的に聞き取り調査した。その結果、非常に興味深いことが判明した。

以下、第一節では、まず、コイ・バイカルカ地区住民組合主催のハイク・コンクール「グラウ・ミロ文学賞」[1]の概要を記す。ついで、そのコンクールでの審査基準や審査結果を概観し、最後にその中心人物の「キゴ」観についてのインタビュー結果を報告する。季語の概念と、ハイクの普及活動などについて興味深い情報が得られたのはこの時であるので、この節が本論文の中心となる。

続いて第二節では、ウロット市文化協会主催のハイク・コンクール「ジュアン・テシドー賞」[2]の概要を述べる。さらに、審査の中心人物とのインタビューの結果を報告する。グラウ・ミロ文学賞への参加者は、文学的な専門知識のさほどない庶民が大部分を占めているので、草の根的ハイク・コンクールといえる。一方ジュアン・テシドー賞には、すでに他の文学賞を受賞している者や、文学を専門に学んだ者などが数多く参加している。このためか、両コンクールに応募されているハイクはタイプが異なっている。そこで、ジュアン・テシドー賞についても検討することによって、第一節で検討したスペイン語とカタルーニャ語のハイクをより多面的に捉えることができることになるにちがいないと考えたのである。

一　バルセロナ、コイ・バイカルカ地区住民組合訪問記

1　コイ・バイカルカ・コンクール

バルセロナの下町コイ・バイカルカ地区の一画にあるモダンな鉄筋コンクリート建ての建物が、この地区の住民組合の拠点である。絵画教室、写真教室などのほか、ハイク・コンクールも催されている。地域のカルチャー・センターといった趣である。

このコンクールは、地域に密着したものにとどまるだろうという当初の主催者側の予想に反し、海外からの参加者が徐々に増加し、国際色豊かなものとなった。

このハイク・コンクールは、元々、詩を対象とするグラウ・ミロ文学賞の一部門として二〇〇四年に設けられた。二六歳以上の部、一八歳から二五歳までの部、一三歳から一七歳までの部、七歳から一二歳[3]までの部の四クラスに分けられている。合計参加者数は第一回は約六十人であったが、第四回には百八人を数えるまでとなった。国籍はスペインをはじめ、ブラジル、アルゼンチン、キューバ、メキシコ、エル・サルバドール、チリ、ルーマニア、イギリス、フランスなどである。参加者はインターネットを通じて応募する。優勝者には九〇ユーロ（約一万五〇〇〇円）[4]が賞金として与えられる。（二〇〇九年からは、一〇〇ユーロ（約一万六五〇〇円）となった）

当初は「キゴ」[5]が要求されていなかったが、第三回から「キゴ」の入った俳句部門が別に設けられたので、「キゴ」入りか、「キゴ」なしのハイク部門かを選んだうえで、三句一組で応募する。（「キゴ」が何を指しているかについては後で述べる。）使用言語はスペイン語かカタルーニャ語[6]。審査は組合長のサルバドー・バラウ氏、文学が専門の大学教授、そして文学学士号の保有者の計三人である。いずれもスペイン語とカタルーニャ語のバイリンガルである。

応募作品は、彼らが呼ぶところの「日本の韻律」(La métrica japonesa)、つまり、五―七―五の音節からなる三行詩でなければならない。ただし、プラスマイナス一音節の幅が設けられているため、合計十六音節から十八音節までのハイクであることが求められている。

次項では、このハイク・コンクールの「キゴ」入りハイク部門に応募された作品を取り上げて、このコンクールの参加者と審査員らの「キゴ」の捉えかたを探ってみたい。

2　コイ・バイカルルカ住民組合のハイク・コンクールにおける「キゴ」の概念

季語とは、「連歌、俳諧、俳句で、四季それぞれの季節感を表わすために、句によみこむ語」である[7]。それ故、「キゴ」入りのハイクとは、文字通り季語が含まれた句を指しているものだと、我々日本人なら当然考える。ところが、ここでいう「キゴ」入りの句には、特定の季語が必ずしも含まれている必要はなく、季節感があること、つまり、句が春、夏、秋、冬のどれを詠ったものであるかが分かることが要求されているのである。しかも、直接的に季節を示す単語を用いていないものが「キゴ」入りの「良い句」だとみなされる。

季語について説明する書物がスペインにないというわけではない。スペインの俳句研究者が必ず手にする、一九七二年から版を重ねているフェルナンド・ロドリゲス＝イスキエルド（Fernando Rodriguez-Izquierdo）の *El Haiku Japonés*（日本の俳句[8]）では、季語は la palabra de estación つまり「季節のことば」と訳されている。そこでは、「俳句の形式的な価値で一番重要なことは季節のテーマにまつわる作品を作り上げること」であり、「ある物事や、人物、あるいはある場面と関連した季節感は西洋よりも日本では根強」く、「季節感は『連想』と強く関係」し、「自発的に季節を彷彿させる物事があり、それゆえそれらはその季節のシンボルとなる」と、説明されている[9]。

しかし、季語の役目は季節を指し示すだけではないだろう。季語は「読み手を一挙に叙情詠嘆の領域に導くこと―もっと正確に言えば、何であれ詩句の描き出すものを、賞玩の眼でしみじみ味わい眺め、そこに人生の深い意味を読み取るという、美的な観照の境地に誘[10]」いながら、「一句全体の詩的意義にかかわる[11]」役目をしている。つまり『日本の俳句』が説明する以上の大きな役割を担っているのである。

この点にスペインでの俳句研究者やハイク愛好家は注目しておらず、単に季節を表すものだと考えていることが、バラウ氏のような「キゴ」入りハイクの解釈を生んだと思われる[12]。

次にコンクールに出された句[13]を具体的に取り上げながら「キゴ入りの句」の概念について考えてみたい。（作品は一〇点満点で採点される。）

Árid pensament,
abastant l'horizó erm;
foc de cel i vent.

Rostoll arrelat,
lligabosc de la terra
dins un cel de blat.

Somrís tardorenc
quan l'espiga submisa
espera l'hivern.

虚しい思いは
不毛な地平線に及ばんとし
空は燃え、風が吹く。

根を張った麦の刈り株、
地面の蔓
或る麦の空のなかで。

秋の微笑み
頭を垂れた穂が
冬を待つとき。

これら三句は、まとめて一〇点満点中、九・五点を獲得している。バラウ氏によると、一〇点満点はまずないので、この作品はほとんど最高点だとみなしてよいそうである。

この三句が高い評価を受けた理由はなんといっても、「キゴ」の用いられ方が巧妙であることだそうだ。それでは、これらの句の中で「キゴ」はどのような用いられ方をしているのだろうか。

一句目と、二句目には季節を直接的にあらわすことばがない。それにもかかわらず、一句目の「不毛な」(erm)という語や二句目の「麦の切り株」(rostoll)という語から秋だということが分かるという。バラウ氏によると、「不毛な」季節といえば収穫の終わった秋であり、麦の切り株が見受けられるのも秋だからである。また、三句目には

「秋の」（tardorenc）という季節を表す単語があるが、これは「秋の微笑み」と言っているのであって、季節が秋だと直接表現しているのではないのだという。つまり、スペイン語やカタルーニャ語のハイクでは、秋以外の季節でも「秋の微笑み」という表現は使えるので、この句の中で季節を限定しているわけではない、とバラウ氏は考えるわけである。続いて、同じく三句目の「冬を待つとき」に関しては、冬を待つ時期とは秋であることから、句の中で詠われているのが秋だということが分かる。バラウ氏によると、このように遠回しに季節が表現されているところが、この句の巧妙な点なのである。

言い換えれば、「キゴ」入りのハイクとは、季節が何であるかを伝えることが大きな目的であるが、表現上、直接季節を言うのではなく、ほのめかすことによって、読者に季節がいつかを推察する役割を割り振っているというのだ。季節があからさまに示された句は余りにも単純で、つまらない、という。

単純すぎる句とはどういうものなのか、さらに二組のハイク作品の例を挙げて考えてみたい。これらは同一人物によるスペイン語で書かれた作品であるが、最初の三句『春の風』[14]には六点が、二番目の三句『秋の風』には九・五点がついている。その評価の差には「キゴ」の用いられ方が大きく影響を与えている。したがって、この二作品を比較することで、彼らにとっての「キゴ」の概念が浮び上がってくるのではないか。

VIENTO DE PRIMAVERA[15]
llega en el viento,
la canción de la alondra
la primavera

春の風
風の中、
雲雀の歌が聞こえてくる
春

la hiedra joven
acecha tu ventana,
y no se asoma…

aquel cerezo…
¿cuántos pétalos caerán
con esta lluvia?

VIENTO DE OTOÑO

viento de otoño,
contemplando su sombra
se alisa el pelo

galerna vernal,
y las gaviotas ríen
entre ola y ola

jóvenes brillan
las hojas amarillas

若い蔦が
お前の窓で待ち伏せしている
が、のぞき込むことはない…

あの桜…
幾枚の花びらが散るのだろうか
この雨で？

秋の風

秋の風
その影をながめつつ、
髪をなでつける

春の北西風、
そしてかもめが笑う
波の間に間に

若者が輝く
黄色い葉っぱ

tras la tormenta　　　　嵐の後で

『春の風』の三句はどれも、季節が春だとすぐに分かり、読者が句の理解に参加する余地がないという。これらの句にはそれぞれ「春」、「若い蔦」「桜」と、明らかに句が詠っているのが春だということが分かること、そして、表現が論理的すぎるので評価が低い。例えば、一句目。風の中に、雲雀の声が聞こえる。だから、春だ。二句目。若い蔦が窓辺にある。そして、のぞきこみはしない。三句目。雨が降り桜が散る。幾枚散るのだろうか?など、季節が明らかな上にハイクの内容が単純すぎるので評価が低い。

『秋の風』の句は、題名と一句目には、「秋の」という形容詞が含まれているものの、三句とも句が表現している内容が曖昧であるため「読者の役割」[16]が残されていて余情があるので評価が高いという。二句目の「春の北西風」は、この句の中では秋の風を指している。季節を意味する形容詞があるからといって、その句が必ずしもその季節を詠ったものではないということは、『秋の風』の一句の中で用いられていた「秋の微笑み」という表現が季節が秋であることを必ずしも示すわけではないことと同様である。

季節を示すこのような形容詞が、その季節を必ずしも指し示していないのは意外である。しかし、「春の」という形容詞が「春のような」を意味し、「まるで春に吹くような北西風だ」と詠っていると解釈するならば、形容詞のこのような使い方も理解できないわけではない。ちなみに「北西風」(galerna)は、春と秋に吹く風である。

このように、「キゴ」入りのハイクでは、特定のキゴを使わないどころか、明確なコノテーションを持つことばを避けている。実はこの季節をはっきり明示してないことこそ、「キゴ」入りハイクで最も重要なことなのである。バラウ氏によると、「キゴ」入りハイクの最大の目的はハイクで詠っている季節が何であるのかを読者に当てさせることだという。これは、俳句が本来大切にしている季節感を、スペイン語とカタルーニャ語のハイクも重要視しているということの現れにほかならない。季節を明示せず、それを読者に当てさせることによって、新たな季節感を生み出し、季節感を更新していっているのである。

「俳句は「開かれた」テクストのまたとない好例である。そしてその開放性―「できる限り広範囲にわたる解釈案を有効とする（あるいは少なくともそれを斥けない）……柔軟性」―は、俳句そのものの体質に根ざしている。」[17]つまり、俳句は本来、さまざまに解釈しうる「曖昧さ」を持っているのである。俳句の本質ともいえるこの「曖昧さ」をスペイン語とカタルーニャ語のハイクは獲得している。ただし、先述のように、「キゴ」入りハイクは、明確なコノテーションのある語を避けるために、句の意義がつかめなくなるという危険を常にはらんでいる。これを避けるために、同じテーマや季節の下で、三句まとめて詠んだり、タイトルをつけたりしていると考えられよう。

バラウ氏はコンクールの運営に当初から参加する以外に、ハイクに係わる他の活動も行っている。

まず一つ目の活動は「フォト・ハイク」である。風景の写真上に、それを詠ったハイクを載せるというものである。バラウ氏によると、このような試みは英語圏[18]では以前からインターネット上で行われていたが、スペイン語及びカタルーニャ語圏でこの活動を始めたのは彼だという。季節を示すことばやコノテーションの豊かなことばを用いることなく詩の意義を伝えるためには写真はとても有意義な手段にちがいない。「私が見た景色はこれです。私はそれをこのように詠いました。さあ、あなたならどんな句にしますか？」とそのような気持ちで「フォト・ハイク」の作品を作るとバラウ氏は述べる。

「青いフウウリンソウの…」

青いフウリンソウの

服をまとった木

花の雪

自然をありのままに、その瞬間を捉えるものだとハイクを捉えた結果がこの活動につながっていると考えられる。二つ目の彼の活動はハイクの指導である。バラウ氏は、コイ・バイカルカ地区住民組合でハイク教室を受け持ち、自分で作成した教材を用いて、ハイクの初心者を指導している。ハイクとは自然の大切さを認識し、自然の色や季節、そしてその有様をじっくり眺めて作るものだと説いている。そこには、「季節」とはすなわち「キゴ」だという説明がある。[19]その、「キゴ」の概念を「フォト・ハイク」を用いて説明している。

キゴのないフォト・ハイク

祭を楽しむ

子供用のバンパーカー

Foto haiku sin kigo.
Gaudir la festa
cotxes de xoc infantil
Atraccions

「祭を楽しむ…」

この説明により、バラウ氏と彼が代表を務めるハイク・コンクールにおいて、季節感のない、自然を対象にしないハイクが「キゴ」なしのハイクであり、「キゴ」入りとはつまり、季節感を持った自然を詠ったものだということが分かる。つまり、「キゴ」とは、ある特定の単語ではなく、自然の中で、季節感を表すことを指しているのである。季節感を表し、かつ、多くのコノテーションを持つ単語をハイクの中に読み込むことをしないのか、という疑問をバラウ氏に呈してみた。

質問の際に筆者が例として挙げたのは、カタルーニャのクリスマスの伝統的な遊びを指す「カガティオ」(cagatió)という単語であった。カガは「脱糞しろ」、ティオは「木の幹」という意味である。「木の幹よ、脱糞しろ」という文からカガティオという単語はできたと考えられる。このカガティオは、木の幹(ティオ)で作った丸太人形の下半身を毛布で覆い、それを子供たちが歌を歌いながら棒でたたくと、人形が大便としてお菓子をお尻の方から出して子供たちを喜ばすというものである。カタルーニャ人なら誰でも知っている遊びなので、日本の季語の「羽子板」や「かるた」が正月の楽しい情景と心持ちを想起させるのと同様に、この「カガティオ」という語を目にすると、クリスマスの風景と喜びに満ち溢れた感情が呼び起こされるに違いない。そこで、この単語を使って「キゴ」付きハイクを作ることはできないかと尋ねた。バラウ氏は、このような単語を用いることはしないという。それは、カガティオという一言で、そのハイクの情景も感情も表現することになるので、句のあいまいさがなくなり、「読者の役割」というもののない単純なハイクになってしまうからだという。つまり、ハイクには、コノテーションの多い単語は用いないということである。このような考え方をしているのはバラウ氏に限ったことではない。

スペインを代表する詩人の一人アントニオ・マチャード（Antonio Machado, 1875-1939）のハイク的な三行詩とその鑑賞を例にそれを見てみよう。

Junto al agua negra,
olor de mar y jazmines.
Noche malagueña.

黒い水を間近に、
海とジャスミンの香り。
マラガの夜。

この詩の鑑賞をスペインの俳句研究者ルイス・アントニオ・デ・ビリャーナ（Luis Antonio de Villana）が行っている。[20]の中で、彼はこの詩にあるジャスミンという語を季語とみなし、それがこの詩を俳句に近づけていると考える一方で、「マラガ」という土地に密着したことばには、限定的なコノテーションがあるために、この語が使われることでせっかくの俳句性が損なわれていると指摘している。[21] ジャスミンという語は日本では茉莉花、素馨とも呼ばれ、夏の季語であるが、この詩の中で同様の働きしているとは考えにくい。それは、季語であるジャスミンの持つコノテーションをスペイン詩では持ち得ないからである。むしろ、デ・ビリャーナが否定的に捉えている「マラガ」という地名こそが季語[22]の役目をしていると考えられるのではないだろうか。それは、川本が『日本詩歌の伝統―七と五の詩学―』の中で述べているように、季語は、そのことばが表す事柄を指すだけではなく、そのことばの「本意、本情」の世界、言い換えれば、その季語の持つコノテーションの世界へと読者を導く扉のような役目をしているからである。つまり、バラウ氏が「カガティオ」という明瞭なイメージを与える語をハイクに使うことを避けるのと同じ理由から、デ・ビリャーナも、マチャードの詩の中の「マラガ」という鮮明なコノテーションを持つ語の使用に否定的だと考えられるのである。

以上のことから、日本の季語のように文化を背負い、「文化的記憶の貯蔵庫」[23]である単語の使用はハイクにおいては避けるほうが好ましく、「キゴ」とは単に季節や季節感を表すもので、それ以外のものを想起させないものだと考える傾向がスペイン、カタルーニャのハイク愛好者の間であることが分かる。[24]

二　ウロット市文化協会訪問記

1　ウロット市文化協会のハイク・コンクールにおける「キゴ」の概念

スペインのカタルーニャ地方のウロット市が主催する文学コンクールに、二〇〇〇年、カタルーニャ語によるハイク・コンクール「ジュアン・テシドー賞」が加わった。このハイク・コンクールで求められているハイクには、上記のバルセロナのグラウ・ミロ文学賞で求められているハイクと異なっている点[25]がある。これら二つのハイク・コンクールにおけるハイクの捉えられ方を紹介することは、スペインのハイクの傾向をもれなくおさえることにはならない。しかし、スペインにおけるハイクの大きな流れや傾向を知るためには有効であると考えられる。そこで、このコンクールの概要と、そこで求められているハイクを説明したい。

ジュアン・テシドー賞は、ウロット市のホームページ上で公募され、参加者はインターネットで応募する。カタルーニャ語で書かれたハイク七句を一組として応募し、一人三組までを上限として参加できる。また、ハイクは「日本の韻律」で書かれていなくてはならない。

参加作品の中から優秀な三組のハイクが、主に文学の専門家と詩人らの合計五人[26]によって形成される審査員によって選ばれ、それぞれの作者に六〇〇ユーロ（約一〇万円）の賞金が贈られる。そして、賞を獲得した三組の作品はウロット市の助成を得て一冊の本として出版される。

グラウ・ミロ賞の応募作品と比較し、コンクールの性格の違いを明確にするために以下にジュアン・テシドー賞の受賞作品をいくつか紹介する。（七句一組の作品のうち二句ずつを挙げる。）

L'adéu groc de les roses ▼27

La tardor mostra
l'adéu groc de les roses
ulls sense vida.

薔薇の黄色いさようなら

秋は示す
薔薇の黄色いさようならを
生命のない眼。

Quieta i serena,
l'aliga perd mirades
enllà dels núvols.

じっと、穏やかに
鷲は遠くを見つめる
雲のかなたを。

Haikús de la posta ▼28

Cauen les hores
al pou de la memòria
del temps estèril.

夕焼けのハイク

時間が落ちる
不毛な時の
記憶の井戸に。

La vida, aquesta
pila d'imatges pedra

人生、この
イメージの堆積

左は2005年度ジュアン・テシドー賞受賞作品集。『錨と瞬間』*L'ancora i l'instant*
右は2005年度グラウ・ミロ文学賞三位入賞者の作品集。『内庭のハイク』*Haikus del patio*

inabastable

抱えきれない岩

A la vora d'un llac[29]
Tiro la pedra
dintre les aigües manses
i estels belluguen

湖畔にて
その石を投げる
穏やかな水の中へ
すると、星が揺れる

El que més m'agrada
Què és el silenci?
La música expressiva
sense paraules.

私の一番好きなもの
静けさとは？
ことばを用いない
表現力豊かな音楽。

ウロットのコンクールは、コイ・バイカルカのコンクールよりも格式が高く、審査過程や評点などは明かしてもらえなかったものの、これらの作品を読むことにより、ある程度評価基準は推察できるのではないだろうか。

ハイク・コンクールに最初から係わってきたサム・アブラムス氏[30]（Sam Abrams）に二〇〇八年九月一四日に会う機会を得た。彼は、このハイクコンクールの審査の中心人物である。そこで、コンクールの概要と「キゴ」の捉え方について説明を求めた。以下がその回答である。

2　ウロット市文化協会のハイク・コンクール

アブラムス氏はカタルーニャにおける「キゴ」の概念については直接的に回答はしなかったが、より全体的な見地から、次のように語った。

カタルーニャで書かれているハイクには、大きくわけて三つの流派がある。このハイク・コンクールでは、そのいずれの規範に基づいて作られたハイクも認めている。

三つの流派の第一番目は、ジュゼップ・マリア・ジュノイ（Josep Maria Junoy, 1887-1955）[31]とジュアン・サルバット＝パパセイット（Joan Salvat-Papasseit, 1894-1924）[32]のハイクを規範としたものである。その特徴は、三行詩であること、それぞれの行の音節数は特に決められていないこと、一つのイメージを凝縮した表現で行っていること、である。

第二番目の流派は、カルラス・リーバ（Carles Riba, 1893-1959）[33]、が提唱したハイクの韻律を模範としたものである。その特徴は五―七―五の音節からなる三行詩であること、そして、全ての行の終わりにくる語がアクセントのない音節で終わることとである。

最後の流派はミケル・ダスクロット（Miquel Desclot, 1952-）[34]とジョルディ・コカ（Jordi Coca, 1947-）[35]が提唱するハイクの規範に従ったものである。その規範は五―七―五の音節からなる三行詩であることと、それぞれの行の終わりに来る単語はアクセントのある音節で終わってもアクセントのない音節で終わってもどちらでもかまわない、というものである。

アブラムス氏によると、現在のカタルーニャで作られるハイクの九〇パーセントはリーバのハイクの規範に基づいて作られているという。しかしこれに疑問を呈したのが、ダスクロットとコカの二人である。リーバのハイクとは異なり、アクセントが語尾にくる単語を各行末に使用してもよいのだと、二人は主張した。リーバが各行末に来る語の末尾にアクセントがあってはいけないと考えた根拠は、スペイン語の詩では通常、各詩行の終わりには、最後の音節にアクセントのない単語が来るということにある。しかし、カタルーニャ語の詩においては、最後の音節にアクセントのある単語が詩行の最後に来るほうが圧倒的に多い。これはスペイン語とカタルーニャ語が別の言語であり、スペイン語ではたいていの語は母音で終わり、アクセントの位置は語末から二番目の音節にあるのに対して、カタルーニャ語では子音で終わる単語も多く、その場合アクセントは最後の音節にあるからである。これらを考慮するとカタルーニャ語のハイクにおいては、各行末の単語はアクセントのない音節で終わらないといけないという規則に合理的な理由があるとは考えられない。ダスクロットとコカの二人はこう考え、各詩行の末尾の単語のアクセントの位置を問わないことにしたわけである。

バルセロナのハイクコンクールでは「キゴ」入りハイクがあるが、このコンクールではそれに当たるハイク部門は設けられていない。そこで、アブラムス氏に「キゴ」入りハイク部門のない理由を尋ねてみた。

アブラムス氏によると、「キゴ」入りハイクを募集すると、テーマが自然に限定されることになる。そうなると、似通った、退屈な作品ばかりが集まるからだという。スペインではカトリックの影響もあり、神を至上のものと考え、自然を神より下位にある重要でないものだと考えていた。このため、自然を美しく謳いあげる伝統が育たなかったために、自然を描いた詩は、平坦で面白味のないものになる傾向があるという。それ故、このコンクールではテーマを自由なものとし、あえて自然をテーマにしたハイクを求めることはしないそうである。

アブラムス氏の説明によって、このコンクールにおいても、「キゴ」入りハイクとは、自然をテーマにした作品を意味しているということが明らかになった。グラウ・ミロ文学賞における「キゴ」入りハイクの作品が実質的には自然をテーマにしたものに限定されていることと考え合わせると、スペイン語やカタルーニャ語のハイクにおいては、「キゴ」入りハイクとは、自然をテーマにしたハイクを指す傾向が強いと考えられる。

スペインのカタルーニャ地方のレベルの異なる二つのハイク・コンクールを調査することによって、次のようなことが明らかになった。

三　まとめ

コイ・バイカルカ地区の「グラウ・ミロ文学賞」の調査では、「キゴ」入りハイクと呼ばれているハイクがあることが分かった。これは、主に自然を描写する、季節感を重視したハイクであり、「キゴ」入りハイクという名称であるにもかかわらず、特定のキゴを使わないどころか、明確なコノテーションを持つことばを避けた上で句をつくる。そして、その句がどの季節のものであるかを読者に当てさせることを第一の目的としている。季語を含むことが前提となっている日本の俳句とはこの点において性格が大いに異なるように一見、思われる。しかし、これは、スペイン語とカタルーニャ語のハイクが日本の俳句が本来大切にしている季節感を大いに尊重している現れであるとも考えられるのである。つまり、「キゴ」入りハイクの季節を読者に当てさせることによって、季節感を更新し、常にフレッシュな「キゴ」入りハイクを生み出していると言えるのである。

また、「キゴ」入りハイクでは、特定の季語やはっきりとしたコノテーションを持つことばを避けているので、意味のとりにくい、分かりにくい傾向がある。これは俳句本来の「曖昧」さを「キゴ」入りハイクが引き継いでいることを示している。スペイン語やカタルーニャ語でのハイクでは、同じテーマや季節の下で数句まとめてハイクを詠んだり、タイトルをつけたりするのは句の意義を読者によりよく伝えるためであろう。

論文の本筋から少し外れるかもしれないが、コイ・バイカルカ地区住民団体の中心人物であるバラウ氏の行っているハイクに関係する活動も紹介した。これを通じて、スペインのカタルーニャ地方におけるハイクの普及活動の諸相がある程度明らかになったものと思う。

さらに、「グラウ・ミロ文学賞」とは、主催者、参加者などのレベルの違う「ジュアン・テシドー賞」を取り上げて、タイプの異なるハイクを紹介することによって、スペイン語とカタルーニャ語のハイクを少しでも多面的に捉えることができたのではないだろうか。

注

（1）コンクールを主催するコイ・バイカルカ地区住民組合の本部は、グラウ・ミロ広場（Plaça Grau Miró）にある。ファン・グラウ・ミロ（Juan Grau Miró, 1883-1918）は素描家。

（2）ジュアン・テシドー・イ・コマス（Joan Teixidor i Comes, 1913-1992）は、このコンクールの行われているウロット市出身の作家、詩人、編集者。

（3）二〇〇七年まではバルセロナの北五〇キロメートルにあるビック市の小学校の児童たちが、毎年この部門の賞を受けていた。その学校にハイクを教える教師が一人いたからである。スペインではハイクが学校教育にほとんど取り入れられていないため、応募者は実質的にその小学校の児童に限られていた。しかし二〇〇八年、コイ・バイカルカ地区住民組合が子供のためのハイク教室を開講してからは、地元の子供たちも賞に応募するようになった。この事実からもこの組合の地道な活動がハイクの普及に貢献していることが見て取れよう。

（4）二〇〇八年、八月現在の為替レートによる。以下同様。

（5）日本の季語とは概念が異なっているので、ここでは、「キゴ」と片仮名で表記する。

（6）カタルーニャ語はスペインのカタルーニャ地方、バレンシア地方、バレアレス諸島、フランスのルセリョ地方などで話されるロマンス諸語の一つ。スペインのカタルーニャ地方に住むスペイン人はその多くがスペイン語と、カタルーニャ語の完全なバイリンガルである。そこで、ハイクを作るとき用いる言語は、どのようにして決めるのかという疑問をバラウ氏に投げかけてみた。彼は、「自然に、なんとなく（使用言語は）決まる」と言ったあと、ハイクを作ることばを選ぶとき、二つのことが彼に影響を及ぼしていることを付け加えた。句を作るときの周りの環境と、句の中に詰め込みたい情報の量の二つである。句を作るときに、彼の周りにスペイン語の看板があったり、スペイン語を話す人がいたら、スペイン語を選び、それがカタルーニャ語であったならカタルーニャ語を選ぶという。また、一句の中で表現したいことが多くあるときには、カタルーニャ語を選ぶという。カタルーニャ語はスペイン語に比べて、子音で終わる単語が多い。そのため同様のことをスペイン語より少ない音節で表現することができるからである。例えば、「疲れさせる」という動詞cansarの原形はスペイン語もカタルーニャ語も同じであるが、過去分詞は、スペイン語ならcansadoで、三音節、カタルーニャ語ならばcansatで二音節になる。それゆえ、一句に多くを詰め込みたいときには、カタルーニャ語を使うのだという。

（7）季語に関する専門的な議論はさておき、その一般的定義として日本国語大辞典 第二版 第四巻の定義を用いた。

（8）英語、スペイン語、日本語で書かれた俳句研究書を参考にして書かれており、スペインにおける俳句研究の基本的文献だとみなされている。

（9）Rodriguez-Izquierdo (1994), p. 137.

（10）川本（一九九一）、九〇頁。

（11）同書、八九頁。

（12）バラウ氏は、俳句研究者のビセンテ・アヤ（Vicente Haya）がバルセロナのカサ・アシア（アジア博物館）で行った集中講座でハイクの手ほどきを受けたと述べている。アヤには俳句に関する多くの著書、訳書があり、スペインにおけるハイク普及活動の中心人物の一人といえるが、その論説は厳密さを欠いており、前出のロドリゲスの著書ほかアカデミックな論文などではほとんど言及されることがない。筆者の知る限りではその著書の中で季語に関する正確な定義も行っていない。

（13）これらの句はバラウ氏のはからいで特別に提供してもらったものである。コンクールでは、それぞれの句の評価が公表されるわけではないので、作者の名前等をここに記載することは控えることにする。

（14）バラウ氏によると、ハイクに題名をつけることは、コンクールが要求しているわけではない。本人の判断で、作品を題名のついた三句の連作にしたて応募してくる参加者がいるのだという。

（15）題名はイタリックにする。

（16）Eco（1984）を参照。

（17）川本（一九九四）、二二五-二二六頁。

(18) フォト・ハイクや写真俳句などと呼ばれているものが、実際に、日本を始めアメリカやカナダなど各国で広く行われていることはインターネットなどですぐに確認できる。

(19) この教材の中に、俳句は仏教や禅などの宗教から生まれたゆえに、ハイクをつくるには瞑想が必要だとバラウ氏が述べているところがある。これは、彼がR・H・ブライスや鈴木大拙からも影響を受けていることを示していると考えられる。また、ハイクは、ある瞬間に起こったことをそのまま表現するものだと述べている箇所もある。これはケニース・ヤスダの影響だと考えられる。このようにバラウ氏のハイクの知識は、さまざまな文献や学者の説がモザイクのように組み合わされてできている。彼が直接それらの文献にあたって得た知識ではないので、厳密性に欠ける知識の寄せ集めと言わざるを得ない部分も少なくない。彼がハイクを作り、他人にハイクの作り方を教え、そのハイクを評価する立場にあることを考慮すれば、彼のハイク観はスペインやカタルーニャでのハイク観をある程度反映しているといえるだろう。

(20) De Villana (1973), pp. 143-174.を参照。

(21) De Villana, op. cit., p. 165.

(22) 名所もまた、季語同様、コノテーションが豊かな語である。川本によると、発句は「文体上の意外性をはらむ部分」である「基底部」と「意義読み取りの方向付け」を与える「干渉部」からできており、その「干渉部」には「季語（あるいは名所の名）」があてられる。それは、それら季語や名所が、「長い歴史のなかで支配的な含意や連想の範囲が固定され、規範化」されてきているからである。川本（一九九四）、二四一–二四二頁。また、ハルオ・シラネも、「季語と同様、日本の詩歌のなかの有名な場所（名所・歌枕）は詩的連想の核をもって」いると述べている。シラネ（二〇〇二）、二二一頁。

(23) シラネ前掲書、四一頁。

(24) 先のコイ・バイカルカでのインタビューの中で、「カガティオ」を日本的な意味での季語になりうる候補として挙げた。それにより、「カガティオ」のような日本の季語に近いコノテーションの豊かな語を句に入れることが避けられる傾向にあることが確認された。このことは、避けられる語、つまりコノテーション豊かな、季語になりうる語があるということに他ならないであろう。それならばもし、歳時記的な性格を持つ書物がカタルーニャに存在するならば、そのような単語はそこに含まれているはずだと考えて、調査を試みた結果、『カタルーニャ四季折々の習慣と伝統』***Costumari catalá El curs de l'any***と出合うことができた。本書は民俗学者のジュアン・アマーダス（Joan Amades, 1890-1959）が、失われ行く伝統的文化を記録、保存するために著したものである。そこには、三五年に亘って彼が集めたカタルーニャの伝統行事や習慣が記録されている。さまざまな階層の、さまざまな職業に従事する人々に対して聞き取りを行うとともに、多くの書物にあたった研究の集大成である。初版は一九五〇年の発行で、五巻からなり、それぞれが千ページ前後からなる大作である。全体が四季の移り変わりに従って大きく四部に分けられており、それぞれの季節の伝統行事や習慣の特徴、概念などの説明がある。

（25）「ジュアン・テシドー賞」は、審査員、参加者、ともに、詩人として活躍している人が多く、入賞者の大部分は、他の文学賞の受賞者であり、著書を持っている人も多い。一方、「グラウ・ミロ文学賞」には、韻を踏まなくても作れる詩という気軽さからハイクを書き始めた素人が多く、その意味で草の根のハイクコンクールだといえる。

（26）二〇〇八年度のコンクールの審査員は、文学者・文芸評論家・翻訳家であるサム・アブラムス（Sam Abrams）、詩人・作家・文学教師のマリア・ロザ・フォント（Maria Rosa Font）、詩人・文学者のビセント・アロンソ（Vicent Alonso）、詩人のチェマ・マルティネス（Txema Martínez）、そして、元グデリャ市市長のマリア・ロザ・ロカ（Maria Rosa Roca）の合計五人である。

（27）以下二句はバランティ・リバス（Valentí Ribes）の作品。二〇〇五年度のジュアン・テシドー受賞作。Xavier Macià, Pere Pena. Valentí Ribes (2006), pp. 45-57.

（28）以下二句はチャビエ・マルシア（Xavier Macià）の作品。二〇〇五年度のジュアン・テシドー受賞作品。Ibid., pp. 11-23.

（29）以下二句はジュアン・アゼンシ（Joan Asensi）の作品。二〇〇六年度のジュアン・テシドー受賞作。Joan Asensi, Martí Noy, Francesca Pujol (2007), pp. 13-25.

（30）一九五二年にアメリカのウェスト・バージニアで生まれたアメリカ人であるが、三〇年前からスペインに住んでいる。バルセロナ自治大学卒業後、スペインのカタルーニャ地方で文学者、文芸評論家、翻訳家として活躍している。

（31）詩人、ジャーナリスト、挿絵画家。ジュノイの作品を例として挙げる。

en l'asfalt gris　　ねずみ色のアスファルトに
un petit cor escarlata　　小さな緋色の心臓が
rebotant　　弾んで

詩集『愛と景色』*Amour et Paysage*（一九二〇）に収録。Josep Maria Junoy (1984), p. 95.

（32）作家、詩人。

サルバット＝パパセイットの作品を例として挙げる。

Si n'era un lladre
Si n'era un lladre cor - robador,
mirada bruna, llavis de foc.
—Ai, la padrina, m'ha pres el dot.

泥棒だったのよ
心を盗む泥棒だったのよ、
焦げ茶の視線、火の唇。
―ああ、代母《おばさん》、盗られたのよ、持参金を。

詩集『唇に薔薇を』*El Poema de La rosa als llavis*（一九二三）に収録。Joan Salvat-Papasseit (2006), p. 243.

（33）作家、詩人。tankaのカタルーニャへの紹介者、作者として名高い。筆者はリーバによるハイク作品を捜したが見つけることができなかった。バルセロナ大学で博士号を取得したマス・ロペス（Mas López）は、その博士論文の中に、「リーバは一度もハイクを書かなかった」と書いている一方で、ハイクの形式については、「一九三八年にリーバが厳密な韻律の形式を押しつけた」という引用を行っている。Mas López (2002), p.196. これにより、リーバは自分でハイクを書かなかったものの、ハイクの韻律を確立したことが分かる。

（34）作家、詩人。

（35）作家、詩人。

参考文献

川本皓嗣『日本詩歌の伝統―七と五の詩学』、岩波書店、一九九一年。

川本皓嗣「伝統のなかの短詩型」、『歌と詩の系譜』、中央公論社、一九九四年。

シラネ、ハルオ『芭蕉の風景　文化の記憶』、角川書店、二〇〇一年。

Amades i Gelat, Joan. *Costumari català— El cur de l'any*, 5 vols., Barcelona: Edicions 62, 1982-1983.

Asensi, Joan. Noy, Martí. Pujol, Francesca. *El Cos de lli*, Barcelona: Viena Edicions, 2007.

Eco, Umberto. "The Poetics of the Open Work," *The Role of the Reader*, Bloomington: Indiana University Press, 1984.

De Villena, Luis Antonio. "De 'haiku', sus seducciones y tres poetas de lengua española" en *Prohemio*, IV 1-2, 1973, pp.143-174.

Junoy, Josep Maria. *Obra poètic*, Barcelona: Edicions dels Quaderns Crema, 1984.

Macià, Xavier. Pena, Pere. Ribes, Valintí. *L'Ancora i l'instant*, Barcelona: Viena Edicions, 2006.

Mas López, Jordi. *Els haikús de Josep Maria Junoy i Joan Salvat - Papasseit*, Doctorat en Teoria de la Traducció, Departament de Traducció I d'interpretació, Universitat Autònoma de Barcelona, Tesi doctoral dirigida per Montserrat Bacardí Tomàs, Març 2002.

Salvat-Papasseit, Joan. *Obra completa: Poesia i prosa*, Barcelona: Galàxia Gutenberg, 2006.

Rodriguez-Izquierdo, Fernando. *El Haiku Japonés*, Madrid: Edición Hiperión, 1994.

ブラジルの歳時記
——成立の経緯と特徴——

藤原マリ子
Mariko FUJIWARA

ブラジルの俳句史は、ブラジル移民の歴史とともに二〇〇八年に百周年を迎えた。国土の大半が熱帯・亜熱帯に属し、四季の変化に乏しい環境であるにも関わらず、ブラジル歳時記編纂の努力は比較的早期から始められている。日本とは全く異なる風土の中で、どのようにしてブラジルの季語・季題が選定され、歳時記が成立していったのか。その経緯の一端を報告する。

一　はじめに

ブラジルへの日系移民の歴史は二〇〇八年に一〇〇周年を迎えた。栢野桂山氏の「ブラジル俳諧小史」[1]によれば、ブラジルで最初に詠まれた俳句は、一九〇八年に第一回の移民船・笠戸丸がサントスに着岸した際に、入植地の開拓に尽力し「移民の父」と称された上塚瓢骨氏が吟詠した

　涸れ滝を見上げて着きぬ移民船　　瓢骨

であったとされる。したがって、ブラジル俳句史も移民の歴史とともに一〇〇年を数えたことになる。

現在、ブラジルは海外における日本語俳句の作句人口では最大の俳句大国となっている。二〇〇八年に茨城で開

催された国民文化祭の俳句部門へのブラジルからの投句は、一五六人、八八四句に及び、投句数では県別・国別で、茨城・山口に次ぐ第三位を占めた。そのうちの三〇数句が大賞を含む入選句に選ばれるという優れた実績を示している。

こうした熱心な俳句活動を背景にブラジル歳時記編纂の努力が、南半球に位置し国土の大半が熱帯・亜熱帯気候という四季の変化に乏しい自然環境にも関わらず、早い時期から開始されていたことは注目に値する。長年にわたるブラジル季語・季題研究の成果は、二〇〇六年に刊行された佐藤牛童子編著『ブラジル歳時記』[2]により集大成された観がある。同書は四季別に二〇〇〇余りの季題（同書では一貫して「季題」の語を使用）を収録して懇切な解説とブラジル俳人による例句を添えた六九四頁の堂々たる本格的なブラジル歳時記である。

本稿では、日本とは全く異なる風土の中で、いかにして「ブラジルの季語・季題」が選定され、「ブラジル歳時記」が成立していったのか、その経緯の概略を紹介するとともに、佐藤牛童子氏の大著『ブラジル歳時記』と日本の歳時記との比較を通して、ブラジル独自の自然の諷詠に努めた「ブラジル俳句」の特徴の一端を明らかにしたいと考える。ブラジルでは、ポルトガル語による「ハイカイ」の実作も盛んに行われており、近年、ハイカイにおいてもキゴ（季語）を含んだ有季ハイカイへの関心が高まっているという[3]。有季ハイカイにも触れつつ、海外におけるハイクと季語・季題及び歳時記の在りようを考究する際の一助となることを期したい。

二　ブラジルの歳時記と四季

広い国土を有するブラジルの気候は、北部が熱帯、南部が亜熱帯地域に属し、地域による気候の差が甚だしい。首都ブラジリアのある中部内陸地帯では雨期と乾期が入れ替わり、最寒月でも平均気温が一八度Ｃ以上という典型的なサバナ気候を示す。しかし、一〇〇万人の日系人が住むブラジル最大の都市サンパウロ市の気候は、ブラジル南東部の高台にあって比較的温帯に近い。日本のような明瞭な四季の変化はないものの、月平均気温が最も低い六月・七月には一六度C前後、逆に最も高い一二月・一月には二三度C前後と、多少の気温の変化が見られ、月別平均気温の年間グラフはU字型のゆるやかな曲線を描く。

このような、日本の風土とは全く異なる条件のもとで誕生した歳時記における四季は、いかに設定されているのか、栢野桂山氏が「ブラジル俳諧小史(五)」[4]に掲げる、ブラジルで刊行された以下の歳時記に拠って見ていく。

①一九三八年『季題分類』　市毛暁雪編（内容不明）
②一九五三年『俳諧歳時記』　南米時事社編（内容不明）
③一九七七年『ブラジル歳時記』　ブラジル俳人協会編、間島稲花水・渡部南仙子担当
④一九八一年『ブラジル季寄せ』　梶本北眠編
⑤一九八九年『ブラジル歳時記』　ブラジル俳文学、監修：橋本梧郎、行事解説：間島稲花水
⑥一九九五年『ブラジル俳句・季語集　自然諷詠』　増田恆河編
⑦二〇〇四年『アマゾン季寄せ』　原田清子・斉藤けい・竹下澄子・渡辺悦子編
⑧二〇〇六年『ブラジル歳時記』　佐藤牛童子編

一九〇八年にブラジル俳句の第一歩を記した僅か三〇年後に、ブラジル初の歳時記である①の『季題分類』が刊行されていることに驚かされる。編者の市毛暁雪氏はサンパウロ総領事として九年間ブラジルに在住し、ブラジル最初の活字による俳誌『南十字星』の創刊にも尽力した人物である。その功績を記念して同氏の句碑がニッポン・カントリー・クラブの庭園に建立されているという[5]。

かにかくに小屋は建ちたり南瓜蒔く　　暁雪

この『季題分類』を嚆矢とするブラジルの歳時記における四季の配列は、以下のようになっている。

①②については詳細が不明である。③の『ブラジル歳時記』では正月・春・夏・秋・冬の各部が分冊の形式で発行されている。四季の配列順序については不明である。

③の四年後に刊行された梶本北眠編の④『ブラジル季寄せ』では、サンパウロ市を基準として「年始の部（夏）」の次に「秋」が置かれ、以下、「冬・春・夏」の順に四季の部立が配列されている。

⑤のブラジル俳文学刊行の『ブラジル歳時記』、及び、⑧の佐藤牛童子編『ブラジル歳時記』も、サンパウロ市を基準として、「夏（新年）・秋・冬・春・夏」の順に四季を配列している。

⑥の『ブラジル俳句・季語集　自然諷詠』は、ブラジリアを基準として、春分・夏至・秋分・冬至が来る月を季の初めとし、九・一〇・一一月を春季、一二・一・二月を夏季、三・四・五月を秋季、六・七・八月を冬季と定める独自の方針をとっている。巻頭に新年を置かず、春夏秋冬の順に季語と例句が配列されており、解説は付されていない。

⑦の『アマゾン季寄せ』は、熱帯圏にあるアマゾンの歳時記という地域の特性を反映して、一月～三月を「雨季」、四月～五月を「春」、六月～一〇月を「夏」、一一～一二月を「秋」と定めており、他の歳時記とは異なる特色を見せている。

⑧の『ブラジル歳時記』の「凡例」によれば、首都ブラジリアを基準とした場合、四季は次のようであるという。

夏・・一二月二一日より秋分の三月二一日迄

秋・・三月二一日より冬至の六月二一日迄

冬・・六月二一日より春分の九月二二日迄
春・・九月二二日より夏至の一二月二一日迄

一方、サンパウロ市を基準とする四季の配列については、同『ブラジル歳時記』の「凡例」では次のように記している。

一、作句上の四季区分は二四節季に基づき、サンパウロ市を基準に
夏は一一月、一二月、一月（立夏は一一月八日頃）
秋は二月、三月、四月（立秋は二月五日頃）
冬は五月、六月、七月（立冬は五月六日頃）
春は八月、九月、一〇月（立春は八月八日頃）となっている。
一、季題の配列は、四季を追い、年始の部（夏）を巻頭に、秋、冬、春、夏の順とした。
一、季題の分類は、時候、天文、地理、植物、動物、人事の順にまとめた。

季節の起点を、近年の日本の歳時記の多くと同様に、立夏・立秋・立冬・立春に置き、年初から順に四季を配列している。

なお、増田秀一氏の「ブラジルにおけるハイカイの季語」▼6によれば、ポルトガル語による俳句「ハイカイ」の有季ハイカイ句集『四季（原題・ポルトガル語）』（一九九一年）では、⑥の季語集『自然諷詠』と同じく、ブラジリアを基準とし、句の配列も⑥と同じく、一月からではなく、春夏秋冬の順に並べているとのことである。

ブラジリア、または、サンパウロ、さらにはアマゾンを基準地として、四季の微妙な変化に目をとめ、ブラジル

の自然を反映した四季区分を設定する努力が積み重ねられているのを見ることができる。全国に共通する四季区分を設定することが困難なブラジルならではの苦心といえる。

「季題の分類」については、右の「凡例」に見るごとく、日本の歳時記の伝統的な分類法に沿って、「時候・天文・地理・植物・動物・人事」の六つに分類する方法が大半の歳時記で採用されている。

四季の設定や季題の分類法などからは、日本の伝統的な形式を踏襲しつつも、ブラジルの風土に即した新たな歳時記を編纂しようとの編者たちの熱意と工夫の跡がしのばれる。

三　ブラジルにおける季語・季題の選定

「季語」及び「季題」の定義については、『俳文学大辞典』[7]に尾形仂氏の次のような解説がある。

（季語は）季を表す詩語。（略）これに対し、題詠の際に作者に課された季節に関する題目が「季の題」、つまり季題である。（略）季を表す詩語としての季語は、四季の変化に富み寄物陳思の伝統を負う日本の文学風土の中で、作者と読者との共通理解を媒介し、俳句の様式性を支える核としての効用を発揮してきた。

「季語」と「季題」の語の使い分けに関しては、広義の「季語」に「季題」を含ませる場合もあり、今日、日本でも混用されることが少なくない。ブラジルにおいても両語は必ずしも明確に区別されていないようで、ブラジル在住の増田秀一氏は、季語・季題について種々の解釈があることを述べた上で、両語の定義について、次のように記している（「ブラジルにおけるハイカイの季語」既出）。

季語と季題という語に関しては諸説があるが、筆者は、季語を「季の詞」、季題を「季の題」と解し、季語と季題は一応別の語と考えた上で、季語が題詠の対象となったとき、すなわち句のテーマとなったとき季題であるとしている。言わば、季語は印象であり、季題は象徴と考えるのである。

増田氏の、「季語」を「季の詞」、「季題」を「季の題」と解する見解は、前掲の辞典の記述の趣旨と一致しよう。

ところで、季語は、前掲の尾形氏の記述にもある通り、「四季の変化に富み寄物陳思の伝統を負う日本の文学風土の中で、作者と読者との共通理解を媒介」する語として機能してきた。日本の季語は、日本の風土と文化の中で培われてきた日本人の美意識を反映する、日本的な情緒を伴う詩語なのである。これに対して、日本とは全く異なるブラジルの風土の中で、季語・季題はどのようなものとして認識され、選定されてきたのであろうか。

ホトトギス派の俳人であり、高浜虚子氏に次の餞別吟、

　東風の舟着きしところに国造り　虚子
　鍬取つて国常立の尊かな　同
　畑打つて俳諧国を拓くべし　同

を贈られて、一九二七年に三〇歳でサンパウロに入植し、全国を行脚してブラジルにおける俳句の普及に尽くした佐藤念腹氏は、一九七九年に刊行した『木蔭雑詠選集』[8]の「あとがき」で、次のように記している。

　四季がないと言はれる亜熱帯のブラジルにも、三年五年と住みつくに従って、日本程規則正しいものでは元よりないけれど、矢張春夏秋冬の移り変りのあるのを知る。殊に自然相手の農業移民の吾等には、日本と余り

変らぬと思ふ程、それを感ずることさへある。四季の移り変りに敏感な日本人が、此現象を黙って見て居る訳がない。そこに俳句が作られる。

亜熱帯育ちのブラジル人は、元々季節の変化などに気が付かず、極めて無関心だ。甚しきは木の名や花の名さへろく〳〵知らない。知らぬのが普通で、問はれて答へ得ることの出来る人は特種な人と思って間違ない。こんな環境の中で、花鳥諷詠の俳句を作らうといふのだから、全くの新天地に鍬を入れる心構で、季題の一つ一つを開発することから始めねばならなかった。私は曾て、ブラジルの四季は日本移民が発見したと言ったが、俳句の季題をブラジルに開発したのも、我我日本移民といふことになる。

（原文の旧字体の漢字を新字体に改めた。）

念腹氏は虚子の説く「客観写生」「花鳥諷詠」に共鳴するホトトギス派の有力俳人であり、ブラジルにおける俳句の実作においても、ブラジルの花鳥、つまり、ブラジルの四季の変化に伴う自然界や人事界の現象を諷詠することに力を注いだ。虚子は花鳥諷詠の俳句は季の働きにより救われる文学であると説き季題（虚子は「季題」の用語を使用）を重視したが、念腹氏も師の方針を受け継ぎ、ブラジルにふさわしい季題の確立に邁進している。新たな季題の開拓に努めるとともに、従来の季題に新しい光を当て、ブラジル独自の風土を活写することに尽力している。次のごとくである。念腹氏の句からいくつか例を挙げよう（—が季題。＊はブラジル季題。（　）は季節）。

＊花珈琲門入りてなほ馬に鞭　（春）

＊スコールや牛の絵描ける道しるべ　（夏）

＊雨季あけや地面の黴の大模様　（秋）

＊ポンチョ着て剃立髭の牛追等　（冬）

雷や四方の樹海の子雷　（夏）
野の石の割られて久し秋の蝶　（秋）
枝の木菟足を揃へし目鼻立　（冬）

ブラジルの風土を愛着を込めて的確に描出したこれらの句には、師・虚子の作品に通じる静謐で細やかな詩情が漂っている。一九三六年の『ホトトギス』一月号の「座談会」には、念腹氏等をブラジルに訪ねた日本の俳人・圭草氏の次のような談話が掲載されている。

向ふの人は春夏秋冬の季感を当嵌めるのに非常に苦心して居ります、我々には非常に微細な季節的変化ですが、向ふに永く居る人はその微細な変化に興味を感じて居ります、作り憎いといふことは間違ひないですが、さういふ微妙な移り変わりを楽しんで居るやうですナ、

季節の変化に乏しいブラジルの大自然の中でも、自然の微細な推移に目をとめて美や詩を発見し、ブラジルの季感を生かした俳句を創出しようと、悠々と楽しみながら工夫を凝らしているブラジル俳人たちの姿が彷彿とされる。念腹氏は歳時記の編纂をも志していたが、存命中には完成に至らなかった。念腹氏の遺志は同氏の末弟・佐藤牛童子氏により継承され、念腹氏の没後二八年目の二〇〇六年に、大著『ブラジル歳時記』が完成を見ている。『ブラジル歳時記』の刊行を報じた『サンパウロ新聞』は、牛童子氏夫人の「『ブラジル歳時記』は義兄・念腹先生と夫・牛童子の夢。四〇年ぶりにこの夢がやっと叶った」との長年の夢を実現させた喜びの声を伝えている。

ブラジルでは、ポルトガル語による俳句「ハイカイ」の実作も盛んであるが、一九一九年にペイショットにより

十七シラブルの簡潔な抒情諷詠詩として紹介された当初は、季語については余り知られていなかったという。[9] 一九八七年になって、ようやく有季ハイカイへの関心が芽生え、現在では「KIGO（季語）」として、ハイカイの中に定着するに至っているとのことである。ハイカイへ季語を導入する際の苦心について、増田氏は次のような体験を記している。

（ハイカイ同好会の会員に「季語」について説明するために）年間に一度だけしか起こらない事象について質問することにした。

まず、ブラジル人が最も愛好するイペー（国花）をとりあげ、「イペーは年間に何回咲くか」と訊いたところ、「一回だ」と異口同音に答えた。「では、いつごろ咲くか」と尋ねたら、「八月から九月にかけて咲き、独立記念日（九月七日）前後が最も美しい」という。「九月は夏ですか」という質問には、考えた末に「春だ」との回答があった。（略）「パイネイラ（木綿樹）」はいつごろ咲くか」「ジュニーナ祭（六月祭）は…」と問いかけたところ、それぞれ「秋だ」「冬だ」という答えが返ってきた。つまり、イペーは春季、ナタル（クリスマス）は夏季、パイネイラは秋季、ジュニーナ祭は冬季ということになったのである。このとき、「季語というのは、イペー、ナタル、パイネイラ、ジュニーナ祭のように、それぞれの季節を代表する自然現象や行事を指すのである」と解説したので、出席者一同が納得した。

最初、「季語」は四季のそれぞれを代表する季節の言葉であると説明したときには、「ブラジルには日本のような四季がない」として、季語の導入に否定的であったハイカイスタ（俳人）たちが、その後、KIGOについて積極的に研究を始め、今日では、KIGOの重要性は十七シラブルの伝統よりも重視される段階に達していると、増田氏

は述べている。一九九三年にアシス大学で講演したP・フランケッチ教授は、

ほとんどすべてのハイカイに現れるKIGOというものがある。KIGOは多くの場合、ある感動が起こった場所と時をあらわすものであるが、KIGOはまた、ある現実を包容する独特のムードを全く無駄なく創り出すのである。

と、季語の機能について説明を行ったという。ブラジルの風土の中から創出されたKIGOが、ハイカイの芸術性を高める手法の一つとして認知され、新たな伝統を創り出す詩語として定着しつつある現状が窺われる。

四 『ブラジル歳時記』の季題――日本の歳時記との比較を通して――

歳時記は、一般に、季語・季題を四季別に分類整理し、解説を加え、例句を添えたものをいう。二〇〇六年に刊行された佐藤牛童子編著『ブラジル歳時記』は、これらの条件を全て備えており、これまでにブラジルで刊行された歳時記の中でも、最も大部で本格的なブラジル歳時記である。収録する季題数は二〇七一を数え、傍題を含むと二五〇〇語近くに及ぶ。

そこで、この牛童子編『ブラジル歳時記』に拠って、ブラジルの歳時記の季題の特徴をみていくことにする。ブラジルの歳時記における季題の特徴を鮮明にするために、『ブラジル歳時記』の「季題別目次」に掲げられた季題と、以下の日本の歳時記に収録された季題との比較を試みた。

㈠『ホトトギス新歳時記　改訂版』（稲畑汀子編・三省堂・二〇〇七年七月・改訂九版）
㈡『図説俳句大歳時記　春・夏・秋・冬・新年』（角川書店編・角川書店・一九六四年四月〜五年十二月）

㈠は、虚子編『新歳時記』の改訂版で、佐藤念腹・牛童子兄弟がホトトギス派の俳人であるところから比較の対象としたものである。㈠に掲載のない季題については、㈡の歳時記により補足・確認を行った。

（二）『ブラジル歳時記』と日本の歳時記との比較

『ブラジル歳時記』と日本の歳時記との季題について、「両者に共通する季題」「季節に異同の見られる季題」「『ブラジル歳時記』には載るが日本の歳時記には見られないブラジル独自の季題」の数について、それぞれ調査を行い、【表1】にまとめた。凡例は以下の通りである。

一、季節は『ブラジル歳時記』の部立の順に配列した。
一、数字は季題の数を示す。
一、「総季題数」は『ブラジル歳時記』の「季題目次」に掲げる季題の数である。
一、「共通する季題」は、『ブラジル歳時記』と日本の歳時記の双方に記載のある季題の数を示す。
一、「季節の異同」は、「共通する季題」のうち、『ブラジル歳時記』と日本の歳時記とで季節が異なる季題の数である。
一、「ブラジル季題」は、『ブラジル歳時記』には載るが、日本の歳時記には記載のない季題の数である。

【表１】『ブラジル歳時記』と日本の歳時記との比較

季節	総季題数	共通する季題	季節の異同	ブラジル季題
夏　新年	73	70	1	3
秋	424	290	13	134
冬	387	260	8	127
春	394	267	8	127
夏	793	465	43	328
計	2071	1352	73	719

【表1】の比較調査の結果からは、以下のことが指摘される。

①『ブラジル歳時記』における「季節」別の総季題数では、「夏」の季題が最も多く、次いで「秋」が多い。「夏　新年」を除けば、「冬」の季題が最も少なく、「春」の季題がそれに次ぐ。四季を三ヶ月ごとに区分した場合においても、南半球にあるブラジルの自然や行事を象徴する季題には、やはり夏の季感が漂う季題が圧倒的に多く種類が豊富である。冬の季題の数はその半分にも満たない。

②『ブラジル歳時記』と日本の歳時記に共通して掲げられている季題は総数一三五二語で、『ブラジル歳時記』の総季題数二〇七一語の約六五％に当たる。日伯の風土の相違を考えれば、予想以上に多くの季題が日本の歳時記の季題と一致していることに強い印象を受ける。一方、ブラジルで創出された季題が三五％あることにも、季題創出の苦労を思うとき、深い感銘を受ける。

③『ブラジル歳時記』と日本の歳時記とに「共通する季題」一三五二語のうち、「季節の異同」が見られる季題の数は、七三語である。数量としては決して多くはなく、日伯に共通する季題の大半は、季節が一致している。

④③の結果だけを見ると、日伯の季題には、余り相違がないようにも受け取れるが、「ブラジル季題」の項に見るように、『ブラジル歳時記』の季題

〈参考〉ブラジル歳時記と日本の歳時記の四季区分

	1月	2・3・4月	5・6・7月	8・9・10月	11・ 12月
『ブラジル歳時記』	夏　新年	秋	冬	春	夏
日本の歳時記	冬　新年	春	夏	秋	冬

総数の約三五％に当たる七一九語が、日本の歳時記には見あたらない、ブラジルで創出された独自の季題である。なかでも夏の季題は四割以上がブラジルで新たに開拓された季題である。

(二) 季節に異同が見られる季題の内訳

『ブラジル歳時記』と日本の歳時記との間に季節に異同が見られる七三語の季題の内訳は【表2】の通りである。「季節に異同が見られる季題」の背景及び特徴としては、以下のことが指摘される。

① 『ブラジル歳時記』における四季区分は、上記の〈参考〉表のごとく、日本の歳時記とは正反対に設定されている関係上、一月・二月などの「時候」を表す季題や、入学・七夕・端午・餅搗・年越などの年中行事、芭蕉忌・一茶忌などの忌日を表す「人事」の季題に、季節の相違が生じている。

② 「植物」に関しては、野牡丹・アカシア・素馨凌霄・筏かづら・胡蝶蘭などの季題に日本の歳時記との季節の相違が見られるが、その数は多くはない。梅・桜・菫・菊・栗・大根・白菜などの日本人に馴染みの深い植物は、日本の歳時記の季節と一致している。梅や桜・菫などはブラジルでも春に咲き、菊や栗は秋の季題である。大根や白菜は冬の味覚とされている。

③ 「動物」に関しては、『ブラジル歳時記』と日本の歳時記とに共通して記載されているも

【表２】季節に異同が見られる季題

（　）内は、日本の歳時記の(ア)または(イ)の書における季節を示す。

季節	季節に異同の見られる季題
夏　新年	１月（冬）
秋	２月（春）・３月（春）・４月（春）・野牡丹（夏）・アカシア（夏）・素馨凌霄（夏）・紅葉散る（冬）・入学（春）・雛祭（春）・復活祭（春）・四月馬鹿（春）・仏生会（春）・虚子忌（春）
冬	５月（夏）・６月（夏）・７月（夏）・端午（夏）・母の日（夏）・七夕（秋）・花火（秋）・競馬（夏）
春	８月（秋）・９月（秋）・10月（秋）・筏かづら（夏）・胡蝶蘭（夏）・苗売（夏）・子供の日（夏）・子規忌（秋）
夏	11月（冬）・12月（冬）・西瓜（秋）・茘枝（秋）・墓参（秋）・流燈（秋）・精霊舟（秋）・芭蕉忌（冬）・文化の日（秋）・一茶忌（冬）・近松忌（冬）・報恩講（冬）・蕪村忌（冬）・卒業（春）・事始（冬）・クリスマス（冬）・社会鍋（冬）・暦売（冬）・古暦（冬）・日記買ふ（冬）・日記果つ（冬）・ボーナス（冬）・年用意（冬）・年木樵（冬）・年の市（冬）・煤払（冬）・歳暮（冬）・年忘（冬）・餅搗（冬）・餅（冬）・師走（冬）・大晦日（冬）・掛乞（冬）・晦日蕎麦（冬）・掃納（冬）・年の内（冬）・年の暮（冬）・行年（冬）・除夜（冬）・年の夜（冬）・年越（冬）・年取（冬）・年守る（冬）

のについては、季節の相違は見られない。鈴虫・蟋蟀・蜻蛉・鹿・鷹・蝶・鰆・田螺などの日本の自然の中に遍在し、われわれの生活に身近な季感豊かな動物に関しては、『ブラジル歳時記』でも日本の歳時記と同じ季節に分類されている。

④　雷・虹・風光る・露寒などの「天文」を表す季題や、清水・水澄む・枯野・山笑ふ・山眠るなどの「地理」に関する季題についても、『ブラジル歳時記』と日本の歳時記との間に、季節の相違は見られない。

(三) ブラジル独自の季題の例

それでは、ブラジル独自の季題にはどのようなものがあるだろうか。『ブラジル歳時記』に挙げられていて、日本の歳時記には記載のない季題の例を次に掲げる。多数にのぼる場合は一部のみを掲出した。【表3】の「ブラジル独自の季題の例」からは、以下の特徴が指摘される。

① 一瞥して分かる通り、カタカナ語が多く、「ブラジル独自の季題」には日本では馴染みの薄いブラジル原産や熱帯・亜熱帯地域特有の動植物の名が多数、並んでいる。例句を挙げる（以下、同様）。

〈例句〉パイネイラ慰め合うて移民妻　念　腹
ミーリョの芽馬の蹄の跡に出し　岡村猛子
黄に燃ゆるイペの落花を踏まず訪ふ　目黒はるえ
銛構へピラルクー待つ夜の闇　山口敏子
開拓の昔語りに鳴くサビア　目黒白水

パイネイラは遠目には桜に似ていることから移民に馴染みの深い花。ミーリョはトウモロコシで、春の降雨とともに一斉に芽を吹く。黄イペはブラジルを代表する国花。ピラルクーは二メートル以上にもなる巨大魚で下半身が赤みを帯びて美しい。サビアは夕暮れにメランコリックに鳴く可憐な小鳥。いずれも移民の生活に密着した、風趣ゆたかな動植物である。

② 動植物の季題の中には、多くの種類を列挙したものも見られる。ブラジルの人々の生活に身近で、関心の高い動植物であると想像される。特に蛇の種類はすこぶる多い。植物では蘭の種類の多さが目を引く。「蛇」も「蘭」も伝統的な日本の季題であるが、それぞれの細別化された名称はブラジル独自の季題である。種類の多い動植物を挙げれば、次のごとくである。

■ 蜂鳥・黄金虫蜂鳥・首環蜂鳥・角蜂鳥・紅蜂鳥・山蜂鳥・尾白蜂鳥・黒蜂鳥・黄金蜂鳥（春）

【表３】ブラジル独自の季題の例

季節	季題数	例
夏　新年	3	初ミサ・サントスレイス・聖樹納め
秋	134	雨季上る・南十字星・パイネイラ・アレルイア・秋イペー・チトニア・ピラカンサ・花ベイジョ・胡椒・菌・ラビアータ・バンダ蘭・カンブシー・サプカイア・キウイ・水豚・パッカ・大沼鼠・サンバ踏む・灰の水曜日・聖週間・ブラジル発見の日
冬	127	乾季・減水期・枯牧・花スイナン・紅イペー・パイナ・ジャトバ熟る・ねずみもち・鉄のばら・アマゾン百合・シャコバサボテン・ピタンガ・白ウルブー・赤首ウルブー・青鯨・甘藷鼠・労働祭・奴隷解放の日・兵隊の日・移民着く・瓢骨忌・聖体祭・新マテ
春	127	西風吹く・カジューの雨・サプカイアの花・ミーリョの芽・花珈琲・花マモン・イペー・アリカーの花・ピタンガの花・蜂鳥・糞ころがし・赤腹サビアー・牧開き・木諸植う・珈琲植う・山崩す・野犬狩・樹木の日・独立祭・黒母の日・念腹忌・ナザレ祭
夏	328	雨季・ピラセーマ・朝陰・木蔭・イガポー・アマゾニア・赤道・熱帯・椰子の実・ゴムの樹・パルミット・青コーヒー・椰子・クプアスー・マンゴスチン・胡椒の花・ジロー・シュシューの花・花ジャンボ・平和の百合・ジギタリス・ユーカリの花・ケロケロ・牛鳥・サビアーの子・象亀・蛇類・貧歯目・哺乳動物・大さそり・共和の日・国旗の日・試験・トマト植う・陸稲蒔く・椰子団扇・冷しマテ・コカコーラ・聖樹・事務納

■緑雨蛙・青雨蛙・鍛冶屋蛙・藪雨蛙・豹紋雨蛙・赤蛙・唐辛子蛙・犬蛙・真蛙・牡牛蛙・子守り蛙・クルルー蟇・牛蟇（夏）

■無毒な蛇・スクリー・有毒な蛇・火消し蛇・ジャラフカ・尾白ジャララカ・カイサッカ・十字蛇・ジャラクスー・黒ジャララカ・コチアリンニヤ・椰子蛇・島ジャララカ・鈴蛇・珊瑚蛇・ジボイア・アラランボイア・赤ジボイア・スルククラーナ・コブラリーザ・カニナーナ・コブラノーヴァ・パパピント・蔓蛇・ボイペーヴァ・ボイペヴァスー・緑蛇・草蛇・太刀蛇・にせ珊瑚蛇・眠り蛇・蛇食い蛇・黒蛇・蛇の衣（夏）

■春の蘭・紅千鳥・銀雨蘭・インターー蘭・チルシ蘭・ロジゲジ蘭・胡蝶蘭（以上、春）・蘭・ラビアータ・バンダ蘭・木沓蘭・紅鶴蘭・踊り子蘭・金雨蘭・ミルトニア・胡蝶石斛（以上、秋）

〈例句〉
窓打ちしサルビア色の蜂雀　原静子
甘蔗畑の害虫退治すクルルー蟇　牛童子
馬蹄形の胴の模様や十字蛇　佐藤寿和
蒼き霧まとひて咲けり紅千鳥　井浦山行
人の血を貫って覚めしチルシ蘭　白水唯志

「サルビア色の蜂雀」は紅蜂鳥。花の間を蜜を求めて飛び回る。クルルー蟇は毒液を持ち農作物の害虫退治に役立つ。十字蛇は頭に十字の模様がある毒蛇。紅千鳥・チルシ蘭はともに観賞用の美しい蘭の花である。

③『ブラジル歳時記』に見られ、日本の歳時記には見えない季題には、他に次のようなものがある。

■「雨季」「乾季」「南十字星」などのブラジル特有の気候や天文を反映した季題。

■キリスト教にちなんだ行事を示す「初ミサ」「サントスレイス」「聖樹納め」「灰の水曜日」「四旬節」「受難

節」「聖週間」「聖木曜日」「ユダ人形打ち」「復活祭」等の季題。

■ブラジルの記念日である「ブラジル発見の日」「土人の日」「汎アメリカの日」「労働祭」「奴隷解放の日」「樹木の日」「花の祭典」「海の日」「小鳥の日」「動物の日」「黒母の日」「独立祭」等。

■ブラジル俳人の忌日である「瓢骨忌」「圭石忌」「念腹忌」「潔子忌」等。芭蕉忌や蕪村忌・一茶忌等と並んで登録されており、ブラジル独自の歳時記の特色を出している。

〈例句〉山火消えて南十字の夜となりぬ　宮坂幾別春
牧牛を待つ島々や減水期　西木戸平坊
初ミサをさして野路行き町を行く　念　腹
奴隷女の悲恋の唄や黒母の日　細梅芳茶
日本字で覚えし国家独立祭　星野瞳
写生せよと囁く如し念腹忌　青木偶居

南十字星は南半球の夜空にひときわ明るく輝く四つの星。減水期は立冬の後の乾季。初ミサは教会での新年の行事。黒母の日は奴隷に自由を認めた九月二八日。国家独立祭はブラジルがポルトガルから独立した九月七日。念腹忌は十月二二日。氏の唱えた写生俳句が立派にブラジルに根付いたことを感じさせる。

④季題には、「蛇類」「亀類」「蜥蜴類」「蝙蝠類」「淡水魚類」「鯨類」「哺乳動物」「貧歯目」「無毒な蛇」「有毒な蛇」などの、動物の分類群や生活上の便宜からの分類を示す、季題には余り馴染まないような語も含まれている。また、細分化された種類を挙げたケースでは、動植物の名と解説だけを記して、例句を伴わないものも見られる。「哺乳動物＝有袋目」の季題の解説ではその採録理由を次のように述べている。

この拙文は標題の通り、ブラジルの新季題開発を目的として書き始めたものだから、数多いこの国の動物の中でも特徴が著しく、しかも季感のありそうなものを主として取り上げてきた。しかし比較的季感の強い鳥類や魚類は兎も角、哺乳動物ともなると季感をどの点に当てて感じ取るべきか大変六ヶしい。と言って、この国の数多い珍しい哺乳動物の生態を研究せずに置くのも誠に残念だから、筆者としては此の際「季」の問題はしばらく伏せてこれと取り組んでみたい。そして自らの季感の漂うものがあれば、季題として提起する事にしたい。(略)

「凡例」にも「此国の動植物や風習に関しては自然に克明となり」とあり、ブラジルの珍しい動植物に関しては、必ずしも季感が明瞭でなくても例句がなくても季題として取り上げたことが窺える。同歳時記が百科全書的な性格をも帯びる結果となっている。

五　おわりに

海外に在住する日系人が日本語で俳句を詠む場合、あるいは、外国語でハイクまたはハイカイを詠む場合に、季語・季題をいかに捉えるかは、俳句の本質に関わる大きな問題である。

一九三六年の『ホトトギス』一月号には、虚子を囲む「座談会」が掲載されており、その中で、台湾・ブラジルを訪問した二人の門人の報告をきっかけに、異なる風土の中で俳句を実作する場合の季題の在り方について、活発な議論が交わされている。念腹氏の動向にも触れられており、念腹氏等に大きな影響を与えた当時のホトトギス派の俳人たちの季題に対する考え方を知ることができて興味深い。一部を紹介したい。

秀好。・・・花鳥諷詠とは、我々の現実生活を一部に局限することなく、広く自然現象の世界を俳句の対象とすることを意味してゐる。「椰子に月がある…」「夕方の浪が涼しい…」と云ふ台湾風景は、「花に月」「雪に月」と云ふ内地風景と共に我々の常識にあっては平凡陳腐であらうが、一句の中にそれらの風景の生命が見事に写生される時は新鮮無類の物となる。（略）平凡なると特殊なるとに拘らずそれが俳句の表現として我々の詩的感情を誘発する物であるならば必ず理解されると信じている。（略）

虚子。・・・内地の真似をしたのでは生きた句は作れない。

草田男。結局、季題の約束的趣味によらないで、直接に、対象のおもむきを強く掴まなければならないことになる、つまり、ますます写生が必要だといふことになる。

虚子。・・・決して季題が違ふから内地人に分からないといふやうな考をよして、忠実に台湾の句ブラジルの句を作って貰ひたい。（略）

虚子。・・・忠実に写生をすれば、必ず我々にもそのよさが判る。偽りなしに懸念なしに台湾の鋭い感じを詠つて貰へば内地人にも感銘を与へる。

秀好。念腹氏が行つてからブラジルの風物が俳句の上に次々に的確な筆法で描かれて来ましたからね。特別の理解やハンディキャップなんかなしに。・・・・

（原文の旧字体の漢字は新字体に改めた。）

虚子をはじめとする門人たちは、日本の季題の季節感にとらわれずに現地の風物の趣を的確に掴み写生することによって、詩的情趣を湛えた優れた句が得られると述べている。土地の風物に即した新たな季題創出の必要性についてまではこの座談会では言及されていないが、「季語は日本の季節感に限定されず、現地の季節感情にのっとって使うのがよいのではないか。また、土地に応じて季語の意味内容が変わるので、その国固有の季語を採用すべきであろう」(『俳壇』一九九〇年六月号)との鷹羽狩行氏の見解と一致しよう。

鷹羽氏の見解は、海外における俳句の季語・季題に関する今日の代表的な説といえようが、ブラジルの俳句の歴史においては、こうした見解が、すでに早い時期から実践に移されてきたことを見てきた。ブラジルの自然や生活慣習等に根ざした新たな季語・季題の確立、歳時記編纂の努力が営々と続けられてきたことに改めて感慨を深くする。いたずらに故国への感傷的な郷愁に囚われることなく、ブラジルの新天地で新たな生活に即した俳句のかたちを模索しつつ、逞しく生き抜こうとした人々の開拓者精神が、その背景には認められる。

「季語という〝宝石〟をちりばめた燿かしい短詩」(増田恆河氏『自然諷詠』既出)の創出を目指すブラジルの俳句やハイカイの在りようは、海外におけるハイクの季語・季題について考究する際の優れた事例として有益な示唆を与えてくれよう。

注

(1) 栢野桂山「ブラジル俳諧小史」(『雪』二〇〇七年一月号)
(2) 佐藤牛童子編著『ブラジル歳時記』(日毎叢書企画出版・二〇〇六年一〇月)
(3) 増田秀一「ブラジルにおけるハイカイの季語」(『俳句文学館紀要』第九号・一九九六年一〇月)
(4) 栢野桂山「ブラジル俳諧小史(五)」(『雪』二〇〇七年五月号)
(5) 注四に同じ。以下のブラジル俳句史に関する記述は、同論文によるところが大きい。明記して感謝申し上げる。
(6) 増田秀一「ブラジルにおけるハイカイの季語」(注3に既出)
(7) 『俳文学大辞典』(加藤楸邨他監修・尾形仂他編・角川書店・一九九五年一〇月)
(8) 佐藤念腹選『木蔭雑詠選集』(永田書房・一九七九年七月)
(9) 増田秀一「ブラジルにおけるハイカイの季語」(注3に既出)。以下の増田氏の体験談・フランケッチ氏の講演も、同論文より引用した。

＜　ブラジル歳時記　２００６年刊　＞

『ブラジル歳時記』2006年刊

目次

「ブラジルの花、果実」（『ブラジル歳時記』より）

論文要旨

（日本語・英語）Summary

Comparative Studies on Season Words (Kigo) and Poetic Almanacs (Saijiki) in International Haiku

< 論文要旨 >

Summary

以下の目次・論文篇の部分の、日本語と英語の要旨です。
用語・表記については、各執筆者により不統一です。

Summaries of articles both in Japanese and in English.
Terms and styles in articles differ depending on the authors.

Table of Contents

1　当代（現代）中国における短詩の現状

林　岫

当代中国における短詩の発展は、ここ十年の間、比較的安定した時期にあり、詩歌評論家のいう「旧体」（伝統的格律詩）と「新体」（現代的口語詩）の二種類の詩が、依然として当代中国における詩歌創作の主流である。

「後発の秀」を誇るの漢俳と漢歌は、いよいよ多くの作者を得るに到っているが、創作の水準には、大きな変化はなかった。

ここ六年の間に、エリートや学生の間では「単句詩（または一句詩）」が萌芽し、春の草のように蔓延成長し始めたが、その簡潔明快な方法と、理趣の思想を含んだ魅力を以て、広範な読者の青眼（好意）を獲得し、平凡ではない青春を顕示している。

中国の各種詩壇は、すべて内容が豊富で言語が洗練されていることを強く提唱している。だが映画やテレビなどのメディアは書籍雑誌等の読書活動を容赦なく浸食し、まさに中国の詩歌の伝播と創作に厳しい影響をもたらしている。

詩人にとって、議論は創作の旅である。議論がなかったら、文学の命は窒息してしまい、活気を失う。人間社会がよき詩作を必要とし、風雅の心を残そうとするのは、中日両国の文化人に共有される美しい心への願いであろう。

The Present State of Short Poetry in Contemporary China

LIN Xiu

The development of short poetry in contemporary China has maintained relative stability for the past ten years. The mainstream of poetry writing in China today continues to be of two kinds: ‘old form’ (traditional fixed form of verse) and ‘new form’ (modern poetry in colloquial style).

“Late bloomers" *hanpai* (*kanpai* or Chinese haiku) and *hange* (*kanka* or Chinese tanka), have gained more and more writers, though their creative standards have not changed very much.

Among the members of the elite and students, *danju-shi* and *yiju-shi* (one-line poem) have sprouted and flourished for the past six years. Owing to their brevity and plainness, as well as their compelling ideas drawn from reasoned thought, they have gained favour from a wide range of readers and enjoyed uncommon popularity.

Various kinds of poetic circles in China all declare that their poetry is fertile in substance and sophisticated in language. However, media such as television and movies have severely undermined the activity of reading books and magazines, which has had a bad influence on the spread of poetry and its composition in China.

For poets, lively debate is a journey to creation. Without debate, the life of literature would be stifled and dispirited. Both Chinese and Japanese intellectuals understand that human society needs good poetry and their wish is to leave a poetical turn of mind for the next generation.

2　漢俳の動き
――2005年３月北京にて「漢俳学会」成立・見聞録――

東　聖子

国際ハイク盛況のなかで、アジアにおいては中国の＜漢俳＞が短詩型文学として、多くの作者を有し創作がなされている。本論文は、＜漢俳＞の起源と定義を示し、現代アジアの、日中間の政治・経済・文化を含めた社会的な背景において、その成立から25年目に学会成立を迎えた史的な展開を辿り、代表的な作家と作品を紹介する。

1980年に、日本俳人協会訪中団を迎えた趙樸初氏の、短詩中の＜漢俳＞の語に名称は由来する。2005年３月に四半世紀を経て、「漢俳学会」が北京で成立した。劉徳有会長、紀鵬・林岫等４人の副会長が紹介され、日本側からは金子兜太・有馬朗人氏が祝辞を述べ、藤木倶子氏や中山榮造氏等が壇上にあった。

アジアの時代と言われる21世紀にあって、かつて芭蕉が漢詩文の深い影響を受けて、俳諧を確立したごとく、現代俳句の影響を受けて成立した＜漢俳＞が、異文化・異言語の新ジャンルとして、未来にむけて高い芸術性を獲得されることを期待したい。＜漢俳と俳句＞は自立と交流を共存させて、新しい短詩型の名作を創造するだろう。

Trends in *Kanpai* (*Han-Haiku*): Witnessing the Establishment of China Han-Haiku Society, Beijing, March 2005

Shoko AZUMA

While haiku has enjoyed remarkable international popularity, in Asia, many people have written *kanpai* (Chinese haiku or han-haiku) as a form of short poetry. This article aims firstly to trace the origin and give a definition of *kanpai*; then to review its development from the birth of the term itself to the establishment 25 years later of China Han-Haiku Society in the social, political, economic and cultural contexts of the relationship between Japan and China; and finally to introduce some important *kanpai* poets and their works in contemporary China.

The word *kanpai* has its origin in the word Zhao Puchu used for the short verse which he read in honor of the first visit to China of a party of the Association of Haiku Poets of Japan in 1980. It was in March 2005, a quarter of a century after this visit, that China Han-Haiku Society was established in Beijing. At the opening ceremony, Liu Deyou, the president of the society, and four vice-presidents including Ji Peng and Lin Xiu, were introduced. From Japan, Kaneko Tota and Arima Akito delivered congratulatory addresses, and Fujiki Tomoko and Nakayama Eizo were present on stage.

It is said that the 21st century is the age of Asia. As Matsuo Basho established *haikai* under the great influence of *kansi* (Chinese poetry), so *kanpai* was formed under the influence of modern haiku. I expect *kanpai* to achieve a highly aesthetic quality as a new genre of intercultural art between different languages in the future. *Kanpai* and haiku, being both independent of and interactive with each other, will create new masterpieces as short poetry forms.

3　韓国の時調に現れた季節の美と「興」

兪　玉姫

時調には日本の俳句のような「季語」という形式はないが、季節の素材が多様に詠まれている。また、時調は儒教が生活全般を支配していた朝鮮時代に盛んに詠まれたことから、儒教精神の影響が著しい。

時調の傾向はごく一部の芸者階層の恋の歌を除けば、儒者を中心とした男性作家の作品が主流を成しているため、「五倫歌」のような教訓的な作品、政治から逃れ自然に没入する「江湖歌」、農事を勧めたり、田園に自足する「田園四時歌」などの種類が多い。

四季の景物も人間の象徴として捉えられる場合が多く、「菊」「梅」「蘭」「蓮」などが儒者の美徳の象徴として詠まれたり、「松」「竹」などの年中変わらないものの連綿性が忠義の象徴として詠まれたりする。儒者の目には四季の「移り変わり」より移り変わる時節にも動じない「傲霜孤節」「氷姿玉質」などの美に関心があったのである。これとは対照的に春の花でもっとも頻出する「桃の花」と「李の花」は「風流郎」という‘遊び人’の象徴になるなど、その遊楽性と一時性が強調された。

日本で言う秋の七草のような‘野花’や、様々な‘虫’の名、夥しい種類の‘雨’の名などは時調には非常に少ない。その代り季節の素材が総称で詠まれる場合が多い。「万花方暢」「百花爛漫」「百花芳草」「百花争発」「満庭花落」「緑陰芳草」「黄菊丹楓」「蒼松緑竹」…という感じである。動物も「野花啼鳥」「百囀鶯歌」「耽花蜂蝶」「四壁虫声」などのような言葉で総称される。細かく取り上げられ、細い線や音に集中する傾向の強い日本の季節情緒よりも韓国の場合はおおらかで開放的に興じられているとも言えるだろうか。

時調の季節の「興」の象徴は「月」で、「玩月長酔」という表現がたくさん見かけられる。日本の「月見ればちぢにものこそ悲しけれわが身ひとつの秋にはあらねど」（古今集）に詠まれる「憂い」の月とは異なる「興」である。時調で「月」と「酒」は常に付け合わされ、「玩月長酔」は季節の遊興の代名詞であった。

反面、老いを嘆く「嘆老歌」「白髪歌」の系列の歌が非常に多いのは、時節を忘れて絶頂の美しさを興じていた反作用だとも言えようか。

日本の詩歌の場合、四季の移り変わりや飛花落葉する変化の相に利那の美しさを発見する仏教的感性が支配的であると言える。反面、儒教を信奉した朝鮮時代の時調では変わらぬ自然物への希求が強く、生育や移ろいの美しさはあまり詠まれておらず、円熟や絶頂の美を掴んで興じようとする傾向が強かったと言えよう。

Aesthetics and Pleasure of the Seasons in Korean Sijo

You Ok Hee

Sijo have included seasonal references, though they didn't have special form of ‘season words（季語）’ like haiku［俳句］of Japan. There are many pieces that reflected Confucianism because *sijo* were composed during the Joseon Dynasty when people's lives were dominated by Confucianism.

Except for few pieces of love by Gisaengs, most *sijo* were men's writing. Therefore, there were many didactic poems such as ‘moral rules to govern the five human relations (master and servant, father and son, husband and wife, brothers, friends)（五倫歌）’, poems celebrating nature and living in seclusion such as ‘writing of singing rivers and lakes（江湖歌）’, pastoral poems celebrating agricultural rural life such as ‘odes of the four seasons of fields（田園四時歌）’, and so on.

Chrysanthemum, plum tree, orchid, and lotus flower were emblems of the virtues of Confucianism, and also pine trees and bamboo trees were used as a symbol of unchangeable loyalty. Learned men were most interested in enduring beauty such as ‘proud fidelity unchangeable even in the heavy frost（傲霜孤節）’ and ‘figure like ice and beauty like jade（氷姿玉質）’ rather than beauty that changes in the seasons. On the contrary, garden balsam and plum flower that most frequently appears in *sijo* as flowers of spring symbolized ‘a man who is tasteful（風流郎）’, which means ‘playboy’. Therefore, the hedonism and temporality were emphasized.

In *sijo*, it is hard to find wild flowers such as ‘seven flowers of autumn’, insects' names and many kinds of rain' s names, which frequently appear in Japanese haiku［俳句］. Instead, seasonal materials in general appear in *sijo* very often; for example, ‘tens of thousands of living things come out splendidly（万化方暢）’, ‘a hundred kinds of flowers bloomed sporadically（百花爛漫）’, ‘falling flowers fill the garden（満庭花落）’, ‘green leaves and fragrant grass（緑陰芳草）’, ‘yellow and red leaves（黄菊丹楓）’, and ‘verdant pine trees and green bamboo trees（蒼松緑竹）’. *Sijo* also has expressions for animals: ‘blooming flowers and singing birds in the field（野花啼鳥）’, ‘many singing birds including parrots（百囀鶯歌）’, ‘bees and butterflies coveting flowers（耽花蜂蝶）’, and ‘insects singing everywhere（四壁虫声）’. Japanese expressions for seasonal emotion refer to names of objects in detail and have a tendency to focus on line and sound. By contrast, Korean *sijo* takes more open and relaxed view of events.

The symbol of seasonal pleasure is the moon, and the expression like ‘get drunk while viewing the moon for a long time（玩月長酔）’ often appears. This is very different from Japanese songs which consider the moon as melancholy; as in ‘while seeing the moon / my heart breaks into a thousand or ten thousands pieces / my heart is torn / although autumn doesn' t come / to me alone（月見ればちぢにものこそ悲しけれわが身ひとつの秋にはあらねど）(Kokinshu「古今集」). In *sijo*, the moon and alcohol always go together so that ‘get drunk while viewing the moon for a long time（玩月長酔）becomes a major term for pleasure.

There are many *talnoga*（嘆老歌）and *baekbalga*（白髪歌）that lament getting old, and there might be a reaction to celebrating beauty at its climax while forgetting the inevitable decline.

Japanese poems and songs are dominated by Buddhist spirit which finds the beauty of the very moment of change in the change of season, as in ‘petals blow away and leaves fall（飛花落葉）’. By contrast, *sijo* of the Joseon Dynasty influenced by Confucianism, presented strong preference for unchangeable natural objects, so birth and ephemeral beauty were rarely written about. Instead, *sijo* showed a strong tendency to enjoy maturity or climax to the utmost.

4　朝鮮歳時記の紹介

李　炫瑛

韓国では名節になると、古来の風俗に従って新しい服に着替え、酒饌を拵えて祖先の神々に感謝するさまざまな行事が行なわれる。このような歳時風俗、または年中行事は古来から韓国の生活文化を形成してきた。これら歳時風俗を記録した書籍を「歳時記」という。

本稿では韓国の歳時風俗の歴史と朝鮮時代の歳時記について検討した。初期歳時記は百科事典的書物の一巻に時令部を設けているが、朝鮮後期になると独立した書物として「歳時記」が著述される。特に『東国歳時記』（1849）になると、朝鮮全体を対象とした風俗を集め、はっきりした著述意図がうかがえる。

Introduction to Saijiki in the Yi Dynasty

Lee Hyun young

On the occasion of festival days in Korea, people dressed in new clothes and performed many kinds of events to express gratitude to their ancestors with liquor and food. These customs and events have formed Korean life and culture. The books recording these customs or events are named saijiki.

I examine the history of culture and saijiki in the Yi Dynasty in this article. Saijiki in early days was called *jireibu,* and included in encyclopedias, but in the latter days of the Yi Dynasty saijiki became independent from encyclopedias. In *Tong Kuk Sesiki*（『東国歳時記』）(1849), the attempt to collect all kinds of customs covering all areas of Korea is acknowledged.

5 『増山井』における詩的世界認識の方法
——和漢と古今の接点——

東　聖子

尾形仂氏によれば、江戸時代の俳書は約30000であり、そのうち歳時記（江戸時代は「季寄せ」といった）は約150部であるという。歳時記の起源は中国にある。中国古歳時記たとえば『荊楚歳時記』などは年中行事や為政者による農事暦ともいうべきものだった。韓国に伝来して、同じく年中行事書となった。しかし日本では和歌・連歌などの影響の上に＜詩歌の暦＞となった。中世末の連歌論書の季の詞は約300で、さらに近世末には3000以上つまり10数倍の四季の詞に増大した。

江戸時代の季寄せのスタンダードは、北村季吟著『増山井』である。本書は近世初期の『毛吹草』等の影響を受けて、著者の古典注釈と漢籍の学識の上に、啓蒙的にプロデュースした卓抜な書であった。本書は作品を掲載せず、四季の詞と雑の＜詩的素材＞を掲載し、普遍性を獲得した。季吟は新ジャンルを自覚し、俳諧からの新しい四季の題（横題）を示した。即ち和漢と古今の接点の上に成立した。

中国には＜類書＞として、『藝文類聚』などがあり、万物の分類意識が窺える。その歳時に四季がある。日本の歳時記・季寄せは詩的語彙の集成であるが、十二月に並べた日本独自の詩的な世界認識の方法であったと考えられる。

At the Nexus of the Chinese Classics and Japanese Tradition, of the Past and Present: *Zôyama-no-i*'s Poetic Conception of the World

Shoko AZUMA

According to Ogata Tsutomu, there were approximately 30,000 books on haiku in the Edo period, about 150 of which were *saijiki*; that is, books that contain a table of annual events or season-specific words used in haiku (these were called *kiyose* at the Edo period). The origin of *saijiki* can be traced to China: one of the oldest Chinese *saijiki*, *Keiso-saijiki*, is actually a kind of calendar that displays annual events and activities needed for domestic administration or in agriculture. These were introduced into Korea and was similarly used as texts according to which Korean people ordered their annual events. However, in Japan, due to the influence of *waka* and *renga*, they came to be called *Shiika-no-koyomi* (poetic calendars). There were about 300 season words in *renga* treatises at the end of the medieval period; but the number increased to over 3,000 (that is, approximately ten times in number) at the end of the Edo period.

Kitagawa Kigin's *Zôyama-no-i* set the standard for Edo-period *kiyose*. Influenced by early Edo works such as *Kefuki-gusa*, the book is a masterpiece of erudition because of the high level of scholarship evident in the author's annotations from the Japanese classics and Chinese texts. *Zôyama-no-i* does not include any haiku or other poems; instead, it lists season words, as well as non-seasonal *shiteki-sozai* (materials for poetry) which eventually gained universality. Kigin was fully aware that he was establishing a new

genre, and created a new type of seasonal topics in due course. These are now recognized as "*yokodai.*" The formation process of *yokodai* shows that these new topics were brought into existence at the nexus of Chinese classics and the Japanese poetic tradition, as well as the past and the present.

Encyclopedia such as *Geimon-ruiju* indicates that there was an interest in categorized compendia in China. Chinese *saijiki* are divided into four seasons. It is true that Japanese *saijiki* are collections of poetical words and phrases. However, their practice of dividing a year into 12 months and allotting season words to each month clearly demonstrates a Japanese way of recognizing the world in a poetical way.

6　近世歳時記における『通俗志』の研究――季語の実態調査より――

藤原　マリ子

江戸時代に成立した150もの歳時記類の中で、後世に多大な影響を及ぼした書といえば、まず、『増山井《ぞうやまのい》』（1663）が挙げられる。その書と並び、後世に与えた影響力という点で注目される歳時記に、『通俗志』（1717）がある。同書は、『増山井』ほどの知名度は持たないが、何度も版を重ね、多くの人々に利用されたことが知られている。

そこで、今回、『通俗志』の季語の実態調査を実施し、江戸時代の前期13種、後期13種の主な歳時記類と比較することによって、江戸時代の歳時記の系譜における『通俗志』の位置や特徴、後世に与えた影響の検証を試みた。比較のために『増山井』についても同様に季語の調査を行った。調査の結果、以下のことが判明した。

①『通俗志』は新しい傾向の季語を多く採録している。

②『通俗志』で新たに加えられた季語には、庶民の生活に密着した季語が多い。その点で、伝統的な連歌の影響の濃い『増山井』とは対照的である。

③『通俗志』で新たに加えられた季語のほぼ全てが後世の歳時記に継承されており、後世の歳時記に与えた影響力という点では、『通俗志』は、『増山井』と肩を並べる。

以上の結果から、『通俗志』が江戸時代の歳時記の系譜の上で、『増山井』とは異なる別の大きな系統を形成する重要な位置を占めていることが指摘される。

A Study of the Influence of *Tsu-u-zokushi* on the Creation of Later Saijiki (Glossaries of Seasonal Words for Haiku Composers) in the Edo-Kinsei Era

Mariko FUJIWARA

Among the nearly 150 saijiki published during the Edo period, when asked to name the most notable in terms of its vast influence on the creation of the other glossaries, *Zou-yama-noi* (by Kitamura Kigin; 1663) would be most likely the first mentioned. On the other hand, as equally influential and worthy of attention as Kigin's glossary due to the extent of its influence on later creations, is *Tsu-u-zokushi* (by Inku; 1717), though it is not so prominent today as *Zou-yama-noi*. It is well known, however, that *Tsu-u-zokushi* was reprinted many times and made use of by a great majority of people in the Edo period.

Through this research, I examined the seasonal words in *Tsu-u-zokushi*, and compared them with those included in the 13 season-word glossaries of the early Edo-Kinsei era and the other 13 of the late Edo-Kinsei era. I reasoned that such research would make it possible to clarify the position and standing of *Tsu-u-zokushi* in the history of the season-word glossaries in Edo, as well as draw attention to its characteristics and the extent of its influence. I also examined the seasonal words recorded in *Zou-yama-noi* for comparison. As a result of the research, the following conclusions were reached:

1. *Tsu-u-zokushi* collected many new, trendy and unfamiliar seasonal words.
2. Most of the large number of new words added in *Tsu-u-zokushi*, are related to and deeply reflect ordinary people's everyday life. In that respect, *Tsu-u-zokushi*

forms a clear contrast with *Zou-yama-noi*, which was strongly affected by a traditional literary art form, renga.

3. Almost all of the seasonal words newly added in *Tsu-u-zokushi* were taken over by the main compendiums that came into existence after *Tsu-u-zokushi*. From this, it could be ascertained that *Tsu-u-zokushi* is equal to the well-known *Zou-yama-noi* in terms of its influence on succeeding works.

From the results mentioned above, it can be concluded that *Tsu-u-zokushi* played a vital role in the history of season-word glossaries during the Edo period and should be ranked along with *Zou-yama-noi* as one of the most important sources in forming a new literary stream, which is different from that derived from *Zou-yama-noi*.

7　アメリカの俳句における季語

シェーロ　クラウリー，訳：マカート純子

この論文はアメリカの俳句における、季語に関する概念の歴史をたどったものである。日本の俳句とは異なり、アメリカの俳句は英語で書かれ、日本で決まりごととして確立されているような形での、季節に関連した言葉はほとんど使われていない。実際、日本の俳句に慣れ親しんだ読者の見解からすると、アメリカの俳句は、「季節の認識」が完全に欠けていると思われることが、しばしばあるかもしれない。むしろ、アメリカの俳句の作者は、「自然の認識」と言われるものにより重きを置いており、米国で書かれるほとんどの俳句は、自然界に多少関連のある言葉を入れる傾向にある。実際には、日本の取り決めに従う必要性の是非—特に季節を表す言葉である季語、あるいは自然に関連した言葉さえもその挿入の是非をめぐり—アメリカの俳人の間では、長期にわたり激しい議論がなされてきた。

この論文は、米国における俳句の始まりから現在に至るまでの議論のアウトラインをたどったものである。4つの期間について調べている。それは、アメリカの俳句「誕生」の形成期（1950－1960年）、アメリカの俳人が、俳句というジャンルの定義付けと取り決めの検討に対して葛藤していた期間(1960－1980年)、アメリカの俳句が国際的な動向に寄与し始めた期間(1980－1990年)、そしてアメリカの俳句が創造性のグローバル化に対応している現在である。季語の位置付けはこれらの全期間を通じて関心の中心であり、アメリカ文学におけるこの新しい分野にエネルギーと情熱をもたらした。

Kigo in American Haiku

Cheryl Crowley

This paper traces the history of concepts related to *kigo* in American haiku. Unlike haiku in Japanese, American haiku written in English seldom use words related to the season in a way that reflects established Japanese practices. Indeed, from the point of view of readers familiar with Japanese haiku, American haiku might often seem to lack "seasonal consciousness" completely. Rather, American haiku poets place more emphasis on what could be called "nature consciousness," and most haiku written in the US tend to include a word that makes some reference to the natural world. In fact, the necessity of following Japanese conventions — especially the inclusion of a *kigo*, a word refering to the season, or even a word related to nature — has long been a point of intense controversy among American haiku poets.

The paper traces the outlines of this controversy from the beginnings of haiku in the US up until the present day. It examines four periods: the formative years of American haiku's "invention" (1950-60); the period when haiku poets struggled to define their genre and test its limits (1960-80); the period in which American haiku began to take its place as part of a international movement (1980-1990), and the present day (post 1990), as American haiku responds to the forces of globalization with creativity. Debate around the status of *kigo* has been a center of focus during all of these periods, and lent great energy and enthusiasm to this new form of American literature.

8　アメリカの歳時記精読：ヒギンソンの『Haiku World 俳句の世界』他

シェーロ　クラウリー，訳：マカート純子

単純に本文の内容の紹介に重点を置くつもりだが、それとともに、この本がこのような形態になった、いくつかの理由についても説明しようと思う。最終的には、米国とその他の英語圏において、俳句における日本の季節に対する認識がよく理解されるよう貢献した、ヒギンソンの功績における『Haiku World 俳句の世界』について論じたいと思う。

Saijiki in America: A Close Reading of Higginson's *Haiku World* and Others

Cheryl Crowley

In this paper I will describe Higginson's *Haiku World* for the Japanese audience. Most of my emphasis will be simply introducing the content of the text, but I will also try to explain some of the reasons that the book takes its form. Finally, I will briefly discuss *Haiku World* in the context of Higginson's other work to promote a better understanding of Japanese seasonal consciousness in haiku in both the United States and in the English-speaking world.

9　フランス国際ハイクの誕生と進展
——俳句の国際化と季節の詞——

金子　美都子

本論文では、まず日本固有の文学ジャンル「俳句」が、日本以外の言語を母語とする人々によってどのようにして紹介・翻訳され、ついで、「国際化」されたか、フランスを中心にその進展を画する諸点を中心に述べた。第１章では「フランスにおける俳句紹介・翻訳とハイカイの誕生」として、英語圏での紹介・翻訳を経てのフランスにおける国際俳句の祖ポール＝ルイ・クーシューの出現とフランス・ハイカイの誕生、ハイカイ作者ジュリアン・ヴォカンスなど、19世紀末から20世紀初頭の動き、進展について触れた。第Ⅱ章「ハイカイからハイクへ」では、俳諧ではない現代の文学ジャンルとしての「俳句」に力点をおいたジョルジュ・ボノーと、季語を本格的に紹介したコンラッド・メイリなどの、20世紀中期における「国際化」への貢献に触れた。第Ⅲ章「フランス俳句協会創設—21世紀の国際ハイク」では、まず、1970年代以降のフランス人俳句研究者、詩人らによる俳句観の普及から「フランス俳句協会設立」にかけての状況に触れ、ついで、「季語」と「俳句の国際化」に関して、ボードレール『悪の華』を例として、フランス近代詩における季節を表す詞の具体例を挙げて、21世紀の国際ハイクへの展望の一助とした。

The Birth and Development of French Haiku
---- International Haiku and < Season Word>

Mitsuko KANEKO

This essay has, at first, the purpose to clarify how a Japanese literary genre <Haiku> has been introduced and translated in France. Secondly, it aims to trace the birth and the steps of the development of <Haiku> written in French, International Haiku. Chapter I : The history of the introduction and translation of <Haiku> and the birth of the <Haïkaï français>, including the contribution of Julien Vocance (from the end of the 19th century to the beginning of the 20th century). Chapter II : From Haïkaï to Haïku; Georges Bonneau and Conrad Meili (in the mid-20th century). Chapter III: The foundation of <L'Association Française de Haïku> (AFH) and a new perspective on International Haiku in the beginning of the 21st century, including the analysis of sensibility to four seasons in Haiku and *Les Fleurs du mal* of Charles Baudelaire.

10　ドイツ歳時記と四季の詞

竹田　賢治

本論文は以前に書いた拙文を参考にしながら、ドイツ語俳句における季語に焦点をしぼって論じたものである。

俳句には季語というものが存在するということは、日本の俳句がドイツ語圏の人々に翻訳され、紹介された明治の頃から知られていたが、最近になってようやく、ドイツ語俳句界でも季語選定が試みられるようになった。

ドイツ語俳句の処女作は、ボードマースホーフ（Imma von Bodmersfof）の『俳句』（Haiku, 1962年）と言えるが、そこにも既に季節感に富んだ多くの佳句を観ることができる。彼女の作品以降、無季・自由律を含めて、さまざまな俳句が作られているが、本稿では主として、元ドイツ俳句協会会長のブアーシャーパー（Margret Buerschaper）女史の季語についての論文を参考にしながら、ドイツ語俳句における季語の選定を試みたものである。

The German Literary Calendar and Season Words

Kenji TAKEDA

This paper mainly focuses on *kigo* or season words of German Haiku, referring to my modest studies on the matter published in the past.
The idea that Haiku has *kigo* or season words as one of the requisite elements has been widely known since the Meiji era when Haiku was translated and introduced to German-speaking countries. Recently also in German Haiku, they have come at length to explore and choose season words of their own.
The first and foremost work of German *Haiku* is believed to be *Haiku* (1962) by Imma von Bodmersfof, in which it is noticeable that she already created many excellent Haiku abound with seasonal senses. Since her work, a variety of Haiku, including ones of free form, without season words, have been composed.
Thus my attempt in this paper is to make a selection of season words of German Haiku, depending chiefly upon the thesis by Margret Buerschaper, the ex-president of the Association of German Haiku.

11 『ひとつの詩形式の変遷と可能性』
―― 一人の日本文学研究者のドイツ俳句との出会い――

エッケハルト・マイ，竹田　賢治：訳注

本稿はドイツ語俳句界の最新の情報を得ようとしたものである。前稿「ドイツ歳時記と四季の詞」は、ほぼ1990年までのドイツ語圏の国々の俳句事情を取りあつかった。1988年にドイツ俳句協会(Deutsche Haiku- Gesellschaft)が設立されて以来、20年の年月が経ち、俳句作者も研究家も新しくなった。まさに代替わりの様相を呈している。それを象徴する論文として、本稿では、現在のドイツに於ける俳文学研究のおそらく第一人者といえるエッケハルト・マイ(Ekkehard May)教授（フランクフルト大学）が、第一回インターネット・ハイク・コンテストに応募し、入選した作品集、Haiku mit Köpfchen（「利口な小さな頭のハイク」）、2003年に寄せたエッセイ『ひとつの詩形式の変遷と可能性』(Wandlungen und Möglichkeiten einer Form)を翻訳したものである。芭蕉、蕪村、一茶の研究を経て、教授の研究分野はさらに蕉門、中興俳句にまで至っている。このような日本の古典俳句の深い学識を踏まえた上で、西欧ならではの視点から、入選した81句の作品の中から15の詩句を選び、これに詳細かつ詩魂に満ちた論評を行っている。例えば、ドイツ語俳句における音韻的要素の機能の指摘など、説得力のある論考となっている。また、俳句は「自然詩」(Naturlyrik)というよりも、「季節の詩」(Jahreszeitendichtung)と規定している点が注目される。

Ekkehard May,
'Wandlungen und Möglichkeiten einer Form'

translated and noted by Kenji TAKEDA

This translation of Ekkehard May' s 'Wandlungen und Möglichkeiten einer Form' provides the readers with the newest information about the recent tendency of German haiku. In my last thesis *The German Literary Calendar and its Season Words*, haiku movement in German-speaking countries up to the year 1990 was mainly dealt with. Twenty years have passed since the foundation of Deutsche Haiku-Gesellschaft, and new haiku-poets and researchers have come on the scene.

Here I intend to introduce and translate Professor Ekkehard May' s 'Wandlungen und Möglichkeiten einer Form' . Professor May is one of the leading scholars on haiku in Germany, and contributed this valuable essay in 2003 to *Haiku mit Köpfchen* or *Haiku with Clever Little Head*, a selection of haiku poems compiled out of eighty-one haiku applied to the First Internet Haiku Contest. Professor May' s research fieild covers Matsuo Bashô, Yosa Buson, Kobayashi Issa and extends to Shômon and Chûkô haiku. Based on his profound learning of Japanese classical haiku, together with his viewpoint as a westerner, he picks up fifteen haiku poems and phrases and proposes a detailed comment to them, full of deep poetic appreciation. For instance, he points out the function of phonological elements in German haiku, which is very convincing, and it is noted that he defines haiku as 'Jahreszeitendichtung' or 'seasonal poems' rather than as 'Naturlyrik' or 'nature poems' .

12 「英国俳句協会」・「英国歳時記」
——デーヴィッド・コブ氏に聞く——

坂口　明子

2000年末から2003年末まで約3年間英国に滞在する機会があり、その間英国俳句協会（BHS）に入会し、活動に参加することができた。2002年に当時の会長デーヴィッド・コブ氏や、彼が推薦してくれ質問に回答のあった17名の会員に文韻によるインタビューを試みた。この本ではデーヴィッド・コブ氏へのインタビューを通して、BHSの設立過程、その活動状況や成果、氏の俳句についての考え方を紹介した。

また氏が編集された「英国歳時記」（『世界歳時記における国際比較』2009に日本語訳を載せた）についての概要と、「時候」「音楽・芸術・娯楽」「鉱物」「人事」「行事」「天文」「地理」の項目のみを記した。

British Haiku Society and "English Seasonal Images" Told By David Cobb

Akiko SAKAGUCHI

I was in England for three years from the end of 2000 to the end of 2003. During these years, I took part in various activities of the British Haiku Society (BHS) as a member, and conducted interviews with David Cobb, the President of the BHS at the time, and other seventeen members recommended to me by him. In the proposed book, I should like to concentrate on my interview with David Cobb, paying special attention to how the BHS was organized, what are its activities and accomplishments. David Cobb's personal view on haiku will be also discussed.

David Cobb published an English saijiki, "English Seasonal Images—an Almanac of Haiku Season Words Pertinent to England", which I translated into Japanese for "Studies on Season word and Poetic Almanacs in International Haiku", 2009. In the proposed book, I shall try to present an outline of David Cobb's book, listing season words from various sections, such as <The Season> <Music, Arts, Entertainments, etc.> <Mineral> <Human life> <Observances> <The Heavens> <The Earth>.

13　コラム　英国・ロンドン句会
——2007年夏——

東　聖子

2007年の８月末から９月初めにかけて、本プロジェクトのメンバー坂口明子氏（元英国在住、英国俳句協会会員。夫君も同行）と東で、英国・仏蘭西の２か国の調査旅行を実施した。特に、印象深かった英国ロンドン句会について報告する。

まず、デーヴィット・コブ元会長のロンドン郊外のブレインツリーの自宅を訪問した。英国俳句の歴史と理論と活動、そして季語や歳時記についての意見を交換した。英国俳句協会（BHS）は、1990年に設立され、約20年を経て現在の会員は約300名という。コブ氏は、ヨーロッパ各国で国際俳句は盛んだが、各作家のオリジナティと多様性が重要であり、創作時に季語・歳時記は必要がないと語った。（だが、試みにコブ氏は、『英国歳時記』を執筆され、本プロジェクトで坂口明子氏が邦訳している）

ロンドン句会は、作者を名乗ったうえで（日本では選句は匿名）自由なディスカッションをする活発な＜座＞であった。メンバーは、ブライスの禅への傾倒は否定するが、機関誌『ブライス・スピリット』が示すように彼の日本俳句の紹介と＜瞬間の表現＞を評価している。季語は創作時に不必要で、作者のアイデンティティが重要と語った。現会長アーニー女史は、インターネット句会もあるといい、アンドリュー編集担当はコンピュータ・グラフィックでビジュアルな作品を試みていた。個性的な少数精鋭の集団であった。

London, United Kingdom Haiku Gathering, Summer 2007

Shoko AZUMA

From the end of August to the beginning of September 2007, the present author of this paper Azuma and Mrs. Akiko Sakaguchi — a member of our JSPS project and British Haiku Society (BHS) — traveled to the United Kingdom and France. As a former British resident, Mr. Sakaguchi also accompanied us. This paper is a report on the "kukai" (a gathering at which haiku poets compose and criticize their works) in London that was above all the most impressive event during our trip.

We paid a visit to Braintree, Essex, a suburb of London, to meet Mr. David Cobb, the ex-President of BHS. We exchanged our views regarding the history, theory and activities of the Society. Twenty years have passed since its establishment in 1990 and the Society has some 300 members now. The subjects we mainly discussed were *kigo* (season words) and *saijiki*. According to Mr. Cobb, international haiku is very popular in European countries, but *kigo* and *saijiki* are not necessary in composing in British haiku. In his opinion, what matters more for their haiku is the originality and diversity that each author displays in her/his work(s). (Mr. Cobb's experimental work of English Seasonal Images was translated into Japanese by Mrs. Sakaguchi as part of this project.)

The kukai in London could be called a lively "za" (a kind of informal gathering filled with aesthetic spirit). The British way of selecting poems is different from that in

Japanese in the sense that they sign the authors' name on their work, so that they can freely discuss and exchange their comments. As *Blithe Spirit*, the title of the Society's bulletin indicates, members highly evaluate R. H. Blyth's introduction of Japanese haiku into the UK despite their denunciation of his devotion to Zen. Some of the members said that not *kigo* but the identity of the author is very important in producing haiku. Ms. Annie Bachini, the current President, said that they had kukai on the Internet as well. Mr. Andrew Marvell, the editor of BHS, now composes works with computer graphics. The group is still small in number but its members are excellent as well as brilliant in talent and individuality.

14　カタルーニャの俳人J．N．サンテウラリア

平間　充子

このコラムはスペインのカタルーニャ地方で活躍する文学者、J．N．サンテウラリアのハイク作品および氏の日本文化との関わり、それらの文学的・地域的背景について説明するものである。氏は日本との関連の有無を問わず、様々な紀行文や小説などを全てカタルーニャ語で出版しているが、著名な日本の俳句を訳した『マレア・バイシャ』（「汐干」の意)、オリジナルのハイク・タンカ集『ラ・リュン・ディンス・ライグア』（「水の中の光」の意）は文学的にも高い評価を得ている。氏のハイク作品と氏へのインタビューに見られるように、カタルーニャは比較的季節の変化が顕著であり、キリスト教などに基づく年中行事も盛んに行われていること、ヨーロッパの中でも日本文化への関心が強い地域であることに加え文学が伝統的に高いレベルと日常性を併せ持っていることから、季語を備えたハイクの発展の可能性も見込まれる。しかしながら、スペインを含めた当地には独自性を尊重し群れることを拒む文学者の気風が強く、国全体に共通する自然事象の少なさと地域による使用言語の差異も併せ、スペインという国を枠組みとした歳時記の編纂には非常な困難も予想される。また、カタルーニャ、スペインともに日本文化を紹介する専門の機関と人材が大幅に不足しており、その問題を組織的・戦略的に解決することも、今後の課題であろう。

J. N. Santeuràlia, a Catalonian Haiku Poet

Michiko HIRAMA

This column focuses on J. N. Santeuràlia, a catalonian haiku and tanka poet in Spain, and examines his works and the relations to Japanese culture, with literary and historical background. He is an authentic Catalonian author that lives his daily life and writes publicly all exclusively using the Catalonian language. It is remarkable that he has published not only the translation of famous Japanese haiku, but also his own original haiku and tanka anthology, both of which are also highly appreciated in Catalonia. It can be recognized the rich feelings of the seasons in his verses as well as in his comments. A direct interview reveals his literary experience with these Japanese poems and the reality that surrounds Oriental culture in Catalonian regional context, with a panoramic European vision.

15　スペイン語とカタルーニャ語のハイク
――普及活動と「キゴ」の概念――

田澤　佳子

この論文の目的は、スペインにおけるハイク普及活動を調査することによって、季語という概念がハイクを作る人々にどのように捉えられているかを探ることである。

調査対象としては、バルセロナのコイ・バイカルカ地区のハイク・コンクールとウロット市が主催するハイク・コンクールを選んだ。前者は素人参加型の代表である。後者は、専門家を審査員とし、プロも参加するレベルの高いコンクールの代表である。

前者には、主に自然を描写し季節感を重視した「キゴ入りハイク」と呼ばれる部門がある。その名称にもかかわらず、そこでは、特定のキゴや明確なコノテーションを持つことばを用いず、季節を読者に推量させることのできる作品が求められている。これに対し、後者のコンクールでは、自然を扱ったハイクを「キゴ入りハイク」と呼ぶが、それを対象とした部門は設けていない。審査委員曰く、「キゴ」入りハイクを募集すると、テーマが自然に限定されることになり、似通った退屈な作品ばかりが集まるからだという。

以上から、日本の季語のように「文化的記憶の貯蔵庫」である単語の使用はハイクにおいては避けるほうが好ましく、「キゴ」とは単に季節や季節感を表すもので、それ以外のものを想起させないものだと考える傾向がスペインのハイク愛好者の間であることが分かる。一見すると、季語を含むことが前提となっている日本の俳句と、両コンクールの「キゴ」入りハイクは性格を異にしているように見える。しかし、いずれの場合も「キゴ」を意識していることは確かであり、それは、彼らのハイクが日本の俳句が本来大切にしている季節感を大いに尊重している現れであるとも考えられるという結論に達した。

Haiku in Spanish and Catalan
—Diffusion of Haiku and the Concept of *Kigo*

Yoshiko TAZAWA

The aim of this paper is to examine the concept of *Kigo,* or seasonal words, for Spanish and Catalan speakers by examining the channels of diffusion of the Japanese haiku in Spain.

Two different haiku contests are examined: "Premio de Haiku Grau Miró", organized by a local community association of a district of Barcelona, Coll-Vallcarca; and "Premi Joan Teixidor de Poesia—Haiku en línia", organized by the City of Olot. The participants of the former are generally amateurs, while most of participants of the latter are considered professional composers in verses.

In the former they have a section called "Haiku with *Kigo*", where the theme of haiku must be nature or seasons. Contrary to the implications of the section name, the rules require that submitted haiku do not use words directly related to seasons, words that are numbered among Japanese *Kigo.* The season must be suggested by other means.

In the latter competition, there is no section for "Haiku with *Kigo*" ; unless othewise the restriction would invite similar and unvaried haiku.

In both cases, surprisinaly, they try to avoid words that have direct connection with nature or seasons. As it is well known, in Japanese haiku, words employed to express seasons are also rich in other connotations. In this sense, at first glance at least, the haiku in Spain and Catalonia seem to be very different from Japanese haiku. It can be deduced, despite that competitions include or exclude particular seasonal expression, by and large, Spanish and Catalonian haiku composers are aware of the concept of "Japanese *Kigo*".

16　ブラジルの歳時記
——成立の経緯と特徴——

藤原　マリ子

ブラジルへの日系移民の歴史は2008年に100周年を迎えた。同時に、ブラジル俳句史も移民の歴史とともに100年目を迎えた。

ブラジルにおける俳句への関心は高く、2008年に茨城で開催された国民文化祭の俳句部門へのブラジルからの投句数は、県別・国別では第3位に当たる。

こうした熱心な俳句活動を背景に、南半球に位置し四季の変化に乏しい風土であるにも関わらず、ブラジル歳時記編纂の努力が比較的早い時期から開始されていたことは注目に値する。長年にわたる研究の成果は、2006年に刊行された『ブラジル歳時記』（佐藤牛童子編）に集大成された。同著は四季別に2500余りのブラジルの季語・季題を収録し、ブラジル俳人による例句を添えた694頁の堂々たる大著である。

本稿では、日本とは全く異なる風土の中で、どのようにして「ブラジルの季語・季題」が選定され、「ブラジルの歳時記」が成立していったか、その経緯の概略を紹介する。また、大著『ブラジル歳時記』と日本の歳時記とを比較し、ブラジル独自の自然の諷詠を季語として定着させようと努めた「ブラジル俳句」の特徴の一端を明らかにしようと試みる。

ブラジルでは、ポルトガル語による俳句「ハイカイ」の実作も盛んである。近年、ハイカイにおいてもキゴ（季語）を含んだ有季ハイカイへの関心が高まっていると聞く。本稿は、ハイカイの在りようにも触れつつ、海外におけるハイクと季語・季題・歳時記との関連について考究する際の一助となることを期したものである。

A Study of Brazil Saijiki
--- The Process of Compilation and Characteristics ---

Mariko FUJIWARA

In 2008, Japanese emigration to Brazil celebrated its 100th anniversary. The year also marked the centenary in the history of haiku composition in Brazil. The All-Japan Cultural Festival 2008 in Ibaraki had the third largest number of haiku contribution from Brazil.

It is noteworthy that in the rather early days of emigration, people in Brazil already started making efforts in compiling Brazil Saijiki, in spite of the fact that Brazilian climate has little seasonal change. As a product of their efforts of many years, *Brazil Saijiki* (compiled by Sato Gyuu-dou-shi) was finally published in 2006. This outstanding book of 694 pages lists more than 2,500 season words and it also contains many samples by haiku composers from Brazil.

This article shows how Brazilian people pick out their own season words in a climate that is quite different from that of Japan. Furthermore, by comparing *Brazil Saijiki* with Japanese ones, it aims to clarify some distinctive characteristics of Brazil haiku.

In Brazil, composing haiku in Portuguese, what they call 'haikai,' has now become popular. In the field of 'haikai' too, yuu-ki-haikai (haiku poems with season words) are drawing much attention. This article touches on what 'haikai' is, and aims to give suggestions for a further understanding of the relations between haiku, season words, and saijiki abroad.

参考文献篇

季語・季題　参考文献

＊季語・季題に関する主な文献を掲出する。

＊文献は原則として刊行年月順に配列した。ただし、連載論文や連続刊行書については一括して掲載している。

＊単行本は原則として初版の刊行年月のみを記載した。

＊刊行年月の「月」に「5、6」とあるのは5月と6月の刊行の意味。「5・6」とあるのは5月と6月の合併号であることを示す。「月」が不明の場合は「0」と記した。

＊2011年11月現在における日本の文献である。

藤　原　マリ子 Mariko FUJIWARA

書名・論文名	編著者名	出版社・雑誌名	刊行年月
『季題解釋』	小峯大羽	大日本俳諧講習會	明治・大正頃
『連句作法』	荻原蘿月	大日本俳諧講習會	明治・大正頃
『俳句評釋』	内藤鳴雪	大日本俳諧講習會	明治・大正頃
『季題辞典』	服部耕石編	大東社	1907・6
『季題別・年代付芭蕉俳句全集』	半田良平	紅玉堂書店	1925・4
『芭蕉名句選集：季題類別』	工藤淳	積文館書店	1927・2
「俳諧の季題趣味」	白井田敏雄	『能古』	1929・7
『季題・例句俳諧歳事記』	高木蒼梧	博文館	1930・2
『現代俳句季語解』	水原秋櫻子	交蘭社	1934・0
「季題概論」	志田義秀	『俳句講座10』	1933・2
『俳句季語事典』	高橋仁	立命館出版部	1934・8
『同人第二句集：季題分類』	青木月斗選；岡本圭岳編	同人社	1934・12
「季題観念の発生」	潁原退蔵	『俳句研究』	1935・1
「季題観念の確立」	勝峰晋風	『俳句研究』	1935・1
「季題の意味」	岡崎義江	『俳句研究』	1935・9
「季題発生論」	萩原蘿月	『俳句研究』	1937・4
「俳句と季」	藤田徳太郎	『俳句研究』	1937・10
『季の問題』	宇田久	三省堂	1937・10
「季題解説」（１）～（６）	川上義雄	『国文学解釈と鑑賞』	1938・1 －39・2
「蕉風季題の一面」	山崎喜好	『国語国文』	1938・1
『歳事記大觀：季題例句』	寒川鼠骨	香蘭社	1939・1
「季語の文学性	井本農一	『国語と国文学』	1942・5
『現代俳句季語辭典』	松村巨湫	富士書店	1947・4
「季の問題」	潁原退蔵	『俳句周辺』	1948・3
『新選俳句季語解』	水原秋桜子	交蘭社	1948・5
「俳句の季感と象徴」	山本徹	『かびれ』	1950・1
「芭蕉と蕪村－その発句における季題感覚について－」	市川三枝	『国語国文研究』	1950・9
「俳句季題の鳥」	中西悟堂	『俳句研究』	1951・11
「季重り」	阿部筲人	『俳句研究』	1953・1
「季感詩論の立場」	升水・野原・高橋	『かびれ』	1953・2
『俳句季題辭典』	穎原退蔵	東門書房	1953・2
「季題趣味」	横沢三郎	『連歌俳諧研究』	1953・2
「阿波に於ける特殊季語に就て」	木下眉城	『木太刀』	1953・8
「季感詩は純粋象徴詩であること」	高橋麻男	『かびれ』	1953・10
「季語と詩心」	小松崎爽青	『かびれ』	1953・11
「季について」	中村俊定	『俳句文学』	1954・5
「季語・切字」	沢木欣一	『国文学解釈と鑑賞』	1955・6
「「季」について」	中村俊定　他	『俳句』	1956・6
「連歌文芸に於ける季の成立とその性格」	福井毅	『実践女子大学紀要』	1954・8
「季題は俳句の本質ではない」	澤井我来	『白燕』	1955・5
「季題論」	安藤姑洗子	『ぬかご』	1955・6
「季語・切字」	澤木欣一	『国文学解釈と鑑賞』	1955・6
「扇と団扇－季語前歴１－」	神田秀夫	『俳句研究』	1955・7
「季題の二三の問題－花鳥諷詠論のノート－」	高橋百春	『雪』	1955・8
「社会性と季の問題」	金子兜太	『俳句』	1955・9 －60・1

書名・論文名	編著者名	出版社・雑誌名	刊行年月
「季題の革新」	上林澄雄	『氷海』	1955・11
「紛らわしき季題補遺」(14)～(68)	寺崎方堂	『正風』	1955・11－61・2
「新季題」(1)～(60)	編集部	『俳句文学』	1955・12－63・7
「一句に占める季語の力」	飯田竜太	『俳句』	1956・6
「現付俳句に於る季題(季語)の問題」	皆川白陀	『すぐろ野』	1956・8
「問題二つ三つ－季題をめぐって－」	清崎敏郎	『夏草』	1957・3
「創造への途－「季感」の再認識－」	鈴木昱愁	『かびれ』	1957・5
「季の問題」	潁原退蔵	『俳句増刊』	1957・7
「季節の呪縛を解け－季感詩の正しい発展の為に－	隈治人	『かびれ』	1957・7
「季題論－造型の枝として－」	林翔	『俳句研究』	1957・7
「新季題雑感」	兼崎地橙孫	『新歴』	1957・8
「新季題考」	前田鬼子	『俳句研究』	1957・9
「季題風な気象用語－新季題考－」	仁井田苳一	『氷海』	1957・8
「水産の季題冬の部・牡蠣」	尾崎木星	『屋根』	1957・10
「季題随筆十一月」	村山古郷	『野火』	1957・11
「季題随筆十二月」	村山古郷	『野火』	1957・12
「カトリック教会の歳時記」	景山筍吉	『若葉』	1958・3
「季題か俳句か－季語の季はどう扱うべきか－」	寺島初巳	『学校通信』(三省堂)	1958・3
「季・季語・季題」	上林澄雄	『氷海』	1958・4
「季語への疑問- 馬酔木俳句の表現にふれつゝ－」	脇本星浪	『馬酔木』	1958・6
「定型と季についての私の考へかた」	北野冬彦	『浜』	1958・6
「家と床の間－あまりにも悲しげに使われている季語－」	波止影夫	『俳句研究』	1958・7
「季題論」	清崎敏郎	『俳句研究』	1958・7
「俳句における季の問題」	高川惇子	『説林』2輯	1958・7
「現代の季題観」	孝橋謙二	『万緑』	1958・7－10
「自然と季題」	関遠藤　他	『万緑』	1958・8
「俳句における季語・季題」	楠本憲吉	『国文学』	1958・11
「「季」の成立をめぐって」	田尻嘉信	『跡見学園国語科紀要』	1958・12
「遅桜の季について」	久富哲雄	『野火』	1958・12
「俳句における季語・季題」	楠本憲吉	『国文学』	1958・12
「俳句の拠りどころ－季と定型再説－」	泉春花	『あざみ』	1959・1
「俳句と季」(1)・(2)	藤田徳太郎	『蟻の塔』	1959・2、4
「季語解説」その(1)～(6)	伊吹玄果	『氷下魚』	1959・2－60・5
「衆」としての季題	林昌華	『万緑』	1959・3
「季について」	長谷岳	『俳句』	1959・3
「現代俳句における季語の位置」	野見山朱鳥	『若葉』	1959・7
「季語の役割について」	高橋沐石	『万緑』	1959・8
「季語の新しい効用に就て」	中村行一郎	『雲母』	1959・8
「青玄は季語を越える」	小寺正三	『青玄』	1959・10－11
「季語あれこれ」	山本健吉	『夏草』	1959・11
「共有季語論－明日の俳句存立の条件」(1)～(4)	中島ひさし	『俳句文学』	1960・3－7
「俳句と季の必然性」	塩田籔柑子	『蟻の塔』	1960・3
「体験の季題」	中村草田男	『国文学解釈と鑑賞』	1960・4
「歳時記」	中島武雄	『国文学解釈と鑑賞』	1960・4

「俳句における季語と抒情」	黒木野雨	『馬酔木』	1960・5
「季題雑論」	鳥羽とほる	『夏草』	1960・5
「北海道の季題について」	三ツ谷謡村	『俳句研究』	1960・5
「体験の季題」	中村草田男	『万緑』	1960・5
「季題の指針」	塩田紅果	『蟻の塔』	1960・6
「新有季論序説」	中島斌雄	『麦』	1960・6－7
「季題の現代性－季題廃止論－」	田中芥子	『夏草』	1960・7
「季の問題－無季俳句実作者の側から」	伊丹三樹彦	『青玄』	1960・9－10
「季題の隔絶」	久保田月鈴子	『俳句』	1960・12
「定型と季－随筆風－」	鈴木青園	『若葉』	1961・3
「現代と季語－「現代の再生」への疑問」	上月章	『俳句』	1961・3
「自然・季語」	飴山実	『俳句』	1961・5
「「夏」の時序－北海道に即しての歳時記考察－」	佐々木丁冬	『氷下魚』	1961・7
「新季題集再録」	小池甲子郎	『俳句文学』	1961・7
「季語の周辺」	倉橋羊村	『馬酔木』	1961・8
「植物の季について」(1)～(5)	尾藤静風	『清泉』	1961・7－11
「季語と定型不可分の説－前衛季語にこたえて－」	石原透	『俳句研究』	1961・11
「優季論」	平畑静塔	『俳句』	1961・11
「季語の本質」	杏田朗平	『氷海』	1962・3
「季語と人間との応答」	津久井理一	『暖流』	1962・4
「鳥の季について」(1)～(3)	尾藤静風	『清泉』	1962・4－6
「女性の歳時記」	佐々木丁冬	『葦牙』	1962・4
「有季俳句論」	岡本独楽児	『俳句文学』	1962・5
「特集　定型と季語について」		『俳句研究』	1962・6
「季題論－子規・虚子を中心として－」	福田蓼汀	『俳句研究』	1962・6
「季の問題」	堀葦男	『俳句研究』	1962・6
「遊季の説」	北野民夫	『俳句研究』	1962・6
「風花という季題」	久富哲雄	『さゞなみ』	1962・6
「季語に関する私見」	魚野満佐流	『かつらぎ』	1962・9
「季語をめぐるはしり書き」	中川浩文	『青玄』	1962・9－10
「季－俳句の伝統について－」	志賀口忘牛	『若葉』	1962・11
「超季論其他に対して」	藤本阿南	『早春』	1962・11
「動物の季について」(1)～(3)	尾藤静風	『清泉』	1962・12－63・2
「季雑筆」	平畑静塔	『俳句研究』	1963・3
「季題論の序」	井本農一	『俳句研究』	1963・3
「季節感と季語の問題」	一柳慎悟	『国語研究』	1963・3
「私の季語観」	氷室樹	『季節』	1963・5
「存在としての季語について」	安孫子荻声	『季節』	1963・5
「季語について」	石田外茂一	『季節』	1963・5
「季語について」	多田捷作	『季節』	1963・5
「季語についての断片」	堀内羊城	『季節』	1963・5
「季語以前・以後」	飯泉文鬼	『季節』	1963・5
「季語に溺れまいとする努力を」	黒田燎	『季節』	1963・5
「季語知識のあやしさ」	酒井可史	『季節』	1963・5
「季語解消の問題点」	長谷岳	『季節』	1963・5
「近代俳句の風土と季語の運命」	中島斌雄	『国文学』	1963・6
「新季語(題)事典」	前田鬼子	『国文学』	1963・6
「難解季題のいろいろ」	志摩芳次郎	『国文学』	1963・6

書名・論文名	編著者名	出版社・雑誌名	刊行年月
「季題の鬼」	山路枯古	『冬野』	1963・7
「季語と季感」	磯貝碧蹄館	『俳句』	1963・12
「有季説譫語」	平畑静塔	『自鳴鐘』	1964・1
「季題雑感」	山口誓子	『七曜』	1964・1
「「季」の将来性」	久松潜一　他	『俳句研究』	1964・1
「芭蕉俳諧七部集における季語について」	東浦佳子	『文学・語学』	1964・3
「新季語発見に就いて」	浅沼芦声	『自然味』	1964・6
「季の存在論的考察のために」	大峯あきら	『京大俳句』	1964・6
「独断的季語論」	隈治人	『かびれ』	1964・7
「東京の季題」	平畑静塔	『俳句』	1964・7
「場面と季題」	香西照雄	『ぬかご』	1964・8
「季題「蚯蚓鳴く」」	千田憲	『女子大国文』	1964・10
「歳時記にみられる季題植物」	宇田一遺	『伝』	1965・4
「季語への自覚」	中西舗土	『風』	1965・10
「言語季について〈反俳句試論〉」	仲上隆夫	『俳句研究』	1966・1
「有季定型論俳人と場面或る夜の雑感－有季定型についてー」	佐藤鬼房	『俳句』	1966・1
「連歌に於ける季題の発生」	島津忠夫	『俳句』	1966・2
「歌舞伎の季題と様式」	藤田洋	『俳句』	1966・2
「謡曲における季の問題」	安藤常次郎	『俳句』	1966・2
「歌枕考－季題の成立－」	角川喜博	『俳句』	1966・2
「有季定型論〈定型〉と〈季〉」	宮津昭彦	『俳句』	1966・6
「有季定型論への疑問」	堀葦男	『俳句』	1966・6
「有季定型の論じ方を誤るな」	金子兜太	『俳句』	1966・6
「季語の年輪－わが文学随想－」	山本健吉	『国語展望』	1966・11
「秩序としての季語の世界」	山本健吉	『風』	1967・1
「季題研究　芭蕉」	尾藤静風	『清泉』	1967・1
「季題別秀鑑賞」（１）～（９）	永野萌生	『浜』	1967・2 －12
「季題研究　羊の毛刈る」	尾藤静風	『むくげ』	1967・4
「季題研究　百日花・鵜」	尾藤静風	『むくげ』	1967・8
「季題研究」（１）～（10）	尾藤静風	『清泉』	1968・1 －10
「近代俳句にみる季語の変遷」	宇田零雨	『国文学解釈と鑑賞』	1968・1
「季語辞典」	大後美保	東京堂出版	1968・5
「特集　季語・季題論　第一回」		『俳句研究』	1968・5
「一実作者の季題感」	平柳青旦子	『俳句研究』	1968・5
「季をいのちとする俳句の形象」	小澄等澍	『俳句研究』	1968・5
「実験的季語論」	石原透	『俳句研究』	1968・5
「季とことばに関するノート」	源啓一郎	『俳句研究』	1968・5
「季語本質論の周辺」	脇本星浪	『俳句研究』	1968・5
「実践的季題論」	古館曹人	『俳句研究』	1968・5
「特集　季語・季題論　第二回」		『俳句研究』	1968・6
「季語を成り立たせているもの」	山高圭祐	『俳句研究』	1968・6
「季感と俳句のリズムについて」	和田悟朗	『俳句研究』	1968・6
「伝統の場に立つ季題論」	松本旭	『俳句研究』	1968・6
「季語」	羽淵竹尾	『形象』	1968・6
「季語論研究解説」（１）・（２）	山口聖二	『形象』	1968・7、8
「羽淵氏の季語論について」	山口聖二	『形象』	1968・8

「俳句に於ける自然と季」	山本徹	『かだれ』	1968・9
「季題季語論に触れて」	坂戸淳夫	『南風』	1968・9
『特集　季題・季語論』		『俳句研究』	1968・9
「季語雑感」	金子兜太	『俳句研究』	1968・9
「季と季題考」	青葉三角草	『俳句研究』	1968・9
「季題への感想」	橋本鶏二	『俳句研究』	1968・9
「季題論の変遷」	山下一海	『俳句研究』	1968・9
「季題聯想の主張」	浅野晃	『俳句研究』	1969・1
『文人俳句歳時記』	石塚友二	『生活文化社』	1969・4
「構文論からみた切れ字・季題」	浅野信	『文法』	1969・7
「超季の花」	関口比良男	『紫』	1969・8
「季節美感の変遷」（1）～（4）	奈良耕雨	『形象』	1970・7－10
「季の詞」	栗山理一	『成城国文学論集』	1971・3
「季題についてのメモ」	森重昭	『若葉』	1971・6
「超季の世界」	関口比良男	『紫』	1972・7
「季題研究・御衣祭」	尾藤静風	『清泉』	1972・8
「俳句鑑賞の問題点－特に季題をめぐって－」	香西照雄	『国語展望』	1972・10
「季語の構造」	村井和一	『俳文芸』	1973・12
「季語私見」	森田蘭	『解釈』	1974・3
『新編季語集』	水原秋桜子編	大泉書店	1974・7
「俳句から詩へ－季詩をめぐる随想－」	金井直	『国文学』	1976・2
「季語・芭蕉の時間軸」	井上敏幸	『国文学解釈と鑑賞』	1976・3
「きぬかつぎ－季節の秀句・久保田万太郎」	龍岡晋	『俳句』	1976・5
「季の歌・雑の歌」	井上宗雄	『俳句』	1976・6
『特集　季と雑をめぐって』		『俳句』	1976・6
「季語と象徴－たくましい季語」	平井照敏	『俳句とエッセイ』	1976・12
「季語・暗号・象徴」	木原孝一	『俳句とエッセイ』	1977・3
「季及び季語についての考察」	隈治人	『麦明』	1977・3
「季題の活かし方」	但馬美作	『俳句とエッセイ』	1978・4
「季語私記」	宮坂静生	『鷹』	1978・7
「季語の必然」	松井利彦	『青樹』	1978・7
『季題入門』	飴山実	有斐閣	1978・8
「季語「淡雪」粗描」	石川八朗	『語文論叢』	1978・10
「蕪村発句季語別索引」	森田蘭	『四国女子大学研究紀要』	1978・12
「生徒にとっての季語とは」	井上修	『愛媛国文研究』	1979・12
「中世連歌論書における詞寄の変遷－季の詞を中心として－」	東聖子	『俳文芸』	1980・6
「季語と時代」	川崎三郎	東書国語	1980・9
「連歌における式目と季語」	東明雅	『俳句』	1980・11
「漢語から移入された季語－芭蕉・蕪村を中心に」	中野沙恵	『俳句』	1980・11
「季題と季語－執して離れる」	広瀬直人	『俳句』	1980・11
「季語の推移」	樋笠文	『俳句』	1980・11
「季語発掘－虚子の句にふれつつ」	橋本鶏二	『俳句』	1980・11
「伝統季題と新季題－「夜の秋」と「万緑」」	飴山実	『俳句』	1980・11

書名・論文名	編著者名	出版社・雑誌名	刊行年月
「作句者と趣好、季における美意識ー季語にみる風生俳句の世界」	岡本眸	『俳句』	1980・11
「『素十全句集』の季題の片寄りから見た興味の変遷」	長谷川耕畝	『俳句』	1980・11
「季語の効果は一句のいのち」	山田みづえ	『俳句』	1980・11
「海外詠と季語ノート」	有働亨	『俳句』	1980・11
「太陽暦と季題の関係ー『ねぶりのひま』について」	村山古郷	『俳句』	1980・11
『季題別水原秋桜子全句集』	水原秋桜子	明治書院	1980・11
『季語の研究』	井本農一	古川書房	1981・4
『あきた歳時記:季語鑑賞』	荻原映	石蕗社	1981・6
「有季・無季」	村山砂田男	『新潟俳句』	1981・11
『近世前期歳時記十三種集成並びに総索引』	尾形仂　小林祥次郎編	勉誠社	1981・12
「季題観の変遷」	尾形仂	『俳句と俳諧』	1981・12
『難解季語辞典』	関森勝夫編	東京堂出版	1982・2
「俳句の表現ー季題についての試論」	江口洋子	『私学研修』	1982・7
「季語の有機性」	橋本けんじ	『ほむら』	1982・10
『四季の作品鑑賞:主な季語・季題』	日本放送協会学園編	日本放送協会学園	1982・10
「季語の歴史」(1)〜(5)	楠本憲吉	『日本語学』	1982・11ー83・7
「俳諧と季題」	若木太一	『俳句』	1982・12
「『俳諧無言抄』の考察ー『御傘』の季語論との比較および芭蕉推奨の時期」	東聖子	『俳文芸の研究』	1983・3
「高野季寄せ」(1)〜(12)	中川光利	『聖愛』	1983・1ー12
「難訓季語音引表」	河出書房新社編集部	河出書房新社	1983・2
「「季」と道元」	倉橋羊村	『青樹』	1983・5
『あきた歳時記:季語鑑賞』	荻原映雱	石蕗社	1983・6
「俳句の表現ー季題についての試論ー」	江口井子	『私学研修』	1983・7
「蕪村の季題」	越智美登子	『俳句』	1983・9
「季題についての試論」	江口井子	『若葉』	1983・10
「季語の分類」	村山古郷	『春雷』	1984・1
『季の思想』	原裕	永田書房	1984・1
『季語深耕・花』	青柳志解樹	角川書店	1984・11
『季語別子規俳句集』	子規記念博物館編	子規記念博物館編友の会	1984・3
「季語についての提言」	井本農一	『常盤松俳句会報』	1984・6
『特集・季語とその使い方』	伊藤敬子	『俳句とエッセイ』	1985・1
「季語と季感の乖離」	暉峻康隆　他	『狩』	1985・10
「季語の季移しについて」	井本農一	『狩』	1985・10
『季語深耕・虫』	小林清之介	角川書店	1985・12
『季語深耕・風』	小熊一人	角川書店	1986・5
『あきた季語春秋』	荻原映雱	石蕗社	1985・6
『山本健吉基本季語五〇〇選』	山本健吉	講談社	1986・1
「季語の歴史」	小林祥次郎	『日本語学』	1986・1
「季語論から伝統俳句の一視」	石田勝彦	『俳句』	1986・2
「季題への一つのレポート」	斎藤夏風	『俳句』	1986・4
「現代俳句の日常性と美意識ー歳時記と季題について」	島谷　征良	『俳句』	1986・5
「特集・季語再発見」		『俳句研究』	1987・1

「季のかたち」	原裕	『俳句研究』	1987・1
「人間探求派と季語」	原子公平	『俳句研究』	1987・1
「季題があれば」	村田脩	『俳句研究』	1987・1
「秋桜子と季語・新季語」	有働亨	『俳句研究』	1987・1
「季重なりのこと」	山下一海	『風土』	1987・1
『あなたの俳句づくり:季語のある暮らし』	黒田杏子	小学館	1987・1
「季について」(1)～(4)	乾裕幸	『俳句研究』	1987・2－11
「西鶴の季題意識」	神保五彌	『俳句』	1987・3
「「季重なり」の効用－蕪村における季題－」	矢島渚男	『俳句』	1987・3
「季題の生命を」	稲畑汀子	『俳句』	1987・3
「季題を掘り下げる」	鷹羽狩行	『俳句』	1987・3
「芭蕉の季題意識」	富山奏	『春星』	1987・3
「書を志す人に:落款と季語と印」	野村無象	宝文館出版	1987・4
「季語なくて夏季の芭蕉句」	富山奏	『春星』	1987・5
「季節のことば」(1)～(7)	井本農一	『俳句四季』	1987・6－12
『季節のことば:私の季語手帖』	井本農一	小学館	1987・7
『雑学お天気おもしろ読本:最新気象用語からことわざ・季語まで』	主婦と生活社	主婦と生活社	1987・7
「芭蕉と夏の季語　涼の眺め」	倉田紘文	『俳句』	1987・8
『季語の散歩道』	飴山実	本阿弥書店	1987・8
「「制度」としての季語－季語論の地平－」	都倉義孝	『貂』	1987・9
『季語随想』	山口誓子	桜楓社	1987・9
「季語と主題」(1)～(19)	谷地快一	『風の道』	1988・2－89・8
「近世後期類題集における和歌の題と発句の季題」	東聖子	『実践国文学』	1988・3
「富士の農男－季語発掘－」	小林祥次郎	『俳句研究』	1988・5
「季題体験」(1)～(18)	戸板康二	『俳句研究』	1988・7－89・12
『四季の詞』	川崎展宏	角川書店	1988・11
「季題・季語・季感」	岡本星子	『連句協会会報』	1988・12
「季題のこころ」(1)～(20)	矢島渚男	『俳壇』	1989・4－90・11
『「季語深耕・祭』	鍵和田秞子	角川書店	1989・4
『季語の国のアリス:Haiku talk '72-'89』	森玲子	紫陽社	1989・5
『季語深耕・鳥』	小林清之介	角川書店	1989・8
「季題主義からの脱出－仲介者としての季語－」	乾裕幸	『鷹』	1989・10
「季語」	小川軽舟	『鷹』	1989・10
『季語体験』	戸板康二	富士見書房	1990・1
「芭蕉発句の季語体系1－縦題と横題－」	東聖子	『お茶の水女子大学人間文化研究年報』	1990・3
『季語と気象』	坂根白風子	ひこばえ社	1990・3
『葦牙北方季題選集』	葦牙俳句会編	葦牙俳句会	1990・4
『俳句・季語－ことばの小径』	鍵和田秞子	誠文堂新光社	1990・5
「季語さまざま」(1)～(3)	網島三千代	『風の道』	1990・5－7
「「芭蕉発句の季語体系」ノート－縦題と横題の狭間－」	東聖子	『俳文芸』	1990・6
「季語追求」(1)～(5)	小林祥次郎	『解釈学』	1990・6－93・11
「『猿簑』季語考」	中野沙恵	『言語と文芸』	1990・9

書名・論文名	編著者名	出版社・雑誌名	刊行年月
「「季題と季語」大須賀乙字」	松井利彦	『天狼』	1990・10
『季題のこころ』	矢島渚男	本阿弥書店	1990・10
「近世秀句鑑賞・季語の新しさ」	西村真砂子	『俳句研究』	1991・2
「俳句における季語の位置分布」	蓑浦真貴子	『東京女子大学日本文学』	1991・3
「季語と季節・暦」	阿久根末忠	『俳句空間』	1991・3
『特集・いまどきの季語入門』		『俳句空間』	1991・3
「俳諧と季語」	浅沼璞	『俳句空間』	1991・3
「季題詠としての発句」	復本一郎	『俳句空間』	1991・3
「俳諧本意の成立と季語について」	山下一海	『俳句空間』	1991・3
「季語を超える試み」	阿部鬼九男	『俳句空間』	1991・3
「有季と無季」	前川剛	『俳句空間』	1991・3
「仮講としての季語・季感について」	辻田克巳	『俳句空間』	1991・3
「土着の思想・土着の季語」	深谷雄大	『俳句空間』	1991・3
「東北地方と季語」	高野ムツオ	『俳句空間』	1991・3
「南島と季語」	三橋敏雄	『俳句空間』	1991・3
「詩人にとって「季語」とは「気語」である」	田川紀久雄	『俳句空間』	1991・3
「歳時記の歴史と季語の変遷」	山下　一海	『国語科通信』	1991・3
「季語を通して「ふるさと」を詠む－関東の地名を詠んだ名句－」	倉橋羊村	『国語科通信』	1991・3
『秋の名句と季語』	藤森徳秋	国土社	1991・3
『夏の名句と季語』	藤森徳秋	国土社	1991・3
『春の名句と季語』	藤森徳秋	国土社	1991・3
『冬の名句と季語』	藤森徳秋	国土社	1991・3
『続　四季の詞』	川崎展宏	角川書店	1991・4
「春秋冬山擬人法季語の成立」	暉峻康隆	『俳句研究』	1991・10
「季語の心理学－ある共時論－」	波多野完治	『日本語学』	1992・1
「高浜虚子論－季題の方法	仁平勝	『俳句研究』	1992・4
「季題主義からの脱出」	乾裕幸	『芭蕉と芭蕉以前』	1992・6
「〈季重なり〉の文学性」	東聖子	『俳諧史の新しき地平』	1992・9
「「季題」「季語」の発生について」	筑紫盤井	『俳句文学館紀要』	1992・9
「芭蕉の「這出よ」の句の季語」	久富哲雄	『結棹』	1992・9
「季の問題をめぐって」	妹尾健	『豈』	1992・9
『季語って、たのしい』	辻桃子	邑書林	1992・10
「季題論再吟味」	妹尾健	『草苑』	1993・6
「実作季語入門」（1）～（7）	鍵和田秞子	『俳句研究』	1993・5－11
「季題趣味と新傾向俳句」	妹尾健	『草苑』	1993・9
「春夏秋冬の方法－永田耕衣における季語－」	仁平勝	『琴座』	1993・9、10
「季語にも体重を」	岡本高明	『俳壇』	1993・11
「季語と現代生活」	河内静魚	『俳壇』	1993・11
「季語の心・俳句の心」	筑紫磐井	『狩』	1994・1
「農事季語雑感」（1）・（2）	斉藤美規	『青樹』	1994・1、7
「季語・季題」	東聖子	『国文学』	1994・3
「うづら－季語を遡る－」	小林祥次郎	『東京成徳国文』	1994・3
「やまぶき（付）あぢさゐ－季語遡源－」	小林祥次郎	『小山工業高等専門学校研究紀要』	1994・3

「きりぎりす(付)くつわむし－古典文学歳時記のうち－」	小林祥次郎	『群馬県立女子大国文学研究』	1994・3
「ひばり－季語を遡る－」	小林祥次郎	『東京成徳国文』	1994・3
『季語淡彩』	井本農一	小学館	1994・3
「季語もテーマも体重不足」	岡本高明	『俳壇年鑑』	1994・5
『季語季題よみかた辞典』	日外アソシエーツ	紀伊國屋書店	1994・7
「伝統的季題論の探究」－昭和十年代季題研究の体系化と吟味－	筑紫磐井	『俳句文学館紀要』	1994・9
「新しい季語を捨てる季語」	野本寛一　他	『俳壇』	1994・10
「歌俳対話　俳句の発想の季語」	佐藤通雅　他	『俳句研究』	1994・10
「季語私見」	津田清子	『俳壇』	1994・11
「生まれる季語・消え去る季語」	山下一海	『俳壇』	1994・11
「季語に関わる」	岡本高明	『俳壇』	1994・11
「子供と季語」	上田日差子	『俳壇』	1994・11
「鼎談　季語の働きと効用」	石原八束　他	『俳句』	1994・12
『季語燦燦』	角光雄	あじろ俳句会	1995・1
「特集・「季語」の季節と「実感」の違い」		『俳壇』	1995・3
「桐　季語を遡る」	小林祥次郎	『東京成徳国文』	1995・3
「四季区分と季語への提案	井本農一	『俳句研究』	1995・3
「特集・現代季語の問題点」		『俳句研究』	1995・4
「新しい季語の発見」	有馬朗人	『俳句研究』	1995・4
「季節感のない季語」	福田甲子雄	『俳句研究』	1995・4
「季語短見」	阿部完市	『俳句研究』	1995・4
「あり得るか、季語の活性化」	小宅容義	『俳句研究』	1995・4
「季題・季語を待つ」	蓬田紀枝子	『俳句研究』	1995・4
「季語と無季俳句」	岸本マチ子	『俳句研究』	1995・4
「都会育ちの季語」	山尾玉藻	『俳句研究』	1995・4
「発想の転換を－季題の見直しについて」	三村純也	『俳句研究』	1995・4
「季語を超える試み柔軟に見る」	岸本尚毅	『俳句研究』	1995・4
「季語か詩語か」	皆吉司	『俳句研究』	1995・4
「農耕季語と都市生活季語」	岩城久治	『俳壇』	1995・9
「生活の変化によって失われた季語と新出季語」	新谷まこと	『俳壇』	1995・9
「季語探訪　野分」	暉峻桐雨	『藍生』	1995・10
「詩的宇宙へのパスポート　－リズムと季語－」	大峯あきら	『杉』	1995・10
『大きい活字の角川季語・用字必携』	角川書店編	角川書店	1995・10
「子規の季重なり－俳々逸話」	山下一海	『槙』	1995・11
「季重なりと取合わせ－俳々逸話」	山下一海	『槙』	1996・1
『実作季語入門』	鍵和田秞子	富士見書房	1995・11
「特集　季題(その一)季題論への新しい視点を探る」		『濱』	1995・12
「蛙・蝉・虫のこと－季題の明日」	宇多喜代子	『濱』	1995・12
「季題・季語の二面性について」	友岡子郷	『濱』	1995・12
「季題私感－伝統と現代」	深見けん二	『濱』	1995・12
「矛盾装置としての季語」	宮坂静生	『濱』	1995・12
「季語雑感」	矢島渚男	『濱』	1995・12
「特集　季題(その二)新季題発生と認知の歴史」		『濱』	1995・12

書名・論文名	編著者名	出版社・雑誌名	刊行年月
「〈古典〉　古典時代の新季語認知－芭蕉をめぐって」	山下一海	『濱』	1995・12
「〈近代〉　「香水」考－季語定着の文化史的側面」	復本一郎	『濱』	1995・12
「特集　季題(その三)地元として見直したい季語、新しく採り上げたい季語」		『濱』	1995・12
「季語発掘」(1)～(11)	現代俳句会員	『現代俳句』	1996・1－11
「季語の本意の見直し」	宮坂静生	『俳壇』	1996・1
「かきつばた　季語を遡る」	小林祥次郎	『東京成徳国文』	1996・3
『西の季語物語』	茨木和生	角川書店	1996・5
「日本語の近代史V　歳時記に見る日本人の感受性」	紀田順一郎	MOAI	1996・6
「特集・有季か無季かを考える」		『俳句研究』	1996・7
「約束としての季題」	稲畑汀子	『俳句研究』	1996・7
「伝承派の弁－ありがたきかな季語」	上田五千石	『俳句研究』	1996・7
「季語に目覚めよ」	遠藤若狭男	『俳句研究』	1996・7
「〈季語〉は態度の問題である」	久保純夫	『俳句研究』	1996・7
「季語くそくらえ」	金子晋	『俳句研究』	1996・7
「季語の呪縛を解かれるとき」	高野ムツオ	『俳句研究』	1996・7
「本のはなし第六回　歳時記－冬の花・水仙」	東聖子	『新日本古典文学大系月報』	1996・7
「季題雑感」	森重昭	『若葉』	1996・7
「特集・秋の季語あつかい方入門－これから実作で使える100－」		『俳壇』	1996・9
「蕉風の季語・季題論－その領域と体系について－」	東聖子	『十文字学園女子短期大学研究紀要』	1996・9
『俳句実作入門講座4　季語と切字と定型と』	広瀬直人	角川書店	1996・9
「ブラジルにおけるハイカイの季語」	増田秀一	『俳句文学館紀要』	1996・10
「連歌の季語・俳句の季語」	櫻井武次郎	『紫薇』	1996・10
「季語訪問「時雨」」	暉峻桐雨	『現代俳句』	1996・11
『季語になった魚たち』	井上まこと	中央公論社	1996・12
『潮騒：菅原鬨也季節語別句集』	菅原鬨也	滝発行所	1996・12
「海外詠と季語の問題」	内田園生	『Series俳句世界』	1997・1
「季題・季語　参考文献」	川名大	『Series俳句世界』	1997・1
「座談会・季題のこころ」	深見けん二　他	『若葉』	1997・1
「季語と季感と季重なりと」	飯島晴子　他	『俳句』	1997・2
『川柳江戸歳時記』	花咲一男	岩波書店	1997・3
『四季のことばTV歳時記』	森川　昭	私家版	1997・3
「芭蕉連句の季語体系－本情からの遊離と構造の弾性－」	東聖子	『連歌俳諧研究』	1997・3
「季語のありかた」	鈴木鷹夫　他	『俳句』	1997・3
「俳句歳時記の成立と歴史」	山下一海	『俳句』	1997・4
「季と季題・季語」	山下一海	『Series俳句世界』	1997・4
「季と雑の境界－「米こぼす」の位置」	宇多喜代子	『Series俳句世界』	1997・4
「季吟著『山之井』に見える「本意」の継承－歳時記と「本意」」	復本一郎	『Series俳句世界』	1997・4
「季重なりの歴史と問題点」	小室善弘	『Series俳句世界』	1997・4
「新季語の可能性」	坪内稔典	『Series俳句世界』	1997・4

「現代川柳における歳時記の宇宙」ー現代俳句との比較を通して」	平宗星	『Series俳句世界』	1997・4
「新編月別季寄せ」	皆川　盤水	東京新聞出版局	1997・4
『逆引き季語辞典』	日外アソシエーツ編	紀伊國屋書店	1997・5
『季語遡源』	小林祥次郎	勉誠社	1997・6
「季語と精神分析」	平井照敏	『Series俳句世界』	1997・7
「季語の周辺」	宇多喜代子	『青樹』	1997・7
「写生のたのしみー季語を詠むハイカイスターー」	増田恆河	『雪』	1997・7
『子ども俳句歳時記』	金子兜太　監修	蝸牛社	1997・7
「蕪村の季重なり表現」	清登典子	『連歌俳諧研究』	1997・8
「根を下ろした季語」	増田恆河	『雪』	1997・8
「海外俳句と日本の季語」	飯島晴子　他	『俳句』	1997・8
『必携季語秀句用字用例辞典』	斎藤慎爾・阿久根末忠	柏書房	1997・9
『特集　間違い俳句』		『俳句研究』	1997・10
「〈季語の間違い・勘違い〉季語の先入観や自己判断は禁物」	宇咲冬男	『俳句研究』	1997・10
「季語の再確認」	関森勝夫	『俳句研究』	1997・10
「大地に育つハイカイー地域季語集刊行の夢ー」	増田恆河	『雪』	1997・10
『芭蕉歳時記：竪題季語はかく味わうべし』	復本一郎	講談社	1997・11
『特集７　知って得する俳句の基礎知識ー季語』		『俳句』	1997・12
「歴史に学ぶ季語」		『俳句』	1997・12
「暮らしを楽しむ季語」		『俳句』	1997・12
「俳句上達実践季語」		『俳句』	1997・12
「何はともあれ身につける季語」		『俳句』	1997・12
「三冊の読む季語」		『俳句』	1997・12
『実作者のための季語200解』	草間時彦	本阿弥書店	1997・12
「季語の必要性と現代の季感」	大輪靖宏	『上智大学国文学論集』	1998・1
「〈横題季語〉とは何か」	復本一郎	『青樹』	1998・1
「テーマ　鼎談歳時記と季語の現在」	福田　甲子雄　他	『俳句研究』	1998・2
『季語を生かす俳句の作り方』	鷹羽狩行・伊藤トキノ	日本経済新聞社	1998・2
「小西来山季語別発句索引稿」	竹下義人	『日本大学人文科学研究所研究紀要』	1998・3
『京の季語』	坪内稔典文；橋本健次写真	光村推古書院	1998・3 ー99・1
「草創期の季語をめぐる問題」	加藤定彦	『俳諧の近世史』	1998・4
「現代俳句時評４　季語はテールランプ」	坪内稔典	『俳句』	1998・4
『精選季題別芭蕉秀句』	復本一郎　編	邑書林	1998・4
「音数律と季語の選び方」		『俳句αあるふぁ』	1998・4・5
「一茶の季題意識」	石川真弘	『国文学解釈と鑑賞』	1998・5
『季語再発見』	小林祥次郎	小学館	1998・6
『私の季語手帖』	井本農一	小学館	1998・6
『季語のある風景』	山崎聰	白灯書房	1998・7
「蕪村の季重なり表現の位置」	清登典子	『国語と国文学』	1998・8

書名・論文名	編著者名	出版社・雑誌名	刊行年月
「テーマ　鼎談　季語の重さ」	斎藤夏風　他	『俳句研究』	1998・9
『新装版　季語辞典』	大後美保	東京堂出版	1998・9
「季語はどのように見直されてきたか　林檎の場合」	山下一海	俳句文学館	1998・10
「特集　第12回　知って得する俳句の基礎知識」		『俳句』	1998・10、11
「季語は時代によって変わる」		『俳句』	1998・10、11
「季語の本意を知ると面白くなる」		『俳句』	1998・10、11
「春・夏の季語と本意」		『俳句』	1998・10、11
「秋・冬の季語と本意」		『俳句』	1998・10、11
「新年の季語と本意」		『俳句』	1998・10、11
「季感・季題・季語」	宇都木水晶花	『俳句文学館紀要』	1998・11
「季語の成立過程とその意義　近代俳句に至るまで」	吉開さつき	『俳句文学館紀要』	1998・11
『季語別阿波野青畝全集句』	阿波野青畝	角川書店	1998・11
「短歌行の季題配置について」上・中・下	大野鵠士	『獅子吼』	1998・11－99・1
『季題別山口誓子全句集』	山口誓子	本阿弥書店	1998・12
「現代俳句　歳時記「新年」の部は「冬」の部に包括すべし」（1）・（2）	岡本高明	『俳壇』	1999・1、2
『京の季語　新年』	坪内稔典	光村推古書院	1999・1
「詩的な季語の拡大」	加藤耕子	『耕』	1999・2
『花と香水続・季題十二か月』	大堀柊花	本阿弥書店	1999・5
「蕪村一派の句会における題詠の季について」	相沢泰司	『白山国文（東洋大）』	1999・6
「歳時記序説」	櫻井武次郎	『蘇枋帖』	1999・7
『三省堂ホトトギス俳句季題便覧』	稲畑汀子	三省堂	1999・8
「芭蕉から蕪村へ　季語意識の変遷」	影山智浩	『うずしお文藻』	2000・3
『季語の花』全4巻	佐川広治	TBSブリタニカ	2000・4－01・1
「歳時記に出ていた哥川の一句と「柏散る」の季語について」	斉藤耕子	『若越俳史』	2000・6
『季語のにおう街』	黛まどか	朝日新聞社	2000・5
「季語を遡る」（1）～（6）	宮脇真彦	『俳句研究』	2000・7－12
『季語早引き辞典』	宗田安正　他	学習研究社	2000・10
「季語雑考－季語とともに生きる」（1）～（8）	小澤實	『澤』	2001・1－9
「短歌行の季題配置について－「桃の首路」に即しつつ」	大野鵠士	『獅子吼』	2001・1
「うぐいす－季語遡源」	小林祥次郎	『研究紀要（小山工業高専）』	2001・3
『大活字美しい日本語おしゃれ季語辞典』	三省堂編	三省堂	2001・3
『沖縄天気ことわざ－気象季語から旧暦まで』	石島英・正木譲	琉球新聞社	2001・3
『魂に季語をまとった日本人』	秋山巳之流	北溟社	2001・3
『精選季題別蕪村秀句』	矢島渚男　編	邑書林	2001・3
「季語の断面」（1）～（12）	宮脇真彦	『俳句研究』	2001・4－02・3
「忌日の季語」	櫻井武次郎	『紫薇』	2001・4
『連句・俳句季語辞典十七季』	東明雅・丹下博之・仏渕健吾	三省堂	2001・4
「季語概説－歳時記を繙きつつ」	復本一郎	『俳句』	2001・5

「俳句の基本－定型・季題・切れ字ということ」(上)・(下)	行方克巳	『知音』	2001・5、6
「季語の不整合－俳事遠近」	山下一海	『風の道』	2001・6
「季語の行方－「槐」の俳句観、季語観」	高橋将夫	『槐』	2001・7
「季語の行方」	宇多喜代子	『国文学』	2001・7
『絶滅寸前季語辞典』正・続	夏井いつき	東京堂出版	2001・8、03・10
「「有季・定型」にこだわること、こだわらぬこと」	石田つとむ	『俳句人』	2001・9
『季語実作セミナー』	今瀬剛一	角川書店	2001・9
「季語雑考－季語とともに生きる」（1）・（2）	小澤實	『澤』	2001・10、11
『馬酔木季語集－基本季語1000』	水原春郎	ふらんす堂	2001・10
『NHK出版　季寄せ』	平井輝敏	日本放送協会	2001・10
「季語論と季節感－現代俳句の問題点として－」	鳥居おさむ	『俳壇』	2001・11
「能から見た季語－「懐手」「扇置く」など」	星田良光	『宝生』	2001・11
『季語別秋元不死男全集句』	鷹羽狩行　編	角川書店	2001・11
『季語の食』全４巻	佐川広治	TBSブリタニカ	2002・１－10
「近代季語についての報告（二）秋季・新年編」	橋本直	『中央大学大学院研究年報』	2002・2
「季語偶感　最近の雑誌などから」	櫻井武次郎	『現代俳句』	2002・2
「季語偶感」	櫻井武次郎	『紫薇』	2002・2
「蓑虫の文学史－雑の詞から季語へ」	宮脇真彦	『立正大学国語国文』	2002・3
「二十一世紀における季語の行方」	江里昭彦	『現代俳句』	2002・4
「己を拓く発光装置・季語－一所不在の思想」	恩田侑布子	『現代俳句』	2002・4
『暉峻康隆の季語辞典』	暉峻康隆	東京堂出版	2002・5
『日本の詩歌文芸と季題　17世紀の俳諧形成期における季題規範化をめぐって』	マルティナ・シェーンバイン	ハラソヴィッツ出版	2002・5
『画数でひく難読季語早わかり：難字・難読・当て字・読替え』	坂田自然・田中三郎	星雲社	2002・5
鐘の音の響く季語	吉原文音	『俳句界』	2002・6
『俳句嚢－電子句帳＆季語例句辞典CD-ROM』	俳句嚢編集委員会	日外アソシエーツ	2002・7
『季別季語辞典』	宗田安正	学習研究社	2002・7
『大きな字の季語早引き辞典』	宗田安正	学習研究社	2002・7
『俳句嚢：電子句帳&季語例句辞典』	俳句嚢編集委員会	紀伊國屋書店	2002・7
『季語語源成り立ち辞典』	榎本好宏	平凡社	2002・8
「連歌論から俳論の季題観へ」	東聖子	『江戸文学』	2002・9
「季語「山笑ふ」の初出と典拠について」	安田充年	『俳句文学館紀要』	2002・10
『検索名句秀句：上の句、中の句、下の句、作者、季語』	村石利夫	小学館	2002・11
『俳句・季語入門』（1）～（5）	石田郷子	国土社	2003・1、2
「無季語俳句の無季と有季」	松尾隆信	『俳壇』	2003・1
『蕉風俳諧における〈季語・季題〉の研究』	東聖子	明治書院	2003・2
『心に遺したい季節の言葉－絶滅寸前季語辞典』	石寒太	ベストセラーズ	2003・2
『はじめての季語－ゼロから始める人の俳句の学校』	清水潔	実業之日本社	2003・3

書名・論文名	編著者名	出版社・雑誌名	刊行年月
「現代俳人は季語にどう立ち向かうか」	宮坂静生　他	『俳壇』	2003・4
『早引き俳句季語辞典ー使いたい言葉がわかる』	復本一郎	三省堂	2003・4
『季語早引き辞典　植物編』	宗田安正　他	学習研究社	2003・4
「蕪村の鶯ー季題と俳意」	満田光生	『岳』	2003・5
『季語の底力』	櫂未知子	日本放送出版協会	2003・5
『季語巡礼』	鈴木満	かいつぶり社	2003・5
『大きな活字　季語辞典』	榎本好宏	日東書院	2003・5
「現代俳句の宿題　わらび考	宮坂静生	『俳壇』	2003・6
『大活字　春夏秋冬　和歌・短歌歳時記』	佐佐木幸綱　監修	三省堂	2003・6
「特集　季語の最良の活かし方」		『俳句』	2003・7
『季語の風景』(1)(2)	読売新聞大阪本社写真部編	東方出版	2003・7、05・6
「季語の誕生から定着まで」	石寒太	『俳句朝日』	2003・8
「季語達のゆくえ」	榎本好宏	『俳句朝日』	2003・8
「絶滅寸前季語保存委員会活動報告書」	夏井いつき	『俳句朝日』	2003・8
『あした季語ー連句必携』	宇咲冬男　他	あしたの会	2003・9
『季語の記憶』	黒田杏子	白水社	2003・10
「新春座談会　いま新春の季語をどう詠むか」	雨宮きぬよ　他	『俳壇』	2004・1
「特集　好きな季節と得意な季語」		『俳句』	2004・2
「蕪城季語:木村蕪城全句集季語別作品」	木村蕪城[著];古田紀一編	夏爐叢書	2004・3
『俳句の花図鑑ー季語になる折々の花、山野草、木に咲く花460種』	復本一郎	成美堂出版	2004・4
『大活字三省堂ホトトギス俳句季題便覧』	稲畑汀子	三省堂	2004・6
「季語の背景論」(1)～(12)	宮脇真彦	『童子』	2004・4 －05・3
『大陸から来た季節の言葉』	原朝子	北溟社	2004・7
『美しい日本語季語の勉強』	辻桃子・安部元気	創元社	2004・9
「季重なりのすすめーめぐる季節のなかで」	藤田真一	『紫薇』	2004・10
「季語と連句とその周辺」(1)～(9)	水沢周	『れぎおん』	2004・10－07・4
「季語「治聾酒」の典拠と現代的意味について」	太田文萠	『俳句文学館紀要』	2004・10
「季語の勉強:美しい日本語」	辻桃子　他	創元社	2004・10
『日本人なら知っておきたい名句・季語・歳時記の謎』	日本雑学能力協会	新講社	2004・10
『月と不知火:続々・季題十二か月』	大堀柊花	本阿弥書店	2004・10
「特集　私にとっての基本季語」		『俳句』	2004・12
『季語の現場』	茨木和生	富士見書房	2005・1
「大特集　季語についての素朴な疑問」		『俳句』	2005・1
『初期俳諧季題総覧』	小林祥次郎	勉誠出版	2005・2
「鼎談　季語の現場」	斎藤夏風　他	『俳句研究』	2005・2
『季語を味わう』	倉橋羊村	飯塚書店	2005・3
「俳人として使ってみたい日本の季語」	岩田　由美	『俳壇』	2005・3
『俳句の鳥・虫図鑑ー季語になる折々の鳥と虫204種』	復本一郎	成美堂出版	2005・4
『早引き季語辞典』全4巻	大岡信	遊子館	2005・5 －06・8

「特集　季語が教えてくれたこと」		『俳壇』	2005・6
「鼎談　西の季語の現場」	茨木和生　他	『俳句研究』	2005・6
『野鳥の俳句と季語　元禄・天明から昭和・平成まで』	浅香富士太	現代文芸社	2005・6
『季語への散歩』	秦夕美	ふらんす堂	2005・7
『もっと知りたい日本の季語』	小林貴子	本阿弥書店	2005・8
『季語の林』(1)(2)	杉野一博	艀俳句会	2005・9、10
「植物季語を充実」	古堀豊	『俳句朝日』	2005・11
『季語のごちそう』	山本耀子	ふらんす堂	2005・12
『占魚季語逍遥』	上村占魚	紅書房	2006・2
『季語を味わう』	倉橋羊村	飯塚書店	2006・3
『季語集』	坪内稔典	岩波書店	2006・4
『語りかける季語ゆるやかな日本』	宮坂静生	岩波書店	2006・10
「大特集　季語についての誤解を解く」		『俳句』	2006・11
『ラジオ深夜便　季語で日本語を旅する』	鷹羽狩行	NHKサービスセンター	2006・11
「都市空間のなかの季語認識」	松井貴子	『俳句文学館』	2007・4
「短歌と俳句における季節意識の位相」	小塩卓哉	『音』	2007・8
『古季語と遊ぶ』	宇多喜代子	角川学芸出版	2007・8
『季語の来歴』	榎本好宏	平凡社	2007・8
「大特集　必修！秋の基本季語74」		『俳句』	2007・9
『季語のこと・写生のこと』	中山世一	ウエップ	2007・9
『季語で読む源氏物語』	西村和子	飯塚書店	2007・9
「北海道の気象季語」	永谷たくじ	『かつらぎ』	2007・10
『日本人が大切にしてきた季節の言葉』	復本一郎	青春出版社	2007・11
「大特集　日本のしきたりと季語」		『俳句』	2007・11
『連句・俳句季語辞典　十七季』	東明雅　他編	三省堂	2007・12
『季語の楽しみ』	大隅徳保	牧歌舎・星雲社	2007・12
「季語の扉」其の1～3	渡辺保	『春燈』	2008・1－3
『眠れる楊貴妃の謎解き－植物季語と植物学』	ジャンポール絹子他	永田書房	2008・3
「シリーズ鼎談　季語博捜」春夏秋冬	宇多喜代子　他	『俳句研究』	2008・3－12
『ゆたかなる季語こまやかな日本』	宮坂静生	岩波書店	2008・4
「季語の現場から見た稲作の変遷」	星利生	『あすか』	2008・4
「「年中降物」の成立－季語の十五世紀」	宮脇真彦	『文学』	2008・5
「大特集　今気になる季語」		『俳句』	2008・5
『季語深耕〈鳥〉』	小林清之介	角川学芸出版	2008・5
『一億人の季語入門』	長谷川櫂	角川学芸出版	2008・5
「芭蕉たちの俳談23・後世への贈り物－季語の発見」	堀切実	『俳句研究』	2008・6
『古季語・新季語－季語の世界をより豊かに』	岩田由美	俳句文学館	2008・6
『ホトトギス俳句季題辞典』	稲畑汀子	三省堂	2008・6
「季語の成立」	茨木和生	『俳句文学館紀要』	2008・10
『四季のことば辞典』	西谷裕子	東京堂出版	2008・10
「季語のパノラマ」	石動敬子	『俳句文学館』	2008・11
『季題別・類材別秀句鑑賞』	永野萌生	文芸社	2008・11
「細見綾子と季語」	田島和生	『俳句文学館』	2008・11
「季語の常識・非常識」	吉川一竿	『俳句文学館』	2008・11

書名・論文名	編著者名	出版社・雑誌名	刊行年月
「季語について」	小澤実	『俳句文学館』	2008・11
「季語と漢字文化」	足立幸信	『俳句文学館』	2008・11
「病苦の絶望と季語」	山内繭彦	『俳句文学館』	2008・11
「俳句ふたり論　季語の力」	坂本宮尾	『国文学』	2008・12
「講演　季語とその周辺の常識非常識」	吉川一竿	『かつらぎ』	2008・12
「高浜虚子「熱帯季題論」考」	蘇世邦	『国学院雑誌』	2008・12
「初期俳諧時代における四季の詞について」	木村遊幻	『近世文学研究』	2009・1
『俳句における環境植物の調査報告』	青木陽二・宮下恵美子　編	国立環境研究所	2009・3
「特集　俳句で覚える難読季語」		『俳句』	2009・4
「難読季語の面白さ」	太田寛郎	『俳句』	2009・4
「季題と溶け合う、身を反らす」	本井英・今井聖　他	『俳句』	2009・4
「俳諧「四季の詞」と浮世絵」	東聖子	『国文学解釈と鑑賞』	2009・5
「特集　季語をどう詠んできたか」		『俳句』	2009・6
「鼎談　己を深める季題と句座」	本井英・今井聖　他	『俳句』	2009・7
「芭蕉連句の季語と季感試論」	野村亜住	『近世文芸』	2009・7
『ちきゅうにやさしいことば　季語と環境のすてきな関係』	上田日差子	明治書院	2009・7
「定型・季語・切字について」	小澤実	『俳句文学館』	2009・9
『季語の誕生』	宮坂静生	岩波書店	2009・10
『俳句発想法100の季語』	ひらのこぼ	草思社	2009・10
『俳句生活ー季語の楽しみ』		角川学芸出版	2009・10
「一冊まるごと　季語の楽しみ」		『俳句生活』(別冊俳句)	2009・10
「季語とは何か」	中野紗恵	『俳句生活』(別冊俳句)	2009・10
「芭蕉の季題観」	堀切実	『俳句生活』(別冊俳句)	2009・10
「季語奥行き」	藤田真一	『俳句生活』(別冊俳句)	2009・10
「高浜虚子と「季題」」	本井英	『俳句生活』(別冊俳句)	2009・10
「季語が呼び起こす自然と人」	井上康明	『俳句生活』(別冊俳句)	2009・10
「人間表現と季語」	高野ムツオ	『俳句生活』(別冊俳句)	2009・10
「対談　季語とクオリア」	茂木健一郎・黛まどか	『俳句生活』(別冊俳句)	2009・10
「季語のレッスン12章」	榎本好宏　他	『俳句生活』(別冊俳句)	2009・10
「座談会　季語には魔力がある」	中原道夫　他	『俳句生活』(別冊俳句)	2009・10
「季語の推敲　私の場合」	岩田由美　他	『俳句生活』(別冊俳句)	2009・10
「季語の楽しみかた　私の場合」	荒井千佐代　他	『俳句生活』(別冊俳句)	2009・10
「虚子の季題論と季題」	筑紫磐井	『国文学解釈と鑑賞』	2009・11
『季語のキブン』	坪内稔典	二玄社	2009・12
「鼎談　季題探訪は生き様の発見」	本井英・今井聖　他	『俳句生活』(別冊俳句)	2009・12
「雨の多い日本の四季が季語を生み出しました」	石寒太	『俳句αあるふぁ』	2009・12・1
「「新年」の季語と「新年詠」の魅力」	茨木和生	『俳句』	2010・1
「名句に学ぶ「新年」頻出季語の作法」	松尾隆信	『俳句』	2010・1
「伝えたい季語　変化する歳時記」(1)～(9)	片山由美子	『俳句』	2010・1－9
「入門特集　節分を詠むー季語から即かず離れずに」	山田貴世	『俳句』	2010・2
『美しい日本の季語』	金子兜太	誠文堂新光社	2010・4
「『松の葉』の諸本と四季の詞」	東聖子	『文学』	2010・5・6

「座談会　若手俳人の「季語」意識」	栄猿丸　他	『俳句』	2010・6
「特集　海外詠と季語」		『俳句界』	2010・8
『季語百話』	高橋睦郎	中央公論新社	2011・1
『365日で味わう美しい季語の花』	金子兜太	誠文堂新光社	2011・3
「大特集　季節と季語」		『俳句』	2011・11
「再発見！季語の魅力」	山本洋子　他	『俳句』	2011・11

歳時記　参考文献

＊俳諧・俳句に関する歳時記・季寄せ類の主な文献を掲出する。

＊文献は原則として刊行年月順に配列した。ただし、連載論文や連続刊行書については一括して掲載している。

＊単行本は原則として初版の刊行年月のみを記載した。

＊刊行年月の「月」に「５、６」とあるのは５月と６月の刊行の意味。「５・６」とあるのは５月と６月の合併号であることを示す。「月」が不明の場合は「０」と記した。

＊2011年11月現在における日本の文献である。

藤　原　マリ子 Mariko FUJIWARA

書名・論文名	編著者名	出版社・雑誌名	刊行年月
『俳諧三千題早引略解　明治詩歌発句集』	文豊斎寂左編	須原屋茂兵衛	1871・8
『俳諧貝合』	能勢香夢編	酒井文栄堂	1874・8
『誹諧題鑑』	恒庵見左編	三森幹雄	1876・2
『新編俳諧題鑑』	横山利平編	三森幹雄	1876・2
『俳諧新選四季部類集』	横山利平編	三森幹雄	1876・2
『太陽暦四季部類』	根岸和五郎編	山静堂	1878・7
『歳時記:全』	小川駒橘　譯	文部省	1879・2
『増補四季部類大全』	花屋庵鼎左編	岡田寅之進翻刻出版	1879・7
『明治増題俳諧新部類』	浜真砂編	藤森平五郎	1880・3
『新題季寄俳諧手洋灯』	萩原乙彦編	正文堂	1880・6
『明治新撰俳諧季寄鑑』	芳水舎山内梅敬編		1880・7
『四季部類大全』	花屋庵鼎左編	中山勝次郎	1880・8
『四季部類俳諧歳時記栞草』	山口素楊編	風月堂	1881・0
『四季部類大全　拾遺一名・新季寄』	花屋庵鼎左編	松田幸助	1881・1
『新撰季寄大全』	上田利兵衛編	三史堂中村静	1881・1
『俳諧発句早合点』	萩原乙彦編	魁真楼	1881・3
『明治四季部類』	神尾可三編	文江堂	1881・6
『新撰掌中俳諧季寄大全』	手塚幸七編	松田幸助	1882・1
『新選俳諧明治歳時記栞草』	三森幹雄編	錦城書楼	1882・3
『四季類題明治発句集』	青木栄次郎編	博雅堂	1882・4
『誹諧季寄鑑』	山内梅敬編	黒田善司郎	1882・5
『俳諧歳時記新栞草』全4巻	山口素楊編	風月堂	1882・7
『俳諧歳時記』	滝沢馬琴編	柳原喜兵衛	1882・8
『古今新撰四季部類大全』	山口素楊編	風月堂	1882・9
『俳諧四季部類』		仙鶴堂	1884・9
『俳諧歳時記栞草』	滝沢馬琴・藍亭青藍編	柳原喜兵衛	1885・6
『四季部類大全』	神尾可三編	競英堂	1886・1
『四季部類俳諧歳時記新栞草』全4巻	山口素楊編	風月堂	1887・1
『俳諧手挑灯・俳諧季寄掌中手挑灯』	桐淵貞山編	長谷川昌忠・水野慶次郎	1889・11
『俳諧新梯四季部類』	北川犁春編	馬場利助	1890・1
『俳諧季寄発句独稽古』	一事庵史栞編	弘文堂	1892・4
『明治歳時記講義　俳諧発句付合必携』	花月園為鱗編	木村貞吉・博文館	1892・5
『俳諧歳時記栞草』	滝沢馬琴・藍亭青藍編	大阪積善館	1892・8
『俳諧歳時記栞草』	滝沢馬琴・藍亭青藍編	東京堂	1892・8
『増補改正俳諧歳時記栞草』	滝沢馬琴・藍亭青藍編	礫川出版社	1892・9
『俳諧歳時記栞草』完	滝沢馬琴・藍亭青藍編	聚栄堂大川屋書店	1892・9
『俳諧歳時記栞草』	滝沢馬琴・藍亭青藍編	井洌堂	1893・0
『絵入俳諧季寄手引草』	一事庵史琴編	弘文堂	1893・1
『俳諧手挑灯』	加藤福次郎編	文亀堂	1893・2
『新撰俳諧手挑灯』	鈴木重光編	小林仙鶴堂	1893・5
『俳諧手洋灯』	萩原乙彦編	正文堂	1893・9
『東都歳時記』	斎藤幸成編	博文館	1893・12

『俳諧歳時記栞草』	滝沢馬琴・藍亭青藍編	大阪宋栄堂・鐘美堂	1894・3
『新撰俳諧明治歳時記講義』	晴湖庵幽霊編	木村正進	1895・7
『新撰東京歳時記』	風俗画報増刊	東陽堂	1898・0
『四季類題一万題』	津田房之助編	三松堂	1898・2
『東京風俗志』	平出鏗二郎	富山房	1899－1902
『俳諧歳時記栞草』	曲亭馬琴・藍亭青藍編	中村風祥堂	1902・1
『袖珍俳句季寄せ』	高浜清編	俳書堂	1903・2
『歳時記例句撰』	寒川鼠骨編	内外出版協会	1903・8
『四季部類俳諧増山の井』	北村季吟編	博文館	1903・10
『明治年中行事』	細川潤次郎編	西川氏	1904・8
『俳句新歳時記』	寒川鼠骨編	大学館	1904・12
『歳時記例句選』	寒川陽光	内外出版協會	1905・1
『月分け俳句季寄せ』	匏瓜編	廣集堂	1906・7
『俳諧例句新撰歳時記』	今井柏浦編	博文館	1908・0
『新修歳時記』全4巻	中谷無涯編	俳書堂	1909・9－11
『臺灣歳時記』	小林里平編	政教社	1910・6
『俳諧ポケット歳時記』	服部耕石編	青山堂	1910・6
『東京年中行事』	若月紫蘭編	春陽堂	1911・6
『東國歳時記:洌陽歳時記京都雜志合編』	洪錫謨・金邁淳・柳得恭編	朝鮮光文會	1911・7
『布哇歳事記』	早川鴎々編		1913・9
『袖珍俳句季寄せ』		籾山書店	1914・5
『荊楚歳時記. 南方草木状、3巻. 竹譜』	宗懍・嵆含・戴凱之編	盧樹枏	1915・0
『ポケット季寄新辞典』	服部耕石編	如山堂	1915・9
『詳解例句纂修歳時記』	今井柏浦編	東京修省堂	1916・12
『合本故人春夏秋冬』	大須賀乙字編	俳書堂	1918・4
『俳句歳時記』	長谷川諧三・零余之編	春水社	1919・0
『朝鮮歳時記. 廣寒樓記』	細井肇編	自由討究社	1921・6
『寶顔堂秘笈:廣集』	陳継儒編	文明書局	1922・3
『新撰歳時記』	今井柏浦編	博文館	1923・4
『大正新修歳時記』	高木蒼梧編	資文堂	1925・11
『増補俳諧歳時記栞草』	曲亭馬琴・藍亭青藍編	集栄館書店	1926・1
『俳句季題叢書(1)人文抄』	中丸春峰	俳句叢書刊行会	1926・9
『五百年奇譚;朝鮮歳時記』	細井肇編	自由討究社	1926・9
『新旧俳句の作り方:新歳時記』	天沼棗人	文興社書店	1927・0
『纂修歳時記』	今井柏浦編	修省堂	1927・2
『昭和新修大成歳時記』	宮田戊子編	星文閣	1927・11
『昭和大成新修歳時記』	宮田戊子編	弘文社	1928・12
『最新俳句歳時記』	小泉迂外編		1930・0
『季題例句誹諧歳時記附「贈答俳句集」』	高木蒼梧編	博文館	1930・2
『俳句歳時記』	長谷川零余子編	春江堂	1931・1
『昭和大成袖珍新修歳時記』	宮田戊子編	大文館書店	1932・7
『誹諧歳時記』全5巻	改造社編	改造社	1933・7－12
『俳句季寄せ』	改造社編	改造社	1933・12
『簡明歳時記』	里水禾水編	大文館書店	1934・3

書名・論文名	編著者名	出版社・雑誌名	刊行年月
『俳句季寄せ』	上川井梨葉編	俳書堂	1934・7
『俳諧歳時記』	石野觀山編	成光館書店	1934・8
『菊の歳時記　秋」(1)・(2)	和田暖泡編	『雪解』	1934・8、11
『新歳時記』	高浜虚子編	三省堂	1934・11
『俳句の用語と季寄せ』	鵜月左青	健文社	1935・0
『Annual customs and festivals in Peking :』	Derk Bodde	Henri Vetch	1936・0
『現代俳句季語解』	水原秋桜子編	交蘭社	1936・3
『季題新表』	勝峰晋風編	黄橙苑	1936・3
「新様季寄せ」	松村巨湫	艸書房	1936・7
『昭和大成新修歳時記』	宮田戊子編	大文館書店	1937・2
『新修誹諧歳時記』	小島伊豆海編	洛東書院	1938・12
『季題例句新選歳時記大観』	天沼褰人	香蘭社	1940・0
『季寄せ』	高浜虚子編	三省堂	1940・1
『北京歳時記』	村上知行編	東京書房	1940・6
『釣歳時記』	佐藤垢石編	東京書房	1941・12
『滿洲歳事記』	田村雄次郎編	満洲事情案内所	1942・0
『北京年中行事記』	敦崇編	岩波書店	1942・5
『新撰俳句季語解』	水原秋桜子編	交蘭社	1942・9
『詳解歳時記』	宮田戊子編	大文館書店	1942・12
『野鳥歳時記』	山谷春潮編	日新書院	1943・8
『滿洲歳時記』	金丸精哉編	博文館	1943・11
『現代歳時記』	岩根冬青・神林虎二編	青潮社	1946・0
『茶道歳時記』	佐々木三味編	晃文社	1946・10
『新修歳時記』	宮田戊子編	大文館	1947・11
『俳諧歳時記』全4巻	高浜虚子　他編	改造社	1947・5－48・11
『わが歳時記』正・続	山口誓子	創元社	1947・8、49・3
『歳時記脚註』	真下喜太郎	菁柿堂	1947・9
『フランス歳時記』	河盛好蔵	大日本雄弁会講談社	1948・7
『俳句歳時記』	青柳菁々	増進堂	1949・0
『俳諧歳時記』全4巻	新潮社編	新潮社	1950・12－51・8
『校註荊楚歳時記:中國民俗の歴史的研究』	守屋美都雄	帝國書院	1950・4
『新編歳時記』	水原秋桜子	大泉書店	1951・0
『明解歳時記』	宮田戊子編	大文館書店	1951・3
『新歳時記』増訂版	高浜虚子編	三省堂	1951・10
『詳解歳時記』	真下喜太郎編	創元社	1952・11
『新しい季寄せ』	加藤楸邨校閲;寒雷社編	創藝社	1952・5
「蝶－昆虫歳時記－」	岡本一郎	『俳句研究』	1952・5－7
「昆虫歳時記」(1)～(5)	磐瀬太郎	『艸くき』	1953・4－8
「動物歳時記」(12)・(13)	辻ゆづる	『あざみ』	1953・7、9
『信濃歳時記』	矢ヶ崎賢次	信濃教育会出版部	1954・1
『簡易俳諧歳時記:例句本意』	俳句研究会編	鷺ノ宮書房	1954・1
「魚介歳時記」(1)～(9)	堀切森之助	『俳句研究』	1954・1－9
「東京歳時記」(1)～(12)	伊庭・高須	『俳句研究』	1954・1－12
「歳時記よもやま話」	秋元・伊庭　他	『俳句』	1954・4

「カトリック歳時記」	景山筍吉	『俳句』	1954・8
『写真俳句歳時記』全5巻	角川書店編	角川書店	1955・2－12
『俳句歳時記』全5巻	角川書店編	角川書店	1955・5－11
「マリアの歳時記」	景山筍吉	『万緑』	1955・5
『新俳句歳時記』全5巻	山本健吉編	光文社	1956・2－12
「民族行事歳時記」(1)～(81)	長谷川浪々子	『若葉』	1956・4－62・12
「歳時記の歴史」(1)～(8)	岡村一郎	『鴨』	1956・10－58・1
『川柳歳時記』	山路閑古編	三和書院	1956・11
「カトリック歳時記Ⅱ」	一色薩村	『炎昼』	1957・1
「鑑賞歳時記」(1)～(27)	伊沢元美	『鹿火屋』	1957・1－59・4
「詳解歳時記」(1)～(6)	真下喜太郎	『こよろぎ』	1957・11－58・6
『鳥の歳時記』	内田清之助	創元社	1957・4
『短歌歳時記』	吉井勇	甲鳥書林新社	1957・8
「カトリック教会の歳時記」	景山筍吉	『若葉』	1958・3
「歳時記余説」(1)～(17)	真下喜太郎	『こよろぎ』	1958・4－61・10
「歳時記研究(1)～(9)」	上林天童	『雪解』	1958・4－12
『俳句歳時記』全5巻	富安風声編	平凡社	1958・5－12
「茶道歳時記(1)～(5)」	岸和田俳茶会・東京俳茶会編	『雪解』	1959・1－6
『吟行歳時記』	出牛青朗	鯉発行所	1959・7
『私の歳時記』	細見綾子	風発行所	1959・8
「桐の葉歳時記」	井桁蒼水	『桐の葉』	1960・1
「民族歳時記」(1)～(12)	鳥越三狼	『馬酔木』	1960・1－12
「鑑賞歳時記」(1)～(3)	安東次男	『俳句』	1960・2－4
「歳時記」	中島斌雄	『国文学解釈と鑑賞』	1960・4
『俳句鑑賞歳時記』	伊沢元美	弥生書房	1960・4
「北海道歳時記」秋・夏・春・冬・無季雑語	斉藤玄	『俳句研究』	1960・5
「蘭草歳時記」上・下	景山童四郎	『好日』	1960・5、6
「京都歳時記(1)6月」	臼井喜之介	『草くき』	1960・6
「北方動物歳時記」(1)～(22)	永田洋平	『氷下魚』	1960・10－62・7
「昆虫歳時記」(1)～(23)	大町文衛	『俳句』	1961・1－62・11
「昆虫歳時記」(1)～(10)	津田美之	『大樹』	1961・2－12
「「夏」の時序－北海道に即しての歳時記的考察」	佐々木丁冬	『氷下魚』	1961・7
『新編歳時記』	水原秋桜子編	大泉書店	1961・8
「蝦夷歳時記」(1)～(3)	佐々木丁冬	『俳句研究』	1961・9－11
「ビートの歳時記－農業的視野の開発によせて－」	佐々木丁冬	『氷下魚』	1961・9
『新修俳諧歳時記』	俳句研究会編	昭和出版社	1961・11
「唐・五代歳時記資料の研究」	守屋美都雄	『大阪大學文學部紀要』	1962・3
「女性の歳時記」	佐々木丁冬	『葦牙』	1962・4
「鑑賞歳時記」(1)～(8)	安東次男	『俳句』	1962・4－12
「動物歳時記」(16)～(23)	辻ゆづる	『あざみ』	1962・6－63・9
「雑草木歳時記」(1)～(6)	堀内湘汀	『俳句研究』	1963・1－6
『写真俳句歳時記』全4巻	横田正知編	社会思想社	1962・0－63・2
『現代俳句歳時記』全4巻	石田波郷編	番町書房	1963・2－12
『中國古歳時記の研究：資料復元を中心として』	守屋美都雄	帝国書院	1963・3

書名・論文名	編著者名	出版社・雑誌名	刊行年月
『花の歳時記』	池上不二子・加藤知世子編	文芸新聞社	1963・4
『磯歳時記』	磯編集所編	磯編集所	1963・10
『鳥の歳時記』	臼田登代子　他編	文芸新聞社	1963・11
『鑑賞歳時記』	安東次男	角川書店	1964・1
『青森県歳時記句集』	佐藤男郎花	松涛社	1964・1
『季寄せ』	高濱虚子編	三省堂	1964・3
『新修俳句歳時記』	俳句研究会編	昭和出版社	1964・4
『簡明歳時記』	里水禾木編	昭和出版社	1964・4
『図説俳句大歳時記』全５巻	秋元不死男　他編	角川書店	1964・4 －65・12
「特集　歳時記の話」		『俳句』	1964・5
「歳時記覚書」	角川源義	『俳句』	1964・5
「歳時記と私」	向坂逸郎	『俳句』	1964・5
「歳時記を座右に」	渋沢秀雄	『俳句』	1964・5
「座談会　歳時記の話」	内田清之助　他	『俳句』	1964・5
「私と歳時記」	三隅治雄	『俳句』	1964・5
「私の歳時記」	細見綾子	『俳句』	1964・5
「歳時記私見」	山本健吉	『俳句』	1964・6
「ぼくの歳時記」	安住敦	『俳句』	1964・6
『東京歳時記』	安住敦	読売新聞社	1964・6
「キリスト歳時記雑考」	武田鉄二	『俳句研究』	1964・7
『蝦夷歳時記』	佐々木丁冬編	佐々木丁冬	1964・10
『荊楚歳時記』	（梁）宗懍　撰	藝文印書館	1965・0
『信濃歳時記：俳句に詠まれた信濃路』	藤岡筑邨	新信州社	1965・0
「歳時記にみられる季題植物」	宇田一遺	『遺伝』	1965・4
『ことばの歳時記』	山本健吉編	文藝春秋新社	1965・6
『句茎季寄せ』全４巻	神尾静光編	草茎社	1965・7 －66・6
『写真俳句歳時記』全５巻	横田正知編	社会思想社	1965・9 －70・10
「鼎談　歳時記あれこれ」	池田弥三郎・楠本憲吉　他	『俳句研究』	1965・11
『唐摭言．洛陽伽藍記．荊楚歳時記』	王定保　撰・張海鵬校	臺灣中華書局	1965・11
「歳時記と気候」	宇田道隆	『俳句』	1966・2
「漬物と歳時記」	酒井佐和子	『俳句』	1966・2
『切手歳時記』	琉球新報社編	琉球新報社	1966・4
『海の歳時記』	富安風生監修	文芸出版社	1966・5
『江東歳時記』	石田波郷	東京美術	1966・7
『花の歳時記』	松田修	社会思想社	1966・8
『燕京歳時記：北京年中行事記』	敦崇・小野勝年訳	平凡社	1967・1
『昭和俳句歳時記』	山口誓子編	文芸出版社	1967・1
『鳥の歳時記』	小林清之助	真珠書院	1967・4
『俳句歳時記』全５巻	平凡社編	平凡社	1967・4 － 8
『カラー歳時記』全５巻	松田修　他編	保育社	1967・7 －75・10
『ポケット季寄せ』	宮田戌子編	大文館書店	1967・8
『昭和俳句歳時記』	文芸出版社編	文芸出版社	1967・10
「新歳時記の物理学」	稲垣足穂	『本の手帳』	1967・11
『明治東京歳時記』	槌田満文編	青蛙房	1968・0
『南国歳時記』（２）・（３）	ざぼん俳句会編	ざぼん俳句会	1968・3、73・8

『英語歳時記』全5巻、別巻	成田成寿・土居光知・山本健吉　他編	研究社	1968・6－70・0
『兵庫歳時記』	五十嵐播水編	新樹社	1968・10
「特集　川柳歳時記」		『国文学解釈と鑑賞』	1968・12
『洛陽伽藍記. 荊楚歳時記』	楊衒之・宗懍編	臺灣中華書局	1969・4
『文人俳句歳時記』	石塚友二編	生活文化社	1969・4
『八戸俳句歳時記』	北鈴発行所	北鈴発行所	1969・5
『燕京歳時記』	富察敦崇編	廣文書局	1969・9
「服飾歳時記」(3)～(12)	楠本憲吉	『国文学解釈と鑑賞』	1970・1－10
『埼玉歳時記』	長谷川かな女	埼玉新聞社	1970・3
『いそな俳句歳時記』全4巻	いそな俳句会編	磯菜発行所	1970・5－71・7
『たべもの歳時記』	楠本憲吉	読売新聞社	1970・6
「越前俳諧歳時記」(1)～(6)	石川銀栄子	『幹』	1970・9－71・6
『ハワイ歳時記』	元山玉萩編	博文堂	1970・9
『動物歳時記』	小林清之助	角川書店	1970・11
『歳時廣記：巻三十至巻末. 乾淳歳時記』	陳元靚・周密	藝文印書館	1970・12
『秦中歳時記. 輦下歳時記. 賞心樂事』	李淖・張鑑・田汝成・范祖述・宗懍　他	藝文印書館	1970・12
『東國歳時記. 洌陽歳時記. 京都雜志』	洪錫謨・金邁淳・柳得恭撰	東方文化書局	1971・0
『大阪歳時記』	長谷川幸延	読売新聞社	1971・3
『最新俳句歳時記』全5巻	山本健吉編	文藝春秋	1971・3－72・1
「季題についてのメモ」	森重昭	『若葉』	1971・6
『朝鮮歳時記』	洪錫謨・金邁淳・柳得恭　他	平凡社	1971・8
『熊野中辺路歳時記』	熊野中辺路会編	熊野中辺路刊行会	1971・10
『風生編歳時記』	富安風生	東京美術	1971・11
『信仰歳時記』	島村哉哉	教文館	1971・12
『俳句歳時記』	永田義直編	金園社	1972・0
『日本歳時記』	貝原益軒編	八坂書房	1972・5
『ミニ俳句歳時記』全4巻	平凡社編	平凡社	1972・9
『東國歳時記. 洌陽歳時記. 京都雜志. 東京雜記』	洪錫謨・金邁淳・柳得恭・閔周冕	大洋書籍	1972・10
『誓子俳話』	山口誓子	東京美術	1972・11
『春の俳句：俳句鑑賞歳時記』	大野林火	明治書院	1973・3
『夏の俳句：俳句鑑賞歳時記』	皆吉爽雨	明治書院	1973・6
『秋の俳句：俳句鑑賞歳時記』	平畑静塔	明治書院	1973・8
『冬の俳句：俳句鑑賞歳時記』	安住敦	明治書院	1973・10
『現代俳句歳時記』	中村汀女編	実業之日本社	1973・0
『韓国歳時風俗』	任東権	瑞文堂	1973・1
『新版俳句歳時記』全5巻	角川書店編	角川書店	1973・2－12
『普及版図説俳句歳時記』全5巻	角川書店編	角川書店	1973・4－11
『群馬俳句歳時記』	群馬県俳句作家協会編	みやま文庫	1973・7
『俳句歳時記』全5巻	角川書店編	角川書店	1973・8－12
『季寄せ』上・下	山本健吉編	文芸春秋	1973・10
『俳諧歳時記栞草』上・下	曲亭馬琴編・古川久解説	八坂書房	1973・11
『現代女流俳句歳時記』	山口誓子監修・楠本憲吉・橋本鶏二　他編	文芸出版社	1974・0

書名・論文名	編著者名	出版社・雑誌名	刊行年月
『野風呂歳時記』	鈴鹿野風呂	京鹿子社	1974・3
「太陽暦による最初の季寄書ー「俳諧貝合」のこと」	大塚毅	『俳句』	1974・4
『合本　俳句歳時記新版』	角川書店編	角川書店	1974・4
『暮らしの歳時記』	村山古径	日本リーダーズダイジェスト社	1974・9
『俳句歳時記:植物「秋」』	山口誓子編	保育社	1974・9
『俳句歳時記』:植物『冬』	中村汀女編	保育社	1974・12
『俳句歳時記:植物「春」』	水原秋桜子編	保育社	1975・3
『俳句歳時記:植物「夏」』	阿波野青畝編	保育社	1975・7
『星の歳時記』	武田みさ子	武田みさ子	1974・10
『現代季寄せ』	高木浪華編	青門発行所	1975・4
『火の国歳時記』	宗像夕野火	阿蘇発行所	1975・6
『私の歳時記:定本』	細見綾子	牧羊社	1975・8
『誹諧歳時記』全4巻(文庫版)	新潮社編	新潮社	1975・9－76・4
『山の俳句歳時記』	岡田日郎	社会思想社	1975・11
『新撰俳句歳時記』全5巻	大野林火　他編	明治書院	1976・3－77・5
『食品歳時記』	梅田真男	食品資材研究	1976・4
『現代俳句歳時記』全2巻	中村汀女監修	実業の日本社	1976・5－10
『新京都歳時記』全2巻	高桑義生	光村推古書院	1976・8
『俳句歳時記生活』全2巻	楠本憲吉編	保育社	1976・8－77・1
『風歳時記』	沢木欣一編	風発行所	1976・9
『北陸俳句歳時記』	石川県俳文学協会編	北国出版社	1976・9
『筆洗歳時記』	堀古蝶	白鳳社	1976・11
『季寄せ』	角川書店編	角川書店	1976・11
『花:オールカラー俳句歳時記』	読売新聞社編	読売新聞社	1977・1
『播磨歳時記』	読売新聞社姫路支局編	読売新聞社	1977・3
『ふるさとの四季:山陰歳時記』	漢東種一郎・遠藤仁誉	山陰中央新報社	1977・3
『しぐれ歳時記』春	しぐれ会編	春郊しぐれ会	1977・3
『子ども歳時記・年中行事編』	藤沢衛彦	高橋書店	1977・3
『入門俳句歳時記』全5巻	志摩芳次郎	大陸書房	1977・3－12
『民族歳時記』	和歌森太郎	ほるぷ社	1977・4
『歳時記の系譜』	鳥越憲三郎	毎日新聞社	1977・4
『カラー歳時記　魚』	末広恭雄	保育社	1977・4
『俳諧歳時記栞草』	曲亭馬琴・藍亭青藍編	歴史図書社	1977・4
『ゆく春歳時記』	平川巴竹編	ゆく春発行所	1977・5
『雪解俳句歳時記』上・下	皆吉爽雨編	東京出版	1977・5－6
『オールカラー俳句歳時記』全4巻	水原秋桜子・山本健吉編	読売新聞社	1977・6－79・4
『雪の歳時記』	武田みさ子	武田みさ子	1977・7
『花の歳時記』	居初庫太	淡交社	1977・9
『季寄せ』	大野林火・安住敦編	明治書院	1977・11
『ふるさと歳時記』	山本冨次郎	松山子規会	1978・2
『荊楚歳時記』(東洋文庫)	宗懍　撰;守屋美都雄訳注;布目潮渢	平凡社	1978・2
「特集　歳時記について(1)」		『俳句とエッセイ』	1978・3

「歳時記の勉強」	森田峠	『俳句とエッセイ』	1978・3
「わが鑑賞歳時記」	平井照敏	『俳句とエッセイ』	1978・3
『新編俳句歳時記』全5巻	鷹羽狩行　他編	講談社	1978・3－12
『鈴鹿歳時記』	鈴鹿市俳句連盟編	鈴鹿市俳句連盟	1978・4
「特集　歳時記について（2）」		『俳句とエッセイ』	1978・4
「わが鑑賞歳時記」	平井照敏	『俳句とエッセイ』	1978・4
「歳時記虚実」	渡辺昭	『俳句とエッセイ』	1978・4
「新・歳時記論」	倉橋羊村	『俳句とエッセイ』	1978・4
「特集　歳時記について（3）」		『俳句とエッセイ』	1978・5
「わが鑑賞歳時記」	平井照敏	『俳句とエッセイ』	1978・5
「遺された歳時記」	木原孝一	『俳句とエッセイ』	1978・5
「歳時記のたのしさ」	宗左近	『俳句とエッセイ』	1978・5
「私は歳時記をこう読む」	大西民子	『俳句とエッセイ』	1978・5
『満州歳時考』	井岡大輔	村田書店	1978・6
『植物歳時記』	日野巌	法政大学出版局	1978・6
『英語歳時記』	成田成寿編	研究社出版	1978・7
『文学歳時記』	巖谷大四	ＴＢＳブリタニカ	1978・8
『現代俳句歳時記』	水原秋桜子編	大泉書店	1978・8
『吟行歳時記』	上村占魚編	現出版	1978・9
『定本西日本歳時記』	小原青々子編	西日本新聞社	1978・10
「一茶と歳時記」	野村冬陽	『一茶全集月報』	1978・11
『釣りの歳時記』	伊藤桂一編	ＴＢＳブリタニカ	1978・12
『（英文）イギリス歳時記』	ピーター・ミルワイド	南雲堂	1979・0
『行雲流水：私の俳句歳時記』	大野林火	明治書院	1979・1
『句眼歳時記』	北光星	道俳句会	1979・1
『新風土歳時記』	吉岡鬼胡	菜穀火社	1979・1
『私の静岡歳時記』	冨谷春雷	冨谷春雷	1979・2
『社泉俳句歳時記』	大平社泉編	大平社泉	1979・2
『宮中歳時記』	入江相政	ＴＢＳブリタニカ	1979・4
『北海道野鳥歳時記』	藤巻裕蔵・百武充編	日本放送出版	1979・5
『野鳥歳時記：天野明写真と文；冬』	天野明	グラフ社	1979・5－7
『福岡吟行歳時記』	岡部六弥太・平田羨魚編	りーぶる出版	1979・7
『寒雷俳句：歳時記』	寒雷編集委員会編	暖響社	1979・8
『俳句歳時記動物』	水原秋桜子編	保育社	1979・10
『沖縄俳句歳時記』	小熊一人	那覇出版社	1979・10
『季寄せ－草木花』全4巻	朝日新聞社編	朝日新聞社	1979・10－80・5
『機関車歳時記』	動力・文芸編	オリジン出版	1979・11
『ことばの歳時記』	山本健吉	文芸春秋	1980・1
『秋田俳句歳時記』	風早郷	無明舎出版	1980・1
『楠本憲吉歳時記』	楠本憲吉	文陽社	1980・1
『俳句歳時記動物』	山口誓子編	保育社	1980・1
『みすず歳時記』	みすず発行所編	みすず発行所	1980・2
『俳句歳時記』	永田美直	金園社	1980・2
『沼津歳時記　沼津の四季』	清水杏芽	双葉会	1980・3
『キリスト教歳時記』	景山筍吉編	中央出版社	1980・3
『季寄せ』	講談社	講談社	1980・3
『汀女俳句歳時記』	中村汀女	主婦の友社	1980・4

書名・論文名	編著者名	出版社・雑誌名	刊行年月
『吟行歳時記』	耕文社編集部編	耕文社	1980・5
『入門歳時記』	俳句文学館監修	角川書店	1980・5
『俳諧たべもの歳時記』	四方山径	八坂書房	1980・6
『たべもの歳時記』	平野雅章	文藝春秋	1980・7
『カラー版俳句歳時記』全7巻	飯田龍太・中村汀女監修	世界文化社	1980・8－81・8
『唐詩歳時記:四季と風俗』	植木久行	明治書院	1980・9
『料理歳時記』	辰巳浜子	中央公論社	1980・9
『秋田俳句歳時記』	風早郷	無明舎出版	1980・10
『歳時記考』	長田弘　他	潮出版社	1980・10
『会津歳時記』	編纂委員会	角川書店	1980・10
「特集・俳句にとって歳時記とは何か」		『俳句』	1980・11
「古歳時記について」	久富哲雄	『俳句』	1980・11
「歳時記と気象学」	高橋和夫	『俳句』	1980・11
「古代中国の歳時と暦」	村田脩	『俳句』	1980・11
「日本人のための中国歳時記」	香西照雄	『俳句』	1980・11
「歳時記ブームについて思う」	宮岡計次	『俳句』	1980・11
「座右の歳時記」	戸板康二	『俳句』	1980・11
「新釈歳時記」	楠本憲吉	『俳句』	1980・11
「太陽暦と季題の関係ー「ねぶりのひま」について」	村山古郷	『俳句』	1980・11
『相撲歳時記』	北出清五郎・水野尚文	ＴＢＳブリタニカ	1980・11
『北京歳時記』	高木健夫	永田書房	1980・12
『野菜の歳時記』	草川俊	ＴＢＳブリタニカ	1981・1
「「季寄せ」と年中行事」	平井照敏	『国文学解釈と鑑賞』	1981・1
『鹿火屋鑑賞歳時記』	歳時記刊行会編	かびや会	1981・2
『江戸たべもの歳時記』	浜田義一郎	中央公論社	1981・4
『ポケット俳句歳時記』	山口青邨監修	平凡社	1981・4
『新北京歳時記』	中野謙二	東方書店	1981・5
『季寄せー草木花』	加藤楸邨監修	朝日新聞社	1981・5－7
『あきた歳時記:季語鑑賞』	荻原映雩	石蕗社	1981・6
『江戸歳時記』	宮田登	吉川弘文館	1981・7
『歳時記』	山本健吉・水原秋桜子・池田弥三郎他編	世界文化社	1981・7
『朝鮮歳時記』	許南麒編	同成社	1981・8
『帝京歳時紀勝. 燕京歳時記』	潘榮陛・富察敦崇編	北京古籍出版社	1981・8
「馬琴著『俳諧歳時記』の諸本」	久富哲雄	『俳文学論集』笠間書院	1981・10
「『俳諧歳時記』と『増補俳諧歳時記栞草』」	服部仁	『俳文学論集』笠間書院	1981・10
『カラー図説日本大歳時記』全5巻	水原秋桜子・加藤楸邨・山本健吉監修	講談社	1981・10－82・4
『宮城県俳句歳時記』	編集委員会編	万葉堂出版	1981・11
『近世前期歳時記十三種本文集成並びに総合索引』	尾形仂・小林祥次郎編	勉誠社	1981・12
『小樽歳時記』	小樽俳句協会編	小樽俳句協会	1981・12
「高野季寄せ」（1）～（19）	中田光利	『聖愛』	1982・1－83・10
『いばらき歳時記』	大録義行	筑波書林	1982・2

『難解季語辞典』	関森勝夫	東京堂出版	1982・2
『花の歳時記』(1)～(8)	飯田龍太・田中澄江監修	小学館	1982・2－12
『かながわふるさと歳時記』	同編集委員会編	神奈川県立老人福祉センター	1982・3
『ミルワード氏の歳時記』	ピーター・ミルワード	研究社出版	1982・4
『青樹歳時記』	香田浮薔	青樹社	1982・5
『石人俳句歳時記』	編集委員会	石人会	1982・5
『鑑賞俳句歳時記』全4巻	山下一海・古賀まり子・平井照敏　他	有斐閣	1982・5－11
『『四時纂要』訳注稿:中国古歳時記の研究その2』	渡部武	安田学園	1982・6
『百魚歳時記』	岩満重孝	中央公論社	1982・8
「歳時記の例句の類似性」(1)～(12)	弓削土子	『七曜』	1982・8－83・7
『山野草たちの歳時記』	佐竹義輔・富成忠夫監修	講談社	1982・9
『河内野俳句歳時記』		河内野発行所	1982・10
『文学忌歳時記』	佐川卓	創林社	1982・10
『とちぎの歳時記』	渋谷行雄	落合書店	1982・12
『ヨーロッパ歳時記』	植田重雄	岩波書店	1983・1
『静岡県吟行歳時記』	静岡県俳句協会	静岡県俳句協会	1983・3
『返り花:私の俳句歳時記』	福田清人	明治書院	1983・4
『吟行歳時記』(改訂新版)	清水言人・真部静峰	耕文社	1983・5
『北海道植物歳時記』	荒沢勝太郎	北海タイムズ	1983・5
『季語別雪垣句集』	雪垣社編	雪垣社	1983・5
『あきた歳時記:季語鑑賞』	荻原映雱	石蕗社	1983・6
『江戸俳諧歳時記』	加藤郁乎	平凡社	1983・6
『ことばの歳時記』	金田一春彦	新潮社	1983・6
『こころの歳時記』	志摩芳次郎	広池学園出版部	1983・7
『吟行歳時記』	植村占魚	舷灯社	1983・10
『鳥の歳時記』全5巻	日本野鳥の会監修	学習研究社	1983・10
『ヨーロッパ歳時記』	植田重雄	岩波書店	1983・10
『南日本歳時記』	西村数・大岳水一路編	南日本新聞社	1983・11
『カラー図説日本大歳時記』(座右版)	水原秋桜子・加藤楸邨・山本健吉	講談社	1983・11
『北京新歳時記』	村山孚	三省堂	1984・1
『信濃歳時記』	長野県俳人協会編	信濃毎日新聞社	1984・1
『天狼俳句歳時記』全4巻	松井利彦編	本阿弥書店	1984・1－9
『汀子句評歳時記』	稲畑汀子	永田書房	1984・2
『歳時習俗考』	平山敏治郎	法政大学出版局	1984・2
「歳時記の中の食」	森川昭	『国文学』	1984・3
『樹木たちの歳時記』	林弥栄・富成忠夫監修	講談社	1984・3
『ハンディ版入門歳時記』	大野林火監修	角川書店	1984・4
『身辺歳時記』	山本健吉編	文芸春秋	1984・4
『春:歳時記』	山本健吉編	作品社	1984・3
『夏:歳時記』	山本健吉編	作品社	1984・4
『秋:歳時記』	山本健吉編	作品社	1984・5

書名・論文名	編著者名	出版社・雑誌名	刊行年月
『冬：歳時記』	山本健吉編	作品社	1984・6
『札幌歳時記』	札幌市教育委員会文化資料室編	札幌市	1984・6
『仏教行事歳時記』	窪寺紘一	世界聖典刊行協会	1984・8
『旅の歳時記』全4巻	飯田龍太編	講談社	1984・9－85・1
『俳句と写真による色紙野の花歳時記』	塚本信男	塚本信男	1984・10
『魚の歳時記』全5巻	末広恭雄・加藤楸邨編	学習研究社	1984・10
『旅の季寄せ』全4巻	飯田龍太監修	日本交通公社出版局	1984・10－86・10
『味の歳時記』全5巻	飯田龍太・柳原敏雄編	小学館	1984・10－85・4
『樺太歳時記』	菊地滴翠編	国書刊行会	1984・11
『食の俳句歳時記』	岡田日郎編	文元社、明日香出版社	1984・11
『北ぐに歳時記』	永田耕一郎	北海道新聞社	1984・11
『近世後期歳時記本文集成並びに総合索引』	尾形仂・小林祥次郎編	勉誠社	1984・12
『阿波俳句歳時記』	徳島新聞社編	徳島新聞社	1985・1
『荊楚岁时记译注』	宗懍編・谭麟译 注	湖北人民出版社	1985・2
『沖縄の歳時記』	比嘉朝進	佐久田出版社	1985・3
『花と緑の歳時記』全6巻	加藤楸邨監修	学習研究社	1985・3－86・6
『あきた季語春秋』	萩原映	石蕗社	1985・6
『沖縄俳句歳時記』	小熊一人編	那覇出版社	1985・6
『名句鑑賞事典：歳時記の心を知る』	森澄雄	三省堂	1985・8
『下野歳時記』		下野歳時記刊行会	1985・9
『四季の俳句：古今鑑賞歳時記』	関森勝夫	桜楓社	1985・10
『民族行事歳時記』	窪寺紘一	世界聖典刊行協会	1985・11
『草田男季寄せ』上・下		草田男季寄せ刊行会	1985・12
『たべもの歳時記』全5巻	楠本憲吉	桜楓社	1985・12－86・8
『句眼歳時記』	北光星	道俳句会	1986・1
『山本健吉基本季語500選』	山本健吉	講談社	1986・1
『歳時記』	小川駒橘 訳（文部省百科全書・文部省編）	青史社	1986・2
『黄鐘歳時記』		黄鐘発行所	1986・2
『京都歳時記』全4巻	奈良本辰也・山口誓子	小学館	1986・2
『暮らしの歳時記：日本の12ヶ月生活暦』	講談社編	講談社	1986・2
「ゆり－古典文学歳時記のうち－」	小林祥次郎	群馬県立女子大国文学研究	1986・3
『俳句花の歳時記』全4巻	飯田龍太監修	読売新聞社	1986・3－6
『岩手歳時記』	岩手俳句連盟・岩手日報社編	岩手日報社	1986・4
『花の歳時記』	居初庫太	淡交社	1986・5
『いんぐりっしゅ歳時記：お茶の間レッスン』	中村徳次・朝日新聞日曜版編集部	朝日新聞社	1986・5
『ホトトギス新歳時記』	稲畑汀子編	三省堂	1986・5
「現代俳句の日常性と美意識－歳時記と季題」	島谷征良	『俳句』	1986・5
『大きな活字のホトトギス新歳時記』	稲畑汀子編	三省堂	1986・6

『句歌歳時記』全４巻	山本健吉編	新潮社	1986・５－12
「歳時記の発生と変遷と歴史」	堀信夫	『俳壇』	1986・７
『神道行事歳時記』	窪寺紘一	世界聖典刊行協会	1986・７
『四季を楽しむ風物詩俳句歳時記』	横田正知	読売新聞社	1986・９
『地名俳句歳時記　近畿Ⅰ』	山本健吉　他編	中央公論社	1986・９
『地名俳句歳時記　甲信』	山本健吉　他編	中央公論社	1986・10
『地名俳句歳時記　関東』	山本健吉　他編	中央公論社	1986・11
『地名俳句歳時記　近畿Ⅱ』	山本健吉　他編	中央公論社	1986・12
『地名俳句歳時記　北海道・東北』	鷹羽狩行　他編	中央公論社	1987・１
『地名俳句歳時記　北陸』	沢木欣一　他編	中央公論社	1987・２
『地名俳句歳時記　中国・四国・九州・沖縄』	川崎展宏　草間時彦　他編	中央公論社	1987・３
『地名俳句歳時記　東海』	藤田湘子編	中央公論社	1987・４
『曲水俳句歳時記』		曲水社	1986・10
『連句歳時記附連句案内』	阿片瓢郎	連句研究会発行	1986・11
『北京新歳時記』	村山孚	徳間書店	1986・11
『連句歳時記』	阿片瓢郎	連句研究会	1986・11
『やまがた歳時記』		山形新聞社	1986・11
「特集　歳時記の歴史と使用法」		『俳句』	1987・３
「「歳時記」大事」	阿部完市	『俳句』	1987・３
「風の歳時記」	小熊一人	『俳句』	1987・３
「歳時記あらかると」	伊藤三十四	『俳句』	1987・３
「歳時記つれづれ」	小林康治	『俳句』	1987・３
「歳時記と私」	菖蒲あや	『俳句』	1987・３
「歳時記の歳史とその効用」	五十嵐播水	『俳句』	1987・３
「歳時記の花」	青柳志解樹	『俳句』	1987・３
「歳時記編集に携わって」	深見けん二	『俳句』	1987・３
「写真歳時記」	文挾夫佐恵	『俳句』	1987・３
「俳句歳時記誕生へ」	櫻井武次郎	『俳句』	1987・３
「芭蕉の歳時記」	村松紅花	『俳句』	1987・３
「芭蕉と歳時記－今昔の感」	清水基吉	『俳句』	1987・３
「われの内なる歳時記」	平井照敏	『俳句』	1987・３
『花鳥俳句歳時記』	黒田杏子編	平凡社	1987・４
「季節のことば」（１）～（７）	井本農一	『俳句四季』	1987・６－12
『俳句小歳時記』	水原秋桜子編	大泉書店	1987・６
『淡酒亭歳時記』	星野恒彦	立風書房	1987・７
『ホトトギス季寄せ』	稲畑汀子編	三省堂	1987・８
『荊楚歳時記』	宗懍撰；宋金龙校	山西人民出版社	1987・９
『新撰俳枕』（１）～（７）	朝日新聞社編	朝日新聞社	1987・９－89・７
『吟行歳時記－季語340種』	主婦の友社編	主婦の友社	1987・11
『イギリス四季暦』春・夏、秋・冬	出口保夫	東京書籍	1988・６、10
『中国歳時記』	斉星著；伊藤克 訳	外文出版社	1988・０
『中国の年中行事』	中村喬	平凡社	1988・１
『フランス歳時記』	中山倫子	駿河台出版社	1988・１
「歳時記について」	結城賤子	『木語』	1988・１
「昭和の歳時記」（１）～（24）	山下一海	『俳句』	1988・１－89・12
「つぶやき歳時記」（１）～（65）	高橋治	『俳句』	1988・２－93・12
「水仙－古典文学歳時記のうちー」	小林祥次郎	『群馬県立女子大学国文学研究』	1988・３

書名・論文名	編著者名	出版社・雑誌名	刊行年月
『東京歳時記』全4巻	加藤楸邨　他編	小学館	1988・4
『新筆洗歳時記』	堀古蝶	白鳳社	1988・6
『現代俳句歳時記』	石田波郷・志摩芳次郎編	主婦と生活社	1988・6
『天狼季寄せ』	松井利彦	牧羊社	1988・7
『中国文学歳時記』	黒川洋一　他編	同朋舎出版	1988・11－89・7
「歳時記以前のことば」	松村武雄	『連句協会会報』	1988・12
『作句歳時記』	楠本憲吉編	講談社	1988・11－89・11
『歳時記・日本の心』	三野博司	駿河台出版社	1989・0
『今朝の一句：イラスト歳時記三六五日』	清水哲男撰；松本哉絵	河出書房新社	1989・1
「芭蕉歳時記」（1）～（24）	乾裕幸	『俳句研究』	1989・1－90・12
『新歳時記』	平井照敏編	河出書房新社	1989・3－90・1
『日本大歳時記：カラー図説　愛用版』	講談社編	講談社	1989・4－12
『大歳時記　句歌』全4巻	大岡信他編：山本健吉監修	集英社	1989・5－12
『俳句・魚の歳時記』	園部雨汀著	博友社	1989・6
『俳諧つれづれ草：私の俳句歳時記』	福田清人	明治書院	1989・6
『河鹿俳句歳時記』	磯野充伯編	河鹿俳句会	1989・7
『現代俳句歳時記』	金子兜太編	千曲秀版社	1989・7
「中国歳時記の源流」	渡部武	『文学』	1989・7
『源氏物語歳時記』	鈴木日出男	ちくまライブラリー	1989・9
『季のない季寄せ』	江國滋	富士見書房	1989・9
『風新俳句歳時記』	沢木欣一編	風発行所	1989・11
『歳時の博物誌』	五十嵐謙吉	平凡社	1990・1
『越佐俳句歳時記』	新潟日報事業社編	新潟日報事業社出版部	1990・1
「世界歳時記」	尾形仂	『俳句の周辺』	1990・3
『続　中国の年中行事』	中村喬	平凡社	1990・3
『花の大歳時記』	森澄雄監修	角川書店	1990・4
『フランス四季暦　春から夏へ』	饗庭孝男	東京書籍	1990・5
『フランス四季暦　秋から冬へ』	饗庭孝男	東京書籍	1990・10
『俳句・花木と草花の歳時記：園芸植物の観賞』	位田藤郎編	博友社	1990・7
『続　イギリス四季暦』	出口保夫	東京書籍	1990・9
『英米歳時記』	藤井基精・Timothy Phelan	桐原書店	1990・12
『秋桜子歳時記』	水原秋桜子・水原春郎	富士見書房	1991・1
『文芸俳句歳時記』	千葉祐夕編	文芸出版社	1991・2
「こんにちは歳時記」	吉村一志	『俳句空間』	1991・3
「歳時記の歴史と季語の変遷」	山下一海	『国語科通信』	1991・3
『続四季の詞』	川崎展宏	角川書店	1991・4
『こども俳句歳時記』	柳川文・高橋タクミ画	ポプラ社	1991・4
『俳句・野菜と果樹の歳時記：園芸植物の観賞』	位田藤郎編	博友社	1991・4
『四季：日・英俳句歳時記』	加藤耕子編	『耕ポエトリーアソシェイション』	1991・5
『関東ふるさと大歳時記』	角川文化振興財団編	角川書店	1991・6

『朝鮮歳時記』	洪錫謨・金邁淳・柳得恭・閔周冕　他	東文選	1991・6
『芭蕉歳時記』	乾裕幸	富士見書房	1991・7
『フィリピン歳時記:この魅力ある国と人々』	小林英治編	マニラ句会	1991・7
『俳枕』西日本／東日本	平井照敏	河出書房新社	1991・9
『ウイーン四季暦』	池内紀	東京書籍	1991・10
『九州・沖縄ふるさと大歳時記』	角川文化振興財団編	角川書店	1991・11
『俳句歳時記:オールシーズン版』	光文社編	光文社	1991・12
『平成新俳句歳時記』	阿部弘子編	国文社	1991・12
『兜太のつれづれ歳時記』	金子兜太	創拓社	1992・1
『新北陸俳句歳時記』	石川県俳文学協会編	北国新聞社	1992・1
「修験道歳時記」(3)～(9)	大西淳二	『草苑』	1992・1－93・7
「銀座歳時記」(1)～(24)	鈴木真砂女	『俳句研究』	1992・1－93・12
『世界『子供の俳句』コンテスト:地球歳時記』	日航財団編	学生社	1992・2
『漢詩歳時記』	渡部英喜	新潮社	1992・6
『北海道・東北ふるさと大歳時記』	角川文化振興財団編	角川書店	1992・6
「京都歳時記」(1)～(19)	清水忠彦	『俳句文芸』	1992・6－93・12
『インド四季暦　春・夏そして雨季』	阿部慈園・石川響	東京書籍	1992・8
『インド四季暦　秋・冬そして乾季』	阿部慈園・石川響	東京書籍	1993・4
『スペイン四季暦』春・夏、秋・冬	石井崇	東京書籍	1992・9、10
『兜太のつれづれ歳時記』	金子兜太	創拓社	1992・10
『新北陸俳句歳時記』	石川県俳文学協会編	北国新聞社	1992・10
『麻季寄せ』	「麻季寄せ」委員会編	麻俳句会	1992・11
『増補改正　俳諧歳時記栞草:影印と索引』	滝沢馬琴・青藍編	大谷女子短期大学	1992・12－94・3
『子ども俳句ワンダーランド』	吉野孟彦編	蝸牛社	1993・1
「からだ歳時記」(1)～(12)	立川昭二	『俳壇』	1993・1－12
『近畿ふるさと大歳時記』	桂信子・角川文化振興財団編	角川書店	1993・2
『ラーゲリ歳時記』	鬼川太刀雄	岩波書店	1993・2
『現代俳句歳時記』	飯田龍太	新潮社	1993・3
『埼玉俳句歳時記』	埼玉新聞社編	埼玉新聞社	1993・3
『食の俳句歳時記』	岡田日郎編	梅里書房	1993・3
『わたしたちの歳時記』	ポプラ社編	ポプラ社	1993・4
「江戸歳時記」(4)～(25)	花咲一男	『新日本古典文学大系月報』	1993・4－96・3
『北の季寄せ』	近藤潤一	北海道新聞社	1993・5
『花歳時記大百科』	北隆館編	北隆館	1993・6
『俳句鑑賞歳時記』(山本健吉俳句読本;第2巻)	山本健吉	角川書店	1993・7
「近世歳時記の誕生」	乾裕幸	『俳句研究』	1993・7
「近世歳時記の発展」	櫻井武次郎	『俳句研究』	1993・7
「近代の歳時記－本意・本情と個の表現」	小室善弘	『俳句研究』	1993・7
「歳時記と現代」	村田脩	『俳句研究』	1993・7
『森澄雄歳時記』	森澄雄	花神社	1993・10
『現代俳句歳時記辞典』	復本一郎編	北辰堂	1993・11
『福音歳時記』	鷹羽狩行	ふらんす堂	1993・11

書名・論文名	編著者名	出版社・雑誌名	刊行年月
『甲信・東海ふるさと大歳時記』	角川文化財団編	角川書店	1993・11
『おひるね歳時記』	多田道太郎	筑摩書房	1993・12
「台湾歳時記」	黄霊芝	『燕巣』	1994・1－9
『イギリス歳時記』	マークス寿子	講談社	1994・1
『中国・四国ふるさと大歳時記』	角川文化振興財団編	角川書店	1994・3
「あゆ(付)ひをー古典文学歳時記のうちー」	小林祥次郎	『群馬県立女子大学』	1994・3
『한국 고전문학의 이해와 감상』	난중일기(亂中日記)；목민심서(牧民心書)；	학문사	1994・4
『綾子俳句歳時記』	細見綾子	東京新聞出版局	1994・5
『知らなかった歳時記の謎』	竹内均	同文書院	1994・6
『北陸・京滋ふるさと大歳時記』	角川文化振興財団編	角川書店	1994・10
『イギリス四季と生活の詩』	出口保夫　他	研究社	1994・11
『俳句月別歳時記』	高橋悦男編	博友社	1994・11
「歳時記の思想」	平井照敏	『俳壇』	1994・11
「特集・新しい季語、捨てる季語ーこのままでいいのか歳時記」	平井照敏　他	『俳壇』	1994・11
『台湾歳時記』(1)～(151)	黄霊芝	『燕巣』	1994・11－96・12
『年中行事歳時記』	窪寺紘一	世界聖典刊行協会	1994・12
『現代歳時記三百六十五日』	俳句αあるふぁ編集部編	毎日新聞社	1994・12
「季語の分類と歳時記の誕生」		『俳句αあるふぁ』	1994・冬
「歳時記の流れ」	山下一海	『俳句αあるふぁ』	1994・冬
「座談会　歳時記はおもしろい」	有馬朗人・外山滋比古・尾形仂	『俳句αあるふぁ』	1994・冬
「楽しい歳時記の使い方十章」	辻桃子	『俳句αあるふぁ』	1994・冬
「特集　すばらしき歳時記の世界」	尾形仂・外山滋比古	『俳句αあるふぁ』	1994・冬
「日本人の暮らしと歳時記」		『俳句αあるふぁ』	1994・冬
「明治以降の季語と歳時記」	筑紫磐井	『俳句αあるふぁ』	1994・冬
『鑑賞歳時記』全4巻	飯田龍太	角川書店	1995・5－11
「千代尼のかかわった歳時記」	復本一郎	『自鳴鐘』	1995・1
『音の歳時記』	台迪子	北溟社	1995・3
「北の季寄せ」	近藤　潤一	北海道新聞社	1995・3
『しまね俳句歳時記』		島根県俳句協会	1995・3
『歳時記のコスモロジー：時の声を聴く』	北沢方邦	平凡社	1995・3
『地球歳時記：世界の子供たちの「俳句」傑作集』	日航財団編	マガジンハウス	1995・3
「たちばなー古典文学歳時記のうちー」	小林祥次郎	『群馬県立女子大学国文学研究』	1995・3
「せみ(付)ひぐらしー古典文学歳時記のうちー」	小林祥次郎	『群馬県立女子大学国文学研究』	1996・3
『世界大歳時記』	角川文化振興財団編	角川書店	1995・4
「新歳時記待望」	藤木倶子	『俳句研究』	1995・4
『野鳥歳時記』	山谷春潮	冨山房	1995・5
『わたしの歳時記』	饗庭孝男	小沢書店	1995・8
『唐詩歳時記』	植木久行	講談社(学術文庫)	1995・8
「特集・歳時記を見直す・私の視点」		『俳壇』	1995・9

『森澄雄歳時記』	森澄雄	花神社	1995・10
『中国の四季　漢詩歳時記』	野口一雄	講談社	1995・10
『北陸・京滋ふるさと大歳時記』	角川文化振興財団編	角川書店	1995・10
「新春・歳時記を科学する」		『俳句』	1995・11
『フランス四季と愛の詩』	饗庭孝男編	東京書籍	1995・12
『イギリス歳時暦』	C・カイトリー	大修館書店	1995・12
『俳句歳時記』	水原秋桜子編	講談社	1995・12
『満洲歳時記』	金丸精哉	景仁文化社	1995・12
『Haiku world : an international poetry almanac』	Higginson, William J.	Kodansha International	1996・0
『ささやき歳時記』	高橋治	角川書店	1996・1
『食の歳時記三百六十五日：座右版』	俳句αあるふぁ編集部編	毎日新聞社	1996・1
「鷹羽狩行の新春歳時記」		『俳壇』	1996・1
『しずおか俳句歳時記』	静岡新聞社編	静岡新聞社	1996・2
『ポケット俳句歳時記』	山口青邨　他監修	平凡社	1996・2
『俳句仏教歳時記』	飯田龍太	佼成出版社	1996・2
『花の歳時記三百六十五日』	俳句αあるふぁ編集部	毎日新聞社	1996・3
『日本大歳時記』常用版	講談社編	講談社	1996・3
『俳句歳時記』全５巻	角川書店編	角川書店	1996・3－11
『武蔵野歳時記』	細見綾子	東京新聞出版局	1996・3
「歳時記序説」	櫻井武次郎	『紫薇』1	1996・5
『コラム季寄せ：「天地人」二十二年』	兼久文治	北日本新聞社	1996・7
『現代俳句歳時記』	金子兜太編	チクマ秀版社	1996・7
『文芸俳句歳時記』	山口誓子　他編	文芸出版社	1996・9
「明治七年・太陽暦歳時記の誕生」	筑紫磐井	『俳句文学館紀要』	1996・10
『大きな活字のホトトギス新歳時記』	稲畑汀子編	三省堂	1996・11
『茂吉歳時記』	高橋光義	短歌新聞社	1996・11
「『俳諧歳時記』の成立」	神田正行	『芸文研究』	1996・12
『新歳時記』	平井照敏編	河出書房新社	1996・12
『四季のことばTV歳時記』	森川昭	『私家版』	1997・1
『鑑賞俳句歳時記』	山本健吉編	文芸春秋	1997・1－5
『今はじめる人のための俳句歳時記』全４巻	角川書店編	角川書店	1997・2－11
『現代歳時記』	金子兜太・黒田杏子他編	成星出版	1997・2
『川柳江戸歳時記』	花咲一男	岩波書店	1997・3
『朝鮮歳時の旅』	韓丘庸	東方書店	1997・3
『台灣歳時記：二十四節氣與常民文化』	陳正之	臺灣省政府新聞處	1997・3
「俳句歳時記の成立と歴史」	山下一海	『俳句』	1997・4
『新撰俳句歳時記』	大野林火編	明治書院	1997・4
『新編月別季寄せ』	皆川盤水	東京新聞出版局	1997・4
『歳時記考』	長田弘・鶴見俊輔他	岩波書店	1997・4
『Series俳句世界４　歳時記の宇宙』	鷹羽狩行・夏石番矢・復本一郎編	雄山閣	1997・4
「歳時記の行方」	田中信克	『Series俳句世界』	1997・4
「地方歳時記総展望」	中田雅敏	『Series俳句世界』	1997・4
「中国の歳時記」	植木久行	『Series俳句世界』	1997・4

書名・論文名	編著者名	出版社・雑誌名	刊行年月
「俳句歳時記総論ー歳時記の宇宙」	筑紫磐井	『Series俳句世界』	1997・4
「資料ー歳時記一覧」	関森勝夫編	『Series俳句世界』	1997・4
「対談　実作者と歳時記」	宮坂静生・復本一郎	『Series俳句世界』	1997・4
『現代俳句歳時記』全５巻	角川春樹編	角川春樹事務所	1997・4 －11
『俳句歳時記：合本』	角川書店編	角川書店	1997・5
『子ども俳句歳時記』新版		蝸牛社	1997・7
「歳時記問題始末」	平井照敏	『槙』	1997・10
『季寄せ』	大野林火・安住敦編	明治書院	1997・11
「『俳諧歳時記』と『増補俳諧歳時記栞草』」	服部仁	『曲亭馬琴の文学域』	1997・11
『ホトトギス季寄せ』	稲畑汀子	三省堂	1997・11
『黒田杏子歳時記』	黒田杏子	立風書房	1997・11
『芭蕉歳時記：竪題季語はかく味わうべし』	復本一郎	講談社	1997・11
『ニューヨーク歳時記』	大島聖子著・市田幸治写真	里文出版	1998・1
『現代歳時記』	金子兜太・黒田杏子他編	成星出版	1998・1
『東京俳句歳時記』	棚山波朗	白凰社	1998・1
「歳時記と民族」（１）～（24）	小池淳一	『俳句』	1998・1 －99・12
「テーマ鼎談　歳時記と季語の現在」	福田甲子雄　他	『俳句研究』	1998・2
「あなたが読む歳時記」		『俳句αあるふぁ』	1998・2・3
「過去から学ぶ歳時記」		『俳句αあるふぁ』	1998・2・3
「現代に生きる歳時記」		『俳句αあるふぁ』	1998・2・3
「実践の役に立つ歳時記」		『俳句αあるふぁ』	1998・2・3
「特集　歳時記をマスターしよう」		『俳句αあるふぁ』	1998・2・3
『日本たべもの歳時記』	水原秋桜子・加藤楸邨　他	講談社	1998・3
『真砂女歳時記』	鈴木真砂女	PHP研究所	1998・4
『海の俳句歳時記』	高橋悦男編	社会思想社	1998・7
『合本現代俳句歳時記』	角川春樹編	角川春樹事務所	1998・7
『新訂・山の俳句歳時記』	岡田日郎編	梅里書房	1998・9
『現代歳時記』改訂版	金子兜太・夏石番也他編	成星出版	1998・10
『土佐俳句歳時記』	高知県俳句連盟編	高知県俳句連盟	1998・11
『一茶歳時記』	黄色瑞華	高文堂出版社	1999・1
『草木花歳時記』	金子兜太監修	朝日新聞	1999・1
『気象歳時記』	平沼洋司	蝸牛社	1999・3
『現代子ども俳句歳時記』	金子兜太編	チクマ秀版社	1999・4
『現代俳句歳時記』	現代俳句歳時記編纂委員会編	現代俳句協会	1999・6
『わいわいハイクBOOK：こどもたちの地球歳時記』	日航財団編	マガジンハウス	1999・8
『荆楚岁时记译注．襄阳耆旧记校注』	宗懍原著・谭麟译 注	湖北人民出版社	1999・9
『実用俳句歳時記』	辻桃子編	成美堂出版	1999・9
『アメリカ英語の歳時記』	新井正一郎	近代文芸社	1999・10
『新日本大歳時記：カラー版』	飯田龍太監修	講談社	1999・10－00・6
「俳句の本質　歳時記英訳始末」	尾形仂	『風土』	1999・11
『新選俳句歳時記』	多田道太郎	潮出版社	1999・12

『漢詩歳時記』全６冊	黒川洋一　他編	同朋舎・角川書店（発売）	2000・１－10
『まるわかり歳時記』	歳時記研究会編	ごま書房	2000・１
『韓国歳時記』	金渙	明石書店	2000・１
「歳時記の百年」（１）～（12）	筑紫磐井	『俳壇』	2000・１－12
『俳句鑑賞歳時記』	山本健吉	角川書店	2000・２
『季寄せ』	角川春樹編	角川春樹事務所	2000・３
『俳句歳時記（新装版）』全５巻	富安風生　他編	平凡社	2000・３
『芭蕉歳時記』	乾裕幸	翰林書房	2000・３
『真砂女の入門歳時記』	鈴木真砂女	角川春樹事務所	2000・３
「虚子の周辺－その一　虚子編新歳時記『花鳥諷詠』」	栗林圭魚	『花鳥』	2000・３
『薬草歳時記』	品川鈴子監修	おうふう	2000・５
『俳句歳時記』	藤原たかを 編	ふらんす堂	2000・６
「歳時記に出ていた哥川の一句と「柏散る」の季語	斉藤耕子	『若越俳史』	2000・６
『増補俳諧歳時記栞草』（上）・（下）	馬琴・青藍編：堀切実校注	岩波書店	2000・８、10
『山の俳句歳時記』	大野雑草子編	博友社	2000・８
『子ども俳句歳時記』新版	金子兜太 監修	蝸牛新社	2000・８
『アイヌ歳時記』	萱野茂	平凡社	2000・８
『沖歳時記』	沖俳句会編	ふらんす堂	2000・10
「言葉への意識を高める　「歳時記作り」実践研究	本澤淳子	『俳句文学館紀要』	2000・10
『ホトトギス電子新歳時記』	稲畑汀子編	三省堂	2000・11
『俳句小歳時記』	水原秋桜子編	大泉書店	2001・１
『季語の花　春』	佐川広治	ＴＢＳブリタニカ	2001・２
『犬たちの歳時記』	笠井俊彌	平凡社	2001・２
『帝京歳時紀勝. 燕京歳時記. 人海記. 京都風俗誌』	潘榮陛・富察敦崇他	北京古籍出版社	2001・２
『大活字美しい日本語おしゃれ季語辞典』	三省堂編	三省堂	2001・３
『子ども俳句歳時記』		蝸牛新社	2001・３
『小学生の俳句歳時記』		蝸牛新社	2001・３
『小学生の俳句歳時記－ハイク・ワンダーランド』	金子兜太監修	蝸牛新社	2001・４
「歳時記と季語－“題詠”と“実景実情詠”とのあいだ」	堀切実	『俳句研究』	2001・４
「歳時記物語」（上）・（下）	榎本好宏	『青樹』	2001・５、６
『英国歳時記』	河村蝉太郎	武蔵野書房	2001・６
『お台所俳句歳時記』	若林南山	河内野印刷所	2001・８
『しずおか俳句歳時記』	静岡新聞社編	静岡新聞社	2001・９
『新版・俳句歳時記』	桂信子・金子兜太他	雄山閣	2001・９
『図解　昆虫俳句歳時記』	中尾舜一	蝸牛新社	2001・９
『風生編歳時記』	富安風生	東京美術	2001・９
『NHK出版　季寄せ』	平井照敏編	日本放送出版協会	2001・10
『馬酔木季語集－基本季語1000』	水原春郎	ふらんす堂	2001・10
『病窓歳時記俳句にみる病気とその周辺』	清水貴久彦	まつお出版	2001・11
『現代歳時記』	金子兜太・黒田杏子他編	たちばな出版	2001・11

書名・論文名	編著者名	出版社・雑誌名	刊行年月
『厚子の歳時記』	鈴木厚子	駒草書房	2002・1
『カラー版新日本大歳時記』全５巻	沢木欣一監修	講談社	2002・1
『宮中歳時記』	入江相政	小学館	2002・1
『旅行・吟行俳句歳時記』	大野雑草子編	博友社	2002・2
『フランス歳時記：生活風景12か月』	鹿島茂	中央公論新社	2002・3
『福井俳句歳時記』	齋藤耕子編	福井県俳句史研究会	2002・3
『筆墨俳句歳時記』全５巻	村上護編	二玄社	2002・3－12
『鳥の俳句歳時記』	長谷川草洲編	梅里書房	2002・4
『短歌俳句植物表現辞典：歳時記版』	大岡信監修	遊子館	2002・4
「現代の歳時記に必要なものは何か		『俳壇』	2002・4
「稀薄化する季節感－島田牙城と筑紫磐井の歳時記論」	藤原たかを	『馬酔木』	2002・5
『短歌俳句自然表現辞典：歳時記版』	大岡信監修	遊子館	2002・5
『暉峻康隆の季語辞典』	暉峻康隆	東京堂出版	2002・5
『沖縄俳句歳時記』	沖縄俳句研究会編	沖縄俳句研究会	2002・5
「境界線を超えて－歳時記という装置・以後」	片岡秀樹	花曜	2002・5
『現代中国歳時記：伝統行事』	矢野光治・閻子謙編	駿河台出版社	2002・7
『増殖する俳句歳時記：日本語の豊かさを日々発見する』	清水哲男	ナナコーポレート・コミュニケーション	2002・8
『短歌俳句動物表現辞典：歳時記版』	大岡信監修	遊子館	2002・10
「『俳句歳時記』の出版」	服部仁	『東海近世』	2002・10
『短歌俳句植物表現辞典　歳時記版』	大岡信監修	遊子館	2002・11
『ラジオ歳時記　俳句は季語から』	鷹羽狩行	講談社	2002・12
『日本の暦と歳時記』	新人物往来社編	新人物往来社	2002・12
『「家族の俳句」歳時記』	清水哲男	主婦の友社	2003・1
『現代俳句歳時記（新装版）』全５巻	中村汀女編	実業之日本社	2003・1
『必携季寄せ』	角川書店編	角川書店	2003・1
『狂歌川柳表現辞典：歳時記版』	大岡信監修	遊子館	2003・1
「恭二の歳時記」（１）～（63）	小林恭二	『俳句研究』	2003・1－10・6
『布の歳時記』	黒田杏子	白水社	2003・2
『植物の歳時記』全２巻	斎藤新一郎	八坂書房	2003・3、10
『写真で見る俳句歳時記』	長谷川秀一　他監修	小峰書店	2003・4
『台湾俳句歳時記』	黄霊芝	言叢社	2003・4
『大きな活字　季語辞典』	榎本好宏	日東書院	2003・5
『大活字　春夏秋冬　和歌・短歌歳時記』	佐々木幸綱	三省堂	2003・6
『ちきゅうのうた：世界の子どもがハイクをよんだ』	日航財団編（地球歳時記）	ブロンズ新社	2003・6
『やまなし花の歳時記』	山梨日日新聞社編	山梨日日新聞社	2003・7
『あなたも俳句名人：季節感を生かす添削歳時記』	鷹羽狩行・西宮舞	日本経済新聞社	2003・8
『こころの歳時記17000俳人による』		東京四季出版社	2003・8
『歳時記語源辞典』	橋本文三郎	文芸社	2003・8
『あした季寄－連句必携』	宇咲冬男・他編	あしたの会	2003・9
『歳時記語源辞典』	橋本文三郎	文芸社	2003・9
『「家族の俳句」歳時記』	清水哲男	主婦の友社	2003・10
『今はじめる人のための俳句歳時記』	角川書店編	角川書店（角川文庫）	2003・10
『旧暦スローライフ歳時記』	吉岡安之	幻冬舎	2003・11

『北國俳句歳時記』	北國新聞社編	北國新聞社	2003・12
『Singen von Blüte und Vogel : Takahama Kyoshis Jareszeitenwörterbuch』	高浜虚子・Werner Schaumann・加藤慶二	Nagata Shobô	2004・0
『動物の俳句歳時記』	大野雑草子編	博友社	2004・1
『花の俳句歳時記』	大野雑草子編	博友社	2004・1
『里山歳時記田んぼのまわりで』	宇多喜代子	日本放送出版協会	2004・1
『花の歳時記』春・夏・秋・冬・新年	鍵和田秞子監修	講談社	2004・1 －05・3
『私の歳時記』	菊池善次郎	日本文学館	2004・4
『築港歳時記』	築港[俳句会]編	築港[俳句会]	2004・4
「特集　芭蕉歳時記　芭蕉物語　芭蕉の季節感」		『俳句αあるふぁ』	2004・4・5
『新山暦俳句歳時記』	山暦俳句歳時記編集会編	邑書林	2004・5
『現代俳句歳時記』①～⑤	現代俳句協会編	学習研究社	2004・5
『仏教歳時記:俳句・和歌・漢詩』	鎌田茂雄監修	斎々坊	2004・6
「特集　蕪村歳時記　蕪村物語」		『俳句αあるふぁ』	2004・6・7
「覚えておきたい名句・季語100」	俳句α編	『俳句αあるふぁ』増刊号	2004・7
『イロハニ歳時記』	猪本典子	リトル・モア	2004・7
「特集　一茶歳時記　一茶物語　一茶の雪の俳句」		『俳句αあるふぁ』	2004・8・9
「新訂　小学生の俳句歳時記ーハイク・ワンダーランドー」	金子兜太　他編	蝸牛新社	2004・9
『携行版俳句歳時記』	日本詩歌句協会編	ほくめい出版	2004・9
「特集　虚子歳時記　虚子物語　虚子の花鳥風月」		『俳句αあるふぁ』	2004・10・11
『日本人なら知っておきたい名句・季語・歳時記の謎』	日本雑学能力協会編	新講社	2004・10
「歳時記　俳句の命を編む」		『俳句朝日』	2004・11
『新歳時記虚子編　ハイク・花鳥風詠』	加藤慶二　他	永田書房	2004・11
『越のうた散歩:詩歌歳時記』	大滝貞一	新潟日報事業社	2004・12
『実用俳句歳時記』	辻桃子編	成美堂出版	2004・12
『半紙で折る折形歳時記』	小澤實　他編	平凡社	2004・12
「特集　秋桜子歳時記　秋桜子物語「葛飾」の世界」		『俳句αあるふぁ』	2004・12・1
『動物の俳句歳時記』	大野雑草子	博友社	2005・1
「特集　誓子歳時記」		『俳句』80	2005・1
『草木花歳時記　春　〈上・下〉』	朝日新聞社編	朝日新聞社	2005・2
『仏教俳句歳時記』	石寒太	大法輪閣	2005・2
「特集　蛇笏歳時記」		『俳句αあるふぁ』	2005・2・3
『福井俳句歳時記』	斉藤耕子	福井県俳句研究会	2005・3
『俳句の鳥・虫図鑑ー季語になる折々の鳥と虫204種』	復本一郎	成美堂出版	2005・4
「特集　桂信子歳時記」		『俳句αあるふぁ』	2005・4・5
『新編地名俳句歳時記』	山田春生・皆川盤水監修	東京新聞出版局	2005・5
『野鳥の俳句と季語』	浅香富士太	現代文芸社	2005・6
「特集　汀女歳時記」		『俳句αあるふぁ』	2005・6・7
『増補版　福井俳句歳時記』	齋藤耕子編	福井県俳句史研究会	2005・8

書名・論文名	編著者名	出版社・雑誌名	刊行年月
「特集　龍太歳時記」		『俳句αあるふぁ』	2005・8・9
『草木花歳時記』全8巻	稲畑汀子　他編	朝日新聞社	2005・8－06・6
『朝鮮歳時記;朝鮮賭博要覧』	경인문화사 편집부 편・洪錫謨・金攢根	景仁文化社	2005・9
『新装版　俳句小歳時記』	水原秋桜子	大泉書店	2005・10
「特集　虚子歳時記　虚子物語　虚子の花鳥諷詠」		『俳句』	2005・10・11
「特集　楸邨歳時記」		『俳句αあるふぁ』	2005・10・11
『東葛歳時記:十五周年記念』	草の実俳句会編	草の実俳句会	2005・11
「虚子の新歳時記」	稲畑廣太郎	『俳句朝日』	2005・11
「決定版『花の歳時記』」	藤田直子	『俳句朝日』	2005・11
「歳時記“俳句の命”を編む」		『俳句朝日』	2005・11
「俳句を作らない人が読んでも面白い「俳句歳時記」」	小宅容義	『俳句朝日』	2005・11
「特集　誓子歳時記」		『俳句αあるふぁ』	2005・12・1
「俳諧歳時記と遍路」	白井志加寿志	『言語文化』	2005・12
『ザ・俳句歳時記』	有馬朗人・金子兜太他編	第三書館	2006・1
『仏教俳句歳時記』	石寒太	大法輪閣	2006・2
「特集　蛇笏歳時記」		『俳句αあるふぁ』	2006・2・3
「特集　草田男歳時記」		『俳句αあるふぁ』	2006・4・5
『角川　俳句大歳時記』全5巻	角川学芸出版編	角川学芸出版	2006・5－12
「大特集　歳時記－その歴史と文化と使われ方」	筑紫磐井・宇多喜代子・宮脇真彦　他	『俳句』	2006・6
『新編　月別仏教俳句歳時記』	皆川盤水監修;山田春生編	東京新聞出版局	2006・6
「特集　子規歳時記」		『俳句αあるふぁ』	2006・6・7
「ブラジル俳句季寄せ」	山東功	『国文学解釈と鑑賞』	2006・7
「特集　素十歳時記」		『俳句αあるふぁ』	2006・8・9
『金陵岁时记.岁华忆语』	潘宗鼎・夏仁虎撰	南京出版社	2006・9
『ブラジル歳時記』	佐藤牛童子編	日毎叢書企画出版	2006・10
『伝承歳時記』	小池淳一	飯塚書店	2006・10
「特集　久女歳時記」		『俳句αあるふぁ』	2006・10・11
『ラジオ深夜便季語で日本語を旅する:ラジオ歳時記』	鷹羽狩行	NHKサービスセンター	2006・11
『朝鮮歳時記』	洪錫謨・金邁淳　他	平凡社	2006・11
『食の歳時記』	戸谷満智子	海鳥社	2006・11
『春・秋七草の歳時記』	釜江正巳	花伝社	2006・12
「虚子編『新歳時記』についての一考察」	三村昌義	『親和国文』	2006・12
「大特集　私の歳時記活用術」		『俳句』	2007・1
『俳句歳時記』全5巻	角川学芸出版編	角川学芸出版	2007・1－11
『言葉の歳時記　36のテーマで俳句力アップ』	櫂未知子	日本放送出版協会	2007・2
『宝永歳時記』	勝又まさる	静岡新聞社	2007・3
「草木歳時記」(45)～(56)	恒石直和	『勾玉』	2007・4－08・3
『日本人なら知っておきたい暮らしの歳時記』	新谷尚紀	宝島社	2007・6
『江戸のお茶　俳諧茶の歳時記』	山田新市	八坂書房	2007・8
『江戸俳諧歳時記』(上)・(下)	加藤郁乎	平凡社	2007・8、9

「『山の音』の歳時記」	劉英爽	『帝京日本文化論集』	2007・9
『文学忌俳句歳時記』	大野雑草子	博友社	2007・9
『野山の歳時記』	岩木呂卓巳	岩波書店	2007・9
『歳時記ーこころ　散歩』	佐伯仁	出帆新社	2007・9
『やさい歳時記』	藤田智	成美堂出版	2007・9
『彦根藩士族の歳時記』	高橋敬吉	サンライズ出版	2007・11
『江戸歳時記』	宮田登	吉川弘文館	2007・12
『家族で楽しむ歳時記・にほんの行事』	近藤珠実	池田書店	2007・12
『俳句実作のための草木花　春夏秋冬』	斎藤夏風	日本放送出版協会	2008・1
「大特集　私の歳時記活用法」		『俳句』	2008・1
『天文歳時記』	海部宣男	角川学芸出版	2008・1
『現代中国歳時記ー伝統行事　新訂版』	矢野光治編	駿河台出版社	2008・2
『週刊　日本の歳時記』(1)～(50)	小学館編	小学館	2008・3 ―09・3
『宝永歳時記』	勝又まさる	静岡新聞社	2008・3
『世界歳時記における国際比較』	東聖子編	十文字学園女子大学短大部	2008・3
『短歌歳時記』(上)・(下)	短歌新聞社編	短歌新聞社	2008・4
『ザ・俳句十万人歳時記』春・夏・秋・冬	有馬朗人　他編	第三書館	2008・4 ―10・2
「特集　歳時記の東アジア」	東聖子	『東アジア比較文化研究』	2008・6
「『荊楚歳時記』源流考」	石観海	『東アジア比較文化研究』	2008・6
「暮春の祓禊考」	胡志昂	『東アジア比較文化研究』	2008・6
「朝鮮歳時記の紹介」	李炫瑛	『東アジア比較文化研究』	2008・6
「韓国の時調に現れた季節の美と「興」」	兪玉姫	『東アジア比較文化研究』	2008・6
「近世歳時記における『通俗志』の位置」	藤原マリ子	『東アジア比較文化研究』	2008・6
「『増山井』における詩的世界認識の方法」	東聖子	『東アジア比較文化研究』	2008・6
『沖縄の自然歳時記』	安座間安史	沖縄文化社	2008・8
『柿衞文庫秋季特別展　美しい季節の言葉ー歳時記今昔』	柿衞文庫編	柿衞文庫	2008・8
『平成俳句歳時記』全4巻	北溟社編	北溟社	2008・9 ―10・1
「特集　歳時記の時代」		『俳句研究』	2008・9
「中国の歳時記と四季別類題詩集」	植木久行	『俳句研究』	2008・9
「江戸時代の「季寄せ」ー四季の詞の増大化ー」	東聖子	『俳句研究』	2008・9
「俳句歳時記の祖『増補・俳諧歳時記栞草』」	服部仁	『俳句研究』	2008・9
「近代歳時記の発展とその理論」	筑紫磐井	『俳句研究』	2008・9
「花の歳時記編纂余話」	藤田直子	『俳句研究』	2008・9
「インターネット歳時記の可能性」	北川松太	『俳句研究』	2008・9
『読本・俳句歳時記』	柳川彰治編	産調出版	2008・10
『カラー版新日本大歳時記』愛蔵版	飯田龍太・稲畑汀子他編	講談社	2008・10
『一日歳時記』	金田一秀穂	小学館	2008・10
『四季のことば辞典』	西谷祐子編	東京堂出版	2008・10
『読本・俳句歳時記』		産調出版	2008・10

書名・論文名	編著者名	出版社・雑誌名	刊行年月
『銀化歳時記』		ふらんす堂	2008・10
「歳時記の余白」	尾池葉子	『俳句文学館』	2008・11
『江戸っ子歳時記』	鈴木理生	三省堂	2008・11
「記念座談会　歳時記の季語はこれからどうなっていくか」	有馬朗人　他	『俳句αあるふぁ』	2008・12・1
「『増補俳諧歳時記栞草』所引漢籍校読記（1）」	植木久行	『中国詩文論叢』	2008・12
『世界歳時記における国際比較』	東聖子編	十文字学園女子大学短期大学部	2009・3
『旬の菜時記』	宇多喜代子　他編	朝日新聞出版	2009・4
『昭和歳時記　オンデマンド版』	山下一海	角川学芸出版	2009・8
「『増補俳諧歳時記栞草』所引漢籍校読記（2）〜（4）」	植木久行	弘前大学『人文社会論叢』	2009・8 −11・2
「歳時記という拠りどころ」	石動敬子	『俳句文学館』	2009・9
CD　花の俳句歳時記　4巻	嵐山光三郎	プロリンク	2009・10
『明治東京歳時記　新装版』	槌田満文編	青蛙房	2009・10
『風の言葉　九州俳句歳時記』	寺井谷子	『文学の森』	2009・11
『未来図歳時記』	未来図の会	ふらんす堂	2009・11
『子ども歳時記』	広田千悦子	扶桑社	2009・12
『「正月」のない歳時記－虚子が作った近代季語の枠組』	西村睦子	本阿弥書店	2009・12
『歳時記の楽しみ』	大隈徳保	風詠社	2009・12
『宗教歳時記』	五来重	角川学芸出版	2010・1
『コトノハ歳時記作品集』	コトノハ歳時記プロジェクト	世界文芸社	2010・4
「歳時記検定」（1）〜（6）	季語と歳時記の会	『俳句』	2010・4 − 9
『古典名句鑑賞歳時記』	山本健吉	角川学芸出版	2010・5
『歳時記　明日によせて』	天野滋	ヤマハミュージックメディア	2010・6
「花の歳時記」	田島和生	『俳句四季』	2010・9
『よくわかる俳句歳時記』	石寒太	ナツメ社	2010・10
『雪・月・花の俳句歳時記』	大野雑草子	博友社	2010・11
「『増補俳諧歳時記栞草』所引漢籍校読記（5）」	植木久行	『中国詩文論叢』	2010・12
『日本人の暦－今週の歳時記』	長谷川櫂	筑摩書房	2010・12
『いきもの歳時記』全4巻	古館綾子	童心社	2011・3
『新編月別祭り俳句歳時記』	山田春夫	紅書房	2011・5

あとがき

この国際プロジェクトは二〇〇五年一月末に、藤原マリ子氏・坂口明子氏・兪玉姫氏と東の四人で、尾形仂先生を訪問した時から始まっている。本質的なテーマ設定や、研究の筋道を考える絶好の機会となった。

二〇〇五年三月には、中国の漢俳学会の設立大会があった。葛飾吟社の今田述氏を紹介していただき、主宰の中山栄蔵先生、小畑節朗氏、門馬清子氏、石塚万李子氏などと北京の大会に参加させていただいた。現在は、芋川次郎代表、石倉秀樹氏にもご指導いただいている。また、北京で俳誌『たかんな』主宰の藤木俱子ご夫妻ともご交誼いただいた。中国では、劉徳有会長・林岫氏・紀鵬氏・鄭民欽氏等とお会いできた。

その後、科学研究費の基盤研究（C）に決定し、国際プロジェクトとしてスタートした。三年間の慣れない国際プロジェクトの運営については、折々に、ご多忙な川本皓嗣先生にいろろとご相談させていただいた。クーシュの『東洋の賢人と詩人』の翻訳と解説をされた金子美都子氏をメンバーにお迎えして、特別顧問的存在になっていただいた。また、スペインの国際俳句研究の田澤佳子氏も紹介いただいた。さらに、渡辺勝先生から、ドイツ歳時記に造詣の深い竹田賢治氏をご紹介いただいた。竹田氏にはフランクフルト大学のエッケハルト・マイ教授のご論文の掲載許可もとっていただいた。

かつて、お茶の水女子大学大学院のジェンダー研究会で、頼山陽の母「梅颸《ばいし》」の学際的研究をして、本にまとめた経験があった。その研究会代表の大口勇次郎先生（近世史）から、二〇〇六年の夏にたまたまメールでスペイン音楽専攻の平間充子氏とスペイン俳人ジュゼップ氏のお話をうかがい、萌芽期にあるスペインカタルニアの俳句の領域が広がった（平間・田澤両氏とも、ミロ等でも有名なカタルニアの研究者である）。

二〇〇七年の夏には、坂口明子ご夫妻の案内で、イギリス俳句協会のデーヴィッド・コブ元会長を訪問した。ロンドンでは、アーニー・バッチーニ会長（当時の会長）らと句会も体験できた。フランスでは、個性的な俳人パトリック・ル・ネストゥール氏ご夫妻にお会いし、音楽や写真とのコラボレーションなどの自在な俳句活動の一端をうかがった。

二〇〇八年六月に『東アジア比較文化研究』第七号に〈特集・歳時記の東アジア〉を企画して、メンバーの論文を掲載していただいたのは、國學院大學の辰巳正明先生との偶然の会話からであった。友人の佐野あつ子氏の助言も有益であった。アジアの他の国々の、詩における語彙、歳時記の有無、文学と四季などが気になっている。

この間、国際俳句交流協会の記念講演で、二〇〇六年秋に漢俳学会会長の劉徳有氏が来日され、「漢俳」についての講演を聴いた。講演の後で、中国における歳時記の可能性のお話をうかがった。さらに副会長のひとり林岫氏は、二〇〇八年の冬に中日書道の交流で来日され、葛飾吟社の方々と一緒にお会いできて嬉しいことであった。

＊

ここまでの二〇〇六年度～二〇〇八年度の日本学術振興会科学研究費補助金・基盤研究（C）は、二〇〇九年三月に『世界歳時記における国際比較』の題名で、私家版の研究報告書にまとめさせていただいた。多くの方々から反響があり、留学生の研究にも役立つので送ってほしいといわれたが、残部はなかった。題名について、「世界歳時記」は日本人が世界各国で創作した俳句を掲載した歳時記をさす場合もあるため、今回は「国際歳時記」と改めた。公共図書館の書架を眺めていて、やはり、ハードカバーで残して、次の世代の研究への礎としたいとの思いが強くなった。そこで、プロジェクト研究のメンバーに相談してエントリーし、二〇一一年度日本学術振興会科学研究費補助金（研究成果公開促進費）〔課題番号：二三五〇五三〕に採択された。

今回は、前回の研究報告書以降の最新の国際俳句情報をできる限りとりいれるため、一部改編した原稿もある。アジア関係では「韓国における国際俳句の萌芽」ということで、俳文学会東京例会幹事だった深沢了子氏から二〇一一年春に届いた、郭大基氏の韓国俳句研究院の『蔦』の情報をいただき、韓国に五年前から俳句と国際俳句を創作する結社があることを知った。日本近世文学会高麗大学校大会の折に、メンバーの兪玉姫氏と慶州で調査した。尚、報告書と本書の英訳は、お茶の水女子大学大学院出身の一柳英里氏にご紹介いただき、前回は後輩の松尾江津子氏・松永典子氏、今回は浮岳靖子氏・大理菜穂子氏に丁寧に翻訳していただいた。

中国の漢俳の創始に尽くされた林林氏は、二〇一一年の夏に逝去された。中日文化交流に尽力した高邁な詩人だった。

俳文学の泰斗、尾形仂先生は二〇〇九年三月に逝去された。本書をご覧いただけなかったことは痛恨の極みである。

川本皓嗣訳、テリー・イーグルトン『詩をどう読むか』（岩波書店・二〇一一年七月刊）には、いま詩を読むことの意義、詩とは何かの問いがある。特に詩の「形式」formとはなにかは、まさに俳句という短詩型文学の本質への問いであり、イーグルトンの形式と内容の対立、内容を超越する形式とは、国際俳句の文学理論にも通底する。川本先生が、あるとき「プロジェクト研究は、ディスカッションを楽しむことです。その中から、きっと各メンバーの将来の研究につながるテーマが見えてくるでしょう」といわれた。そしていろいろなメンバーで会議を行った。東京・神戸・ソウル・ロンドン・パリ……それぞれの方々の今後の研究テーマにリンクして下されば幸いである。また、首尾一貫ともに共同研究を主導していただいた藤原マリ子氏・坂口明子氏・兪玉姫氏には、色々とご協力いただだいた。さらに、今回、本書のテーマにご理解をいただき「コラム中国〈歳時記の源流〉」の御論の転載を許可してくださり、中国論文の邦訳の総検討までしていただいた植木久行先生に深謝申し上げる。

東日本大震災の衝撃のさなかにあった二〇一一年における、本書の出版の作業であった。プロジェクトの海外メンバーからはすぐにお見舞の言葉をいただいた。このような国難の日々に、日本文化の精髄である俳諧・俳句から生まれた国際俳句、そして〈国際歳時記における比較研究〉という、学際的研究の書を出版できることに感謝したい。

最後に、本プロジェクトの現代的な意義をみいだしてくださり、個人的な事情で遅々としていた最終状況を見守りいただき、暖かくかつ厳しく先導下さった笠間書院の橋本孝編集長に心より御礼を申し上げる。

二〇一一年年の瀬

東　聖子

金子美都子（かねこ・みつこ）

1943年生，聖心女子大学名誉教授
［研究分野］比較文学、フランス近代詩
［論文・著書］『明治日本の詩と戦争 アジアの賢人と詩人』（クーシュー著、共訳、みすず書房、1999年）、「フランスにおける『詩』概念の変革と日本古典詩歌受容」（『越境する言の葉―世界と出会う日本文学』日本比較文学会編、彩流社、2011年）、「『ル・パンプル（葡萄の枝）』誌とルネ・モーブラン 戦禍の街ランス1920年代の日本詩歌受容と『ル・グラン・ジュウ』の胎動（上）」（『比較文学研究』東大比較文学会89号、2007年4月）「同（下）」（『比較文学研究』92号、2008年11月）ほか

竹田賢治（たけだ・けんじ）

1946年生，神戸学院大学教授
［論文・著書］「英米における俳句 その一～その十」（S.ゾマーカンプ女史の博士論文（ハンブルク大学）の翻訳、神戸学院大学教養部紀要・第21号、1986年～人文学部紀要・第8号、1994年）、『一茶事典』（編集協力、おうふう、1995年）、「俳句のメルヘン『お日さま探し』（S. ゾマーカンプ著）をめぐって―解釈の試み―」（神戸学院大学・人文学会年報、第6号、1996年）、『よみものホトトギス百年史』（共編著、花神社、1996年）、『日本とドイツの子ども俳句集』（共編著、ボーダーインク、2000年）ほか

坂口明子（さかぐち・あきこ）

1946年生，翻訳家・英国俳句協会会員
［論文・著書］「更紗模様の柘榴」（『游星』22・1999年）、翻訳『石礫の矢』ケン・ジョーンズ（2002年）、翻訳『英国歳時記』デーヴィッド・コブ（2009年科研費報告書）、岩波＝ケンブリッジ『世界人名事典』（1997年）訳参加。

平間充子（ひらま・みちこ）

1966年生，桐朋学園大学非常勤講師
［研究分野］古代日本の儀礼と芸能、日本音楽史、日本女性史
［論文・著書］『日本女性史論集7 文化と女性』（共著、吉川弘文館、1998年）、「男踏歌に関する基礎的考察」（『日本歴史』620号、2000年）、「煬帝の百戯陳列と日本の正月中旬饗宴儀礼―儀礼における奏楽の政治的意義について―」（『東洋音楽研究』76号、2006年）

田澤佳子（たざわ・よしこ）

1957年生，大阪大学非常勤講師
［研究分野］スペイン文学、比較文学
［論文・著書］『引き船道』（ジェズス・ムンカダ著、共訳、現代企画室、1999年）、「普通のカタルーニャ人の四つのことば」（川成洋、坂東省二編『バルセロナ散策』行路社、2001年）、「スペイン語俳句とマドリードの『学生寮』―ロルカ・マチャード・ヒメネスらを中心に」（『大手前比較文学会会報』第9号、2008年3月）、「スペインのハイク・コンテストと季節感」（『大手前比較文学会会報』第11号、2010年3月）

執筆者紹介（執筆順）

東　聖子（あずま・しょうこ）＊編者
奥付参照

植木久行（うえき・ひさゆき）
1949年生，弘前大学教授
［研究分野］中国古典文学
［論文・著書］『唐詩の風土』（研文出版、1983年）、『長安・洛陽物語』（共著、集英社、1987年）、『唐詩歳時記』（講談社、1995年）、『漢詩の事典』（共著、大修館書店、1999年）、『唐詩の風景』（講談社、1999年）、『唐詩物語—名詩誕生の虚と実と—』（大修館書店、2002年）、『杜牧詩選』（共編訳、岩波書店、2004年）、『詩人たちの生と死—唐詩人伝叢考—』（研文出版、2005年）、『福士巌峰漢詩選』（鷹城吟社、2006年）ほか

林　岫（りん・しゅう）
1945年生，中国新聞学院古典文学科元教授
［研究分野］古典文芸理論専攻（学者）、詩人、書道家。
現在、国務院参事室中華詩詞研究院顧問、中国書法家協会顧問、中国漢俳学会副会長、中国対外文化交流協会常務理事など。
［論文・著書］『文学概論与芸術概説』（共著、高等教育出版社、1988年11月）、『古文体知識及詩詞創作』（高等教育出版社、1989年2月）、『中外文化辞典』（副編集委員長、南海出版社、1991年11月）、『漢俳首選集』（編集委員長、青島出版社、1997年5月）、『詩文散論』（兵器工業出版社、1997年5月）、『紫竹斎芸話』（上海『書法』雑誌、『中国芸術報』連載120回）、『紫竹斎詩話』（『光明日報』、『北京晩報』連載60回）

兪　玉姫（ゆ・おくひ）
1958年生，韓国・啓明大学校教授
［研究分野］日本近世文学（俳諧）／日韓詩歌の比較
［論文・著書］『芭蕉俳句の世界』（宝庫社、2002年）、『芭蕉俳諧の季節観』（信山社、2005年）：日本、『俳句と日本的感性』（J&C、2010年）、「蕪村の人事の句研究」（『日本語文学』53集、2011年5月）
［訳書］『松尾芭蕉の俳句』（民音社、1998年）、『日本中世随筆』（啓明大學出版部、1998年）

李　炫瑛（い・ひょんよん）
1966年生，韓国・建国大学校教授
［論文・著書］「新出「俳諧資料」に関する小考」（『日語日文学研究』76−2、2011・2）、「『江戸名所図会』の俳諧引用に関する考察」（『日語日文学研究』77−2、2011・5）、「近世庶民の旅と道中記に関する小考」（『日本言語文化』19、2011・9）、『加賀俳壇と蕉風の研究』（桂書房、2003・8）ほか

藤原マリ子（ふじわら・まりこ）＊編者
奥付参照

シェーロ・クラウリー
1963年生，エモリー大学準教授
［研究分野］日本近世文学、蕪村の詩学
［論文・著書］（著書）Haikai Poet Yosa Buson and the Bashô Revival（俳人与謝蕪村と蕉風復興）、Leiden: Brill, 2007.（論文）Haikai Poet Shokyûni and the Economics of Literary Families.（俳人諸九尼（1714-1781）と「文学の家」の経済）U.S.-Japan Woman's Journal（日本女性ジャーナル）39号、2010.
“Chains of Elusiveness: Buson and Kitô's Momosumomo (Peaches and Plums) Haikai Sequences.”（蕪村と几董の「ももすもも」について）Southeast Review of Asian Studies, 2008.
「英語で読む奥の細道：アメリカの日本文学研究の立場から」『奥の細道と古典教育』（早稲田教育叢書）堀切実、編集者学文社、1998年

編者紹介

東　聖子（あずま・しょうこ）

1951年生，鹿児島県出身。
日本女子大学文学部国文学科卒業。同研究室助手。お茶の水女子大学大学院博士課程人間文化研究科比較文化学専攻満期退学。博士（人文科学）十文字学園女子大学短期大学部教授
［研究分野］日本近世文学（芭蕉の俳論）／比較詩学
［論文・著書］『蕉風俳諧における〈季語・季題〉の研究』（2003年2月、明治書院）で山本健吉文学賞受賞。「俳諧「四季の詞」と浮世絵―横題「水仙」の形象化」（『国文学　解釈と鑑賞〈特集／続・絵画を読み解く―文学との融合〉』2009年5月、至文堂）、「『松の葉』の諸本と四季の詞―歌謡と俳諧における〈横題〉と〈うき世〉」（『文学／特集＝十七世紀の文学』2010年5、6月、岩波書店）ほか

藤原マリ子（ふじわら・まりこ）

1948年生，石川県出身。
お茶の水女子大学文教育学部国語国文学科卒業。早稲田大学大学院教育学研究科博士後期課程修了。博士（学術）山口大学教授
［研究分野］日本近世文学、国語科教育
［論文・著書］『『おくのほそ道』の本文研究』（新典社、2001年）、「蕉風仮名遣いの考察」（『連歌俳諧研究』96号、1999年）、「『おくのほそ道』曽根本の補訂をめぐって」（『連歌俳諧研究』98号、2000年）、「『おくのほそ道』中尾本の芭蕉自筆説の検討」（『文学・語学』170号、2001年）、「切字機能考」（『文学・語学』181号、2005年）、「俳諧における切字の機能と構造」（『俳句の詩学・美学』角川学芸出版、2009年）ほか

国際歳時記《さいじき》における比較研究――浮遊する四季のことば

平成24（2012）年2月28日　初版第1刷発行

編　者　東　聖子
　　　　藤原マリ子

発行者　池田つや子

発行所　有限会社　笠間書院
〒101-0064　東京都千代田区猿楽町2-2-3
電話 03-3295-1331（代）Fax 03-3294-0996
振替 00110-1-56002

NDC分類：911.307

ISBN978-4-305-70580-8

印刷／製本：ステラ・モリモト印刷
（本文用紙・中性紙使用）

落丁・乱丁本はお取りかえいたします
出版目録は上記住所までご請求ください。
http://www.kasamashoin.co.jp